JAKOB WASSERMANN

DIE FRÄNKISCHEN ERZÄHLUNGEN

KLEEBAUM-VERLAG BAMBERG

Herausgegeben von Wulf Segebrecht

MEINE LANDSCHAFT, ÄUSSERE UND INNERE

Ein Autor, der auf eine mehr als vierzigjährige Arbeit und auf ein mehr als zwanzigbändiges Werk zurückschauen kann, hat natürlicherweise, da die Dichter eine Art geistiger Eroberer sind, die Umwelt in vielen Formen und Gestalten in sich aufgenommen und als neue Form und Gestalt einheitlich, ich möchte sagen hieratisch gebunden, wieder vor sich und die Empfangenden hingestellt. Es ist ein Prozeß, den man beinahe mit chemischen Vorgängen vergleichen kann. In manchen Fällen ist es geradezu eine Umwandlung der Elemente. Wenn man z. B. eine Stiftersche Landschaft mit der Landschaft vergleicht, die dazu Modell gestanden hat, so fällt vor allem auf die Erhöhung oder Überhöhung, die Reinigung, nicht im Sinn einer billigen Idealisierung oder Romantisierung, sondern der Befreiung vom Unwesentlichen, den bildlosen Schlacken der Realität, eine Verwandlung, die das Grundgesetz aller Kunst ist. Wir können der Wirklichkeit nicht habhaft werden. Sie muß gestutzt, gekürzt, geknetet, ja, sie muß umgeglüht werden, und der Ofen, in dem die Umglühung vorgenommen wird, ist die Phantasie. In früheren Zeiten war dieser Prozeß ästhetisch bedingt. Er war dank fester Überlieferungen bedingt, die heute verloren gegangen oder aufgegeben worden sind. An ihre Stelle ist etwas wie eine biologische Notwendigkeit getreten, die Kenntnis von der tiefen Verwandtschaft einerseits und der tiefen Verschiedenheit andererseits der menschlichen Lebens- und Anschauungsformen mit und von den Begebenheiten der Natur und der Veränderbarkeit und dem Wechsel ihrer Grundgestaltungen. Und jeder Schriftsteller ist das Geschöpf seiner Epoche und sieht mit den Augen seiner Epoche, zunächst wenigstens, wenn er auch hinter den leiblichen Augen noch ein paar andere hat, die überzeitlich und außerzeitlich eingestellt sind.

Erste Eindrücke sind unverwischbar. In einer deutschen Landschaft von charakteristischen Zügen geboren, bot sich mir diese in meiner Jugend als Urbild aller Landschaft an. Sie hatte nichts Malerisches, nichts Süßes oder Holdes, ihre Herbheit und Strenge blieb nicht ohne erzieherische Wirkung. Wir wissen ja, daß äußere Armseligkeit oft die Einbildungskraft befruchtet, weshalb auch aus den höheren Ständen so wenig Künstler von Weltgeltung hervorgegangen sind. Die Armseligkeit ist in diesem Sinn ein Spannungs- und Sehnsuchtserreger, ein Antrieb zu jenem Verwandlungswillen, der das innerste Geheimnis alles Dichtens ist. Man darf aber Armseligkeit nicht mit Einfachheit verwechseln. Nüchternheit ist nicht Bildlosigkeit, im Gegenteil, sie gewöhnt den Geist an eine gewisse Treue des Schauens und sie zwingt ihn, den Mangel äußerer Schönheit durch innere Konzentration auszugleichen, durch Veränderung des Blickfeldes, durch Vertiefung oder Versenkung.

Das Erlebnis Heimat läßt sich schwer in Worte fassen. Es hat eine unleugbare Ähnlichkeit mit dem Muttererlebnis. Es ist nicht nur anschaulich und atmosphärisch in uns gelegt, sondern auch mystisch und metaphysisch. Wir sind in der und der Stadt, an dem und dem Fluß, in der und der Landschaft nicht nur schlechthin und zufällig geboren, es ist kein selbständiger physiologischer Akt, wenn ich mich so ausdrücken darf, die Geschichte, die allgemeine Lebensform, der Generationenablauf, ein Jahrtausende umfassender Komplex, hat das Individuum gleicherweise miterzeugt, und so unterliegt es völlig unbestimmbaren Einflüssen, die sich in der Landschaft ausdrücken wie in einem Kristall, der das Ergebnis unerforschlicher Bindungen und Bindungsgesetze ist.

So war für mich und meine Entwicklung Nürnberg als Stadt und als historischer Begriff von entscheidender Bedeutung. Ein Kind kann natürlich nicht erfassen und ermessen, was ein gotischer Dom vorstellt oder ein Bildwerk von Veit Stoß, ein Gemälde von Dürer, es ahnt davon kaum den Hauch, aber verständlich und wahrnehmbar ist ihm, was daran Märchen ist, und immer wird das Märchen frühestes Fundament der Wirklichkeit sein. Der Übergang zur Geschichte ist nichts weiter als die zwangsläufige Gewöhnung an Tatsachen. Jedoch keine Tatsache, kein Ereignis und keine Katastrophe können die Struktur der Wurzel verändern, die in das unendliche, in das dunkle Erdreich der Zeiten hinabgeht. Wenn wir als Kinder auf dem Marktplatz spielten, wenn man uns die Sage vom Schönen Brunnen erzählte, wenn wir uns in den engen dunklen Gassen herumtrieben, unter den großbogigen Haustoren, in alten düstern Speichern, auf den steinernen Brücken und in den halbverfallenen Türmen, dann war das alles gelebte Geschichte, Wandlung der Zeit war noch nicht im Bewußtsein, d.h. die Jahrhunderte hatten keine Namen, das Bild war von aller Bildung entfernt. Und das Bild ist unverwischbar in mir haften geblieben, obwohl es sich nach und nach zu einer geistigen Stimmung sublimiert hat, deren Niederschlag sowohl in den „Juden von Zirndorf" als auch im „Gänsemännchen" und im „Caspar Hauser" zu finden ist. Aber noch etwas verdanke ich dieser Stadtlandschaft, ich möchte um so weniger versäumen darauf hinzuweisen, als es zu einer Disziplin geführt hat, die im Deutschen vielfach unterschätzt wird, ich meine das Architektonische einer Dichtung, einer Erzählung, eines Romans, ihren Aufbau, ihre Gliederung und Steigerung.

Ich bin sicher, daß die frühe Anschauung organischer Kunstgebilde meine Aufmerksamkeit instinktiv auf das Wesen des Bauens und das Gesetz der Konstruktion gelenkt hat. Ich erinnere mich, ich kann nicht älter als acht Jahre gewesen sein, als ich eines Tages vollständig verzaubert vor der Lorenzkirche stand und die gotische Rosette anstarrte, die mir als etwas geradezu Unbegreifliches erschien. Und vielleicht darf ich noch dies bemerken, daß mein Glaube an die Gestalt, die dichterische Gestalt, die Überzeugung, daß in ihr die Gipfelung der Kunst, das Wesen des Schöpferischen überhaupt liegt, sicherlich nicht in mich eingedrungen wäre, wenn ich nicht in der ersten Jugend so viel geschaffene Gestalt vor Augen gehabt hätte, die sich freilich bewußt erst sehr spät in meinem Leben ausgewirkt hat, denn am Anfang war da viel Chaos und Finsternis. Ich will meiner Vaterstadt Fürth, die wie eine klein gewachsene Schwester neben Nürnberg steht, gewiß nichts Schlechtes nachsagen, aber etwas eigentümlich Formloses war ihr von jeher eigen, etwas Karges und Dürres, und schon bald hatte ich die Empfindung, daß diese

Nachbarschaft etwas wie ein Seelenschicksal für mich bedeutete, eine Verschwisterung von Urtümlichkeit und Spätgeborenheit, von Kunst und Industrie, von Romantik und Fabrik, von Form und Auflösung, von Gestalt und Ungestalt. Schon mit zehn Jahren hatte ich begonnen, weitläufige Wanderungen durch die Landschaft zu unternehmen und nie hat mich dabei ein Gefühl unentrinnbarer Traurigkeit verlassen. Die Härte der Konturen, die Eintönigkeit der Aspekte, die völlige Abwesenheit dessen, was dem kindlichen Gemüt als poetisch oder lieblich erscheint, hatte, ich kann es heute natürlich besser beurteilen als damals, in meinem gesamten Weltverhältnis ein gewisses sehnsüchtiges Frieren erzeugt, etwa so wie wenn ich in einem früheren Dasein eine Landschaft von ganz anderer Art, ja von ausgeprägter Gegensätzlichkeit erlebt hätte. Als ich im Jahr 1905 den Roman „Alexander in Babylon" veröffentlichte, wurde ich mit einem Orientreisenden bekannt, der das Buch gelesen hatte und mir sagte: Sie müssen ziemlich lange dort in Kleinasien und Persien gelebt haben. Ich antwortete: nein, ich bin niemals dort gewesen. Er sagte: ich würde es nicht glauben, wenn Sie es nicht selber sagten, denn die Landschaft in dem Buch ist so geschildert und dargestellt, daß ich es nicht für möglich gehalten hätte, jemand könne dies zustande bringen, ohne wenigstens einmal dort gewesen zu sein. Ich habe später oft über dieses Wort nachgedacht, auch über das ganze Phänomen. Wie ich im Bereich der Kunst an eine präexistente Form glaube, und an eine eingeborene Form, die mit einem Werk von selbst entsteht, ja in ihm drin ist, gleichsam ehe es geschaffen wurde, ähnlich wie die Statue im Marmorblock drinsteckt, so glaube ich auch an eine präexistente Landschaft, die auf dem beruht, was ich das Generationengedächtnis nenne. Hier beginnen freilich verwirrende Rätsel. Man tut gut daran, sie nicht rationalistisch lösen zu wollen. Der befruchtende Keim liegt wohl innerhalb der Phantasie, aber die Phantasie hat ja auch wieder ihre Abkunft und Herkunft und in jedem Menschen ihre eigenen Gesetze. Wir machen ja oft die merkwürdige Erfahrung, daß Gegenden und Städte, wenn wir

sie kennen lernen mit unserer Vorstellung nicht nur nicht über-
einstimmen, sondern daß sie sogar in der Vorstellung richtiger
waren als in der Wirklichkeit. Es klingt paradox, aber es ist so.
Ich habe einen Mann gekannt, der mir in Amerika sehr unwillig
sagte: Amerika ist falsch, ich bedaure es, daß ich herüber gekommen bin, ich hatte es in meinem Kopf viel richtiger. Eine ver-
schrobene Äußerung, allein es steckt etwas darin von einem
Idealismus, der aller Phantasietätigkeit eigen ist. Landschaft
braucht nicht ein unmittelbares Erlebnis zu sein, sie kann auch
ein Inbild sein.

Von Geburt her bin ich ein Mensch der Ebene. Es lassen sich
drei Arten von biologischen Charakterbildungen unterscheiden:
Mensch der Ebene, Mensch des Meeres und Mensch des Gebirges. Es sind elementare Verschiedenheiten. Einflüsse des Luft-
drucks, des Klimas, der Wolkenbildung, der Feuchtigkeit, der
Vegetation, der Gesteinsarten kommen tiefer in Betracht als wir
bis jetzt erforscht haben, denn die Feststellungen der Wissenschaft haben sich mehr auf das Geographische und Ethnographi-
sche, auf das historisch und national Bedingte bezogen als auf
das Magisch-Tellurische, das hier wirksam ist. Es ist eine ganz
andere Art der Augeneinstellung, die der Mensch der Ebene und
des Meeres hat als der der Gebirges. Sein Blick lebt sich horizon-
tal aus, der des anderen vertikal. Das geht bis in die Lebensauffassung hinein, bis in die Gottesauffassung. Wir wissen ja, daß
die eigentlich religiösen Völker Wüstenbewohner oder Wüsten-
anwohner waren, jedenfalls solche, deren Blickfeld eine Unend-
lichkeit in der Fläche war; es scheint, daß die Phantasie von der
Fläche entscheidender bewegt wird als von der Höhe. Ich ent-
sinne mich des Anblicks großartiger Sonnenuntergänge in meiner Jugend, mit deren Bild der Begriff Ebene seitdem verschmolzen ist. Sandgegend und schwaches Flußgefälle erzeugen eine
Art perennierender Melancholie, die lebensbestimmend sein
kann. Visionäre Eigenschaften eines Menschen werden genährt
durch die Eintönigkeit einer Landschaft. Der äußere Raum und
der Seelenraum stehen in einem nachweisbaren Zusammenhang.

Wenn man von einem erhöhten Standpunkt des Lebens und der Erfahrung aus zurückblickt, verlieren alle Ereignisse ihr Zufälliges und erscheinen im Lichte der Bestimmung und des Schicksals. Die Verpflanzung in österreichische Welt und Landschaft, die ich um mein siebzehntes Jahr erlebte, erst nur vorübergehend, später dauernd, hat im Lauf der Jahrzehnte zu Veränderungen geführt, die sowohl konstitutionell als auch seelisch-geistig waren. In früheren Epochen war ein Dichter ohne das Erlebnis Weltstadt wohl zu denken, heute nicht mehr, schon am Ende des neunzehnten Jahrhunderts nicht mehr. Damals begann die Weltstadt, gleichsam Stadt an sich, ihre soziale Rolle zu spielen, und kein Schriftsteller, der aus dem Leben seiner Zeit heraus schuf, konnte sich ihrem Einfluß entziehen. Die französische Literatur hatte uns schon ein halbes Jahrhundert vorher das Beispiel gegeben; Paris war nicht nur politisch, gesellschaftlich und geographisch der Herzpunkt des Landes und der Nation, sondern auch dichterisch etwas wie ein Symbol. Deutsche Welt und deutsches Leben haben einem solchen Zentrum widerstrebt. Der Nachteil, der sich daraus ergab, war der, daß es niemals zur Bildung einer eigentlichen Gesellschaft gekommen ist, der Vorteil war eine größere Buntheit, Vielfältigkeit und seelische Freiheit, die etwas hervorbrachte, was es bei anderen Nationen kaum gibt, etwas was ich den Triumph der Provinz nennen möchte, die uns große Erscheinungen geschenkt hat wie Gottfried Keller, Mörike oder Stifter. Es liegt eben dem Phantasieschaffen der Deutschen ein ganz anderes Stammesverhältnis zugrunde, das in der Zersprengung, so beklagenswert dieses politisch auch ist, neue Bindungen, neue Reibungen und neue Zündungen erzeugt.

In gewissem Sinn bildete Wien für mich eine Ergänzung des Erlebnisses Nürnberg. In anderm Sinn wieder verwischte es dieses Erlebnis völlig. Denn hier war die Anschaulichkeit nicht mehr, auch die Reinheit des Eindrucks nicht. Der Einschlag von slawischer und südlicher Welt und die damit verbundene politische und soziale Unruhe richteten mein Augenmerk früh auf die

Möglichkeit von Katastrophen. Ich kam zum ersten Mal nach Wien kurz nach dem Tod des Kronprinzen Rudolf. Es ist jetzt über vierzig Jahre her, aber ich erinnere mich noch genau des gewaltigen Aufruhrs im Volk. Ich arbeitete damals in einer Fabrik und war daher in der Lage, die Begebenheiten stärker mitzuerleben als irgendein Zuschauer. In jenen Tagen wurde mir der Sinn der österreichischen Existenz unbewußt offenbar, als Bild und als Schicksal, ich saß gewissermaßen an der Wurzel des großen europäischen Kampfes zwischen Liberalismus und Autokratismus, zwischen Individuum und Staatsgewalt; da in diesem Fall ein Thronfolger der Repräsentant der Freiheit und der Persönlichkeit war, der Rebell geradezu, hatte dies eine unabsehbare Wirkung auf die Gemüter und wirkte sich weithin durch alle Schichten zersetzend aus. Ich habe es beobachten können durch lange Jahre. Es gab in dem Betrieb, in dem ich angestellt war, einen jungen Vorarbeiter, der sprach, obwohl er Revolutionär durch und durch war, vom Kronprinzen wie von einem Heiligen. Diese Verquickung von dynastischen und umstürzlerischen Gefühlen ist sehr österreichisch, und für mich mußte das Problematische in einer solchen Natur äußerst anziehend sein. Derselbe Mann war es auch, der mich, als leidenschaftlicher Tourist, zuerst in die Berge führte. Es war erschütternd, für den Menschen der Ebene umwälzend neu, eigentümlich dramatisch. Ich habe in jener Zeit vielerlei Arten von Landschaftserleben kennen gelernt: das amateurhafte freiwillige und das im Zwang und in der Fron. Ich fand das erste unfruchtbar, weil es nur innerliche Luxusbedürfnisse befriedigte, das zweite wohl schmerzlich und schwer tragbar, aber den Geist mit unvergänglichen Eindrücken begabend. Charakteristisches Beispiel des zweiten ist das Militärdienstjahr, das ich in Würzburg absolvierte. Da lernte ich die unterfränkische Landschaft, diese Herzlandschaft Deutschlands, nicht bloß äußerlich kennen, ich erfuhr sie, ich erlitt sie, denn es waren ja der Drill und das Reglement, die mich in sie versetzten, in tagelangen Märschen, in Nachtübungen, in Manövern, schwer bepackt, unter Anstrengungen, denen ich, ein Siebzehnjähriger damals, nur durch den entschlossenen Willen gewachsen war, sonst hätte der Körper versagt. Ich erlitt die wunderbaren Wälder, die baumbestandenen Hügel, den Strom, die friedlichen Dörfer, den finsteren Spessart, die alten Klöster, die historischen Städte, durch alle Jahreszeiten, durch alle Arten von Wetter. Solche leidend erlebte Landschaft bleibt dem Gedächtnis unverwischbar eingetragen und bestimmt auch die geistigen Wege dessen, der sie erlebt. In einem meiner wenigst bekannten Bücher, das ich selbst am meisten liebe, dem „Aufruhr um den Junker Ernst", hab ich sie mir innerlich verewigt, ob auch nach außen hin, kann ich natürlich nicht wissen. Durch die strenge Zucht, in der ich die Landschaft damals in mich aufnahm, den Widerstand gegen eine Disziplin, die zu jener Zeit alle rebellischen Instinkte in mir wachrief, wobei ich aber zugleich lernte, diese Instinkte zu besiegen und einer Idee der allgemeinen Ordnung zu unterwerfen, durch diese Zucht, sage ich, wurde mir vielleicht die Landschaft selbst zur Idee, zu einem notwendigen Teil des Lebens; sie war nicht mehr Schmuck, nicht mehr Ausflugsobjekt, nicht mehr Abenteuer eines Städters, sondern Zubehör des Seins, Ausdruck einer Geistesart und formbildend. In der Tat ist es ja so, daß jede Landschaft, die uns in irgendeiner Weise zum Schicksal wird, einen ganz bestimmten Rhythmus in uns erzeugt, einen Gefühlsrhythmus und einen Denkrhythmus, meistens ganz unbewußt, daher umso entscheidender. Man müßte so weit kommen können, daß man aus dem Tonfall der Prosa eines Dichters die Landschaft erkennt, die in ihr verborgen ist wie der Keim in der Frucht. Aber das führt wohl ein wenig ins Okkulte, obschon ich gern wissen möchte, was für Gesichter unsere Kritiker und Literarhistoriker machen würden, wenn sie genötigt wären, es ohne die Firmentafel des Autors zu ergründen. Die Verlegenheit wäre groß und alle Rassentheorien und Einschachtelungsversuche wären mit einem Mal aufs schönste ad absurdum geführt, denn wer wollte z. B. in „Peter Schlemihl" die Handschrift eines geborenen Franzosen, in den Manifesten Napoleons die Sprache des Italieners erkennen. Die Geheimnisse der Natur liegen eben nicht so offen auf der Hand wie der Paß und das Standesamtsregister. Die freilich machen es ohne weiteres möglich, den Geburtsschein in ein künstlerisches Leumundszeugnis oder Verdammungszeugnis umzudeuten.

Von meinem zwanzigsten Jahr ab war das Wandern ein Teil meiner Existenz und bis in das dreißigste waren die Not, die Asyllosigkeit wie auch eine innere Unrast der Antrieb dazu. Ich bin kreuz und quer durch ganz Süddeutschland gewandert, habe im Schwarzwald in Holzhütten genächtigt, bin zu Fuß, nicht nur auf Schusters Rappen, sondern auf nackten Sohlen in die Schweiz gezogen und habe oft statt einer Zimmerdecke auch nur den nackten Himmel über mir gehabt. Als ich seßhaft wurde, war es nur dem äußern Schein nach. Nirgends hielt es mich lange, und wenn ich drei Monate in einer Stadt zugebracht hatte, trat ein Zustand von Lufthunger ein. Berg und Gebirge zogen mich immer lebhafter an. Ich war monatelang unterwegs, wie um die mir gemäße Landschaft zu suchen. Zwischen meinem dreißigsten und vierzigsten Jahr bin ich in Italien von Stadt zu Stadt gezogen, aber alles Entzücken über die Schönheit, alle Sehnsuchtsbefriedigung konnte mich auf die Dauer nicht festhalten. Nach einer Weile verlangte mich nach einem Wald, nach einer Wiese, einem schattengebenden Baum, ja sogar einem schweren Wolkenhimmel. Der Süden rief mich, aber dem Norden war ich zu eigen. So fand ich dann den Ort, an dem ich mich dauernd niederließ, das Tal im steirischen Gebirge, und diese Landschaft wurde mir zum Freund wie einem ein Mensch zum Freund wird, nach jahrelanger Erprobung, Erprobung des Winters und des Frühlings, des Bodens und der Atmosphäre, der Menschen und der Bäume. Es war deshalb auch kein plötzlicher Entschluß, es war die langsame Erfahrung eines wohltätigen Einflusses. Es war nicht nur die Einsamkeit und Stille, die mich lockten und allmählich festhielten, es war im höheren Grad eine, wenn ich so sagen darf, übersinnliche Bindung. Ich merkte immer deutlicher eine konstitutionelle Übereinstimmung zwischen der Landschaft und mir, eine Übereinstimmung, die in dem liegt, was ich den Rhythmus der Landschaft genannt habe und die sich für mich wohltätig erkennbar im geistigen Schaffen spiegelte, sodaß ich nur da mit allen Sinnen wach war, nur da alle Gesichte die Überzeugungskraft hatten, und mit dieser Erfahrung stand ich vor einer magischen Tatsache. Ich bin noch heute der Ansicht, daß eine Influenz des Gesteins vorliegt, des Minerals, damit des Wassers und der Luft; dadurch werden ja auch alle äußeren Formen sinngemäß bedingt, die ruhende Fläche des Sees, die ineinander geschobenen Kulissen der Hügel bis hinauf zu dem beherrschenden Gletscher, das Ganze von einer harmonischen Ordnung ohne Beispiel, als ob die Hand des Schöpfers hier mit besonderer Liebe ans Werk gegangen wäre. Ich habe versucht, im „Goldenen Spiegel" davon ein Bild zu geben; ich besitze eine Art Landschaftstagebuch, das ich nicht veröffentlicht habe und das Zeugnis ablegt von dem lebendigen Verhältnis zwischen einem geistig schaffenden Menschen und seiner Wahlheimat.

Ich sprach vom Gestein, vom Fels, vom Berg. Es gibt gewiß ein Gesetz, das uns über die Beziehung aufklären könnte, in welchem die anscheinend tote Erdmasse zu den lebendigen Geschöpfen steht. Die Tiere sind wohl durch ihren Instinkt darüber besser unterrichtet als wir. Es ist eine bekannte Tatsache, daß Mäuse in hellen Scharen eine Gegend verlassen, die von einem Erdbeben bedroht ist, und zwar lange Zeit vorher. Daß Vögel einen Sturm ankündigen, der erst nach vierundzwanzig Stunden eintritt, wissen alle Seeleute. In unserer Gegend ist es Regel, daß vor großen Schneefällen die Meisen aus der Höhe zu Tal kommen. Bei vielen Mystikern findet man die Anschauung, daß alle Kreatur von allem Element wisse, und daß auch das Element sich unter Umständen kreatürlich gebärde. Ich erinnere an den Satz von Görres, der da sagt, wenn der Most ins Gären kommt, wird auch aller Wein in Fässern und Schläuchen unruhig. Ich habe am eigenen Leibe verspürt, daß eine Veränderung mit mir geschieht, wenn ich vom Kalkgebirge ins Urgebirge aufbreche,

auch bei gleichbleibender Höhe; es ist als ob die roten und weißen Blutkörperchen sich anders mischten, und daraus ergeben
sich andere Stimmungen und andere Gedanken. Die Landschaft,
in der ein Mensch lebt, ist nicht ein Rahmen um das Bild, sie geht
in ihn hinein und wird ihm Wesen. Bei den wilden Völkern ist das
natürlich viel klarer erkennbar als in den Bezirken der Zivilisa-
tion. Deshalb spielen Flüsse, Wüsten, Oasen, Haine eine so
große Rolle in der Mythenbildung, die oft nur das Landschafts-
erlebnis ganzer Generationenketten ist.

Man hat mir häufig vorgeworfen, daß die Landschaft, im weiteren Sinn die Natur, in meinen Büchern nur geringen Raum ein-
nimmt. Darauf ist schwer zu antworten. In der Tat habe ich mich
niemals auf Landschaftsschilderungen ausdrücklich verlegt. In
früheren Jahren ging es mir ein wenig wie einem meiner Söhne,
der, als er acht Jahre alt war, eines Tages zu mir sagte: ich hasse
es, wenn eine Geschichte beginnt: es war ein taufrischer Morgen, eine Quelle rieselte über die Wiese… ich hab gern, wenn es
anfängt: Halt! rief eine Stimme aus dem Dunklen. Es ist nicht zu
leugnen, diese kleine Anekdote bezeichnet zwei Gesetze der
Epik: den ruhigen Fluß und die katastrophische Bewegung. Nun
geht aber die Landschaftsdarstellung als solche und um ihrer
selbst willen durchaus gegen das Dynamische und Sinnfällige eines erzählten Vorgangs. Wenn man die Romanliteratur des neunzehnten Jahrhunderts durchblättert, stößt man immer wieder
auf langatmige Beschreibungen von Gegenden und Milieus, die
je weniger anschaulich werden, je ausführlicher sie sind. Eine
Kunst, die sich Gestaltung von Mensch und Menschenschicksal
zum Ziel setzt, kann nicht bei schwärmerischen Lyrismen ver-
weilen, so wenig wie ernsthafte Hochtouristen sich unterwegs
mit dem Bestaunen von Baumgruppen aufhalten; ihr Unternehmen wird durch eine fortlaufende strenge Bewegung geregelt.
Nur indem sie ihren Rhythmus innehalten, erfüllen sie ihre Aufgabe. Ich habe immer getrachtet, das Landschaftliche in die Figur hineinzupressen, damit es als charakteristisches Merkmal,
als Zeichen seiner Zugehörigkeit wieder aus ihr heraustrete. Ich

bitte um Verzeihung, wenn ich wieder auf eines meiner Gebilde hinweise. Es gibt eine Bauernnovelle von mir, „Adam Urbas", die ich neunzehnmal geschrieben habe. In die ersten Fassungen hatte ich viel von der fränkischen Landschaft hineingenommen. Dadurch wurde das Bild sozusagen doppelt, und alles Doppelte ist störend für die Phantasie. Nachdem ich auf die direkte Landschaftsmalerei einfach verzichtet hatte, zeigte sich's, daß viel mehr Landschaft darin war als vorher.

Aber nicht nur das nenne ich innere Landschaft. Die Bedeutung dieses Begriffs fasse ich viel weiter. Ich verstehe nicht bloß darunter die Landschaft, die in der Figur als ihr Geborenes liegt, also bei dem Bauern Urbas das südliche Franken, oder im Caspar Hauser die Dämmererinnerungen an einen fürstlichen Hof, oder im Sturreganz die ansbachische Welt des achtzehnten Jahrhunderts, sondern in viel höherem Grad meine eigene innere Seelenlage, durch welche die der Gestalt entsprechende Landschaft produziert wird, ja noch mehr, durch die die Gestalt selbst, das ganze Gefüge der Gestalten zustande kommt, Das ist nicht ganz leicht zu verstehen. Ich will versuchen, es zu erklären

Alles dichterische Schaffen ist nur zu einem Teil auf die wirkliche Welt bezogen, auf tatsächliche Erfahrungen und Beobachtungen; zum andern Teil, der wahrscheinlich der wesentlichere ist, besteht es aus Traum und Vision. Selbst wenn wir die naturalistischen Schilderungen wie etwa bei Zola oder die unvergleichlich wahre Darstellung einer Jagd, eines Wettrennens bei Tolstoi oder des Lebens der Weber bei Gerhart Hauptmann für eine kunstlose oder mühelose oder aktuelle Übertragung aus der Realität hinnehmen, unterliegen wir einer groben Täuschung, und diese Täuschung ist ja auch der Zweck und der Triumph ihres Veranstalters, denn alle Kunst beruht auf einer scheinbaren Gleichartigkeit und Gleichsinnigkeit mit dem Leben, ist aber vom wirklichen Leben ungefähr so verschieden wie eine Pyramide von der Brennerei, in der die Ziegel hergestellt werden, aus denen sie gebaut ist.

Was ich an Traum und Vision in mir trage, setzt sich nicht nur

aus eigenem Erlebten zusammen, sondern ist auch Vorfahrener-
lebnis, Blutserlebnis, das nur individuell vergessen werden kann,
das aber in der Reihe der Geschlechter ewig ist.

Vielleicht rührt daher auch das bekannte Phänomen, daß man
eine Begebenheit oder eine Situation schon einmal gelebt zu haben glaubt, obwohl man sich auch hier vor rationalistischer Betrachtung hüten muß. Diese Dinge sind ja viel geheimnisvoller
und verborgener als wir irgend ahnen.

Im Grunde beruhen alle sittlichen Grundregeln, alle religiösen Regungen und alle geistigen Strömungen eines Menschen auf
tief verwurzelten Stammeserinnerungen. Ich schaffe also nur
scheinbar aus meinem persönlichen Willen heraus. Es ist eine
Jahrtausendlandschaft, in der ich mich unbewußt bewege. Es bedarf nur eines leisen Glockenschlags der Phantasie, eines Stich-
worts von drüben, wo die Träume sind, und ich bin, wo ich nie
gewesen, ich gehe Wege, die ich nie gekannt. Die innere Landschaft, in vielen Verlagerungen, in unendlichen Verschichtungen
bis auf den Urgrund der Zeiten hinab, formt nicht bloß die
Seele, sondern gibt auch dem menschlichen Antlitz seine einmaligen Züge.

Aus dem Gebrodel einer unübersehbaren Fülle bildet die Natur mit ihrem Riesenvermögen an Zeit stets doch nur ein Einma-
liges. Diese Erkenntnis scheint sich immer deutlicher und
schicksalhafter durchzuringen, und darum ist das Kernproblem
des heutigen Menschen das Problem der Zeit und das Problem
der Einmaligkeit.

Meine innere Landschaft ist also nur das Vorgebildete in mir,
was von Natur aus unsterblich ist. Mein Geist und Wille zielen
auf Einmaligkeit im Sein und wissen von nichts anderem. Mein
Gemüt hingegen auf Allgestaltigkeit im Gewesenen und somit
auch im Zukünftigen. Das sind Axiome, die auf der einen Seite
ans religiöse Gebiet streifen, auf der andern durch die Wissenschaft bestätigt werden.

Eine der merkwürdigsten und aufschlußreichsten Entdeckun-
gen der Biologie ist die, daß die Veränderung der Gehirnmassen

keine Veränderung des Ichgefühls hervorrufen, wohl aber die der Blutbeschaffenheit und des Kreislaufs. Dort, wo innere und äußere Landschaft sich berühren, das Mythische und Dauernde in die abgegrenzte Zeit mündet, entsteht die Persönlichkeit, und jede Dichtung, jede Tat, jedes Werk ist das Ergebnis eines Schmelzprozesses zwischen Greifbarem und Ungreifbarem, zwischen Inbild und Bild, zwischen Idee und Tatbestand, zwischen Ahnung und Gestalt. Die äußere Landschaft der Welt bedarf keiner Entdecker mehr, nur was sie seelisch wirkt und auswirkt, ist uns zum Teil noch unbekannt. Die innere des Menschen aber ist vielfach noch eine terra incognita, und unsere sogenannte Psychologie ist, wenn wir dieses unbekannte Land erleuchten wollen, nur ein dürftiges Lämpchen.

Den Nachweis einer durch die Elemente und die chthonische Lagerung bedingten Geistes- und Seelenentwicklung braucht ein Schriftsteller ja nicht eigens zu erbringen. Er ist in und mit seinem Werk gegeben. Nun kommt aber, in meinem speziellen Fall, zu dem bisher Erläuterten hinzu, daß ich Jude bin. Meine landschaftliche Zugehörigkeit hat also einen Hintergrund, so höre ich wenigstens, seit ich denken kann, so versuchen mir diejenigen, die mir gleichsam die Luft nicht glauben, in der ich atme, glauben zu machen, einen Hintergrund, der in Widerspruch stehen soll zu allem Anschaulichen, zu meinem natürlichen Erlebnis, zu meinen geistigen Verbundenheiten. Zunächst scheint es ja so, als wäre es nicht ganz leicht, einen Zusammenhang aufzudekken zwischen der Landschaft eines Dichters, sei es die äußere, sei es die innere, und seiner Herkunft im Blute, seinem religiösen Bekenntnis, oder auch nur dem, was man Konfession nennt, ein Begriff, dem zur Stunde freilich keine rechte Realität mehr zukommt. Jedoch handelt es sich dabei um eine Unterscheidung, die nicht von mir gefällt wird, sondern in die ich durch die Verhältnisse gedrängt werde. Objektiv betrachtet, im Sinne des reinen Seins, als Mensch, als schwaches Instrument, dessen sich die Gottheit unter andern zur Deutung ihrer Rätsel bedient, als Bildner von Gestalten und Symbolen, dem die Sprache verliehen ist, damit er sich verkünde, das heißt eigentlich den Menschen und das Herz des Menschen, würde ich eine solche Entscheidung nie und nimmer zu treffen haben, nur die Gegenbewegung nötigt sie mir auf, indem sie das Gesamte meiner Leistung und meiner Wirkung bezweifelt und mich in eine Verteidigungsstellung zwingt, die wider die Natur, wider den Geist, wider die Kunst und wider die Wahrheit ist. Ich gestehe aber offen, daß mir dies nicht liegt. Ich wage zu behaupten, daß es der Würde nicht entspricht, die ich mir anmaße. Wenn ein Künstler sein Geschaffenes sollte rechtfertigen müssen, das in ihm entstanden ist durch den geheimnisvollsten Trieb, den die Schöpfung kennt, durch sein unveränderliches So-Sein, durch das Gesetz, nach dem er angetreten, dann bewegt er sich im Widersinn, dann begeht er Selbstleugnung und Selbstverrat. Ich will mich nicht verleugnen, ich will mich nicht verraten. Die mir die Mitgewachsenheit bestreiten, die das Blut in mir ... Blut! als könne Blut ein Merkmal der Auserwähltheit sein oder der Bemakelung, als könne Blut geeicht und nach Karat bestimmt werden wie Gold, als ob wir nicht alle mit demselben Blut in dieselbe Welt der Schmerzen verdammt wären... die dieses Blut in mir zum Vorwand nehmen, um mich in eine minderwertige Kategorie der menschlichen Wesen zu versetzen, die glauben mir auch die Landschaft nicht, aus der ich komme und in der ich wirke und für deren Legitimität ich keine andern Beweise habe als mich und mein lebendiges Gefühl. Ist es wahrhaftes Leben, was ich hervorgebracht habe, so ist jede Zeugenschaft entbehrlich, ist es das nicht, so kann es keine Advokatenkunst und keine Kampfhandlung dazu machen. Ich weiß auch keinen Richter, auf den ich mich dabei stützen könnte als die innere Stimme und die Stimme derer, die mir sagen, daß ich für sie da bin, für die Gemeinschaft, für die Welt. Nehmen Sie dies als ein Bekenntnis. Bin ich doch von Grund und Uranfang auf dem verhaftet, was ich forme und was als Erbgut der Geschichte, Stammesgeschichte, Landschaftsgeschichte, Seelengeschichte schicksalsmäßig mit meinem Wesen verwoben ist und mein Leben von Stufung zu Stufung gestaltet. Und mich dünkt, die ist nicht mehr ein geistiges Bekenntnis, es ist ein religiöses. Wenn anders Religion die demütige Verfallenheit an eine unbekannte obere Macht ist, die wir für heilig erklären, weil sie den irdischen Maßen und Bindungen entrückt ist. So und nur so bin ich Jude, bin ich Deutscher, bin ich Mensch.

Rede, gehalten im Wiener Volksheim im März 1933

SCHLÄFST DU, MUTTER?

I

Peter Vogelsang
Geht auf den Grillenfang,
Hat eine lange Nase
Und Ohren wie ein Hase . . .

Ich lasse sie schreien, die Knirpse, dachte Peter und schritt
würdevoll seine Straße fürbaß. Das Spottgedicht stammte
vom Herrn Lehrer selbst, aber Peter war fest überzeugt davon, daß ihn diese „Kinderei" gleichgültig lasse. Wenn er in den
Zwischenpausen träumerisch, fast tiefsinnig im Schulhof stand,
hinten am Zaun, wo man auf den Fluß hinabsehen konnte, der
so ruhig und so klar vorbeiströmte, oder wenn er abseits von
dem Knäuel der Aufgeregten mit nachdenklich verschränkten
Armen dastand, mußte ihn oft die spöttische Mahnung des Lehrers aus seinem Sinnen wecken. Aber Peter lächelte nur, und dieses Lächeln war nicht ohne eine gewisse Geringschätzung; denn
er war bei seinen neun Jahren schon ein beachtenswerter Philosoph, der über den lieben Gott bereits sein ganz bestimmtes Urteil hatte.

Es war ein Mittwochnachmittag, und er ging spazieren. Er
trug einen dünnen Spazierstock aus Weichselrohr – die Mutter
hatte ihn gestern erst gekauft –, und damit hieb er fortwährend
auf die Einfassung des Trottoirs los, gerade als könne er sich damit von einer Summe innerer Zweifel befreien. Am Lilienplatz
ertönten die Schmiedehämmer, und das war ein heller, fast klagender Laut. Peter blieb stehen, denn diese Töne fesselten ihn
sehr. Klang es nicht, wie wenn die alten und berühmten Recken
mit ihren Schwertern aufeinander loshieben? Wahrlich, wenn
man die Augen schloß, so konnte man glauben, Laurin kämpfe
in vollem Gewaffen mit Dietrich von Bern. Dann sah er noch zu,
wie einem Pferd die Hufeisen erneuert wurden, und so beklommen war sein Herz bei diesem Schauspiel, daß ihn selbst der arge

Gestank des angesengten Hufs nicht vertreiben konnte. Er
staunte nur, daß ein Pferd so schön stille halten konnte, während
man ihm Nägel in die Füße schlug. Er ging weiter, aber das Staunen über diesen sonderbaren Umstand wollte ihn gar nicht mehr
verlassen. Er dachte: Man sollte das einmal bei mir probieren!
Man sollte mir einmal Nägel in die Füße schlagen! Erstens
würde ich schreien, und dann . . . dann würde schon Papa kommen . . .

Als er sich der Fischergasse mit ihrem schlechten Pflaster und
ihren kleinen, baufälligen Häusern näherte, dachte er: Dies
Fürth ist doch eine häßliche Stadt. Warum hat mich der liebe
Gott nicht in einer Stadt mit schöneren Häusern geboren werden
lassen? Schon der Name ist häßlich. Es gibt doch so schöne
Städte: Babylon oder Bagdad oder Palmyra . . .

Seine kindische Sehnsucht machte seine Schritte größer und
hurtiger. Bald lagen die Wiesen vor ihm.

II

Lange Zeit verfolgte er die Landstraße, die kahl und schattenlos
dalag, während der weiße Staub sie gleich einer Mehlschicht bedeckte. Am wolkenlosen Himmel stand die Sonne, und alles
Land lag da: leblos, gleichsam schlaftrunken. Bienen und Hum-
meln summten vorbei, und der Kohlweißling und das Pfauen-
auge flatterten umher. Hinter den Hügeln drüben erhob sich ein
Dorfkirchturm einsam in die Luft, lang und schmal wie eine
Lanze. Ein leichter Schleier verhüllte die Fernen, und je weiter
sich der Knabe von der Stadt entfernte, desto stiller, desto feier-
täglicher wurde es in der Runde um ihn. Er hätte immer zuwan-
dern mögen in diese große Ebene hinaus, die so trügerisch den
Schein eines Unermeßlichen erweckte. Nichts fesselte das Auge
hier, und stets sah man die schwere, gleichförmige Linie des Horizonts; aber dies Flachland birgt Schönheiten, die denen der
Nacht verwandt sind.

Peter Vogelsangs Ziel war der Wald. Und während er weitertrippelte, überließ er sich völlig seinen Träumereien. Wie herrlich wäre es, wenn er jetzt als Anführer einer Armee die Straße zöge! Natürlich mußte er dazu schon groß sein und stark – stärker als Haushammers Fritz, ja sogar stärker als der Vater selbst. Er blieb stehen ... nein, am Ende war es doch viel hübscher, Kapitän zu werden, Seeräuber zu werden. Er legte den Finger an die Nase und sann emsig darüber nach, was wohl ersprießlicher sein möchte: Feldmarschall zu werden oder Seeräuber? Wenn er aber bedachte, daß man es vom Feldmarschall gar leicht zum Kaiser bringen kann? Es war schwer, darüber ins Klare zu kommen. Er wollte die Bäume an der linken Seite der Straße zählen, bis hinauf zur Hügelspitze, und wenn eine gerade Zahl herauskam, wollte er Kaiser werden, und wenn eine ungerade herauskam, wollte er Seeräuber werden. Wenn das Tante Lina wüßte, würde sie natürlich wieder lachen, aber wovon verstand sie denn eigentlich etwas? Überhaupt, die Mädchen verstehen ja gar nichts, sagte er finster vor sich in. Er haßte die Mädchen, und obwohl Tante Lina schon verheiratet war, rechnete sie Peter doch zu den Mädchen. Sie redete immer bloß von ihrem Alfredchen und von ihren neuen Tüllgardinen oder so, und vom lieben Gott zum Beispiel verstand sie gar nichts. Auch hatte sie nicht einmal gewußt, daß die Sonne größer ist als die Erde. Das empörendste war aber, daß sie immer vom Storch sprach, der die kleinen Kinder bringe. Als ob er das geglaubt hätte, solche Kindermärchen!

Und er versank in tiefes Grübeln. Eigentlich war er doch noch nicht fertig mit diesem Storch. Wer sollte einen denn sonst bringen, wenn es nicht der Storch war? Aber andrerseits, welches Interesse konnte der Storch daran haben, daß die Menschen Kinder bekämen? Ja – und dies war der Hauptpunkt: im Herbst ziehen doch die Störche fort, können also keine Kinder bringen; er wußte aber ganz genau, daß die Kinder auch dann auf die Welt kommen, wenn gar keine Störche mehr da sind. Und was ist dies für ein geheimnisvoller Ort, wo die vielen winzigen Kinderchen liegen? Ein großer See, von dunklen Wildnissen umspannt; ro-

senfarbene Vögel schwimmen darauf umher, und am Rand steht
himmelhohes Schilf. Und es gibt keinen Tag und es gibt keine
Nacht dort, sondern immer nur ein seltsames Dämmern, und
eine Prinzessin liegt im Wald und ist verzaubert und schläft, bis
der Königssohn kommt.

Er betrat den Wald. Schlanke Föhren standen da, so weit man
sehen konnte. Ringsherum war es halbhell; aber wenn man zwischen den Stämmen durchschaute, wurde es dunkler und immer
dunkler, bis sich der Blick in Nacht verlor. Der Boden war
schwellend weich und glatt, denn er war von Nadeln ganz besät.
Ein Specht hackte unaufhörlich, und weit in der Ferne rief der
Kuckuck. Drüben am Grabenrand standen große, schneeweiße
Blüten auf starken Stengeln, und sie schwankten hin und her,
wenn ein Luftzug sie traf.

Hier und dort waren die Stümpfe frisch abgesägter Bäume,
und das glatte Holz leuchtete mit seinem dunklen Gelb weithin
durch den Wald. Bald schlossen sich die Stämme dichter zusammen, und jegliches Geräusch verstummte. Es schien auch, als ob
die Bäume höher würden, und die Dämmerung breitete sich aus
gleich einem Schleier. Müde schlich Peter vorwärts. Spinnfäden,
die sich von Stamm zu Stamm spannten, legten sich um seine
Wangen, und das Unterholz breitete sich aus wie eine kleine
Wildnis und erschwerte das Gehen. Erschöpft legte sich der
Knabe unter einigen Tannen zur Rast nieder. Wie schlank und
stolz erhoben sich die starken Bäume! Wie weich war dieses Lager trockener Nadeln, wie süß und still war die Luft und wie voll
von Frühlingsträumen war sie! Wie schwer wurden die Gedanken und wie heimlich zugleich! Wie fern war die Welt, wie fern
der Lehrer mit seinen Schulaufgaben und die dummen Buben
alle mit ihren Neckereien! Wie müd konnte man sein und wie
froh zugleich!

Peter wollte sich bald wieder erheben, aber auf seinen Gliedern lastete es wie Blei. Er sagte sich: Ich muß ja nach Hause; ich
werde sonst zu spät zum Abendessen kommen. Doch er hatte
nicht einmal die Kraft, den Kopf zu heben. Es war schön, mit

ausgestreckten Gliedern daliegen zu können wie ein Kaiser und ins dunkelgrüne Nadelwerk zu blicken. Immer zu phantasieren, so, als ob es keine Menschen gäbe. Wenn er Kaiser wäre, wie schön würde es auf der Welt sein! Nur dreimal in der Woche würde Schule abgehalten, und dann würde er Stolbergs Wilhelm, der ihn immer während der Rechenstunde am Nacken kitzelte, von seinen Leibwächtern durchprügeln lassen. Aber mitten in die herrlichen Gedanken trat wieder die Sorge um die Heimkehr. Er fühlte es wie einen Druck auf dem Herzen, ja, es wurde ihm sehr angst, aber dennoch fesselte es ihn wie mit Ketten an diese weiche, kühle Walderde. Die Mutter glaubte ihn bei Haushammers Fritz oder bei Tante Lina, und er lag da, fern von der Stadt, und ihm war so gut! Er hatte nun die Empfindung, als sei er aufgesprungen und wandere heimwärts, aber in Wirklichkeit waren ihm die Lider zugefallen, und er schlief.

Er träumte, daß er ein Pferd sei und man ihm Hufeisen an die Füße nagelte. Aber siehe, er empfand gar keinen Schmerz, und er war sogar stolz auf diesen neuen, glänzenden Schmuck.

Dann träumte er, er sei gestorben. Er wurde in einen Sarg gelegt und wurde begraben. Aber als er drunten lag im Grab, da fand er, daß er noch nicht ganz gestorben sei, und er wachte wieder auf. Er krabbelte aus dem Loch heraus und, angetan mit einem großen weißen Totenlaken, machte er sich auf den Heimweg. Die Stadt lag noch im Morgengrauen und war ganz, ganz öde. Da begegnete ihm am Bahnhof Haushammers Fritz.

„Ich hab' gedacht, du bist tot", sagte der.

„Ich war schon tot", erwiderte Peter, „aber jetzt bin ich wieder aufgewacht."

„Jetzt gehst gewiß heim?"

Peter nickte.

„Was wird denn da dein Vater sagen, wennst jetzt schon wiederkommst? Der wird schimpfen!"

Am Brunnendenkmal blieb Peter stehen und dachte nach. Und er bekam solche Furcht davor, was der Vater sagen würde, daß er schnell wieder umkehrte und sich ins Grab legte.

III

Als er erwachte, war es Nacht. Große Angst erfaßte ihn, und die
kühle Luft drang ihm bis auf die Haut. Das Weinen war ihm nah,
als er sich so allein sah, mitten im Wald, Gott weiß zu welcher
Stunde der Nacht. Wenn jetzt Räuber kämen oder Mörder oder
Kobolde oder Riesen . . . Hastig ging er vorwärts, am ganzen
Körper zitternd.

Schneller, als er gedacht, lichtete sich der Wald. Und dann ging
er die Landstraße hinab, und weithin dehnten sich Äcker und
Wiesen, und das grüne Mondlicht lag auf allem Land. Schier-
lingskraut und Löwenzahn standen am Weg, und der Tau breitete sich aus, daß es schien, als ob der Boden dampfe.

Peter schritt rasch und mit angstvollem Herzen weiter. Kein
Mensch begegnete ihm; kein Haus, keine Wirtschaft war in der
Nähe. So still war es und so voll Frieden wie in einer Kirche.
Wenn er innehielt, um Atem zu schöpfen, konnte er weit in der
Ferne den Schrei des Käuzchens vernehmen, und er fürchtete
sich davor. Einmal biß er sich auf die Unterlippe, um nicht laut
aufzuweinen. Was wird die Mutter sagen, murmelte er beständig
vor sich hin. Da entsann er sich dunkel, daß ein schwerer Traum
seinen Schlaf beunruhigt hatte. Aber er wußte nicht mehr, was er
geträumt hatte. Er zermarterte sich förmlich, dachte tief und andächtig nach, aber es war, als necke ihn der Traum noch jetzt – je
mehr er sich quälte, je ferner fühlte er sich seiner Spur. Doch
hatte er die Empfindung, als sei dadurch eine Lücke in seinem Innern entstanden; die Vorstellung des bösen Traums beunruhigte
sein Gemüt, und die Furcht vor dem Unbekannten ließ das nur
Geträumte zu einer lebendigen Gefahr anwachsen.

Schon betrat er die Straßen der Stadt, da hörte er elf Uhr vom
Rathausturm schlagen. Er seufzte erleichtert auf, denn er hatte
geglaubt, es sei schon drei Uhr oder gar vier Uhr. Allerdings,
wie einsam war es auch auf all den Gassen! Kaum daß man in den
Stockwerken der Häuser noch hie und da ein Licht gewahrte.
Keine Laterne brannte. Zauberhaft nahm es sich aus, wenn so die

Straße in Licht und Finsternis geteilt schien, auf der einen Seite der Mondschein, der die nüchternen Bauten verschönte und alles Häßliche an ihnen versteckte. Die scharfgeschnittenen Schatten, die es überall gab, und dann der tiefgrüne Nachthimmel mit ein paar schüchternen Sternen, die nur wie hingehaucht erschienen . . . Über all dem schwebte dieser leise, leichte, duftige Frühlingsnebel, unbeweglich und traumhaft.

Bald stand Peter am Wohnhaus in der Theaterstraße. Das Tor war versperrt, und er mußte läuten. Niemand kam. Sein Herz klopfte zum Zerspringen, als er zum zweitenmal den verrosteten Glockenknopf zog. Ein schriller, zirpender Laut drang bis auf die Straße heraus.

Endlich wurde oben ein Fenster aufgerissen, und der Kopf der alten Magd wurde sichtbar. Ihre große, weiße Haube ragte weit vornüber. Sie grunzte, rief etwas ins Zimmer zurück, schlug das Fenster wieder zu, und gleich darauf polterte sie die Stiege herab und empfing den Knaben mit jener Flut wohlgemeinter Schmähungen, die oft größere Freudenbezeugungen sind als Küsse. Der Vater sei fort, um ihn zu suchen, und die Mutter weine sich die Augen aus dem Kopf.

Als er furchtsam die Tür des Wohnzimmers öffnete, sah er die Mutter am Tisch sitzen. Aber sie weinte nicht. Sie blickte den Knaben traurig an, doch so, als ob sie ganz vergessen hätte, daß sie seinetwegen Sorgen gehabt, und als ob ganz andere Bekümmernisse sie jetzt erfüllten – wie eine Frau, welche die Zukunft ihrer Kinder in dunklen Farben sieht. Sie sagte kein Wort zu Peter.

Der Knabe stand an der andern Seite des Tisches und wagte nicht, die Augen aufzuschlagen. Er heftete seine Blicke auf die Zeitung, und immerfort las er die Kapitelüberschrift des Romans. Immerfort las er das: „Achtzehntes Kapitel. Alma wird gerächt." Dabei aber schlug das Ticktack der großen Wanduhr unaufhörlich an sein Ohr, und sogar das schnelle Ticken der kleinen Taschenuhr vernahm er, die der Mutter gehörte und die an der Wand über der Kommode hing. Bald darauf begann Barbara, in der Küche geräuschvoll mit den Tellern zu hantieren, und diesen Lärm empfand er im Innern wie einen Trost.

Als sein Blick nach einiger Zeit die Mutter traf, hatte sie sich blaß und abgespannt in den Stuhl zurückgelehnt. Und seltsam, in diesem Moment kam es wie eine Erleuchtung über ihn, und der Traum im Wald stand lebhaft und in aufdringlichen Farben vor seiner Seele. Aber noch immer redete er nicht. Das war ihm unmöglich, hinzugehn zur Mutter, ihre Hand zu nehmen und zu sagen: Verzeih mir.

„Wo warst du?" fragte endlich die Mutter mit einem Stirnrunzeln, das so klang, als wäre sie von einer Last schwerer Träume erlöst worden. Dann erst wiederholte sie, gleichsam sich selbst findend, in strengerem Ton und mit drohendem Stirnrunzeln: „Wo warst du?"

Peters Finger spielten mit den Fransen des Tischtuchs, und seine Blicke suchten am Boden umher. Und so oft auch die Mutter fragen mochte, der Knabe schwieg beharrlich. Nicht aus Trotz, nicht aus Verstocktheit, nicht aus Furcht, sondern nur deshalb, weil er nicht reden konnte. Er vermochte nicht ein einziges Wort zu finden. Er kam sich in diesem Augenblick so schuldbeladen vor und zugleich so arm und weltverloren, daß er sich völlig in diese Vorstellungen voll Schmerz und Trauer vertiefte.

Da hörte man Schritte auf der Treppe und die Mutter nahm ihn rasch bei der Hand. „Der Vater kommt", sagte sie, „er wird dich schlagen. Schnell, geh hinein und schlüpf ins Bett. Ich will ihm sagen, daß du schläfst. Und jetzt mußt du brav sein, und wenn du brav bist, sag' ich es Lizzi. Lizzi kommt nämlich morgen. Freust du dich? Du hast sie doch schon lange nicht mehr gesehn? Das ist jetzt ein großes, schönes Mädchen geworden, und du mußt recht nett mit ihr sein."

Dann stand er in dem finstern Zimmer, wo sich sein Bett befand. Aber er entkleidete sich nicht, sondern setzte sich auf den Bettrand und versank in tiefes Sinnen. Was die Mutter eben getan, erschütterte ihn bis ins Innerste. Sie wollte also nicht, daß

der Vater ihn schlug? Ja, und warum war sie so traurig gewesen?
Sonst, wenn er sich verspätet oder wenn er irgendein Unheil an-
gerichtet, hatte sie ihn ermahnt oder hatte gescholten, und heute
war sie so still und nachsichtig gewesen . . . Hätte sie ihn doch
lieber gescholten! Hätte sie ihn doch an den Ohren gepackt! . . .
Aber sie schien so traurig zu sein, und er fragte sich: Warum ist
die Mutter nicht glücklich? Sie hat doch immer so viel Geld, und
sie kocht doch immer so gute Sachen, und so schöne Kleider hat
sie und Schmucksachen, und den Vater hat sie auch? Und Lizzi
sollte kommen? Die freche kleine Cousine Lizzi? Er wollte ihr
schon zeigen, daß er jetzt ein Mann geworden sei, und wenn sie
frech war, so würde er sie einfach mit Verachtung strafen . . .
Aber im tiefsten Grund seines Herzens wurde es gleichsam ein
bißchen warm und gemütlich, wenn er an Lizzi dachte.

Die regelmäßigen Atemzüge der beiden kleineren Geschwister drangen an sein Ohr, und vom Wohnzimmer her kam jetzt
die sonore Stimme des Vaters in beständigem Gemurmel herüber. Das Mondlicht fiel durchs Fenster und zeichnete vier Pa-
rallelogramme auf den Boden, über denen der Schatten des Gar-
dinenmusters wie ein Nebel gebreitet war.

Da hörte er des Vaters Stimme, hart und hastig: „Es muß sein,
Agnes. Das Geld muß ich haben. Ich bedaure, daß ich so viel
Liebe an dich verschwendet habe, wenn du mir nicht einmal dies
kleine Opfer bringen kannst."

Darauf erwiderte die Mutter eindringlich und entschieden:
„Niemals, Rudolf! Das Geld ist für unsere Kinder deponiert
worden, und kein Pfennig soll davon genommen werden. Du
hast es damals selbst gewollt. Ich erinnere mich noch genau, wie
du kamst. Oder soll das auch nur eine von deinen großen
Redensarten gewesen sein?"

„Ich mache keine Redensarten. Du machst Redensarten. Und
wenn du eine vernünftige Frau wärst, würdest du wissen, was du
jetzt zu tun hast. Du siehst doch, daß ich zugrunde gehe . . ."

„Du bist ein Egoist", erwiderte die Mutter so leise und so traurig, daß von diesem Tage an das Wort Egoist in Peters Vorstellun-

gen als etwas Ungeheures und Furchteinflößendes sich entpuppte. „Du hast nie für andere Leute ein Gefühl gehabt. Nur
für dich. Man braucht dich ja nur reden zu hören. Selbst wenn
du von andern sprichst, sprichst du nur von dir selbst; heut
abend, wie Peter nicht kam, hast du nur immer über die Sorge
gejammert, die dir der Bub macht, aber . . .“

„Schweig, schweig, du bist lächerlich“, flüsterte der Vater heftig und sehr erregt.

„Schweigen? Ich hab elf Jahre lang geschwiegen. Ich gebe
mein Herzblut für euch hin, sagst du immer. Aber ich, ich für
meinen Teil finde gar nichts Besonderes in dem, was du tust. Erstens sitzest du jeden Abend im Wirtshaus und spielst und bist
vergnügt, und ich bin dir gleichgültig. Es ist dir gleichgültig, was
ich treibe. Wir waren eine gute Partie, nun ja, das ist eigentlich
alles. Du hast nie gewußt, was eine Frau ist und was sie sonst
noch für Sehnsucht haben könnte außer ihrem Wochengeld und
. . . Ich darf zugrunde gehen in Langeweile und Einsamkeit, du
hast ja deine Gesellschaft beim Kartenspiel, und die ist dir lieber
als Frau und Kinder . . . nein, nein, denke nur nicht, daß ich was
von dir begehre. Ich habe nie was gewollt, aber was du jetzt von
mir willst – oh, ich durchschaue dich. Dich kenn ich!“

Noch viele Worte hörte Peter, aber es waren nur Worte für ihn.
Langsam kleidete er sich aus und kroch ins Bett. Seine Bewegungen waren alle schwer, fast getragen vom Nachdenken. Ja, er
kam sich so feierlich vor, so viel würdevoller als sonst und viel
männlicher. Und er glaubte alles zu verstehen, was er gehört
hatte. Zum erstenmal schaute er in das Leben, das vor ihm lag,
hinein wie in ein dunkles Loch. Ein leichter Schreck ergriff seine
Seele, und er fühlte etwas wie Schwäche gegenüber den künftigen Tagen. Diese Welt erschien ihm vollgepfropft mit unheimlichen Schicksalen und häßlichen Leiden. Sein Geist flüchtete
ängstlich in die alten Zeiten der Sagen und der Heldentaten, und
das Übernatürliche und Traumhafte war ihm das allein Begreifli-
che und Berechtigte. Und er schloß die Augen, und Bild auf
Bild, blaß und blasser, schwebte ihm vorbei, und Märchen und

Wunder erfüllten sein Herz, und seine Träume waren leicht und golden.

IV

Ganz ohne Übergang, ganz plötzlich und stürmisch waren Ende April diese warmen Tage gekommen. In allen Gassen roch es nach Frühling, und die jungen Blüten wiegten sich bedächtig hin und her und wußten ihr junges Leben noch nicht so recht zu genießen. Der Frühling hat uns überfallen, sagte Frau Agnes Vogelsang, und sie lächelte dabei so, als ob von einem guten Freund gesprochen würde.

Peter, der seit drei Tagen Ferien hatte, fühlte sich froh im Bewußtsein der freien Herrschaft über all die Stunden des Tages. Des Morgens saß er still im Zimmer und las. Er vertiefte sich in die Historien des alten babylonischen Reiches. Ja, diese asiatischen Völker in all ihrem satten Prunk, mit dem Geheimnisvollen und Düstern, das sie umgibt, lockten ihn sehr. Wenn er die seltsame Geschichte des Sardanapal las, so ergriff ihn jedesmal eine fast dichterische Glut, und er sah die Feuer an den Wänden des Palastes lodern, und er hörte die schmerzlichen Schreie der Frauen, und er sah den König selbst, wie er inmitten seiner Getreuen stand und die Lanze gepackt hielt wie ein echter Held und wie er bleich wurde und wie dann die Flammen kamen und wie der Rauch kam und wie er lächelte und immer lächelte, wenn die andern sich vor Schmerz wanden. So sah er den Sardanapal. Und er erzählte das alles Haushammers Fritz, und sie unternahmen Heldentaten von ähnlicher Bedeutung, zogen mit Holzschwertern in den Wald hinaus und suchten einsame Burgen und stille Höhlen und wilde Tiere und die Fußstapfen böswilliger Feinde. Und er träumte des Nachts von seltsamen Ländern, wo Blumen waren, so groß wie bei uns die Bäume, und wo ein ewiger Sonnenbrand herrscht oder eine ewige Dämmerung oder der süße Frieden des Waldes und wo die Menschen gute Augen haben und

wo fromme und starke Könige die schönsten Knaben als Pagen
in ihren Palast rufen lassen. So ging sein Tag in Träumen hin, und
sein Auge suchte in dieser Welt der Zahlen nach Wundern. Und
er las auch die Bibel (heimlich las er sie), und ein kühler Schreck
erfaßte sein empfindliches Herz vor jenen blutigen Greueln und
vor jenen übermenschlichen Gestalten der grauen Vorzeit. Und
erst des Abends, wenn er oft mit Barbara am Herdfeuer der Küche saß, wenn die Sphinxe und die Nixen und die Nymphen sich
erhoben aus düsteren Verstecken, wenn der Wald in seiner süßen
und ziehenden Dunkelheit wie ein lebendiger Mensch erschien,
wenn die flackernden Flammen des Herdfeuers als kleine, boshafte Kobolde ein spukhaftes Wesen trieben, wenn Drachen und
Lindwürmer mit feurigen Glotzaugen vor dem Sims saßen und
durch die Scheiben starrten, wenn jeder Kochtopf sich als ein
Zauberwerkzeug und jeder Schemel sich als feige schleichendes
Tier entpuppte, dann war das Leben eitel Abenteuer und Furchtbarkeit für Peter, und es lockte und rief ihn hinaus auf Heide und
Moor und Wald und Tal mit tausend wohlverständlichen Stimmen.

Frau Agnes liebte das alles nicht. Sie liebte die Träumereien
nicht, und sie liebte die Märchenbücher nicht für den Knaben.
In dem melancholischen Ausdruck seiner Augen lagen ohnehin
schmerzliche Garantien die Fülle für sie. Sie wußte, daß er nur
mit älteren Knaben verkehrte und daß er gegen jüngere einen gewissen Hochmut zur Schau trug oder eine fast väterliche Nachsicht. Es war ihr ja kein Rätsel, wie dies Düstre, gleichsam
Schwerflüssige in das Kind gekommen war. Ihr selbst hatte das
Leben nie viel Munterkeit und Glück gegeben, und trüb und finster und plump war diese Stadt. Streng und ernst und geradlinig
war das Land. Wenn man draußen stand auf dem Feld, und man
sah die bleiernen Wolken des Himmels über sich, so mußte man
träumen. Man verlor die Energie des Gedankens und mußte
träumen. Das Haus da war nicht alt, sonst hätte gewiß nicht jene
heimliche Poesie der alten fränkischen Häuser gefehlt; nein, es
war so neu und kahl wie die Fabrikschlote, die gegen den Anger

hinaus lagen. Und viel Werktätigkeit und Hastigkeit war in allen Straßen der Nähe, und spielende, schlecht gekleidete Kinder schrien und lärmten in allen Höfen.

Doch den Zimmern der Etage hatte Frau Agnes die Züge ihres Wesens aufgedrückt, und jene unauffällige, wohltuende Harmonie lag darüber, von der die Tante Regina meinte, daß man dabei an seine Kindheit denken müsse. Wie fremd und geheiligt erschien Peter stets der halbdunkle Salon mit seinen grünlichen Lichtern, mit dem scheuen Glanz seiner hohen Spiegel! Und wenn seine Mutter mit ihrem ein wenig schleppenden Gang durch die Flucht der Räume schritt und nachdenklich hier eine Decke glättete und dort den Staub von einer Platte wischte, so fühlte selbst der Knabe, wie vieler Enttäuschungen es bedurft hatte, um all ihre Wünsche auf dies winzige Königreich zu beschränken, und ein schmerzlich unbewußtes Begreifenwollen regte sich in ihm.

Heut soll Lizzi kommen, dachte Peter, der am Ofen saß, den Kopf in die Hand und den Ellbogen auf das Knie gestützt. Und er dachte darüber nach, welch ein ernstes und gemessenes Gesicht er machen wollte, wenn er ihr die Hand gab; er wollte sich verbeugen und wollte sagen: Ach, das ist schön, daß du gekommen bist. Nach dem Ach wollte er eine kleine Pause machen.

Von der Küche drangen Bratengerüche herein, und überdies roch es nach Kastaniengemüse. Peter lächelte begehrlich, und dann runzelte er die Stirn, in Sorge, daß die Mutter zu wenig davon kochen würde wie neulich. Diese Sorge beunruhigte ihn so sehr, daß er beschloß, in die Küche zu gehen.

Aber als er den Fuß über die Schwelle der Küchentür setzte, blieb er erschrocken stehen. Frau Agnes saß auf dem Kehrichtfaß, in der einen Hand den langen, hölzernen Kochlöffel, mit dem sie das Mus gerührt hatte, in der andern einen Brief. Sie sah über den Knaben hinweg, geradeaus ins Leere. Ihr Gesicht war fahl, und ihre Lippen waren blau. Peter wagte nicht, sich zu rühren, während er lange Zeit mit zuckenden Mundwinkeln dastand und zuschaute, wie langsam stille Tränen über die Wangen seiner Mutter rannen und wie ihr Oberkörper sich vorbeugte

3*

und auf das Anricht zu fallen schien. Und dann erhob sie sich rasch, und sie schämte sich, vor dem Kind so schwach gewesen zu sein; daher drückte sie das Taschentuch fest gegen die Augen, als sie hinausging.

Peter sann und sann. Doch inmitten der Erregung sah er das Kastaniengemüse schmoren und brodeln, und damit das leckere Gericht nicht zugrunde gehe, nahm er zaghaft den großen Löffel und rührte und rührte, während seine schwärmerischen Blicke gleichsam die Finsternis des Lebens zu durchdringen suchten und ein großes Mitleiden ihn erfaßte gegen ein Unbestimmtes, gegen ein leidendes und trauriges Geschöpf. Doch in seine männlichen Entschlüsse und altklugen Betrachtungen fuhr die fette Stimme der alten Barbara, die ihm den Löffel aus der Hand riß und mit entrüsteten Naturlauten den unbequemen Koch vor die Türe setzte.

Aber dann lief sie ihm plötzlich nach, nahm ihn auf den Arm und setzte sich auf die Stufen im Flur. Auch sie hatte verweinte Augen, doch sah sie nichtsdestoweniger sehr grimmig aus. Und sie sagte zu Peter, daß sein Vater fort sei und daß sein Vater ein Taugenichts sei und daß sie ihm, Peter, die Rippen entzweischlagen werde, wenn er nicht dazutue, ein ordentlicher und braver Mensch zu werden, der seiner Mutter eitel Freude bereitet. Und sie schien Lust zu haben, die angedrohte Strafe sogleich zu vollziehen.

Peter begriff nichts von alledem. Was sollte das heißen: der Vater ist fort? Wenn man einmal verheiratet ist, gehört man auch zusammen, und dann hat man sich auch lieb. Was konnte der Vater ohne die Mutter anfangen? Wer würde ihm sein Essen kochen? Wer würde ihm die Strümpfe stricken? Peter schüttelte den Kopf und lächelte still und froh in sich hinein. Dann ging er mit übergroßen Schritten im Wohnzimmer auf und ab und dachte an Lizzi, die von all dem keine Ahnung hatte, und er freute sich darauf, sie unterrichten zu können, wie bitter und ernst das Leben ist und daß die kleinen Kinder ganz woanders herkommen als vom Storch und daß es für ihn eine beschlossene Sache sei, Feldmarschall zu werden.

Und sein Blick glitt etwas trotzig zur Mutter hinüber, die am Fenster stand und die Stirn an den eisernen Querriegel gedrückt hatte. Ihre Frisur hatte sich gelöst, und das reiche, dunkelblonde Haar fiel wie eine Flut, wie ein Wasserfall bis hernieder auf die Erde, und oben in den zitternden Löckchen spielten die Sonnenstrahlen. Und als der Knabe den bitteren und gequälten Ausdruck ihres Gesichts sah, wachte auf einmal eine heiße Begierde in ihm auf, recht schnell groß zu werden, und er fühlte es wie eine Schmach, und es demütigte ihn förmlich, daß er noch so klein war und erst neun Jahre alt.

Gleich nach Tisch schlich er davon. Im Korridor hatten die beiden Geschwister aus einer Stiege und drei Stühlen eine Art Karosse erbaut, und davor stand ein richtiges Holzpferd. Peter sollte den Kutscher machen wie sonst, doch Peter lächelte verächtlich und sagte: „Ich bin überhaupt schon viel zu groß für das Zeugs da." Und er achtete den Protest der Bittsteller für nichts und schritt erhobenen Hauptes weiter. Doch er konnte es nicht unterlassen, trotz des fast männlichen Stolzes, der ihn jetzt erfüllte, rittlings am Stiegengeländer herabzugleiten, so daß er blitzschnell im Hausflur anlangte.

Hinaus gegen den Fronmüllerssteg und unter die Riesenbögen der Eisenbahnbrücke! Dort legte er sich ins warme Gras und blickte hinauf an die Wölbung und träumte von einem Zusammenstoß, wobei viele Menschen umkamen und wo er sich als ein hilfreicher und tapferer Mann zeigen könne. Und dann ging es quer durch die Wiesen zum Waldmannsweiher, wo braun und schwer und düster das Wasser lag. Und das Wasser war tief wie ein Meer, und in seinem Grund gab es ungeheure Fische und böse Geister, die der König Salomon in Flaschen eingesperrt hatte. Und ringsherum gab es keinen Vogel, und kein Mensch ging vorbei. Und die Bäume hatten dunkelrote Blätter, die ganz unbeweglich an den Zweigen hingen. Drüben rauschte der Fluß, und hinauf und hinunter streckte sich die Ebene schier endlos. Die Stille war groß, und der Frieden war eindringlich, und es kamen wieder die alten Träume der Macht über Peter, und er sah sich in samtenem Gewand vor dem Lehrer stehen, und der zitterte vor Ehrfurcht und fragte: Was begehrt mein hoher Gebieter? Und dann zerfloß diese Fülle von Schönheit und Ruhm, und eine weiche zerfließende Wehmut beherrschte dies Kind, und seine Augen blickten verlangend nach der Lösung eines Rätsels, obwohl es doch noch weit von jener Periode entfernt war, wo der jugendliche Geist sich mit schemenhaften Bildern verquält und befleckt. Aber das Leben selbst erschien ihm als etwas ganz Erstaunliches und Fremdartiges; in seiner Seele schrie es förmlich nach Licht, wenn seine kindliche Phantasie vor jener Schranke haltmachen mußte, an welcher der Storch stand, ein Gegenstand der Verachtung und ehrfurchtgebietend zugleich. Es war auch etwas in ihm, das gleichsam nach Hilfe rief, nach Freundschaft. Es dürstete ihn danach, in die Arme genommen zu werden, in weiche, gute Arme, und daß man ihn dann küßte, auf die Stirn vielleicht oder auf den Mund, und daß man ihm sagte: Du bist brav, Peter, und ich hab' dich gern, und du hast so nette Augen, und dein Haar ist so weich. So träumte Peter, und seine Frische und die natürliche Kraft seines Wesens waren es, die ihn erschauern ließen, wenn eine schöne Frau seinen Weg kreuzte und wenn sie ihn anlächelte, daß er hätte vergehen mögen oder daß er hätte weinen mögen in irgendeinem süßen Schmerz.

Und als er gegen fünf Uhr des Nachmittags am Tor des Geschäfts in der Blumenstraße ankam, zitterte immer noch sein Herz unter der Stärke und dem Reichtum seiner Sehnsucht. Im Gewölbe herrschte eine große Unordnung, und die lichtlosen, kellerartigen Magazine waren noch unheimlicher als sonst. Aus den morschen, zerfaserten Dielen stieg bei jedem Schritt der Staub auf, und alle Spinngewebe waren schwer davon. Peter wagte es nicht, die Mutter anzureden, die in einem Verschlag nebenan über Büchern und Rechnungen gebeugt saß. Niemand beachtete ihn, und er hatte den innigen Wunsch, daß ihm jetzt etwas recht Schlimmes und Bitteres passieren möge, nur damit man sich ein wenig um ihn kümmere.

Er ging hinaus auf den Hof, setzte sich auf den Brunnentrog und gedachte, über all das Unerklärliche, das sich hier abspielte, tief und eindringlich nachzudenken. Doch er dachte statt dessen nur an Haushammers Fritz und an die Schlacht, die er heute mit ihm gewinnen müsse. Wenn ich doch so gut wiehern könnte wie Fritz, dachte er; er sitzt auf seinem Pfahl und wiehert wie ein richtiges Pferd.

Da berührte plötzlich eine leichte, kleine Hand seine Schulter, und als er aufschaute, war es Lizzi. Er vermochte nicht zu sprechen. Er wurde purpurrot im Gesicht, und es ward ihm so heiß, daß er kühle Tropfen auf seiner Stirn verspürte. „Grüß Gott, du", begann das Mädchen. „Kannst du nicht einmal grüß Gott sagen?" – „Grüß Gott", flüsterte der Knabe folgsam. „Hübsch bist du übrigens", erklärte Lizzi anerkennend und warf den Kopf in den Nacken. „Weißt, ich bin schon seit drei Uhr da. Um drei Uhr bin ich mit der Bahn gekommen." – „Allein?" fragte Peter mit schüchterner Bewunderung. „Ach nein, Vetter Höfting hat mich begleitet. Der ist Soldat." – „Hm", machte Peter, „ich werde auch Soldat, ich werde Marschall."

„Eigentlich hättest du mich doch küssen sollen", meinte Lizzi stirnrunzelnd. „Ich bin ja von der Reise gekommen."

„Tu's doch!" erwiderte Peter, über und über erglühend.

„Nein – du *mich!* Eine Dame darf einem Herrn keinen Kuß geben", sagte Lizzi laut und nachdrücklich.

„Du bist doch keine Dame", brummte Peter verächtlich, und er freute sich, daß er diesen wegwerfenden Ton gefunden hatte. „Du prahlst ja."

Aber Lizzi lachte ausgelassen und schob trotzig das Kinn zurück. „Gerade bin ich's! Und doch! Überhaupt du! Deine Mutter hat gesagt, du bist ein Träumer." Und sie tanzte um ihn herum und klatschte in die Hände.

Peter antwortete nichts. Er machte ein schwermütiges Gesicht und hieb mit seinem Weichselrohr emsig auf den Brunnenschwengel los. Da trat das Mädchen zu ihm heran und flüsterte ihm ins Ohr: „Du, Peter, was ist denn eigentlich bei euch los?

Sag doch nur? Tante Agnes hat geweint, wie ich gekommen bin. Sag doch! Ich bin so neugierig!"

„Das verstehst du ja doch nicht!" Peter machte sich würdevoll daran, seinen Rock zuzuknöpfen.

„Bist du mir bös?" fragte die kleine Lizzi und zog verlegen an Peters Haaren. „Komm, sei lustig! Du mußt nicht immer so den Kopf hängen. Wenn du lustig bist, will ich dich auch küssen – wahrhaftig!"

Und sie näherte ihre Wangen dem Gesicht des Knaben. Und sie sah ihn an mit jener seltsamen Koketterie kleiner Mädchen. Peter preßte die Lippen zusammen, und sein Kopf ward ihm wahrlich schwer. Und mit zwei Fingern zog er an der Unterlippe und riß ein Stückchen Haut davon weg. Das alles begriff Lizzi nicht. Nicht, warum er so rot geworden und auch sein Schweigen nicht. Doch plötzlich, während sie sinnend zum Himmel emporblickte, ergoß sich über ihre Wangen eine Flut von Scham. Sie wandte sich und lief ins Haus. Und Peter schüttelte betrübt den Kopf. Er fühlte sich erbittert und erregt und unzufrieden und wußte nicht warum. Gehässig und feindselig blickte er zu Boden.

V

Und gegen Abend gingen sie zusammen nach Hause, Hand in Hand.

Schon war die Sonne untergegangen, und am westlichen Himmel lag die Röte wie ein großer, gleichmäßiger Farbenklecks. Der Himmel war wolkenlos; er sah in seiner Klarheit wie poliert aus, und die Bäume in den Gärten, die Sträucher und die Hecken waren mit ihrem blauvioletten Kolorit gleichsam hineingraviert in das stählerne Blau des Firmaments. Man sah gar keine eilfertigen Menschen; jeder schien müde zu sein wie nach einem Bad. Man vermochte an gar nichts anderes zu denken als nur daran, wie schön dieser Abend sei.

Und die zwei Kinder trotteten an den Häusermauern entlang.
Sie blickten in die Abendröte, und ihnen war, als müßten sie immer weitergehen, bis hinein in das Sonnenfeuer, um dort, wer
weiß, vielleicht nur zu schlafen. Die Häuser, die mit der Front
nach Westen standen, waren unten an der Straße ganz grau, ganz
in Dämmerung begraben, und nach oben hin wurde es immer
heller, so daß der First in fahlem Licht erglänzte. Und den Kindern war es, als stünden da lauter Riesen, Leib an Leib, die mit
bleichen Stirnen hinausguckten ins abendliche Land.

Dann standen sie daheim am Flurfenster, das gegen die Höfe
hinausführte. Hier war es so ruhig wie zur Mitternachtszeit.
Über den Mauern, über den Häusern war der Mond heraufge-
stiegen, rund und glühend wie eine Riesenorange. Man mußte
ihn doch greifen können, den Mond. Ob man sich wohl die
Hand verbrennen würde, wenn man seine guten Wangen streichelte? Ach, sie wollten auf die Straße und auf das Feld hinaus
und wollten wandern und wandern, bis sie den Mond erhascht
hatten. Und wenn sie müde wurden, kam vielleicht eine Fee und
trug sie hin bis zum Mond, und die Fee würde ihnen Flügel geben, daß sie immer umherfliegen könnten auf der ganzen Welt.

Um acht Uhr fuhr eine Kutsche am Haus vor. Da brachten sie
Frau Agnes. Der Buchhalter und der Reisende führten sie die
Treppen herauf und legten sie im Wohnzimmer aufs Sofa. Sie war
im Gewölbe ohnmächtig geworden.

Die Dunkelheit, die Nacht war schon hereingebrochen, und
die Sterne flimmerten am Himmel. Peter saß am Fenster, während Lizzi mit den beiden Kleinen spielte und scherzte. Er
lauschte auf die Klänge eines Klaviers, das irgendwo in der
Nachbarschaft gespielt wurde. Es war wohl eine klägliche Art
Musik das, aber des Knaben Seele zitterte in andächtiger Sehnsucht den Tönen nach. Jede Musik, auch die ärmste, griff gleichsam mit Krallen in sein Gemüt, so daß er es im Innern wie eine
Wunde empfand, die man ihm geschlagen. Er dachte dabei an die
Mutter, die er liebte und der er niemals zeigen konnte, daß er sie
liebte. Ja, weil er sie liebte, mußte er trotzig gegen sie sein und

schweigsam, und er konnte nur dann das ganze Herz in den Blick legen, mit dem er sie anschaute, wenn sie ihn nicht bemerkte. Es war, als ob ihm jetzt manches Zukünftige sichtbar würde, und seine Brust ward von einer lastenden Bitterkeit erfüllt. Furchtsam, mit weiten Augen sah er ins Ungemessene.

Am andern Tag kam Tante Regina. Mürrisch, mit fast drohendem Gesicht ging sie im Haus umher. Sie war groß und hager. Ihr Gesicht war gänzlich verknöchert, und ihr Mund war eingekniffen, und wenn sie mit jemandem sprach, so schaute sie ihn ununterbrochen, fast ohne mit den Lidern zu zucken an, so daß es vielen völlig unmöglich war zu lügen, wenn sie mit ihr redeten. Wenn der Abend kam, setzte sie sich ans Bett der Schwester und legte ihre Hand auf die Stirn der Kranken, und es lag etwas so Beruhigendes und Liebevolles in dieser Berührung, daß Frau Agnes oft mit einem Lächeln im Gesicht langsam einschlummerte. Es war beständig dasselbe Lächeln bei ihr; ein Lächeln mit diesen Worten: Oh, ich habe meine Ideale schon lange begraben.

Peter saß lesend im Wohnzimmer, und das Licht der Lampe war durch einen Crepeschirm so sehr gedämpft, daß rings alles in einer warmen, roten Dämmerung lag. Und wenn er die Augen vom Buch erhob, konnte er die Mutter sehen, wie sie in der weißen Nachtjacke auf den weißen Kissen lag. Auch das Gesicht erschien ihm wie ein weißer Fleck, und die blonden Haare erschienen fast schwarz und umrahmten ihren Körper, der bewegungslos hingestreckt war in der Dunkelheit drinnen.

Und dann kam Lizzi hergeschlichen und legte ihren Arm um des Knaben Hals, und sie sahen zusammen auf ein Buch nieder, und Peter tat so, als ob er weiterläse, während sein Herz in ungestümer Bangnis klopfte. Sie gingen auch wohl an den Nachmittagen zusammen spazieren und spielten Vater und Mutter, wobei Peter gar zu sehr mit Kenntnissen prahlte, während Lizzi das Kleid raffte, als ob die Schleppe den Boden streifte und schmutzig würde. Das ärgerte dann den Knaben, und er nannte sie eine Prahlerin und klopfte mit seinem Stock auf die Pflastersteine los.

Darauf hielt sich Lizzi die Ohren zu und rief, das könne sie nicht aushalten, der Lärm machte sie „nervös". – „Das hast du von deiner Mutter gehört", meinte Peter triumphierend wie ein Etymologe, der einen Wortstamm entdeckt hat; dann begann Lizzi zu heulen, und dies erschütterte nun Peter gar sehr, so daß er um Verzeihung bat und wie ein Hündchen zu Kreuze kroch.

Sie hatten bald keine Geheimnisse mehr, und das Leben war ihnen wie ein großer Blütengarten, und die Sonne schien hell, bis sie ahnten, was im Hause vorging und der schwüle Hauch des Unglücks ihre unschuldige Stirn streifte.

Von Tag zu Tag wurde Frau Agnes kränker. Erst war der Doktor jeden zweiten und dritten Tag gekommen, nach einer Woche schon kam er täglich. Und Tag und Nacht saß Tante Regina an ihrem Bett, oder sie sah in der Küche nach, schaffte Ruhe und Ordnung im Haus, und dabei wurde sie immer wortkarger und mürrischer. Zu Ende des Mais wurde nach einem Professor von der Universität telegraphiert. Als Peter dies hörte, berichtete er atemlos, jedoch ohne Arg, seiner kleinen Kameradin, und die beiden freuten sich, einmal einen Professor mit eigenen Augen sehen zu können.

Kein Laut durfte im Haus hörbar werden. Jetzt begann es auch zu regnen, und es regnete unaufhörlich, den ganzen Tag und die ganze Nacht. Da gingen Peter und Lizzi in den Flur, setzten sich ans Fenster und lasen Märchen. Und es war sehr still. Die beiden kleineren Geschwister waren schon gestern zu einer entfernten Verwandten geschafft worden, da sie immer großen Lärm verübten.

„Du, ich möchte eigentlich wissen, wie das ist, wenn man tot ist", unterbrach plötzlich die kleine Lizzi die Lektüre.

„Da hat man kein Herz und kein Gehirn mehr", erwiderte Peter. „Ja, eigentlich möcht ich auch wissen, wie das ist", fügte er nach einer Weile träumerisch hinzu. „Tot . . . tot . . . was für ein dummes Wort: t, o, t . . ."

„Was ist mehr: tot oder maustot?" fragte Lizzi. „Du – glaubst du das vom Himmel und von der Hölle?"

„Von der Hölle – nein! Aber einen Himmel muß es doch geben."

„Ja, aber die Räuber und die –?"

Lizzi nagte beklommen an ihrer Unterlippe.

„Ich habe schon einmal geträumt, ich wäre tot", erzählte Peter, der seiner Kameradin imponieren wollte. „Aber da bin ich wieder aufgewacht. Möchtest du sterben?"

Das Mädchen schüttelte langsam den Kopf, und sie flüsterte geheimnisvoll: „Weißt du, wo der liebe Gott wohnt? Ich weiß es. Neben dem Leichenhaus wohnt er, auf dem alten Kirchhof . . . Ja, das ist wahr, das hat meine Freundin gesagt, und der hat's ihr Bruder gesagt."

„Das ist blöd", erklärte Peter. „Der liebe Gott hat gar nicht Platz im Leichenhaus, und dann kann er ja auch viel schönere Häuser haben, wenn er will."

„Er will aber nicht."

„Ach und überhaupt, der liebe Gott wohnt gar nicht auf der Welt. Er wohnt im Firmament, weit, weit, weit draußen überm Meer, wo schon die Mauer ist. Die ist so hoch wie der Himmel. Das hat Barbara gesagt. Die muß es doch wissen, die ist doch schon groß."

Lizzi zuckte die Achseln und sprang davon. Sie wollte in den Hof, aber sie erinnerte sich des Regens, und so blieb sie auf der Treppe sitzen und legte das Köpfchen zwischen ihre Hände; die Ellbogen auf die Knie gestützt, sah sie gedankenvoll vor sich nieder. Peter kam und setzte sich zu ihr. Wie mechanisch ergriffen sich beide an den Händen, und sie redeten kein Wort zueinander. Es war so dunkel da und so heimlich, und man konnte hinabsehen in den Hausflur, und sogar ein Stückchen Straße konnte man sehen. Der Regen plätscherte und plätscherte und rann die Rinnen herab, und es war wie ein Traum, daß sie da saßen, dicht eins ans andere geschmiegt, so daß jedes des andern Herz klopfen hörte. Und es schien das Haus voll Todesahnungen zu sein, und Peter dachte daran, daß Barbara ihm gestern gesagt, wenn in einem Haus jemand sterben muß, dann fliegt drei Tage vorher der

Totenvogel um das Dach. Dreimal fliegt er um den First und stößt einen Schrei aus, und dann ist er verschwunden. Ihm war, als sehe er die schwarzen Fittiche, als fühle er das Rauschen dieser Fittiche, und sein Gesicht wurde gar bleich bei solcher Vorstellung. Den ganzen Tag über waren schon die Verwandten gekommen und hatten die Mutter besucht und hatten so trübselig dreingeschaut. Kaum daß sie zu sprechen gewagt hatten. Was sollte das alles bedeuten? Er fürchtete sich vor etwas Unbestimmtem und Namenlosem, vor etwas Schrecklichem. Stets sah er den finstern Herrn Professor von der Universität vor sich, den alle so ehrfürchtig behandelten und der so vornehm war, daß er gar nicht einmal reden mochte. Oh, er hätte groß sein mögen, er hätte dies alles durchschauen mögen . . . Ein Hahn krähte, und Lizzi lachte und versuchte, das grelle Kikeriki nachzuahmen. Aber Peter legte ihr erschrocken die Hand auf den Mund. Ihm war, als seien sie jetzt in einem Heiligtum, und die Stille und der Frieden dürften nicht gestört werden, um keinen Preis. Der Regen und sein Geplätscher, die Dämmerung ringsumher und das alles machte ihn unbeschreiblich traurig. Er hätte gar gern weinen mögen, wenn er sich nicht geschämt hätte vor dem Mädchen. Daher zuckten nur seine Lippen, und er schaute am Stiegengeländer hinab, als ob er da in die Ewigkeit schaute. Und er nickte immer recht ernst, wenn in kurzen Pausen ein großer Tropfen vor dem Hoftor klatschte. Dort hat die Dachrinne ein Loch, dachte er.

Dann sagte Lizzi, sie habe Hunger, und Peter, als sei dies eine Bevorzugung, versicherte eilig, auch er habe Hunger. So gingen sie hinauf in die Küche und verlangten von Barbara ein Butterbrot. Die aber zog ihr Taschentuch rasch vom Gesicht und herrschte die Kinder grimmig an. Herzlose Rangen seien sie; jetzt sei keine Zeit, um zu essen; sie sollten sich zum Teufel scheren, und wenn noch einmal eins komme, werde sie den Besen nehmen.

Nun wurde auch Lizzi traurig. Müd und gottverlassen wanderten sie im Haus herum, vom Zimmer in den Flur, in den Hof.

Niemand kümmerte sich um sie, und das Herz ward ihnen
plötzlich schwer wie Blei. Peter schlug vor, sie wollten in den
Speicher gehen, und das Mädchen folgte willenlos. Es war, wie
wenn sie sich ihm jetzt unterwürfe und sich bereit erkläre, ihm
in allen Stücken zu gehorchen. So ängstlich war ihr zumut.

Ein graues, dämmeriges Licht herrschte im Speicher und eine
trockene, schwüle Luft. Hier gibt es Taranteln und Molche,
dachte Peter, und er fürchtete sich, laut aufzutreten. Alle Ver-
schläge waren geschlossen, bis auf einen einzigen, der sich ganz
hinten zwischen zwei Kaminen befand. Da hinein gingen die
Kinder, und Lizzi breitete ein braune, durchlöcherte Decke, die
in einer großen Kiste gelegen, auf dem Boden aus, und beide
setzten sich darauf, ganz in den spitzen Winkel zwischen Dach
und Boden hinein. Und das Rascheln und Trommeln des Regens
auf dem Dach war ganz sonderlich anzuhören, und bald sagte
Lizzi, daß sie sich fürchte. Doch Peter stand auf und versuchte,
den mutigen Beschützer zu spielen, obwohl auch ihm sehr bang
zumut war und er es bitter bereute, heraufgegangen zu sein. Er
stand jetzt am Dachfensterchen und sah hinaus auf die Stadt, auf
das weite, ebene Land. Und der Abend nahte heran, und drüben
im Westen war der Himmel mit einem tiefdüsterroten Band ge-
säumt. Kein Geräusch drang bis hier herauf aus dem Gewimmel
der Häuser, und die Türme, die emporragten, erschienen ihm
fast wie Stengel ohne Blüten. Jetzt begannen hinten am Giebel
die Tauben zu gurren, und immer stärker trommelte der Regen
auf das Schieferdach und tropfte in die Rinne hinab. Über das
kleine Fenster floß das Wasser in Strömen, so daß man den Himmel nicht mehr sehen konnte. Peter wagte sich nicht mehr zu
rühren; alles in der Runde war ihm plötzlich unheimlich geworden, und er bat den lieben Gott um Hilfe in dieser Not. Lizzi begann leise zu weinen, da ging er doch hin, um sie zu trösten, und
er setzte sich wieder zu ihr. Sie schlang ihren Arm um seinen
Nacken und legte ihre Wange an die seine. Peter schloß seine Augen, denn auf einmal war es ziemlich dunkel geworden, und er
wagte nicht hineinzublicken in diese Dunkelheit, denn da sah er

den Tod leibhaftig vor sich stehen. Und dann kam auch der liebe Gott und blickte streng herab auf Peter. Es fiel ihm ein, daß er noch gar nicht seine Schulaufgaben gemacht habe, und wie ein leiser Schauer wurde ihm dunkel bewußt, daß es nicht gut sei, solch ein Träumer zu sein. Er sagte gute Wort zu dem kleinen furchtsamen Mädchen, dessen Körper zitternd an ihm lehnte, und er küßte sie auf den Mund. Dann sagte er, sie wollten jetzt wieder hinuntergehen, er fürchte sich nimmer. Da wischte Lizzi die Tränen von ihren Wangen und folgte ihm, bisweilen einen leisen Schrei ausstoßend, wenn irgendein ungewohnter Laut hörbar wurde. Kaum war sie unten, so war es für sie, als ob nichts geschehen wäre. Sie forderte Peter auf, mit ihr zu spielen, und sie spielten Namenerraten. Da stritten sie, welcher Name schöner sei: Regina oder Agnes. Peter behauptete, Tante Regina laute häßlich, aber Tante Agnes, das sei wunderbar, herrlich sei das. Lizzi fand jedoch, daß damit die Ehre ihrer Mutter angegriffen sei und schmollte mit Peter.

Am andern Tag kam Peter ins Wohnzimmer, um zu lesen. Als ihn Tante Regina sah, lächelte sie voll Trauer und Güte, und sie sagte, daß die Mutter sehr krank sei. Sie hatte die Tür zum Schlafzimmer nicht ganz geschlossen, darum dämpfte sie ihre Stimme. Aber die Kranke hatte sie trotzdem gehört, und sie rief mit erloschener Stimme, Peter solle hereinkommen.

Es war halbdunkel drinnen. Es roch nach Karbol und nach jener abgelagerten, aufgespeicherten Wärme, die den Krankenzimmern eigen ist. Weiche Teppiche bedeckten den Boden, und Peter beschaute neugierig die vielen Flaschen und Fläschchen und Schachteln und Schüsseln. Er empfand nicht Mitleid mit der Mutter, sondern nur Neugierde und Ehrfurcht erfüllten ihn. Ja, er wünschte, auch einmal so krank zu werden, damit man so besorgt um ihn sei und damit er alles so schön habe. Und die Mutter legte nun ihren Arm um seinen Hals und küßte ihn auf den Mund. Da hatte sie auf einmal jenen Zug der Unerbittlichkeit, den die Mutter als die strafende Macht in seiner Vorstellung besaß, verloren. Und das machte ihn traurig. Er hätte ihr gern sein

armes Herz ausschütten mögen. Er hätte ihr sagen mögen, wie
verhaßt ihm die Schule war und der dumme Lehrer, und daß niemand da sei, der ihn verstehe und der ihn so recht von ganzer
Seele liebhabe, und daß er die Mutter schrecklich liebhabe und es
nur nicht sagen könne ... Er brachte kein Wort über die Lippen.
Die Mutter reichte ihm eine der Aprikosen, die auf dem kleinen
Tischchen am Bett lagen, und er konnte ihr nicht einmal danken:

„Willst du denn ein guter Mensch werden, Peter?" fragte Frau
Agnes leise. „Schau, du mußt später immer an mich denken,
wenn dir etwas nicht recht erscheint. Ach, und du mußt kein solcher Träumer sein, das mußt du mir versprechen. Du mußt nicht
den Kopf immer hängen lassen. Du mußt froh sein, du mußt dir
was Großes vornehmen im Leben und mußt immer deine Pflicht
erfüllen. Nur nicht so viel träumen; schau, ich hab' auch mein
Leben verträumt, und es ist nichts daraus geworden."

Erschöpft hielt sie inne, und dann kamen die Ärzte, und Tante
Regina schob ihn hinaus. Immerfort mußte er an die Mutter denken und an das, was sie ihm gesagt. Er vermochte nicht eigentlich darüber nachzudenken, sondern es war nur ein dumpfes
Hinträumen; er fragte sich furchtsam, was das wohl sei, dies geheimnisvolle „Leben", daß man sich so sorgen mußte darob. Er
dachte auch wieder daran, daß er bis jetzt noch keine Schulaufgaben gemacht und daß er alle Ferientage verbummelt und verträumt habe. Doch der Abend nahte schon, und er war so müde
vom Grübeln, daß er ins Bett ging. Stundenlang hatte er schon
geschlafen, da hatte er folgenden Traum:

Er fuhr in einer Karosse, und neben ihm saß die Mutter. Und
sie blickte mit ihren großen, wundervollen Augen nachdenklich
vor sich nieder. Durch eine weite Wüste fuhren sie, in der man
nichts als Sand und Steine und die rote Sonne sah. Und hinter der
Kutsche lief der Vater und schwang die Peitsche. Sein Gesicht
war ganz rot und aufgequollen, ganz häßlich, und er schrie immer und konnte nicht nachkommen. Die Mutter aber lächelte
verächtlich und streichelte Peters Haar langsam und liebevoll
und flüsterte: Verträumt hab' ich mein Leben, verträumt ...

Plötzlich aber traf sie die Peitsche des Vaters mitten ins Gesicht, und das helle Blut floß aus ihren Wangen und aus ihrer Stirn. Sie wurde immer bleicher, aber der Vater schrie immerzu, und die Karosse stand nicht still. Peter fühlte, wie die Hand der Mutter auf seinem Kopf erstarrte, wie sich die Finger ins Haar ein-krampften, als sie sich zurücklehnte, seufzend und bleich . . .

Da erwachte er mit einem halberstickten Schrei. Es war an-fangs so völlig Nacht um ihn, daß er nicht einmal das Fenster se-hen konnte, gerade wie wenn seine Augen im Traum durch eine grelle Lichtflut geblendet worden wären. Eine unbestimmte Angst erfaßte ihn, jenes Gefühl, das gar oft in der Finsternis der Nacht kommt und das den Menschen unerbittlich zwingt, Schreckbilder zu sehen und an sie zu glauben. Und dann ging diese Angst wieder in jene allgemeine und beklemmende Furcht vor dem Leben über, und er kam sich so hilflos vor, so allein. Sein Herz klopfte laut . . . Doch plötzlich war es, als ob ein wil-der und ungestümer Entschluß in seiner Seele erwacht sei. Ich will nicht träumen, sagte er sich, ich will ein Mann werden. Und jetzt muß ich auch meine Schulaufgaben machen, ja, heute nacht noch, und die Mutter soll sehen, daß ich nicht so ein Herumträu-mer bin. Feldmarschall werden, das ist ja Unsinn; Baumeister will ich werden, da kann man viele schöne Häuser bauen, und man kann über alle Maurer befehlen und hat auch viel Geld. Da kann ich dann der Mutter was davon geben. Ich will ihr ein gro-ßes marmornes Schloß am Meer bauen, darinnen soll sie woh-nen, ganz allein mit mir. Und ihm wurde das Leben plötzlich golden und heiter in seiner Wirklichkeit, nicht mehr wie früher im Traum. Und eine ganz fremde Glut erwärmte nun seinen Kör-per, so, als ob er vorher hätte leiden müssen durch Frost, und als ob man ihn nun an ein wärmendes Feuer getragen hätte. Ein gan-zes Weltbild spiegelte sich in seinem kindlichen Geist, und er sah wohl, daß er noch im Tal wandere, wo es düster war, in der Schlucht, dahin der Tag noch nicht dringen könne; doch oben auf dem Kamm der Berge, da war das Licht und da war Hellig-keit, so daß man die Augen zumachen mußte davor. Glück war

da oben und Frohheit und Jauchzen und frischer Kampf und
keine Träume, sondern der Weg lag da so klar und bestimmt, daß
man nicht fehltreten konnte. Und eine schöne Frau stand da. Sie
lächelte ihm zu, sie warf ihm Blüten ins Gesicht, und sie neckte
ihn, wenn er den Kopf hängen ließ und grübeln wollte. Blühende
Landschaften sah er und Flüsse, die vom Gold der Sonne glänzten, und er gewahrte nichts mehr von der Finsternis ringsumher.
Ach, wenn er doch jetzt groß wäre und stark, dann hätte er heiraten können, und ein Schloß würde er sich bauen mitten im Wald
und lauter Schlösser in der Runde so herrlich wie die Residenz
des Königs . . . Was wollte er alles ausrichten im Leben, was alles
vor sich bringen! Wie große Augen würde Lizzi machen, wenn
er ihr dies alles berichtete! Und nun mußte er zur Mutter, jetzt
gleich, und mußte ihr sagen, daß er kein Träumer mehr sei und
kein Kopfhänger, daß er froh sein werde und gut und gegen alle
Menschen freundlich.

Er sprang aus dem Bett und eilte in das Zimmer der Mutter.
Im Wohnzimmer war es finster, und ihm schien, als klänge vom
Sofa her ein Stöhnen. Er blieb stehen und betastete sich und
knöpfte das Hemdchen, das über der Brust offenstand, wieder
zu. Denn es fror ihn, barfüßig und im Hemd, wie er war.

Im Krankenzimmer brannte Licht. Aber die Lampe war so
tief heruntergeschraubt, daß von der Schwelle aus kaum noch
die Gardinen sichtbar waren. Dem Knaben erschien alles anders,
gleichsam starrer, lebloser. Er wußte nicht, wie weit die Nacht
vorgerückt war, und ihm graute auf einmal vor dieser Einsamkeit
und vor der Stille. Wo war Tante Regina? Wo war Barbara? Indem er ins Wohnzimmer zurückschaute, sah er sich selbst im
Spiegel – nur einen weißen Fleck, düster und gespensterhaft.

Dort lag die Mutter. Sie rührte sich nicht. Er flüsterte: „Mutter!" Aber sie blieb trotzdem unbeweglich. Er ging näher heran.
Kaum konnte er sich aufrecht halten, sosehr hatte ihn eine unbestimmte Furcht ergriffen, eine Furcht, die ihm heiß machte, die
sein Herz beschwerte, die ihn daran denken ließ, ob es nicht gut
wäre, niederzuknien und zu beten. Er hatte sehr große Lust zu

weinen, aber es umwehte ihn wie ein Schauer unsichtbarer Fittiche, so daß er mit weit aufgerissenen Augen vergeblich der Tränen harrte. Da stand er nun am Bett. Die Aprikosen lagen noch
auf dem Tischchen. Wie leicht hätte er nun eine nehmen können,
und niemand würde was merken. Und die Arzneiflaschen standen da, rot beklebt.

Die Mutter war bleicher, als er je an einem Menschen gesehen.
Er sah sie gar nicht atmen, und er fragte sich neugierig, wie es
komme, daß sie so unnatürlich starr dalag, mit dieser wächsernen Farbe des Angesichts. Die Augenlider waren ja nicht einmal
völlig geschlossen; das Dunkel des Augapfels schimmerte durch
die Wimpern – so, als wäre sie über irgendeinen Gegenstand in
sehr tiefe Gedanken gefallen, so daß sie alles um sich her vergessen mußte. Aufgelöst waren die Haare, und sie flossen hinab
über den Bettrand . . . Jetzt hörte er ganz deutlich, daß jemand
im Wohnzimmer draußen stöhnte! Das mußte wohl Tante Regina sein. Aber weshalb sollte sie wohl weinen? Sie war doch
schon so alt. So alte Leute weinen doch nicht mehr.

Peter berührte die Hand der Mutter und erschrak. Wie kalt
fühlte sich das Fleisch an! So kalt wie ein Stein. Er beugte sich zu
ihr. Er näherte die Lippen ihrem Ohr und fragte: „Schläfst du,
Mutter?"

DIE SCHAFFNERIN

Erstes Kapitel

In der Nähe einer unterfränkischen Stadt lag ein hübsches Gut, das dem Generalleutnant von Bruneck gehörte. Der Besitzer selbst wohnte niemals dort, er kam höchstens zwei- oder dreimal jährlich zur Inspektion, wobei die Zeit seines Aufenthaltes so kurz war, daß der Bursche, der sein Pferd hielt, während des Wartens durchaus nicht müde wurde. Es ging die Rede, daß traurige Familienerinnerungen den Herrn von Bruneck an einen längeren Aufenthalt auf seinem Gut nicht denken ließen.

Seit zwei Jahren verwaltete das Besitztum der „Amtmann" Bödensaß, ein phlegmatischer alter Herr, der alle Geschäfte, Schreibereien, Abmachungen und Verkäufe dem Belieben seines Untergebenen, des Wirtschaftsschreibers Meixner, überließ. Meixner war ein schweigsamer, gutmütiger und mitleidiger Mensch. Er konnte niemanden kränken, er konnte keinem Menschen ein böses Wort sagen. Ungefähr einen Monat, nachdem er seine Stellung angetreten, ereignete sich folgender Vorfall. Der Fuhrknecht Stauff hatte schwer geladen. Das einzige Pferd zog an dem übervollen Wagen, als ob ihm die Rippen springen wollten; es war zum Erbarmen. Das schlecht genährte Tier, das längst sein Gnadenbrot oder den Todesstreich verdient hatte, brachte den Wagen kaum bis zum Hof, der etwas bergig anstieg, wie denn überhaupt das ganze Gut auf einem Hügel lag, der die Form eines Katzenbuckels hatte. Die Schindmähre bemühte sich umsonst, das ächzende und knarrende Fuhrwerk in die Höhe zu ziehen; sie verdrehte die Augen, hing den Kopf tief und angespannt nach vorn, tappte mit den Hufen verzweifelt und in schnellen Schlägen herum, zerrte und zerrte, doch der Wagen, der mit Ziegeln für den Bau einer Waschküche beladen war, rührte sich nicht von der Stelle. Der Knecht aber bildete sich ein, die Mähre sei bloß starrköpfig; er schimpfte und wetterte und hieb sinnlos auf den schweißtriefenden Gaul ein, wobei er mehr und mehr in Hitze geriet. Da sprang Meixner aus dem Tor des Hauptgebäudes, er hatte den Vorgang von den Fenstern des Bureaus aus verfolgt, und sagte zu dem Knecht mit einer Stimme, deren Schüchternheit und Weichheit in seltsamem Gegensatz zu seinen erregten Bewegungen stand: „Stauff, das taugt nicht! Hören Sie auf, das arme Tier zu quälen. Hören Sie, Stauff? Sie sollen aufhören." Er war bleich geworden. Aber der Knecht beachtete ihn nicht und holte nur noch grimmiger aus. Da trat Meixner näher und fing den Arm des Knechtes auf, der darüber völlig außer Fassung geriet, einige Schritte zurückwich und mit der Peitsche dem Amtsschreiber ins Gesicht schlug.

Meixner sagte nichts, sondern blieb ruhig stehen. Weil ihn die Haut schmerzte, blinzelte er ein wenig mit den Augen. Der Knecht machte ein finsteres Gesicht und schien Furcht zu haben. Er murmelte vor sich hin, gab dem Gaul noch ein paar Stöße mit der Faust, spannte ihn aber dann aus.

Es wäre Meixner leicht gewesen, den rohen Knecht vom Gut zu entfernen. Er tat es nicht, sondern schwieg den Zwischenfall tot. Es widerstrebte ihm, beim Amtmann den Ankläger zu machen; er fühlte sich förmlich zu schwach dazu. Hatte er nicht gleich vergessen, so hatte er doch gleich vergeben, und wenn auch die Magd Libuhn vom Küchenfenster aus Zeugin von all dem gewesen war, fühlte er sich doch nicht in seinem Stolz beleidigt, sondern ging ruhig wieder in seine Arbeitsstube, wo der Amtmann in einem breiten Lehnstuhl behaglich schnarchte.

Im ganzen war es ein ruhiges Leben auf dem Gut. Selbst zur Erntezeit war nirgends übermäßige Hast zu bemerken. Jeder wußte, was er zu tun hatte, und jeder tat, was er mußte. Der Hühnerstall war von prächtigen Exemplaren bevölkert, und ein Hahn von patriarchalischem Ansehen übte eine liebenswürdige Autorität aus. Enten und Gänse lebten einträchtig zusammen, die Schweine grunzten glücklich hinter ihren Verschlägen, Kühe, deren Euter von Milch strotzte, verlebten philosophisch ihr Leben, die Singvögel jubelten tagaus, tagein auf den Bäumen und schwiegen erst still, wenn der Knecht Stauff des Abends zur

Milchmagd schlich. Sanfte Hügelketten, ruhten die Weinberge
ringsumher, in der Ferne abgelöst durch dunkle Wälder. Im
Osten lag die Stadt mit vielen Türmen, und in der Ebene dazwischen erhob sich der Riesenbacksteinbau der Infanteriekaserne.
Nur wenige hundert Meter weit wälzte der majestätische Main
seine Wogen dahin: Symbol der Fruchtbarkeit, die sich hier entfaltete.

Meixner liebte dieses Land. Wenn er sein Tagewerk beendet
hatte, nahm er Hut und Stock und verließ das Gut, um durch die
Wiesen den Strom entlang zu wandern. Zum Erstaunen aller
sonstigen Fußgänger begleitete ihn dabei ein Kater, den er Hof-
mann genannt hatte und der ihm überall hin folgte; nichts was
sonst die Seele einer Katze verlockt, konnte ihn abziehen; mit
anmutig geründetem Schweif schritt das wunderliche Tier hinter
seinem Herrn einher.

So lagen die Dinge auf Gut Bruneck, als mit einem Male eine
folgenschwere Wandlung eintrat.

Zweites Kapitel

In der dritten Maiwoche wurde der Amtmann Bödensaß plötzlich krank. Er konnte weder stehen noch gehen, und auch im
Liegen ächzte er. Man holte den Arzt, der den Kopf schüttelte
und heiße Wicklungen verordnete. Aber an demselben Abend
noch bemerkten alle auf dem Gut, daß es zu Ende ging mit dem
Alten. Am anderen Morgen verschied er. Die Trauer um ihn war
aufrichtig, denn er war ein seelenguter Mann gewesen. Zorn und
Härte waren ihm ebenso fremd gewesen, wie Enthaltsamkeit
und übermäßige Anstrengung. Nur die Stadt hatte er gehaßt,
und ein Städter war in seinen Augen ein untauglicher Mensch.

Dem Begräbnis wohnte der Generalleutnant selbst bei. Er
hielt eine militärische Ansprache, die wie mit dem Messer geschnitten von seinem lippenlosen Mund fiel, und legte einen
Kranz auf den Sarg. Da der Amtmann keine Anverwandten

hatte, verlief die Feierlichkeit im ganzen ziemlich kühl. Auf dem
Gut wurde nachmittags ein Gelage abgehalten, bei dem von
Trauer nicht mehr viel zu sehen war. Meixner hielt sich fern. Er
war der Abrechnungen halber mit den Büchern zum Generalleutnant gegangen. Die Knechte spöttelten darüber; ob er wohl
glaube, daß er den ledigen Posten jetzt für sich bekomme? da
habe es gute Wege. Stauff saß mit der Libuhn Arm in Arm, und
sie lachten über den ehrgeizigen Schreiber.

Möglich, daß Meixner gehofft hatte, Amtmann zu werden.
Redlich und geduldig genug hatte er gedient. Auf jeden Fall
schlug sein Herz gewaltig, als am Sonntag in der Frühe der Über-
landbote einen an den Wirtschaftsschreiber gerichteten Brief
brachte, dessen Adresse von der Hand des Generalleutnants
stammte. Mit zitternden Fingern riß Meixner den Umschlag entzwei; die Augen gingen ihm fast über, und er bat den Jäger Klein,
der vom Forst gekommen war, um einen Stuhl. Der Generalleutnant schrieb in seiner gemessenen Weise, daß der neue Amtmann
am ersten Juni auf Bruneck eintreffen werde und befahl, die nöti-
gen Vorkehrungen unverzüglich zu treffen.

Meixner saß noch lange mit dem Papier in der Hand und
starrte auf die Wiesen hinaus. Dann streichelte er seinem Kater
das pechschwarze, glänzende Fell und lächelte geduldig.

Einige Tage später traf der neue Amtmann ein. Er hieß Truchs.
Er war weit über Mittelmaß gewachsen. Dabei war er ziemlich
dick, so daß seine Schultern etwas nach rückwärts gebeugt waren. Er hatte einen hellbraunen Bart, der an manchen Stellen
schon ins Graue spielte, eine Adlernase und eine vollkommene
Glatze. Seine Augen hatten etwas Unruhiges, Spähendes, fast Irres. Sie waren wie in weite Ferne gerichtet, schienen durch die
Gegenstände hindurchzublicken und nahmen oft einen kahlen,
tückischen Ausdruck an.

Gegen Mittag war er in einer etwas altmodischen Kalesche
vorgefahren, in Begleitung eines jungen Weibes, das er dem
Meixner gegenüber als seine Wirtschafterin bezeichnete. Er besah das Herrenhaus vom Giebel bis zum Keller, ließ sich die

Ställe zeigen, ging in den Garten, auf die Äcker und in die Vorwerke, wobei ihn der Knecht Stauff begleitete. Als er zurückkam, suchte er das für ihn hergerichtete Wohnzimmer auf und ließ den Kaffee bringen, den Frau Leuthold, seine Wirtschafterin, inzwischen bereitet hatte. Während er aß, gab er seine Zufriedenheit zu erkennen. „Fanny," sagte er unter behaglichem Schmatzen, „man wird sich hier gut einnisten. Hier ist gut sein." Lachend tätschelte er ihre Hand.

Fanny Leuthold nickte.

Als er fertig war, rief der Amtmann nach Meixner. Meixner kam. Sein Gesicht war etwas blasser als sonst, seine Haltung etwas gebückter. Mit Augen, die den fragenden Augen eines Kindes glichen, sah er den Amtmann an. Truchs warf sich mit übertriebenem Behäbigtun auf seines Vorgängers alten Lehnstuhl, den man hier hereingeschafft hatte, und fragte spöttisch: „Na, was machen *Sie* denn für ein Gesicht?"

Meixner senkte den Kopf und lächelte schüchtern.

„Mir scheint, das Gut wurde bisher ziemlich schlecht verwaltet, wa?" sagte Truchs plötzlich mit gleichsam drohendem Ernst, und auf seine Stirn legte sich eine lange, tiefe Falte wie ein Reifen.

„Wir haben nach besten Kräften gearbeitet", erwiderte Meixner unbefangen.

Der Amtmann brach in ein wieherndes Gelächter aus und patschte sich auf die Schenkel. „Vorzüglich, hähä! Haben Sie gehört, Fanny – – hähä? Nach besten Kräften ist doch vor-züglich, hähähä! wa? Der Mann hat Talent. Wo haben *Sie* denn die Schule besucht, Meixner?"

„In Arnstein", sagte Meixner ruhig.

Der Amtmann schien dem Ersticken nahe; sein Gewieher wurde immer dumpfer. „Vor-züglich!" ächzte er, „gibts da mehr von der Sorte, in Arnstein? Vor-züglich! Nach besten Kräften ist unbezahlbar!" Er klopfte sich noch ein paarmal wie beschwichtigend auf seine fleischigen Schenkel und verschnaufte dann. Plötzlich stand er auf, und sein Gesicht zeigte unvermittelt eine

bösartige Ruhe. „Von heute ab wird das anders", sagte er rauh.
„Oder sagen wir lieber von morgen früh ab, ich will nicht tyrannisch sein. Also von morgen früh ab wird hier ein anderes Regiment sein. Jetzt können Sie sich trollen, mein lieber Meixner aus
Arnstein."

Meixner verließ die Stube, und wie er in den Flur trat, glaubte
er, die getünchten Mauern hätten auf einmal eine andere Farbe.
Vor dem Tor mußte er die flache Hand vor die Augen halten; die
untergehende Sonne blendete ihn. Die Berge und der Strom waren übergossen mit gelber Glut, die von Sekunde zu Sekunde
tieffarbiger wurde, bis die ersten scharlachroten Streifen über einer zerfließenden Wolke im Westen hervorquollen. Alles zitterte
und bebte auf den Feldern und Wiesen: Die Halme der Gräser
und des Getreides, das Insektengetier in den Lüften, die Dächer
ferner Hütten; die Eisenschienen der Bahn glitzerten an den
Kurven so sehr, als seien sie nahe daran, Feuer zu fangen. Meixner erschrak vor all dem Leben in Flammen. Er dachte: nun,
heuer wird man guten Wein haben.

Er sah von der Richtung der Kaserne her ein Mädchen kommen. Zuerst war er ungewiß, wer es sei, denn die Gestalt verfloß
im Sonnenglast. Dann nickte er vor sich hin; es war Galeners
Anna, eine Base der Libuhn, ein junges Ding von vierzehn Jahren. Sie kam jeden Samstag auf das Gut heraus und schleppte einen Korb mit sich, in dem sich Fettnudeln befanden. Für geringes Geld verkaufte sie die an Knechte und Mägde, und auch
Meixner nahm bisweilen ein Stück, nicht weil ihm die Mehlspeise besonders wohlschmeckte, sondern aus Gutmütigkeit
und weil er dem Mädchen damit eine Freude zu machen glaubte.
Nun kam sie wieder und lachte schon von weitem dem Wirtschaftsschreiber zu. Auch der Knecht Stauff sah es und kam, und
die Miresin, eine Magd, die schon mehr als zwanzig Jahre auf
Bruneck diente, seit „dazumal, als die Herrschaft noch da war".

Meixner stand schon bei der Kleinen, öffnete mit einer Hand
den Korb und strich mit der andern sanft über die erhitzten Wangen des Mädchens. Die Leute schauten, halb verschmitzt, halb

begehrlich lächelnd in den Korb, aus dem ein fettig-süßer Geruch stieg. Auf einmal machte sie eine harte, zornige Stimme auseinanderfahren. Bestürzt sahen sie sich um: es war der Amtmann. „In des Teufels Namen, was ist hier los!" Er schrie so, daß der Hofhund mit eingekniffenem Schwanz in seine Hütte kroch. Der Kopf des Amtmanns war blutrot vor Wut, er fletschte die Zähne, und seine Augen quollen vor. „Herr, haben Sie nichts Besseres zu tun, als hier zu stehen?" schrie er Meixner ins Ohr, der mit gesenktem Kopf zurücktrat. „Haben Sie keine Bücher, haben Sie keine Abrechnungen?"

Dann ging Truchs auf das Mädchen zu, das vor Schrecken zu zittern begann. „Nun, Fräulein Balg," schrie er sie an, „willst du dich wohl vom Hof scheren!" Und er packte das Kind wie ein Kleidungsstück, schlug es ins Gesicht, gab ihm Stöße in die Brust und warf es wie ein Scheit Holz mitten auf die Straße hinaus, wo es liegen blieb und leise weinte. Selbst Stauff schien entsetzt. Er ging hin, sammelte die zur Erde gefallenen Fettnudeln wieder in den Korb, trug ihn dem Mädchen hinaus, richtete es auf und staubte, mehr aus Verlegenheit als weil es nötig war, mit der flachen Hand das Röckchen ab.

Meixner strich sich mit den Fingern über die Augen. Ruhig und bescheiden antwortete er auf Truchs Frage, wieviel Uhr es sei: „Ein Viertel vor acht." Der Amtmann kniff das eine Auge zu, zerrte an der Schnurrbartspitze und sah aus, als ob er sich nur mit Mühe das Lachen verbeißen könne. „Weiches Herz, wa?" kicherte er und schlug Meixner leutselig auf die Schulter. Meixner versuchte zu lächeln.

Dann wandte sich der Amtmann zu Fanny Leuthold, die unterdes auf die Schwelle getreten war. Er rieb sich die Hände, schnalzte mit der Zunge und sagte: „Was, liebe Leutholdin, das haben wir doch wieder mal fein gemacht? Wie das Mädel flog! Ein Hui, und weg war se." Er lachte und schien über die Maßen vergnügt.

Fanny Leuthold sah ihn an; es war ein sirenenhafter Blick, den Meixner auffing. Er dachte bei sich: lieber Gott, sie ist ein schönes Weib.

Als er zu Abend gegessen hatte, trat er wieder auf den Hof, um sich am Brunnen die Hände zu waschen. Da kam die Schaffnerin, wie man Frau Leuthold auf dem Gut schon nannte, zu ihm heran und fragte: „Sind Sie denn traurig, Herr Meixner?"

Ihre Stimme, so nah, machte ihn aufmerksam, doch in einer ungewohnten Weise, als lauschte er dem, was hinter der Stimme sei. Er errötete und vermochte nicht zu antworten, sie tippte mit einem Zweig, den sie in der Hand hielt, an seine Ohren und flüsterte schelmisch: „Na, bin ich denn so schrecklich, daß man mir nicht antwortet?"

Meixner hatte die Fassung wiedergewonnen und entgegnete in seiner bescheidenen Art: „Ich finde Sie nicht schrecklich. Ich bin Ihr ergebener Diener." Wieder begegnete er dem sirenenhaften Blick, der diesmal ihm selbst galt und vor dem er die Augen niederschlug wie ein Knabe.

Als sie ihn verlassen hatte, schritt er gegen die Scheune und ließ einen leisen Pfiff ertönen. Der Kater sprang vom Boden der Scheune, ging zu seinem Herrn und rieb sich schnurrend an den langen Stiefelschäften. Dann trabte er wohlgemut in gewohnter Weise hinter Meixner her, der grübelnd hinauswandelte in die dunkelnden Felder.

Drittes Kapitel

Die Schaffnerin saß, mit einer Näharbeit beschäftigt, im Wohnzimmer. Es war am Nachmittag, und schwer lag die Luft über dem Tal. Von den Exerzierstätten klang der dumpfe Trommelwirbel übender Tamboure herüber, und von den tiefliegenden Stromufern hörte sie das Knattern der Platzpatronen. Bisweilen hielt sie ein in ihrer Arbeit und blickte wie erwartend nach der Türe. Wenn sie allein war, so war der Ausdruck ihres Gesichts stumpf, die Augen, unleuchtend und ohne Bewegung, blickten müde und erinnerten an die eines Haustiers; und obwohl ihr Gesicht etwas Liebliches hatte und ihr Teint sehr zart war, wurde

dies unwirksam durch die sonderbare Form der Stirn, einer Lüg-
nerstirn.

Als sie geraume Zeit, bald arbeitend, bald sinnend, gesessen
war, wurde die Tür aufgerissen und der Amtmann kam herein.
Er setzte sich in einen Winkel, der Schaffnerin gegenüber, und
versuchte die Taktfolge der fernen Trommeln nachzupfeifen.

„Was gibts?" fragte die junge Frau, indem sie einen prüfenden
Blick in sein Gesicht warf.

Er lachte leise und zischend. „Jetzt willst du wohl, daß ich
dich heirate, Fannychen?" sagte er plötzlich und legte sein Gesicht in Falten.

„Ich? Nein, Truchs. Ich nicht. Das weißt du ja."

„Also suchst du dir wohl einen andern zum Heiraten?"

„Warum, Truchs? es muß ja nicht geheiratet sein."

„Es muß nicht. Sehr richtig. Das war einmal vernünftig geredet. Ein Feldwebel findet sich ja nicht alle Tage und noch weniger
ein Gutsverwalter."

„Wieso ein Feldwebel?"

„Na, dein erster war doch Feldwebel oder so was."

„Was für Reden, Truchs? Wo willst du hinaus? Was willst von
mir? Heiraten willst mich nicht. Loslassen willst mich auch
nicht, also was willst du, Truchs? Sags doch lieber gleich, daß ich
mich darnach richten kann. Ich fürcht mich manchmal vor dir."

„Das ist gut, Leutholdin. Das ist gut, wenn einen die Weiber
fürchten. Aber heiraten will ich dich nicht, das schwör ich dir.
Ich will eine Reiche heiraten, jetzt, wo ich sässig geworden bin,
eine aus der Gegend. Und offen gestanden, Fanny" – der Amtmann stand auf und trat ganz nahe zur Schaffnerin – „offen gestanden, ich hab dich zu gern, als daß ich dich heiraten möchte.
Sackerment, wenn ich dich heirat, verlierst deine runden Bak-
ken, Fanny. Aber such dir doch einen. Wenn er uns nicht im Weg
ist, kannst ihn heiraten. Ich hab nichts dagegen."

„Das sagst du jetzt, Truchs. Aber ich wills auch. Das Leben
vor den Leuten taugt nicht. Schließlich merken sies ja doch. Und
die sechzig Mark, die mir der Generalleutnant gibt, reichen

kaum für die Kleider. Geh jetzt weg von mir, Truchs, die Leut
sehn uns ja vom Hof aus."

Das Gesicht des Amtmanns wurde finster und verzerrt. „Die
Leut," preßte er mit vorgebeugtem Kopf zwischen den Zähnen
hervor, „die Leut scheren mich einen Dreck. Hier hat jeder zu
tun, was ich will! Hier bin ich der Herr. Steh auf und küß mich!"

Die Schaffnerin, die voll Furcht, mit weitgeöffneten Augen,
den Amtmann angestarrt hatte, erhob sich mechanisch und
drückte einen hauchenden Kuß auf Truchs Kinn.

„Fester!" gebot der Amtmann.

Sie küßte ihn fester.

Es klopfte an die Tür, und auf den Ruf des Amtmanns trat
Meixner ein.

„Ah, guten Tag, Meixner", sagte Truchs freundlich; er hatte
den Wirtschaftsschreiber erst vor wenigen Minuten im Bureau
verlassen.

„Die Libuhn geht nach der Stadt, Herr Amtmann, und fragt,
ob sie von Ihnen aus was besorgen soll."

„Für mich, Herr Meixner!" rief die Schaffnerin mit auffallen-
dem Eifer. „Ich brauch Nähgarn und Stopfwolle."

„Nähgarn und Stopfwolle", murmelte Meixner, indem er aus
seinem Notizbuch ein Blatt riß. „Sonst etwas?" Meixner öffnete
die Tür, der Amtmann drehte sich um und sagte, er solle nachher
wieder hereinkommen und mit Kaffee trinken.

Fanny deckte den Tisch und holte die Tassen. Der Amtmann
stand am Fenster und trommelte den Wirbel der Tamboure an die
Scheiben. Er wandte den Kopf, um etwas zu sagen, sah aber niemand im Zimmer. Er durchschritt den Raum, um in die Küche
zu gehen. Man mußte durch den ganzen steingepflasterten Flur,
bis dahin, wo er sich gegen den Hof zu erweiterte. Dort lag die
Küche, die sehr groß war und, weil sie eine weite Esse hatte, einer Schmiede glich. Der Amtmann blieb am Ende des schmalen
Ganges stehen. Er konnte von hier aus ein Stück der Küche über-
blicken. Die Schaffnerin saß auf dem zugedeckten Backtrog und
blickte beharrlich auf ihre Schürze. Vor ihr stand Meixner, hielt

den Kopf gesenkt, und seine Hände lagen auf dem Rücken. Der Amtmann strich mit aneinandergedrückten Fingern ein paarmal über die Schläfenhaare und kehrte wieder um. Als ihm die Libuhn, fein herausgeputzt, begegnete, trat er zur Seite, verbeugte sich affektiert und näselte: „Ah, Fräulein, in die Stadt, wa? Verabredung mit dem Schatz, wa? Messe besuchen, hä? Haben Fräulein denn die Erlaubnis dazu?"

Das Mädchen heftete den Blick erschrocken auf Truchs. „Der Herr Meixner –" stammelte sie scheu.

„Bataillon kehrt Marsch!" fuhr der Amtmann auf. „Dageblieben! Den Schlendrian hab ich satt." Er lachte erbost und ließ die heulende Magd stehen. Sie dachte an Stauff, der sie nun umsonst vor dem Zirkus erwartete. Und draußen flutete der Sonnenschein! Am Meßmontag ist immer Feiertag gewesen, dachte sie bekümmert, als sie sich in eine dunkle Ecke der Scheune verkrochen hatte, um dort nach Herzenslust weiterzuschluchzen.

Die drei im Wohnzimmer nahmen am Kaffeetisch Platz. Nach einem langen Schweigen, das nur durch Tassengeklapper unterbrochen wurde, wandte sich der Amtmann an Meixner. „Nun sagen Sie mal, mein lieber Meixner," begann er mit freundlichem Augenzwinkern und richtete den Zeigefinger wie einen Pfeil gegen seine Nasenspitze, „Sie sind doch ein hübscher Mensch, und jung sind Sie auch, kaum dreißig, und ein angenehmes Wesen haben Sie, gewiß, gewiß! Nun sagen Sie, waren Sie noch nie verliebt?"

Meixner errötete und schüttelte lächelnd den Kopf.

„Nein, sagt er! Haben Sies gehört, Fanny? Nein, sagt er!" rief der Amtmann, außer Rand und Band vor Freude, und stieß die Schaffnerin in die Seite. „Er lügt, er muß lügen", fuhr er heftig gestikulierend fort. „Er ist ein Heuchler, ein Windhund. Ein Schuft ist er, weil er lügt."

Meixner sah den Amtmann fest und erwartungsvoll an. Er hatte ein Gefühl wie vor einer Gestalt, die aus Rauch besteht und in nichts verfließt, wenn man die Arme nach ihr streckt.

„Wollen Sie nicht noch eine Semmelschnitte, Meixner?" fragte

5

Truchs zuvorkommend. „Mit ein wenig Mus darauf? Nicht? Zum Teufel, Herr, fressen Sie! Glauben Sie, wenn Sie jeden Tag dürrer werden, nützt mir Ihre Arbeit was?"

„Ich habe keinen Hunger mehr, Herr Amtmann", entgegnete Meixner.

„Hunger mehr, was heißt das? Wenn ich sage: fressen Sie, dann fressen Sie! Verstanden? Stehen Sie auf, wenn ich mit Ihnen rede."

Meixner stand auf.

„Schließen Sie das Fenster", befahl Truchs.

Meixner schloß das Fenster.

„Öffnen Sie es wieder!" befahl er und stieß die Schaffnerin von neuem in die Seite.

Meixner öffnete es wieder. Er tat es still und wie selbstverständlich. Nichts von Erbitterung war auf seinen Mienen zu lesen, nichts von zurückgehaltenem Zorn. Geduldig wartete er, was der Amtmann noch mit ihm beginnen würde.

„Jetzt können Sie gehen", sagte Truchs und stützte den Kopf in die Hand, während Meixner mit einer linkischen Verbeugung, die der Schaffnerin galt, hinausging. Er nahm seinen Hut und verließ alsbald den Hof, um die Richtung nach der Stadt einzuschlagen. Soldaten mit frischgewaschenen Drillichröcken blickten von den Stockwerken der Kaserne auf ihn herab, und als er die Fahrstraße erreicht hatte, geriet er in ein Gewimmel von Menschen, das immer größer wurde, je mehr er sich der Stadt näherte. Den Main hinab fuhren Boote, beglänzt von der sich rötenden Sonnenscheibe; die vergoldete Domuhr brannte im Feuer. Flatternde Fahnen über den Wirtschaftsgärten, quietschende Tanzmusik aus winkeligen Gassen, und dann das sinnlose Gedränge auf den Budenstätten! Meixner vermied die dichtesten Massen und besah nur, was er eben besehen konnte, ohne viel Neugierde zu zeigen, aber auch ohne Gleichgültigkeit. Vor dem Brettertisch des schreienden Ausrufers, der seine Waren unter allerlei Witzen und Wortspielen anpries, konnte er lachen wie ein harmloses Kind. Bei den Mordtaten, die, serienweise abgebildet, am Quai aufgestellt waren und mit Hilfe von gereimten Versen kommentiert wurden, blieb er schaudernd stehen. Besonders eines der gemalten Ungeheuer erregte sein Entsetzen. Auf der Tafel seiner Schandtaten war zu lesen: Martin Jung, genannt Blutmartin; ein Teufel in Menschengestalt; erschlug seine Opfer, siebzehn an der Zahl, mit einer Hacke und hängte sie dann mit einem Strick auf.

Die Sonne war untergegangen. Allmählich hatte sich die Menge verlaufen. Die Bretterhütten, Häuser und Gärten schwammen in warmem Dämmerungsdunst, als Meixner den Heimweg antrat. Er hatte nichts getrunken während der ganzen Zeit, weder Wein noch Bier; er war ein enthaltsamer Mensch. Als die Buden hinter ihm lagen und er auf dem ansteigenden Weg zur neuen Mainbrücke war, sah er aus einer seitlich gelegenen Gasse Fanny Leuthold kommen.

Sie ging ohne weiteres auf ihn zu. „Truchs ist im Goldenen Hahn," sagte sie, „und ich wollte heim. Sie gehen doch mit, Meixner?"

Während sie über die Wiesen gingen, auf denen kein Mensch zu sehen war, sagte die Schaffnerin, sie liebe die Natur, und die Natur sei das Schönste. Meixner solle doch nur die Wolken dort hinten ansehen. Das sei so poetisch. „Finden Sie nicht auch, Meixner?"

Meixner bejahte verständnislos.

Ob er sich das Wachsfigurenkabinett angesehen habe? Sie liebe die grausigen Sachen; sie träume dann immer davon. Oft müsse sie weinen, aber wenn sie erwache, sei es wunderbar. Man recke die Glieder, das Deckbett sei einem zu schwer, ja selbst das Hemd. Ob er das nicht auch so spüre?

„Nein", erwiderte Meixner leise.

Als sie auf dem Gutshof angelangt waren, ging die Schaffnerin ins Haus. Meixner betrat den Garten, schlenderte zwischen den Beeten umher und setzte sich schließlich in die Laube. Es war dunkel geworden. Der blühende Holunder strömte seinen schwülen Duft aus, und auf den Bäumen in der Nähe pfiff ein verspäteter Wasservogel. Der Himmel war vollkommen wolkenlos. Die klare Helle des Westens machte deutliche Silhouetten aus den Hügelreihen, und kein Lüftchen bewegte die Gesträucher. Meixner fühlte sich ermüdet, aber darin war etwas Angenehmes. Er fühlte es wie eine freundliche Berührung, als der Mond heraufstieg, das gutmütige Gesicht eines alten Schlaukopfs, und wie er höher glitt, als würde er an einer Schnur gezogen, und wie er immer leuchtender dastand, als würde er von einer unsichtbaren Hand langsam blank poliert.

Meixner schreckte zusammen, als er Schritte im Garten vernahm. Es war die Schaffnerin. Sie setzte sich ihm gegenüber und schwieg einige Zeit. Dann seufzte sie und sagte: „Ach, Meixner!"

Meixner antwortete nichts. Befangen hob er den Kopf, senkte ihn aber gleich wieder. Da erhob sich die Schaffnerin mit einer leidenschaftlichen Bewegung, die er im Dunkel nur undeutlich sah; sie umging den Tisch, setzte sich an Meixners Seite, ergriff mit beiden Händen seine Hand, und es schien ihm, als ob sie kämpfe, ihr Schluchzen zu verbergen. Fast unbewußt streichelte Meixner ihre Hand.

„Ach, wenn Sie wüßten", begann die Schaffnerin wieder. „Ich bin die unglücklichste Person. Er quält mich beständig, der Amtmann, jeden Tag, jeden Tag. Und wenn es so weitergeht, kann ich es nicht mehr aushalten. Dann muß ich ein schlechtes Mensch werden. Dann muß ich tun, was er verlangt, nur damit ich Ruh bekomme. Retten Sie mich, Meixner. Tun Sie wenigstens eins. Gehn Sie abends nach dem Essen nie aus dem Zimmer, bevor ich nicht weggegangen bin. Damit er mir nur da meinen Frieden läßt. Bleiben Sie immer, bis ich zu Bett gegangen bin. Wollen Sies tun, Meixner, von heut an?"

„Ich will es tun", sagte Meixner, und die Schaffnerin sah seine Augen leuchten.

„Und denken Sie nie was Schlimmes, Meixner, denken Sie nie schlecht von mir. Alles ist zum besten, was geschieht. Wollen Sies tun, Meixner?"

„Ja, ich will", wiederholte Meixner fest und atmete tief.

„Und jetzt gehen wir hinein, sonst kommt er unversehens."

Meixner beugte sich rasch herab und küßte die Finger der jungen Frau. Gleich darauf erschien ihm diese Kühnheit so unverzeihlich, daß er angstvoll in das Gesicht der Schaffnerin starrte. Aber Sie, die inzwischen herausgetreten war in den Mondschein, lächelte und brach eine Rosenknospe. Dann gingen sie ins Haus.

Nach einer halben Stunde kam der Amtmann. Er sagte, er hätte schon gegessen. Er schien getrunken zu haben, denn er war in gerührter Stimmung. „Alle Menschen sind Schweinehunde", sagte er mit heiserer Stimme. „Aber einige sind nette Schweinehunde. Sie, Meixner, gehören zu den netten Schweinehunden."

Die Schaffnerin lachte hellauf. Truchs kicherte atemlos in sich hinein. Als es zehn Uhr schlug, sagte die Schaffnerin gute Nacht. Der Amtmann rief ihr nach: „Schließen Sie fein Ihr Zimmer zu, Leutholdin!" und lachte wie über eine Zote. Meixner erhob sich gequält, trat ans Fenster, verließ aber nach kurzer Zeit ebenfalls die Stube. Der Amtmann schüttelte ihm mit beängstigender Freundlichkeit die Hand.

Meixner ging wieder in den Garten. Er brach eine Rose von demselben Strauch, von dem die Schaffnerin eine gebrochen. Es war auch eine Knospe, und Meixner drückte sie an die Lippen. Dann setzte er sich in die Laube; aber er hatte keine Ruhe, sondern kehrte bald wieder ins Haus zurück. Als er in den Flur trat, sah er den Amtmann aus seinem Schlafzimmer kommen. Er hatte die Pantoffeln an den Füßen, die seinen Schritt unhörbar machten. Er trällerte leise vor sich hin, und ohne Meixner gewahrt zu haben, tappte er den engen Flur entlang, bis er zu der Türe kam, die in das Zimmer der Schaffnerin führte. Ohne zu atmen, harrte Meixner, was er nun beginnen würde. Aber der Amtmann besann sich nicht, drückte auf die Klinke und betrat das Zimmer. Die Tür war nicht verschlossen gewesen. Totenbleich wartete Meixner. Er glaubte Lärm hören zu müssen. Ja, er hoffte auf Geschrei, auf erregten Wortwechsel; alles blieb still wie vorher.

Nachdem er gelauscht hatte, drehte er sich um und trat unter die Haustür. Mechanisch ging er, um zu sehen, ob das Außentor verschlossen sei. Aus der Richtung der Kaserne hallte ein langgezogener Ruf durch die Nacht. Es klang wie: Fedolar! Fedolar! Sonst war kein Laut zu hören.

Viertes Kapitel

Meixner hatte dem Jäger Klein Auftrag wegen der Abholzung im Zeller Revier gegeben und stand dann am Brunnen, lehnte sich an den Trog und starrte vor sich hin. Da trat die Schaffnerin aus dem Hause und ging auf ihn zu. Sie tippte mit den Fingern kokett auf seinen Arm und fragte: „So finster, Meixner? Was haben Sie? Was ist Ihnen?"

„Sie wissen es wohl, Schaffnerin", entgegnete Meixner traurig. „Was haben Sie mir da alles erzählt!"

„Was? Was denn? Reden Sie doch!"

„Nun, gestern abend –"

„Was? Ja, was denn, gestern abend –?"

„Ich hab es ja gesehen, Schaffnerin. Der Amtmann –"

Die Schaffnerin wurde purpurrot. Ihre Nasenflügel zitterten. „Reden Sie nicht weiter", flüsterte sie erregt. Sie sah ihn starr an, mit einem Blick, der etwas Unerbittliches zu enthalten schien. „Sehen Sie, Meixner, wenn ich nicht so wäre, wie ich bin, wär ich längst tot. Das müssen Sie mir glauben. Ich weiß, er war bei mir gestern, Meixner, aber Sie hätten mich sehen sollen, Meixner. Wie ein Kind hab ich geheult und hab ihm gesagt, was das ist für meine Ehre, wenn er so kommt. Aber dann hat er gelacht und hat gesagt, er kann im Haus herumgehen, wo er will. Sonst war nichts, bei meiner Ehre und Seligkeit, hier haben Sie die Hand drauf."

Meixner, erschüttert von ihrem Bekenntnis und ihrer bebenden Art zu sprechen, legte unbedenklich seine Hand in die ihre. „Ich glaube Ihnen, Schaffnerin", sagte er.

Indem sie so beieinander standen, hielt ein eleganter Kutschier-
wagen vor dem Hoftor. Die am Bau der Waschküche beschäftigten
Maurer unterbrachen ihre Arbeit und sahen hinüber. Der Adjudant des Generalleutnants kam zur Besichtigung des kleinen Neu-
baus. Meixner führte ihn ehrerbietig herein und erstattete Bericht,
bis der Amtmann selbst kam. Als Truchs erschien, stand er mit der
Schaffnerin in respektvoller Entfernung, doch vernahm er deutlich, wie der Adjudant dem Amtmann erzählte, die Verwalterstelle
auf Gut Strelentin, das ebenfalls dem Herrn von Bruneck gehörte,
sei frei geworden. Ein Gedanke, dessen Kühnheit in schwindeln
machte, durchzuckte Meixner. Aber es war, als ob er seinen Bedenken und seiner Zaghaftigkeit diesmal die Zeit rauben wollte; rasch
trat er vor und sagte: „Verzeihung, Herr Adjudant; ich möchte
wohl gerne Administrator auf Strelentin werden. Ich würde gewiß
mich sehr befleißigen, Exzellenz zufriedenzustellen. Ich bitte den
Herrn Adjudanten sehr, sich dafür zu verwenden."

Der Adjudant runzelte die Brauen und musterte den Bittsteller vom Kopf bis zu den Füßen. Der Amtmann verzog keine
Miene. Meixner verwunderte sich im stillen, daß er die Worte so
verständlich hatte fügen können, und achtete dabei kaum auf die
Antwort, an die er sich erst erinnerte, als der Adjudant sich wieder zu seinem Wagen gewandt hatte. „Wir werden ja sehen",
hatte er gesagt und Truchs fragend angeblickt, der in unbestimmter Weise die Achseln gezuckt hatte.

Der Amtmann, die Schaffnerin und Meixner standen auf der
Straße und sahen dem Wagen nach. „Na, Meixner," wandte sich
die Schaffnerin scherzend an ihn, „Sie wollen wohl heiraten, weil
Sie so große Pläne haben?"

„Oh, das kann wohl sein", antwortete Meixner ebenso scherzend.

„Und haben Sie denn schon eine Braut?" fragte die Schaffnerin
lächelnd weiter.

„*Sie* sind ja noch zu haben, Schaffnerin", erwiderte Meixner
lebhaft, dem über dieser neuen Kühnheit das Herz stürmisch zu
klopfen begann.

Bei alledem blieb der Amtmann still und teilnahmslos.

Zu seiner Verwunderung erhielt Meixner eine Stunde später ein Billett vom Amtmann. Er wußte noch nicht, daß es eine Liebhaberei von Truchs war, kleine Nachrichten nicht mündlich zu erledigen, sondern zu schreiben. „Es ist nunmehr ausgemacht," schrieb der Amtmann in einem eitel verschnörkelten Stil, „daß Sie ein Liebesverständnis mit der Leuthold haben. Daher verlange ich und habe das Recht zu verlangen eine bestimmte Erklärung, ob Sie die Leuthold heiraten wollen oder nicht. Im ersten Fall will ich, Truchs, mich für Sie und die Leuthold bei der Exzellenz verwenden. Im entgegengesetzten Fall müssen Sie entweder oder muß die Schaffnerin das Gut verlassen. Truchs."

Meixner wußte nicht, wie ihm geschah. Er lachte kindisch, glaubte zu träumen und besann sich, wo er sei. Endlich nahm er einen großen, weißen Bogen Papier und schrieb darauf mit der schönsten Schrift, deren Seine Hand fähig war: „Geehrtester Herr Amtmann! Meine Gefühle zu der Leuthold sollen dem Herrn Amtmann kein Geheimnis sein. Ich wünsche sehr, die Schaffnerin zu heiraten, und zwar noch in Bruneck. Und es ist mein heißester Wunsch, mit ihr nach Strelentin zu kommen."

Dieses Schriftstück legte er auf den Platz, wo der Amtmann seine Arbeiten vorzunehmen pflegte, und wo er es sogleich sehen mußte, wenn er kam. Truchs kam, las es, und obwohl er in demselben Raum mit Meixner war, schrieb er auf das Blatt Meixners die Worte: „Gut, ich werde dem Generalleutnant Anzeige machen und ihm alles von der besten Seite vorstellen", und reichte Meixner stumm das Blatt zurück.

Darauf ging Meixner hinaus, weil die Libuhn zum Mittagessen rief. Er fand die Schaffnerin allein bei Tisch. Und wie er sie sah in einer blendend weißen Schürze, dem schöngeformten Hals, dem etwas geöffneten und feuchten Mund, glaubte er, sein unverdientes Glück fürchten zu müssen. Trotzdem ging er hin und ergriff die Hand der Leuthold. „Schaffnerin," sagte er bewegt, und seine Augen glänzten, „ich habe beim Amtmann um Ihre Hand angehalten."

„Nun, und?" erwiderte sie, ohne überrascht zu sein.

„Er ist doch ein generöser Mann. Er will sich für uns beide verwenden, daß wir Strelentin bekommen."

„So?" machte die Schaffnerin.

Jetzt erst bemerkte Meixner, daß sie ungewöhnlich bleich war, und er fragte, was ihr fehle.

„Nennen Sie mich nicht Schaffnerin", sagte sie mit müder Betonung. „Sagen Sie Fanny zu mir."

Meixner nickte und schwieg.

Der Amtmann trat ein, und sein Gesicht zuckte kaum merklich zusammen, als er die beiden am Tisch sah. Doch als er sich gesetzt und begonnen hatte, die Suppe zu essen, wurde er plötzlich aufgeräumt. „Also, ihr Brautleutchen," sagte er lachend, „jetzt küßt euch mal anständig."

Meixner gab es einen Ruck vom Kopf bis zu den Knien. Der Löffel entfiel seiner Hand.

„Na wirds?" ermunterte der Amtmann und klopfte ungeduldig an sein Trinkglas.

Die Schaffnerin beugte sich hinüber zu Meixner. Er sah ihr Gesicht unter sich mit halbgeschlossenen Augen und ihren Mund immer noch ein wenig geöffnet. Er seufzte, schloß die Augen, ließ das Kinn gegen die Brust sinken, und in demselben Augenblick fühlte er ihre Lippen auf den seinen, und er schauderte, als ob er nackten Leibes im Eis stünde.

Der Amtmann bog sich vor Lachen. Dann sagte er, ein Stück Brot abbeißend und emsig kauend: „Kinderchen, wenn ihrs redlich meint unter euch, werd ich schon sorgen, daß euch die Exzellenz Brot gibt und daß ihr euch noch in Bruneck nehmen könnt. Ja, der Meixner," fuhr er fort, das eine Auge zuzwickend, „der hats dick hinter den Ohren, wa? Ein Schuftkerl, hä!" Er stand auf, nahm das Kinn Meixners zwischen Daumen und Zeigefinger, schob es zurück, und mit dem fröhlichsten Gesicht der Welt gab er ihm einen Schlag auf die Wange. Jetzt lachte auch Meixner, aber etwas sonderbar.

Jedoch blieb die Stimmung bis zum Ende der Mahlzeit scherzhaft. Nach dem Fleisch stand Meixner auf und sagte, er wolle etwas holen. Mit freudigem Gesicht kam er zurück und brachte Krachmandeln, die er auf der Messe gekauft. Truchs machte sich emsig darüber her. „Wie ists, Leutholdin, wollen wir Vielliebchen essen?" fragte er.

Die Schaffnerin schüttelte den Kopf.

„Warum denn nicht?" fragte der Amtmann und verzog den Mund.

„Ich will mit dem Meixner Vielliebchen essen", sagte die Schaffnerin.

„Da sehen Sie, Meixner, was Sie voraus haben vor mir", scherzte der Amtmann und hörte auf zu essen. Gleich darauf erhob er sich und verließ den Raum. Sein eigenes Arbeitszimmer lag über dem Wohnzimmer, und die beiden vernahmen ein beunruhigendes Gepolter und Geklirr über der Decke. Meixner sah die Miresin auf dem Hofe stehen und ängstlich in die Höhe deuten. Da stand auch Meixner auf und folgte dem Amtmann.

Als er oben in die Stube trat, sah er den Amtmann mit blutenden Händen umherrasen. Er hatte die Fensterscheiben mit der Faust eingeschlagen. Er stürzte auf Meixner zu und stieß ihn mit voller Kraft vor die Brust, daß Meixner taumelte und rückwärts zur Erde fiel. Meixner raffte sich wieder auf, um still fortzugehen. Aber der Amtmann ergriff ihn, stieß ihn aus der Stube, durch den Vorplatz, über die Treppe hinab bis in sein Schlafzimmer. Sein Gesicht war scharlachrot geworden, Schaum stand vor seinem Munde, und er ächzte: „Gehen Sie zum Teufel, zu Ihrer Braut, zu Ihrer Hure. Nehmen Sie Ihre Bücher und bleiben Sie in Ihrem Loch, aber kommen Sie nicht mehr in die Stube, wo ich bin."

Meixner verhielt sich ruhig und erwiderte keine Silbe. Im Wohnzimmer fand er die Schaffnerin nicht mehr. Auch im Hofe war sie nicht, auch im Garten nicht. Während der Nachmittagsstunden hatte er Briefe zu schreiben, und er tat seine Arbeit mit derselben Genauigkeit wie immer. Es war still im Hause. Die Leute waren auf den Feldern, und es war drückend heiß. Der

Bau der Waschküche war schon ziemlich vorgeschritten. Die Hühner hockten schläfrig im Sand, der warme Geruch aus den Ställen durchdrang das ganze Haus.

Als Feierabend kam und die Sonne gegen Westen sank, saß Meixner in seinem Zimmer und las in einem alten Geschichtenbuch, das er von seiner Mutter hatte. Plötzlich trat der Amtmann ein, den er den ganzen Nachmittag nicht gesehen.

„Guten Abend", sagte der Amtmann rauh und zog einen Stuhl herbei. Seine Stirn war gefurcht, seine Augen loderten bisweilen auf.

Meixner erwiderte den Gruß.

Der Amtmann schwieg lange. Er starrte unbeweglich vor sich hin. „Nun, mein lieber Meixner," sagte er endlich, „wollen Sie denn wirklich die Leutholdin heiraten? Sie dürfen ganz offen mit mir reden. Ich komme jetzt daherein zu Ihnen wie ein guter Freund. Passen Sie auf, sie hat ja eine ganz hübsche Fratze, das läßt sich nicht leugnen. Aber sie hat keine Bildung, sie hat keine Erziehung, sie hat kein Vermögen. Na, sind das nicht große Fehler in Ihren Augen? Mein Gott, sie kann ja nähen und flicken und kochen, und sie hat ein ganz gutes Herz, aber da gibts viele. Haben Sie sich denn das nu genau überlegt?"

Meixner blickte furchtsam auf die Lippen des Amtmanns. Jedes neue Wort vermehrte die Furcht. Als Truchs schwieg und ihn forschend ansah, sagte er leise: „Ich hätte ja nie daran gedacht, wenn der Herr Amtmann nicht selbst... Ich habe keine Stellung. Solange ich kein Brot für meine Frau habe, kann ich nicht heiraten."

Jetzt wurde der Amtmann auf einmal heiter. Er stand auf, klopfte Meixner auf die Schulter und sagte: „Ein guter Kerl sind Sie, Meixner, ein verflucht guter Bursche. Heute müssen wir zusammen anstoßen beim Trinken!" Und kameradschaftlich zurückwinkend verließ er die Stube.

Die Essenszeit kam, aber Meixner hatte nicht Lust zu essen. Er versuchte sich zwar einzureden, daß er Hunger habe, aber seine Gedanken irrten bald wieder zu anderen Dingen und fesselten ihn an seinen Platz. Als er hinunterging, begann es zu dämmern. Niemand hatte nach ihm gerufen. In einem Winkel des Hofes sah er auf übereinandergeschichteten Backsteinen Stauff und die Libuhn sitzen, engumschlungen. Sie küßten sich, er konnte es sehen, seine Augen schienen ihm doppelt so scharf als sonst. Die beiden achteten auf nichts, was rings um sie vorging. Meixner wurde die Kehle trocken; er ging zum Brunnen und schlürfte Wasser. Dann rief er seinen Kater, und als er den Hof verließ, hatte der Kuß des Stauff und der Libuhn sein Ende noch immer nicht erreicht.

Die Sonne war in Dünsten untergegangen; schlechtes Wetter stand bevor. Kühler Nachtwind strich über das Tal. Meixner glaubte den Fluß lauter rauschen zu hören als sonst. Durchdringend gellten die Pfiffe der Maschinen vom Bahnhof, Schwalben flogen über dem Wasserspiegel, und das Gebimmel einer Kapelle verflatterte zwischen den Hügeln. Der Kater blieb bisweilen stehen und fixierte mit flammenden Augen einen Nachtvogel.

Als der Zapfenstreich lang und melodisch über die Wiesen hallte, kehrte Meixner zurück. Er suchte sein Zimmer auf, aber eine peinigende Unruhe überfiel ihn. Er entledigte sich der schweren Stiefel und ging in Strümpfen auf und ab. Hierauf öffnete er die Türe, lauschte hinaus, lehnte sie dann, als er keinen Laut vernahm, wieder vorsichtig an, ohne sie ins Schloß fallen zu lassen. Da der Wind an Stärke zunahm und ein Zug entstand, schloß er das Fenster und setzte seine Wanderung im Dunkeln fort. Alles im Hause schien zu schlafen.

Aber als es zehn Uhr geschlagen hatte, man konnte die Turmuhren von der Stadt hören, wurde ein knarrendes Geräusch, wie wenn eine Tür geöffnet wird, im Flur laut. Meixner wußte, es war vom Schlafzimmer des Amtmanns, das dem seinen schräg gegenüber lag. Als das Knarren zum zweitenmal, durch das *Schließen* der Türe, vernehmlich wurde, schlich Meixner in den Gang. Zehn Schritte vor ihm ging der Amtmann. Er schien nicht besorgt, seine Schritte zu dämpfen, sondern trat mit der ganzen Sohle auf. Seine Füße waren nackt; die gelbe Haut leuchtete durch die Dunkelheit.

Der Amtmann betrat das Zimmer der Schaffnerin, das wieder unverschlossen gewesen war. Und als er die Türe hinter sich zugezogen hatte, hörte Meixner auch nicht, daß er den Riegel vorschob oder den Schlüssel umdrehte.

Nun ist er also drin, dachte Meixner mit schwerem Herzen. Und er wartete wie damals auf streitende Stimmen und auf Geschrei, nur wartete er diesmal mit größerer Zuversicht.

Aber es blieb alles still. Ich begreifs nicht, dachte Meixner, schlich an der Tür der Schaffnerin vorbei, hockte sich einige Schritte davon auf die Fliesen des Flurs und beschloß zu warten. Alles war finster um ihn. Er konnte nicht die Mauer sehen und nichts außerdem. Nur wie in weiter Ferne fiel das Licht der Nacht durch das Glasfenster über dem Hauseingang.

Einen Augenblick dachte Meixner daran, hineinzugehen, aber diese Vorstellung versetzte ihn in tödlichen Schrecken. Quälende Bilder sah er, quälender als die eines bösen Traums. Er hatte Durst; die Finsternis flimmerte vor seinen Augen, hämmerte vor seinen Ohren.

Endlich, nach wie langer Zeit konnte er nicht schätzen, kam Truchs heraus. Er schloß geräuschvoll die Tür und murmelte auf ein Pst von drinnen etwas in den Bart. Er wankte schläfrig den Flur entlang. Bald war wieder alles ruhig.

Meixner erhob sich. In seinem Zimmer warf er sich aufs Bett, und die Tränen flossen ihm zu den Wangen herunter.

Fünftes Kapitel

Es kamen Fuhrleute von Strelentin, die Balkenholz für den Neubau brachten; Strelentin war von Wald umgeben, und Zimmerleute waren dort fortwährend beschäftigt. Meixner stand hinter den Wagen und notierte. Als er fertig war, wischte er sich den Schweiß von der Stirn, trotzdem es heute weder heiß noch seine Arbeit anstrengend war. Er schaute ermüdet auf die Chaussee hinüber, als ihn die Schaffnerin rief.

Sie kehrte sich um, als er ihr langsam nahte, und fast mechanisch folgte er ihr in die Küche. Dort stand er vor ihr, kreideweiß im Gesicht. „Was haben Sie heute, Meixner?" fragte sie mit dumpfer Stimme.

„Warum fragen Sie mich, Fanny?" entgegnete Meixner und sah sie fremd an. „Sie wissen es doch selbst. Sie wissen es doch selbst, was geschehen ist, und daß er stundenlang bei Ihnen war."

„Ach Meixner!" rief die Schaffnerin aus und schloß hastig die Türe. „Kann man unglücklicher sein als ich? Was soll ich tun, wenn er kommt und wenn er sagt, er schlägt mich, wenn ich mich rühre?"

„Ach, Schaffnerin," unterbrach sie Meixner leise und kopfschüttelnd, „sagen Sie das nicht. Können Sie nicht zusperren? Und kein Laut war, Fanny, kein Laut war in Ihrem Zimmer."

„Zusperren!" rief die Schaffnerin und schlug stürmisch die Hände zusammen. „Er zerschlüg die Tür in seiner Wut und mich dazu. Kein Laut war, ja freilich kein Laut," fügte sie bitter hinzu, „weil ich stumm war wie ein Fisch, weil ich ihn angespien hab, Meixner, wie er mir zunah kam. Da blieb er sitzen und sitzen, bis es ihm zu dumm worden ist. Da haben Sies, Meixner. Ach wär ich doch tot, wär ich doch tot!"

Sie setzte sich auf den Backtrog und schlug die Hände vors Gesicht.

Meixner empfand tiefes Mitleid. Er streichelte ihr Haar. „Ich glaubs Ihnen ja, Fanny", sagte er. „Seien Sie doch ruhig. Fassen Sie sich, Fanny. Es muß ein Ende nehmen, es muß, sonst … ich weiß nicht."

Die Schaffnerin erhob sich, schlang ihre Arme um seinen Hals und sah ihm mit glühenden Blicken in die Augen. „Jetzt gehn Sie, Meixner", sagte sie, indem sie sich zum Herd wandte und im Suppentopf rührte. „Es wird schon werden." Und sie lächelte über die Schulter zurück ihm zu.

„Ja, ich geh", sagte Meixner, betroffen von ihrem Lächeln. „Ich geh zum Amtmann und rede mit ihm."

Er wartete auf Antwort, aber sie rührte schweigend ihre Suppe weiter, ohne daß er ihr Gesicht sehen konnte.

Der Amtmann war in der Schreibstube. Entschlossen trat Meixner vor ihn hin und sah ihm fest in die Augen, die seinem Blick entglitten. „Herr Amtmann," sagte er in einer bestimmten Weise, in der jedoch immer das Beschwichtigende seines Wesens verborgen war, „ich komme nur, um Sie zu bitten, daß Sie endlich Ihre nächtlichen Besuche bei der Leuthold einstellen. Daß das nicht sein darf, um keinen Preis, müssen Sie ja einsehen, Herr Amtmann."

Der Amtmann nickte ihm, während er sprach, emsig und ermunternd zu. „Recht so, Meixner," sagte er, indem er mit der Faust auf das Pult schlug, „das war wieder einmal ein Wort! Recht so, Meixner, das darf nicht sein, um keinen Preis. Mein heiliges Ehrenwort, Meixner, es soll nimmer vorkommen. Verkrummen und verlahmen will ich an Händen und Füßen und blind dazu will ich werden, wenn es noch einmal vorkommt, Meixner. Hier, Meixner, meine Hand, Sie sind ein ehrenwerter Kerl."

Meixner, der einen Wutausbruch erwartet hatte, stand wie betäubt. Schließlich faßte er sich und blickte unschlüssig vor sich hin. „Ich bin dem Herrn Amtmann sehr dankbar", sagte er. „Aber es muß doch etwas anderes sein, wodurch die Schaffnerin sichergestellt wird."

„Natürlich, natürlich", pflichtete der Amtmann eifrig bei und ging aufgeregt in der Stube hin und her. „Also, Meixner, dann machen wirs so. Wir gehen abends alle drei zu gleicher Zeit ins Bett, nicht? Schön. Ferner soll und muß die Leutholdin ihre Stube zusperren. Einverstanden? Schön. Aber damit auch Sie mir keine Dummheiten machen, lieber Meixner, verlange ich, daß bei Ihnen in der Stube der Jäger Klein schläft, der morgen von Strelentin ganz herüber kommt. Er kann sein Bett bei Ihnen aufschlagen. Einverstanden? Schön, jetzt sind wir wieder Freunde, wa?"

An demselben Mittag veranlaßte der Amtmann die Schaffnerin, sich mit Meixner zu duzen und erklärte sie für Brautleute. Er holte das Schreibzeug und Papier und schrieb eine Erklärung nieder, daß Meixner die Schaffnerin heiraten wolle, wenn er Strelentin bekäme. Meixner unterschrieb, und er faßte Hoffnungen für die Zukunft. „Ich gehe heute abend in die Stadt," sagte der Amtmann, „weil ich zur Exzellenz muß. Ich werde schon für euch sprechen, Kinder."

Die Schaffnerin blickte gleichgültig auf ihren Teller nieder. Als der Amtmann hinaus war, lachte sie.

„Warum das Lachen?" fragte Meixner verlegen, der auf so plumpe Art das Du vermied.

Sie lachte noch mehr und schüttelte leise den Kopf, als ob sie etwas nicht begreifen könne. Meixner machte sich an seine Arbeit, die ihm diesen Nachmittag flink vonstatten geriet. Der Amtmann war wirklich in die Stadt gegangen, und als Meixner fertig war, wanderte er zwischen den Gartenbeeten auf und nieder. Aus diesem Ungestörtsein riß ihn erst der Jäger, der von Strelentin kam. Sogleich begann er, Meixner zu erzählen, daß ein neuer Verwalter auf Strelentin angekommen sei, ein ehemaliger Student aus Berlin. Er habe gleich seine Frau mitgebracht.

Es war Meixner, als ob ihm die Beine plötzlich abgehauen würden. Ein Zittern überlief ihn und zog ihm die Haut zusammen. Trotzdem faßte er sich schnell und fühlte Scham wegen seiner Erregung. Beinahe gleichzeitig kam auch Truchs aus der Stadt zurück und rief Meixner zum Tisch. „Also Kinderchen," sagte er, lustig mit den Augen blinzelnd, „es geht alles aufs beste. Die Exzellenz will sich die Sache überlegen, und es ist sehr wahrscheinlich, daß ihr nach Strelentin kommt."

Meixner erhob sich und blickte den Amtmann vorwurfsvoll an. Truchs merkte sofort, woran er war. Er verschränkte die Arme über der Brust und schwieg trotzig still. Seine funkelnden Augen waren auf Meixner gerichtet. Er zog ein Blatt Papier aus der Tasche, entfaltete es und reichte es Meixner hinüber. Meixner las die vom Amtmann geschriebene Erklärung wegen der Heirat, unter die er in freudigen Zügen seinen Namen gesetzt hatte. Er begriff nicht, was der Amtmann meinte, und mit fragendem Blick gab er das Blatt zurück. Truchs lächelte finster, strich einige Male zärtlich über das Papier und riß es dann mitten durch.

Meixner senkte den Kopf.

Eine Viertelstunde später ging er auf die Vorwerke hinaus. Er ging und wußte nicht, daß er ging. Tausend Gedanken durchkreuzten seinen Kopf. Eine allgemeine Angst erfaßte ihn, und einige Male blieb er stehen, um entmutigt die Hand auf die Stirn zu legen.

Als er zurückkam, stand die Schaffnerin vor dem Haus. Es dämmerte. Graue, lange Wolken bedeckten den Himmel. Als Meixner der Schaffnerin ins Gesicht sah, erschrak er. Sie hatte eine Leichenfarbe. Ihre Augen waren verquollen, ihre Haare verwirrt, ihre Lippen zusammengepreßt.

„Was hast du, Fanny?" fragte Meixner.

Sie gab keine Antwort, sondern blickte mit zuckendem Mund zur Seite. Er wiederholte seine Frage. Sie legte ihre Hand leicht auf seine und wollte sprechen, als der Amtmann aus dem Haus trat und mit rauher Stimme nach ihr rief. Er gewahrte Meixner, kam näher, begrüßte ihn freundlich, legte seinen Arm in den des Wirtschaftsschreibers und zog ihn fort. –

„Wollen Sie eine Zigarre haben, Meixner?" fragte Truchs; sie gingen im Hof auf und ab.

„Danke, Herr Amtmann, ich rauche nicht", erwiderte Meixner, der eine atemlose Spannung empfand.

„Aber zum Teufel, Herr, nehmen Sie doch eine Zigarre, wenn ich Ihnen eine anbiete."

„Ich habe noch nie geraucht, Herr Amtmann."

„Das ist mir egal."

Meixner nahm eine Zigarre und zündete sie an, als ihm der Amtmann Streichhölzer gegeben hatte.

Der barst vor Lachen. „Sie haben ja die Spitze nicht abgeschnitten," keuchte er; „ein schönes Mannsbild sind Sie!"

Meixner schnitt die Spitze ab und bemühte sich, den Rauch

aus der Zigarre zu ziehen. Der Amtmann war ernst geworden. „So, jetzt können wir reden", sagte er. „Also was ich Ihnen mitteilen wollte, ist das: nämlich, aber bleiben Sie nur hübsch ruhig, nämlich, die Leutholdin ist *meine* Braut. Sie gefällt mir, und ich will sie heiraten. Das wollt ich Ihnen mitteilen."

Meixner lehnte sich an den Gartenzaun und warf die glimmende Zigarre in den Sand. In seinem Gesicht ging eine wunderliche Veränderung vor. Es war, als ob der Mund sich verschoben hätte und das Kinn schief geworden sei. Dann drehte er sich um und hustete, indem er sich an einem Pfahl festhielt und die Knie daran preßte.

„Na was ist, Meixner, was ist? was haben Sie?" rief der Amtmann ungeduldig und kratzte sich den Kopf.

Meixner wandte sich wieder um, und mit gesenktem Haupt sagte er ruhig: „Ich wünsche dem Herrn Amtmann viel Glück. Ich werde Sie trotzdem so schätzen, als ob Sie eine Baronesse zur Frau bekommen hätten."

Die seltsame Antwort machte den Amtmann stutzig. Aber er hatte nicht Lust, weiter zu fragen, sondern ging ins Haus. Meixner folgte ihm und suchte gleich sein Zimmer auf, wo der Jäger Klein schon im Schlaf lag.

Meixners Arbeit am nächsten Tag war nicht viel wert. Aber er beherrschte sich. Er konnte die Schaffnerin von nun an nicht mehr sprechen. Der Amtmann war stets zugegen, wenn er sie irgendwo traf, und schließlich kam es so, daß er sich fürchtete, ihr allein zu begegnen. Seine Augen waren umschleiert; sein Blick hatte etwas dumpf Sinnendes. Sein Gang war schlendernd.

Auf den Wiesen wurde das Gras gemäht. Die Libuhn war bei den Kühen und molk. Das Dach des Neubaues war schon aufgesetzt. Meixner schrieb im Bureau. Die Schaffnerin und Truchs saßen in der Wohnstube.

„Nun, Fanny, was hast du mir zu sagen?" fragte der Amtmann, der die Ellbogen auf seine Knie gestützt hatte und vorgebeugt saß.

„Ich, Truchs? Was soll ich dir zu sagen haben?"

„Heut früh hast du gesagt, nachmittags würdest dus sagen",
murmelte der Amtmann.

„Es ist nichts, Truchs, ich habs schon vergessen."

„Ich will es aber wissen, Leutholdin, hörst du?"

„Ich sag es aber nicht, Truchs."

„Du bist in den Schreiber verliebt, Leutholdin, leugn es nicht.
Das hast du mir sagen wollen. Bis du in den Schreiber verliebt?"

Die Schaffnerin lachte kurz. „Was bist du so aufgeregt,
Truchs? Zum Verlieben reichts bei mir nicht mehr. Aber ich
möcht ihn haben. Ich möcht ihn haben, Truchs, das ist die Wahrheit. Ich möcht ein Leben führen wie ein richtiger Mensch."

Die eine Hand des Amtmanns griff nach dem Vogelkäfig, der
neben ihm auf einem Tischchen stand, und bog die starken
Drähte zusammen, als ob sie aus Wachs bestünden. Das Rot-
kehlchen im Käfig flatterte angstvoll. Die Schaffnerin erblaßte
vor dem Blick des Amtmanns und stand auf wie unter einem
Alb. Er zog sie her zu sich, und sie kniete vor ihm. Ihre Augen
wandten sich keine Sekunde lang von ihm ab. Er beugte sich
nieder, faßte sie um die Hüften und lachte sie an. Auch sie lachte
gezwungen. Er hob sie auf seine Knie und sagte: „Schwer bist
du, Schaffnerin." Sie nickte geistesabwesend. Er näherte den
Mund ihrem Ohr und biß sie ins Ohr. Sie schrie und klammerte
sich an ihn. „Nun, wie ists mit dem Schreiber?" fragte er. Jetzt
schüttelte sie krampfhaft eilig den Kopf. Sie deutete auf den Hof,
wo sie Meixner sah. Der Amtmann machte sich los von ihr, ging
hinaus und stand bald vor Meixner, den er fragte, wie es ihm
gehe.

Meixner erwidert nichts.

„Machen Sie sich keine Hoffnungen, Meixner", sagte Truchs
boshaft. „Ich lebe schon ein Jahr und länger mit der Leuthold
zusammen. Da können Sie sich denken, daß es mit der Keusch-
heit längst am letzten ist. Pfui Teufel, was sind Sie für ein Kerl,
Meixner, was für ein Pfaffengesicht haben Sie. Pfui Teufel. Man
kann Ihnen die Finger abhauen, ohne daß Sie schreien."

„Ist das wahr, Herr Amtmann, was Sie eben gesagt haben, mit

der Schaffnerin?" fragte Meixner, der ein Gefühl hatte, als ob eine Faust sich in seine Brust senke.

Der Amtmann schwieg und wandte sich ab. Als kurze Zeit nach diesem Zwiegespräch Meixner durch den Flur gegen die Küche schritt, fühlte er zwei Arme um seinen Hals, die ihn zurückhielten. Es war die Schaffnerin. Sie atmete erregt, sie drängte ihren Leib dicht an ihn und suchte seinen Mund mit den Lippen, doch küßte sie in die leere Luft. Meixner hielt sich an der Mauer fest. Er machte eine verzweifelte Bewegung mit dem ganzen Körper, sein Gesicht rötete sich, und wie ein Quaderstein drückte es auf seinen Schädel.

Stunden vergingen, ohne daß es ihm gelang, sich zu fassen. Eine geheimnisvolle Stimme in seinem Innern rief ihn fortwährend bei seinem eigenen Namen, und die Stimme verwirrte sein Nachdenken. Es war spät nachts, als er immer noch auf der Treppe vor dem Haus saß, den Kater auf dem Schoß hielt und grübelnd vor sich hinsah. Es wehte ihm ein kühler Wind ins Gesicht.

Auf einmal trat der Amtmann heraus; Meixner schien es, als käme er aus dem Zimmer der Schaffnerin. Er wunderte sich im stillen, daß er diesem Umstand so wenig Wichtigkeit beimaß. Des Amtmanns Haare waren verwirrt und hingen in Strähnen herab. Sein Gesicht war verstört.

„Warum gehen Sie nicht in Ihr Nest?" fuhr er Meixner wild an.

Meixner stand auf und blickte schweigend vor sich hin.

„Warum Sie nicht in Ihr Nest gehen?" schrie Truchs mit heiserer Stimme.

„Ich bin nicht müde, Herr Amtmann", sagte Meixner gefaßt.

Der Amtmann sah die Katze in Meixners Arm. „Ach so," sagte er gedehnt, „Sie pflegen das Vieh. Jetzt weiß ich doch, wohin die jungen Hühner kommen. Bis jetzt hab ich immer gemeint, der Herr Meixner selbst stiehlt sie und verkauft sie. Marsch!" Mit diesen Worten riß Truchs den Kater an sich, packte mit der einen Hand den Kopf des Tiers und drehte ihn, während

er den Körper festhielt, ein paarmal rund herum. Einen raubvo-
gelartigen Pfiff ausstoßend, warf er den Kadaver mitten in den
Hof.

Meixner strömte alles Blut, so daß er es deutlich empfand,
zum Herzen. Er ächzte und hielt sich nur mit Mühe aufrecht.
Der Amtmann nickte ihm hämisch zu und ging in den Flur zurück.

Meixner hob das Tier vom Boden auf. Es war tot. Die Augen
waren aus den Höhlen getreten. Mit weitgeöffneten Lidern
blickte Meixner zum bewölkten Himmel empor. Aber noch immer gewannen seine Sanftheit und die angeborene Demut seines
Wesens Macht über ihn. Er fühlte bereits nur Mitleid mit dem
Gefährten seiner Spaziergänge.

Doch erwachte zugleich eine nagende Furcht vor dem Wieder-
anbruch des Tages in ihm.

Sechstes Kapitel

Der Prediger und der Organist von Veitshöchheim waren zu
Gast beim Amtmann. Sie waren nachmittags herübergekommen
und spielten Skat mit ihm. Ihre Bekanntschaft mit Truchs lag
höchstens um einen Sonntag zurück.

Die Unterhaltung bei der Abendmahlzeit zwischen dem Amtmann und seinen Gästen war laut und ungezwungen. Die Schaffnerin, die Truchs gegenüber saß, blickte, ohne eine Bewegung zu
machen und ohne ein Wort zu sprechen, auf ihren Teller und berührte die Suppe nicht, die vor ihr stand. Meixner, der neben der
Schaffnerin saß, war ebenso schweigsam.

Es gab Brotsuppe. Der Amtmann hatte sich und seinen Gästen Suppe gegeben und reichte Meixner den Vorlegelöffel, damit er sich selbst nehme. Meixner nahm den Löffel und schöpfte
Suppe, aber er vermied das Brot, das er nie aß, wenn es in der
Brühe gelegen hatte. Da fuhr ihn der Amtmann zornig an: „Das
tun ungezogene Leute. Das ist unschicklich."

Meixner schwieg.

Der Organist platzte mit Lachen heraus. Der Prediger, ein noch junger Mann, der unter widerwärtigem Schlürfen seine Suppe aß, nickte vor sich hin. Der Amtmann stieß während der ganzen Dauer der Mahlzeit beleidigende und kränkende Worte gegen Meixner aus, machte sogar zotenhafte Witze, bei denen der Prediger errötete und wie beschwörend die Hand erhob, während der Organist krampfhaft Brotrinden zerbiß. „Na, Leutholdin," sagte dann der Amtmann jedesmal und warf der Schaffnerin funkelnde Blicke zu, „meinen Sie nicht auch?" Die junge Frau lächelte; aber mit welch rätselhaftem Lächeln! Ihr Gesicht veränderte sich nicht, außer daß der Mund sich in die Länge zog.

Meixner schwieg zu allem.

Es war zehn Uhr vorbei, als der Amtmann mit seinen Gästen aufbrach, um sie zu begleiten. Die Nacht war finster. Ein stürmischer Wind ging, die Fensterscheiben klapperten in ihrer Einfassung.

Zum erstenmal wieder befand sich Meixner mit der Schaffnerin allein. Er hatte gezittert vor diesem Alleinsein und hatte es doch auch gewünscht. Sie saßen lange Zeit, ohne etwas zu sagen und hörten der schaurigen Windmusik zu. Im Haus selbst war es still. Meixner glaubte bisweilen, er höre eine Glocke läuten. Es war ein dumpfes, hinsterbendes Geräusch, das sich seinen Sinnen darstellte, als ob es nicht die Stille, sondern nur die Finsternis durchbreche, die sich draußen um die Mauern schmiegte. Und wieder glaubte er seinen Namen von einem Unsichtbaren gerufen und lauschte voll Angst.

„Fanny, was haben Sie mit dem Amtmann gehabt?" fragte er endlich ohne weitere Überlegung.

Sie schüttelte den Kopf und sagte nichts. Es quälte ihn, daß sie schwieg, aber er wiederholte seine Frage nicht.

Da reichte sie ihm einen Zettel. Er nahm ihn und las mit Bleistift geschriebene Worte: Ich darf nichts reden, wenn ich Ruhe haben will. Heiraten werd ich ihn nicht. Ich werd mich nicht mit dir auseinanderbringen lassen, Meixner. Eher zieh ich fort.

Der Umstand, daß sie dies geschrieben hatte und offenbar
schon lange vorher geschrieben, und daß sie nicht redete,
machte einen furchtbaren Eindruck auf Meixner. Flüsternd, als
könne selbst die Stille sie belauschen, fragte er: „Warum sprechen Sie denn nicht, Fanny?"

Sie sah ihn an und blickte dann deutend nach den Fenstern,
nach der Türe, als sei sie gewiß, daß des Amtmanns Ohr eifersüchtig darangepreßt sein, oder als sei sie gewiß, daß die Luft, in
die sie ihre Worte hauchte, ihm den Schall zutragen müßte. Das
erfüllte Meixner mit Schrecken, und er schwieg gleichfalls, obwohl er wußte, daß Truchs in Wirklichkeit mit den beiden Männern fortgegangen war, da er sie selbst bis zur Haustür begleitet
und noch von ferne das dröhnende Lachen des Amtmanns gehört hatte.

Es dauerte auch noch eine Viertelstunde, bis er zurückkam. Er
schien in heiterer Stimmung, tat aber, als ob Meixner gar nicht da
sei.

Dieses Verhalten erregte Meixner auf unerklärliche Art. Aufmerksam verfolgte er jeden Schritt, jede Bewegung des Amtmanns, und erst als alle aufbrachen, um sich zu Bett zu begeben,
hatte sich die Unruhe in ihm etwas gelegt. Schlafen konnte er
nicht. Er setzte sich an das Tischchen, das zwischen dem Bett
des Jägers und dem seinen stand, zündete eine Lampe an, die auf
dem eisernen Ofen stand und die ein düsteres Licht in der Stube
verbreitete, und schrieb einen Brief an seine Mutter, die in einem
Weiler in der Nähe von Aschaffenburg wohnte. Er schrieb, daß
es ihm gut gehe und daß er sich für ihre sorgliche Nachfrage be-
danke; daß er seine Stelle nicht so bald zu verlassen gedenke wegen der Mutter, und daß er bald eine einträgliche Beförderung zu
erfahren hoffe; daß er sich zwar nicht viel ersparen könne, daß
ihm aber trotzdem an leiblichen Dingen nichts abgehe. Sein Stil
war plump, aber zärtlich; die Sanftmut, die in seiner Seele
wohnte, strömte in die Zeilen über, die ganze Güte seines Wesens kam in wunderlichen Wortverschnörkelungen zum Aus-

druck, wie diese: daß du, meine so hochgeliebte Mutter, mich immer ermahnst, beim Rechten zu bleiben, ist ein herrliches Zeugnis deiner Tugend und nichts Lieberes kann mir geschehen. Diese altmodischen Wendungen nahmen in seiner Schrift, unter seiner langsam sich über das Papier schiebenden Hand etwas Edles und Rührendes an und zeigten, wie sein Gemüt an diesem Tag noch sein Gleichgewicht besaß.

Als Meixner am nächsten Morgen in das Bureau trat, war der Amtmann schon anwesend. Meixner war erstaunt, denn es war das erstemal, daß dies der Fall war. Der Amtmann erwiderte seinen Gutenmorgengruß nicht. Er war mit keiner Arbeit beschäftigt, sondern starrte dumpf vor sich hin. „Ich muß mit Ihnen reden, Meixner", sagte er; aber als Meixner den Kopf erhob und lauschte, schwieg der Amtmann. Dagegen wurde er plötzlich aufgeräumt und redselig, als Meixner sagte, er müsse nach den Vorwerken und dann nach Strelentin hinüber und käme erst am Nachmittag zurück.

Aber Meixner kam schon früher zurück und begegnete am Kloster Himmelspfort der Schaffnerin, die in der Stadt gewesen war. Es hatte zu regnen begonnen, der Wind hatte seit gestern nicht aufgehört. Meixner trug keinen Schirm und bat die Schaffnerin, ihn unter ihrem Schirm mitzunehmen. Zerfaserte Wolken rasten über den Himmel. Kein Mensch war zu sehen. Das Kloster lag in steinerner Stille da, die Akazien, die zum Portal führten, krümmten sich und ächzten, und die Blätter rauschten laut. Die Schaffnerin war schweigsam, und in Meixner kehrte die Furcht des letzten Abends zurück. Oft glaubte er, die Schaffnerin lächle, aber dann sah er, daß er sich getäuscht hatte. Er glaubte es jedesmal, wenn sie beide schwer gegen den Wind ankämpften, und sie sich dabei an ihn preßte oder seine Hand zufällig die ihre berührte. Sein Herz klopfte, sooft er sie ansah, das liebliche Oval ihrer Wangen, das duftige Rot, das der Sturm darüber gehaucht, die feine, weiße Haut des Halses, unter der die Adern pochten, das blaue Band, das den Nacken umschloß; und er dachte sich aus, was er ihr vielleicht sagen könnte, um ihr zu gefallen. Aber es blieb beim Denken. Sie näherten sich dem Gut, und aus dem Fenster des Bureaus blickte der Amtmann nach ihnen.

Kurze Zeit nachher kam der Krüger Kitz, der eine Zahlung leisten wollte, und Meixner hatte die Quittung zu schreiben. Er datierte sie, wie es richtig war, auf den 28. Juni, den Tag der Zahlung. Die Zahlung war schon im Mai zu leisten gewesen. Der Amtmann geriet plötzlich in Wut, als er das Datum der Quittung sah. Er warf das Quittungsbuch des Krügers auf den Tisch und schrie Meixner aus allen Kräften an: „Herr, zum tausend Teufel, was haben Sie da wieder für dummes Zeug gemacht!".

Meixner fragte gelassen: „Wieso, Herr Amtmann?"

„Mit dem dummen Quittieren!" schrie der Amtmann. „Der Kitz bezahlt den Branntwein, den er im Mai schuldig geblieben ist, und der muß auch bei dem Monat quittiert werden! Sie sind ein Mensch, der nie eine richtige Rechnung geführt haben kann. Sie sind nichts wert." Dabei warf er die Sandbüchse mit solcher Heftigkeit auf den Tisch, daß er sich an der Hand verwundete, das Tintenfaß aufflog und Tinte über Papier und Möbel spritzte. Zugleich schrie er, der Meixner solle binnen acht Tagen aus dem Hause; er habe sich mit seiner Untreue und seinen Durchstechereien der Kondition nicht würdig gezeigt. „Ich werde Sie unglücklich machen," schrie er, „ich werde Sie ins Zuchthaus bringen."

Der Krüger Kitz schlich sich ängstlich davon, aber der Amtmann hörte nicht auf zu toben. „Herr, ich schwöre zu Gott, ich halte mein Wort, ich will Sie verfolgen, Sie mögen sein, wo Sie wollen, Sie Duckmäuser und Heuchler! Ich werde Sie schon aus Ihrer Ruhe bringen, da können Sie sich drauf verlassen."

Die Leute im Hof waren zusammengelaufen und horchten. Meixner erlitt ruhig diese Beschimpfungen, als wäre er schon stumpf dagegen geworden. Er hatte sich still an den Ofen gestellt und nur darüber nachgedacht, wie er aus dieser Kondition kommen könne. Dann fragte er mit bebender Stimme: „Was wollen Sie von mir, Herr Amtmann?"

Der Amtmann blickte stier in Meixners Gesicht. Er geriet in eine unsinnige Raserei und stieß Meixner die geballte Faust ins Auge.

Diese Mißhandlung brachte eine Wandlung in Meixner hervor.

Siebentes Kapitel

Unerwartet erhielt er diesen Stoß, der so heftig war, daß er mit dem Kopf rückwärts gegen den Ofen schlug. Er fühlte ein Kribbeln in der Nase, das stieg ihm in den Kopf, und es war ihm zumut, als ob sein Gehirn sich gleich einem Uhrwerk herumdrehe. Dann lief es ihm kalt über den Nacken in die Schultern, und er meinte, es falle durch die Zimmerdecke geschmolzener Schnee auf seinen Rücken. Darauf versetzte es ihm einen Ruck in der Brust, und er spürte eine heftige äußere und innere Hitze. Die Brust wurde ihm aufgetrieben, er mußte Rock und Weste öffnen, um sich Luft zu verschaffen. Er bemerkte nicht mehr, daß die Schaffnerin bleich hereinkam, um den Amtmann zu beruhigen; er hörte nicht, daß sie ihm leidenschaftlich zuredete und ihm seinen Jähzorn verwies, und daß sie dann die beiden Männer zum Abendessen bat. Etwas später fand er sich am Tisch sitzend, ohne daß er wußte, wie er herübergekommen.

Der Amtmann war plötzlich wieder ein anderer Mensch. „Man muß doch endlich einmal aufhören", sagte er, als er das Fleisch von der Schüssel nahm. Er redete gegen Meixner ruhig über Geschäfte und über eine Fahrt, die sie zusammen nach dem Rottendorfer Jahrmarkt machen wollten. Meixner, der sonst stets glücklich war, wenn der Amtmann wieder freundlich wurde, sagte diesmal kein Wort.

Gleich nach dem Essen fing der Amtmann an, Stiefel und Jacke auszuziehen und sagte: „Kinder, wenn euch so schläfert wie mich, dann geht schlafen." Er wünschte gute Nacht und ging in sein Schlafzimmer.

Auch Meixner legte sich zu Bett. Der Jäger, der sonst zugleich mit ihm schlafen ging, war noch nicht da. Er hörte ihn bald darauf im Wohnzimmer mit der Schaffnerin sprechen, so deutlich, als ob es in der Stube nebenan wäre. Die Schaffnerin sagte ihm, er solle jetzt auch schlafen gehen. Der Jäger kam nun und sagte zu Meixner, der Amtmann sei schon zu Bett.

Meixner lag in unerträglicher Hitze. Er hörte in der Nebenstube die Libuhn buttern. Nach einer Weile wurde es still, sie verließ die Stube, war aber kurze Zeit später an Meixners Tür und rief leise: „Herr Meixner, schlafen Sie?"

„Warum?" fragte er.

„Wenn Sie mal rauskommen könnten, täten Sie was Schönes belauern", entgegnete sie kichernd.

„Was denn?" fragte er.

„Wie der Jäger fort war, ist die Schaffnerin zum Amtmann ins Zimmer. Und jetzt ist sie immer noch drin", flüsterte die schwatzhafte Magd.

Meixner erwiderte nichts, und die Libuhn fuhr fort zu buttern. Zu dem Jäger, der noch nicht schlief und der alles gehört hatte, sagte Meixner: „Sehen Sie nur, Klein, was das für eine Hundezucht ist. So heilig hat mir der Amtmann versprochen und zugeschworen, daß er und ich und die Schaffnerin gleichzeitig in unsere Stuben sollen, und jetzt ist es doch nichts!"

Der Jäger lachte. Ob denn das was Neues sei, meinte er.

Nun kam die Libuhn abermals vor die Türe. „Herr Meixner," raunte sie, „ich hab gehorcht an der Tür. Sie ist noch drin."

Meixner richtete sich ein wenig auf und stützte den Kopf in die Hand. Er empfand immer größere Hitze, im Kopf und am ganzen Körper. Er konnte nicht einmal die Augen zumachen und warf sich wild im Bett umher.

Es schlug zehn und es schlug halb elf, und da kam jemand in die Stube nebenan, wo die Magd immer noch butterte. Das muß die Schaffnerin sein, dachte Meixner. Und als er dann wirklich ihre Stimme hörte, schlugen seine Zähne aufeinander wie im Fieber. Er wollte sie merken lassen, daß er noch wach sei, daß er bis jetzt gewacht habe, und mit einer seltsam metallisch klingenden Stimme schrie er lauter, als nötig war, hinüber: „Haben Sie jetzt Butter, Libuhnin?"

Statt ihrer antwortete die Schaffnerin: „Wir werden bald welche bekommen, ich brühe jetzt." Und Meixner lauschte noch ihren Worten, als sie längst verklungen waren. Es kam ihm vor, als klängen sie nach in der Stille der Stube, als wiederhole sie der Wind draußen tausendzüngig. Er hatte eine Lust in sich zu klagen, was ihm alles widerfahren, aber die Hitze, die er empfand, drückte seine Kehle zusammen. „O Gott," murmelte er, „wirst du mich denn nicht erlösen!"

Eine kleine Weile darauf wurde es nebenan still. Dann wünschte die Schaffnerin durch die Tür in freundlichem Ton Meixner gute Nacht.

„Gut Nacht", sagte auch Meixner.

Er horchte gespannt. Ihre leichten Schritte verhallten auf dem Flur. Sie ging in ihr Zimmer, aber sie verschloß die Türe nicht, wie es doch verabredet war.

„Sehen Sie, Klein, jetzt schließt sie doch ihre Tür nicht zu", sagte Meixner und biß verzweifelt in sein Kissen.

Der Jäger, verwundert, den Meixner heute so redselig zu finden, brummte bestätigend.

Es schlug elf Uhr.

Die Hitze, in der Meixner lag, wurde zu einer furchtbaren Glut. Alle Beleidigungen, die er in diesem Haus erlitten, vom ersten Tag an bis heute, alles trat ihm vor die Seele. Dann lag er gedankenlos im Bett. Er fühlte nur noch ein Sausen und Brausen, als ob ihm das Gehirn im Kopf herumgewälzt würde. Er konnte es nicht mehr aushalten im Bette; auch die Stille im Haus war ihm zu groß. Sie drückte weniger auf ihn, wenn er saß, als wenn er lag. Er setzte seine Füße hinaus, zog die Pantoffeln an, blieb aber sitzen und sitzen, hörte halb zwölf und zwölf und halb eins und eins schlagen. Dann zog er Strümpfe, Beinkleider und Überrock an und fragte: „Schlafen Sie, Klein?"

Keine Antwort. Klein schlief.

Er verließ die Stube. Er riegelte das Haustor auf und ging in den Hof, wo ihn ein jagender Wind empfing. Er lief ein Stück in die Wiesen und kehrte ebenso schnell laufend wieder um. Er ging in die Amtsregistratur. Er wußte, daß der Amtmann in der Registratur an einem Nagel einen Strick aufbewahrte. Er ging immer schneller und fühlte nur das Sausen und Brausen im Kopf. Er fand den Strick nicht am Nagel. Aber im Finstern suchte er und fand ihn an einem zweiten Nagel. Er nahm den Strick und steckte ihn in die Tasche.

Dann stand er wie erstarrt und sagte ziemlich laut: „Nein, mit dem Strick geht es nicht." In einem Zimmer nebenan stand eine Kiepe mit Eisenzeug. Er nahm einen Hammer daraus, den größten und schwersten, den er fand. Sobald er den Hammer in der Hand hatte, wurde es ruhig um ihn, und das Sausen und Brausen hörte auf. Er dachte: ich mache es wie der Blutmartin, dessen Bild ich auf der Messe gesehen habe; und wenn er seine Tür zugesperrt hat, will ich ihn um Zündhölzer bitten; will sagen: es ist mir recht schlecht, Herr Amtmann, zünden Sie mir die Kerze an.

Er stand vor der Tür der Schaffnerin, kniete hin und betete.

Achtes Kapitel

Zwei Stunden später, ungefähr um drei Uhr morgens, kehrte er in seine Stube zurück. Es tagte schon. Drüben, in der Richtung des Klosters, wurde der Himmel fahl; die Vögel begannen zu zwitschern, erst schüchtern, gleichsam fragend, dann zuversichtlich, dann ganz stürmisch.

Meixner trat herein; in seinem Gesicht glänzten die Augen, wie sie gewiß nie zuvor geglänzt hatten, als wollte er sagen: jetzt kann ich wieder rein dastehen vor mir selber. Aber das dauerte kaum Sekunden, die man zählt. Er warf sich neben das Bett des Jägers hin und schüttelte ihn. „Klein!" rief er aus, „Klein, der Kerl, der Amtmann schläft schon!"

Der Jäger war sofort wach geworden. Er sah Meixner an, dessen Gesicht wie Wachs war. „Was ist geschehen?" fragte er und stand auf. Und er sah nun auch, daß Gesicht und Hände und Kleider des Meixner mit Blut besudelt waren. „Was ist geschehen, Meixner?" fragte er noch einmal erregt und packte den Knienden im Nacken.

„Da haben Sie den Schlüssel, Klein", sagte Meixner. „Er schließt ins Schlafzimmer vom Amtmann. Und grüßen Sie halt meine Mutter schönstens von mir, lieber Klein."

Meixner streckte sich ganz auf den Boden, legte die Stirn auf den Arm und machte die Augen zu.

Ende

DER NIEGEKÜSSTE MUND

Erstes Kapitel

Schon von ferne sieht man den gelben, alten fünfeckigen Turm mit seinem dunklen Ziegeldach, das einer Nachthaube gleicht. Er schließt eine breite, stille Straße mit regelmäßigen Häusern ab, die sich wie Zierat ausnehmen. Mit seinem Torbogen scheint er auf den gebrechlichen Schultern zweier Häuser zu stehen; das eine ist die Wirtschaft Zum lustigen Pfeifer, das andere gehört dem Doktor Maspero. Die Straße setzt sich verengert bis zum Marktplatz fort, der den Eindruck eines städtischen Mittelpunkts macht. Ruhige Gassen und Gäßchen zweigen von da ab: zum Schießanger, zur Altmühlbrücke, zur Kirche, und ein schmaler Gang zwischen der Apotheke und dem Bezirksamt zur jüdischen Synagoge, einem luftigen Bau aus rotem Backstein, gekrönt von zwei dickbäuchigen Kuppeln. Ringsherum zieht sich ein weitläufiger Obstgarten, der den Tempelvorhof gegen die Straße frei läßt. Aber diese Straße hat nur noch ein einziges Stirngebäude, eingeklemmt zwischen uraltem Häusergerümpel, doch nicht minder alt und nicht minder baufällig: das Schulhaus. Sechsundsechzig Kinder, Knaben und Mädchen, werden hier täglich von Herrn Philipp Unruh in die Geheimnisse des Alphabets und der Arithmetik eingeführt.

Es gibt Namen und Namen. Manche sind ihrem Besitzer wie aus dem Wesen geschnitten, manche passen zu ihm wie etwa die Synagoge zum Obstgarten. Ein solcher Obstgarten, um den Vergleich müde zu machen, war der Name jenes Lehrers. Er selbst und der Kreis seines Daseins waren voller Ruhe. Die kleine Stadt lag unter dem Horizont der Ereignisse. Die Leute von Gunzenhausen verrichteten ihre Geschäfte bei Tage und schliefen in der Nacht, und von eisernen Gesetzen wurden die Stunden geregelt. Uhren und Kalender hatten nur einen äußerlichen Wert. Die Glocke schlug, aber was sie schlug, brauchte an keines Hörers Ohr zu tönen. Die Zeit ging, wie sie seit Ewigkeiten gegangen war, aber wohin sie ging, gab keinem Verstand ein Rätsel. Nur die Eisenbahnzüge, die das friedliche Altmühltal hinab und hin-

7

auf rollten, brachten einen Duft von Welt mit, von Geschehnissen, vom Wandel der Dinge, von den traurigen und heiteren
Spielen, die in den Ländern vor sich gehen, welche eingespannt
liegen zwischen den Ozeanen.

Philipp Unruh war also ein Ruhiger mit den Ruhigen. Er war
auch kein Philippos, kein Pferdefreund, sondern eher der be-
schaulich schreitenden Katze zugeneigt. In seinem Amt war er
weder rühmenswert, noch gab er zu tadeln Grund. Seit einem
Dezennium rollte das Jahrwerk ab ohne sein Hinzutun. Es glitt
ihm vor den Händen vorbei, ähnlich wie bei geschickten Arbei-
tern, die ohne Augen, ohne Licht vollbringen könnten, was
Zwang und Gewohnheit sie gelehrt. Der Tag zerfiel in Stunden;
einzelne Stunden bedeuteten Fächer, und jedes Fach war ein
Häuflein Eingelerntes, bereit, in ein Schock mehr oder minder
williger Gehirne gestopft zu werden. Diese kleine Maschinen-
sammlung um Philipp Unruh war seine Schule, in welcher er
gleichmütig herumschritt und hantierte und mit Wohlwollen
und kühler Befriedigung dem ordnungsmäßigen Verlauf der
Dinge anwohnte.

Derselbe Mann, der weder alt noch jung, weder lustig noch
traurig, weder lebendig noch tot war, hatte eine Liebhaberei,
welche fast mehr als diesen Namen verdiente, weil sie den eigentlichen Zirkel seines Wesens überschritt. In seiner dumpfen Kammer, aus der der hellste Sommertag die Dämmerung nicht vertreiben konnte, weil rings Dächer und Galerien ihr den Himmel
nahmen, gab es eine lange Reihe von Folianten: Chronika und
Memoria und ernsthafte Darstellungen, die Geschichte aller Zeiten und Völker enthaltend. Darin las und grübelte, studierte und
spekulierte Philipp Unruh seit Jahr und Tag. War gleich gelehrter
Eifer im Spiel, etwas wie Abenteuergelüst war sicher auch dabei.
Und wohl noch eines. Während um ihn die Zeit starr lag gleich
einem gefrorenen See, erblickte er durch seine Bücher ein aufge-
wühltes Meer von Leben. Für ihn war die Gegenwart nur der
Schatten, das lautlose Widerspiel der bunten, glänzenden, gefährlichen und anziehenden Vergangenheit. Seine Stube, das zu-

friedene Städtchen, das stille fränkische Land, das war die Gegenwart. Die Vergangenheit war Europa, Asien, Ägypten, waren mörderische Schlachten, strahlende Revolutionen, versin-
kende Reiche. Hier war der Doktor, der Apotheker, der Bürgermeister, der Schulrat. Dort war eine Gesellschaft von Königen,
genialen Feldherrn, erhabenen Verbrechern, blutgierigen Empö-
rern, ruhmvollen Märtyrern und unerschrockenen Entdeckern.
Es gab glänzende Künstler, Propheten, falsche Herzöge, aufop-
fernde Bürger, heroische Weiber, Vaterlandshelden und märchenhafte Städte. Und solchem Reichtum gegenüber, der unerschöpflich vor ihm lag, der seine Sinne entzündete, seinen Geist
bewegte, seine Träume mit unvergleichlichen Gestalten bevölkerte, sollte ihm der matte Tag noch etwas bedeuten? Er ahnte
das Schicksal, das seine Hand von Jahrtausend zu Jahrtausend
spannt, das die Kleinen vernichtet, um die Großen zu erhalten;
das ganze Länder verbrennt, um die Asche zum Mörtel für das
Häuschen eines Heilands zu verwenden, das jedes Ereignis
menschlichem Maß entrückt, jeden Zufall zur Bestimmung wan-
delt. Deshalb hatte sich unter seinem rötlich-buschigen Schnurrbart jenes Lächeln eingenistet, das ebenso kindlich war, wie es
für weise gelten konnte. Deshalb hatte er kein Verständnis für die
kleine Spottsucht des Doktor Maspero und keine Teilnahme für
den Kummer der Frau Süßmilch, deren Töchterchen dem Abc
feindlich gegenüberstand. Der Herr Adjutant (man nannte ihn
so, obwohl niemand sich erinnern konnte, ihn jemals in einer
Uniform gesehen zu haben) sagte, der Unruh zähle seine fünfunddreißig Jahre doppelt. Und da er es zu Frau Federlein sagte,
die die Frau des Nachtwächters war, erfuhren es alle Leute, die
in der Abgeschlossenheit des Lehrers etwas Verdächtiges und
Geheimnisvolles sahen.

Zweites Kapitel

Wie heute hatte Doktor Maspero fast täglich einen Begleiter, der ihm die nächtliche Heimkehr vom Wirtshaus verkürzte. Er plauderte in seiner finster-spöttischen Manier mit dem Baron, der die Apotheke besaß. Es gab manchmal ausgedehnte und tiefsinnige Gespräche in der Nacht, wenn das Kartenspiel beendet war. Der Doktor war ein Mann, klein wie ein Zwerg, hager wie ein Knabe, hatte auch die Bewegungen eines Knaben, sprach überlaut und meist grimmig, auch wenn er witzig war. Sein bärbeißiges Wesen war eine Schutzwaffe gegen die länger gewachsenen Menschen.

Lispelnd und visionär erzählte der Baron von seinem neuen Provisor. Das Lispelnde und Visionäre war ihm stets eigen. Seine Art erinnerte an frische Butter, so reinlich, mild und appetitlich war er. Er war den schönen Künsten ergeben und verdankte dieser Neigung das Zerflossene und Selbstgefällige seiner Natur. Immer ging er durch die Straßen wie jemand, der sagen will: Seht, welch ein Träumer bin ich.

Der Doktor drückte seine Verwunderung aus, daß er den neuen Provisor, der doch schon vier Wochen hier sei, noch nicht gesehen habe, und fragte nach dem Namen.

„Apollonius Siebengeist", erwiderte der Baron, und seine Blicke waren verloren ins schwarze Firmament gerichtet.

„Einstampfen lassen! Einstampfen lassen! So heißt man nicht", kreischte der Doktor mit unbegründeter Wut und lauschte auf den Beifall seines Freundes empor, der ihn um zwei Kopflängen überragte. Auch er war nicht ohne Beziehung zum geistigen Leben der Nation. Sein ungestümer Witz war eine Frucht der Bildung. Sein Ideal unter den Bücherschreibern war jener Saphir, der einst nach des Doktors Ansicht die Welt aus ihren Fugen gerüttelt hatte.

Der Baron entgegnete langsam und bedeutungsvoll, daß Siebengeist aus einer guten Familie stamme, jedoch sei sein Gehirn nicht in gehöriger Ordnung. Er habe etwas Koboldartiges an sich, etwas Sozialdemokratisches. Darauf antwortete der Doktor, indem er mit zwei Fingern seine Nasenspitze kniff, der Apotheker möge ihm doch ein Pülverchen zur Beruhigung zubereiten, eine staatserhaltende Mixtur.

„Rizinusöl!" platzte der Baron heraus und brach über diesen unerwarteten Geistesblitz in solch brüllendes Hoho-Gelächter aus, daß der Nachtwächter Federlein an der Marktecke erschrocken stehen blieb. Geringschätzig verzog der Doktor den Mund, während der sanfte Apotheker noch lange nicht zur Ruhe kommen konnte. Und während sie ihren Weg durch die außerordentlich stille Nacht fortsetzen, sprach man noch von den Theatervorstellungen, welche für die nächsten Tage angekündigt waren, denn eine Wandertruppe sollte im Fränkischen Hof ihr Lager aufschlagen. Der Doktor war vom Redakteur des Tageblatts als Kritiker gewonnen worden, und der Baron hatte die Absicht, dem Direktor ein Vorspiel in Versen zu schreiben.

Beim Schulhaus winkte der Doktor leutselig zum dunkeln Fenster hinauf, aus dem der Lehrer auf die Straße sah. Die Glocke schlug eben elf Uhr. Der Doktor fragte empor, ob Philipp Unruh morgen zur Auktion kommen werde. „Es soll auch Bücher geben", fügte er mit überlegenem Spott hinzu. Die beiden Männer wünschten gute Nacht und waren bald in der Finsternis verschwunden.

Der Lehrer wußte, daß es Bücher bei der Versteigerung geben würde. Der jüdische Kantor war gestorben, ohne Angehörige zu hinterlassen, uns seine Habseligkeiten kamen unter den Hammer. Insbesondere wußte Unruh um eine alte Ansbacher Chronik, die der Kantor nie hatte verkaufen noch verleihen wollen. Daran erinnert, freute er sich jetzt, vergaß die trüben Gedanken, die ihn beherrscht, musterte lächelnd den schwarzen Vorbau der Synagoge, schaute straßauf, straßunter, ruhegewohnt, friedesicher, und achtete der Kälte nicht. Schnee fiel, flaumig anzusehen, aufglitzernd im Licht einer einzigen Laterne. Indes, jene allzuschnell vertriebenen Gedanken kehrten zurück.

Er hatte etwas Seltsames gelesen. Unlängst war er bei seinem

Schwager, einem Schwestermann in Teilheim, gewesen. Das ist ein Örtchen in der Nähe des Hesselbergs und mitten im sogenannten Hahnenkamm. Der Freund besaß eine Krämerei, und beim Herumstöbern in Kisten und Kasten, wie es Philipp Unruhs Besuch mit sich brachte, fand sich ein vergessener Schmöker vor, benagt von Motten und Mäusen, um alles Ansehen gebracht durch Liegen und Staub. Der Krämer hatte schmunzelnd den Fund verschenkt, welcher die Aufzeichnungen einer Marquise Bourguignon enthielt, von einem Kammerherrn, Exzellenz, behäbig und schnörkelhaft in das Deutsch des achtzehnten Jahrhunderts übertragen.

Nun sitzt da weltfern und lebensfremd ein Schulmeisterlein in seiner engen Kammer und vertieft sich dumpfen und erschrockenen Sinnes in die frivolen Erinnerungen der Hofdame. Ein goldgieriger Räuber steigt durchs Fenster, aber das Fräulein, fast noch ein Kind, gibt gutlaunig Edleres hin. Der würdige Pater im Beichtstuhl zeigt sich nachsichtig gegen Sünden, an deren Begehung er teilnehmen darf. Auf der Treppe küßt die reizende Marquise ihrem Geliebten das Herz aus dem Leibe, während zehn Stufen höher der arme Gatte nach der Lampe ruft. Mönch und Nonne, Fürst und Lakai, Bauer und Soldat, Kavalier und Bürgerin nehmen teil am übermütigen Tanz der Liebe, ja die Dinge der unbelebten Welt sind ergriffen vom heiteren Taumel, der Himmel widerhallt vom frohsinnigen Gelächter, und die graziösen Geister der Galanterie werfen jauchzend bunte Tücher über Gräber und Schlachtfelder. Was Gesetze, Philosophen, Zukunft, Religion! Kein Schauer der Ewigkeit für diese lächelnde Bacchantin und ihre Liebeskünste.

Es sind ja längstvergangene Zeiten, dachte schließlich Philipp Unruh furchtsam. Das ist damals so gewesen, durfte damals so sein, denn es war eine Zeit der Barbarei, eine wilde, sittenlose Zeit. Heute ist die Welt still geworden; nichts ist mehr zu erblicken von solch übertriebenem Abenteuerzeug. Ein jeder Mann geht wacker dem Geschäfte nach, ein jedes Weib wohnt züchtig in seinem Hause, und es regiert die Ordnung. Törichte Leidenschaften der Vergangenheit mit eurem Überschwang und eurer Gefährlichkeit, dachte der Lehrer mitleidig und war zufrieden damit, einem besseren Jahrhundert anzugehören.

Daneben war aber etwas Unbestimmtes und Hinterlistiges, das ihn quälte. Bei all dem Herumdenken suchte er sich heimlich zu beschwindeln, und das wußte er. Exzellenz Kammerherr hatte sich da eine teuflische Sache ausgesucht für seine lahme Feder. Mit böser Zähigkeit kamen und gingen Bilder, und Philipp Unruh schaute sie an mit wildfremden Gefühlen. Er, der alle Dinge über sich ergehen und herabsinken ließ wie Schnee, fühlte plötzlich etwas wie Lebenslast und -besinnung.

Endlich schien es ihm genug des Träumens. Er schloß das Fenster, ging noch eine Weile zwischen den leeren Schulbänken auf und ab, trotz der Dunkelheit sicher den Weg findend, und suchte dann seine Studier- und Schlafstube auf, um sich zur Ruhe zu begeben.

Drittes Kapitel

Ziemlich viele Menschen waren in der Kantorwohnung versammelt, Ortswürdenträger und andere Leute. Es gab auch solche, die nur gekommen waren, um für eine Stunde der Winterkälte zu entrinnen. Der Auktionator war ein dicker Mann mit militärischer Fistelstimme. Bei den billigen Gegenständen wurde er herablassend, fast gnädig, uns sein Würdegefühl stieg um so mehr, je geringer sich die Kauflust erwies. Doktor Maspero erstand einen Schreibtisch, der Bürgermeister ein Dutzend leere Flaschen, der Trödler Most die Gebetbücher, das „Kasino" einen Teppich.

„Eine Chronik!" rief der Auktionator finster.

„Eine Chronik für Unruh!" witzelte der Doktor.

„Eine Chronik der Markgrafschaft Ansbach", sagte der Auktionator streng, wartete, bis das Gelächter zu Ende war und fügte verächtlich hinzu: „Zwei Mark zum ersten."

„Drei Mark", murmelte Philipp Unruh schüchtern. Einige

kehrten sich lächelnd um, denn er stand an der Rückwand des Raums. Die Geschäftigkeit hier hatte ihn aus irgendeinem Grund betrübt gemacht. Alle Gegenstände, die unter den Hammer kamen, hatten einen Schein von Persönlichem, von Zusammengehörigkeit, sahen aus wie Glieder einer Familie, die in die Welt verstreut werden sollten. Etwas wie Todestrauer lag über ihnen, besonders über dem schwarzen Ledersofa im Winkel. Es war, als säße der alte Kantor unsichtbar darin und betrachtete mit mürrischem Gesicht die entrückte kunterbunte Welt.

Die Fistelstimme rief mit beleidigtem Ausdruck den Taler zum zweitenmal ab.

„Fünf Mark", sagte jemand, der eben eingetreten war. Alle drehten sich um, und die Mienen wurden zurückhaltend und unzufrieden, als man den neuen Provisor sah.

Philipp Unruh erbebte. Er blickte nach Apollonius Siebengeist und dachte erbittert: der reine Adonis. Warum er gerade diese Bezeichnung wählte, und warum es in einer gehässigen Bedeutung geschah, blieb ihm noch rätselhaft. Der Auktionator nahm das höhere Angebot mit erwachendem Interesse zur Kenntnis.

„Zwei Taler", erwiderte der Lehrer mit dünner und unsicherer Stimme. Die Leute wurden neugierig, drängten zusammen und sahen zu, als ob ein Hahnenkampf vor sich ginge. Der Lehrer schämte sich wie jemand, der auf irgendeine Weise Interesse erregt, ohne es rechtfertigen zu können.

„Drei Taler", sagte Siebengeist mit kaltem Lächeln. Er stand an den Pfosten gelehnt, beide Hände in den Taschen seines Pelzmantels, in der nachlässigen Haltung eines Mannes von Welt. In Philipp Unruh erwachte ein trüber Zorn. Doch wie alle schwachen Menschen, die sich beleidigt oder übervorteilt sehen, hatte er den Wunsch, dem Gegner sein Unrecht logisch und herzlich zu beweisen. Er hatte die dunkle Empfindung, als müsse er hingehen und dem Manne sagen, wieviel ihm der Besitz der Chronik wert sei, und wie er sich darauf gefreut habe, sie erwerben zu können. Besonders den Umstand seiner Freude und Erwartung wollte er betonen. Indessen haßte und verachtete er gleichzeitig den fremden Eindringling, und in einer Aufwallung dieser Gefühle bot er zehn Mark. Der Doktor machte ein faunisch entzücktes Gesicht und eine triumphierende Gebärde, der Auktionator nickte beifällig und schnupfte geräuschvoll aus einer braunen Papiertüte. Jedoch andere Gesichter sah der Lehrer auf sich gerichtet, deren prüfender Hohn ihn erschreckte, und als der Provisor nachlässig noch weiter steigerte, verließ er schweren Schrittes den Raum mit den Gefühlen eines Menschen, über den ein falscher Urteilsspruch ergangen ist.

Ein trüber Wintertag; alle Scheiben waren mit Eisblumen bedeckt. Der Schnee lag hoch und rein und blendete die Augen des Lehrers. Auf einem Zaun, dessen Pfähle weiße, runde Kappen trugen, saßen drei Spatzen und zwinkerten bekümmert den Vorübergehenden an. Aus dem Schulhaus drang betäubender Lärm. Unter seiner Ladentüre stand der Bäcker und schaute spöttisch lachend hinauf. Kunigunde, die Wirtschafterin, begegnete ihm auf der Stiege und kicherte dumm vor sich hin. Er lächelte plötzlich freundlich, als ob er mit jemand eine liebenswürdige Unterhaltung führte, doch schien es ihm unzuvorkommend und bedrückend, daß dieser Jemand bildlos im Raum verblieb.

Das Schulzimmer war zum Schlachtfeld geworden. Kriegsgeheul ertönte, und Gegenstände flogen durch die Luft, die einer andern Bestimmung geweiht waren. Die schwarze Tafel, in eine Generalstabskarte verwandelt, war mit Hieroglyphen bedeckt. Die Reiterei hatte sich des ganzen Globus' bemächtigt, und ein dämonisch kleiner Knabe saß auf dem Nordpol und fuchtelte mit beiden Armen. Einige Amazonen hielten die Gegend des Katheders besetzt und sangen Kampfgesänge. Der Lehrer blieb auf der Schwelle stehen, schöpfte Atem und schrie eine fürchterliche Drohung in den Raum. Sechsundsechzig Paar Augen blickten ihn bestürzt und schuldbewußt an. Alle Kinder setzten sich mit geschäftsmäßiger Kühle auf ihre Plätze. Sie erwarteten eine unheilvolle Untersuchung. Der Kleine vom Nordpol hatte sich beim Herunterspringen die Hosen an der Erdachse zerrissen und saß leichenblaß da. Indes begann der Lehrer zu diktieren: Der Hamster und der Igel; eine Geschichte, worin die Häßlichkeit des Geizes eine bedeutende Rolle spielte. Die Enttäuschung der Kinder war groß. Sie hätten die gleichgültige Hamstergeschichte gern entbehrt gegen das aufregende Prozeßverfahren, das einer Vormittagsschlacht sonst zu folgen pflegte. Immerhin ereignete sich noch etwas sehr Merkwürdiges, was den Fortgang des einschläfernden Diktats angenehm unterbrach. Die Tür wurde heftig aufgerissen, und Appolonius Siegengeist trat herein. Er hatte ein dickes Buch unter dem Arm, schritt gerade auf das Pult zu, legte den Folianten nieder und sagte zu Philipp Unruh mit emporgezogenen Brauen: „Ich bringe Ihnen Ihre Chronik. Ich wollte Ihnen damit ein Geschenk machen. Hoffentlich haben Sie nichts dagegen einzuwenden." Er grüßte mit übertriebener Unbefangenheit, doch mit schüchternem Blick und ging.

Einige Kinder lachten; das brünette Fräulein Süßmilch auf der dritten Bank fand sich am meisten erlustigt. Sie war blutrot im Gesicht und konnte kaum aufhören, in ihre Schürze hineinzulachen. Philipp Unruh war verwirrt und beschämt. Mit der schablonenhaften Strenge, die ein wichtiges Erziehungsmittel war, befahl er Ruhe und stellte sich an das Fenster. Es ist etwas Schönes um den Winter, dachte er mit jener Wärme im Innern, welche kühne Hoffnungen erzeugt. Draußen mag es stürmen, ich stehe da, um zuzuschauen. Schlaf und Frieden ist alles. Wie schön, wenn es dämmert und ich durch den Schnee wandere, den bläulichen Schnee, und kein Laut dringt aus der Erde.

Mit liebevoller Sorgfalt legte er die Chronik in die Pultschublade, und bald darauf schlug es elf Uhr. Die Sechsundsechzig stürmten davon, und der Lehrer rüstete sich zu einem Spaziergang. An der Ecke beim Kasino stand Apollonius Siebengeist und plauderte mit einem Mann, der einen großen roten Zettel an die Hauswand klebte. Philipp Unruh grüßte und war sichtlich bemüht, etwas Weitläufiges und Kameradschaftliches in seinen Gruß zu legen.

„Wir werden jetzt Großstadt", sagte Siebengeist lebhaft, „be-

kommen ein Theater. Und was für ein ungewöhnliches Stück sie
da ankündigen!"

Der Lehrer tat überrascht, obwohl er in der Zeitung davon gelesen hatte. Er hauchte in seinen Schnurrbart, der ein wenig steif-
gefroren war, und rieb die Hände.

„Sagen Sie, lieber Onkel," wandte sich Siebengeist an den Zettelmann, „habt ihr denn hübsche Schauspielerinnen?"

Der Zettelmann machte eine großartige Physiognomie. „Bei
mir ist die Blüte unseres Standes engagiert", entgegnete er kurz
und majestätisch.

„Aber Onkelchen, sind Sie denn der Direktor?" rief Siebengeist erstaunt.

Der Schauspieler bestätigte es. „Mein Name ist Schmalich",
sagte er mit dem Stirnrunzeln eines berühmten Mannes.

Scheinbar interessiert besah sich Philipp Unruh den angekleb-
ten Zettel. „Melchior oder die Leiden des Alters" hieß das Stück,
ein Lebensbild in zehn Abteilungen. Einige Leute waren stehen-
geblieben und starrten neugierig auf das rote Papier. Der Direktor nahm seinen Kleistertopf und entfernte sich mit feierlichem
Gruß. Auch der Lehrer wandte sich zum Gehen und war kaum
einige Schritte weit, als er Siebengeist an seiner Seite sah. Der
Provisor begann zu reden, als ob es ihm nur um Worte zu tun sei.
Er schimpfte über das Nest, in das ihn ein unwirsches Geschick
verschlagen habe; er machte sich über Himmel und Erde lustig,
und etwas Knisterndes, Sprudelndes, Glattes war an ihm. Viele
Zuckungen gingen über sein Gesicht. Seine Augen hafteten an
vielen Punkten zugleich. Dem Lehrer ward es unbehaglich wie
neben einer gefährlichen Maschine. Siebengeist aber schlug einen weiten Spaziergang vor, da ja heute Mittwoch sei. „Der
ganze Nachmittag liegt vor Ihnen", sagte er. „Gehen wir ein wenig hinaus in den Schnee."

Philipp Unruh wagte nicht, nein zu sagen. Er war überhaupt
weder ein Nein- noch ein Jasager, und hier fand er sich verpflichtet, Wünsche zu erfüllen. Siebengeist redete weiter, bespöttelte
die Büchersucht des Lehrers und sprach im allgemeinen vernich-

tend über das Gelehrtentum. „Was wollen Sie denn mit Ihren Namen und Zahlen, Onkelchen? Erklären Sie sich doch. Die Geschichte? Die Geschichte ist ein altes Weib. Alles, was war, ist wertlos. Jener Komödiant und sein Theater ist jetzt wichtiger als alle Moses, Mark Aurel, Robespierre und Lassalle. Der Unterrock meiner Geliebten wiegt das ganze babylonische Reich auf. Freilich, tausend Jahre sind euch nichts, denn auch die Stunden sind euch nichts."

Der Lehrer blickte verängstigt auf seinen Weg. Nichts Erschreckenderes für ihn als diese Reden, deren Sinn ihm vorüberglitt wie Wasser. Das Heftige, Sprunghafte, dabei Lachende und Kühne im Wesen seines Begleiters machte ihn schülerhaft verzagt. Eine Weile schwieg Siebengeist und pfiff nur vor sich hin. Weiß und still dehnten sich die ebenen Felder. Unbestimmte Laute kamen aus Fernen, die vom Nebel verhüllt waren. Im glatten Schnee waren zahllose Hasenfährten und Krähenfüße sichtbar, am Waldrand trippelte eine Rebhühnerschar mit schwachen, seufzenden Schreien. In der Luft war ein Sieden und Sausen, hervorgebracht durch das merkwürdige, schwere Schweigen ringsumher.

„Sind sie verheiratet?" fragte Siebengeist wie ein Untersuchungsrichter. „Nein? Sind Sie verliebt?"

Der Lehrer wurde blaß und schüttelte unwillig den Kopf. Siebengeist lachte hell wie ein Kind. „Waren sie je verliebt? Wissen Sie, Onkelchen, man könnte Sie geradezu für einen Eunuchen halten, wenn man nicht wüßte, daß Sie ein deutscher Bücherwurm sind. Sie verachten natürlich die Liebe, sofern sie nicht auf dem Papier verewigt ist. Haben Sie mal von einer gewissen Ninon de l'Enclos gehört? Ein wundersames Frauenzimmer. Sie hat ganze Generationen mit Liebe beschenkt. Ich war damals ein gascognischer Prinz und in mancher Nacht küßte ich die unsterblichen Lippen. Seitdem ist die Welt bitter geworden. Onkelchen, was heutzutage sich Weib nennt, ist wert, eingesalzen zu werden. Ich habe keines kennengelernt, in dem nicht die dumme Gans oder die Xantippe steckt. Sie sind schlecht, eitel, feig, an-

maßend, sitzen stets auf dem Galanteriestühlchen und sind mit
Leidenschaft der Lüge ergeben. Dagegen liest man in den Kunst-
büchern von den erlauchtesten Idealgestalten. Davor warne ich
Sie, Onkelchen. Durch diese Literatur geht ein Riß. Sehn Sie
doch nur, ein Mann wie ich, Prinz von Geblüt, sitzt auf dem
Trockenen und weiß nichts anzufangen mit seinen Gefühlen,
geht sehnsüchtig in der Welt umher und gafft sich die Augen aus
nach dem Bild der Liebe. Nun, ich gebe mir noch eine kurze
Frist, dann wähle ich ein angenehmes und schmerzloses Gift."
Er lachte wieder sein kindliches Lachen.

Der Lehrer wischte sich den Schweiß von der Stirn. Es ist ein
Traum, dachte er zweifelnd und betrübt und sah auf das Bahnge-
leise hinüber, auf dem ein Schnellzug einherraste. Er freute sich
auf seine Abendstunden, auf seine Chronik, auf seine stille Ab-
geschiedenheit. Indessen forderte ihn der Provisor auf, mit ihm
in einem Wirtshaus in Altenmuhr zu essen, und noch viel weniger als früher wagte er es abzuschlagen. Doch Siebengeist wurde
schweigsam, ballte nur hie und da Schnee zusammen und warf
ihn auf die Baumkronen, daß es knisterte. Dann lachte er und
freute sich.

In der niedrigen Wirtsstube saßen Fuhrleute beim Bier. Siebengeist berührte kaum die Speisen. Er stocherte nachdenklich
in seinen weißen Zähnen, während der Lehrer tüchtig zugriff.
„Gelehrsamkeit stärkt den Magen", bemerkte Siebengeist sarka-
stisch. „Wissen Sie, was mir eingefallen ist? Ich forme mir eine
Jungfrau aus Schnee: schön, rein und klug. Ich gebe ihr das Herz
eines treuen Hundes und die Augen einer edlen Häßlichen, die
in Verborgenheit lebte. Das Ganze belebt, wäre ein Wunder an
Vollkommenheit."

Philipp Unruh dachte: wenn dieser Mann Apotheker ist, werden die Kranken seltsame Mixturen erhalten. Sein ordnungslie-
bendes Gemüt begann sich zu empören. Er betrachtete den Provisor scharf von der Seite und mußte sich gestehen, daß er ein
schönes Gesicht habe, ein intelligentes Auge, einen weichen,
schwärmerischen Mund.

Auf dem Heimweg stockte das Gespräch. Die Ruhe der Natur war ein Befehl zur Ruhe für die Wanderer. Schon begann das beschneite Gelände bläulich zu schimmern. Wie schwärzliche Gestalten standen die Bäume da und streckten die Äste verzweifelt gegen den Himmel. Philipp Unruh empfand seinen Begleiter wie eine schwere Bürde. Er vermochte nicht zu überlegen und nicht zu denken in seiner Gegenwart. Unsichere Schuldgefühle belästigten ihn.

Als sie den Marktplatz des Städtchens entlang schritten, begegnete ihnen der Baron Apotheker und lud sie ein, den Nachmittagskaffee in seinem Hause zu nehmen. „Meine Frau wird sich freuen", sagte er süßlich und in einem Ton, als spräche er von einer majestätischen Person. Siebengeist nickte zerstreut und nahm des Lehrers Arm, der verschüchtert und abwartend der Einladung folgte.

Es war ein uraltes Haus mit vielen Ecken und Winkeln, breiten, finstern Stiegen, geheimnisvollen Türen und knarrenden Dielen, worin die Apotheke war. Es stammte noch aus der Markgrafenzeit und teilte jedem seiner Bewohner etwas von seinem verschlossenen, düstern, eckigen und altmodischen Wesen mit. Aus der Tiefe des Flurs kam die Baronin und rief den Provisor zu sich hin. Philipp Unruh und der Apotheker gingen daher voran, doch da es schon finster war, bat der Baron seinen Gast, stehenzubleiben und eilte voraus, um ein Licht zu bringen. Der Lehrer lehnte sich aufseufzend an die breite, gotische Brüstung und hörte Stimmengeflüster auf der Stiege, das alsbald wieder verstummte. In diesem Augenblick kam der Baron mit der Lampe den Korridor entlang, und ein Lichtstrahl erhellte das ganze Treppenhaus. Da sah Philipp Unruh, wie sich zwei umschlungen hielten und küßten. Die Frau hing am Halse Siebengeists mit geschlossenen Augen. Er aber hatte die Augen offen, und es war, als sähe er über sie hinweg, in eine weite Ferne, und sein Blick war düster und starr. Das dauerte im Schein des Lichts keine Sekunde, aber der Lehrer glaubte, Zeuge eines grauenvollen Verbrechens gewesen zu sein. Als er dem Apotheker folgte, trugen ihn die Füße kaum, und seine Zähne schlugen heftig aufeinander. Der Baron drehte sich um und lachte in seiner Hohomanier. „Armer Teufel," sagte er, „klapperkalt ist ihm." Und er brüllte in die Küche, daß es von allen Mauern widerhallte: „Johanna, heißes Wasser zum Grog!" Gleich darauf begann er wieder zu lispeln und lispelte von der Poesie des Winters, während das andere Paar scheinbar harmlos plaudernd die Stube betrat.

Gemütliche Wärme herrschte in dem großen Zimmer, dessen Decke gewölbt war wie in einer Kapelle. Der Ofen war ein kleines Haus. Der Baron las seinen Prolog für das Theater vor, wobei Siebengeist ergeben in seine Tasse blickte. Offenbar waren die Gäste nur dieser Dichtung wegen herbeigeschleppt worden, denn der Baron las mit der studierten und zugleich naiven Wichtigkeit des Dilettanten, der sich ängstlich vorbereitet hat. Es kamen viele Reime vor, und manche Gedanken, die eines Barons außerordentlich würdig waren, um wieviel mehr eines Apothekers. Die Hippogryphen waren zu diesem Ritt kostbar gesattelt worden, und vom großen Stall der Metaphern war, was Beine hatte, mitgelaufen. Zeit und Ewigkeit, Vaterland und Wissenschaft, Kunst und Natur waren, mit Traratrompetlein bewaffnet, auf einen erbaulichen Kothurn gestiegen und grinsten zum Vergnügen aller Bürger aufgeregt herab. Des Dichters Stirn war in Schweiß gebadet und sein blonder, zierlicher Schnurrbart zitterte rhythmisch mit.

Zu anderer Zeit hätte Philipp Unruh hohes Gefallen an der Produktion gefunden. Aber der gemütliche Raum schien jetzt von schwülen Mysterien erfüllt. Er sah Siebengeist gequält und grübelnd sitzen und wagte es endlich, auch die junge Frau anzuschauen. Überrascht und erschreckt senkte er den Blick nieder. Die schwarzen Augen der Baronin waren begeistert auf die Lippen ihres Mannes gerichtet, und sie lächelte begeistert. Zorn und Scham erwachten in dem Lehrer. Er atmete in Lügenluft, aber eine ihm bisher unbekannte Empfindung sinnlicher Neugier ergriff ihn. Als der Apotheker geendet hatte, lief die Frau beglückt auf ihn zu, umarmte und küßte ihn stürmisch. Dem Lehrer

graute. Gefährlich, tückisch und verschlagen zeigte sich ihm das
Weib, und er sah dem Provisor ins Gesicht, der mit einem dummen Lächeln gegen das Fenster blickte.

Auf einmal schrie jemand auf der Gasse laut und vernehmlich
Feuer, und gleichzeitig ertönte die Sturmglocke. Siebengeist öffnete das Fenster und fragte hinunter. Es brenne beim alten Schulhaus, hieß es. Philipp Unruh stürzte davon, nur vom Gedanken
an seine Bücher erfüllt.

Viertes Kapitel

Eine der Galerien, morsches, altersschwaches Zeug, stand lichterloh in Brand. Es sah unheilvoll aus, denn was da an Häusergerümpel beisammenstand, war sehr empfänglich für Feuer. Die
Flammen erfüllten den Hof, schlugen über das Dach des Schul-
hauses, und es gab ein Schock von Kindern, welche mit verbre-
cherischer Spannung darauf warteten, daß jenes verhaßte Gebäude zur Stunde vom Erdboden verschwinden würde. Diejenigen Leute aber, denen es gleichgültig sein durfte, ob es Schulfe-
rien gab oder nicht, zeigten sich aufgeregt, und die Turmglocke,
die solche Gelegenheiten gern ergriff, um einen prahlerischen
Lärm zu erzielen, vermehrte die Angst der Gemüter. Ihre kurzen Schläge glichen dem Pochen eines schreckenerfüllten Herzens. Es rückte die Feuerwehr an mit mutigen Messinghelmen
und verzagten Gesichtern, und diese guten Menschen verübten
nun ihrerseits wieder solchen Skandal mit Trompeten und Kom-
mandieren und einem rasselnden Spritzwagen und himmelho-
hen Leitern, daß der Tumult größer wurde als die Gefahr. Statt
zu handeln und sich unterzuordnen, machte sich jeder auf besondere Weise wichtig und benahm sich als eine verdienstvolle
Autorität in Gummischläuchen oder im Wassertragen oder im
Klettern und Fensterzertrümmern.

Philipp Unruh stürmte in die Küche, nahm eine große Kohlen-
kiste, die er in seine Studierstube schleifte, und warf dort mit er-

staunlicher Handfertigkeit seine Bücher hinein. Unheimlich sah
es aus, wie er von den düsterroten Flammen beleuchtet in atem-
loser Geschäftigkeit die schwarze Kiste mit den alten Folianten
füllte. Mit einer Kraft, die er als Zuschauer verwundert beobachtet hätte, zerrte er den schweren Kasten zur Stiege, ließ ihn unter
großem Gepolter herabgleiten, und erst unten fanden sich zwei
Männer, die ihm halfen, seinen Schatz auf die Straße zu tragen.
Zwischen zwei Schneehaufen blieb die Kiste stehen. Erleichtert
betrat der Lehrer wieder das Haus, um wenn es nötig war, auch
die übrigen Habseligkeiten zu bergen. Die Wirtschafterin lief
heulend im Flur herum. Da niemand noch an Gefahr für das
Schulhaus dachte, klomm Unruh allein empor, sah sich um, fand
es merkwürdig still, hörte nur das Geprassel des Feuers und das
Zischen der Wasserstrahlen. Schränke und Wände waren blutig-
rot; die Fensterscheiben zitterten vor Hitze, doch mit jedem Augenblick verminderte sich die Gefahr. Die Holzgalerie brannte
ab wie Papier und die Steinmauer wurde schwarz von Ruß. Im
Hofe stand die Feuerwehr, eine Schar von Todesverächtern.

Philipp Unruh trat wieder auf die Straße. Er winkte den Gemeindediener herbei, daß er ihm helfe, die Kiste zurückzutra-
gen. Allein die Kiste war verschwunden. Der Raum zwischen
den beiden Schneehaufen war leer. In den weichen Schnee war
ein tiefes Rechteck eingedrückt, sonst war nichts zu sehen. „Wo
sind denn die Bücher?" fragte der Lehrer mechanisch und
blickte sich befremdet um. „Gutmann, wo ist meine Kiste?"
schrie er einen vorübergehenden Feuerwehrmann an, und sein
Gesicht verzerrte sich. Gutmann zuckte beschäftigt die Achseln.
Der Gemeindediener versuchte zu trösten und entkorkte nachdenklich sein Schnapsfläschchen. Einen um den andern rief der
Lehrer an, aber keiner wußte etwas. Eine Gruppe sammelte sich,
die Ratschläge gab und Meinungen austauschte. Der Polizist
Grünhut stellte sich ein und schrieb Notizen in ein verschmier-
tes Buch. Der Lehrer hatte zuerst gejammert, jedem geklagt,
einige um Beistand gebeten; jetzt wurde er still. Die Gewißheit,
daß man ihm seinen teuersten Besitz entwendet habe, begann als

8

etwas Ungeheures auf ihm zu lasten. Er fühlte sich vom Himmel selbst verwundet; beleidigt und verwundet in seinem innersten Wesen. Die Ungerechtigkeit, unter der er so zu leiden hatte, erstickte seine Überlegungen, raubte jedes Maß, jede Berechnung für das, was ihm zugestoßen. Hier lag ein Verbrechen vor, unerhört und frevelhaft. Wer durfte einen armen Friedlichen auf solche Art zu Schaden bringen? Er war ein Lehrer, nichts weiter, und verrichtete ehrlich sein Geschäft. Er war vor andern um nichts bevorzugt. Oder wurde es so bitter gerächt, daß er dem harten Brot des Berufs etwas Wohlgeschmack und Süßigkeit hinzugefügt?

Breit und mit Würde angestopft, kam der Herr Wachtmeister des Wegs. Er versprach leutselig, sich der Sache anzunehmen. „Wakker", sagte er, „wacker", ein Lieblingswort, welches er grundlos bevorzugte. Der Polizist trank aus des Gemeindedieners Flasche und eilte in die Nacht, den Dieb zu verfolgen. Man schickte zum Bäcker und zum Schneider nebenan. Dieser begann zu schimpfen, man bringe ihn um seinen Ruf, jener tat unschuldig und besorgt. Das Verschwinden der Kiste blieb ein finsteres Rätsel. Philipp Unruh ging noch immer auf der Straße hin und her und blickte mit zusammengepreßten Zähnen in die Nacht. Die Leute entfernten sich langsam. Es war neun Uhr und Schlafensstunde nah. Auf dem Brandplatz blieben zwei von den Messingbehelmten, lagerten sich an ein Kohlenfeuer und tranken zahllose Krüge Bier, die aus dem „Lustigen Pfeiffer" geholt wurden.

Doktor Maspero war der letzte, der vor den trostlosen Beraubten hintrat. Er schaute prüfend zu dem Lehrer empor und sagte übelgelaunt: „Es ist ja gerade so, als ob Sie eine lebendige Familie verloren hätten. Pfui, Unruh, das heißt sich zum Narren stempeln."

„Lieber Herr Doktor", entgegnete der Schulmeister unwillig und ohne die Stimme zu erheben, „wer etwas verliert, muß am besten wissen, was er verliert."

Der Doktor brummte, zog die Augenbrauen in die Höhe, kicherte in sich hinein und wünschte gute Nacht.

Fünftes Kapitel

Doktor Maspero hatte gut lachen; er wußte, wo die Bücher hingeraten waren. Nicht ganz ein Komplott und mehr als ein Einfall trug die Schuld. Das kleine Männchen mit dem Alleswissergesicht versuchte sich gern in der Seelenheilkunde. Auch der Apotheker und der Schulrat hatten Teil daran. Diese behördliche Person billigte das Treiben des Lehrers nicht. Obwohl von Pflichtversäumnissen bislang keine Rede sein konnte, – hinter stummen Bücherdeckeln erhebt sich oft ein unheilvoller Geist. Niemand konnte das gründlicher bestätigen als der Baron. „Verderblich ist das Wort", lautete sein gebildetes Orakel. Der Doktor seinerseits mischte sich mit Leidenschaft in fremde Angelegenheiten. Er war ein Schnüffler und mißtraute allen Leuten, bei denen er Geheimnisse vermutete. Er haßte die Schweigenden, haßte die Leute, die anspruchslos ihres Weges gehen und in sich verschließen, was sie im Innern beschäftigt. Er haßte jene, die sich für irgend etwas mit wahrem Gefühl einsetzen und hielt sie für Lügner. Jeder Einsame galt ihm als Verräter am öffentlichen Wohl. Seine Zwerggestalt war der Grund eines wunderlichen, giftigen Ehrgeizes. War er den andern körperlich unterlegen, so wünschte er sich doch brennend, sonstwie zu herrschen. Daher sein penetranter Witz, seine angebliche Verachtung der Frauen; daher seine seltsame Eifersucht auf alles Große, was immer in der Welt geschah; daher seine Freude, sogenannte Wahrheiten zu sagen, seine unermüdliche Geschwätzigkeit, seine Gier, zu verurteilen, gehört zu werden, belacht zu werden, zu glänzen. Er war der erste gewesen, der Unternehmungen gegen die Bücherwut des Lehrers geplant hatte. Seine Motive waren menschenfreundlich; er sagte es. Aber es waren Worte geblieben bis zum Tag der Feuersbrunst. Da hatte er das Herausschleppen der Kiste beobachtet und war zum Bäcker geeilt, der für einen guten Spaß alles Brot im Ofen schwarz werden ließ. Alsbald war die Kiste unter dem Ladentisch verschwunden, und der Bäcker drückte sein gründliches Mißfallen an der Studierwut des Lehrers aus,

vermutete Schwarzkunst und teuflische Zauberei dahinter. Der
Doktor empfahl ihm, die Bücher ordentlich zu bewahren, und
verhielt sich so, als ob ein reformatorischer Gedanke jeden
Schritt in dieser Angelegenheit vorbestimmt habe.

Auf dem Heimweg empfand Doktor Maspero ein verwickeltes
System zu der Tat, die er gegen Philipp Unruh unternommen,
ein System, welches zugleich philosophischer und pädagogi-
scher Natur war. Als er sich der letzten Konklusion nahte, bemerkte er die Gestalt des Provisors Siebengeist, die am Zaun des
Kasinogartens lehnte, als ob sie steif gefroren wäre, und die Augen des jungen Mannes beobachteten gespannt den Mond am
klaren Himmel. Erschrocken blieb der Doktor stehen und sagte
mit unsicherer Bosheit: „Sie sind mir ein gespenstischer Herr
da."

Siebengeist senkte den Kopf und blickte den Doktor von der
Seite an. „Dieser Kerl ist mein Feind", erwiderte er langsam, die
Faust gegen den Mond ballend. „Ich kann nicht schlafen, so lang
er am Himmel steht."

„Also ein Romantiker", meinte der Doktor, spöttisch in den
Ton des Arztes verfallend, „ein Romantiker mit kalten Füßen
also."

Siebengeist begleitete schweigend den Doktor die Straße
hinab. Der Herr Adjutant kam ihnen entgegen, grüßte schreiend
und lachend, als ob er eben von einer Amerikareise zurückgekehrt wäre und verschwand lautlos in der Nacht. Selten sind die
Schlauen auch im Schweigen schlau. Der Doktor erzählte Siebengeist mit geheimnisvollem Wesen die Geschichte von den geraubten Büchern, und das philosophische System enthüllte sich
in Beweiskraft. Siebengeist hatte nichts darauf zu antworten. Er
nahm Schnee in die Hand und drückte ihn gegen seine Stirne.
„Der Mond ist mein Feind", murmelte er. „Mich verdrießt sein
Grinsen, seine Klarheit, sein erborgtes Licht, seine anspruchs-
volle Nutzlosigkeit. Er steht da droben und hat sein Amüsement
von der Welt. Und ich, ich muß mir den Kopf im Schnee kühlen,
fiebernd vor Überdruß."

Sie standen vor dem Turmbogen, und der Doktor blickte verdutzt sein Haustor an, wußte nichts zu entgegnen als: „Sie sind verliebt, junger Freund." Er hatte bei den Redereien des Provisors ein Gefühl wie jemand, den man aus dem ersten Schlaf weckt, um ihm die Anfangsgründe der Eskimosprache beizubringen. Doch tat er verständnisvoll aus Furcht vor einer möglichen Überlegenheit des andern.

„Richtig: eine meisterhafte Vermutung!" rief Siebengeist, mit dem Stock an das morsche Tor schlagend, daß es drinnen dumpf widerhallte.

„Oh, ich bin ein geriebener Hund, was die Weiber betrifft", sagte der Doktor. „Ich kenne alle Schliche darin. Wie sieht sie aus, was ist sie, wie ist sie?"

„Wie sie aussieht? Je nun, das ist schwer. Eine gut funktionierende Nase, zwei erfahrene Augen, ein redseliger, lügnerischer Mund. Wie sie ist? Ebenso feig wie dumm, ebenso habgierig wie eitel, ebenso frech wie leer, ebenso gestorben wie die andern Leute hier herum. Aber Sie denken, ich spiele deshalb den Verschmäher? Ei, Doktor, da irren Sie sich. Der Rock ist alles, es lebe der Rock. Genug davon. Zuviel Wucht für die taube Nuß."

Unter dem Torbogen des Turms schallte ein leichter Schritt. Es ging da ein junges schwarzgekleidetes Mädchen, dessen Kopf mit einem Schal verhüllt war. Es sah nicht aus, als ob sie Eile hätte, denn sie ging mehr für sich hin, verloren und abgekehrt, den Kopf leicht vorgeneigt, und in ihrem Schritt war sowohl Müdigkeit als auch Verträumtheit enthalten. Siebengeist folgte ihr mit den Blicken, als ob sich sein Schatten in Bewegung gesetzt hätte, denn es war schon etwas Ungewöhnliches, daß zur Schlafenszeit in offener Gasse jemand ging, der nicht Eile zeigte, schlafen zu gehen.

Des Doktors Schlüssel kreischte im verrosteten Schloß. Herr Maspero, Siebengeist beobachtend, gab seine liebenswürdige Nachsicht durch ein Lächeln kund, einem Veteranen gleich, der beim Anblick der Spielflinte eines Knaben an die großen Schlachtenkanonen denkt. Dann verabschiedete er sich in der

akademischen Steifheit, die ihm eigen war. Er betrat den öden
Flur seines Hauses, in dessen Hintergrund bei der Treppe eine
nimmermüde Stehuhr ihr schläfriges Ticken seit Jahrzehnten ertönen ließ. Sechstausend Nächte und mehr noch lief das Werk im
stummen Pflichtgefühl, und wenn es abends zehn Uhr war,
kreischte der Schlüssel im verrosteten Schloß, und der Zwerg-
doktor sagte irgendeinem gute Nacht, der vor dem Tore stand,
riegelte sich ab von der Welt, machte die alten Dielen durch seine
kleinen Füße knarren, hob an der Treppe das Kerzchen gegen das
Zifferblatt, wobei in seinen grauen, unruhigen Augen etwas Fra-
gendes aufblitzte, das unbehaglich und ängstlich den Fortschritt
der Zeit wahrnahm. Die akademische Steifheit verlor sich, das
leutselige oder sarkastische Lächeln verschwand. Unsichtbare
Schatten der Zukunft schienen in dem stillen Haus emporzu-
wachsen, vom Flur bis in die Bodenkammer, und wehe, wenn sie
einmal so weit gelangten, die beiden geschäftigen Zeiger der
Doktorsuhr stehen bleiben zu heißen. So wird den Masperos allmählich die ganze Welt zu einer Uhr: die Hausmauern, von denen der Kalk abbröckelt; der Nachtwächter, dessen Stimme zitternder und leiser die Stunden ruft; der Wald, von dessen Bäumen die Blätter fallen; die Erde, die sich mit Schnee bedeckt; die
Sonne, die hinter Frühjahrsnebeln blutet; ja, sogar die Kinder,
denen der Schuster von Jahr zu Jahr größere Stiefeln machen
muß.

Am nächsten Tag wußten die Sechsundsechzig von komischen
Sachen zu wispern, die sie in der Schule gehört. Von zehn bis elf
war Geschichtsstunde gewesen, ein Fach, das bisher aus einigen
Namen und Zahlen bestanden hatte, mühsam und überflüssig zu
lernen. Heute war der Lehrer, die Hände auf dem Rücken, hin-
und hergegangen und hatte unaufhörlich geredet. Ungerechtigkeit sitze auf dem Thron der Erde. Die Geschichte sei nichts anderes als die Wissenschaft von der Ungerechtigkeit. Was ein Edler unternehme, werde hundert Unwürdigen preisgegeben, und
ist es Gott, welcher das Glück eines Einsamen bewacht, so seien
seine Augen matt, seine Sinne erschöpft vom Anblick der Zerrüt-

tung und des Übels. So sprach der Unbesonnene zu Kindern: Dinge, die weitab vom Kreis seines Amtes lagen, und sein Mund zitterte unter dem buschigen, herabhängenden Schnurrbart. Als das Schulzimmer leer war, setzte er sich vor den Globus, und so traf ihn Doktor Maspero, der beim Bäcker gewesen war und nun aus freundschaftlicher Besorgtheit auch den Lehrer besuchte. Philipp Unruhs Blicke waren fest auf einen Punkt in der Wüste Sahara gerichtet, dann liefen seine Augen meridianaufwärts über Hellas und den Hellespont, durchsegelten das Schwarze Meer und blieben stumpfsinnig nach rascher Landwanderung in der Nähe Sibiriens liegen. „Sie werden sich erkälten bei solchem Klimawechsel", scherzte der Doktor.

„Überall da leben Menschen", erwiderte der Lehrer, mit einem vertieften Ausdruck emporblickend. „Lauter fremde Menschen."

Der Doktor geriet vor dem grabenden Blick Unruhs in Verlegenheit. Er fragte sich umsonst, was er sagen solle.

Die Pausestunden verflossen, und die kurze Schulzeit des Nachmittags verging. Der Lehrer wandelte betrübt zwischen den Bänken umher, und beruhigte so den ängstlichen Geist der Kinder wieder. Gegen Abend klopfte es an die Türe von Unruhs eigenem Zimmer und Apollonius Siebengeist trat ein, warf den Hut irgendwohin und den Mantel nach, rieb sich am Ofen die Hände wie jemand, der einträgliche Geschäfte gemacht hat, und achtete kaum auf die erstaunten Mienen des Lehrers. „Eine gemütliche Stube haben Sie da", sagte er, sich fröhlich umschauend. „Ich komme zu Ihnen, weil ich niemand hier weiß, mit dem sich plaudern läßt. Die meisten Leute, mit denen man redet, hören gar nicht, sondern besinnen sich nur auf die Antwort. Heute brauch ich aber partout einen Zuhörer und ein warmes Öfchen. Aber Schulmeister! Onkelchen! Sie sehen aus wie der selige Griesgram."

„Alle meine Bücher sind mir gestohlen worden", murmelte der Lehrer klagend.

Siebengeist kratzte seine Kopf und pfiff leise in die Ofenni-

sche. Dann machte er ein schlaues Gesicht, das ihm außerordentlich gut stand, trat dicht vor den Lehrer hin und legte beide
Hände auf dessen Schultern. „Und wenn ich Ihnen nun verspreche, daß Sie Ihren Schatz wiederhaben sollen?" fragte er lächelnd.

Philipp Unruh sprang auf. „Sie wissen? Was verlangen Sie dafür?" rief er mit überraschender Leidenschaftlichkeit.

Siebengeist lachte und errötete. In seinen Augen war ein so
verlorenes Glänzen, daß es wohl jeder bemerkt hätte, der sich
besser auf Menschen verstand als dieser Philipp Bücherwurm.
„Allerdings verlange ich etwas dafür", sagte Siebengeist, und
sein Lächeln kehrte wieder, das jetzt etwas Durstiges und Gedankenfernes hatte. „Sie kennen doch den Theaterdirektor, den
Herrn, der mit dem Kleister so königlich hantiert? Sie erinnern
sich doch? Gut. Gehen Sie heute ins Theater. Man gibt die erste
Vorstellung. Und wenn das Stück aus ist, suchen Sie auf irgendeine Weise zu dem majestätischen Herrn zu kommen, knüpfen
ein Gespräch an, indem Sie sich entzückt stellen über seine Leistung als Graf oder General oder Bettler, was er eben in dem
Stück vorstellt. Der Mann wird butterweich werden, oder ich
kenne die Komödianten nicht. Dann fangen Sie an, von seiner
Truppe zu reden, laden ihn vielleicht zu einer Flasche Wein ein
und kommen so auf Myra zu sprechen. Das ist eine von den
Schauspielerinnen. Schreiben Sie sich den Namen auf: Myra. Einen andern hat sie momentan nicht."

„Myra", redete Philipp Unruh nach, nicht begreifend, was er
solle.

Siebengeist schritt erregt auf und ab, legte die Hand auf die
Stirn und fuhr etwas leiser und eintöniger fort: „Wenn der würdevolle Schuft nicht reden will, so schieben Sie ihm Geld in die
Hand. Ich gebe Ihnen, was Sie brauchen. Fragen Sie also nach
Myra. Wie sie lebt, woher sie kommt, weshalb sie sich beim
Theater aufhält, ob sie … ob sie Liebschaften hat oder gehabt
hat, nun, jetzt wissen Sie ja genug. Heiliger Himmel!" Er lachte
überstürzt, setzte sich am Ofen nieder und schaute in die Glut.

Dann, als verstünde er das Schweigen des Lehrers, begann er
wieder und redete in das Ofenloch hinein: „Fürchten Sie nicht,
daß Sie etwas Unehrenhaftes tun. Sie retten dabei nur mein irdisches Heil. Ich selbst kann es nicht übernehmen. Ich kann den
Namen dieser Person nicht aussprechen, ohne etwas zu spüren,
eine innere Feuersbrunst! Und müßte ich hören, wovor mir
schon in Gedanken graut, ich erschlüge den Kleisterfürsten, so
wahr ich bin. Die Leute beim Theater reden wasserklar einer
über den andern. Nun, Schulmeister, wollen Sie das unternehmen für mich? Hier ist das Billett; alles ist vorbereitet."

Der Lehrer zauderte, fremdartig berührt durch das Wesen des
jungen Mannes. Die Versprechung mit den Büchern erschien
ihm plötzlich märchenhaft, wie alles, was der Provisor tat und
sagte. Aber auch das erriet Siebengeist mit der sicheren Gabe des
von feinen Zwecken erfüllten Menschen. „Ihre Bücher, meine
Hand darauf, sollen Sie wieder haben!" rief er und fügte mit
übertriebenem Pathos hinzu: „Es sind da infame Ränke im Spiel,
die ich zerstören werde."

Philipp Unruh reichte dem jungen Mann seine Hand, schüchtern und voller Zweifel. Siebengeist lächelte freudig und unbefangen und zeigte seine weißen Zähne. „Ich mags Ihnen darum
nicht verheimlichen", sagte er nun wieder in seiner natürlich ge-
winnenden Weise. „Sie sind ein Stiller, ein stiller Freund. Wenn
Sie mehr Zutrauen zu sich hätten, könnten Sie weiter oben stehen in der Welt. Berichten Sie mir nur alles, was Sie dort erfahren, und merken Sie sichs mit dem Herzen. Sie wissen nicht, was
für mich davon abhängt. Beobachten Sie jedes Augenzwinkern,
jeden Gedankenstrich in der Rede. Die Leute sagen vieles ohne
Worte. Helfen Sie mir heute, und ich will Sie als meinen liebsten
Freund betrachten."

Siebengeist sagte das mit einer Herzlichkeit, die auch kühle
Seelen erwärmt hätte. Der Lehrer hörte verwundert zu und beinahe mechanisch sagte er: „Warum nur? Warum?"

Siebengeist setzte sich an den Tisch, drehte ein wenig an dem
Docht der Lampe, lächelte zart und erinnerungsvoll, wobei

seine Augen strahlend und weit wurden. Dann sagte er, als ob er
zur Lampe rede: „Da trifft man irgendeinen Wanderer auf der
Straße, in der Nacht, im Schnee, und gleich schmieden sich
Schicksale zusammen. Und man geht mit dem sonderbaren We-
sen, spricht kaum, erfährt kaum einen Namen, nichts als einen
lumpigen Theaternamen. Myra. Was für eine unverständliche
Zusammenstellung von Buchstaben. Bis gestern noch etwas so
Unbekanntes wie der eigene Todestag, heute ein Ereignis, von
dem die Stunden schwer sind. Ich begreif es nicht, was die Leute
Erleben nennen. In einem Geheimnis tappen wir herum."

Voll Teilnahme und aufrichtiger Gesinnung blickte der Lehrer
sein Gegenüber an. Er ahnte, daß ihm etwas wie ein wirklicher
Mensch begegnet sei.

Sechstes Kapitel

Ein Brummbaß, zwei Geigen und eine Klarinette machten vortreffliche Musik vor Beginn des Stückes. Der „große Saal" des
Fränkischen Hofes, der eigentlich nur eine geräumige Wirtsstube war, füllte sich mit Zuschauern. Die Sitze der vorderen
Reihen bestanden aus wirklichen Stühlen, während für die minder vermögenden Leute lange Bretter über Bierfässer gelegt waren. Alles strömte herbei, was für Kunst und Bildung eingenom-
men war. Man sah die Spitzen des „Kasino", einer preiswürdi-
gen Vereinigung der eleganten Kreise: die Frau Notar mit ihren
Töchtern, die Frau Oberamtmann, die Frau Steuerrat, die Frau
Expeditor, die Frau Apotheker, die Frau Major, die Frau Schulrat. Sodann zeigten sich die weniger ausgezeichneten Damen,
die jüdischen Kaufmannsfrauen, die Handwerkerfrauen, die aus
Ehrfurcht vor jenen Titularherrlichkeiten nur zu flüstern wagten. Nicht so gebieterisch nahm sich die vornehme Männerwelt
aus, aber man weiß, daß die stumme Würde keineswegs die geringere bedeutet. Es war eine Luft von Frohsinn und heiterer Erwartung, denn so versammelt das Theater stets die gutgestimm-

ten Elemente, aller Nebeninteressen entledigt, um im entzük-
kenden Spiel, nicht nur vor den Augen der eleganten Kreise, die
Macht der Kunst zu erproben. Alles ist da einer edleren Erhe-
bung geweiht. Niemand stellt sich ein, etwa nur um einen Schauspieler zu bewundern, oder eine kostbare Robe sehen zu lassen,
oder einen mißliebigen Verfasser um den verdienten Erfolg zu
bringen.

Der Vorhang hob sich, und mit feierlichem Schritt erschien
der Direktor, um den dichterischen Prolog des Barons von sich
zu geben. Der Vortrag des Poems war nicht ohne Geschmack.
Der Redner schrie oder brüllte nur, wenn es kaum zu umgehen
war. Bei der Stelle: Wahrheit und Natur sind eins! streckte er
beide Arme von sich, wie um ein Gespenst abzuwehren, und
machte eine Generalpause: eine verblüffende und gut gewählte
Einzelheit. Als der Prolog zu Ende war, bekam die erste Geige
ein ergreifendes Solo zu spielen. Der Baron saß mit tiefsinnigem
und beglücktem Gesicht in der ersten Reihe, und einige Honora-
tioren kamen, ihm gerührt und mit Achtung die Hand zu schüt-
teln. Seine Frau aber war in weicher Hingebung an seine Schulter
gelehnt und blickte schmachtend ins Leere. Im Grund konnte sie
nur schlecht ihre Verstimmung, ihren Ärger verhüllen, denn
nicht der Provisor saß zu ihrer Linken, wie es verabredet war,
sondern Philipp Unruh. Der wagte weder um sich noch neben
sich zu blicken, ihn schüchterte der vornehme Platz ein, und er
war froh, als der Vorhang für „Melchior oder die Leiden des Alters" aufging und eine atemlose Stille im Publikum eintrat. Nur
die Baronin hörte er bisweilen vor sich hinseufzen.

Es kamen ein alter und ein junger Mann vor. Der alte Mann
hieß Melchior und war der Vater, der junge hieß Balthasar und
war der Sohn. Der Sohn war ein verwerfliches Subjekt, denn er
wollte Soldat werden, während der Alte wünschte, daß er sich
zur Theologie wende. Die Verwerflichkeit dieses Sohnes ging so
weit, daß er sich in ein armes Mädchen verliebte, und als die be-
trübende Tatsache nicht länger zu verheimlichen war, erschien
das Mädchen selbst vor dem bitterbösen, aber rechtschaffenen

Melchior, welcher vom Direktor mit dem Gefühl eines gekränk-
ten Patriarchen gespielt wurde. Die Person, welche die Rolle der
armen Liebenden spielte, hatte zuerst nur wenige Worte zu sprechen; und sie sprach nicht, sondern flüsterte nur hastig und erschreckt, mit Seitenblicken auf die Zuhörer. Man hatte sie jämmerlich kostümiert: eine Mischung von Empiredame und Fa-
brikmädchen; aber in ihren Bewegungen verleugnete sich jedes
Kostüm, war etwas, das anstatt aller Worte redete, und nicht aus
der Rolle, sondern aus dem Wesen. Dies ist sicherlich Myra,
dachte sich der Lehrer, und was ihn in Erstaunen und Verwirrung setzte, war Myras schöner Mund. Ihn dünkte, daß er einen
ähnlichen Mund nie gesehen habe. Er sah Trauer und Anmut
darin, Güte und Verschwiegenheit, Sehnsucht und frühen Tod.
Es waren so jähe und starke Empfindungen, daß er dabei nicht
auf sich selbst und seine Gedanken achtete, sondern sich nur einer Folge von seltsamen Einflüsterungen überließ. Myra ging
und es wurde still auf der Bühne, obwohl noch immer Leute
agierten und sich erhitzten. Myra kam wieder, und die Luft
schien von Wohlgeruch, ja von einem weithertönenden Gesang
erfüllt. Die Lippen des schönen Mundes hoben sich und senkten
sich in einer sanften, geheimnisvollen Bewegung, wie wenn der
Nachtwind über zwei Rosenblätter huscht, die auf einen Mar-
morstein verweht sind. Abgesehen von aller Schwermut war damit eine Art unsichtbarer, tiefer Heiterkeit verbunden, welche
vielen Frauen das Seherische und zugleich das Vertrauenswür-
dige verleiht. Philipp Unruh saß vorgebückt da, hatte seine
Hände flach zusammengedrückt und zwischen die Knie gescho-
ben und fürchtete, daß jeder ihn beobachten müsse, und daß es
um den Ruf seiner Vernunft geschehen sei. Auch diese Empfindung war ihm unklar. Sein ganzes Wesen geriet in eine Verworrenheit, die Traumgefühle erzeugte. Myras Stimme wurde lauter
und klarer, aber wenn sie sprach, blieben die Züge unbeweglich.
Als Schauspielerin mußte sie das Mitleid eines Kenners wie Doktor Maspero erregen, und als die Sache unter großen Bemühungen bis zum Vaterfluch jenes ungewöhnlichen Melchior gedie-

hen war, schrieb der erwähnte kritische Herr bedenkliche Notizen auf ein Rezeptpapier. Einige Leute, die es sahen, nickten respektvoll einander zu, denn der Geist der Verneinung ist an jedem Platze hochgeachtet. Melchior begann eben nebst verschiedenen anderen Dingen auch sich selbst zu verfluchen, als sich unter den Damen im Zuschauerraum eine Panik bemerkbar machte. Eine Ratte lief im Saal umher und verbreitete Schrecken, gegen den alle Wirkungen des zehnaktigen Lebensbildes verblaßten. Stets ist es die gemeinsame Gefahr, welche die Standesunterschiede verschwinden läßt. Bleich und zitternd erhoben sich die Frauen, und das Podium für das Schauspiel hatte plötzlich die Bedeutung einer Insel im Ozean. Melchior hörte auf, Melchior zu sein und machte für die Flüchtlinge, die nicht bis zur Saaltür hatten gelangen können, die Honneurs. Unten im Ozean waren nur noch Männer ernst und pflichtbewußt damit beschäftigt, das Untier aufzuspüren und zu töten. Auch Philipp Unruh hatte sich erhoben, verließ mechanisch den Raum und stand bald in dem verödeten Wirtsgarten draußen. Es wehten milde Lüfte, und der Schnee war weich geworden. Überall waren sickernde Geräusche vernehmbar; von den Bäumen und von den Rinnen tropfte das Tauwasser. Vor dem Tor eines Schuppens hockten zwei Katzen eng aneinandergeschmiegt, und sie rührten sich nicht, sondern blickten stumpfsinnig in die flimmernden Lichter vom nahen Bahnhof. Nun war weiterhin ein ganz finsterer Winkel, denn der Schuppen grenzte an die Kegelbahn, und die beiden Mauern bildeten eine tiefe Ecke.

Vor der Holztür des Schuppens stand ein kleiner Handwagen und daneben eine Bank, auf die sich der Lehrer setzte, Stille vor sich, Stille hinter sich, aber im Innern mancherlei Stimmen und Laute. Und als er so in einem Zustand fremdartigen Lauschens dasaß, knirschte der Schnee unter langsamen, näherkommenden Tritten. Eine Mädchengestalt tauchte auf, die den Kopf gesenkt trug und am Eck des Schuppens wie ermüdet stehenblieb. Als fürchte sie, gehört zu werden, setzte sie ihren Weg mit kaum vernehmlichem Auftreten fort bis zu dem Handwagen, auf dessen

Deichsel sie sich setzte, die Ellbogen auf das Wagenbrett stüt-
zend. Das alles verfolgte Philipp Unruh genau, da seine Augen
sich längst an das Dunkel gewöhnt hatten. Aber in einem unbe-
wußten Drang von Scham und Furcht wandte er seine Augen ab,
und in demselben Moment hörte er ein Schluchzen, dessen Un-
aufhaltsamkeit offenbar nur durch fest zusammengepreßte Lippen gemildert wurde. Den Lehrer begann es am ganzen Körper
zu frieren, und sein Blick umschleierte sich. Er dachte nichts als
den märchenhaften Namen Myra und sah nichts als einen Mund,
der sich krampfhaft im Schmerz verschloß. Hatte sie nicht einmal vier Wände, um sich ausweinen zu können? daß ein dumpf-
fer, kalter Schuppenwinkel im Hof dazu dienen mußte? Doch
wagte er sich nicht zu rühren. Gequält und bedrückt ging er mit
sich zu Rate, als wisse er den Grund und wäre fähig, Hilfsmittel
zu finden.

Eine dröhnende Stimme rief: „Myra!" Die Weinende verstummte, erhob sich und ging gegen das Haus. Philipp Unruh
wartete lange, denn er wollte nicht, daß ihn jetzt jemand aus diesem Winkel gehen sehe. Ihn wunderte die Ruhe der Natur. Himmel und Erde schienen ihm noch erfüllt vom Widerhall jenes
Weinens. Er stand auf und setzte sich auf die Deichsel des Hand-
wägelchens, das unter seiner Last ächzte. Es erstaunte ihn, daß
er nun in demselben Raume war, in dem Minuten vorher Myras
Herz geschlagen. Als ob er sich eines Amtes unwürdig fühle, erhob er sich wieder, und seine Gedanken richteten sich unvermittelt auf seine äußere Erscheinung, auf seine wenig einnehmenden
Züge, auf seinen zerzausten, rötlichen, herabhängenden
Schnurrbart. Ungeduldig verließ er die Finsternis und eilte dem
Haus zu. Wie groß war aber sein Schrecken, sein feiger Schrek-
ken, als er Myra noch auf der Schwelle stehen sah und hinaus-
starren in die Nacht. Er erkannte im Schein des unbestimmten
Lichts, das aus dem Flur fiel, wie ihr Gesicht sich jäh belebte, als
sie ihn vom Grunde des Hofes kommen sah. Doch blieb er nicht
stehen und befand sich bald vor ihr, die sich an den Pfosten
lehnte, um ihn vorbeizulassen. Er spürte ihren fragenden, unwil-

ligen Blick und sah sie verstört von der Seite an. Eine Gewalt von innen hinderte ihn weiterzugehen, und er murmelte, indem er sich bemühte, einen teilnehmenden Ton zu wählen: „Ich habe gehört. Aber zürnen Sie nicht deshalb." Gott weiß, weshalb ihm das alles abenteuerlich und entlegen vorkam und er an seine Bücher dachte wie an rettende Freunde.

Myra erwiderte nichts. Sie nickte nur leicht mit dem Kopf.

„Kann da niemand helfen?" fragte Philipp Unruh in kindischer Unbeholfenheit, und als er das geringschätzige Zucken ihres Mundes bemerkte, sagte er stotternd: „Ich denke, man hat die Ratte da drinnen schon erwischt."

Das junge Mädchen sah den sonderbaren Kauz mit Überraschung an, lächelte und erwiderte: „Ja, das ganze Nest ist leer." Damit entfernte sie sich.

Unentschieden, welcher Umstand nun den Lehrer mit Glücksgefühl beschenkte. Vielleicht war es nur das Lächeln, das mit eines Gedankens Schnelligkeit über Myras nachdenkliches und erschöpftes Gesicht geflogen war. Vielleicht, daß er das Lächeln einkassierte wie den Gewinnst aus einer Lotterie, und daß dabei etwas in ihm lebendig wurde wie in einem Vernachlässigten, der sich plötzlich auffallend vom Glück begünstigt sieht. Es kam ihm vor, als ob er in einer gesegneten Zeit lebe und in einer angenehmen Stadt. Er trank am Gassenschank durstig ein Glas Bier; darauf ward ihm mutig zu Sinn, und unternehmenden Schritts betrat er die schon veröden Straßen. Wer schrie da schon wieder beim Haus des Hufschmieds und schwenkte grüßend den Hut, um dann schweigend wie vorher seinen Weg fortzusetzen? Es war der Herr Adjutant, dessen fabelhafte militärische Würde nur durch seine tiefeinsame Lebensweise Glaubhaftigkeit behielt. Philipp Unruh blieb stehen und schaute ihm nach. Ein Mann, hatte er sich sagen lassen, der sein Vermögen im Spiel verloren und Weib und Kind in Armut, dem Tod geweiht, verlassen hatte, der Goldgräber gewesen war und die neugewonnenen Schätze bei einem Schiffbruch eingebüßt hatte. Und derselbe Mann lief hier umher, begrüßte lärmend in der Nacht die Leute, sprach laut und eindringlich mit sich selber, ein Rätsel für alle und für Philipp Unruh mit einemmal eine Kundgebung reichsten Lebens, wertvoller als eine Bibliothek. Man konnte hingehen und ihn fragen, und er konnte erzählen mit Lachen und mit Weinen; in Büchern aber erzählte nur der Tod in einer bunten Maske. Der Nachtwächter trottete vorbei, ließ sein Pfeifchen schrillen und leierte seinen Singsang ab: daß man Feuer und Licht bewahren solle. Das schläfrige Gesicht glänzte über der Laterne, und er grinste trunken in den Schnee. Dann kamen hoch vom alten Turm die langsamen, dröhnenden Stundenschläge, um weit hinauszuschallen in das Tal der Altmühl, in den Wald und in die nahen Dörfer, ein Signal der Ruhe für Weib und Mann, für die Flucher und die Betenden, die Lacher und die Schluchzenden, für den Adjutanten und für Myra. Es war nicht zu leugnen, daß im Schlaf die Zeit dahingeflossen war, während ungesehen und dem Schläfer greifbar nah das Lebendige sich abspielte in Feierlichkeit und in Humor.

Siebentes Kapitel

Vor dem Schulhaus lauerte Apollonius Siebengeist dem Lehrer auf, und unbeschreiblich war sein Zorn, als Philipp Unruh sein Versäumnis eingestand. Er schrie, daß man ihn betrogen und verraten habe. Er sagte Schulmeisterlein, und das in einem Ton, der beleidigend war. Schließlich aber umarmte er den Geschmähten und sagte, daß er ihm danke, denn er liebe seine Zweifel mehr als jene Gewißheit, vor der ihm bangte. Doch wurde sein Wissensdurst noch in derselben Nacht gelöscht. Er suchte die Wirtschaft Zum lustigen Pfeiffer auf, wo als letzter Gast ein abenteuerlich aussehender Jüngling am Ofen saß. Er war der Komiker des Theaters, wie sich aus einem rasch begonnenen Gespräch ergab. Wie alle Komiker von Beruf war auch dieser nichts weniger als komisch, sondern litt an einer bösartigen Dürre des Witzes, die ihm ein gramvolles und verruchtes Aussehen gab. Siebengeist ließ eine ansehnliche Schar von Flaschen aufmarschieren, denn bis zur Polizeistunde war es noch weit. Der Jüngling erzählte bald von Myra, und es zeigte sich, daß seine Sprache einen Klang ins Böhmische hatte, welcher nicht so sehr die Verständlichkeit als musikalische Wirkungen förderte.

Wiederum stand der Mond in klarer Höhe, als Siebengeist heimwärts kehrte, aber nicht mehr als „sein Feind". Es herrschte in den Gassen eine Stille, für deren Süßigkeit und Lockung es nicht Worte noch Gedanken gab. Was zwischen den Häusern zog und ruhte, war wie blaugrün-zartes Gespinst, Mondrauch; der Schnee glänzte kalt wie weißer Atlas. Eine Nacht für Myra; wenn sie auch litt, er wußte doch wofür und Wahrheit mußte es sein. Trübe Dinge, die ein Komiker erzählt, sind wahr. Sie hatte ein Wanderleben geführt. Die Mutter hatte als Witwe in einer kleinen thüringischen Stadt gelebt, wohin Schmalichs Wandertruppe kam. Lebenslustig und unzufrieden, durch Romanlektüre verdorben und unerfahren, hatte sich die noch junge Frau dem jungen Liebhaber der Schmiere an den Hals geworfen, wollte mit ihm ziehen, der „Kunst" ein Opfer bringen. Myra folgte von Ort zu Ort und wurde erst stutzig, als die Mutter im Theater mitzuspielen begann; von da an mußte sie in Wirrheit und Fährlichkeit gerissen worden sein. Der Mutter schwärmerisch zugetan, merkte sie nicht deren wachsende Kälte, spürte zuletzt nicht ihren Haß. Myras Mutter, so sagte der Komiker, war eifersüchtig auf die Tochter, und diese Eifersucht durchtränkte ihre Handlungen bis in den feindseligen Ton eines bloßen Grußes. Myra wußte nicht, wie ihr geschah. Ahnungslos wie bisher folgte sie an der Seite ihrer Mutter dem Wanderleben der Komödianten. Und in Bamberg war sie eines Tages allein, lag sie verlassen in einem armseligen Gasthof und las die dürftigen Abschiedsworte der Mutter. Man erinnerte sich bei der Truppe, sie ohnmächtig im Zimmer des Direktors gesehen zu haben. Sie hatte nicht Geld noch Kleider, noch Freunde, nichts, als was sie sich selbst sein konnte. Man erinnerte sich des Tages, an dem sie zum erstenmal im Schauspiel aufgetreten war, ein Gegenstand

9

des Hohns für die genialen Kollegen trotz der stummen Rolle.
Aber Herrn Schmalichs Ansicht war, daß ein reisendes Theater
hübsche Frauenzimmer brauche, und daß man auch das leidend-
ste Gesicht in ein lustiges umschminken könne. Man hatte Myra
niemals anders gesehen, als sie heute war, und heute schon war
es, als trüge sie das Bild kommenden Unheils im Herzen. Solchen Augen kann kein Gewordensein die Furcht vor dem Werdenden nehmen. Zwischen Lügen, Schmutz, falscher Heiterkeit
und wirklicher Armut lebte sie vielleicht gleichmütig, vielleicht
abwartend hin, und Siebengeist sah sich schon als den, welcher
erwartet wurde. Zu früh erschien ihm ein Geheimnis gelüftet,
das ihm beim Wein offenbart worden. Zu früh nahm er das Geschehene als vergangen, ließ er seiner Hoffnung freien Lauf.
Und zwischen ihm und dem andern Einsamen im Schulhaus
spann die Nacht die gleichen Fäden der gleichen Gefühle und
trieb irgendwo das Verhängnis aus einem abgelegenen Grunde
hervor, daß es weiterweben möge, was sie spielerisch begonnen.

Zu Philipp Unruh kam am Morgen der Schulrat. Es handelte
sich um eine gewichtige Beschuldigung. Die seltsamen Reden
aus der Geschichtsstunde waren beunruhigend zu den Ohren
der Schulbehörde gedrungen. Der Herr Schulrat hatte ein Bläschen auf der Nase und außerdem ein Horn auf der Stirn, da er
sich im Traum am Bettpfosten verwundet hatte. Beide Verunzie-
rungen jedoch gaben seinem Gesicht einen erhöhten Ausdruck
der Amtsgewalt, als könne einzig ein Schulrat darüber entschei-
den, ob Ungerechtigkeit auf dem Thron der Welt residiere. Der
Lehrer war erstaunt. Er wußte sich seiner Worte kaum zu erinnern, und als er vernahm, was er selber gesagt, fand er es so wi-
dersinnig und abgeschmackt, daß er beredter und liebenswürdiger als je den Mann mit Bläschen und Horn vollständig beruhigte. Seiner Leidenschaft für Bücher entsann er sich wie der
sonderbaren Torheit eines andern; der Verlust der Kiste kam einem gewöhnlichen Unfall gleich. Die Leute, die ihm begegne-
ten, hatten andere Gesichter, andere Bewegungen, andere Worte
als sonst. Die Kinder im Schulzimmer waren nicht mehr so sehr

Gegenstände, an denen der Stundenplan erledigt werden mußte. Ihre Augen waren belebt, ihr Ungehorsam schien liebenswürdiger, ihre Unwissenheit begreiflich, ihre Ungeduld gegen das Stillsitzen des Nachdenkens wert.

Als er mittags an der Apotheke vorbeiging, sah er drinnen Siebengeist allein, und er trat ein. Der Provisor war mit leidenschaftlichen Gebärden beschäftigt, in einer kolbenartigen Schüssel eine dicke weißliche Masse zu zerreiben. Philipp Unruh setzte sich auf die geschnitzte Bank und entschuldigte sein Betragen vom gestrigen Abend. Der Provisor lachte, schalt ihn einen kreuzverkehrten Bruder und machte die lustigsten Grimassen, während er aus Leibeskräften zu reiben fortfuhr. Plötzlich verdüsterte sich sein Wesen, und er erzählte andeutend und abgerissen einiges von dem, was er über Myra erfahren hatte. Es schien, als verlangte ihn selbst nach Rat und Klarheit, doch der Lehrer konnte nicht Einblick gewinnen in das Wirrsal der Erzählung. Er schwieg beharrlich, wünschte, nichts gehört zu haben, und Siebengeist fing wieder an, gesichterschneidend seine Salbe zu reiben. Plötzlich beugte er sich zu Unruh herab, flüsterte, den Mund nahe dessen Ohr und den Arm gegen eine Tür im dunkelsten Hintergrund ausstreckend: „Es steht eine dort auf der Schwelle und lauscht. Bin ich jemand verschuldet, der mir die Taschen mit Geschenken vollstopft? Ich nahm von jeder Dirne im Haus, wie es die Nacht gewollt. Darf man sich darum an meine Schuhe klammern und meine Kraft verringern, das zu erobern, woran mein Leben hängt? Wohlgemerkt, nicht jedes Spänchen Holz macht eine warme Stube!" Er hatte den Lehrer unter den Arm gefaßt und den Verschüchterten scheinbar absichtslos in die Ecke geführt. Nun riß er die Türe auf und sagte die letzten Worte laut, fast schreiend. Vor den beiden stand die Baronin, linnenweiß im Gesicht, und blickte gemartert den Flurgang hinab gegen die Straße. Siebengeist lachte und schlug die Türe wieder zu.

Es kam nun so viel Schwüles, Überraschendes und Neues, daß die Zeit gewissermaßen ihre Abgemessenheit verlor. Ein Umhertaumeln zwischen Wissen und Erraten, zwischen Angst und Mut, zwischen Fülle und Entbehrung, an Atmen in zitternder Luft, Reden ohne Besinnung, Träumen ohne Schlaf, Bilder, wie vom Sturm vorbeigejagt und manche doch dauernder als Stein.

Philipp Unruh saß in der kleinen Schankstube des Fränkischen Hofes. Es war wieder kalt geworden, und die Scheiben zeigten Eisfiguren, trotzdem die Sonne vom blauen Himmel schien. Der Wirt und ein Viehhändler aus Nördlingen saßen kartenspielend beim eisernen Öfchen. Aber das Geknister des lustigen Feuers wurde bald übertönt von zornigen heiseren Männerstimmen aus dem Theatersaal. Es ist eine Schauspielprobe, dachte der Lehrer, jedoch trat alsbald der Bonvivant aus dem Theater in die Schankstube, verlangte grimmig einen Krug Bier und erzählte grimmig in demselben Atem, daß die sentimentale Liebhaberin sich weigere, dem Kritiker ihren Verehrungsbesuch abzustatten. Dergleichen sei noch nicht dagewesen, so lange man Komödie spiele zwischen Himmel und Erde und sei um so abscheulicher, als der Doktor Maspero ein scharmanter Herr sei, welcher vortrefflichen Schnaps vorzusetzen wisse. Der Wirt hieb mit Geräusch das Trumpf-As auf den Tisch; der Viehhändler schielte den Schauspieler bösartig an. Im Saale war es still geworden, und auf einmal kam Myra heraus. Philipp Unruh schaute sie eine Sekunde lang mit blinzelnden Augen an, sah dann feig in eine Ecke, und es schien ihm, als sänken seine Schultern schwer gegen den Tisch. Das Mädchen hatte purpurrote Wangen, doch ihre Stirne war bleich, ihr Blick leer, unsicher, stechend, ihr Rücken ein wenig gekrümmt. Sie ging, als suche sie einen Ausgang, und blieb dann stehen wie in eine Falle geraten. Herr Schmalich kam hinter ihr her, und auf seinen Mienen drückte sich Verlegenheit aus. Sie wandte sich gegen den Direktor und sagte leisen Tones und mit erschreckender Schnelligkeit eine Reihe von Worten, welche niemand verstehen konnte. Ihre Stimme wurde immer lauter, doch die Worte verloren alle Artikulation. Aus dem Theaterraum kamen zwei dicke Schauspielerinnen und der Heldenvater und spendeten lachend Beifall, wäh-

rend der Wirt und sein Kartenkumpan aufgeregt näher traten.
Jetzt begann Myra selbst zu lachen, und zwar so, daß der Lehrer
wie Einhalt gebietend seine bebenden Arme gegen sie ausstreckte. Da stürzte sie zu Boden, und Schaum quoll von ihren
Lippen. Alle waren stumm und blaß geworden und rührten sich
nicht. Philipp Unruh, der sich selbst und jede Scheu vergaß,
stürzte herzu, kniete auf den Boden, legte den Arm unter ihren
Hals, murmelte verstört vor sich hin und beugte suchend sein
Gesicht gegen das ihre.

Er konnte es niemals vergessen. Niemals die halbgeschlossenen und halberloschenen Augen, ob haßerfüllt, ob dankbar, er
wußte es nicht. Er konnte die nahe Wärme ihres Körpers nicht
vergessen, das verwirrte schwarze Haar, das seine Schläfen
streifte. Er empfand immerfort den Druck ihres Nackens auf seinem Arm, den Hauch ihres Mundes neben seiner Hand. Als er
zitternd in der Schankstube kniete, voll Furcht, daß man sie ihm
raube, wollte er an kein Weiterleben denken, welches sich nur die
Erinnerung zum Besitz machen konnte.

Andere Dinge kamen. Ihr Name erfüllte die Luft bei allem,
was geschah. Der Apotheker schickte in mysteriöser Weise herüber, um Unruh holen zu lassen. Als der Lehrer kam, schritt der
blasse Baron in bedeutsamer Gangart im Zimmer auf und ab, erklärte ganz ohne weiteres, daß der künstlerische Geist im Ort gehoben werden müsse, daß er als Gemeinderat bereits in solchem
Sinn vorgegangen sei und eine gewisse Summe zur Verfügung gestellt habe, um das treffliche Institut des Herrn Schmalich für die
Dauer des Winters zu subventionieren. Ja, dann käme ein neuer
Wind, ja, dann käme ein edles Feuer unter die lauen Gemüter. Er
selbst habe ein Theaterstück verfertigt; er wolle weiter nichts verraten, aber es suche seinesgleichen. Darauf schob er an beiden
Türen die Riegel vor, lud seinen Gast ein, vor dem prachtvoll mit
Wein und kalten Speisen gedeckten Tisch Platz zu nehmen,
rückte die Lampe zurecht und schlug eine dicke Handschrift
auf. Dieses Drama aller Dramen beschäftigte sich ausschließlich
mit einer neuen und respektablen Idee, wie man die Wälder vor

gänzlicher Ausrottung schützen könne. Aber vor alledem hörte
der Lehrer nur das eine, daß er nicht zu fürchten brauche, Myra
heute oder morgen entschwinden zu sehen, und er liebte dieses
stundenlange Trauerspiel, von welchem seine Hoffnungen sich
lösten gleich farbigen Abendwolken aus trübem Moor.

Tag und Nacht, Dunkelheit und Sonnenlicht wechselten nach
anderen Gesetzen als bisher, wie wenn der Wille, dem der Weltkreis untertan, neue Erscheinungsformen erdacht hätte. Es waren sonderbare Empfindungen, die Philipp Unruhs Herz bestürmten, als er, beim Bier sitzend, in demselben Raum wie wenige Stunden vorher, Myra sich gegenüber sah. Drei Schauspieler befanden sich bei ihr am Tisch, und sie lächelte wie jemand,
der alles mit Entschlossenheit abgeworfen hat, was ihn belä-
stigte. Doch war das Lächeln fremd und unerklärbar durch seine
Dauer und verursachte, daß man das eigentliche Gesicht nur wie
durch eine dünne Maske erkennen konnte. Die Wangen waren
noch ebenso rot, die Stirn noch ebenso bleich, der Hals noch
ebenso vorgestreckt, so daß der Rücken gekrümmt erschien. Die
verkniffenen Augen blickten mißtrauisch, listig, ziellos, bis
plötzlich eine Art Schrecken in sie geriet, der sie aufriß. Sie sah
den Lehrer nicht, sah überhaupt nichts. Später lachte sie über alles, was der Komiker sagte, und darnach erhielten ihre Züge einen halb unwilligen, halb trostlosen Ausdruck.

Die Mutter Myras und der Galan kamen zurück. Sie hatten offenbar in der Welt mehr Hunger als Vergnügen gefunden. Die
ehedem wohlhabende Witwe hatte schon alles verschleudert,
was sie besessen. Mit der einen Hand hatte sie Liebe gegeben,
mit der andern Geld; dementsprechend war die eine beschmutzt, die andere leer. Zwischen Trübsinn und überreizter
Laune verzehrte sich ihr Gemüt, und viele Stunden lang konnte
sie damit zubringen, sich zu schminken, zu putzen, zu verjün-
gen. Am ersten Tag schon war es so, saß sie bis in den Nachmittag vor dem Spiegel, rechts und links je zwei Kerzen, denn draußen war dicker Nebel. Dann kam der Schauspieler, und Myra
mußte gehen. Sie erhob sich vom Kaffeetisch und ließ die volle

Tasse unberührt. Der schlanke junge Mann, dessen Gesicht etwas von einem Cäsaren und etwas von einem Schäferhund hatte,
sah ihr nach; er wußte, was sie bei ihm zurückließ, und sie,
förmlich verwundet von seinem Blick, ging die Gasse hinauf und
traf Siebengeist unter dem Turmbogen. Sie atmete schwer, hörte
kaum die Worte ihres Begleiters und bat, er möchte sie in den
Wald führen. Sie wanderten also gegen den Burgstall hinauf (so
heißt der Wald), und es war, als schritten sie durch feuchten, bleiernen, grauen Rauch, so dick und lastend lag der Nebel. Siebengeist verstummte bald. Zufällig kam Philipp Unruh von den
Holzschuppen herüber und stand mit einemmal vor dem schweigenden Paar. Ihm war, als habe ihn ein Schuß getroffen, und es
rieselte ihm kalt durch Mark und Bein. Jählings deckten sich ihm
geheimnisvolle Beziehungen auf, die bisher hinter Häusermauern verborgen gewesen, und ein allgemeiner, aber stürmischer
Menschenhaß erwachte in seiner Seele. Doch wie es ihm aus Visionen vertraut war, ging ihm Myra einen Schritt entgegen. Sie
stand so nahe bei ihm, daß er ein Schneeflöckchen auf ihren
Wimpern gewahren konnte, das langsam zerschmolz. Schüchtern und freundlich sagte sie: „Sie sind gut gegen mich gewesen,
ich weiß es, ich danke Ihnen. Gehen Sie doch ein wenig mit
uns." Er schaute zu Boden und lachte lautlos, stotterte zwei,
drei Worte. Dann schaute er vor allem den kindlich schönen
Mund an, der dies gesprochen, und ein unbezähmbarer Wunsch
erwachte in ihm, der um sich griff wie Feuer im dürren Busch-
werk. Er wünschte, jenen Mund küssen zu dürfen, nichts weiter; aber das versetzte sein Wesen in einen Taumel, der ebenso
nahe der Verzweiflung wie der Erfüllung war. Mehr als ein
Traum und eine äußerliche Begierde; mehr als das bloße Aufwa-
chen zu einem Wertbewußtsein; mehr als die Hoffnung auf ein
mittelmäßiges Glück. Es war der elementare Schmerz und
Rausch des dumpfen Menschen, der mit Raubtierkraft an Git-
tern rüttelt, deren Vorhandensein er nicht begreifen will.

Myra hatte das Verlangen, Schneeball zu werfen. Alle drei
nahmen auf einem freien Stück Feld vor dem Wald Aufstellung.

Das junge Mädchen war fröhlich bei der Sache, und der Lehrer
sog ihr Wesen in sich auf wie Lebensnahrung. Er sprach nicht,
weder bei dem Spiel, noch bei dem Waldgang später. Eine innige,
überzeugende Gestalt wandelte an seiner Seite. Er hörte ihre gepreßten Worte, die sie aus allen Winkeln des Raumes zusammen-
zusuchen schien, und die sie unsicher sprach mit milder Stimme
und bittender Gebärde. Er sah, wie sie schüchtern Fragen stellte
und schüchtern lächelte, wie sie über nichts in der Welt genü-
gende Klarheit erhielt und jeden anstaunte, der mit Sicherheit
eine Behauptung aufzustellen wußte; wie vieles ihr gefiel und
wieviel sie besitzen mochte und wie sie zugleich darüber unruhig
war und die Fülle ihres Wünschens als Vergehungen empfand;
wie sie mit Sympathie umgeben war wie der Erdball mit Luft
und wie sie gleichwohl fürchtete, von jedermann gehaßt zu sein:
ein Wesen aus Fleisch und Blut, eine von denen, die für das
Glück geschaffen scheinen.

Achtes Kapitel

Siebengeist war ein großmütiger Lustigmacher, der sich selbst
vergessen konnte, um Myra zu erheitern. Wenn er anfing, zu
plaudern und Gesichter zu schneiden, blieb sie nicht ernst. Was
trieb er doch nicht alles! In derselben Stunde war er Fabulist und
Taschenspieler, Schlangenmensch und komischer Musikant,
sprang über die Tische und parodierte die Schauspieler, formte
Damen aus Schnee und dichtete närrische Sonette über seine
Laufbahn als Apotheker. Myra hatte viel Freude an ihm. Sie
schenkte ihm einen schmalen Reif mit einem winzigen Rubin,
und dafür gab ihr Siebengeist ein goldenes Herz, das die Inschrift trug: *Vers Dieu va.* Philipp Unruh fühlte sich als Zaungast
und suchte Einsamkeit. Unsichtbar ging Myra an seiner Seite bei
den weiten Spaziergängen, unsichtbar ging sie in seinem Haus
umher. Unhörbare Reden wechselte sie mit ihm, schenkte ihm
Vertrauen, billigte seine Entschlüsse. So erhielten sein Gehen

und Denken, seine Gebärden und Worte eine verzweifelte und verschwiegene Glut. Auf allen Wegen, an allen Mauern stand ihr Name, und wurde er wirklich genannt, so erschrak der Lehrer wie ein Verbrecher, der unerkannt die Früchte seiner Tat genießt. So vor Doktor Maspero, der beim nächtlichen Heimgang von Myra sprach.

Der Provisor sei ein Narr, meinte dieser gescheite Mann, und alle Welt habe recht, ihn zu verdammen wegen seiner Narrheit. Was für eine Bedeutung habe dies törichte Scharmuzieren? Ein bettelarmes Persönchen, das weder hübsch noch klug sei und zweifellos einen wahnsinnigen Zug in den Augen trage. Niemand wisse, was sie dabei wolle.

„Ein altes Wort lautet: was ein Weib will, das will Gott", murmelte der Lehrer.

„So? Eine jammervolle Sentenz, Schulmeister! Ich glaube, Ihnen sitzen Gespenster im Magen. Seis drum! Ich gönne jedem sein Plätzchen an der Sonne. Gute Nacht."

Der Lehrer fühlte sich verlassen. Er blickte spähend durch die fallenden Schneeflocken, als erwarte er einen Freund, mit dem er die Nacht verbringen könnte. In der Tat tauchte eine schwarze, hagere Gestalt aus der Finsternis auf. Es war der Herr Adjutant. Beim Anblick des Lehrers packte er sofort begeistert seinen Hut, schwenkte ihn gegen das Firmament und schrie den Abendgruß, als ob er seinem Landesfürsten zujauchzte. Gleich darauf ging er wieder stelzengrade und lautlos seines Weges weiter, und sein gravitätischer Schritt machte den Schnee klirren. Philipp Unruh empfand auf einmal eine wunderliche Sympathie für diesen Mann, der seine einsame Wohnung nur mit einem zärtlich geliebten Affen teilte, dem er den aparten Namen Kümmerlich gegeben hatte.

Neben der Post befand sich ein uraltes Gebäude, in dem Myra mit ihrer Mutter wohnte. Die zwei Fenster waren erleuchtet und durch gelbe Rollvorhänge verdeckt. Der Lehrer stand im Schnee auf der andern Seite der Gasse und lehnte sich an die Türe des Kürschnerladens. Eine Silhouette ward auf dem Vorhang sicht-

bar: das Profil eines Mannes, das auftauchte und verschwand.
Dann erschien derselbe Kopf noch einmal, nahe am Fenster und
deshalb klein und scharf, und wurde unter beständigem, lebhaf-
tem Nicken immer größer. Ein zweites Bild, ein Frauenhaupt erschien daneben, und beide verharrten nun in Ruhe, als ob sie sich
unverwandt ansähen, neigten einander zu, wichen von neuem
zurück, und gleichzeitig erschien am zweiten Fenster ein anderer
Schatten, bei dessen Anblick sich Philipp Unruhs Stirne unwillkürlich verdüsterte. Dieser Schatten, klar begrenzt von Licht,
war den beiden übrigen bewegungslos zugewandt, als flösse sein
Dasein von ihnen aus. Haare fielen abenteuerlich in die Stirn,
deutlich war die feine Nase gezeichnet, deutlich der verschlossene Mund. Das ganze Spiel der drei körperlosen Gestalten hatte
etwas so Unwirkliches und Phantastisches, daß der Lauscher bisweilen staunend in die Dunkelheit starrte, auf die friedlichen
Häuser im Umkreis, und mit eigentümlicher Gewalt die Ruhe
spürte, die in allen schneebedeckten Gassen ausgebreitet war.
Aber dies erschien ihm nur als ein täuschendes Kleid, unter dessen unbewegten Falten verheerende Leidenschaften brüteten,
um die Erde zu bedrohen und zu erschüttern. Er selber war ergriffen, ja gefoltert und wagte nicht, darüber ins klare zukommen. Ungeduldigen neuen Lebens voll, sah er millionenfaches
Leben um sich in eisiges Schweigen gehüllt durch die stummen
Kräfte der Natur.

Nun geschah etwas Sonderbares. Die beiden Schatten erhoben sich gleichzeitig, ohne voneinander zu weichen. Der dritte
Schatten streckte die Arme aus, flehentlich oder beschwörend.
Dann glitt der Frauenschatten zum zweiten Fenster. Die ausgestreckten Arme fielen herab, und die ganze Gestalt versank. Die
zweite wuchs geisterhaft empor, beugte sich auf und nieder mit
beängstigender Hast. Die Silhouette des Mannes stand regungslos, eine Hand gegen das Gesicht gepreßt, und plötzlich ward alles schwarz und finster.

Der Lehrer seufzte bang. Unschlüssig und erratend stand er
da, als ein Tor zugeschlagen wurde und jemand auf die Straße ge-

stürzt kam. Unruh sah, daß es Myra war, in bloßen Kleidern, ohne winterliche Hülle, und mit einem halben Ausruf schritt er ihr entgegen. Mit tastendem Schritt näherte sie sich ihm, und er spürte ihre Hand in seinen Arm sich förmlich einkrallen. Mit einem Blick, der von Angst, Erschöpfung und Verzweiflung stier geworden war, schaute sie gleichsam durch sein Gesicht hindurch. Das alles geschah lautlos. Auch im Hause regte sich nichts, und die Fenster oben blieben schwarz.

Philipp Unruh sah ein Geschöpf vor sich, auf dessen Wort und Aufschluß er nicht rechnen durfte, das, nur noch mit einem Schein äußeren Lebens begabt, sich ihm überließ wie ein Gegenstand. Die augenscheinliche Gefahr, die außerordentlichen Umstände verliehen ihm Besinnung und Kraft des Entschlusses. Seine dumpf brennenden Gefühle verkrochen sich in der Stunde der Tat. Er nahm Myra auf den Arm und eilte mit ihr durch die Nacht dem Schulhaus zu. Leicht schien ihm seine Last, aber das ungewisse Vibrieren des Körpers in seinen Armen ließ sein Blut stocken. Die leere, stumme Nacht eilte vor ihm her und verwirrte seinen Blick. Er fragte sich gar nicht, wohin er anders mit der willenlosen Myra gehen könne als in seine eigene Behausung. Er hörte hinter sich, doch ziemlich ferne schon, Stimmen in der Finsternis, und eine davon rief in hellem Ton immer wieder dasselbe Wort. Er achtete nicht darauf, er sah nur mit Neugierde und Mißtrauen die Straße entlang, denn ihm schien, als sei er in ein bisher unbekanntes Land geraten.

Das Schulhaus, ihm vertraut in jedem Winkel, barg heute Gefahren. Unter dem Stiegeneck waren glänzende Augen. Hoch im Gitterfenster leuchtete ein verräterisches Licht. Es war kein Mensch im ganzen Gebäude, denn die Wirtschafterin schlief im Haus des alten Löwy. Bis zur Kraftlosigkeit ermattet, nach Atem keuchend, schleppte er Myra die Treppen empor, stieß die Zimmertüre auf, legte das junge Mädchen auf das Bett und machte Licht.

Sie hatte die Augen geschlossen. Zum erstenmal sah er ihr Gesicht bleich. Er benetzte ihre Schläfe mit Wasser und murmelte

ihren Namen vor sich hin. Sie rührte sich nicht. Er legte das Ohr
auf ihre Brust, und als er keinen Herzschlag vernahm, wurden
vor Schrecken seine Augen feucht. Die verbrecherische Kraft eines kaum geahnten Wunsches habe ihn gezwungen, sie hierher-
zubringen, so glaubte er jetzt. Er riß das Fenster auf, um jemand
zu erspähen, der zum Doktor laufen könne. Aber der Hof lag
finster und öde. Er schrie: Johanna! dann: Kunigunde! und noch
einige, denen er vielleicht den Schlaf aus den Lidern rufen
konnte. Er rannte ins Schulzimmer, schaute dort hinaus, straßauf, straßab, aber er wurde nichts gewahr als eine drückende Verlassenheit, die sich zu regen schien unter dem gleichmäßigen Fall
der Schneeflocken.

   Jedoch als er zurückkam, von Frost und Angst geschüttelt,
saß Myra aufrecht im Bett.

   Sie lächelte; ein wunderliches, stumpfes, unveränderliches Lächeln. Die schöne Rundung der Unterlippe, die feine, etwas
träumerische Linie der oberen traten in bezaubernder Klarheit
hervor. Von einer eigentümlichen, furchtsamen Freude ergriffen, sagte der Lehrer: „Sie sind wach?" und seine Stimme bebte.
Sein Beginnen kam ihm frevelhaft vor. Er hatte sich ihrer bemächtigt, das war es. Eine Verantwortung nahte, vor der er zu-
sammenbrechen würde. Er bewunderte und fürchtete zugleich
jene Person, die er selbst noch vor einer halben Stunde gewesen
war, jene wild und unbekümmert handelnde Person. Sorgenvoll
und überlegend stand er auf der Schwelle, der Rechenschaft gewärtig, die man von ihm fordern würde. Aber in seiner innersten
Seele ergriff er Besitz von Myra und ging mit sich zu Rate, ob er
nicht das Tor vor Eindringlingen schützen solle. Endlose Stunden der Nacht würden folgen, und am Morgen? Das Ende von
allem.

   Das junge Mädchen schauderte vor der hereinfließenden
Kälte, und so schloß er die Tür. Er setzte sich an das Bett und
fragte Myra, ob sie krank sei, er wolle gehen und den Arzt holen.

   Sie antwortete nicht, sondern blickte aufmerksam ins Licht

der Lampe. Mit traurigen Augen sah sie der Lehrer an. Mit wahrhaft ungestümer Gewalt erwachte der Wunsch in ihm, den so nahen Mund zu küssen. Überlegungen wie Kriegspläne formten sich, und er blickte dabei zurück auf sein Leben wie in eine regnerische Heide. Er lehnte die Stirn an den Bettpfosten und fing unvermittelt zu weinen an wie ein Knabe. Die Erkenntnis seiner Leidenschaft und seines leidenschaftlichen Gemütes machte ihn ihn hohem Grade bestürzt, wie es oft bei religiösen und einsamen Naturen der Fall ist.

Ach, du bist es, Wilhelm?" sagte Myra tonlos. „Warum liest du mir nicht vor? Lies mir doch vor aus dem lustigen Stück." Sie lächelte wie früher und legte ihre Hand auf die seine. Philipp Unruh richtete sich auf und hielt zitternd ihre Hand fest. Er vermeinte seine eigenen Gedanken zu sehen, wie sie auf einmal wirr und schwarz wurden.

„Nimm dasselbe Buch", fuhr Myra leise fort. „Du weißt, was du auf eine leere Seite geschrieben hast. Es war das Schönste, Seligste. Die Mutter hat es gelesen und kam mit dem Messer auf mich zu. *Oh, cela ne fait rien*, sagt Madame Biraud. Du siehst es ja, ich lache; und jetzt lies, lies vor!"

Als Philipp Unruh zögerte, wurde sie ungeduldig, und ihr Mund verzog sich gramvoll. Da griff er mechanisch nach jener Ansbacher Chronik, die ihm allein von seinen Büchern geblieben war, blätterte mit bebenden Fingern und las von alten Ereignissen, vom markgräflichen Leben am Hof, von den Emigranten, von Denkmälern und Baubefugnissen, von Pest und Kriegsplage, kurz, was eben in solch einer Chronik Wichtiges zu stehen pflegt. Inhaltloser und sinnloser waren ihm niemals Worte vorgekommen. Ihm schien, als grübe er Staub aus finsteren Verstecken. Myra lauschte entzückt jeder Silbe und freute sich, als ob es eine amüsante Szene sei, deren Entwicklung sie zu hören bekomme. Allmählich wurden ihre Züge schlaff; sie lehnte sich zurück, ihre Augen schlossen sich, und sie schien zu schlafen, während der Lehrer aufgewühlten Herzens weiterlas, den stillen Raum mit seinen monotonen Lauten füllend.

Plötzlich fuhr Myra empor. „Glaubst du es denn nicht,“ rief
sie aus, mit einer inbrünstigen Hingebung in ihrer Stimme, in ihren Gebärden, in ihrem Gesicht, „glaubst du es denn nicht? Für
dich könnte ich ja sterben!“ Sie lachte glücklich und fiel wieder
auf das Kissen zurück.

Philipp Unruh schlug die Chronik zu und stützte den Kopf in
die Hand. Ihm war bang und weich zumut. Diese Worte, gleichviel, ob sie ihm galten oder nicht, waren nun zu ihm gesprochen
worden. Er durfte die Vergangenheit vergessen, ohne sie betrau-
ern zu müssen. Diese Worte brachten sein Gemüt in Schwingun-
gen, wie der Glockenschall die Luft in einer Kirche bewegt. Er
wußte, eine solche Stunde des Zutrauens, eine solche Nacht der
Wunder würde nicht wiederkehren in seinem Leben, und uner-
sättlich sog er alle Hoffnungsmöglichkeiten in sich ein, als
könne dadurch seine Zukunft beschützt werden. Ringsum war
alles Leben lebendig, geschmückt durch Hingabe und Zärtlichkeit, ja selbst durch Gefahr und Tod. Denn der Tod ist wert, gestorben zu werden, wenn er etwas raubt, das zu besitzen sich
lohnt. So wurde sein Geist weitschauend durch die Macht eines
Augenblicks, der die Ewigkeit enthielt.

Er überzeugte sich, daß Myra wirklich schlief, und erhob sich
geräuschlos. Er legte das Buch auf die Lade und dachte angestrengt nach. Wenn Myra krank lag und im Fieber redete, was
sollte er dann mit ihr beginnen? Die Leute waren zu fürchten,
denen der Tag Kunde bringen würde, wer nächtlicherweile in des
Lehrers Haus eingezogen sei. Darüber mußte er wachen, mehr
als über sein Glück. Höher als dies stand ihm die Sitte. Sie re-
gelte nach seiner Überzeugung den Mechanismus der Welt im
kleinen wie im großen.

Es war keine Zeit mehr zu versäumen. Betrübt warf er seinen
Mantel wieder um die Schultern, trat neben die Schlafende und
blickte lange auf das regungslose Gesicht, dem der Schlummer
einen vergrämten und angestrengten Ausdruck verliehen hatte.
Dann stellte er die Lampe auf den Schrank und ging leise hinaus.
Er wollte zu Siebengeist, um mit ihm zu beraten, was zu tun sei.

Ohne das Tor zu versperren, betrat er die Straße. Es schlug zwölf Uhr vom Turm. Der Himmel war klar geworden und zitterte vor Kälte. In graublauer Dämmerung lagen Dächer und Giebel.

Neuntes Kapitel

Nachdem er den Glockenstrang bei der Apotheke gezogen hatte, öffnete sich unter dem spitzen Dachwinkel ein Fenster, und eine dünne Mädchenstimme schrie herab, daß niemand zu Hause sei. Die Herrschaften und der Provisor seien auf dem Ball beim „Ratgeber". Der Provisor käme erst in einer Stunde zurück, und solang müßte man warten oder zum „Ratgeber" schicken.

Der „Ratgeber" war ein Hotel, das sich eine Viertelstunde außerhalb des Städtchens, auf der sogenannten „Höhe" befand. Dort schloß sich unmittelbar der Wald an, der sich weit hinein erstreckt ins mittlere Franken. Philipp Unruh entschloß sich rasch zu der Wanderung, und noch auf der Landstraße sah er oben am Waldrand die strahlenden Fenster und hörte, von Schritt zu Schritt deutlicher, den Brummbaß der Tanzmusik. Es war eine Art Faschingsball, den die Gemeinde jährlich mit großem Prunk veranstaltete. Dort waren nicht nur die größten Notabilitäten des Ortes, sondern auch der Präsident des Kreises anzutreffen, der von Ansbach herüberkam.

Fern auf dem Bahnhof klirrte das Eisen der Waggons, die rangiert wurden. Der Schnee der Straße schimmerte hell. Die Sterne standen am Himmel und schaukelten unruhig wie Lichter im Wasser.

Wo sich der Weg gegen die Anhöhe hinaufbog, stand, auf der Landstraße noch, ein kleines Wirtshaus. Knechte und Dirnen tanzten nach der Musik einer Mundharmonika. Wie sich die Paare beim düstern Schein einer Öllampe drehten, das gab ein wüstes und grelles Bild. In der einen Stube daneben lehnte ein Mann gegen das Fenster, die Stirn an die Scheibe gepreßt, und

der Lehrer erkannte sofort Apollonius Siebengeist. Der Provisor
seinerseits hatte ihn nicht wahrgenommen, denn kein Zug veränderte sich in seinem Gesicht, das trüb und verzerrt aussah. Philipp Unruh bemerkte, daß das Zimmer leer war, und schritt dem
Eingang zu. Der Wirt begrüßte ihn mit lärmendem Freudenaus-
bruch und führte ihn durch einen stockfinstern Gang. Ohne daß
beide es merkten, folgte ihnen eine Frauengestalt, die vom „Ratgeber" herabgekommen war. Und als der Lehrer die Schwelle
überschritt, drängte sich jene vor und lief mehr als sie ging, auf
Siebengeist zu. Sie hatte eine schwarze Larve vor dem Gesicht,
einen glatten langen Mantel über dem Ballkleid, und ihre Augen
leuchteten unnatürlich. „Ich wußte ja, daß du hier bist", sagte
sie mit heiserer Stimme. „Du machst den Wegelagerer, du lauerst
einer Komödiantin auf." – „Was soll das?" entgegnete Siebengeist mit merkwürdiger Geduld. „Ja, ich erwarte sie, aber sie
kommt nicht, kommt nicht, trotzdem sie es versprochen hat."
Seine Stimme klang müde, und er veränderte seine Haltung
nicht, sondern blickte fortwährend durch das Fenster auf die
nächtliche Straße. Der Wirt hatte das Gesicht in die Türspalte gepreßt und grinste freundlich und lauernd. Philipp Unruh ergriff
die Klinke und schloß mit sanftem Druck die Tür. Dann räusperte er sich achtungsvoll, um seine Anwesenheit kundzugeben.
Der Raum war wie eine Fortsetzung des engen Flurs, und nur gegen das Fenster hin verbreitete die Kerze spärliches Licht, die im
Hals einer Weinflasche auf dem Tisch stand.

„Was sorgst du dich, Liebster?" begann die Frau wieder und
machte eine flehentliche Gebärde. „Sieh mich doch an, bitte. Befiehl mir, daß ich sie herbeiholen soll, die du liebst, und ich werde
es tun. Befiehl mir, aber sieh mich an, errette mein Leben." – „Wie
kann ich dein Leben erretten, da du meines zerstört hast", erwiderte Siebengeist, starrer noch als bisher. „Ich habe nicht besitzen
dürfen, weil deine Künste mich schwach werden ließen. Deine Verlockungen haben meinem Wunsch die Kraft genommen, deshalb
bin ich nicht würdig, das Höchste zu besitzen. An dir hab ich mich
verschwendet. Also geh in dein Haus und sei zufrieden."

Das Weib nahm ein Glas mit Wein vom Tisch, schleuderte es zu Boden, daß die Scherben klirrten, und rief verzweifelt: „Dann soll *mein* Wunsch Kraft haben, denn ich wünsche ihr den Tod!" Damit fiel sie in die Knie, rang die Hände und lehnte das Gesicht an die Hüften des regungslosen jungen Mannes.

Der Lehrer verharrte eine Zeitlang gelähmt im Winkel zwischen Tür und Ofen. Er dachte, gänzlich sich selbst entfremdet: die Liebe ist eine Gewalt, die den Menschen erniedrigt. Er dachte, daß es besser sei, nicht zu wissen, als im Wissen zu sündigen. Wo früher rings um ihn her ein friedliches Einerlei sich gedehnt, sah er jetzt Gesichter, aus denen die Aufregungen des Leidens und des Verlangens redeten. Es war, als ob ein träges, aber starkes Wesen in ihm schwere, staunende Augen aufschlüge.

Unter dem Zwang seines Anstandsgefühls trat er endlich mit vernehmlichem Schritt gegen den Tisch zu und wünschte guten Abend. Die Baronin stutzte und erhob sich rasch. Siebengeist drehte sich lässig um und blickte dem Lehrer forschend, jedoch nicht ohne Freundlichkeit ins Gesicht. „Ich komme," sagte Philipp Unruh, indem sein eigenes Zimmer wie eine Insel der Sehnsucht vor ihm aufstieg, „ich komme, um Ihnen, Herr Siebengeist, etwas mitzuteilen." Der Provisor, voller Ahnung, zog den Lehrer in den entgegengesetzten, dunklen Teil des Zimmers. Seine Augen waren umschattet und hatten einen zersplitterten Blick; die Stirn war unruhig; das ganze sympathische Gesicht glich dem eines Spielers, der im Begriff ist, einen hohen Einsatz zu verlieren.

In schwerfälligen Worten brachte der Lehrer heraus, was sich ereignet hatte. Ohne zu zaudern, ohne einen Laut von sich zu geben, warf Siebengeist den Pelz um die Schultern, stülpte die Kappe über, winkte dem Lehrer durch eine Handbewegung, ihm zu folgen, und beide eilten hinaus und die Landstraße hinab. Als sie das Schulhaus erreicht hatten und die enge Treppe emporklommen, war kaum eine Viertelstunde vergangen.

Der Lehrer öffnete die Tür. Sein Blick fiel auf das Bett; es war leer. Myra war nicht im Zimmer. Jetzt erinnerte er sich, daß das

Haustor nur angelehnt gewesen war. „Sie ist fort", murmelte er tonlos, und Kälte rieselte über seinen schweißbedeckten Körper. „Hier lag sie auf dem Bett, sehen Sie." Und da er sich der Worte entsann, die sie zu ihm gesprochen, verstummte er und schaute nachlauschend gegen die Wand, als ob von dort ein Widerhall ausflösse.

„Was haben Sie gemacht, Schulmeister? Haben Sie geträumt?" stieß Siebengeist hervor. Er rückte die Kappe gegen den Hinterkopf und legte die Hand über die Stirn, die von wirren, nassen Haaren bedeckt war. Dann griff er nach einem Gegenstand, der auf dem Tisch lag, mitten auf einem weißen Blatt Papier. Es war der Herz mit dem *Vers Dieu va.* Ein Zucken ging über sein Gesicht, und er biß die Lippen zusammen. Das goldne Ding fiel auf die Erde. „Vielleicht ist sie nach Hause zurück", flüsterte Siebengeist fragend, und Philipp Unruh gab durch Haltung und Blick seine Ratlosigkeit kund. Auf der Straße trafen sie den Nachtwächter, der betrunken war. Er wußte von nichts, nicht einmal, ob es Tag oder Nacht sei, hatte niemanden gesehen. Sie läuteten vor dem Haus, wo Myras Mutter wohnte, und nach einiger Zeit kam eine Person von ungewöhnlicher Beleibtheit zum Vorschein. Diese Person glich einem Laubfrosch; sie trug einen moosgrünen Schlafrock und hatte einen Schnurrbart, obwohl sie ein Weib war. Mit schnarrender Stimme berichtete sie, daß der Schauspieler und die Frau vor einer Stunde mit dem Münchener Eilzuge abgereist seien. Das junge Fräulein aber sei seit dem Abend nicht heimgekehrt. Siebengeist reichte der Dame ein Talerstück und bat in atemlosen Sätzen, sie möge ihm für ein paar Stunden eine Laterne leihen.

Sie wanderten über den Markt und über die Altmühlbrücke gegen die Dinkelsbühler Landstraße hinaus mit ihrer Laterne. Schweigend legten sie ihren sinnlosen Weg zurück, während der Schnee im Lichtschein glitzerte. Beide waren von derselben Ahnung, derselben Unruhe aufs äußerste erregt, aber jeder scheute des andern Wort oder Frage. Bisweilen blieb Siebengeist stehen, hielt die Laterne hoch oder stieg auf einen Meilenstein und spähte in das lautlose, finstere Winterland. „Jetzt wollen wir auf Theilheim zu", sagte Siebengeist, und mit einem Auflachen fügte er hinzu: „Glauben Sie denn, daß eine einzige Nacht genügen wird, sie zu finden?" – „Es sind Wälder hier herum", entgegnete der Lehrer. „Aber es ist möglich, daß sie noch im Ort ist." – „Es ist möglich, ja. Was ist nicht alles möglich! Es ist möglich, daß sie verschwunden bleibt, und ich habe nicht ein einziges Mal –" – „Was?" – „Diesen wunderbaren Mund küssen dürfen." Siebengeist blieb am Flußufer stehen, warf den Kopf ein wenig zurück und drückte die Augen zu. Der Lehrer entgegnete nichts darauf.

Zehntes Kapitel

In derselben Nacht, gegen die Morgenstunden, kamen Tauwinde aus dem Süden. Siebengeist und der Lehrer waren heimgekehrt und verbrachten miteinander den schlaflosen Rest der Nacht in des Lehrers Zimmer. Abgegriffene Erzählungen überdeckten die suchenden Gedanken. Siebengeist lachte über den Gang mit der Laterne, so wie nur er zu lachen verstand, und der Lehrer dachte wieder: ein Adonis. Jedoch glaubte er sich bevorzugt wie durch unvertilgbare Versprechungen.

Zwischen sechs und sieben Uhr schlief er noch einen kurzen Schlummer der Müdigkeit. Er träumte, daß er sich in den Affen Kümmerlich verwandelt habe, daß er auf dem Dach des alten Turmes stehe und Grimassen schneide, über die die ganze Welt und insbesondere eine Frau mit einer schwarzen Larve unbändig lachen mußte. Doch wunderlicherweise hatte dieser Traum für ihn etwas Quälendes, vielleicht deshalb, weil die Höhe des Turms ihn trotz aller Grimassen mit Angst erfüllte.

Als er um neun Uhr am Schulfenster stand und gleichgültig die Ziegelmauern der Synagoge anstierte, liefen auf der Straße Menschen zusammen. Ein Milchbauer hatte auf seinem Handwägelchen einen großen, dunklen Gegenstand liegen, der sich wie ein menschlicher Körper ausnahm. Der Milchbauer redete

eifrig zu den Leuten und zwinkerte dabei erregt mit den Augen.
Der Lehrer öffnete das Fenster und rief hinunter, was es denn
sei. Man habe ein Mädchen erfroren auf dem Feld gefunden,
hieß es, und diejenigen, die das sagten, es waren der Schmied,
ein Marktweib und der alte Löwy, gebärdeten sich außerordentlich sachkundig. Auch der Bäcker kam aus seinem Laden, indem
er den Mehlstaub von den dicken Schenkeln klopfte. Die Kinder
im Schulzimmer verließen ihre Plätze, drängten an die Fenster,
und Philipp Unruh sah sich alsbald seines Aussichtspunktes be-
raubt, da eine Horde von schwatzenden Mädchen ihn umringt
und zurückgeschoben hatte. Er fand kein strafendes Wort, sondern blickte geistesabwesend auf einen der blondhaarigen Kin-
derköpfe.

Schnell wie Strohfeuer lief das Gerücht umher, daß eine
Schauspielerin von Herrn Schmalichs Truppe erfroren in den
Feldern gefunden worden sein. „Se woar im Schneei douglegn
wier in ihrn Bettla", sagte der Milchbauer zu Doktor Maspero,
der den Leichnam besichtigte. Auch der Bürgermeister und ein
gerichtlicher Funktionär stellten sich ein, und die Leute, die den
Totenwagen fuhren, zeigten sich verdrießlich über die Arbeit,
die nichts eintrug.

„In diesem begabten Mädchen steckte das Zeug zu einer
Ophelia", sagte Herr Schmalich zu den Mitgliedern seiner
Truppe, als er die Gedächtnisrede während der Probe hielt.
Dann kam noch etwas vom Pantheon der Kunst, vom Kampf
ums Dasein und weiblicher Tugend.

Die wahrhaft vornehmen Kreise nahmen das Ereignis mit
Güte und Ruhe hin. Nur die Frau Assessor, die eine unglückliche Schwärmerei fürs Theater hegte, schickte einen Immortel-
lenkranz mit blaßroter Schleife, auf der ein nicht weniger blasses
Verslein zu lesen war. Die Frau Oberamtmann geriet darüber in
boshafte Aufregung und erzählte die ganze Geschichte im Kasi-
nohof dem Herrn Adjutanten. „Kann solche Dummheit überbo-
ten werden!" rief die bewegte Dame aus. Der Herr Adjutant lächelte verzwickt, und als er zu Hause war, stellte er sich breitbei-

nig vor seinen Affen hin und redete ihn an: „Was sagst du, mein lieber Kümmerlich: ist es nicht rätselhaft, wie selbst die Dummen merken, daß die Dummen dumm sind?" Das Äffchen grinste höflich.

„Der Tod ist ein Ereignis, mit dem man rechnen muß", sagte der Baron Apotheker ernst und poetisch gestimmt zu seiner Frau, die wie versteinert am Bücherregal lehnte, mit herabhängenden Armen und verschränkten Fingern. Ihr sonderbares Wesen veranlaßte den Dichter kaum zu einem flüchtigen Nachdenken. Solche Naturen sind wie Messer ohne Klingen. Sie gleichen einem Schützen, der in der drohenden Pose des Anschlags steht, aber statt der Flinte ein Spazierstöckchen zwischen den Schultern hält. Sie kriechen herum wie Regenwürmer und vermeinen einen Adlerflug zu nehmen. Bis zu ihrem Sterbebett werden sie den Tod für ein Ereignis halten, das Beachtung verdient.

Die junge Frau schleppte sich mühsam eine Treppe empor und pochte an Siebengeists Zimmer. Da alles still blieb, drückte sie auf die Klinke, jedoch die Tür war verschlossen. Da pochte sie abermals und rief ein bittendes Wort, allein sie erhielt keine Antwort. Ihr schwindelte. Sie ging herab in die Apotheke und fragte den zweiten Gehilfen, wo das Strychnin sei. Im Grunde wußte sie, daß sie sich des Giftes nicht bedienen würde. Auch sie war angesteckt vom Lügengeist des Herrn. Auch sie hielt sich, wenn nicht für einen Adler, so doch für eine Schwalbe, eine sehnsüchtige, nestsuchende, und war nur ein armes Würmchen.

Es war ein träumerischer Tag. Der Himmel, mattblau, grünlichblau, war von schleierdünnen Wolken durchzogen. Allenthalben lief geschäftig murmelndes Tauwasser zu Bächen zusammen. Durch den schwarzgesprenkelten Ackerschnee ragten die Stoppeln vom letzten Herbst. Bis zu den fernsten Waldgrenzen dehnte sich der Horizont, und die Februarsonne füllte das Land mit frühlinghafter Wärme.

Gegen die Zeit der Dämmerung kam Siebengeist zum Lehrer Unruh. „Machen wir einen letzten Gang", sagte der Provisor, dessen Augäpfel auffallend ruhelos unter den Lidern hinundher-

irrten. Der Lehrer wußte sich nicht zu erklären, was damit gemeint war, aber er folgte. Für ihn hatte die Gegenwart noch
keine Zunge. Wie ein Trunkener vergißt, was ihn trunken gemacht, so hatte er die Ursache dessen, was in ihm wühlte, aus
der Empfindung verloren. Er begann nach rückwärts zu leben.
Er erkannte sich selbst und das, was aus ihm geworden war, mit
der Klarheit einer Halluzination. Ganz anders als früher schien
ihm jetzt seine eigene, angeborene Sprache, wenn er redete,
schien ihm sein Gefühl, was er empfunden, und sein Urteil, was
er beschlossen. Das Bild der Welt und ihrer Menschen verlor völlig den Anschein der Selbstverständlichkeit und des Unumstößli-
chen, und aus allen Dingen, aus allen Ereignissen, aus jedem Gesicht, aus jedem Hinschwinden des Tages und der Nacht tauchte
etwas ungeheuer Geheimnisvolles auf, das ihn schaudern machte
und ihn mit einer noch ganz anderen Trauer erfüllte als derjeni-
gen, die er in Siebengeist beobachtete. Aber wie sonderbar! Darüber schwebte wie das Licht über einem finstern Wald etwas wie
Freiheits- und Einsamkeitsfreude.

Sie waren zum Leichenhaus gewandert, einem Backsteinhäus-
chen, das verlassen in der Abenddämmerung lag. Siebengeist
ging zur Totengräberwohnung und ließ aufsperren. Der Mann,
unter dem Druck von Siebengeists Hand willfährig geworden,
brachte eine Art Stallämpchen mit einem Blendblech und ließ die
beiden allein. Zwei Särge standen inmitten des Raums, halb aufrecht gegen eine Bank gelehnt. In dem einen lag eine Greisin, deren Lider nicht ganz geschlossen waren, so daß sie, was vor sich
ging, argwöhnisch zu beblinzeln schien. Ihr Gesicht war gelb
wie frisches Baumholz und hatte einen höhnischen und feindseligen Ausdruck. Auf ihrer faltigen Stirne lief gemächlich eine
Fliege umher. Der Kopf bekam überdies durch eine hohe weiße
Haube mit blauen Bändern ein theatralisches und bizarres Aussehen.

Daneben lag Myra. Auf der einen Wange war ein seltsamer roter Fleck, wie ein Überbleibsel des Lebens. Die Unterlippe war
ein wenig herabgesunken, wodurch das Gesicht müde, fast

schlaftrunken aussah. Die Stirne sah aus wie geschliffen, und um
die Augen lag ein abweisender, kindlich überlegener Zug. Die
Hände waren leicht gefaltet. Der Ärmel des Gewands wurde
leise von der Abendluft bewegt und erzeugte einen tierähnlichen
Schatten über den Fingern.

Siebengeist kniete nieder und legte still den Kopf auf den Sarg-
rand. Sein Rücken begann zu zucken, und die rechte Hand
suchte den Boden. Der Lehrer dachte etwas Unbestimmtes,
Frommes über den Tod, verwarf aber leidenschaftlich diese Gedanken wieder und zwang seine Blicke, auf dem mißtrauischen
Gesicht der alten Frau haften zu bleiben. Er ärgerte sich über die
freche Fliege, die wie schlafend auf einem Augenlid saß. Und
plötzlich sah er, wie Siebengeist sich ein wenig erhob, seine Lippen langsam dem Antlitz Myras näherte, und wie er lautlos seinen Mund auf ihren toten Mund drückte.

Philipp Unruh stieß eine schwachen Schrei aus und fühlte den
Boden unter sich wanken. Ihm brannte die Kehle und das Herz
und das Gehirn, als ob er im Feuer stände, aber mit unbegreifli-
cher und erschreckender Raschheit kehrte eine eisige Ruhe in ihn
zurück. Er legte die Hände vor die Augen und wandte das Gesicht dem Kirchhof zu und dem Stückchen Wald hinter der
Mauer. In diesem Augenblick hatte er Tod und Leben gleichzeitig in einem elementaren Bild empfunden.

Beim Heimwärtsgang stand die Mondsichel über den Dächern
des Städtchens. Von der Eisenbahn tönte ein langgezogenes
Hornsignal herüber. Die Dunkelheit ist lästig und drückend,
dachte Philipp Unruh. Er begann den Tag der Nacht vorzuziehen, wo eine bittere und verschwommene Traurigkeit so leicht
Nahrung finden konnte. Sie gingen hinter den Gärten am Rand
der Äcker, und Siebengeist fing an zu reden. Er gefiel sich in Ka-
priolen des Geistes, in blasphemischen Anklagen, seufzte
schwer und war dann wieder still. Alles nahm sich wie beabsich-
tigter Wahnsinn aus. Von seinem hübschen Gesicht war wie im
Rausch jede Besonnenheit verschwunden, und was er tat, trug
das Zeichen von überheblichem Schmerz. „Gute Nacht, Schul-

meister", sagte er. „Meine Seele ist leer wie ein ausgebranntes
Haus."

Was er doch für Worte gebraucht, dachte der Lehrer. Er verspürte Hunger, denn seit vielen Stunden hatte er nichts gegessen.
Er trat neben dem Schulhaus in den Laden des Bäckers und verlangte frisches Schwarzbrot und ein wenig Butter.

„Ach, du mein Gott, sieht man den Herrn Lehrer auch einmal",
sagte der Bäcker, und mit halb pfiffigem, halb verlegenem Gesicht
schraubte er das blakende Licht tiefer. Er war eigentlich recht bestürzt, denn auf dem Ladentisch vor sich hatte er einen großen Folianten aus des Lehrers Bücherkiste liegen. Er hatte sich eben nach
Herzenslust an einer Kriegsbeschreibung ergötzt. Der Lehrer sah
sogleich das Buch und schlug erstaunt die Hände zusammen:
„Herr Bäckermeister, Sie wissen wohl gar nicht, wessen Eigentum
das ist?" fragte er unsicher, wie alle gutmütigen Menschen, wenn
sie einem andern auf Schelmenstreiche kommen.

Was nun den Bäcker betrifft, so begann er eine Geschichte zu
erzählen, die kein Ende nehmen wollte. Diese Geschichte wurde
immer verwickelter und bot schließlich selbst dem Erzähler
Schwierigkeiten. Sprüche zur Weltweisheit mischten sich darein
wie Anishörnchen in den Brotteig, nur zuletzt kam, einer Apo-
theose zu vergleichen, der Preis des Handwerks, welches ebenso
sein Gutes habe, wie die Gelehrsamkeit.

Philipp Unruh lächelte. Der humoristische Mann, der ihm gegenüber auf dem Backtrog saß, hatte in der Glorie seiner Lügenhaftigkeit etwas seltsam Versöhnendes, und es lag wie eine unwi-
derstehliche Heiterkeit in jedem dieser Lügenworte, die weder
gewogen, noch gezählt waren. Daß er wieder in den Besitz seiner Bücher kam, erfreute ihn, doch in anderm Grade, als er je geglaubt. Es war wie ein Geschenk, und er betrachtete sein Eigentum wie etwas, das er nie besessen. Er wußte, daß es da nur tote
Dinge, tote Blätter gab. Die Vergangenheit ist etwas Gestorbe-
nes, dachte er; wer ihren Leichnam küßt, macht das Gesicht des
Todes doppelt furchtbar; was er berühren mag, wird dem Leben
entfremdet sein.

Es war ein so milder Abend, daß es den Lehrer wieder fort von seiner Behausung trieb, und er beschloß, gegen das Altmühlufer hinunter zu wandern. Als er in die enge Kirchengasse bog, sah er gegenüber auf der Schwelle eines beleuchteten, schmalen Haus-flurs ein kleines Mädchen sitzen, das das Gesicht in die Schürze gelegt hatte und weinte. Ein Knabe von vielleicht zwölf Jahren stelzte ernsthaft über die Gasse und fragte mit Würde, beide Hände tief in die Hosentaschen gesenkt: „Warum weinst du denn?" Die Kleine hob das Gesicht, und Philipp Unruh, der im dunklen Schatten stehenblieb, erkannte das Mädchen der Frau Süßmilch. „Ich kann meine Aufgabe nicht lernen, sie ist zu schwer", schluchzte das Kind. Der Knabe räusperte sich, spreizte die Beine, legte die Hände auf den Rücken und begann: „Du bist meine schlechteste Schülerin, Süßmilch. Aus dir wird im Leben nichts werden. Du hast ja lauter Heu im Kopfe. Pfui!" Philipp Unruh sah, daß ihn der Bursche nachäffte, und errötete in seinem Versteck. Das kleine Mädchen aber trocknete die Au-gen, stützte den Kopf in das Händchen, schaute wehmütig zum klaren Sternenhimmel auf und sagte aus tiefstem Herzensgrund: „Ach ja! Unser Herr Lehrer ist ein sehr böser Mann."

Der Lehrer ging langsam über die Straße, nahm das Mädchen auf die Arme und berührte lächelnd mit den Lippen seinen Schei-tel.

Ende

DIE GEFANGENEN
AUF DER
PLASSENBURG

Noch heute bietet die Plassenburg mit ihren zyklopischen Mauern, schönen Toren, mächtigen Türmen, zierlichen Erkern und Rundbögen einen stolzen Anblick. Es hausten in ihr die Grafen von Andechs, die Herzoge von Meran und das berühmte Geschlecht derer von Orlamünde; hier spann Markgraf Johann, der Alchimist, seine goldsucherischen Träume, verübte Friedrich der Unsinnige seine Greuel, versammelte der wilde Albrecht Alkibiades seine Söldnerscharen, hielt sich die Sachsenkönigin Eberhardine auf der Flucht vor dem schwedischen Karl versteckt, und von den Hussiten- und Bauernkriegen bis zur Leipziger Völkerschlacht hatten kaiserliche, nordische, preußische und französische Generale ihr Quartier in den fürstlichen Gemächern. Und plötzlich, nach all den Grafen und Baronen und Feldherren mit Dienertroß, Kutschen, Pferden und Jagdhunden, nach den prächtigen Gewändern, Puderperücken und goldenen Degen, zogen ganz andere Leute ein, verzweifelte Leute, entehrte Leute, enterbte Leute, arme Teufel, die zwischen den Kiefern des Schicksals zermalmt worden waren, Verführte, Beleidigte, Besessene, Abenteurer, Schwachköpfe, Bösewichter, und das Haus wurde zu einem Behälter des Elends, der Schande, der Wut, der Reue und der Hoffnungslosigkeit. Die Prunkräume sind zu zahllosen kleinen Zellen verbaut, und wo man vordem gescherzt, geschmaust, getanzt und pokuliert hatte, da ist jetzt eine Heimat der Seufzer und eine Stätte des Schweigens.

Vor allem eine Stätte des Schweigens. Denn für die Häftlinge der Plassenburg bestand eine eigentümliche und furchtbare Strafverschärfung: es war ihnen aufs strengste verboten, miteinander zu sprechen. Sowohl im Arbeitssaal als auch während des Aufenthalts im Hof hatten die Wärter hauptsächlich darauf zu achten, daß kein Gefangener an den andern das Wort richtete, und daß selbst durch Zeichen keinerlei Verständigung vor sich gehe. Auch in den Einzelzellen war es verboten, zu sprechen, und ein beständiger Wachdienst auf den Gängen hatte sich von der Einhaltung des Verbotes zu vergewissern. Wenn ein Sträfling eine wichtige Meldung zu erstatten hatte, etwa in bezug auf sein Verbrechen oder falls er sich krank fühlte, so genügte dem Wärter gegenüber das Aufheben der Hand; er wurde dann in die Kanzlei geführt, und zeigte es sich, daß er von dem Vorrecht in mutwilliger Weise Gebrauch gemacht, so unterlag er derselben Ahndung, wie wenn er unter seinen Genossen geredet hätte: der Kettenstrafe beim erstenmal, der Auspeitschung bis zu hundert Streichen bei wiederholtem Vergehen. Daß in einem gebildeten Jahrhundert eine so unmenschliche Maßregel zu Recht bestand, ist kaum zu fassen; unter ihrem höllischen Druck sammelte sich die Verzweiflung wie ein Explosivstoff an, in den nur ein Funke zu fallen brauchte, um verderblich zu zünden. Dies geschah in der Zeit, von der ich erzählen will, in der freilich ein allgemein empörerischer Geist dem besondern Irrwesen zu Hilfe kam.

An einem Märznachmittag des Jahres 1848 marschierten zwei wohlgekleidete junge Leute auf der Straße von Bayreuth nach Kulmbach. Sie hatten in ersterer Stadt ihr Gepäck mit dem Postwagen vorausgeschickt und benutzten das schöne Vorfrühlingswetter zu einer willkommenen Wanderung. Sie waren beide Schlesier, und beide waren sie oder gaben sie sich für Poeten, doch sonst hatten sie wenig Ähnlichkeit miteinander. Der eine, Alexander von Lobsien, war ein kleiner, blonder, blasser, schüchterner Jüngling, der andere, Peter Maritz mit Namen, war dick, breit, brünett, sehr rotbackig und äußerst lebhaft. Sie kamen von Breslau, hatten Wien und Prag besucht, wollten nach Weimar und von dort an den Rhein. Peter Maritz, ein ruheloser Kopf, hegte den Plan, nach England zu fahren, die damalige Zuflucht vieler Unzufriedener und Umstürzler, sein Gefährte besaß in Düsseldorf Verwandte, bei denen er zu Gast geladen war.

Land und Leute kennen zu lernen, war bei ihrer Reise nur die vorgespielte Absicht; im Grunde waren sie, wie alle Jugend jener Tage, von dem Drang nach Tat und Betätigung erfüllt. In ihrer Heimat hatten sie sich der Geheimbündelei schuldig gemacht, das Pflaster war ihnen zu heiß geworden, und sie hatten das Weite gesucht, als gerade die Obrigkeit damit umging, sich ihrer

zu versichern. Man war ihrer Zuvorkommenheit froh und ließ
sie ungeschoren. An der Grenze von Böhmen hatten sie durch
Zeitungsdepeschen von den Berliner Barrikadenkämpfen erfahren, und ihre gehobene Stimmung wurde nur durch das Bedauern getrübt, daß sie nicht hatten dabei sein dürfen, als das Volk
nach langem Schmachten in Tyrannenfesseln – ich bediene mich
der zeitgemäßen Ausdrucksweise – sich endlich anschickte, für
seine Rechte in die Schranken zu treten. Auch in West und Süd
erhob sich alles, was nach Freiheit seufzte, und so war es denn
schmerzlich, besonders für den hitzköpfigen Peter Maritz, soweit vom Spiel zu sein. Er redete fortwährend, lief seinem Genossen stets um fünf Schritte voraus, blieb dann stehen, per-
orierte und fuchtelte mit den Händen wie ein Tribünenredner.
Ich sehe, ihr kennt ihn schon; er erscheint euch als ein harmloser
Schwarmgeist, dessen Idealismus von etwas schulmeisterlichem
Zuschnitt und dessen Berserkerwut gegen Fürsten und Pfaffen je
unschädlicher ist, je geräuschvoller sie sich gebärdet; aber damals waren auch die Phantasten, die aus wohlbewußter Ferne
ihre Pfeile gegen Thron und Altar abschossen, gefürchtet und
verfemt. Peter Maritz zeichnete sich vorzüglich durch seine Elo-
quenz aus, die etwas Blutdürstiges und Henkermäßiges hatte;
ob er jedoch nicht ein wenig feig war, ein wenig Prahler wie viele
korpulente und rotbackige Menschen, das will ich unentschieden lassen. Auch den Nimbus eines Dichters hatte er sich ziemlich wohlfeil verschafft, indem er bei jeder Gelegenheit von seinen himmelstürmenden Entwürfen sprach, diejenigen, die mit-
unter etwas Fertiges sehen wollten, als elende Philister brand-
markte, und alles, was die Gleichstrebenden hervorbrachten,
entweder mit kritischem Hohn verfolgte oder durch den Hinweis auf unerreichbare Vorbilder verkleinerte.

Und wie es oft so geht, daß ein Stiller und Berufener, der an
sich zweifelt, einem Hansdampf, der von sich überzeugt ist, un-
begrenzte Freundschaft entgegenbringt, war es auch mit Alexander Lobsien der Fall. Er erblickte in Peter Maritz die Vollendung
dessen, was er, sich selbst beargwöhnend, nicht erreichen zu

können fürchtete. In seiner Rockbrust stak ein Manuskript; es
waren Lieder und Gedichte, in denen mit jugendlichem Feuer
die Revolution besungen wurde. Er hatte mit seinem Gefährten
noch nie davon gesprochen und hielt die Poesien ängstlich verborgen, obwohl er innig wünschte, daß Peter Maritz sie kennen
möchte. Aber ihm bangte vor der Mißbilligung des Freundes,
dessen Urteil und unerbittliche Strenge seinen Ehrgeiz entflammten und ihm mehr bedeuteten als der Beifall der ganzen
übrigen Welt.

Die wohlgehaltene Straße, auf der sie wanderten, bot ihnen
bei jeder Wendung einen neuen Ausblick auf das in schönen Spät-
nachmittagsfarben glänzende Land, und von einer hügeligen Er-
hebung über dem Main gewahrten sie in der nördlichen Ferne
die Plassenburg und die Türme von Kulmbach. Versonnen
schaute Alexander hinüber und sagte: „Überall da wohnen Menschen, und wir wissen nichts von ihnen." – „Das ist richtig," antwortete Peter Maritz; „alles das ist Botukudenland für uns. Und
warum wissen wir nichts von ihnen? Weil wir vom Leben überhaupt zu wenig wissen. Ha, ich möchte mich einmal hineinstürzen, so ganz zum Ertrinken tief hineinstürzen, so ganz zum Ertrinken tief hineinstürzen, und wenn ich dann wieder auftauchte, wollt ich Dinge machen, Dinge, sag ich dir, daß der alte
Goethe mit seinem Faust alle viere von sich strecken müßte. Gerade dir, mein lieber Alexander, würd ich so eine Schwimmtour
kräftigst anraten. Du verspinnst und verwebst dich in dir selber,
das ist gefährlich, du läßt dich von deinen Träumen betrügen, das
Leben fehlt dir, das echte, rasende, rüttelnde Leben."

Alexander, von diesem Vorwurf schmerzlich getroffen, senkte
den Kopf. „Was weißt du vom Volk?" fuhr Peter Maritz begeistert fort. „Was weißt du von den Millionen, die da unten in der
Finsternis sich krümmen, während du an deinem Schreibtisch
sitzest und den Federkiel kaust? Du wohnst bei den Schatten,
sieh dich nur vor, daß du die Sonne nicht verschläfst. Wie es rund
um mich nach Mark und Blut riecht, wie ich das Menschheitsfie-
ber spüre, wie mich verlangt, die Fäuste in den gärenden Teig zu

stemmen! Ei, Freund, das wird eine Lust werden, wenn ich von
England aus die Peitsche über die dummen deutschen Köpfe sausen lasse! Erleben will ich's, das Ungetüm von Welt, erleben!"

„Erleben? Ist nicht jede Stunde ein Erleben von besonderer
Art?" erwiderte Alexander zaghaft; „alles was das Auge hält, der
Gedanke berührt, Sehnsucht und Liebe, Wolke und Winde, Bild
und Gesicht, ist das *nicht* Erleben? Aber du magst recht haben,
ich bin wie der Zuschauer im Zirkus, und auch mich drängt es,
den wilden Renner selbst zu reiten. Schlimm, wenn ein Poet in
der Luft hängt, ein Schmuckstück bloß für die tätige Nation,
und sein Geschaffenes zur schönen Figur erstarrt. Ja, du hast
recht und aberrecht, Peter, es ist ein trübseliges Schleichen um
den Brei, seit langem spür ich's, und mich zieht's hinunter zu
den Dunklen und Unbekannten, nicht um zu schauen, genug ist
geschaut, genug gedacht. *Mit* ihnen möcht ich sein, umstrickt
von ihnen, verloren in ihnen."

„Es läßt sich nicht zwingen, mein Lieber", entgegnete Maritz
mit der Fertigkeit dessen, dem Widerspruch Gesetz ist. „Wenn
es dein Fatum ist, geschieht's. Doch es ist dein Fatum nicht.
Deine Natur ruht auf der Kontemplation. Unverwandelt mußt
du bleiben, und wenn die Tyrannen Hackfleisch aus ihren Völkern machen, du hast ewig nur deine Feder gegen sie, und nicht
das Schwert." – „Und du?" fragte Alexander. – „Ich? Ja, bei mir,
siehst du, ist es doch ein wenig anders. Ich, wie soll ich dir das
sagen, ich hab die Epoche in meinen Adern, ich platze vor Gegenwart. Da wälz ich seit Monaten einen Stoff in mir herum,
Mensch! wenn ich dir den erzähle, da kniest du einfach."

Und Peter Maritz entwickelte in derselben hochtrabenden
Suada seinen Stoff. Es handelte sich um einen hamletisch gestimmten Fürstensohn, der, mit seinem Herzen ganz beim Volk,
zähneknirschend, doch tatenlos, Zeuge der Bedrückung eines
despotischen Regiments ist. Während eines noch zu erfindenden
Vorgangs voll Ungerechtigkeit und Felonie kommt es wie ein
Rausch über ihn, er tötet den Vater, reißt die Gewalt an sich und
verkündet seinen Untertanen die Menschenrechte. Bald zeigt es

11

sich, daß er zu schwach ist, um die Folgen seiner Handlungen zu ertragen, ein jedes Gute, das er schafft, schlägt ihm zum Verderben aus, er vermag die Kräfte nicht zu bändigen, die er entfesselt hat, und am Ende töten ihn die, denen er die Luft zum Atmen erst gegeben.

„Was denkst du darüber?" triumphierte Peter Maritz; „das ist ein Stöffchen, wie es nicht bei jedem Literaturkrämer zu haben ist." Alexander fand das Motiv sehr bedeutend; aber er wagte den Einwand, daß der Vatermord keineswegs notwendig sei, im Gegenteil, der alte König müsse zum Mitspieler bei der Niederlage des Sohnes werden. Peter Maritz war außer sich; er raufte sich die Haare; er erklärte dies für die größte Tölpelei, die ihm überhaupt je ins Gesicht hinein gesagt worden sei. Nichtsdestoweniger blieb der sanfte Alexander bei seiner Meinung, und streitend rückten sie in Kulmbach ein. Ihr Reisegepäck befand sich schon in der Torhalle des Kronengasthofs, der starkbeleibte Wirt begrüßte sie mit einem Mißtrauen, das den bei Dunkelheit eintreffenden Fußgängern nicht erspart bleiben konnte. Sein Mondgesicht erhellte sich rasch, als sie sich Eigentümer der beiden Koffer nannten, besonders da auf dem Deckel des einen der Adelscharakter seines Besitzers angedeutet war. Er wies ihnen die besten Zimmer an und führte die Hungrigen hierauf in ein Honoratiorenstübchen, das neben dem allgemeinen Gastraum lag. Peter Maritz hatte sich nach frischen Zeitungen erkundigt, der Wirt hatte mit respektvollem Witz erwidert, er könne nur mit frischem Bier dienen, echtem und berühmtem Kulmbacher. Ohne eine Kraftprobe ließ es aber Peter Maritz keinen Frieden, und mit Fanfarenstimme schmetterte er durch die offene Tür ins Gastzimmer: „bei der Kronen will ich nicht wohnen, nur im Freiheitsschein kredenzt mir den deutschen Wein!" worüber ein paar ehrsame Beamte, die dort zum Abendschoppen versammelt saßen, ein heftiger Schreck erfaßte, denn bis jetzt war ihre Stadt von allem Aufrührertum verschont geblieben. Flüsternd steckten sie die Köpfe gegeneinander.

Eine Weile unterhielten sich die beiden Freunde ruhig, jedoch beim Käse schlug Peter Maritz ungestüm auf den Tisch und rief: „Ich kann mir nicht helfen, Alexander, aber es wurmt mich, daß dir mein Plan nicht besser einleuchtet. Wenn der Alte, der ein Tyrann vom reinsten Wasser ist, nicht umgebracht wird, ist der Zusammenbruch des Prinzen nicht erhaben genug. Wozu das ganze Brimborium, wenn alles ausgehn soll wie das Hornberger Schießen? Eine Revolution muß mit Fürstenblut begossen werden, sonst ist kein wahrer Ernst dahinter."

„Tu mit dem König, was du willst," entgegnete Alexander maßvoll, „aber daß ihn der eigene Sohn töten soll, das wird den Prinzen in den Augen des Volks nicht ins beste Licht setzen, fürchte ich."

„Das ist eine Tat, damit rechtfertigt er sich und dadurch wird er schuldig", schrie Peter Maritz. „Gerade er muß ihn ermorden; wie könnte ich besser die Sklaverei veranschaulichen, unter der das Land keucht? Kann deine empfindsame Seele nicht begreifen, was für eine grandiose Katastrophe das gibt?"

Draußen in der Gaststube war es totenstill geworden. Der Lehrer, der Apotheker, der Schrannen-Inspektor, der Kreisphysikus, sie schauten verstört vor sich hin, der Busen zitterte ihnen unter der Hemdbrust, sie wagten nicht mehr, von ihrem Glas zu nippen. Der entsetzt lauschende Wirt machte mit den Armen flinke beschwichtigende Gesten gegen die heimische Kundschaft und verließ auf den Zehenspitzen das Zimmer. Ein paar Häuser entfernt war die Polizeiwache, und es dauerte nicht lange, so erschienen drei raupenhelmgeschmückte, bis an die Zähne bewaffnete Stadtsergeanten und begaben sich im Gänsemarsch in das Stübchen, wo die beiden Poeten noch immer um das Schicksal einer erdichteten Person rauften. Auch die Bürger und der Wirt drängten sich neugierig und schlotternd gegen die Schwelle. Das Donnerwort: verhaftet im Namen des Königs! brachte eine verschiedene Wirkung auf die Ahnungslosen hervor. Alexander lächelte. Peter Maritz zeigte gebieterischen Unwillen, frage nach Sinn und Grund, pochte auf die ordnungsgemäß visierten Pässe. Der Hinweis auf den mit seinem Kumpan geführten, von Mord

11*

und Aufruhr qualmenden Disput fand ihn von humoristischer
Überlegenheit weit entfernt. Er tobte und unterließ nichts, um
die guten Leute in ihrem Argwohn zu befestigen. Endlich fielen
die drei Gesetzesgewaltigen über ihn her und legten ihm Handschellen an.

Jetzt hörte Alexander zu lächeln auf. Was er für Scherz und
Mißverständnis gehalten, sah er ins Schlimme sich wenden. Sein
bescheidenes Zureden, erst dem Freund, dann der Obrigkeit,
fruchtete nicht. „Wir haben über eine Dichtung beraten", sagte
er höflich zu dem Apotheker, der sich am eifrigsten als Hüter des
Vaterlands gebärdete. „Nichts da, solche Vögel verstehen wir
schon festzuhalten", war die grobe Antwort. Er ergab sich,
überzeugt, daß die Folge alles aufklären würde. Eine Anzahl
Menschen füllte nun das Wirtshaus; Rede und Widerrede floß
leidenschaftlich. Auf der Straße verbreitete sich das Gerücht,
man habe zwei Königsmörder gefangen. Das Echo aufwühlen-
der Ereignisse war auch zu dieser stillen Insel gelangt, Nachrichten von Fürstenabdankung, Bürgerschlachten und Soldatenmeu-
terei; so wurde man also, abends vor dem Schlafengehen, in den
Wirbelsturm gerissen und was Beine hatte, lief herzu.

Peter Maritz knirschte in seinen wilden Bart, auf dem mäd-
chenhaften Glattgesicht Alexanders zeigte sich Betrübnis und
Verwunderung. Der Gang zum Polizeihaus war der schaudernd-
gaffenden Menge ein willkommenes Spektakel. Ein leidlich hu-
maner Aktuar, den man aus dem Hirschengasthof geholt hatte
und der ein wenig angenebelt war, führte das erste Verhör. Er
schien nicht übel Lust zu haben, die beiden Leute für harmlos zu
erklären; da traten zwei gewichtige Magistratspersonen auf, die
der Meinung waren, daß eine Haft im Polizeigefängnis, das in
voriger Woche zur Hälfte abgebrannt war, ungenügende Sicherheit gebe, sowohl gegen die Mordbuben, wie sie sich ausdrück-
ten, als auch gegen den Ansturm des entrüsteten Volks. Peter
Maritz rief ihnen mit einem gellenden Demagogengelächter zu:
„Nur frisch drauf los! schließlich wird man auch in Krähwinkel
Genugtuung finden für die Niedertracht und die Dummheit ei-

ner verrotteten Beamtenwirtschaft." Das war zuviel. Der Aktuar wiegte sein Köpflein; mit Hmhm und Soso und Eiei bekehrte er sich zu der Ansicht, daß man derart gesinnte Individuen doch auf der Plassenburg internieren müsse, bis man der Regierung den Sachverhalt dargelegt und Befehle eingefordert habe.

Eine Leibesdurchsuchung endete mit der Konfiskation eines Revolvers aus der Tasche von Peter Maritz. Alexander war froh, daß man sein dünnes Manuskriptheftchen, das er im Innenfutter des Gilets trug, nicht entdeckt hatte und daß man mit der willigen Ablieferung seines Kofferschlüssels zufrieden war. Allerdings beunruhigte ihn der Gedanke, daß unter seinen und des Freundes Habseligkeiten sich mancherlei Druckschriften befanden, die nicht dazu dienen konnten, ihre verdrießliche Lage rasch zu bessern.

Der Transport auf die zum funkelnden Himmel getürmte, umwaldete Burg glich einem Volksfest. Peter Maritz schimpfte und fluchte unablässig, als sie aber beim Schein eines Öllämpchens vor dem aktenbeladenen Tisch des Wachoffiziers standen, entschloß er sich, durch Beredsamkeit ein Letztes zu versuchen. Es fing an wie eine Rhapsodie und endete wie ein Pater peccavi. Alles war umsonst; der kümmerliche und verschlafene Herr hatte keine Ohren für einen Burschen mit Handschellen. „Zimmer Numero sechzig." Das war die einzige Antwort.

Also wenigstens ein Zimmer und keine Zelle; wenigstens zu zweien und nicht allein. Peter Maritz wurde seiner Fessel entledigt. Der Wärter sagte ihnen, daß das Gebot des Schweigens, das hier waltete, für sie nicht gültig sei, da sie noch nicht Verurteilte waren, doch müßten sie sich hüten, einen der Gefangenen anzusprechen. So erfuhren sie zum erstenmal von diesem sonderbaren Umstand, und beiden lief ein gelindes Zagen über die Haut. Durch hallende Korridore, an eisernen Türen vorbei kamen sie in den Raum, der für ihre Haft bestimmt war: vier nackte Wände, zwei Pritschen und ein vergittertes Fenster. Der Schlüsselträger, selbst zur Gewohnheit des Schweigens verpflichtet,

deutete auf den Wasserkrug, dann schnappte das Schloß und sie
waren im Finstern. „Ach was," seufzte Alexander, „eine Nacht
ist kurz." – „Jawohl, wenn sie vorüber ist", brummte Peter Maritz, der etwas kleinlaut zu werden begann. – „Na, findest du
noch immer, daß dein alter König umgebracht werden muß?"
stichelte Alexander mit einem scherzhaften Ton, der echt klang.
– „Laß mich in Frieden," wetterte der Dramatiker, „verdammter
Einfall, verdammtes Land." – „Nur ruhig Blut", mahnte Alexander aus der Dunkelheit; „sollte das, was uns passiert ist, nicht
auch zu dem großen Leben gehören, das du mir so gepriesen
hast?" – „Mensch, ich glaube, du spottest meiner", rief Peter
Maritz wütend. – „Mit nichten, Freund. Ich denke eben darüber
nach, wer wohl die übrigen Schloßbewohner hier sein mögen
und von wem uns diese Mauern rechts und links scheiden. Ich
komme mir vor wie in die tiefste Tiefe des Menschengeschlechts
entrückt, und wenn ich mir gegenwärtig halte, wieviel Herzen
rings um uns mit aller Blut- und Pulseskraft nach Freiheit
schmachten, dann will mich unser Unglück nicht mehr so groß
dünken." – „Der Geschmack ist verschieden, sagte der Hund,
als er die Katze ins Teerfaß springen sah. Das Zeugs, worauf ich
liege, ist steinhart, trotzdem will ich schlafen, weil ich sonst ver-
rückt werden müßte vor Wut."

Kurze Zeit nach dieser übellaunigen Replik schnarchte Peter
Maritz schon. Alexander jedoch, mit dem Gefühl des Neides
und mit dem andern Gefühl leiser, fast noch wohlwollender Geringschätzung gegen den Freund, überließ sich seinen Gedanken. Er war eine jener geborenen Poetennaturen, denen Welt
und Menschen im Guten wie im Bösen eigentlich nie ganz nahe
kommen können, als ob ein Abgrund des Erstaunens dazwischen bliebe. Nur das Schauen gibt ihnen Leidenschaft, nur die
Teilnahme über den Abgrund hinüber gibt ihnen Schicksal; zu
leben wie die andern, von Welle zu Welle gewirbelt, würde sie
zerreißen und entseelen. Deshalb vermochte er mit neugieriger
Ruhe auf das Kommende zu blicken, das sich seiner Ahnung
mehr als seiner Vernunft vorverkündigte.

Welche Phantasie wäre auch imstande gewesen, eine Wirklichkeit wie die hinter diesen Mauern zu malen, ohne daß leibliche Augen gesehen hatten, ohne zu wissen und empfunden zu haben, was das Schweigen hier bedeutete? Die fünfzig oder sechzig Sträflinge, die zur Stunde in der Feste waren, hatten beinahe vergessen, den Verlust der Freiheit zu beklagen, hatten die Übeltaten vergessen, durch die sie die Gemeinschaft mit freien Menschen eingebüßt, und jeden erfüllte nur ein einziger Wunsch, reden zu dürfen. Nichts weiter als dies: reden zu dürfen. Darin unterschied sich der Jüngling nicht vom Greis, der Phlegmatische nicht vom Hitzigen, der Einfältige nicht vom Klugen, der wortkarg Veranlagte nicht vom Schwätzer, der Trotzige nicht vom Bereuenden. Der Neuling ertrug es noch; im Anfang schien es manchem leicht; um ihn war die Luft noch von gesprochenen Worten voll, Gehörtes und Gesagtes tönte noch in ihm. Drei Tage, zehn Tage, zwanzig Tage vergingen; was zuerst kaum bedacht, dann nur als lästig empfunden, war noch immer nicht Qual; die Stille entwirrte seinen Geist, Erinnerungen stellten sich ein, ein Laut der Liebe, das mächtige Wort des Richters, die Mahnung eines Priesters, die Bitte eines Opfers, all das gab dem Nachdenken Stoff, der Dunkelheit einiges Licht.

Aber da wurde er gewahr, im Arbeitssaal etwa, oder beim Gottesdienst in der Kapelle, was in den Zügen der Jährlinge wühlte. Das Zusammensein mit den Genossen regte eine Frage auf; er durfte nicht fragen. Ein Geräusch im Haus, Stimmen aus dem Wald, Tierschreie drangen an sein Ohr; er durfte nicht fragen, der Unvorsichtige sühnte schwer, wenn er sich vergaß. Die nicht gesprochenen Worte belasteten das Gedächtnis; wenn einer den andern anschaute, bewegten sie die Finger, hauchten in die Luft, scharrten mit den Füßen, strafften oder runzelten die Stirn, blinzelten oder schlossen die Augen, und diese Merkmale der Ungeduld bildeten eine Sprache für sich. Lief eine Maus über den Boden des Arbeitsraumes, so zitterten sie; die Lippen des einen rundeten sich zum Ruf, die des andern zum Lachen, Arme streckten sich aus, eine ungeheure Spannung war in ihnen, bis die Aufseher mit ihren Stäben auf die Tische schlugen und mit Blicken die Zungen bändigten, die sich regen wollten.

In der Zelle für sich ganz leise hinzusprechen, ins leere Nichts zu murmeln, machte das Verbotene nur fühlbarer und befriedigte so wenig wie den Durstigen die Feuchtigkeit des eigenen Gaumens labt. Mit dem Fingernagel oder mit einem Holzspan Worte, Hieroglyphen, Köpfe in den Kalk der Mauern zu ritzen, steigerte das Verlangen nach dem Schall. Es überwand oft jedes Bedenken, jede Furcht, und mancher meldete sich zu einer Mitteilung. Gefragt, was es sei, erwiderten sie, vom bloßen Klang der Sprache entzückt, sie hätten ein neues Geständnis zu machen und bezichtigten sich einer Untat, die sie nie begangen hatten, nannten erfundene Namen, schilderten Umstände und Verwicklungen, die jeder Wahrscheinlichkeit entbehrten. Man war darauf gefaßt; das Abenteuerliche wurde schnell durchschaut, dem Ungereimten weiter nicht nachgeforscht und der Lügner ertrug die Strafe, froh, daß er hatte sprechen dürfen, daß er Worte gehört, daß man ihn verstanden, ihm geantwortet hatte.

Aber in der Folge, im Verlauf der stummen Tage, Wochen und Monate erschien ihm seine Zunge wie ein verdorrtes Blatt, und alles rings um ihn wurde grauenhaft lebendig. Dies aufgezwungene Schweigen machte die Dinge laut; die Einsamkeit wäre den Zellenhäftlingen erträglich gewesen, wenn das mitteilende Wort sie an Raum und Zeit und Zeitverlauf gebunden hätte; nun war sie ein Schrecken. Wer kann es aushalten, immer bei sich selbst zu weilen? Der Sinnvollste, der Gesegnetste nicht. Was im Menschen innen ist, strebt nach außen, und äußere Welt soll doch nur Gleichnis sein. Diesen Gefangenen aber, alt und jung, schuldig oder minder schuldig, böse oder mißleitet, wurde alles Leben zu einem Draußen, einem Losgetrennten, Gespensterhaften und Geheimnisvollen, auch ihre Laster und ihre Wünsche, ihre Verbrechen und die Wege dazu.

So dachte sich der eine den Wald, durch den er täglich vom Dorf zur Ziegelbrennerei gegangen war, wie eine finstere Höhle, erinnerte sich, obwohl Jahre seitdem verflossen waren, an gewisse Bäume, glattrindige, mit ausgebreiteten Wipfeln, und Gräben und Löcher im Pfad waren wie Furchen in einem Antlitz. Andern war ein Pferd, auf dem sie geritten, ein Hund, den sie abgerichtet, ein Vogelbauer vorm Fenster, eine Tabakspfeife, die sie besessen, ein Becher, aus dem sie getrunken, der Winkel an einer Stadtmauer, ein Binsendickicht am Fluß, ein Kirchturm, ein schmutziges Kartenspiel zu beständig redendem Bild geworden, worin sie sich verspannen, das ihnen Brücken schlug zum ungehörten Wort. Sie versetzten sich in Räume, sahen mit verwunderlicher Genauigkeit alle Gegenstände in den Zimmern der Bürger, in Häusern, an denen sie nur vorübergewandert: Ofen und Spind, Sofa und Pendeluhr, Tisch und Bücherbrett, und alles hatte Stimme, all das erzählte, all dem antworteten sie, jedes Dinges Form da draußen, in fern und naher Vergangenheit, war Wort und Sprache.

Unter diesem Mantel des Schweigens hatte die Reue keine Kraft mehr. Deshalb dachten sie in verbissenem Haß der Umstände, die sie einst überführt. Den einen hatte eine Fußspur verraten, den andern ein Knopf, den dritten ein Schlüssel, den vierten ein Blatt Papier, den fünften ein Geldstück, den sechsten ein Kind, den siebenten der Schnaps. Nun beschäftigte er sich tage- und nächtelang mit diesem einzelnen, zog es zur Rechenschaft, fluchte ihm, sah alle Gedanken davon regiert, erblickte es in jedem Traum. Und die Träume waren angefüllt mit Gesagtem, ein Chor von Stimmen tobte darin, und sie tönten von nie vernommenen Worten. Die Träume waren für sie was einem Kaufmann seine Unternehmungen, einem Seefahrer seine Reisen, einem Gärtner seine Blumen sind. Brach dann für einen, der seine Strafe abgesessen, die Stunde an, die ihn der menschlichen Gesellschaft wiedergeben sollte, so taumelte er schweigend hinaus zum geöffneten Tor, die Gewalt des Eigenlebens, das er plötzlich zu verantworten hatte, erdrückte Hirn und Brust; die Luftsäule, die Sonne, die Wolken brausten in seinen Ohren, es wirbelte ihn nur so hin, er mußte in die nächste Kneipe flüchten und trinken, und es soll sich ereignet haben, daß einige ihrem Leben freiwillig ein Ende bereiteten, nur darum, weil sie nicht gleich einen Gefährten fanden, um zu reden.

In eine solche Welt also waren, durch Mißgeschick halb komischer Art, die beiden jungen Männer verschlagen worden. Als Peter Maritz am Morgen erwachte, schlief Alexander noch, denn er hatte erst spät den Schlummer finden können. Peter rüttelte ihn, äußerte sich spöttisch über die Langschläferei und behauptete, er habe kein Auge schließen können. Hierzu schwieg Alexander. Nach einigem Herumschauen machte er den Freund lächelnd auf einen Spruch aufmerksam, der neben dem Fenster an die Mauer geschrieben war. Er lautete: „Bis hierher tat der Herr mich hilfreich leiten, er wird mich auch einmal vom Galgen schneiden." Darunter hatte eine ungeübte Hand gekritzelt: „Wenn ich einen Galgen seh, tut mir gleich die Gurgel weh." An einer anderen Stelle war ein Beil gezeichnet, mit den Worten: „Der Teufel hol die Hacke." Neben der eisernen Tür war folgender Reim zu lesen: „Herr Gott, in deinem Scheine, laß mich nicht so alleine, und gib mir Gnade zu fressen, doch nicht so schmal bemessen, wie du dem Sünder gibst, den du so innig liebst."

„Das nenn ich ein erbauliches Gemüt," sagte Peter Maritz, „und es ist immerhin tröstlich, zu wissen, daß wir uns unter Kollegen befinden." Erst nach einer Stunde erschien der Wärter, fragte, ob sie ihre Kost bezahlen wollten, und nachdem sie sich dazu verstanden, besorgte er Brot, Fleisch und Wein. Peter Maritz forderte ungestüm, vor den Richter geführt zu werden; er erhielt keine Antwort. Ein neuer Wutanfall packte ihn, als die Tür wieder versperrt wurde; es dauerte lange, bis Alexander ihn beschwichtigt hatte, und dann zeigte er sich sehr niedergeschlagen. Alexander begab sich an das vergitterte Fenster, das einen Ausblick auf den Burghof verstattete, und er sah eine lautlose Kolonne von Sträflingen, die, von einem halben Dutzend bewaffneter Aufseher geführt, paarweise mit langsamen Schritten über das Steinpflaster wandelten.

Nie zuvor hatte er eine solche Schar wüster und trauriger Ge-

stalten erblickt; bleiche, grauhäutige Männer, mit tiefen Kerben
um die Mundwinkel, mit rauhen Haarstoppeln am Kinn, oder
auch langbärtig, oder auch ganz glatt, wie es die geborenen Verbrecher oft sind. Die Köpfe waren geschoren, die Hälse meist
auffallend hoch und dünn, Arme und Beine schlenkerten kurios.
Ein Bursche ragte um Haupteshöhe über die andern; er schien
kaum zu atmen, seine Augen waren zugekniffen, der Mund
stand offen und hatte einen Zug von diabolischer Gemeinheit.
Neben ihm ging ein Mensch mit einem Gesicht, das einer Schin-
kenkeule glich, roh, gedunsen, tierisch. Ein Schmalbrüstiger,
Hinkender fletschte die Zähne, ein Rothaariger lachte stumm,
ein bäurisch Ungeschlachter hatte einen Ausdruck idiotischer
Schwermut, ein schlanker Kerl lächelte süß und infam. Einer sah
aus wie ein Matrose, stämmig, weitblickig, breitgängerisch, ein
anderer wie ein Soldat, ein dritter wie ein Geistlicher, ein vierter
wie ein verkommener Roué, ein fünfter wie ein Schneider, doch
alle nur wie Schattenbilder davon, trübsinnig und geisterhaft, ins
Innere versunken wie in einen Schacht und nach außen hin nur
lauschend, gleich Hunden, die sich schlafend stellen und schon
bei einem Windstoß die Ohren spitzen. Das Geräusch ihrer
Schritte schien ihnen wohltuend; als eine Krähe schnarrend über
ihren Häuptern hinzog, schreckten die einen zusammen, die andern hefteten starr und finster die Blicke empor.

Alexander rief den Freund und deutete hinaus. Peter Maritz
runzelte die Brauen und meinte, das sei eine schöne Sammlung
von Charakterköpfen. Das Fenster war offen, die zuletzt Vorbei-
ziehenden hörten sprechen, ihre Gesichter wandten sich den
Zweien zu, unermeßlich erstaunt, dann drohend, grinsend, be-
gierig und wild. Die Aufseher ballten drohend die Faust hinauf
und winkten, Alexander und Peter traten bestürzt zurück. Lebhaft bewegt, schlug Alexander die Hände zusammen. „Was für
Menschen," murmelte er, „und doch Menschen!" – „Dich dauern sie wohl?" fragte Peter zynisch. „Spar dein Mitleid, es macht
dich dort zum Schuldner, wo du nicht handeln kannst. Handle,
reiß ihnen die Herzen auf! Treib sie gegen das Philisterpack!

Freilich, da ziehst du den Schwanz ein, du Dichterjüngling, weil du träg bist und keine Rage in dir hast."

Alexander bebte, er griff nach seinem Manuskript, seine Augen brannten und mit einer Gebärde schönen Zorns warf er Peter Maritz die Blätter vor die Füße. Ruhig bückte sich der andre danach, ruhig fing er an zu lesen, schüttelte hie und da den Kopf, machte ein zweifelndes, ein gnädiges, ein überlegenes, ein prüfendes, ein unbestechliches Gesicht, und schließlich, dem Harrenden glühten schon die Sohlen, er schämte sich, bereute schon, schließlich sagte Peter Maritz: „Ganz hübsch. Recht artig. Eine gewandte Metrik und nicht ohne Originalität in der Metapher. Aber was sollen Verse, mein Lieber? Das ist für die Frauenzimmer. Wenn du ehrlich bist, muß du zugeben, daß du ein schlechtes Gewissen dabei hast." Alexander hätte weinen mögen; er verbiß seinen Schmerz, entgegnete aber nichts. Das Heftchen steckte er wieder in die Tasche, reicher an Erfahrung und um ein Gefühl ärmer, als er vor einer Stunde gewesen. Mit hoffnungsloser Miene grübelte er vor sich hin, während Peters Ungeduld beständig wuchs.

Wenn man in der Stadt nicht der eintreffenden Revolutionsnachrichten aus dem Reich halber in Angst und Aufregung geraten wäre, hätte sich wohl unter den Beamten und Gerichtspersonen ein besonnener Mann gefunden, den die Verhaftung der beiden Reisenden bedenklich gemacht hätte. Trotz der verbotenen Bücher, die man in ihren Koffern entdeckt hatte, ließ der Aktuar den Wunsch verlauten, sie in eine minder entwürdigende Umgebung zu bringen. Der Beschluß darüber wurde aber vertagt, und so kam es, daß die unrechtmäßig Eingekerkerten in die Ereignisse der folgenden Nacht verwickelt wurden.

Es war am Morgen ein neuer Sträfling angelangt, ein Friseur namens Wengiersky, der wegen Kuppelei zu zwei Jahren verurteilt war. Er hatte sich schon bei der Kopfschur ungebärdig benommen, und als die Hausordnung verlesen wurde, insonderheit der Paragraph vom Schweiggebot, lachte er verächtlich. Im Arbeitssaal musterte er die Kameraden mit flackernden Blicken,

stand eine Weile mürrisch und untätig, rührte sich erst nach dem
dreimaligen Befehl des Aufsehers, plötzlich aber schrie er in die
Totenstille des Raums mit einer gellenden Stimme: „Brüder!
wißt ihr auch, daß man im ganzen Land die Fürsten und Herren
massakriert? Eine große Zeit bricht an. Es lebe die Freiheit!"
Weiter kam er nicht, drei Aufseher stürzten sich auf ihn, und obgleich er nur ein schmächtiges Männchen war, hatten sie Mühe,
ihn zu überwältigen. Er wurde sofort in Eisen gelegt.

Die Sträflinge zitterten an allen Gliedern und sahen aus wie
Verhungernde, an denen eine duftende Schüssel vorübergetragen
wird. Erst allmählich wirkte das gehörte Wort; es gab also diese
Möglichkeit, die bisher nur wie Phantasmagorie und Wahnsinn
in den verborgensten Winkeln ihres Geistes gewohnt hatte? Und
wenn es die Möglichkeit gab, dann konnte sie erfüllt werden. Sie
konnte nicht nur, sie mußte. Es ging eine furchtbare Verständigung von Blick zu Blick vor sich. Es war fünf Uhr nachmittags;
um halb sechs sollten sie in die Zellen zurückkehren. Die Wärter, den nahenden Aufruhr mehr spürend, als seiner gewiß, beschlossen, die Arbeitsstunde zu kürzen; auf das erste Kom-
mando wurden die Werkstücke niedergelegt: Putzlappen, Nadel, Zwirn, Korbrohr, Hobel, Sackleinwand, auf das zweite zum
Antreten, stieß auf einmal der Riese, Hennecke war sein Name,
einen heiseren Ruf aus, warf sich über den ersten Aufseher, um-
schlang ihn und schleuderte ihn zu Boden. Im Nu folgten die
Gefährten seinem Beispiel; keuchend und dumpf jauchzend
schlugen sie ihre Peiniger nieder, banden sie mit Baststricken,
stopften ihnen Knebel zwischen die Zähne, dann setzte sich
Hennecke an die Spitze des Haufens und drang in den Korridor.
Sie waren dreiunddreißig; vierundzwanzig befanden sich in den
Zellen, fünf in Dunkelhaft. Die Schar teilte sich; die größere Anzahl unter dem Befehl Woltrichs, eines blatternarbigen Diebes,
zog zur Kanzlei und zum Wachthaus, um die Schreiber, die
Nachtaufseher, den Posten am Tor, die Wache selbst zu überrum-
peln und unschädlich zu machen. Ein Unteroffizier, der verzweifelt Widerstand leistete, wurde getötet. Der Gewehre hatten sich

die Meuterer mit umsichtiger Schnelligkeit versichert; das
Haupttor wurde zugeschlagen und von innen abgesperrt, und
die Gefesselten wurden in einen Keller hinuntergeschleift. Inzwischen hatte Hennecke sämtliche Zellen geöffnet und auch die
Kettensträflinge befreit. Die ganze Horde wälzte sich aus dem
dunklen Eingang in den Schloßhof. Hennecke fragte, ob einer
von den Muffmaffs, wie sie die Obrigkeits- und Aufsichtsorgane
nannten, entkommen sei, worauf der mit dem Schinkenkeulen-
gesicht erwiderte, er habe einen Soldaten den Berg hinabrennen
sehen. Es wurde beschlossen, eine Wache auszustellen, und
Hennecke kommandierte einen Alten auf die Mauerbrüstung.
Widerwillig gehorchte der, weil er sich ungern von den Brotlai-
ben, Würsten und Bierfässern trennte, welche die Genossen aus
der Kantine herzuschleppten.

Auch Peter Maritz und Alexander Lobsien waren befreit worden. Sie traten unter den Letzten in den Hof und duckten sich
scheu in einen Winkel. Am liebsten hätten sie sich unsichtbar gemacht; in ihrer Zelle hätten sie sich wohler befunden. Das Hel-
denherz von Peter Maritz schrumpfte zusammen; er erwog die
Annehmlichkeit von Gesetz und Polizei; es ist eine mißliche Sache mit Ideen, die in Tat umgesetzt werden, wenn man gerade dabei ist und mitspielen soll. Alexander hingegen war so kalt, wie
es die Leute von Phantasie nicht selten werden, wenn sie ernst-
lich in Gefahr geraten. War doch so viel vom Leben schwadro-
niert worden; er sagte sich, daß wirkliches Erleben nur zu finden
ist, wo das Leben abgewehrt, nicht wo es aufgesucht wird. Hier
drang Geschehen und Leiden, Schicksal auf Schicksal gegen ihn
wie Lichtstrahlen durch eine zersprengte Tür.

Die anbrechende Nacht wurde den Meuterern unbequem. Ein
gewisser Hahn, Buchbinder seines Zeichens und wegen seines
Pergamentgesichts der gelbe Hahn geheißen, schlug vor, den
Holzstoß neben dem Wachthaus anzuzünden. Die Scheite wurden in die Mitte des Lagers geschafft, bald flammte das Feuer auf
und beleuchtete die ruhelosen Gestalten, die verwitterten Züge,
kahlen Köpfe, grauen Kittel, und ununterbrochen sprechenden

Mäuler mit schwarzen, schiefen, einschichtigen oder gelbblitzenden Zähnen. Denn jetzt brach ein fieberhafter Redesturm los. Manche fanden nur allmählich den Mut; erst nippten sie wie glückselige Trinker, dann kam über alle der Rausch. Sie schrien und gellten durcheinander, lachten und tobten grundlos, räkelten sich auf der Erde, patschten in die Hände, johlten unflätige Lieder oder auch ein kindisches Eiapopeia, umarmten einander, zerschlugen Gläser und Töpfe, rauften, fluchten, meckerten, weinten, pfiffen, tranken und stopften faustgroße Bissen in den Rachen.

Der Alte auf der Mauerbrüstung, ein vielfach abgestrafter Wildfrevler, sang fortwährend ein und dieselbe Strophe: „Wie wir leben, so halten wir Haus, morgen ziehen wir zum Land hinaus", immer in derselben schläfrigen und langgezogenen Tonart, nur um am allgemeinen Lärm teilzunehmen. Woltrich zählte an den Fingern auf, was er bei seinem letzten großen Fang gestohlen hatte: neunzig Silbergulden, zwei Armbänder, eine Elfenbeinkassette, ein Dutzend goldene Schaumünzen und vierzehn Uhren. Und strahlend rief er: vierzehn Uhren! vierzehn Uhren! als ob sie noch in seinem Besitz wären. Ein Mensch mit einer winzigen Nase, der heitere Konrad genannt, redete mit Entzükken von der Brandstiftung, die er begangen und wie er sich dadurch an einem wucherischen Bauern gerächt. Der mit dem infamen Lächeln hieß Gutschmied und war ein zu sechs Jahren verurteilter Hochstapler. Er war viel in der Welt herumgekommen, war immer vierspännig gefahren, wie er versicherte, und trug noch einen Rest von noblen Manieren und gravitätischem Benehmen zur Schau. Er kannte alle Hehler der großen Städte, verachtete die Juden und liebte den Kaviar. Er hatte dem Herzog von Nassau eine Mätresse abspenstig gemacht und einen Reichshofrat um zehntausend Taler betrogen. Er verstand sich auf Edelsteine und beklagte es, daß er einmal, um nicht erwischt zu werden, einen kostbaren Sternsaphir verschluckt habe, der nie mehr zum Vorschein gekommen sei.

Ihn überschrie mit Kastratenstimme einer, der seiner Geliebten Gift in den Salat gemengt hatte. Er behauptete, nicht er habe das Weibsbild geschwängert, sondern der Ortsschulze; auch sei kein Gift im Salat gewesen, sondern Glasscherben, und gestorben sei sie, weil sie dreißig Jahre lang an Kolik gelitten. Ein anderer, der Sohn eines Schäfers, hatte ein ganzes Dorf betrogen durch die Vorspiegelung eines unter Ruinen vergrabenen Schatzes; den Ärmsten hatte er ihre Ersparnisse mit der geheimnisvollen Phrase entlockt, er müsse die bösen Geister des Schatzes besänftigen, und durch nächtliche Beschwörungen und feierlichen Hokuspokus hatte er die einfältigen Leute in eine wahre Hysterie der Habsucht versetzt. Und da war Hennecke, der einer umgehauenen Buche wegen gemordet, im Jähzorn den Nachbar erschlagen hatte; seine Gedanken hafteten noch immer an dem Baum, dessen Wipfel das Gemüsebeet hinter seinem Haus zerstört hatte. Wie ein aus Eisen gegossener Riese stand er, kalt und wild. Da war ein Müller, der den Knecht erstochen hatte, weil er die Frau verführt und der nicht müde wurde zu schildern, wie er vom Wirtshaus zu früherer Stunde als sonst heimgekehrt und die Treppe hinaufgeschlichen und wie das ehebrecherische Weib ihm entgegengestürzt und wie das Kind geweint und wie der Schuft entfliehen gewollt und wie er den Leichnam in den Bach geworfen und wie er in den Wäldern herumgeirrt, sein winselndes Knäblein an der Hand. „Da griffen sie mich," sagte er, „da griffen sie mich, und der Bub hatte solchen Hunger, daß er den Mehlstaub von meinen Ärmeln leckte." Der gelbe Hahn erzählte von einer Erbschaft, die ihm hätte zukommen sollen und die sein Schwager an sich gerissen. Da hatte er Briefe gefälscht und Zeugen der Sterbestunde zum Meineid beredet. Wehmütig klang seine Trauer um das verlorene Erbe, Gold und Scheine zählte er auf und schwärmte, wie er damit hätte genießen können, wie er ein schuldenfreier Mann geworden wäre, den Sohn hätte er Theologie studieren lassen. Die zwei Bauern, die für ihn den falschen Eid geschworen, waren auch zugegen, frömmelnde und scheinheilige Gestalten; sie leierten Gesangbuchverse und tranken Schnaps. Peckatel, ein Totengräber aus dem Spessart, hatte

einem durchreisenden Fremden den Hals abgeschnitten, und das
war so zugegangen: er hatte zugleich den Beruf eines Barbiers
versehen; da er aber meist Leichname rasierte, so konnte er dies
Geschäft an den Lebendigen nur verrichten, wenn sie auf dem
Rücken lagen wie Tote; als er nun den Fremden vor sich liegen
sah, dachte er: was für einen schönen glatten Hals der Mann hat,
und so schnitt er den verführerischen Hals durch und bemächtigte sich der gefüllten Geldkatze seines Opfers, nur um des
schönen, glatten Halses willen.

Betrüger, Diebe, Straßenräuber, Erbschwindler, Kuppler,
Meineidige, Bankrottierer und Fälscher, sie alle redeten vom
Geld, priesen oder verfluchten das Geld, das sie bezaubert, be-
rauscht und verraten hatte.

Fern vom Feuerkreis, einsam auf einem Holzblock gekauert,
saß Christian Eßwein, ein Mann von fünfzig Jahren, mit langem,
grauem Bart, durch Blick und Gebärde eine stille Gewalt aus-
übend. Welch ein Dasein! Im Strom der bürgerlichen Existenz
tauchten manchmal Figuren von heroischer Prägung auf, deren
Weg nur darum zum Abgrund führt, weil ihnen die tragische Le-
benshöhe fehlt; Gemeinsamkeit bindet ans Gemeine.

Er hatte alles probiert, was ein Mann probieren kann, um sich
und den Seinen Brot zu verschaffen. Er war Schmelzer, Seifensieder, Oblatenbäcker, Handschuhmacher, Wirt, Gärtner, Knecht,
Kleinkrämer und Händler gewesen, aber was er auch beginnen
mochte, das Unglück war stets hinterher. War die Wirtschaft gerade im Aufblühen, so brach die Cholera in der Stadt aus; hatte
er zweitausend Oblaten gebacken, so kamen die neuen Blättchen
mit der Namenschiffre in Mode und sein Vorrat wurde wertlos;
kaufte er Schweine für den Winter ein, weil sie billig waren, da
der Bauer kein Futter hatte und verkaufen mußte, so hatten die
Händler ebenfalls viele Schweine erworben und verdarben ihm
die Preise; bewahrte er Schinken und Würste für den Sommer, so
trat eine entsetzliche Hitze ein und verdarb alles; waren einmal
Ersparnisse im Haus, so erkrankte die Frau und Arzt und Apotheker verschlangen das bißchen Geld. Er arbeitete Tag und

Nacht, aber die Arbeit trug keinen Segen; es war als ob er von schattenhaften Feinden umstellt sei, und endlich lähmte ihn die Furcht vor dem Verhängnis dermaßen, daß er bei jedem Beginnen schon des üblen Ausgangs gewärtig war. Er war nicht beliebt; er verscherzte es mit der Kundschaft durch ein kurzes und allzu sachliches Wesen. Sein stolz verschlossener Sinn konnte von den Mitbürgern nicht gewürdigt werden. In seiner Familie war niemals Zwist. Am Abend saß er entweder beim Schachbrett, in die Lösung von Problemen vertieft, oder er las schöne Bücher vor, am liebsten die Lebensbeschreibungen seiner Helden Abd el Kader, Ibrahim Pascha und Napoleon. Eines Tages kaufte er ein Klassenlos, und in einer Anwandlung froher Laune versprach er seiner Schwägerin, die dabei war, die Hälfte des Gewinns, wenn das Los gezogen würde. Das Los kam mit zweihundert Talern heraus. Er schickte die jüngere Tochter, um das Geld abzuholen; sie verlor es unterwegs; es waren Staatsscheine, das Geld war hin. Kein Wort des Vorwurfs kam aus seinem Mund; nicht nur, daß er das Mädchen tröstete, sondern er bezahlte auch unter den schwersten Opfern, weil das Gewinnerglück bekannt geworden war und man den Verlust als schnöde Ausrede betrachtet hätte, seinem Versprechen gemäß hundert Taler an die Schwägerin.

Seine beiden Töchter liebte er über alle Maßen. Er hatte sie nie zur Schule geschickt, sondern beide selbst unterrichtet. In ihnen verkörperte sich seine Lebens- und Schicksalsangst, für sie zitterte er vor der Zukunft. Es war Weihnachten vorüber, und nur noch ein einziger preußischer Taler war im Haus. Die Uhr der Jahre schien abgelaufen, die Zeit selber stillzustehen, Hoffnungslosigkeit verrammelte alle Wege. Eßwein war müd und mürb; der ewige nutzlose Kampf hatte ihn verworren und verzweifelt gemacht, seine Gedanken gehorchten ihm nicht mehr, böse Ahnungen verfinsterten seinen Geist. Am ersten Januar mußte die Miete für das Häuschen bezahlt werden, am ersten Januar war ein Wechsel fällig, der Viehhändler verlangte sein Geld für gelieferte Schweine. Frau und Töchter wollten leben; wovon?

Das Geschäft war so gut wie vernichtet, alle Vorräte weg, und Eßweins Erwägungen kreisten bang um den einzigen Taler, den letzten Schutz vor dem Bettlertum. Er zergrübelte sich das Hirn nach einem Aushilfsmittel; umsonst. Eine schlaflose Nacht folgte der andern, und nun lagen noch drei Tage da, der Sonntag, der Montag und der Dienstag. Allein aus der Welt gehen durfte er nicht. Die Frauen preisgeben! der Armut, der Schande, der Bosheit, dem Laster verfallen, hingestreckt vor dem ungerührten Schicksal, beleidigt, besudelt, zertreten! Vielleicht, daß die Mutter ehrenhaft ihr Brot finden konnte, aber die Töchter nicht; Jungfrauen, unschuldige, vertrauende Geschöpfe. Die eine, schön und stolz, schwermütig und weich, mit ihren zwanzig Jahren noch des Lebens Fülle erwartend; die fünfzehnjährige, vor der Zeit erblüht, heiter und anmutig, ohne Falsch, ohne Wissen von der Welt, was sollte aus ihnen werden? Sie werden ihre Käufer finden, sagte sich Eßwein, sie werden sich der Reinheit entwöhnen, sie werden die Hand beschmutzen, niedergeschleudert von der Gewalt des Elends. Wenn es Knaben gewesen wären; aber Töchter! Töchter! Es gibt einen Punkt, wo das Gefühl eines Vaters tyrannischer wird als das eines Verliebten, noch angstvoller erregt von den Drohungen des Geschicks.

Ein Kind ist Eigentum, trotzte Eßwein, eigen Fleisch, eigen Blut; seine Ehre ist meine Ehre, seine Schmach die meine. So gab ihm die Liebe Kraft zu der furchtbaren Tat. Er schickte sein Weib mit einem Auftrag in das nächste Dorf, wo sie auch übernachten sollte. In wunderlichen Gesprächen verbrachte er mit den Töchtern den Abend; er war eine Art Philosoph und hatte sich vieles von den Lehren der alten Mystiker zu eigen gemacht. Die beiden Mädchen gingen zur Ruhe, für die Ewigkeit zur Ruhe. Kein lüsterner Geck soll euch nahen, rief ihnen Eßwein im Geiste zu, kein Unwürdiger eure keusche Brust öffnen; der Verrat nicht zu euch dringen, Notdurft euch nicht peinigen, die Kälte der Herzen euch nicht frieren machen. Wenn auch nur der entfernteste Hoffnungsstrahl geleuchtet hätte, und wenn es nicht ein Werk der Liebe gewesen wäre, so hätte ihm sicherlich der Mut gefehlt,

12*

als er mit der Schußwaffe an das Lager der Jüngsten trat, um sie noch einmal zu küssen, bevor er sie der Menschheit entwand. Und nun hinüber, schmerzlos hinüber, auch die andere, nicht minder geliebte hinüber, dann zum Ende mit dem eigenen Dasein. Aber die Kugel traf das Herz nicht. Er sank nieder, er atmete noch, er lebte weiter; du stirbst nicht, du kannst nicht sterben, das Schicksal läßt dich nicht aus seiner Faust, schrie es in ihm. Das Auftauchen von Menschen, die Wochen der Heilung; Haft, Gericht, Verhör, das alles war ein einziger schwarzer Traum, bis endlich das ersehnte Todesurteil verkündet wurde. Schuldig konnte er sich nicht finden, aber den Tod wünschte er mit allen Kräften seiner Seele herbei. Und „das Schicksal läßt mich nicht!" schluchzte er erschüttert, als ihm der Richter die Begnadigung des Königs vorlas. „Am Leben bleiben!" rief er; „gezüchtigt durch Zuchthaus für eine solche Tat, die dem Himmel selber abgerungen war! Eingekerkert mit dem Abschaum der Kreaturen!" Er wollte sich durch Verhungern töten, aber die körperlichen Erniedrigungen, denen er sich dadurch aussetzte, zwangen ihn, dieser Absicht zu entsagen.

Jetzt, hervorgezerrt aus dem Frieden seiner Zelle, trug er die ganze Beschwer und Finsternis der Vergangenheit um sich, und während die andern gegeneinander sprachen, redete es in ihm. Es war etwas Aufgerissenes in seinem Gesicht; es wehte Todesluft um ihn. Vielleicht fühlte er in dieser Stunde, daß er ein Verbrechen begangen, erkannte das Einzige, Einmalige, Unwiederbringliche und Heilige des Lebens und daß er kein Recht besessen, den Fügungen Gottes vorzugreifen. Die Sträflinge beachteten ihn kaum; sie wichen ihm in Wort und Blick aus. In Alexanders Nähe erzählte Wengiersky einem gewissen Deininger, der wegen Kurpfuscherei verurteilt war, Eßweins Geschichte so verzerrt und böse, wie eben der seelenlose Klatsch berichtet, denn er war aus derselben Stadt wie Eßwein und hatte alles sozusagen miterlebt.

Alexander bedurfte der Auslegung nicht und spürte die Wahrheit hinter dem Gehechel. Schicksale haben ihren Geruch wie

Leiber. War er denn nicht dazu da, sie zu empfinden? Nannte
sich Dichter als einer, der schaut, mit tiefen Augen? Die Elenden
schauen, ihren Krampf, ihre Not, ihre zum Häßlichen entstellte
Sehnsucht, ihre Schreie von unten auf zu hören, ihr unterirdi-
sches Dasein wissen? Und was scheidet von den Oberen, nennt
es Verbrechen, diesen Zufall einer Stunde, diese unlösbare Verworrenheit eines dunklen Geistes und armen Herzens, nennt so
den Trotz der Verfolgten, den Zwang der Besessenen, den Irrtum
der Gewaltsamen; was sie niedergeworfen hat, ist auch in mir,
wächst, will und seufzt in mir, umflutet mir den Traum, lemu-
risch groß. Oh, wie sie leben, dachte Alexander versunken; und
wie ich sie alle gewahre, diese und hinter ihnen andre, ihre Brüder und Schwestern, ihre Ahnen und ihre Kinder, diese und die
draußen, den Landmann am Pflug, den Drechsler an der Bank,
den Schuster vor der Wasserkugel, den Schmied am Windbalg,
den Maurer an der Mörtelgrube, den Bergknappen im Schacht,
den Uhrmacher, die Lupe am Aug und auf die Rädchen lugend,
den Schlächter und sein Beil, den Holzfäller im Wald, den Boten, der Briefe bringt, den Drucker am Setzkasten, den Fischer
auf dem Meer, den Hirten bei der Herde; die vielen Schweigsamen, die keine Worte haben, alle die unten sind, weil sie keine
Worte haben, und die nach den Oberen verlangen, nach den
Mächtigen, die mächtig sind, weil sie Worte haben, ihnen deswegen dienen, weil sie Worte haben, sie deshalb zu vernichten
trachten, weil sie Worte haben. Denn Worte haben bedeutet:
Wissen, Schätze, Ehre, Kraft und Sieg haben. Worte bedeuten
Leben. Und diese haben keine Worte, fuhr der junge Dichter zu
grübeln fort, ich aber besitze diese Worte und bin ihnen das Begehrte und die Gefahr zugleich. Doch nur fern von ihnen besitze
ich die Worte, mitten unter ihnen bin ich stumm; was sie reden
ist Stummheit für mich, was ich rede Stummheit für sie. Verstün-
den wir einander, es wäre der Schrecken aller Schrecken; sie würden mir aus der Brust zu reißen suchen, was Gott ihnen versagt
hat, sie würden mich zermalmen in ihrer Wut. Ich muß fern von
ihnen bleiben, um nicht zermalmt zu werden. Wirklich leben,

heißt zermalmt werden von denen, die stumm sind.

Indessen war die Aufregung der Meuterer beständig gewachsen. Der Lärm war ohrenzerreißend. Offenbar ahnten sie, daß die Herrlichkeit nicht lange dauern könne, und wiewohl ihnen Wengiersky immer von neuem versichert hatte, im Deutschen Reich gehe jetzt alles drunter und drüber, auch das Militär sei rebellisch, war ihnen keineswegs geheuer zumut, und sie entfesselten sich mit doppelter Gier. In einen Ruf war ein Erlebnis gepreßt; einer berauschte sich am Außersichsein des andern; Prahlerei klang wie Beichte, Hohn wie Reue; sie brüsteten sich mit Roheiten, und schlechtes Gewissen schimmerte wie fahle Haut durch einen zerfetzten Rock. Daß sie gehungert, damit schmückten sie sich; daß sie hinterm Busch gelegen mit einem Mädchen, war heldenhaft; daß sie den Richter belogen, gezahlte Arbeit nicht vollendet, daß ein niedriger Schurkenstreich nie ans Licht gekommen, darüber lachten sie sich toll. Der eine schwärmte von einem Kalbsbraten, den er auf der Kirmes verzehrt, der andere von Wohlleben und Jungferieren, der dritte plätscherte förmlich in Unflätigkeiten, einer hüpfte mit beiden Füßen und gluckste nach Hennenart; zwei, die schon betrunken waren, hatten einander umhalst und wimmerten dabei; ein krüppelhafter Bursche stieß Gotteslästerungen aus; Hennecke erzählte, daß er einst einen Bocksbart, in die Haut eines schwarzen Katers gewickelt, am Hals getragen, um sich stich- und schußfest zu machen; der Schatzgräber sprach von der Zauberblume Efdamanila, mit der man alles Gold in der Erde finden könne; der Hochstapler, dessen Hirn ein Sammelsurium geschwollener Romanfloskeln war, schilderte ein Liebesabenteuer mit einer Fürstin, der er dann die Diamanten gestohlen hatte. Der heitere Konrad fragte vielleicht zwanzigmal, ob jemand die Geschichte des Majors Knatterich kenne, der sich in Sachsen für den russischen Kaiser ausgegeben. Dazwischen hörte man Worte, wie: „ich wills ihm schon geben, wie Johannes dem Herodes will ichs ihm eintränken"; oder: „dem Amtmann hab ich einen glupischen Streich angetan, der dreht sich im Sarg noch rum, wenn er

meinen Namen hört." Unmöglich, dies Höllenwesen zu beschreiben; Alexander Lobsien gefror das Mark in den Knochen,
und schaudernd dachte er: das alles enthältst du, Leben, du
Nußschale, du ungeheures Meer! Peter Maritz zitterte wie
Espenlaub; mit leiser Stimme sprach ihm Alexander Mut zu. Er
erwiderte: „Ein Hundsfott hat Mut. Ein Kerl, der auf sich hält,
kann hier keinen Mut haben. Es ist des Teufels mit der bürgerlichen Gesellschaft, daß ihr solche Geschwüre am Körper wachsen. Mut, wo mirs an die Nieren geht? Ein Hundsfott hat Mut."

Auf einmal stürzte ein gewissen Jamnitzer, seines Zeichens
Friseur wie Wengiersky, ein schwerer Verbrecher, ein Mörder,
der die Manie gehabt, seine Opfer zu frisieren, weil sie tot vor
ihm lagen, und der nur deshalb als kranker Geist dem Strick ent-
gangen war, dieser Jamnitzer also stürzte aus dem Tor des Ge-
fängnishauses und wies mit Gebärden voll Entsetzen zurück ins
Finstere. „Der Eßwein," keuchte er, „der Eßwein."

Urplötzlich ward es stille. Nur der Alte auf der Mauerbrüstung leierte seinen blöden Gesang weiter. Dann schwieg auch
der. Die Sträflinge erhoben sich und drängten sich zusammen.
Haupt um Haupt stieg aus dem Feuerkreis, und die vielen
feuchtglitzernden Augen fragten angstvoll, was geschehen sei.
Jamnitzer deutete mit beiden Armen in die Halle; der Adamsap-
fel an seinem hohlen Hals bebte schluckend auf und ab.

Sie ahnten; der Unheimliche, war er nun endlich zu seinen
Töchtern entronnen? Er, dem auch die Freiheit Gefangenschaft
war, der die Worte verschmähte, dem keine Mitteilung mehr
hatte dienen können? Alexander, als er die wilden, tiergleichen
Menschengesichter lauschend und feuerglühend dicht nebenein-
ander sah, verlor allen inneren Halt, er taumelte gegen das offene
Tor und ein Schrei entrang sich seiner Kehle. Peter Maritz packte
ihn und preßte die Hand um seinen Arm, aber es war schon zu
spät; sechzig Augenpaare veränderten die Richtung ihres Blicks
und hefteten die Aufmerksamkeit gegen die beiden, die sie auf
einmal als Fremde erkannten; Furcht, Mißtrauen und Haß
sprühten aus ihren Augen. „Es sind Spitzel"; „es sind Spione";

„wer sind sie?" „wo kommen sie her?" So wurde gekündet und gefragt. Die Vordersten schoben sich gegen sie hin. „Wer seid ihr?" gellte eine drohende Stimme aus dem Haufen. – „Ja, wer seid ihr?" wiederholte der Riese Hennecke; „Eier- und Käsebettler vielleicht? Muttersöhne und Milchmäuler?" – „Die wollen Hasauf spielen", schrie Gutschmied. – „Die kommen aus einer guten Küche", ein dritter. – „Die sind weich wie Papier, wenns im Wasser liegt", ein vierter. „Heraus mit der Sprache, ihr Schweiger!" rief Hennecke und ballte die Faust.

Alexander stotterte eine Erklärung, doch sie verstanden ihn nicht. Ein abscheuliches Durcheinanderschreien begann, voller Wut drängten alle näher, da trat ihnen Peter Maritz in seiner Herzensangst entgegen und brüllte mit Donnerstimme: „Ruhig, Brüder! Wir gehören zu euch! Wir sind Revolutionsleute! Wir sinds, die euch frei gemacht haben! Wir haben Lieder gedichtet, die den Tyrannen in die Fenster geflogen sind, verderblicher als Kanonenkugeln." – „Hurra!" heulten die Meuterer. „Her mit den Liedern! Zeigt uns die Lieder! Singt uns eure Lieder! Heraus damit!"

Peter Maritz blickte seinen Gefährten flehend an. Alexanders Miene war verstört. Der Atem der auf ihn Eindringenden verursachte ihm Übelkeit. Sie forderten stürmischer, ihr argwöhnischer Haß war nicht vermindert, Alexander schämte sich für den Freund und fürchtete doch auch für sich, mechanisch zog er sein Gedichtheft aus der Tasche, schlug das erste Blatt um und fing an zu lesen. Die Worte widerten ihn an. Trotz jäh eingetretener Stille vermochte ihn keiner zu hören; die hintersten drängten sich wütend vor, noch war der allgemeine Grimm im Wachsen, da entriß Peter Maritz das Manuskript aus Alexanders Hand, stellte sich in große Positur und las mit schmetternder Stimme:

> Ich richt euch einen Scheiterhaufen,
> auf dem das Herz der Zeit erglüht,
> mein Volk will ich im Blute taufen,
> das sich umsonst im Staube müht.

Ich will euch Freiheitsbrücken zeigen
und Kronen, die der Rost zerfraß,
euch müssen sich die Fürsten neigen
und wer im Gold sich frech vermaß.

So öffnet denn die dunklen Kammern
und strömt hervor wie Gottes Schar,
es soll mich heute nicht mehr jammern,
daß gestern Nacht und Grausen war.
Auf denn, ihr Armen und Geschmähten,
du seufzend hingestrecktes Land,
genug der ungehörten Reden,
setzt nur das alte Haus in Brand.

Zerschlagt, was mürb und morsch im Staate,
von eurer Not klagt Dorf und Flur,
den stolzen Henkern keine Gnade,
zerschmettert Höfling und Pandur.
Der Feige mag vergebens zittern,
der Held macht seine Brüder kühn,
und aus zerbrochnen Kerkergittern
wird neue Welt und Zeit erblühn.

Eine andächtige Stille folgte. Wie Schulkinder am Lehrer, der
zum erstenmal vom Evangelium spricht, sahen sie empor, die
Zuchtlosen, die Gemeinen, die Verräter am Eigentum, am Leben,
an sich selbst und an der Menschheit. Nachdem sie eine Weile wie
atemlos geblieben, brach jählings ein Begeisterungsjubel von einer
Vehemenz los, daß die Mauern der Burg davon erschüttert schienen. „Wer hat das gemacht?" „Eine tüchtige Chose." „Ein wacke-
res Stück." „Das geht wie Trompetenschmalz." „Geschrieben hat
er's?" „Auf Papier steht's geschrieben?" „Der Dicke hat's gemacht?" „Nein, der Kleine." „Wer? der Kleene?" „Der Kloane?"
„Der Schmächtige?" „Tausendsasa." So johlte, schrie, gellte,
fragte, antwortete es in allen Dialekten durcheinander.

Peter Maritz, auf einem leeren Faß stehend, schaute mit triumphierender Miene herab, denn schon hatte er sich mit Würde in seine Tyrtäosrolle gefunden, und es war ihm etwas unbequem, daß sich der Beifall des entflammten Publikums an Alexander richtete. Doch erschrak er, als zwei der aufgeregt tobenden Sträflinge den Freund emporhoben, und ihn über den vom Feuer lohenden Platz gegen das geschlossene Burgtor trugen. Die übrigen begriffen, was im Werke war;

> „Zerschlagt, was mürb und morsch im Staate,
> von eurer Not klagt Dorf und Flur;
> den stolzen Henkern keine Gnade,
> zerschmettert Höfling und Pandur!"

sangen sie in einer Melodie, die sie irgend einem Vaganten- oder Soldatenlied entnommen hatten. Fünf oder sechs Kerle rissen den hölzernen Querriegel vom Tor, die Flügel taten sich weit auseinander, und der berauschte, gefährliche Haufe wälzte sich ins Freie.

Mit totenbleichem Gesicht hockte Alexander auf den Schultern seiner Träger. Gedanken von einer absurden Zerstücktheit schwirrten ihm durch das Hirn. Schon beim Anhören seiner Verse war es ihm zumut gewesen als hätte ihn Gott auf einer Lüge ertappt. Es ist alles nicht wahr, schrie es in ihm, ich habe euch und mich selbst betrogen. Jetzt weiß ich erst was ihr seid, und weiß was ich bin, aber die falschen Wort werden mich und euch verderben. Trug und Mißverständnis schienen ihm so ungeheuerlich, daß ihm die Erde wie verkehrt war, wie wenn man Häuser auf die Dächer baut und Kirchen über ihre Türme stülpt. Zwischen Furcht und Begreifen, zwischen Menschenliebe und Menschenhaß, Dichtertraum und Erlebnisqual schwankte sein zerrissenes und nach Wahrheit schmachtendes Herz, und ihm wurde kalt wie im Fieber. Lüge, Lüge, Lüge, knirschte er, doch in einer letzten herrlichen Vision erblickte er ein Bild des Lebens, das ihn in eine Wolke geisterhaften Schweigens hüllte und ihn vom Schmerz der Schuld und des Irrtums befreite.

Es war gelindes Wetter und Mondschein. Durch die Allee der blätterlosen Bäume funkelten die Lichter der Stadt herauf. Vom Hof der Plassenburg lohte das halbverbrannte Feuer den Davonziehenden nach, die plötzlich mitten in ihre aufrührerischen Gesänge hinein den Schall von Trommelwirbeln vernahmen. In der Raserei des Trotzes setzten sie ihren Weg fort. Peter Maritz, durch die Dunkelheit geschützt, war dem Sträflingshaufen vorausgeeilt, als er das militärische Signal gehört hatte. Ihm bangte um das Schicksal des Kameraden, und erleichtert seufzte er auf, als von fern die Helme und Bajonette aus der Nacht blitzten. Der Zusammenstoß erfolgte rascher als die Meuterer gedacht. Eine Kommandostimme befahl ihnen über einen Zwischenraum von zweihundert Schritten, sich zu ergeben. Sie antworteten mit einem Wolfsgeheul. Da prasselte die erste Gewehrsalve. Von einer Kugel durchbohrt stürzte Alexander Lobsien lautlos von den Achseln seiner Träger auf das Schottergestein der Straße herab. Die Sträflinge wandten sich zur Flucht.

Zwei Stunden später saß Peter Maritz unten im Leichenhaus neben dem Körper seines toten Freundes. Seine Betrachtungen waren sehr ernsthaft und nicht ohne Reue und Selbstvorwurf. Kann man besser als durch den Tod bezeugen, daß man gelebt? Stand hier ein Wille über dem Zufall, damit das versucherische Wort vom Schicksal erfüllt würde? War dies groß oder niedrig beschlossen? Häßlich oder schön geendet? Es kommt nur auf das Auge an und den Sinn, der es faßt. Über den vergehenden Menschen bleibt die unendliche, aufgeblätterte Schönheit einer stummen Welt.

ADAM URBAS

Unter den Aufzeichnungen des kürzlich verstorbenen Reichsgerichtspräsidenten Diesterweg, eines scharfsinnigen und geistreichen Kriminalisten vom Schlage des großen Anselm Feuerbach, befand sich auch folgende.

An einem Oktoberabend, zu später Stunde, kam der Bauer Adam Urbas aus Aha, einem Dorf des südlichen Frankens zwischen Altmühl und Hahnenkamm, auf die Gendarmeriestation in Gunzenhausen und erstattete die Anzeige, daß er an eben diesem Tag seinem achtzehnjährigen Sohn Simon den Hals abgeschnitten habe. Er liege tot in der Kammer zu Hause. Das Messer, mit dem er die Tat verübt, trug er bei sich und überreichte es. Es war noch blutig.

Die Selbstbezichtigung, in ruhigem Ton und mit äußerst knappen Worten vorgebracht, wurde protokolliert. Auf alle weiteren Fragen des Kommissärs verweigerte er die Antwort. Der Lokalaugenschein, der noch in derselben Nacht vorgenommen wurde, bestätigte seine Angaben. Man traf ein vor Entsetzen und Jammer halbwahnsinniges Weib und bestürzte Knechte und Mägde.

Adam Urbas wurde ins Gefängnis nach Ansbach gebracht.

Als ziemlich junger Richter war ich einige Wochen zuvor in diese Kreishauptstadt versetzt worden, und meinem lebhaften Ehrgeiz war es willkommen, daß man mich mit der Voruntersuchung betraute.

Der Fall schien von Anfang sonnenklar. Ein anscheinend beschränkter und in allen Vorurteilen seiner Kaste befangener Bauer hatte seinen entarteten Sprößling, von dem er nur Schande und Unheil erfahren hatte, kurzerhand aus dem Weg geräumt, sowohl um ein Strafgericht zu vollziehen, als auch um noch größerem Übel, das im Entstehen war, vorzubeugen.

Nach den übereinstimmenden Aussagen der Zeugen war der junge Urbas ein völlig verlottertes Individuum gewesen, arbeitsscheuer Herumtreiber, ständiger Gast in allen Wirtshäusern und auf allen Jahrmärkten der Gegend. Für seinen müßiggängeri-

schen und anstößigen Wandel hatte er viel Geld gebraucht, und
was ihm die gefügige Mutter, die er einzuschüchtern verstand,
nicht gab oder geben konnte, hatte er sich auf andere Weise zu
verschaffen gewußt. So hatte er im August beim Getreidehändler
Kohn in Weißenburg auf eigene Faust achthundert Mark für gelieferte Gerste abgeholt und das Geld unterschlagen und verpraßt. In Nördlingen hatte er sich mit einem verrufenen Frauenzimmer eingelassen, das von ihm schwanger zu sein behauptete;
eines Tages hatte er die Person an einen entlegenen Ort gelockt
und zu erwürgen versucht. Durch ihr Geschrei waren zufällig
vorbeikommende Leute alarmiert worden, und so war sie ihm
entronnen. Über diese Angelegenheit war die Untersuchung
noch im Gange, als Adam Urbas den gerichtlichen Maßnahmen
zuvorkam.

Auch aus der Knabenzeit Simons wurden Züge und Begebenheiten berichtet, die seinen Charakter in das übelste Licht rückten. Nichts entflammte dem Übermut, was er verübte, es war
immer voller Tücke und Abgefeimtheit. So hatte sich z. B. die
Großmagd sechs neue Leinenhemden in der Stadt gekauft; freudig zeigte sie die Erwerbung dem übrigen Gesinde und der Bäuerin; es wurde zur Vesper gerufen, und sie legte die blütenweiße
Wäsche auf den Tisch in der Tenne. Als sie zurückkam, waren
die Hemden mit Wagenschmiere derart besudelt, daß keines
mehr brauchbar war. Daß Simon die Büberei begangen, bezwei-
felte niemand, aber bewiesen werden konnte es nicht, so wenig
wie die Sache mit dem Fuhrmann Scharf. Der hatte seinen mit
Mehlsäcken beladenen Wagen vor dem Krug halten lassen; als er
weiterfahren wollte, rann das Mehl in weichen Bächen auf die
Straße; zehn oder zwölf Säcke waren heimlich aufgeschnitten
worden. Das ist der Simon Urbas gewesen und kein anderer,
hieß es; bewiesen werden konnte es nicht.

Zur Heuchelei und Hinterlist gesellten sich später Frechheit
und Gewalttätigkeit, und alle Gutmeinenden waren darüber ei-
nig, daß da ein Menschenunkraut emporwuchs, so hoch, daß
keine Schere mehr hinanreichte, es zu stutzen und kein Spaten

stark genug war, es auszujäten. Ich hätte auf die Fülle des gebote-
nen Materials verzichten können. Da war kein Problem, keine
Verworrenheit, keine Tiefe; alles war eindeutig, platt und roh,
zumindest, was den Ermordeten betraf.

Der letzte Akt des dörflichen Schauerdramas hatte sich am
Gunzenhauser Kirchweihsonntag abgespielt. Zwei Bauern aus
Windsbach hatten sich im Wirtshaus zu Aha darüber unterhalten, daß gegen Simon Urbas ein Verhaftsbefehl erlassen worden
sei. Adam Urbas saß unbemerkt von ihnen am Nebentisch. Die
anderen Gäste und der Wirt schielten ängstlich nach ihm hin,
denn aus der Art, wie er das Glas absetzte und vom Stuhl auf-
stand, war zu schließen, daß er von der Nördlinger Geschichte
noch nichts wußte. Die Schandtaten Simons wurden ihm nämlich so lang wie möglich verhehlt. Es war seine außerordentliche
Schweigsamkeit, seine achtunggebietende Haltung und nicht zuletzt seine große Beliebtheit in der Gemeinde und in der ganzen
Gegend, die einen schonenden Wall um ihn errichteten. Durch
all die Jahre hatte auch die Bäuerin die schlimmsten Nachrichten
aufzufangen und in ihrer Wirkung auf Urbas zu mildern gewußt. Aber wenn man annahm, daß er deshalb in Unwissenheit
oder nur in halber, in freiwilliger Unwissenheit lebte, so täuschte
man sich. Er verstand es eben, seine Umgebung über das, was er
sah und in ihm vorging, im Zweifel zu lassen.

Die Bäuerin hatte das drohende Unglück beim Buttern von einer schwatzhaften Magd erfahren. Als Urbas nach Hause kam,
stellte sie sich ans Fenster, um ihm nicht ins Gesicht sehen zu
müssen. Da ging, es war schon gegen Abend, der Ziegelarbeiter
Franz Schieferer am Haus vorbei und rief ihr zu, der Simon sei
drüben in Gunzenhausen im Hirschen; er traktierte die Manns-
und Weibsleute und werfe mit Geld herum, daß es nur so
klappre; aber, fügte er lachend hinzu, denn er war stark angehei-
tert, man werde den Vogel bald auf Numero Sicher haben, die
Gendarmen seien schon unterwegs. Dem war freilich nicht so,
wie sich später erwies; auch das mit dem Verhaftsbefehl war vorläufig leeres Gerücht.

13

Das ganze Gesinde war zur Kirchweih gegangen. Die Bäuerin ließ sich auf die Wandbank nieder; Urbas wanderte mit schweren Schritten in der Stube auf und ab. Da hörte man von der Straße herein schlürfendes Gehen, dann wurde an der Haustürklinke gerüttelt. Fäuste polterten wider das massive Holz, dazu erschallten Flüche. Die Bäuerin sprang auf und wollte hinaus; Urbas hob den Zeigefinger, nichts weiter; sie verharrte auf der Stelle. Nun zeigte sich Simons Gesicht am Fenster, von Trunkenheit gerötet, mit Augen voller Bosheit. Die Bäuerin schrie auf und winkte ihm zu, er solle weggehen. Er verschwand wieder, eine Weile blieb es ruhig, dann war auf der Tenne Lärm. Er war durch die Tür auf der Hofseite ins Haus gelangt. Im Dunkeln stieß er gegen das Gerät; man vernahm einen Sturz; die Bäuerin riß die Stubentür auf und im hinauslohenden Lampenschein gewahrte sie, wie sich der betrunkene Mensch mühsam vom Boden aufrichtete. Die Arme gegen die beiden in der Stube reckend, drang eine gräulich lästernde Rede aus seinem Mund; vielleicht war dieser Augenblick entscheidend für Urbas. Die Bäuerin sagte aus, daß sie ihn vom Kopf bis zu den Füßen habe zittern sehen. Simon hatte sich indessen zu seiner Kammer getastet; er schlug dröhnend die Tür hinter sich zu, dann war es wieder still. Urbas schaute in die finstere Tenne hinaus, die Bäuerin stand hinter ihm, das Gesicht in die Schürze gepreßt. Das dauerte so an fünf Minuten. Hierauf verließ Urbas die Stube und ging hinüber in die Kammer. Die Bäuerin versicherte, daß sie geahnt und gespürt habe, was kommen würde, daß ihr aber die Glieder wie gefroren gewesen seien und sie während der ganzen Zeit ihrer Sinne nicht mächtig war. Ob Simon so berauscht gewesen, daß er gleich, nachdem er sich auf die Bettstatt geworfen, in Schlaf verfiel, oder ob sie noch miteinander geredet, Vater und Sohn, ließ sich deshalb nicht ermitteln. Einmal sagte sie, es sei alles still geblieben, dann wieder, sie hätten miteinander geredet, und zwar ziemlich lange; die beiden Türen waren aber geschlossen gewesen, und da sie nach ihrer Behauptung im Ofenwinkel gesessen war, konnte, wie durch mehrmaligen Versuch erwiesen

wurde, der Schall von bloßem Sprechen unmöglich zu ihr gedrungen sein. Auch ihre Angaben, wie lange Urbas in der Kammer geweilt, waren auffallend unsicher; bald sagte sie, es könne
nur eine Viertelstunde, bald, es müßte mehr als eine Stunde gewesen sein. Das Mordmesser hatte nicht Urbas gehört, sondern
dem Sohn; ob es dieser bei sich getragen oder ob es in der Kammer gelegen, war ebenfalls nicht zu ermitteln. Hierüber verweigerte Urbas jede Auskunft, und so wichtig der Umstand war, er
konnte vorerst nicht ins Klare gebracht werden.

Ich gestehe, daß mir alle diese Vorgänge trotz ihrer Unheim-
lichkeit zunächst wenig Interesse einflößten. Sie waren als Be-
gleiterscheinung eines solchen Verbrechens typisch. Der Vater
ein unbeugsamer Starrkopf, beleidigt in seinem bäuerlichen Ehr-
gefühl, in echt bäuerlichem Dünkel keine Instanz über sich anerkennend, der Sohn ein Lump, dessen vorzeitiges und gewaltsa-
mes Ende man kaum recht bedauern konnte; die Mutter haltlos
zwischen beiden schwankend; es war die übliche Konstellation,
und die Gerechtigkeit konnte ihren Lauf nehmen, ohne daß sie
auf hemmende Dunkelheiten stieß.

Nach und nach aber, bei genauem Einblick in die Vergangenheit und die Art des Adam Urbas, wurde meine Aufmerksamkeit
nachhaltiger gefesselt. Es war als gingest du an einer Mauer entlang, die aussieht wie alle andern Mauern in der Welt; plötzlich
gewahrst du, erst kaum bemerkbar, dann immer deutlicher, gewisse Zeichen und Runen, die zu prüfen ein Etwas dich zwingt;
du kommst nicht mehr los, du beginnst Gruppe um Gruppe zu
entziffern, und schließlich wird dir eine unerwartete Mitteilung
über das verschlossene Gebiet, das hinter dieser Mauer liegt.

Die Urbassche Ehe war dreizehn Jahre kinderlos gewesen.
Die Frau hatte es als unabwendbares Schicksal getragen, der
Mann aber hatte sich aufgelehnt gegen den Spruch der Natur. Er
war der Letzte eines uralten Bauerngeschlechts; in fränkischen
Chroniken des vierzehnten Jahrhunderts schon werden die Urbas genannt. Ihn dünkte es wie Schmach, daß er keinen Leibeser-
ben haben sollte. Wozu war das Schaffen und Sparen, Säen und

Ernten? Wozu das Haus mit den gefüllten Truhen, das Vieh im Stall, das Getreide in der Scheune, wozu Acker und Wiese, Mühle, Fluß und Wald?

Er äußerte sich nicht; gegen sein Weib nicht, gegen andere Menschen nicht. Er verzog keine Miene, wenn die andeutende Rede darauf fiel. Kein hartes Wort das Jahr über, keine Erkundigung.

Aber einmal im Monat geschah es, daß er den Blick auf der Frau ruhen ließ. Es ging höhere Gewalt aus von dem Blick. Er wurde dabei nicht von einer bestimmten Absicht gelenkt; es gewann Macht über ihn und brach hervor. Auf dem Feld konnte es sein: er hörte auf, die Garbe zu binden und schaute sie an; beim Abendessen; er ließ den Löffel in die Schüssel fallen und schaute sie an; in der Nacht: die Bäuerin erwachte, er lag da, auf den Arm gestützt und schaute sie an. Auf dem Platz vor der Kirche: sie stand im Gespräch mit andern Weibern, plötzlich verstummte sie, denn er stand drei Schritte vor ihr und schaute sie an. Ohne Zorn, ohne Drohung, ohne Vorwurf, nur prüfend, aus umbuschten Augen still und lang.

Einmal im Monat geschah es und war mit Sicherheit zu erwarten. Anfangs ging es der Bäuerin nicht nah. Sie hielt es für eine Schrulle. Sie gab sich keine Rechenschaft, worauf es abzielte. Sie lachte; sie zwang sich zu einem muntern Wort. Später duckte sie sich, flüchtete mit Sinn und Auge; aber es kamen Stunden und schließlich Tage, wo sie in Grübeleien verfiel und die Frage, die sie an den Bauern nicht zu richten wagte, an seinen geisternden Schatten richtete.

Können Menschen nicht miteinander reden? grübelte sie; wozu hat einer die Zunge im Maul, daß er nicht sagt, was er begehrt? Sie beschloß, den Mann anzuhalten. Doch wenn es so weit war und sie vor ihn hintrat, entfiel ihr der Mut. Verschuldung wuchs, um Aufschluß drängte eine Stimme, Aufschluß kam nicht, sie fühlte sich nicht schuldig, etwas war schuldig, aber das Etwas war in ihr.

Das wechselnde Tun während der lebendigen Jahreszeiten

zwang die Tage immer wieder ins gleiche, aber für eine immer
kürzer werdende Spanne. Die Angst vor des Bauern Blick, der
auf sie eindrang, so oft das Blutzeugnis die Schuld vergrößerte,
lähmte die Gedanken. Vom November bis zum Februar rückten
die Steine und Balken des Hauses gefährlich aneinander, in den
Stuben war schwerere Luft, der Himmel klebte an den Fensterscheiben, der Abend war ein nasser Sack um den Leib, das Linnen schleifte bleich über die Diele, die Kühe lagen in rosigem
Dampf, und durch die Schneeschlucht heran zum Stall
schwankte durch Irisringe breitgängig, die Laterne in der Hand,
die hochschwangere Magd.

Alles war Leib, alles war Angst. Achtundzwanzig Tage und
Nächte waren ohne Einschnitt; Urbas saß am Ofen, die Pfeife
zwischen den Zähnen; ging ins Wirtshaus und kehrte am Abend
zurück; saß wieder am Ofen und studierte die Zeitung; erhob
sich, wenn der Topf mit Kraut und Klößen hereingetragen
wurde; sprach das Gebet; hörte still zu, wenn die andern redeten, und nichts Heimliches war in seinen Mienen, kein Groll,
der sich sammelte, nur Schweigen.

Dann aber kam die Stunde. Die Bäuerin spürte es schon in jeder Ader; die Haare fingen an zu knistern. Eine Tür ging auf,
und er stand da; am Morgen, am späten Abend; war es nicht in
der Stube, so war es in der Tenne; stand da mit dem unerforschli-
chen Blick. Kein Räuspern, kein Aufzucken, kein Wort, nur der
Blick: warum nicht? warum alle und du nicht? warum liegt dein
Acker bracht?

Zwölf Jahre waren so verflossen, da hatte die Kraft der Frau
ein Ende. Ihr Gemüt umdüsterte sich. In den Nächten wälzte sie
sich schlaflos. Durch die Finsternis brannten die Augen des Bauern, auch wenn er schlief. Hörte sie bei Tag seinen Schritt, so ver-
kroch sie sich in einen Winkel der Scheune und kauerte zitternd,
bis von allen Seiten das Rufen nach ihr erschallte. Die Zügel der
Wirtschaft waren gelockert, das Gesinde wurde lässiger.

Sie versagte sich ihm. Ihr graute vor seiner Umarmung. Ergab
sie sich nicht, so hatte er nichts zu fordern, schien es ihr in der

Verdunkelung ihrer Sinne. Sie wurde kalt an Haut und Blut; das Weib in ihr erstarrte. Da aber fing Urbas an, um sie zu werben. Es war wie nie zuvor. Sie hatte es nie kennen gelernt. Nicht mit Worten warb er, vielmehr in einem scheuen Dienst. Es lag oft etwas Beklommenes darin, als habe sie sich versteckt, und er müsse sie finden; als suche er und könne sie nicht finden. Er glich einem Tier, das leidet. Ein Jahr lang oder noch länger währte dies, und in der Zeit verlor sich die Angst der Bäuerin, denn sie merkte, daß sie nicht bloß eine an ihn hingeworfene Kreatur in seinen Augen war, der man zu fressen gibt und die man karessiert, wenn sie geschuftet hat, und einen Fußtritt verabreicht, wenn sie nicht leistet, was man von ihr verlangt, sondern daß sie noch was anderes für ihn bedeutete, der Ehrung und der Befragung Würdiges. Sie wandte sich ihm mit bereitwilligerem Herzen wieder zu; einen Monat darauf wurde sie schwanger.

Als dies keinem Zweifel mehr unterlag, verwandelte sich ihr Wesen vollends. Mit jungen Schritten eilte sie durchs Haus, trieb die Säumigen heiter zur Arbeit, legte selbst überall Hand an, gesprächig, hell, aufgeblättert. Staunen war um sie. Auch Urbas wunderte sich. Sie mochte ihm, was bevorstand, nicht geradezu ankündigen; sie wünschte eine Form, in der es festlich und wie ein Geschenk wirken sollte. Am Gründonnerstag legte sie das Staatskleid an, dazu die langen schwarzen Kopfschleifen mit den silbernen Spangen, dann rief sie Urbas in die obere Stube, wo die Glasschränke standen mit dem alten Silber und Porzellan, Jahrhunderterbe. Gewichtig setzte sie sich in den Lehnstuhl, faltete die Hände über dem Leib und sagte, was zu sagen war, kurz und simpel.

Durch Urbas mächtigen Körper ging ein Ruck. Als sie von dieser Stunde sprach, neunzehn Jahre später sich dieses Geständnisses entsann und wie Urbas sich dabei verhalten, war ihr noch immer die Erschütterung anzumerken, die sie damals gespürt. Sein erdbraunes Gesicht wurde rot wie Mohn. Er stieß eine dröhnende Lache aus. Darnach rann ihm die Nässe aus den Au-

gen. Er trat auf sie zu und schlug sie so derb auf die Schulter, daß
sie schrie. Bestürzt, sie könne nicht als Liebkosung nehmen, was
so gemeint war, tätschelte er ihr den Rücken, zärtlich, andächtig
und ließ dazu ein melodisches Gebrumm in der Kehle orgeln.

Auf sein strenges Geheiß mußte sie sich pflegen. Er ging heimlich zum Doktor und bat um Weisungen. Damit die zwei Arme
nicht fehlten, heuerte er noch eine Magd. Er überwachte sie; er
räumte ihr aus dem Weg, was sie beim Schreiten hinderte. Als die
Kinderwäsche genäht wurde, saß er bisweilen mit runden Augen
daneben und wiegte den schweren Schädel.

Alles verlief der Natur gemäß, auch die Stunde am Ausgang
der neun Monate. Lange hielt Urbas das Neugeborene in der
Hand, lange betrachtete er das trübselig-ungestalte Ding. Auf
seiner Stirn wetterte es freudig und sorgenvoll.

Simon wuchs auf wie alle andern Bauernkinder; es wurde ihm
nichts leichter gemacht. Keine Kenntnis durfte ihm davon werden, wie lang man auf ihn gewartet hatte und mit welcher Ungeduld. Was er seinen Leuten wert war, mußte sich aus seiner
Brauchbarkeit ergeben. Frühe Launen zerschellten an der festge-
fügten Ordnung; frühe Krankheiten waren die Probe, die zu bestehen war: taugst du oder taugst du nicht? Allerdings, wer
scharf zusah, konnte dann an Urbas eine unruhige Gespanntheit
wahrnehmen, als behorche er den innersten Blutgang im Leib
des Knaben.

Das Behorchen blieb in seinen Zügen. Es grub sich faltenmä-
ßig ein. Schien es, wie wenn er nicht beachte, was Simon tat und
sprach, so war es falscher Schein. Niemand in seiner Umgebung
konnte ermessen, mit welcher Genauigkeit er in diesem Punkte
sah. Ich erfuhr es. Ich erfuhr es in einer Weise, die weder zu vergessen, noch eigentlich mitteilbar ist. Es wären dazu andere Be-
helfe nötig, als sie mir zur Verfügung stehen.

Eine fast erhabene Vorstellung von dem Verhältnis zwischen
Vater und Sohn war mit seinem Wesen verschmolzen. Er fühlte
sich als Bauer, d.h. er fühlte sich als König. Die Erde war seine
Erde. Der Knecht war sein Knecht. Wetter wurde für ihn ge-

macht, und für den Acker, und für die Ernte. Er war Herr über das Land; sein Auge grenzte es ab bis zu dem Stein, der von altersher unverrückt stand; kein Halm, der nicht in seinem Namen aufschoß. Eigentum war das Heiligste von allem, und Eigentum war des Herrn bedürftig, daß er es wachsam und unerbittlich verwalte, bis auf den Pfennig, bis auf das Saatkorn. Der Sohn übernahm es vom Vater, der Vater gab es dem Sohn, durch alle Zeiten hindurch; so war die Ordnung der Dinge, anders war die Welt nicht zu verstehn.

Aber das heißt vorgreifen, und ich will den Faden behalten.

Die förmlichen Verhöre, die ich mit Urbas vorzunehmen verpflichtet war, führten zu keinem nennenswerten Ergebnis. Die Antworten waren immer dieselben, und sie jedesmal wiederholen zu sollen, schien ihm verwunderlich und lästig zu sein. Er beschränkte sich auf die Tatsache; erklären wollte er nichts. Sich zu verteidigen verschmähte er, auch von einem Rechtsbeistand wollte er nichts wissen, und meinen Belehrungen und Ratschlägen setzte er eine obstinate Gleichgültigkeit entgegen. Als ich ihm nahelegte, daß er durch eine freimütige Darstellung der Beweggründe seines Verbrechens eine bedeutende Strafmilderung erzielen könne, antwortete er lakonisch: „Es ist nicht an dem." Ich entschloß mich, auf die fruchtlosen Inquisitionen zu verzichten, zumal die Zeugenaussagen und alles, was mir über die Person des Ermordeten wie über die des Angeklagten selbst bekannt geworden war, eine lückenlose Motivenkette geschaffen hatten.

Dennoch gab es zwei Momente der Ungewißheit, die aufzuhellen noch nicht gelungen war. Das eine war das Gutachten des Gerichtsarztes über den Leichenbefund am Tatort. Die Lage des Körpers zeigte nämlich nicht das geringste Merkmal von verübter Gewalt, weder an der Art wie die Gliederstarre eingetreten war, noch an den Kleidern, noch am Gesichtsausdruck. Wäre nicht die Selbstbeschuldigung des Bauern gewesen, so hätte sich der Beweis des Mordes schwer erbringen lassen. Das zweite knüpfte sich an das unbestrittene Faktum, daß das Messer dem

Simon Urbas gehört hatte. Der Bauer behauptete, es sei im Hosengürtel Simons gesteckt, und er habe es einfach herausgezogen; auch zu dieser Angabe verstand er sich erst nach häufigem, ernstlichem Drängen. Sie trug das Gepräge der Unwahrscheinlichkeit an sich, und am nächsten Tag widerrief er sie auch und sagte, das Messer sei aufgeklappt auf dem Tisch gelegen; Simon habe in der Frühe noch Brot damit geschnitten. Als ich ihm mein Erstaunen über diese Veränderung einer wichtigen Aussage nicht verhehlte, blickte er scheu zu Boden. Es war das einzige Mal, daß ich etwas wie Verwirrung an ihm zu beobachten glaubte.

Den beharrlich schweigenden Mund zum Reden zu bringen, wurde zwangvoller Trieb für mich. Fast ununterbrochen waren meine Gedanken mit dem Menschen beschäftigt; die Deutlichkeit der Erscheinung, die Hartnäckigkeit, mit der sie mich verfolgte, beunruhigte und quälte mich. Immer wieder rief mir eine Stimme zu: der Mann ist kein Mörder; das ist der Mann nicht, der hingeht und einem andern den Hals abschneidet wie man ein Huhn schlachtet; dem eigenen Sohn mit Abscheu erregender Brutalität zum Henker wird. Doch hatte er es ja gestanden. Was war vorgegangen? Auf die Frage nach der Dauer seines Aufenthalts in der Kammer hatte er stets geschwiegen oder höchstens die Achseln gezuckt; erst beim letzten Verhör waren ihm, beinahe wider Willen, die Worte entschlüpft, er schätze, es könne eine halbe Stunde gewesen sein. Was war in dieser halben Stunde vorgegangen? Er gewahrte mein Nachdenken, und sein Gesicht verfinsterte sich.

Ich sah, den eigentümlichen Zustand meiner Unruhe und Ungeduld zu beenden, keinen andern Weg, als den Bezirk der Beruflichkeit zu verlassen und ihm gegenüberzutreten, Mensch gegen Mensch. Ein gewisses Vertrauen glaubte ich mir bei ihm erworben zu haben; so oft ich mich bemüht gezeigt hatte, Heikles zart zu behandeln, glaubte ich eine dankbare Regung in ihm verspürt zu haben. Zögern machte mich nur noch die Erwägung, ob sich nicht der angeborene Argwohn gegen den Zudringling aus der fremden Sphäre wenden würde, ob es nicht an den Mitteln zu natürlicher Verständigung von vornherein mangle. Aber darüber halfen mir Bild und Gestalt hinweg; Adam Urbas war ja kein Bauer gewöhnlicher Sorte; er gehörte zu unserer Bauern-Aristokratie, seine bloße Haltung zeugte von Scharfsinn und Noblesse, und so hoffte ich, daß ich den Weg zu ihm nicht vergeblich bahnte. Ich überlegte nicht länger; eines Abends im Dezember war es, als ich in das Gefängnisgebäude ging und mir die Zelle aufsperren ließ, in der sich Urbas befand.

Ich hatte ihm Vergünstigungen für die Haft erwirkt. Es war ein wohnlicher Raum, anständig möbliert mit Waschtisch, Bett und Spiegel, behaglich warm. Er saß bei der Lampe und hatte die Bibel vor sich aufgeschlagen. Ich grüßte, zog den Mantel aus, hing ihn an den Türhaken und setzte mich Urbas gegenüber an den Tisch.

Sein Anblick frappierte mich jedesmal aufs neue; auch jetzt. Er war massig wie ein Stier. Sein Kopf hatte die Rundheit der eingeborenen fränkischen Brachycephalen, doch wies der Schädel, besonders die Bildung an den Schläfen, Merkmale alter Zucht auf; die Knochen waren dort auffallend dünn, die Haut bläulich-gelb und fast durchscheinend. Der Mund war weitgeschnitten, mit festverpreßten schmalen Lippen, die Nase gebogen, mit starkem Sattel; das Gesicht, an das eines alten Schauspielers erinnernd, war sorgfältig rasiert, die Hände waren die eines Riesen. Die träglidrigen Augen öffneten sich selten; dann aber hatte der Blick eine überraschende Durchdringungskraft, so daß es auch mir nicht leicht war, ihn auszuhalten.

Um das Gespräch einzuleiten, sagte ich, ich hätte schon lange das Bedürfnis empfunden, ihn aufzusuchen. Ich käme aber nicht in meiner Amtseigenschaft, sondern, wenn er wolle, als Freund, dem ein Besuch zufällig erlaubt sei. Im Grunde sei er mein Schutzbefohlener, und ich trüge die Verantwortung für sein Wohlergehen.

Er blickte mich schweigend an. Nach geraumer Weile sagte er: „Sehr gütig von Ihnen."

Ich wehrte ab. „So möchte ich es nicht aufgefaßt haben," sagte

ich ungefähr; „ich wünschte, Sie sollen mir jetzt nicht mißtrauen. Dem Richter mißtraut man, unwillkürlich. Sie denken
sich: Kommt er nicht als Beamter, um seine Akten vollzuschrei-
ben, so kommt er doch als Neugieriger, um zu schnüffeln. Weder das eine, noch das andere ist meine Absicht. Die Akten sind
so gut wie geschlossen; wir stehen vor der Verhandlung. Zur
Neugier ist für mich wenig Anlaß; es ist mir ja alles bekannt, will
mir scheinen. Warum ich gekommen bin, weiß ich selbst nicht
genau. Ich mußte. Es war wie Pflicht."

Wieder antwortete Urbas lange nicht. Endlich sagte er: „Ich
glaube Ihnen."

Ich griff das Wort auf. „Wenn Sie mir glauben," erwiderte ich,
„dann können wir uns ja über das Geschehene wie zwei gute Bekannte in Ruhe unterhalten."

Urbas dachte nach. Hierauf sagte er: „Wozu soll ich denn reden? Schlimm genug, daß es hat geschehen müssen."

„Das ist eben die Frage," warf ich ein; „hat es geschehen müssen? müssen?"

Er hob den Kopf, aber die Lider blieben gesenkt. „Daran zu
zweifeln, wäre die pure Vermessenheit," sagte er.

„Es gibt nicht nur einen Zweifel," beharrte ich, „sondern die
menschliche Gesellschaft verwirft Ihre Tat und verabscheut sie.
Wollte jeder in einem solchen Fall nach eigenem Gutdünken ent-
scheiden, so wäre des Schreckens kein Ende, so lebten wir wie
unter reißenden Bestien. Wie Sie sich vor sich selbst und Ihrem
höchsten Richter verantworten werden, weiß ich nicht. Uns
Menschen sind Sie die Verantwortung noch schuldig."

Urbas schüttelte den Kopf. „Was kann das Reden hinzutun
oder wegtun?" murmelte er gleichgültig.

„Zwischen Ihnen und uns muß reiner Tisch werden," sagte
ich; „so lange Sie sich trotzig verschließen, bleibt alles ein wüster
Graus."

„Wenn einer aber nicht die Worte hat?"

„Hat er sie nicht oder verweigert er sie nur aus Hoffart und aus
Trotz?" entgegnete ich; „prüfen Sie sich."

Er sagte: „Die Zunge ist schwer; ich bins nicht gewohnt."

Seine Stirn furchte sich. Ich sah, daß ich nicht weiter in ihn dringen durfte. Ich wartete. Endlich murrte es aus seiner Brust: „Ich hab ihn gemacht." Sein Blick bohrte nach unten. „Wenn ich ihn gemacht habe, darf ich ihn dann nicht auch vertilgen?" fragte er mit einem seltsamen, listigbösen Ausdruck. „Das mögt Ihr Leute bestreiten, soviel Ihr wollt: den einer gemacht hat, den darf er auch wieder vertilgen, wenns nur zum Unheil war, daß er kam. Ich hab ihn mir geholt; herausgegraben aus seiner Mutter Schoß. Andere Weiber tragen die Frucht neun Monate. Von der kann man sagen, sie hat sie dreizehn Jahre getragen. Ich hab ihn von ihr verlangt; ich hab ihn vom Herrgott verlangt. Ich hab ihn mir zurechtgerichtet, bevor er noch da war. So und so, dacht ich, wirst du mir werden. Wie ein Stück Lehm, das einer aus dem Erdreich schneidet und bastelt daran und knetet es nach seinem Sinn. Auf einmal hat er nichts als eitel Dreck in der Hand. Da schmeißt ers wieder hin, von wo ers hergenommen hat."

Der listigböse Zug verstärkte sich. Er musterte mich durch einen Spalt zwischen den Lidern. „Daß es zum Unheil war, hat sich erst nach und nach erwiesen," sagte ich.

Er unterbrach mich mit einer herrischen Gebärde. „Von Anbeginn mißraten. Mißratenes Blut; ich hab es mit meiner Nase gerochen. Andere, von schlechterer Herkunft, wachsen auf, ohne daß man ihrer viel achtet und mißraten doch nicht. Biegen sie sich am Anfang krumm, so biegt sie die Zeit wieder grade. Bei ihm wurde das Krumme immer krummer. Da sah ich, es wird großes Leid entstehn. Und so wars. Jeder Tag ein Sandkorn davon, zuletzt ein Berg. Da bin ich gestanden und habe mich gefragt: was will das werden? Hat mans an einer Stelle fortgeschaufelt, wars an der andern doppelt so hoch; hat mans angegriffen, ists zwischen den Fingern zerronnen. Es war keine Hilfe."

„Aber können nicht auch schadhafte Keime durch eine sorgfältige Pflege zum Gedeihen geführt werden?" hielt ich ihm entgegen. „Haben Sie sein Gewissen zu wecken versucht? Haben Sie ihn in ernstliche Zucht genommen?"

Urbas hob zum erstenmal die schweren Lider, und in seinen Augen war etwas Verstörtes. „Herr", erwiderte er jäh, „das Element kann einer nicht bewältigen. Schaffts das Auge nicht, so schaffts auch das Maul nicht, hab ich mir gesagt. Schaffts das Beispiel nicht, so schaffts auch der Prügel nicht. In dem Punkt, den Sie meinen, hat die Bäuerin ihre Schuldigkeit getan. Eine Weibsperson versteht das besser. Wenn er nicht hat spüren können, daß meine Stimme auch dabei war, was war dann an ihm nutze? Wenn er nicht hat hören können, was ich ihn ohne mein Reden habe vernehmen lassen, wär auch des Propheten Wort nur leerer Schall für ihn gewesen. So hab ich mir gesagt. Ich bin vorangegangen, er hätte nachgehen können; ich bin ihm nachgegangen, er hätte sich umdrehn können. Er hat mich nicht gesehen, er hat mich nicht gehört. Mich widerts, daß ich einen Menschen soll packen und ihm ins Ohr schreien: Mensch, sei ordentlich. Was soll das frommen, wenns ihm nicht in der Art liegt? Verzieht einer seine Fratze zum Hohn, während andere beten, so ist er eine verlorene Kreatur. Zucht schlägt an, wo nicht an der Wurzel der Wurm schon nagt."

„Wußten Sie denn das ganz genau?" fragte ich, und wie ich vermute, nicht ohne Schüchternheit, denn seine Worte, seine Stimme hatten finstere Wucht, „waren Sie denn von Ihrer eigenen Unfehlbarkeit so fest überzeugt?"

Er streckte den Arm über den Tisch und antwortete schweratmend: „Wenn mein Fleisch und Blut wider mich aufsteht, so kann ich nicht mit ihm rechten wie mit einem Händler, der mich betrügt. Wenn der Same, den ich ausgestreut, mir als Schlangenbrut entgegenzüngelt, so kann ich nicht wie ein Schulmeister mit dem Bakel dreinfahren. Das hat kein Verhältnis, das hat keine Menschenwürde. Wenn einer Böses wirkt und Aberböses, auf den man die Zukunft gebaut, unabänderlich Böses, bis Haus und Hof im Schlamm ersticken, was soll man da tun? Soll man ihm die Knochen anders renken, ein anderes Hirn und Herz einblasen?"

Sein Gesicht, in seiner ganzen Mächtigkeit, bebte und

flammte. Derselbe Mann, der sich so lange, ein Lebensalter vielleicht, der mitteilenden Rede enthalten, riß vor meinen Augen
sein Inneres auf und hatte Worte, Bilder, Töne, die mich ver-
stummen machten und fast mit Angst erfüllten. Doch ich hatte
plötzlich den unabweisbaren Eindruck, daß er nur scheinbar mit
mir redete, nur scheinbar sich an mich wendete; daß er in Wirklichkeit sich eines abwesenden Bedrängers zu erwehren suchte,
der nicht erst seit heute ihm mit Fragen und Vorwürfen zusetzte.
Mir wollte es scheinen, als wäre alles, was er gegen mich äußerte,
schon als feuriggärender Stoff in ihm angesammelt gewesen und
nun quölle es aus ihm heraus, schleudre sich hervor; er konnte es
nicht hemmen, und während dies Gewaltige, gewaltig Unter-
drückte redete, schien er selbst in Grimm und Qual und noch
immer stumm zu lauschen.

Übrigens klang seine Stimme ruhiger, als er mit eckigen Kinn-
ladenbewegungen, den Kopf gesenkt, fortfuhr: „Es könnte wer
fragen: wann hast du angefangen, alles zu wissen und wann hast
du aufgehört, zu hoffen? So frage er den Aussätzigen: wann hat
deine Haut zu schwären angefangen? Er hat es am ersten Tag gewußt, natürlicherweise, aber den Aussatz hat er erst geglaubt,
wie es ihn ins Siechenbett gezwungen. Bin gelegen, Nacht für
Nacht; hab gesonnen und gesonnen. Hab mich durchforscht,
hab ihn durchforscht. Hab dies erwogen, hab jens erwogen.
Hab zugesehen und zugesehen, wie der Aussatz um sich gefres-
sen hat. Hab mir den Geist zermartert, wie das Übel zu fassen
wäre. Zucht! Zucht kommt immer um den Schritt zu spät, den
die Unzucht voraus hat. Das Rohr, mit dem ich seinen Rücken
zerbläut, wär mir in der Faust zerbrochen, und die Narben auf
dem Fleisch hätten ihn bloß verhärtet. Hätt’ ich ihm die Regeln
vorsagen sollen? Was für Regeln? welche sind erprobt? Hätt’ ich
ihn an Ketten legen sollen wie einen Hund? Alles, was ich an ihm
angepackt, war doch mein. Ich der Baum, er der Zweig; ich der
Docht, er das Licht; ich das Erdreich, er der Quell. Wie soll
denn der Baum zum Zweig reden? es rinnt ja der nämliche Saft
durch. Und der Docht zum Licht? er nährt es ja. Und der Boden

zum Wasser? es kommt ja aus ihm. Schön; aber woher kommt
die Schlechtigkeit? Sie ist da und breitet sich aus wie das Feuer in
dürrem Holz; aber woher kommt sie? Und was das für ein un-
barmherziges Gestaffel hat: erst die kleine Lüge, dann die große;
erst den Pfennig stiebitzt, dann den Taler; erst das Tier malträ-
tiert, dann den Menschen; erst Tagedieberei, dann Ehrabschneiderei; erst ein Hansguckindieluft, dann ein Hurentreiber. Kein
Respekt, kein Glauben, keine Redlichkeit, keine Liebe. Woher
ist das alles gekommen? Aus mir? Es ist wohl schließlich an dem.
Und da hab ich mich gefragt: wo, Urbas, und wann ist dein
sterblich Teil oder dein unsterbliches so von der Hölle versengt
worden, daß du solchen Stank und Unrat in die Welt gesetzt
hast? Ist denn der Mensch nichts als ein geiler Schleim, daß er
nur wieder geilen Schleim hervorbringt?"

Er sah mich mit seinem großen Blick an wie ein Lastenschlep-
per, der unter der schweren Bürde keucht. Es entstand eine
Stille. Er wischte sich mit dem Rockärmel die Feuchtigkeit von
der Stirn. Ich begriff seine Erschütterung und sie teilte sich mir
mit, aber mein in Zwiespalt geratenes Gefühl zieh ihn der Über-
heblichkeit, und ich konnte mich nicht enthalten, es zu äußern.
„Ein solches Maß von Verantwortung sich zuzuschreiben, geht
meines Erachtens weit über das hinaus, was einem Menschen
verstattet ist," bemerkte ich; „übernimmt man sich in dem,
wozu man sich verpflichtet wähnt, so vergreift man sich auch in
seinen Rechten. Sie berufen sich in allen Stücken auf sich allein;
als Mann und Vater nur auf sich selbst. Wie steht dann aber die
Mutter da, die doch den gleichen Anspruch auf den Sohn hat,
den stärkeren sogar? Die wird Ihre Gründe nicht billigen und gewiß nicht die Tat, für die Sie alle Bande der Familie zerreißen
mußten."

„Darüber läßt sich nicht disputieren," antwortete Urbas hart;
„das geht dorthin, wo das Denken aufhört. Ob sie meine
Gründe billigt, weiß ich nicht. Sie hat verspielt, und ich hab verspielt. Ist bei ihr der Kummer groß, so ist bei mir die Verdammnis noch größer. Bleibt ihr nichts vom Leben übrig, so ist mirs

schon vergällt seit Jahr und Tag. Freilich ist sie mehr zu bedauern. Wars doch als gäb ihr Leib ungern die Frucht her und sträube sich ahndungsvoll gegen meine eitle Torheit und Ungeduld. Man muß nur die Natur recht verstehn, aber man versteht sie mit nichten und wills besser machen und rennt wie ein Bock wider die verriegelte Tür. Es sollte kein Weib ein einziges Kind haben, da steht zuviel drauf. Meine Mutter hatte neun; davon sind allerdings sieben gestorben; meine Ahn sechzehn, und auch von denen sind acht früh mit Tod abgegangen. Solches Sterben hat nichts Bitteres. Von den Körnern bei der Aussaat gehen auch nicht alle auf. Ein einziges Kind soll man nicht haben; damit nimmt man sich zuviel vor, wie beim Lotteriespiel. Da ist kein Ausgleich, da schlägt die Flamme auf einen zurück und wird Qualm. Einer Mutter bangt vielleicht, und ihr Gemüt fällt in Finsternis, wenn ihr Eins und Alles verworfen ist vor Gott und den Menschen; aber sie ist drin gefangen für Zeit und Ewigkeit, und träte er mit der aufgehobenen Hacke vor sie hin, sein Leben gälte ihr mehr als ihres. Kein Gut, kein Böse mehr; das Blut schreit lauter. Ich derweil! Vater, hats mich angerufen. Was ist das, Vater? hab ich mich gefragt und hab nach dem Ursinn geforscht. Wär ich zur Magd ins Bett gegangen und hätte mit ihr einen Sohn gezeugt, der hätte mich auch Vater genannt. Wärs dasselbe gewesen? Es wäre nicht dasselbe gewesen. Vielleicht wär der der Geratene, der Ehrfürchtige, der Gewünschte gewesen. Warum nicht ihn gezeugt, warum den Mißratenen? Aber da steht das Gesetz dagegen auf, und das Gesetz ist heilig. Und wär dann das Weib noch mein Weib gewesen? Ich will einmal sagen: der Mann reicht weiter hinauf und hinunter denn das Weib. Ich will auch dieses sagen: der Vater ist tiefer in der Schuld denn die Mutter. Die Mutter sitzt am Rocksaum unseres Herrn, und er mag ihr nichts zuleide tun. Nach dem Vater wird gefragt, er muß Rechenschaft ablegen. Mitteninne steht er in der Geschlechterkette; die obern deuten auf ihn, und die untern deuten auf ihn. Er darf sich nicht gefallen in der Zärtlichkeit und Liebkosung, denn aus den Augen des Sohnes schaut ihn die Gemeinde an, schaut ihn der Kaiser an, schauen ihn die Altvordern an und alle, die nachher sind bis ins vierte und fünfte Glied. Der Sohn ist ihm verliehen als ein Pfand, will ich einmal sagen, daß er es der Welt zurückgeben soll, wenn die Zeit reif ist. Weh dem, der mit leeren Händen kommt und sprechen muß: ich habs verwirkt."

Er schaute starr in die Luft, erhob sich vom Stuhl und wiederholte laut: „Ich habs verwirkt." Dann setzte er sich wieder.

Ich wagte nicht die Versunkenheit zu stören, in die er fiel. Auch suchte ich in meinen Gedanken einen Weg, der weiter führte. Von Minute zu Minute war ich meiner Sache sicherer geworden, aber ich hatte Furcht. Eine solche Sicherheit war in mir, daß Vorgänge, die sich bis jetzt auf bloße Vermutungen und Kombinationen gestützt hatten, die Leuchtkraft des Erlebten gewannen, und in einer seherischen Glut fügte sich Bild an Bild. Zweifellos trug hiezu das Fluidum des Menschen bei, der mir gegenübersaß, und daher auch die Furcht. Ich habe trotz einer langen Laufbahn als ausübender Jurist und Richter, oder vielleicht durch sie, die Übertragbarkeit außerordentlicher Seelenzustände zu oft erfahren, um sie hier zu leugnen, wo ich plötzlich eine Fähigkeit zu entfalten vermochte, die ihr entwuchs. Es war etwas Grandioses um den Mann; seines Geheimnisses mich zu bemächtigen, dünkte mich fast unerlaubt; ich zauderte; ich fand das Wort nicht; schließlich aber unterbrach ich das tiefe Schweigen, beugte mich weit über den Tisch und fragte: „Sie sind in die Kammer hinübergegangen, um ein Ende zu machen?"

Er antwortete nicht. Die aufeinander gepreßten Lippen schienen sich der Rede wieder verweigern zu wollen. Doch für mich barst diese hartnäckige Stirn; sie öffnete sich wie ein Buch, und ich konnte in dem Raum dahinter lesen. „Sie waren zweimal in der Kammer," sagte ich plötzlich aufs Geradewohl, oder vielleicht ist das falsch: aufs Geradewohl, vielleicht geschah es unter der brennenden Eingebung und Vision des Augenblicks; „zweimal; als Sie sie das erste Mal verließen, lebte Simon noch. Als Sie das zweite Mal hineingingen, lag er schon als Leiche auf dem Bett."

14

Ich hatte nie gedacht, daß das Gesicht dieses Bauern, das von Natur braun war wie gebeiztes Holz, so weiß werden könne. Das Weiße quoll förmlich aus den Poren heraus und überzog die Haut mit einem Schimmer wie von nassem Kalk. Er stierte mich mit weiten Augen an, seine Backen schlotterten, und mit beiden Händen griff er an den Hals. Nun gab es keine Unschlüssigkeit mehr für mich; ich zwang mich zu angemessener Ruhe und fuhr fort:„ Sie sind zu ihm gegangen, um ihm Geld zu bringen. Sie hatten an dem Sonntag kein Geld im Hause und liehen sich unmittelbar nach Tisch zweitausend Mark von Ihrem Nachbarn Stephan Buchner aus. Ist es nicht so? Das Geld sollte dazu dienen, daß sich Simon auf der Stelle davonmachte. Er sollte nach einer Hafenstadt, am selben Abend noch, und von dort nach Amerika. Ist es nicht so? Sie boten ihm das Geld, Sie entwickelten ihm Ihren Plan, und Sie erwarteten, daß er ohne Zögern gehorchen würde. Aber er gehorchte nicht nur nicht, sondern er schlug auch das Geld aus. Sie fragten ihn, da begann er zu sprechen. Zuerst war, was er vorbrachte, wirr und faselnd, denn er war noch benebelt von dem Trinkgelage, dann aber wurde seine Rede klar, Ihnen jedenfalls furchtbar klar. Sie standen vor ihm und schwiegen. Sie nahmen nicht einmal Anstoß daran, daß er auf der Bettstatt liegen blieb und in die Luft hinein sprach; denn Sie fühlten, daß er nicht den Mut gehabt hätte, zu sprechen, wenn er Ihnen ins Gesicht hätte schauen müssen. Sie haben zugehört, nur zugehört, und aus dem Zuhören entstand alles übrige. Verhält es sich so oder nicht?"

Urbas ließ den angstvollen Blick nicht eine Sekunde lang von mir. „Da müssen Sie wohl als ein verzauberter Geist im Hause gewesen sein," stammelte er verstört.

„Nein," erwiderte ich; „es sind einfache Schlußfolgerungen aus Tatsachen. Die unscheinbarsten Tatsachen hinterlassen oft die eindringlichsten Spuren. Denken Sie nicht an Zauberei und Blendwerk. Eines Menschen Tun und Treiben wirkt nach allen Richtungen hin mit sonderbarer Gesetzmäßigkeit. Es ist, als schleudre man einen Stein ins Wasser; die Ringe breiten sich aus und vergehen, aber die Bewegung kann noch gemessen werden, auch wo das Auge längst nichts mehr gewahrt. In dem Betracht kann wirklich keiner entrinnen; jeder Schritt nach jeder Seite, was er mit dem Finger faßt und mit dem Atem behaucht, knüpft ihn fester in das Netz. Ich besitze eine Zeugenschaft, der ich anfangs wenig Wert beilegte; im Lauf der Zeit erst begriff ich ihre Wichtigkeit. Es gibt da einen Eichstädter Maler namens Kießling, Freund und Zechkumpan von Simon; ein verbummelter Kerl, eine verkommene Existenz; aber nicht ohne derbe Aufrichtigkeit. Der wußte mancherlei zu erzählen. Wie Sie sich erinnern werden, verschwand im vorigen Winter in Ihrem Haus eine von den alten schönbemalten Porzellankannen. Sie, wie auch die Bäuerin, dachten nicht anders, als daß Simon sie sich angeeignet und beim Händler in der Stadt verklopft habe, denn es war ein wertvolles Stück; die Bäuerin äußerte sogar den Verdacht, Kießling habe bei dem Diebstahl seine Hand als Hehler im Spiel. Daß Simon die Kanne genommen, ist richtig; ebenso, daß Kießling daran interessiert war; er hätte wohl den Beuteanteil nicht verschmäht, wenn er es auch jetzt in Abrede stellt. Aber so weit kam es gar nicht. Simon zertrümmerte die Kanne vor den Augen seines Freundes. Sie waren in dessen Bude beisammen, drüben an der Pleinfelder Chaussee; Simon hatte die Kanne gebracht, Kießling nahm sie, beschaute sie, prüfte sie und wollte eben seine Anerkennung kundgeben, als Simon sie ihm wieder entriß und mit aller Kraft gegen den Fußboden schmetterte, wo sie natürlich in hundert Scherben zerbrach. Der andere machte ihm zornige Vorwürfe, aber Simon, nachdem er eine Weile finster vor sich hingebrütet, rief plötzlich aus: ich möcht ihm einmal einen rechten Tort antun, so daß ers spürt bis in die Eingeweide hinein. Kießling wußte nicht gleich, auf wen der Ausbruch gemünzt war; seine Bekanntschaft mit Simon war damals noch neu; später wurde ihm dann die Sache klar. Er sagte, er habe nie einen jungen Menschen gesehen, der einen solchen Haß gegen seinen Vater gehegt hätte. Von Zeit zu Zeit wiederholten sich die Anfälle, ähnlich jenem ersten; eine ohnmächtige Erbitterung kam über

ihn, ein Trieb, zu zerstören; zu anderer Zeit wieder war es eine
krankhafte Freudlosigkeit, ein melancholisches Hindämmern
und stilles Glosen. Oft schien es nicht Haß zu sein, sondern
Furcht; oft nicht Furcht, sondern etwas viel Unergründlicheres.
Eine Äußerung, die auch von dritten Personen bezeugt ist, war
die: möcht ihm einmal alles ins Gesicht sagen können, dann
würde mir wohl. Was konnte er damit gemeint haben? Abgesehen von Kießling, schildern ihn auch sonst Leute, die ihn kannten, nicht als schlecht; es sind meist Leute, denen man ein unbe-
fangenes Urteil zutrauen darf. Sie bezeichnen ihn als schwachen,
leicht verführbaren Charakter, als einen Menschen ohne Verwurzelung gleichsam; ausschweifend wie einer, der sich betäuben
will, arbeitsscheu wie einer, der fortwährend auf der Flucht ist
und verfolgt wird, lasterhaft aus innerer Öde, aber keineswegs
schlecht. So beurteile auch ich ihn jetzt. Aber von wem fühlte er
sich eigentlich verfolgt? wem hat er getrotzt? was war zu betäuben? Ich glaube, wir beide, Urbas, wir wissen es. Wenn auch die
ganze Welt darüber sich den Kopf zerbricht, wir wissen es. Bis
zu jenem Abend in der Kammer haben Sie es nicht gewußt. Dort
haben Sie es erfahren.“

Er atmete auf; sein Gesicht zuckte wie von inneren Stößen; er
schien etwas sagen zu wollen, aber er vermochte es nicht. Doch
die Lichter und Schatten in diesem kantigen, kraftvoll bewegten
und wahrhaftigen Antlitz hatten ihre eigene Beredsamkeit; das
düstere Staunen, der fast abergläubische Schrecken über die
plötzliche Enthüllung dessen, was er für sein unantastbares,
ewig verwahrtes Geheimnis gehalten, war von ihm gewichen,
aber da er das Geheimnis nicht mehr zu schützen hatte, war auch
das Gemüt der schweren Last entledigt; daher dies tiefe Aufatmen, das mich bewegte. Ich fand mich verpflichtet, ihm noch
über die letzten Hemmnisse zu helfen, und ich sagte: „Erwägt
man es genau, so sind die Menschen weit übler daran als die
Tiere. Die Tiere können einander nicht mißverstehen. Die Menschen mißverstehen einander im Blut wie im Geist; der Bruder
den Bruder, der Freund den Freund, der Vater den Sohn. Jeder

steckt in seinem Mißverstehen wie in einem schwarzen Keller-
loch, aber eine wunderliche Verblendung macht, daß er es für
eine hellerleuchtete Wohnstube hält. Und wenn er meint, daß
der Herrgott selber sich um ihn bemüht und ihn zu seinem
Sprachrohr auserwählt, so zeigt sichs am Ende, daß es bloß der
Teufel war. Dreizehn Jahre lang war Ihr ganzes Trachten auf einen Sohn gerichtet, und wie er dann da war, haben sie achtzehn
Jahre lang gebraucht, um dahinter zu kommen, was es mit ihm
für eine Bewandtnis hatte; und da wars zu spät. Ists also nicht
kläglich bestellt um die menschliche Vernunft und Weisheit?
Wozu noch fernerhin sich verstecken, Urbas? Welchen Zweck
soll es haben, sich eines Verbrechens anzuschuldigen, das Sie
nicht begangen haben? sich Mörder zu nennen an dem, der sich
selbst den letzten Weg gewiesen hat? Wozu das frevle Spiel mit
der irdischen Gerechtigkeit? wozu, Mann, wozu?"

„Das will ich Ihnen einbekennen, wozu," sagte Urbas, „weil
nun meine Partie doch ganz und gar verloren ist. Ich will es Ihnen einbekennen, aber haben Sie Geduld mit mir; es fällt mir
schwer." Seine Blicke suchten innen; seine Finger bewegten sich,
als suchten auch sie: das einschränkendste und unbedingteste
Wort, die verläßlichste Übermittlung. Er begann stockend: „Es
ist wahr, ich bin hinüber zu ihm, um ihm das Geld zu geben. An
Amerika hab ich nicht gedacht; nur möglichst schnell fort mit
ihm, dacht ich, und möglichst weit, damit einem wenigstens der
Gendarm im Haus erspart wird. Ich bin hinübergegangen, und
weils finster in der Kammer war, hab ich erst die Kerze anzünden
müssen, und da ist er auf seinem Bett gelegen und hat mich angeschaut. Es ist wahr, er hat das Geld nicht genommen; er hat das
Gesicht zur Wand gedreht und die Zähne geknirscht und gesagt,
ihm könne das nicht mehr nützen. Ich bin vor der Bettstatt gestanden und spreche zu ihm: steh auf, wenn dein Vater vor dir
steht. Da dreht er das Gesicht wieder zu mir, und weil eitel Spott
und Hohn drin geschrieben ist, schwillt mir der Zorn, und ich
sage: steh auf, wenn dein Vater vor dir steht. Er aber spricht:
warum soll ich denn aufstehen, da Ihr mich niedergeworfen

habt? Die Fäuste ballen sich mir wie von selber, und ich frage:
wie denn? wie soll ich dich denn niedergeworfen haben, du Lu-
der? Da kommt es aus seinem Mund hervor: Ihr. Weiter nichts.
Ihr, sagt er. Ich blick ihn an, und er blickt mich an, und eine Zeit
vergeht so, dann wieder: Ihr. Darin war soviel Gift und Wut und
Geifer und solch ein verkrampftes, rabenböses Grollen, daß mir
der Speichel im Munde bitter wird. Was denn, Ihr? ruf ich ihn
an; was denn, Ihr? O Ihr, spricht er hinter den Zähnen hervor,
Ihr seid mir auf der Brust gehockt, mein Lebenlang. Da schwieg
ich. Ihr habt gut vor mir stehn und blitzen mit Euren Augen,
fährt er fort; soll denn das nicht endlich aufhören, daß Ihr mich
anschaut mit Euren Augen? So ists immer mit Euch gewesen; anschaun, anschaun, und kein Wort. Hinterm Tische sitzen und alles von einem wissen, und kein Wort. Weit habt Ihr mich gebracht mit Eurem Anschaun und Anschaun. Warum habt Ihr
mich nicht genommen und zu mir geredet? Niemals ein einziges
Wort geredet? Da *muß* einen ja die Verzweiflung packen. Wie
soll er denn da nicht zu den Menschern und zu den Saufbrüdern
laufen? Die reden doch, die lachen doch, die haben doch ein gutes Wort für einen, die sagen Hü und Hott, und man weiß, wie
man mit ihnen dran ist. Ihr aber, hab ich gewußt, wie ich mit
Euch dran bin? Er liegt wieder auf der Lauer, dacht ich; er hat
was gegen dich vor, dacht ich. Ein Büblein war ich noch, ist mir
schon der Bissen im Hals steckengeblieben, wenn Ihr zur Tür
hereingetreten seid. Hundertmal und hundertmal hab ich zu
Euch hingewollt, aber die Angst vor Euch hat mirs verwehrt.
Was hab ich denn verbrochen? dacht ich, und wie ich dann was
angestellt, war mir wohl und hab wenigstens gewußt, warum,
und so hat mirs nie Ruhe gelassen, bis ich nicht was Heilloses getan und den Leuten die Galle aufgeregt. Ja, ich bin schlecht, aber
ich weiß nicht, ob ichs von Geburt bin; ja, ich bin zum Lumpen-
kerl geworden, aber Ihr braucht Euch deshalb nicht wie der heilige Geist vor mir aufpflanzen, sondern solltet nachprüfen, was
Ihr an mir gefehlt habt. Denn es hätte sein können, daß ich Euch
hochgeehrt hätte, wies in den zehn Geboten steht und kirre ge-

wesen wäre wie ein Star. Das hätte sein können, weils in mir war
und bloß herausgetrieben worden ist. Bin ein Hundsfott geworden, und das Leben ist mir leid, und die Menscher und Saufbrü-
der sind mir leid, und es freut mich nicht mehr. Dieses spricht er,
und noch einiges, ich habs vergessen, und wälzt sich auf der
Bettstatt; und knirscht mit den Zähnen; und flennt; und lacht in-
grimmig; und kehrt sich wieder zur Wand; und schweigt. Ich
denke mir: Urbas, die Seele da ist hin, aber deine vielleicht auch.
Worte hatt ich keine. Es war eben so; was hätts gefruchtet, meinen Schöpfer anzuwinseln? Worte hatt ich keine. Ich geh hinaus.
Im Hofe schreit ich bis zum Zaun. Es ist alles so friedlich wie in
Frühjahrsnächten, wenn die Wurzeln in der Erde ihren Saft spinnen. Ich schaue zu den Sternen hinauf, aber das kann mir nicht
dienen. Ich mache die Stalltür auf und schnuppre die saure,
warme Luft, und einer von den Ochsen hebt den Kopf, indes er
mit den Zähnen mahlt. Da überläufts mich schauerlich, und ich
denke: du mußt zurück in die Kammer, und wenn du gleich
keine Worte findest, irgendwas muß sein. Nun bin ich zurückge-
gangen, und wie ich eingetreten war, ist er bereits in seinem Blut
gelegen. Da bin ich dann eine lange Weile gestanden, dann hab
ich mir gesagt: wenn dem so ist, so bist du der Mörder; hat er die
Schuld bei dir gut, so mußt du sie bezahlen. Das ist es, was ich
einzubekennen haben.«

Er kreuzte beide Hände über der offenen Bibel, und mit leise-
rer Stimme und sonderbar umschattetem Blick fuhr er fort: »Ich
habe einen Traum gehabt, den will ich Ihnen noch erzählen. Er
war in der Nacht, bevor sich das ereignet hat. Der Knecht tritt in
die Stube und spricht: Bauer, die Gäule sind eingeschirrt, wir
wollen fahren. Ich geh hinaus, es liegt tiefer Schnee, die Pferde
stehn am Wagen, und ich fahre. Mit eins verlieren wir die Straße,
und die Gäule waten im Schnee bis an den Bauch. Da seh ich auf
einmal den Hof hinter mir brennen und das Schneefeld ist rot be-
schienen. Die Gäule fangen an zu laufen und ziehn mich an der
Leine mit, daß mir der Atem ausgeht. Ich kann die Leine nicht
loslassen, sie ist um die Hand herumgeschlungen, und wie wir

gegen die Altmühl herunterkommen, dort bei der Eisenbahnbrücke, wo das Wasser sechzig Ellen breit ist und mehr als zehn
tief, da rennen die Gäule noch toller, und die Brandlohe bedeckt
den ganzen Himmel. Der Fluß ist zugefroren, die Gäule drauf
zu, und ich denke mir in meiner Angst: wirds die Pferde samt
dem Fuhrwerk tragen? Die Gäule, schwere Ackergäule, sausen
das Ufer hinunter, aber das Eis hält. Da steht der Simon am andern Ufer, und weil die Tiere auf der gefrornen Bahn weiterren-
nen, schrei ich zu ihm hinüber: Hilf, Simon. Und er: ich muß
heimgehen, der Stall brennt, das Haus brennt. Und ich, ich kann
mich nicht auf den Wagen schwingen, die Gäule schleifen mich
bereits, schrei in der höchsten Not: Hilf, Simon, lös' mich vom
Riemen los. Und er: müßt Euch selber vom Riemen lösen, uns
zweie trägt das Eis nicht. Da ruf ich ihm zu: alles ist dein, die
Gäule und das Fuhrwerk, hilf um Gotteswillen. Nun kehrt er
um, und wie er umkehrt, stehen die Gäule still; aber wie er den
ersten Schritt tut, kracht das Eis, und wie er das hantig Pferd am
Zügel faßt, bricht das Eis, und Fuhrwerk und Gäule und ich
samt dem Simon versinken im Wasser. Und im Versinken bin ich
aufgewacht.«

Er verstummte. Er erwartete keine Einrede mehr, ich hatte
auch keine mehr. Mit Erstaunen beobachtete ich, wie sein Aussehen im Verlauf weniger Minuten um Jahre älter wurde, das Kinn
spitz, die Augen stumpf, der Hals dünn, die Hände welk, die
Haltung kraftlos. Der fordernde, hadernde, gewaltige Mann,
der mir gegenüber gesessen, war auf einmal ein hinfälliger Greis.
Als ich mich verabschiedete, sah er nicht empor, schien es kaum
zu merken. Das Schweigen, in das sein ganzes früheres Leben
eingehüllt gewesen, breitete sich wieder über ihn, undurchdringlich und in den Tod fließend. Denn am andern Morgen, wo er
enthaftet werden sollte, fand ihn der Wärter am Fensterkreuz erhängt.

STURREGANZ

Die Bedrängnis

Es gab in der Zeit zwischen dem Siebenjährigen und dem bayerischen Erbfolge- oder Kartoffel-Krieg einen souveränen deutschen Herrn, der nach einer etwa zwanzigjährigen Regierung die nicht eben geringe, aber immerhin noch erträgliche Schuldenlast, die er von seinem Vorfahr übernommen, derart in die Höhe gebracht hatte (während sonst alles jämmerlich bergab ging), daß ihm schließlich kein ruhiger Tag und keine freundliche Stunde mehr beschieden war.

Dieser unglückselige Fürst war der Markgraf Alexander von Ansbach und Bayreuth, aus uraltem Geschlecht, wie man weiß, in der Blüte des Mannesalters, stattlich, gesund, in kinderloser Ehe vermählt mit einer Koburgerin, einem beklagenswerten Weib nebenbei, und Geliebter der ebenso großartigen als kostspieligen Damen Lady Craven und Mademoiselle Hyppolite Clairon.

Sachverständige sind der Meinung, daß vier Millionen siebenmalhunderttausend Taler für jene Zeit eine gewaltige Summe vorstellten, und bis zu dieser furchteinflößenden Ziffer war das Schuldenthermometer nach und nach gestiegen. Das lawinenhafte Anschwellen zu stauen, sahen auch die geriebensten Köpfe keinen Weg, und alle Arten von Finanzoperationen bewiesen bloß, daß der Hydra immer neue Köpfe wuchsen. Zu dem einfachen Mittel, den Haus- und Hofhalt zu beschränken und in der Verwaltung zu sparen, hätte nur ein Ignorant raten können, der nicht in Betracht zog, daß die Verschwender und Bankrottierer sich dadurch über Wasser halten, daß sie ihre Schulden mit ihren Schulden zahlen und daß ein glänzendes Firmenschild die Dummen und Gierigen noch anlockt, auch wenn der Kassenschrank so leer ist wie ein Bethaus um Mitternacht.

Wer hätte es auch wagen dürfen und wem wäre es in den Sinn gekommen, einem von seiner göttlichen Erwähltheit und seinen geheiligten Machtbefugnissen durchdrungenen Dynasten zu einer Verminderung des Etats und bescheidener Führung zuzureden? Das wäre vermessenstes Rebellentum gewesen, beispiellos und strafwürdig. Wie dem wracken Schiff der irdischen Regierung zu helfen sei, das ausfindig zu machen, mußte man in Demut der himmlischen Regierung überlassen und hatte nur dafür zu sorgen, daß der Untertan ohne aufzumucken seine Pflicht tue und seine Steuern entrichte.

Die Kanzlei- und Geheimen Räte grübelten und meditierten daher vergeblich über den heiklen Punkt. Worauf war zu verzichten? Was hätte abgeschafft werden sollen? Der Markgraf war leidenschaftlicher Jäger. Namentlich stand die ansbachische Falknerei von altersher in hohem Ansehen, und für die standesgemäße und sonach äußerst zu respektierende Passion des Fürsten wurden besoldet: ein Obristfalkenmeister, zwei Falkenjunker, ein Falkenpage, ein Falkensekretär, ein Falkenkanzellist, ein Reihermeister, ein Krähenmeister, ein Milanenmeister, vier Meisterknechte, vierzehn Falkonierknechte, zwei Reiherwärter und siebzehn Falkenjungen. Diese waren notwendig, man sage nichts; jeder hatte sein Amt, seine Obliegenheiten, seine Sporteln, seine zu Recht bestehenden Zulagen, und auf Abzug oder Wandlung zu dringen hieß sich verdienter Ungnade aussetzen. Keine Möglichkeit.

Dann war da der Hof mit einhundertfünf Kammerherren, zwanzig Hofjunkern, zwanzig Kammerjunkern, zwölf unbetitelten Kammerdienern und fünf betitelten; mit hundertzwölf Husaren, denen ein Generalleutnant vorstand, zweihundert Gardes du Corps, denen ebenfalls ein Generalleutnant vorstand, einem Generalmajor, Generaladjutanten, Obristen, Obristleutnant, von den Kapitänen und niedrigen Chargen zu schweigen, und außerdem noch fünfhundert Mann Infanterie, junge, hübsche, gut exerzierte, wohl angezogene Leute, für die sogar am obern Tor eine eigene Kaserne gebaut war. Sollte man sie für entbehrlich erklären? Soldaten entbehrlich, Alpha und Omega der Repräsentation, der Legitimität, der Hoch- und Ebenbürtigkeit, der diplomatischen und politischen Aktionsfreiheit? Es wäre Landesverrat gewesen, Frevel am Ehrwürdigsten, Gefährdung des Staates, Entfesselung dämonischer Kräfte, die im Dunkeln schliefen.

Dann war da das Theater mit Komödianten und Komödiantinnen, Sängern und Sängerinnen, Tänzern und Tänzerinnen, mit Musikdirektor, Kapellmeister, Konzertmeister, Aufwärtern, Logenschließern, Inspektoren, Zettelanklebern. Dann war da der Tiergarten, der allerdings an exotischen Bestien bloß zwei altersschwache Affen, ein melancholisches Känguruh und ein lahmgeschossenes Zebra beherbergte, sonst aber an Seltsamkeiten einen Hirsch mit zusammengewachsenen Geweih-Enden, eine Sau mit fünf Beinen und eine Natter mit zwei Schwänzen aufwies; ferner die Stuterei mit fünfhundert Pferden, die Ställe mit gehauenen Steinen ausgelegt, Krippen und Geräte aus Metall, blitzblank alles, wie kaum eine menschliche Behausung im Lande.

Nicht eine Uniform, nicht ein Roß, kein Türhüter, kein Koch, kein Gärtner, kein Läufer, kein Kutscher war zu missen. Das Zeremoniell forderte einen jeden zu seiner Zeit, die allerhöchste Notdurft mußte zu jeder Frist des Geringsten versichert sein. Für jeden war Wohnung, Kleidung, Nahrung und die seinem Rang angemessenen Diäten zu beschaffen. Die Einkünfte des Landes reichten nicht hin; die bei Nürnberger und Frankfurter Juden aufgenommenen Darlehen reichten nicht hin. Anleihegesuche bei benachbarten, befreundeten, verschwägerten Herren hatten keinen Erfolg mehr. Den Rechnungsräten stand der Verstand still. Sie wurden von Gläubigern bedrängt. Es kamen Sendschreiben von Advokaten, Wucherern, Lieferanten; Mahnungen der Gemeinden um zugesagte Unterstützung, Invalidengelder, Beamtengehälter. Die Bürgermeister wurden vorstellig. Die Landgendarmen liefen auf Stiefeln ohne Sohlen. Schäden an öffentlichen Gebäuden konnten nicht behoben werden. Das im Umlauf befindliche Münzgeld wurde in beängstigender Weise spärlich. Die markgräfliche Auszahlungskanzlei blieb den größten Teil der Woche über geschlossen; nur am Montag- und Donnerstagvormittag sah man einige besorgt aussehende Funktionäre verstohlen hinter den eisernen Fenstergittern huschen.

Von den verantwortlichen Würdenträgern getraute sich nur
selten einer, dem Markgrafen ungeschminkten Bericht zu geben.
Sie schickten ihre Akten, sie schickten ihre Listen: verzweifelte
Gegenüberstellungen von Soll und Haben. Der Markgraf saß davor und studierte sie. Er seufzte und hatte ein gewichtiges Kopfnicken; oder die Stirnadern schwollen, und in seiner Kehle entstand ein grimmiges Gurgeln, wie wenn ein Vulkan unterirdisch
grollt. Bisweilen ließ er den Hofrat Schlemmerbach holen und
beehrte ihn mit dem Anblick eines hochfürstlichen Wutanfalls.
Schlemmerbach nagte bleich an seiner Lippe und wartete, bis
ihm der obligate Fußtritt verabreicht wurde, eine gnädige Vertraulichkeit, die aber weder ihm noch dem Lande aus der
Klemme half.

Der Markgraf sagte, er sei von Einfaltspinseln und Lotterbu-
ben umgeben. Er war kein Menschenhasser, im Gegenteil; er
huldigte in seinen Ideen der damals üblichen Philanthropie, die
ihm nicht erlaubt hätte, von der Menschheit im allgemeinen anders als in Ausdrücken der Andacht und Rührung zu sprechen,
doch was die Einzelnen betraf, die Alltäglichen, das klebrige Ge-
würm, den Soundso und Soundso, den Justizamtmann und den
Hofjuwelier, den Kommerzdirektor und den Leibmedikus, den
Superintendenten und den Kreiskommissarius, mit denen war es
ein Elend und ein Unsegen, und wenn sie ihm bloß vor Augen
kamen, verzog sich schon ekelnd sein Mund.

Es mußte Rat geschaffen werden. Unnütz, von nicht entdeck-
ten Goldbergwerken zu träumen, von Wünschelruten und vom
Stein der Weisen. Unnütz, mit verfinstertem Gemüt durch die
hohen Säle zu schreiten. Unnütz das Denken und Murren, die
Drangsal mußte ein Ende haben. Seht zu, ihr Schranzen und
Schleppenhalter!

Was zur Abhilfe geschah

Es wurde zunächst unter lärmenden Verkündigungen das genue-
sische Lotto eingeführt. Bewährtes Schröpfmittel anderswo,
hier versagte es. Erstens war die allgemeine Verarmung zu weit
fortgeschritten, zweitens war das Mißtrauen zu groß. Kam
hinzu, daß der Hautprämieneinnehmer eines Tages mit dem Mo-
natserlös, einer erheblichen Summe, auf Nimmerwiedersehen
verschwand.

Sonach ward im Staatsrat beschlossen, die Grafschaft Sayn-Al-
tenkirchen zu verpachten. Dem Pächter sollte verstattet werden,
ein Stück des dazugehörigen Westerwaldes zu schlagen. Nach
umständlichen Verhandlungen wurde das Projekt durchgeführt.
Fünfzigtausend rheinische Gulden: eine Maus im Magen eines
Mastodonts.

Hierauf wurde veräußert: das Gut Ringstetten im Tauberkreis; Schloß Villingen bei Weißenburg samt Gärten, Äckern,
Wiesen; ein halbes Dutzend Höfe im Mainkreis; das Fischerei-
privileg in der Rezat; das Jagdrecht im Altmühlgrund: Brocken,
um einen gähnenden Schlund zu stopfen.

Herr Stein zu Altenstein, Hofmarschall, riet untertänigst zur
Verauktionierung einiger der wertvollen Gemälde im Schloß. Besaß man doch die Medea des Vanloo; bewundertes Meisterwerk.
Den blutigen Dolch in der Hand, den Blick voll Wut und Verzweiflung, mit dem feuerspeienden Ungeheuer hinter dem von
Drachen gezogenen Wagen, hing sie im Schlafzimmer des Markgrafen, seltsames Ergötzen für die hohe Siesta, entschuldbar
vielleicht durch eine gewissen Ähnlichkeit zwischen dieser Medea und der zu allen Tageszeiten tragisch gestimmten Mademoiselle Clairon, von Schmeichlern ausfindig und zum Gegenstand
scharmanter Huldigungen gemacht. Man besaß schöne Stücke
von Salvatore Rosa und den berühmten Zentauren aus Bronze,
Geschenk des weiland Königs von Polen.

Zu diesem Vorschlag schüttelte der Markgraf finster den Kopf.
Abgesehen davon, daß man Kunstwerke nicht ohne Schmäle-

rung des fürstlichen Ansehens unter den Hammer bringen konnte, waren es Embleme, farbige Tapeten des auserlesenen Daseins, Bestätigung sublimer Führung, Ahnengut. Herr Stein zum Altenstein wurde bei den Einladungen zum nächsten Galadiner übergangen.

Minder glimpfliche Behandlung erfuhr der Rat des Herrn von Seckendorf, Landoberjägermeisters; er deutete an, wenn Ihre Gnaden Lady Craven sich großmütig bereit fände, einen Teil ihres kostbaren, aus dem markgräflichen Schatz ihr zugewandten Schmucks für das Wohl des Staates zu opfern, könne man davon erklecklichen Zufluß in den leeren Säckel erhoffen. Trauriges Gefasel; der Markgraf brauste auf. Herr von Bibra, Obristhofmeister, und Marchese Pescanelli, die Günstlinge der Lady, konnten ihre Entrüstung nicht unterdrücken. Der Landoberjägermeister wurde für sechs Monate vom Hof verbannt.

Nun schritt man in der Verzweiflung dazu, neue Abgaben auszuschreiben. Den Mut zu Einwänden hatte niemand, obwohl es klar am Tage lag, daß das Volk schon die alten nicht mehr tragen konnte; ohnehin stockte die Arbeit; wollte der Landmann leben, nur kärglich leben, so mußte er jeden Fleck des Bodens nutzen, in aufreibender Fron der ermatteten Erde ihr Letztes abringen; Salz, Zucker, Gewürz, alles fremde Produkt, alle einheimische Hervorbringung, mobiles und immobiles Eigentum waren über das Erdenkliche und Vernünftige hinaus besteuert und belastet. Die blutpresserische Daumenschraube tat schließlich auch nur die Wirkung, daß die Amtsschreiber für den Verbrauch von Tinte und Papier und die Gerichtsvollzieher für ihre Henkergänge mehr aufrechneten, als mancher Gewerbetreibende von rechtswegen zu zahlen hatte.

In dieser Not wurde der Marchese Pescanelli zum Retter.

Fragt nicht nach Wiege und Heimat des Mannes. Sie waren unerforschlich. Lästermäuler und Neidlinge nannten ihn einen dunklen Quidam, in die Welt gesetzt von einem noch dunkleren und geadelt vom heiligen Geist. Doch hatte er die Strahlen der Gunstsonne auf sich zu lenken gewußt, und das Mittel hierzu

war so simpel wie erprobt: er war niemals anderer Meinung als
irgendein im Rang über ihm Stehender, und den ununterbroche-
nen Feuereifer der Zustimmung und Bekräftigung gegen die All-
vermögenden kann man sich daher leicht vorstellen. Er war der
Jasager des Markgrafen, er war der Jasager der Lady; er hatte einen ganzen Schwanz von unbedeutenderen Jasagern um sich ge-
bildet und war sozusagen deren ermächtigte Zunge. Als Anerkennung für verschwiegene Dienste hatte ihm der Markgraf die
oberste Leitung des Balletts übertragen, ein seinen Talenten an-
gemessenes Amt, in welchem er durch die ingeniösesten Refor-
men den Beifall seines Herrn erwarb. So hatte er unter anderm
eine Drill- und Zuchtanstalt für Tanzelevinnen begründet, eine
durchtriebene Sache. Es wurden darin elternlose junge Mädchen
und solche, deren sich die Erzeuger gegen das Versprechen dauernder Versorgung entledigen wollten, bis zum kindlichen Alter
herab aufgenommen und für das spätere Vergnügen des Fürsten
erzogen. Nicht bloß für das Vergnügen seiner Augen. Der weit-
blickende Marchese sagte sich, daß auch die bezauberndsten aus-
ländischen Favoritinnen mit den Jahren Rost ansetzen, und daß
eine billige Venus aus Wunsiedel oder Gunzenhausen einer an-
spruchsvollen und runzlig werdenden aus Großbritannien am
Ende vorzuziehen sei.

Eines Morgens ließ sich der Marchese beim Markgrafen zur
Audienz melden, und nachdem er vor den Herrn beschieden
war, sprach er in heiterer Bescheidenheit ungefähr wie folgt. Der
Sorgenalp quäle den Erlauchten allzu sichtlich; die erhabene
Stirn sei umschattet, das Herz des treuen Dieners bewegt. Seine
Gnaden verkaufe Schlösser, Wälder, Flüsse, Land, Jahrhundert-
erbe, um den väterlichen Pflichten gegen ihre Völker zu genü-
gen; sie werde keinerlei Dank dafür ernten. Weshalb wolle Seine
Gnaden nicht Menschen verkaufen? Schlösser, Wälder, Flüsse,
Land seien unersetzlich; unwiederbringlich Mühlen, Sägewerke,
Fischteiche, Steinbrüche. Menschen hingegen gebe es im Über-
fluß; wäre es nicht an dem, so hätte Seine Gnaden mindere Mühe
und Last; sie vermehrten sich ohne Zutun, was man von keinem

15

andern Besitz behaupten könne, und je geringer das Volk, je
reichlicher der Zuwachs. Worauf er Seine Gnaden in aller Sub-
mission bringen wolle, und zwar unter Hinweis auf das gleichge-
richtete Unternehmen Seiner herzoglichen Gnaden von Hessen
sei dies: England in seinem Kampf wider das aufständische Amerika brauche Soldaten, fahnde nach Soldaten und zahle für jeglichen Mann vier- bis sechshundert Gulden. Es koste Seine Gnaden nur ein Wort, und dero unwürdige Kreatur mache sich erbötig, als leichten Gewinn aus dem Geschäft Monat um Monat
hunderttausend Taler auf den Tisch des Finanzeinnehmers zu legen. Er schloß mit dem Satz: „So lange es demnach Untertanen
in Ihren Staaten gibt, sehe ich nicht ein, wie es Geldverlegenheit
geben sollte."

Der Markgraf hörte die Rede des Trefflichen in gedankenvollem
Schweigen an. Seine Überlegungen waren schon einmal denselben
Weg gegangen; sie hatten jedoch eine halb abergläubische, halb
empfindsame Scheu nicht zu besiegen vermocht. Er geriet in Verwirrung. Aberglauben, schimpfliches Überbleibsel barbarischer
Läufte, hatte in dieser aufgeklärten Epoche keinen Raum; man
streifte ihn ab wie einen schmutzigen Handschuh. Ernstere Skru-
pel bereitete hingegen das Dogma von der Menschenwürde, auf
das man eingeschworen war, Gegenstand profunder Gespräche
und philosophischer Lektüre. Man schwärmte für den Helden La-
fayette, für die Befreiung der Kolonien vom tyrannischen Joch des
englischen Krämers; war es würdig, war es human, war es fürst-
lich, dem Büttel und Pfeffersack die Waffe zu liefern, mit der er
seine Macht befestigte?

Der schlaue Marchese erriet die Bedenken und kannte die
Schwächlichkeit ihrer Stützen. Darin erwies er sich als Südlän-
der von Geblüt, daß er den verhehlten wie den geäußerten Ge-
genargumenten mit unerschrockener Rabulistik zu Leibe ging.
Er maß das gesprochene Wort am heimlichen Wunsch, und hätte
er es nicht zustande gebracht, diesen über jenes triumphieren zu
lassen, so wäre er eben nicht der geübte Jasager gewesen, der er
war. Jasager, auch Neinsager; es ist im Wesen das nämliche; wie

der Herr befiehlt; man stellt sich an den Kreuzweg und zeigt nach links, wenn man genau erforscht hat, daß das Verlangen des Herrn nach links geht; mag er auch flau und zaghaft sich noch so oft nach rechts wenden; er wird folgen, denn er will folgen.

Zudem: das Wasser stieg bis an den Hals; das gebotene Hilfsmittel widerstritt weder dem Rang, noch enthielt es eine Gefahr, noch war es, wie der einsichtige Ratgeber dargelegt hatte, ohne Vorbild in deutschen Landen. Der Markgraf zögerte an diesem Tage noch; er zögerte auch am zweiten und dritten; er ließ sich in lange Disputationen mit dem Marchese ein, nannte ihn unmutig einen häßlichen Verführer und schien zu grollen. Pescanelli war über alle Maßen betrübt, verschwor seinen Vorwitz und seine überkühne Dienstbeflissenheit und wollte, um die Verantwortung nicht allein tragen zu müssen, andere Stimmen gehört wissen, unparteiische Stimmen, vernünftige, besonnene und unverdächtige. Es wurden also die kleinen Jasager gerufen, die Neben-Jasager, der Schwanz: Herr von Bibra, Herr von Schlemmerbach, Herr von Menzingen, Herr Trechsel von Teufstetten, Herr von Freudenberg, Herr von Pirkensee. Von diesen Stimmen wurde der Markgraf eines Bessern belehrt und submissest überstimmt. Er gab seine Einwilligung, fügte aber hoheitsvoll hinzu, daß er mit der Affaire nichts zu tun haben, keine Klagen, keine Beschwerden, keine Berichte entgegennehmen wolle und es den ausübenden Amtsorganen anheimgebe, nach ihrem eigenen Ermessen zu schalten.

Die Jasager verbeugten sich tief.

Wenige Tage später begann die Treibjagd auf alle Sorten von Männern, die Waffen zu tragen fähig waren, und durch deren Abfangung und Verschickung man nichts aufs Spiel setzte. An Bürgersöhne, Bauernsöhne und zünftige Handwerker wagten sich die mit Menschenraub beauftragten Sendlinge vorerst nicht. Sie machten Beute unter den Obdachlosen, den Vaganten und mit dem Felleisen über die Landstraße Wandernden; sie griffen auf: beschäftigungsuchende Gesellen, des Bettels überwiesene Fremdlinge oder solche, in denen man Bettler argwöhnte, aller-

15*

lei fahrendes Volk, Zigeuner, Scholaren, Jahrmarktskünstler; jeden, der bei Holz- und Wildfrevel betroffen wurde, die notori-
schen Trunkenbolde, junge Studenten ohne Anhang, Musikanten, die in den Dörfern zum Tanz aufspielten; sie durchstöberten
die Gefängnisse, die Fronfesten, die Irrenhäuser, die Spitäler, die
Garküchen. Als das Geschäft in die Hochblüte kam und die Be-
hörden erst ein, dann beide Augen zudrückten, wurden sie frecher, drangen nächtlicherweile in die Wohnungen und stahlen
Personen, die als Freigut geeignet schienen und von bezahlten
Angebern denunziert worden waren. So wurden junge Leute aus
ihren Berufen gerissen, junge Ehemänner von der Seite ihrer
Frauen, halbwüchsige Burschen aus dem Familienkreis; auch
Männer in gesicherter Lebensstellung verschwanden da und
dort, nachdem man sie durch gefälschte Briefe und Botschaften
an heimliche Orte gelockt hatte. Keiner von ihnen sah Haus und
Heimat wieder, von keinem kam ein Zeichen, sie waren wie vom
Erdboden verschluckt.

Der Jammer im Lande, anfangs schüchtern, wurde laut und
lauter. Die Kanzleien wurden von Petitionen und Klageschriften
überschwemmt. Aus den Gemeinden pilgerten Menschen in die
Residenz, um vom Landesherrn Gerechtigkeit zu verlangen oder
nur für die ihnen widerfahrene schwere Unbill ein gnädig geneig-
tes Ohr zu finden. Niemand wurde durchs Tor des Schlosses gelassen. Die Gardes du Corps standen wie eine eiserne Mauer. Da
sammelten sie sich auf dem Platz, verweilten vom Morgen bis
zum Abend, oder hockten unter den Kastanienbäumen der Promenade, und Weiber mit geflickten Kopftüchern und kotbe-
spritzten Röcken flennten erbärmlich. Das Murren unter den
Bürgern der Stadt wurde im Keim erstickt. Patrouillen zogen
Stunde für Stunde durch die Gassen. Müßiggänger, die sich
nicht ausweisen konnten, wurden eingelocht, um auf den sichern Weg verschickt zu werden. Angst lähmte die Gemüter.

Der Markgraf, blind und taub, wie er sich vorgenommen, verbrachte die meiste Zeit in schützender Ferne auf seinem Jagd-
schloß Triesdorf. Zuweilen befahl er die Akteurs und Aktricen

sowie das Opernpersonal hinaus, widmete sich dem geliebten
Weidwerk, spielte mit Lady Craven und dem inzwischen zum
Oberstkämmerer erhobenen Marchese Tricktrack oder Piquet.

Denn die Versprechungen des Marchese hatten sich erfüllt. In
den Kassen stieg die Talerflut bis an den Rand. Das Gold läutete,
köstliche Ohrenspeise, wie die Domglocken von Bamberg. Es
läutete den Müden in den Schlaf, es läutete den Gestärkten aus
dem Schlummer, es läutete zur Schäferstunde, es läutete zur
reich besetzten Tafel. Unvergleichliches Behagen, ohne Pein und
Beklommenheit genießen zu dürfen, was zum Genusse sich bot.
Woher der Segen kam, das brauchte nicht gewußt zu werden.
Das langerstrebte Glück dünkte dem Herrschergeist, da es erreicht war, Pflicht des Schicksals, auf seinem guten Recht er-
wachsen, und so selbstverständlich erschien ihm der Reichtum,
so sehr vergaß er das einstige Sträuben gegen seine Quelle, daß er
in großen Zorn geriet, als ihm eines Tages Herr von Schlemmerbach, dem nur wohl war, wenn er Unheil künden konnte, mit-
teilte, daß unter den dingfest gemachten Rekruten immer häufiger Fluchtversuche und Entweichungen stattfänden, wodurch
der Fiskus empfindlich geschädigt wurde. Der Markgraf erklärte, den nächsten Transport wolle er in eigener Person an der
Spitze seiner Leibkompagnie bis Stefft am Main begleiten und
Zeuge und Wächter bei der Überführung auf das Schiff sein. Das
werde die Kerle hinlänglich in Respekt setzen.

Die Jasager lächelten entzückt.

Episode

Unter den markgräflichen Komödianten war ein gewisser Ludwig Taube, ehedem jugendlicher Liebhaber, mit den Jahren für
das Fach unbrauchbar geworden und nach Aussage der Kenner
wie des Direktors wegen mangelnden oder versiegten Talentes in
keinem andern zu verwenden. So wurde er im kernigsten Alter,
er war Mitte der dreißig, außer Tätigkeit und Wirkung gesetzt,

und daß man ihn nicht entließ, hatte er nur einem mit Vergeßlichkeit gemischten Mitleid zu verdanken. Er wurde übersehen,
weil er sich so wenig wie möglich bemerklich machte, und man
zahlte ihm die bettelhafte Gage weiter, damit er, ohnehin in
kümmerlichsten Umständen lebend, mit den Seinen nicht völlig
im Elend verkomme. Ein paarmal hatte er um Verwendung in komischen Rollen gebeten, für die er seiner Meinung nach „ein besonderes Faible und expressives Penchant" hege, wie es in der betreffenden Bittschrift hieß; aber mit dieser überheblichen Forderung war er schroff abgewiesen worden, da das komische Fach
„zur Zufriedenheit des hohen Adels und günstigen Publici" vertreten sei. Die Kollegen lachten ihn aus, und der bestallte Komiker ging seitdem nie ohne verachtungsvollen Blick an ihm vorüber. „Was so ein Hungerleider unverschämt ist", sagte er, der
auch nicht an Lukulls Tisch gemästet war.

Taube lebte mit einem Frauenzimmer im gemeinsamen Haushalt, das älter als er und in glücklichen Zeiten Koloratursängerin
am herzoglichen Hof zu Stuttgart gewesen sein sollte. Das war
lange her; nun war sie häßlich, verrunzelt, vom Leben gebrochen und getraute sich nur des Abends aus ihrem Loch von Behausung, da sie bloß erbärmliche Fetzen zum Anziehen besaß.
Sie hatten einander nicht geheiratet, um die Kosten der Eheschließung zu ersparen; da sie zum Komödiantenpack gehörten,
wurde dessen nicht groß geachtet, aber trotzdem der Pfarrer ihren Bund nicht gesegnet hatte und trotz ihrer von Tag zu Tag
wachsenden Armut herrschte das beste Einvernehmen zwischen
ihnen, und weder Nachbarn noch die Bekannten wußten zu sagen, daß sie je Zank und Streit gehabt hätten. Drei Kinder waren
ihnen gestorben; das vierte, drei Jahre alt, war ein Mädchen und
hieß Rebekka, gerufen Beckchen. Das Kind war der Stolz und
die Freude von beiden, wenn sie auch um seine Zukunft große
Sorgen hatten, und die demnächst wieder zu erwartende Vergrö
ßerung der Familie die Gedanken darüber nicht heiterer machte.

Da geschah es, daß Ludwig Taube eines Morgens vor der
Probe infolge eines Fehltritts vom Schnürboden herabstürzte,

sich die Schulter verrenkte und das Nasenbein zerbrach. Man
brachte ihn ins Krankenhaus, und dort zeigte es sich, daß auch
sein Geist gelitten haben mußte, denn er redete allerlei unge-
reimtes Zeug, halb prahlerisch, halb aufsässig, und verlangte einmal um Mitternacht, man solle ihm auf der Stelle *potage à la Ri-
chelieu* bringen und gehackten Rinderbraten mit Weinbrühe. Als
er notdürftig geheilt war, holte ihn sein Weib ab, führte den düster vor sich hin Starrenden nach Hause und kochte ihm eine
Kartoffelsuppe. Vier Tage lag er stumm und bleich auf dem
Strohsack, der Jammer sah ihm aus den Augen, denn daß man
ihn nun als halben Krüppel auf die Straße setzen werde, war mit
Sicherheit zu erwarten. Bitter sagte er zu seiner kleinen Tochter,
die darüber verwundert die zartgebogenen Brauen rundete:
„Beckchen, es ist am gescheitesten, wir schnüren dir dein Ränzel
und du marschierst ins Paradies; mit deinem gegenwärtigen Sündenregister wird dies noch glücken, später ists unweigerlich die
Hölle." Florine, seine traurige Gesponsin, verwies ihm die
Worte, aber auch sie horchte immerfort ängstlich nach der Tür
und glaubte den Amtsboten mit dem Entlassungsdekret bereits
unterwegs. Auch war die schwere Stunde ihres Leibes nah.

In der nächsten Nacht klopfte es am Tor; alsbald traten drei
Männer in die Stube und forderten Ludwig Taube auf, ihnen zu
folgen. Erklärungen waren überflüssig. Was solcher Besuch zu
bedeuten hatte, wußte jedes Kind. Florine brach in Geschrei
aus. Beckchen stand mit offenem Mund, und die braunen Augen
glänzten erschrocken. Taube sagte: „Ich gehe nicht; wollt ihr
mich haben, so müßt ihr mich mit Gewalt nehmen." Das setzte
die Leute nicht in Verlegenheit; des schwächlichen Männchens
war leicht Herr zu werden. Sie holten Stricke heraus und banden
ihm die Hände. Ludwig Taube lachte schallend. „Ich wollte eine
Rinderbrust haben, und ihr verhelft mir vielleicht zu einer fetten
Büffelkeule; auch gut; gesotten oder gebraten, Fleisch ist
Fleisch." Florine lehnte an der Mauer und breitete die Arme aus
wie eine Gekreuzigte; Beckchen fing an zu weinen. „Ruhig,
Beckchen", herrschte sie Taube an, „spar dir die Tränen auf den

fünften Akt, jetzt ist noch nicht mal der zweite. Geh in den
Oberstock und sag der Madam Heberlein, daß sie die Hebamme
ruft, deine Mutter will dir heut nacht noch Gesellschaft geben.
Also, ihr Leute, auf in die Ferne", wandte er sich gegen die Häscher, und die führten ihn am Strick durchs Zimmer wie einen
Hammel. Er lachte abermals, warf Florine eine Kußhand zu und
rief: *„Addio, cara mia,* auf ein seliges Sterben." Die Häscher
grüßten und sagten: „Das ist wenigstens mal ein Lustiger."

Er wurde in das Schrannenhaus verbracht, wo sich noch viele
befanden, hundert oder mehr, und warten mußten, bis die fest-
gesetzte Zahl der jeweilig zu Verschickenden erreicht war. Das
dauerte immerhin noch drei Wochen, und in dieser Zeit erfuhr
er, daß Florine am fünften Tag ihres Kindbetts gestorben sei und
das Neugeborene gleich danach. „Man sollte nicht glauben, was
so ein hundsarmer Teufel für ein guter Prophet sein kann, wenns
ihm an den Kragen geht", sagte er mit verbissenen Zähnen, blieb
bis zum Abend in eine Ecke gekauert und erkundigte sich dann
bei seinen Gefährten, ob sie nicht ihre Groschen zu einem solennen Leichenschmaus zusammenlegen wollten. Da er zu wissen
begehrte, was mit Beckchen geschehen sei, denn das Schicksal
des über alle Maßen von ihm geliebten Kindes beunruhigte ihn
im Innersten seines Gemüts, überredete er einen Sergeanten mit
guten Worten dazu, daß er Nachricht einziehe, und der teilte
ihm dann auch mit, das Mädchen sei im Pescanellischen Auf-
zuchtsinstitut untergebracht worden. Da wurde er weiß wie eine
Kalkwand, und nach langem Schweigen, während dessen ihm
der kühle Schweiß auf die Stirn getreten war, sagte er, es sei doch
wunderbar, daß man hierzulande schon den Säuglingen das Me-
nuett und den *Pas de deux* beibringe; wo einem von früh auf die
Grazie in die Knochen gehämmert würde, könne es nicht schief
gehen. „Ich habe ihr gut geraten mit dem Paradies", fügte er sal-
bungsvoll wie ein Pfaffe hinzu.

Es war nämlich offenes Geheimnis, daß die Pescanellischen
Zöglinge einer höchst grausamen Behandlung ausgesetzt waren.
Von Zeit zu Zeit verbreitete sich immer wieder das Gerücht, daß

so ein Wesen elend verdorben und gestorben und in aller Stille
verscharrt worden sei.

Der Transport, mit dem Ludwig Taube gehen sollte, war eben
der, dem der Markgraf sein Geleit verheißen hatte. Vierhundert-
sechzig Leute; in barem Geld ausgedrückt an zweimalhundert-
fünfzigtausend Gulden; das war schon der Mühe wert, das Roß
zu besteigen und zwanzig Meilen weit zu reiten. Bereits beim
Abmarsch von der Schranne fielen Widersetzlichkeiten vor. Da
wurde eine große Anzahl wie die Schlachttiere geknebelt und auf
Leiterwagen gepackt. Der Markgraf war mit seiner Pracht- und
Leibkompagnie nach Stefft vorausgeritten. Als der lange Zug der
Rekruten und Fuhrwerke angekommen war, postierte er sich mit
der gespannten Büchse und in seine Wildschur gehüllt an der
Schiffstreppe und sah mit strengen Blicken zu, wie die kostbare
aber schmutzige und häßliche Menschenfracht verladen wurde.
Als die meisten schon sicher verstaut waren, entriß sich einer von
den letzten, die aufs Deck geschleppt wurden, blitzschnell den
Armen der Wächter und Soldaten, rannte mit geballten Fäusten
und furchteinflößenden Mienen geradewegs auf den Markgrafen
zu, brüllte dumpf, mehr gegen den Himmel empor als gegen den
entsetzt zurückweichenden Fürsten, kehrte sich mit gräßlichem
Kopfschütteln plötzlich ab, da er sich ohne Zweifel darüber klar
wurde, daß die geheiligte Person vor ihm stand, eilte ans Schiffs-
geländer und sprang, ehe es jemand hindern konnte, mit einem
Aufschrei in den Strom. Das Wasser war jedoch an jener Stelle
weder tief noch reißend, und so war es ein paar Schifferknech-
ten, die ihm schleunigst nachsprangen, ein Leichtes, ihn wieder
aus den Fluten zu ziehen.

Der Markgraf war Zeuge, wie sie den triefenden Körper an
Bord brachten. Er sah das fahle, hohle, todähnliche Gesicht mit
dem zerbrochenen Nasenbein und erkundigte sich, wer der
Mensch sei. Er hieße Taube, wurde geantwortet, und sei Komödiant im Dienste Seiner Gnaden gewesen, ehe ihn das Los getroffen, für die Glorie Englands ins Feld zu ziehen. Eigentlich hätte
der Mensch für das *crimen majestatis* erschossen werden müs-

sen, doch im Hinblick auf den damit unvermeidlichen Entgang des Heuergeldes wurde er zu Prügelstrafe und dreitägigem Liegen im Block verdammt, nachdem er sich von seinem verzweifelten Bad erholt haben würde.

Der Markgraf sah auch die anderen Gesichter, die scheuen, bösen, kranken, müden, vorwurfsvollen, wuterfüllten, stumpfen. Er hing die Flinte mit dem Riemen über die Schulter, stieg schweigend über die Treppe ans Ufer zurück, bestieg sein Roß und ritt mit düsterer Stirne heimwärts. Er hatte das bittere Gefühl eines Mannes, dessen redliche Absichten verkannt werden und der Undank erntet, wo er nur das Glück der andern im Auge hat.

Als er am nächsten Abend durch das Tor in seine Hauptstadt einritt, warf sich ein Haufe flehender Weiber vor die Beine seines Pferdes hin. Die Gardehusaren mußten sie erst mit Gewalt auseinandertreiben, so dicht lagen sie auf dem Weg in ihrem Unrat und so frech waren sie entschlossen, sich Gehör zu verschaffen. Da brach die Bitterkeit des Markgrafen in helle Entrüstung aus, und er rief, wenn man so mit ihm umgehe und sein herzliches Wohlmeinen derart für nichts achte, so wolle er sich um dieses liederliche und mißratene Volk in Zukunft überhaupt nicht mehr kümmern. „Sie werden bald an sich gewahren", fügte er grollend hinzu, „daß ich meine Hand von ihnen abziehe."

Hierzu konnte er sich nicht entschließen, aber was sich daraus weiter ergab, war auch nicht erfreulich.

Chronica

Übellaunigkeit war die Uranlage der Natur des Markgrafen. Er war der Sohn eines übellaunigen Vaters, einer übellaunigen Mutter und eines übellaunigen Landes. Mit dieser Übellaunigkeit verband sich die tiefe Überzeugung von seiner Unentbehrlichkeit im Gefüge der Welt, und daß er ausersehen sei, seine sämtlichen Untertanen auf den Gipfel irdischen Glücks zu führen, ja, daß sich in seiner Person allein schon der ihnen gemäße Glückszustand inkarniert habe.

Er liebte seine Untertanen, aber er liebte sie übellaunig. Er erfüllte nach bestem Vermögen seine Regentenpflichten, aber in Übellaune. Er hatte seine Jugend genossen, aber in Übellaune. Er las mit heißem Bemühen die Enzyklopädisten und machte sich die Ideen Rousseaus, Grimms und Diderots zu eigen, aber in Übellaune. Er glaubte an eine hohe Bestimmung des Menschengeschlechts, aber in Übellaune. Er hielt auf Leckerbissen, verzehrte sie aber in Übellaune. Er hatte Sinn für Kunst und schöne Dinge, aber wenn er sie betrachtete, war es in Übellaune.

Wenn er sich manchmal des Morgens von seinem Lager erhob, dachte er: Ei, heute ist mir wohl, die Sonne scheint, es wird ein guter Tag. Stand er dann vertikal auf seinen zwei Beinen, so war die Übellaune da. Verlor er im Spiel, so verursachte es ihm Übellaune wegen des Verlustes; gewann er, so verursachte es ihm Übellaune wegen der vergeudeten Zeit. Erlegte er einen Rehbock, so war er übelgelaunt, weil es kein Hirsch war; warf eine Zuchtstute prächtige Fohlen, so war er übelgelaunt, weil ein Stallbursch die Krätze bekam.

Weniger ihm selbst war es in den letzten Jahren gelungen, den angeborenen Hang zu bemeistern, als vielmehr der Lady Craven. Freilich hatte sie erst die tragische Heroine, Fräulein Clairon, aus dem Feld schlagen müssen, was keine leichte Arbeit war, denn die kothurnbekleidete Französin, von der sie behauptete, daß sie auch mit ihrer Kammerzofe in Alexandrinern rede und daß ihre Nachthaube sogar die Würde einer goldpapiernen Krone haben mußte, war hartnäckig und verliebt. Neben ihr war der Markgraf, der schöne Mann, stark- und schlankgliedrig, mit feurigen Augen und einer fränkischen Habichtsnase, so steif und feierlich geworden wie ein Rabe, und er hielt das Lachen für eine verpönte und unanständige Vernachlässigung der Gesichtsmuskeln. Lady Craven hatte ihn mit Aufgebot ihres ganzen Witzes und ansteckenden Kaskadengelächters bekehrt. Aber kann man einen ins Wasser fallenden Stein davon bekehren, auf den

Grund zu sinken? Man kann ihn eine Weile halten, dann krampft sich der Arm; schließlich folgt er seinem Gesetz. Die Lady klagte, in Deutschland vergehe einem das Lachen, und sie wolle den Tag nicht abwarten, wo man sie zwingen werde, zu weinen.

Sie hatte ihr Ziel; es zu verbergen, hatte sie wenig Grund. Sie träumte von der Markgrafenkrone und der Legitimität, deren sie sich als Lord Berkeleys Tochter wohl würdig fand. Die Markgräfin war kinderlos; das ihr anhaftende Körpergebrechen, das sie seit ihrem dreizehnten Jahre plötzlichen Unfällen aussetzte, hatte sie zur Ehe untauglich gemacht. Nun war sie krank, hielt sich im entlegensten Zimmer des Schlosses wie in einer Höhle verkrochen und spielte mit ihren zwei Hofdamen unablässig das einfältige Kartenspiel Grabüge. Auf ihr Ableben durfte gerechnet werden; dann erst konnte Lady Cravens Zeit beginnen. Dann wollte sie in diesem Nebel- und Ginsterland Feste feiern, wie sie nie zuvor gesehen worden; fort dann mit dem Barackengerümpel um das Schloß, Augenhohn, worin feiste dumme deutsche Bürger maulwurfhaft hausten, ihr bittres Bier soffen, ihre Kinder zeugten, ihre Fladen buken und ihre Wäsche wuschen; Paläste sollten da entstehen und niemand in ihrer Nähe sollte die verhaßte Sprache reden, die sich höchstens für die Zungen von Fuhrknechten und Spittelweibern eignete und klang, wie wenn man mit Stöcken an eine morsche Tür trommelt.

Indessen aber gingen die Jahre hin; der feuchte Flor auf den Wangen büßte den Schimmer ein; verwünschte zarte Rillen zerstörten das Email der Stirn; Lippenlächeln starb oft hinter den Zähnen schon, die Königin von Frankreich kam mit einem zweiten Kind nieder; das Konklave wählte einen neuen Papst; verkündigte Kometen erschienen am Firmament; Perlen in den Gehängen wurden krank; Menschen, mit denen man im Hydepark geritten, starben; Hunde, die man geliebkost, verendeten; Briefe, die man einst feurig durchflogen, vergilbten: Zeit, Zeit, Zeit; Ungeduld, Ungeduld, Ungeduld; die Sanduhr lief, kehr sie um; das Pendel schwang, zieh das Uhrwerk auf; Schäferstunden wurden fade, Spiegel blind. Goldleisten bräunten, in Schränken pochte der Wurm, die Stadt wurde immer leichnamähnlicher, das Land immer grauer, und der Herr über all dem immer übellauniger.

Pflichtschuldiger Besuch bei der Markgräfin; sie spielt Grabüge; sie lebt, sie lebt: wozu noch? wie lange noch? Man empfängt den preußischen Ambassadeur; der arme Krüppel hat das Podagra und erzählt Anekdoten, in denen eine kümmerliche Pointe schwimmt, wie ein einzelnes Fettauge auf einer Wassersuppe. Freifrau von Hornberg läßt sich zur Visite melden; sie hat einen Schmerbauch, das Gehirn eines Kolibri und schnattert von Heidenmissionen und Kaffeekränzchen. Pastor Nebenius bittet kniefällig um Annahme des Protektorats über den Verein zur Hebung des Glaubens; Staatsrat Regenauer medisiert geistlos über adlige Affären. Es wimmeln Heiducken, Fouriere, Kammerlakaien, Hofoffizianten, Schloßverwalter, Sekretäre, Minister; Worte plätschern, Gesichter glotzen, Hände sind geschäftig; Dinge, Dinge, Dinge; Zeit, Zeit, Zeit; und der Herr versunken in das Studium, wie dem Jammer der Menschheit zu steuern sei.

Um der kinnladenerstarrenden Langeweile abendlicher Assembleen zu entfliehen, schützte sie bisweilen Migräne vor und zog sich in ihre Gemächer zurück, um sich von ihrer Dame, Frau von la Roche, vorlesen zu lassen. Doch die erhabensten wie die pikantesten Schriftsteller aller Nationen halfen ihr über die rasende Ungeduld nicht mehr hinweg. Da hatte Herr von Künsperg, einer der Jasager vom jüngsten Jahrgang, den Einfall, aus Chroniken und überlieferten Niederschriften Skandalosa der beiden markgräflichen Häuser für sie zusammenzustellen und ins Französische zu übersetzen, und es tauchten kuriose Geschichten auf, die das farblose Faltentuch der Vergangenheit frech auseinanderrissen und ein Etwas darboten, das die Mitte hielt zwischen Fastnachtsschwank und Totentanz.

Es erschien das Scheuersubjekt, das der Markgraf Carl Wilhelm, der Vater Alexanders, aus dem Schmutzwinkel der Küche auf sein hochfürstliches Lager gehoben hatte. Darüber schlugen

die verschwägerten Häuser Lärm; der Kaiser sandte an Seine
Liebden eine zur Mäßigung mahnende Epistel, und das Scheuersubjekt mauste die im Tresor verwahrten Kostbarkeiten, stieß
wohledle Damen vor den Kopf, führte den Herrn an der Nase
herum, brachte für ihre Bastardbrut erstaunliche Summen beiseite und wußte sich schließlich auch noch die Freiherrnkrone
zu erschleichen.

Lady Craven kicherte.

Da war die Geschichte mit dem Juden Ischerlein und dem roten Adlerorden in Brillanten, den der kleine Markgraf dem großen König von England überschickte, um ihn auszuzeichnen.
Als nun lange Zeit verfloß und der Markgraf vom König keiner
Antwort gewürdigt wurde, befahl dieser, die Sache zu untersu-
chen, und es ergab sich, daß Ischerlein, der Juwelier, falsche Diamanten verwendet hatte. Der Markgraf ließ den Juden holen und
sodann den Scharfrichter. Der Jude wurde an einen Stuhl gebunden, und als er den Henker kommen sah, sprang er auf mitsamt
dem Stuhl, rannte unter dem brüllenden Gelächter des Markgrafen um den langen Tisch herum, der im Saale stand, immer mit
dem angebundenen Stuhl, der Scharfrichter hinter ihm drein, bis
ihm der auf Befehl des Herrn über den Tisch hinweg den Kopf
abhackte.

Die Lady schauderte.

Sie erfuhr von der Markgräfin Sophie, die, so schön sie war,
eine noch schönere Tochter hatte. Eben deren Schönheit erregte
ihren Neid und ihre Eifersucht dermaßen, daß sie einem Junker
Wobeser viertausend Dukaten versprach, wenn es ihm gelänge,
die Prinzessin zu entehren. Das junge Mädchen begegnete ihm
aber mit solcher Geringschätzung, daß schon die Versuche, sich
ihr zu nähern, fehlschlugen. Da versteckte er sich mit Hilfe der
Mutter im Schlafzimmer der Tochter; die Dienerschaft war be-
stochen, die Markgräfin sperrte die Kammer von außen zu, und
so setzte er sich trotz Bitten, Tränen und wildem Sträuben in den
Besitz des schönen Mädchens. Nachher floh der Unhold; die
Prinzessin, halb im Wahnsinn, gebar Zwillinge, zwei Wesen,

schwarz im Gesicht wie Tinte; die Markgräfin machte die Schande der Tochter öffentlich bekannt, so daß der Prinz von Culmbach von der Bewerbung um sie sogleich abließ; die unseligen Kinder endeten durch Mord, und die Prinzessin verweinte ihr ferneres Leben auf der Plassenburg in Gefängnishaft.

Die Lady sagte leise vor sich hin: „Kri-Kri", wie ein Vogel, der hungrig und traurig ist. Sie hatte oft diesen Laut, der aus Verwunderung und Ekel gemischt war. Träumerisch schaute sie in den Kamin, wo das Buchenholz verbrannte, dann gebot sie der Dame la Roche, nachzusehen, ob es noch regne. Ja, es regnete, und über der Stadt lag Ruhe wie schwarzes Blei. Dann wünschte die Dame la Roche mit Hofknix gute Nacht; dann knackten die Dielen, und es raschelte in den Mauern, dann kam, wenn die Stunde noch weiter vorgerückt war, der Markgraf. Man hätte denken sollen, er sei von der Liebe hergetrieben, und so war es auch im Grunde; doch warb er nicht, lächelte nicht, redete nicht, sondern wartete griesgrämig und verdrossen, daß man den Tribut seiner Liebe entgegennahm.

Die Lady lehnte den kleinen Kopf an seine mächtige Schulter und sagte leise vor sich hin: „Kri-kri."

Maßregeln eines Philanthropen

Der Markgraf dekretierte: Geht es den Leuten schlecht, so mögen sie sich demgemäß halten. Leiden alle Mangel, so soll niemand überflüssig Geld ausgeben. Es ist verboten, Schulden zu machen. Den Weibern ist verboten, Schmuck zu tragen, sowie bunte oder auffallende Gewänder. Die Bürgermadams und Jungfern haben sich der größten Sittsamkeit zu befleißigen. Kein Frauenzimmer darf mit einem Mannsbild im Konkubinat leben. Außereheliche Verhältnisse werden scharf geahndet. Sämtliche Bierhäuser und öffentliche Lokale werden nach Anbruch der Dunkelheit geschlossen. Es sollen keine Musikbanden aufspielen, keine Schmausereien stattfinden, keine solennen Kindtaufen

und Hochzeiten, keine Illuminationen, keine gemeinen Belustigungen, und private nur mit ausdrücklicher Bewilligung der Polizei. Es soll niemand auf der Straße Schabernack treiben; es sollen die Kinder zu einem ernsthaften Benehmen verhalten werden; es sollen keine Fahnen ausgehängt werden. Sichtbarer Mü
ßiggang ist verboten. Es soll jeder Mensch zu jeder Frist eingedenk sein, daß Armut im Lande herrscht, wie ja glaubwürdig
und allerwegen versichert wird, daß die Geschäfte stocken, daß
die Handwerker keinen Verdienst haben und in den Gemütern
die Unzufriedenheit nistet. Daher hat niemand die Befugnis,
durch herausfordernden oder unterschiedenen Wandel neue Unzufriedenheit zu säen.

Die Folge dieser wohldurchdachten Beschlüsse war, daß der
Markgraf sich mit seiner Person und seinem Hofhalt zur Beispielgebung verbunden hielt.

Es unterblieben die Jagdfeste, die Tanzunterhaltungen, die
Gartenfeste, die Karnevalsaufzüge, die prunkvollen Diners und
Abendessen. Die Empfangsäle wurden gesperrt, die venetianischen Kristallüster in graue Tücher gehüllt, Sessel und Sofas mit
ebensolchen Bahrtüchern versehen. Dem Theater war verstattet,
einmal in der Woche ein Trauerspiel, einmal eine *Opera seria* aufzuführen. Die Toiletten der Damen unterlagen strenger Vorschrift. Denn Herren wurde dunkle Kleidung befohlen.

In den Korridoren und Antichambres hörte man nur noch
Wispern und Raunen. Die Beamten und Lakaien gingen auf Zehen. Kein Mensch lächelte mehr, und zu lachen hätte als eine
ganz unfaßliche Vermessenheit gegolten. Je sauertöpfischer sich
einer gab, je bessere Aussicht auf Gnaden hatte er. Das Schloß
machte bei Tag den Eindruck eines Klosters, bei Nacht den eines
Mausoleums. Sogar die Pferde ließen die Köpfe hängen, und die
Hunde schlichen mit eingezogenem Schwanz.

Und wer da hoffte, daß es bald wieder anders werden würde,
daß es nur eine vorübergehende Grille des Markgrafen sei und er
eines Tages zu seinen früheren Gewohnheiten zurückkehren
würde, der täuschte sich. Hier brachen alle Einflüsse, auch die

von sonst geschätzten Personen, auch die der Liebe, und man stieß auf unempfindliche Hartnäckigkeit.

Und wer da glaubte, daß die freud- und festlosen Jahre, die nun kamen, eine Verminderung des Budgets bewirkten, der täuschte sich gleichfalls. Das Geld floß in ebensoviele Taschen, nur auf heimlicheren und dunkleren Wegen; es waren ebensoviele Mäuler zu stopfen, ebensoviele Ämtersitzer zu befriedigen, und ebensoviele Köche verdarben den Brei. Dies erregte sowohl Erstaunen als auch Unwillen beim Markgrafen, wenn er Nachfrage hielt. Aber Nachfrage hielt er selten, denn er spürte, daß das der einzige Punkt war, wo seine Macht ein Ende hatte und die Kreaturen stärker waren als er. Er begnügte sich mit den Verordnungen; er begnügte sich mit der Wahrnehmung, daß das Volk draußen stille wurde, so still wie ein Kalb mit gebundenen Füßen; er las Akten, gab Unterschriften, ging auf die Jagd, hatte die Stirne voller Falten, äußerte seine Wünsche nur durch Brummen, sein Mißfallen durch Brummen, sein Einverständnis durch Brummen, seinen Hunger durch Brummen, seine Sattheit durch Brummen.

Die Markgräfin spielte Grabüge, Sommer und Winter; die Leibhusaren bezogen die Schloßwache, Sommer und Winter; die Jasager hatten schweren Stand, denn es war nicht mehr viel da, wozu sie ja sagen konnten; die Lady Craven biß Löcher in ihre Spitzentaschentücher, rieb mit ihren winzigen Füßchen die Teppiche wund, hatte Hitze, hatte Frost, hatte Wut, hatte böse Träume, hatte Fluchtgedanken und machte von Zeit zu Zeit mit ersticktem Lachen oder Weinen ihr Kri-Kri, wie ein kleiner Vogel, der krank und hungrig ist.

16

Die Bürger und ihre Stadt

Du kommst in diese Stadt; du fährst durch das mittlere Tor ein
und siehst, daß es eine freundlich gebaute Stadt ist; jedenfalls
will sie dich nicht unfreundlich begrüßen. Die Straßen sind unre-
gelmäßig gewunden, von ungleicher Breite; die Häuser, viele mit
geschnitzten Balkenköpfen und gotischen Jahreszahlen, bilden
eine Reihe von Zwergen und Riesen; auf den Plätzen stehen Bau-
ernwagen, ohne Pferde und Fuhrmann; die Steige sind von Kindern belagert; aus allen Fenstern sehen dich Menschen an; vor
den Haustüren stehen schwatzende, rauchende, gaffende Leute,
du blickst tief in halbfinstere Stuben; die Seifensieder haben ihre
Talglichte, die Weißgerber ihre Felle auf langen Stangen straßen-
wärts zum Trocknen aufgehängt; der Böttcher und der Grob-
schmied arbeiten vor der Türe; das Vieh wird ein- und ausgetrie-
ben; Schweine grunzen, Hühner gackern, Tauben gurren, Katzen blinzeln verschlafen, Säuglinge schreien.

Es weiß der Pfragner, wann der Bäcker seine Stiefel sohlen
läßt; es weiß die Frau Apothekerin, was die Frau Stadtphysikus
zu Mittag kocht; es weiß die Jungfer Rettich, um wieviel Uhr der
Magister Brunnenwasser vorüberpromenieren wird, um einen
Blick der Jungfer Hesekiel zu erhaschen; es weiß der Kannen-
wirt, daß es bei Oberbaurats knapp zugeht; es weiß der Altgesell
beim Strumpfwirker am Rathaus, daß sich die Schreinersehe-
leute, die hinterm Zollamt wohnen, beständig in den Haaren liegen. Jeder weiß von jedem alles. Sie können nichts voreinander
verbergen. Kein Wort, kein Gedanke, kein Atemzug bleibt ge-
heim. Jeder ist eines jeden Spion. Es ist ein nahes, dichtes, verwickeltes Gewebe von Leben, eins gegen das andere gerissen,
eins vom andern bestimmt und gefärbt; Mauer-an-Mauer-,
Schwelle-an-Schwelle-sein. Es ist eine kahle, dumpfe, niedrige,
deutsche Welt, in der der Einsamste noch den Nachbar über
sich, neben sich, unter sich hat. Der Nachbar belauert das eheliche und das jungfräuliche Bett, er wacht über die Ehre des Hauses, er dringt in die Träume, auf ihm beruht der Kredit, das Ge-

schäft, die öffentliche Meinung, die Sicherheit der Person und des Besitzes. Der Nachbar erscheint zur Taufe, zur Hochzeit und zum Begräbnis; er schreit Alarm bei Diebsgefahr und hetzt, wenn der gute Name zerzaust wird. Er zählt, wieviel Flaschen Wein im Keller sind, wieviel Säcke Mehl auf dem Speicher, wieviel Ellen Leinwand im Spind, wieviel Silberlöffel in der Truhe. Ohne den Nachbar kann keiner leben, keiner hassen, keiner krank sein, keiner genesen. Der Nachbar ist der Freund, der Feind, der Wohltäter, der Verleumder, der Kunde, der Konkurrent, der Warner, der Rater, die Zuflucht, die Drohung, der Dämon, der Teufel und der einzige Trost.

Sie hatten niemals Grund gehabt, ihrem Dasein Loblieder zu singen in Ansbach; seit Jahrhunderten nicht. Eisern lag die Faust der Fürsten auf ihnen, seit Menschen denken konnten. Ihr Tag war Mühsal, ihre Nacht Alpdruck gewesen. Durch die langen Geschlechterketten preßte der Herr von Gottes Gnaden dem Ärmsten noch den letzten Heller aus der Tasche und den letzten Tropfen Schweiß aus dem Leibe. Und all der Schweiß des Landes verwandelte sich in den Marställen in Gäule, in den Hof- und Kammerkanzleien in Pfründen, Sinekuren und Sporteln, in den Schlössern in vergoldete Sessel und auf den Hälsen der Gunstdamen in Edelsteinketten.

Aber so schwer die Halfter auch zu tragen war, sie hatten doch Augen- und Ohrenweide dafür gehabt. Sie hatten vor dem Schloßtor stehen und zu strahlend erleuchteten Fenstern hinaufblicken dürfen. Sie hatten sechsspännige Karossen mit betreßten Lakaien und bunten Wappen offenen Maules bestaunen dürfen. Es war, von der Hofküche her, Duft von niegeschmeckten Speisen durch die Gassen gezogen, an dem sich mancher Hungerleider wonnevoll erlabte, und er dachte sich: Es ist trotzdem eine schöne Welt, in der so was zu riechen ist. Es hatte Schaugepränge gegeben, Auffahrten, Paraden, Kavalkaden, Feuerwerke, Tombolas, feierliche Kirchgänge, und sie hatten Spalier bilden dürfen. Es war etwas zu gaffen, zu bereden, zu erwarten gewesen. Sie hatten das Gefühl gehabt, daß die Herrschaften wenigstens in

Glück und Reichtum schwammen dafür, daß sie schwitzten und sich plagten.

Aber seit ihnen der Markgraf Alexander nicht nur die Wege zum Wohlstand verrammelte, nicht nur, schlimmer als seine Vorfahren, sie mit Hilfe von Steuern und Zöllen um die Früchte ihres Fleißes betrog und bestahl, nicht nur ihre Söhne, Brüder und Gatten als Kanonenfutter außer Landes verschacherte, sondern auch noch dazu das farbige Licht hatte auslöschen lassen, das über ihrem Elend leuchtete, versank das Gemeinwesen nach und nach in eine graue Flut von bitterer, stummer, nüchterner Hoffnungslosigkeit. War jenes Licht auch der Scheiterhaufen gewesen, auf dem ihr Hab und Gut verbrannte, das Feuer hatte doch ergötzlichen Schein geworfen, es hatte einen irgendwie warm gemacht, und wenn die Kinder neugierig wurden und etwas von der Welt zu schauen begehrten, konnte man sie hinführen, auf den Arm heben und sagen: seht, wie fein es brennt.

Demgegenüber spielte, was ihnen selbst an Vergnüglichkeiten entzogen wurde, die geringere Rolle. Für ihre Vergnügungen hätten sie ja zahlen gemußt, diese aber waren umsonst. Der Herr samt der Obrigkeit hatten gut verbieten: wer sollte vom Distelstrauch Himbeeren naschen? Sie hatten Lust und Lustbarkeit schon vorher verlernt, der Erlässe hätte es kaum bedurft. Nun, um so besser, wenn die Versuchung fehlt, sagten sie in ihrer fränkischen Geduld und Selbsthärte, hockten hinterm Ofen und schoben die Finger zwischen die Knie.

Nach vier Jahren glich die Stadt einem abgestandenen Haufen Betrübnis. Wie das Sumpfwasser inmitten einer Landschaft sumpfige Dünste aushaucht, so entströmte der fürstlichen Person im Schlosse, dem Mittelpunkt des gemeinen und öffentlichen Wesens, Übellaunigkeit. Übellaunigkeit drang in die Stuben, Übellaunigkeit regierte das Verhältnis zwischen Eheleuten, Geschwistern, Verwandten, Fremden; der Herr war mürrisch gegen den Knecht, der Knecht gegen den Herrn, die Frau gegen alles Gesinde, das Gesinde gegen die Frau, die Eltern gegen die Kinder, die Kinder gegen die Eltern, der Amtmann gegen die Beklagten, der Gefängniswärter gegen die Häftlinge, der Wirt gegen die Gäste, der Kaufmann gegen die Käufer, der Meister gegen den Lehrling, der Postillon gegen die Passagiere, die Polizei gegen die Bürger, die Bürger gegen die Bauern, sämtliche Menschen gegeneinander, gegen den Himmel und gegen das Schicksal. Sie klagten nicht, sie seufzten nicht, sie fluchten nicht, sie maulten nicht, sie murrten. Sie konnten sich auf nichts freuen, sie konnten über nichts lachen, sie standen mürrisch auf und legten sich mürrisch zu Bett. Mürrisch verrichteten sie ihre Geschäfte, mürrisch zündeten sie ihre Lichter an, mürrisch saßen sie bei Tisch, mürrisch betrachteten sie das Wetter, mürrisch zeugten sie ihre Nachkommenschaft. Mürrisch und in der Stille gingen die Verbrecher ihre heimlichen Pfade, mürrisch predigte der Pastor von der Kanzel, und mürrisch wurde schließlich sogar das berühmte Schalksgesicht des Mondes über dieser Stadt von Mürrischen.

So lagen die Dinge, als Sturreganz kam.

Jahrmarkt

Eines Tages erschien auf der Stadtpolizei ein Mann, fremdländisch von Wesen und seltsam gekleidet. Er trug lange Schnabelschuhe, schwarzseidene Strümpfe, schwarzsamtene Pluderhosen, schwarzes Jabot mit schwarzen Knöpfen, schwarze Halsbinde und eine schwarze Kopfbedeckung in Form eines Zuckerhutes mit steifem flachem Rand. Dieser Mann, obwohl er sich nur als wandernder Schauspieler legitimierte, flößte durch eine Sicherheit und Würde der Haltung, wie sie nur weitgereiste Leute zu haben pflegen, einen gewissen Respekt ein, und da er dringliche Empfehlungen der Erzbischöfe von Köln und Trier sowie des Herzogs von Nassau vorwies, konnte sein Ansinnen nicht gut abschlägig beschieden werden, zumal er sich bereit erklärte, jede geforderte Gebühr zu entrichten und eine Kaution von fünfzig Talern zu erlegen. Er schien sich auch sonst in nichts

weniger als ärmlichen Umständen zu befinden, da er im ersten
Gasthof der Stadt Quartier genommen hatte und mit zwei Dienern reiste, die zugleich sein Hilfspersonal waren.

Das Ersuchen ging dahin, daß man ihm erlaube, während des
Jahrmarkts in einem fliegenden Theater, das er zu dem Behuf er-
bauen wollte, Vorstellungen zu geben. Auf die Frage, von welcher Art die Vorstellungen seien, entgegnete er: von komischer
Art, doch sagte er dies wie einer, den tiefer Kummer bedrückt,
in solchem Grabeston und mit solcher Leichenbittermiene, daß
der Polizeigewaltige, der noch nicht zu den ganz Abgestorbenen
gehörte, sich eines säuerlichen Grinsens nicht erwehren konnte
und zu der Überlegung gelangte, das Wagnis könne allzugroß
nicht sein; leichtfertige oder im Sinn der Verordnungen sonstwie
unstatthafte Wirkungen seien von dem Melancholikus nicht zu
gewärtigen. Auch hatte, seit die strengen Vorschriften ergangen
waren und jedem Bewerber Schwierigkeiten gemacht wurden,
der Zuzug von Gauklern, Zauberkünstlern, Quacksalbern,
Schlangentötern und ähnlichem Volk zum herbstlichen Jahrmarkt fast völlig aufgehört; deshalb glaubte man diesmal milder
verfahren zu dürfen und gewährte die erbetene Bewilligung.

Drei Tage später schon erhob sich in der Budengasse hinter
dem Hofgarten, etwas zurückgerückt gegen die Stände der Kä-
ser, Lebküchner, Heringsbrater und übrigen Händler eine gefällig aussehende Bretterbude, die etwa zweihundert Menschen fassen mochte, an deren Giebel auf roter Leinwand mit riesigen
schwarzen Lettern das Wort Sturreganz prangte.

Die Leute gingen vorbei, sahen hinauf, kehrten um, blieben
stehen, murmelten das Wort vor sich hin, wiegten die Köpfe und
fragten einander: was ist das, Sturreganz? ists ein Ding oder ists
ein Mensch? Ihre verdrossene und apathische Neugier erhielt
einige Aufklärung durch den Zettel, der alsbald an einem Pfosten aufgehängt wurde und auf dem einige mißtrauisch Herzu-
drängende folgendes lasen: „Einem hochlöblichen hiesigen Pu-
blico sowie einem hohen Adel diene zur geneigten Kenntnis, daß
der weitberühmte bis über die Grenzen des bekannten Erdkrei-

ses hinaus geschätzte Sturreganz, Liebling mächtiger Potenta-
ten, Leib- und Kammerartist Seiner Hoheit des Herzogs von
Nassau und des Grafen von Bentheim, Freund der Götter und
Schrecken der finstern Geister, sich heute abend um sechs Uhr
zum erstenmal die Ehre geben wird, in seiner unerreichten Dar-
stellung als Teufel Asmodei aufzutreten und sich dero Gunst und
Augenmerk zu rekommandieren. Zahlreiches und pünktliches
Erscheinen ist erwünscht. Erster Platz drei Groschen, zweiter
Platz zwei Groschen, dritter Platz ein Groschen."

Man rümpfte ungläubig und abschätzig die Nase, hielt es für
Prahlerei und Unfug und ging weiter. Gegen sechs Uhr abends,
als noch die Lichter in den Verkaufsbuden brannten, eine lange
Zeile von Kerzen in farbigen Papierhüllen oder bunten Glasge-
häusen, trieben sich ein paar Menschen vor dem Brettertheater
herum, unentschlossen, argwöhnisch, die Münzen in den Leder-
börsen zählend und abermals zählend und zwischen den Fingern
reibend, vorsichtig um sich schauend, schamhaft den Schatten
suchend, und schließlich waren es im ganzen vielleicht dreißig
oder fünfunddreißig Personen, die sich der Kassa näherten, ihre
Groschen hinlegten und hinter dem scharlachroten Vorhang verschwanden. Das war alles; dann blieb der Platz vor dem Theater
verödet.

Es geschah jedoch, daß etwa um halb sieben Uhr der Dichter
Uz vorüberging, der beim Justizkollegium angestellt war und
um diese Zeit sich auf dem Nachhauseweg befand. Er war ein
würdiger Greis und als Poet ein Zierde der Stadt, die sich freilich
keinen Pfifferling um ihn scherte. In angestrengtes Sinnen verloren, denn er dachte gerade über ein verwickelt gereimtes Madrigal nach, wollte er eben die Gasse vor der Theaterbude überque-
ren, als seine Aufmerksamkeit durch eine Reihe von wunderlichen Geräuschen abgelenkt wurde. Zuerst klang es wie das Ge-
mecker vieler Ziegen; von dem unterschieden sich dann brül-
lende und quietschende Töne; dann kam eine Salve, als ob Kiesel-
steine auf ein Schindeldach regneten. Staunenswürdig; es war
Gelächter! Es war hohes, sonores, dumpfes, breites, keuchen-

des, schmetterndes, von Sekunde zu Sekunde anwachsendes
herzhaftes Gelächter! Mitten in der Stadt Ansbach, abends um
drei viertel sieben: Gelächter. Gelächter vieler Menschen. Unerhört. Der Gedanke blieb im Hirn stecken. Das lyrische Gleichnis zerfiel. Das Madrigal zerstob seifenblasenhaft.

Gelächter!

Man sah es geradezu vor Augen, wie sie sich bogen da drinnen; wie die Hälse sich blähten gleich Blasebälgen; wie die Mäuler zu Schlünden wurden mit bleckenden Zähnen. Es war etwas
Außerordentliches, etwas völlig Neues, seit Jahren Unbekanntes, und es mußte ergründet werden. Der Dichter, zögernd noch
immer, trat an den Kassaverschlag, in dem ein betrübter Jüngling
kauerte, entrichtete, nicht leichten Herzens, den Einlaßgro-
schen, und der rote Vorhang entzog seine hagere Figur dem Nebel des Oktoberabends.

Als dieser Elegiker und sorgenbeschwerte Mann eine Stunde
danach mit den andern drei Dutzend Menschen das Theater verließ, war er vor Lachen in Schweiß gebadet gleich den andern. Es
gluckste noch nachschütternd in seiner Kehle. Er rang nach
Atem. Die Seiten schmerzten, der Magen kollerte, der Gaumen
war wund.

Niemals hatte er dergleichen erlebt, es nie für möglich gehalten. Die Frage entstand: Wer war Sturreganz? Ohne Zweifel ein
Phänomen; ein Unikum; ein Weltwunder. Man mußte Uz sein
und sich so viel gegrämt haben im Leben, so viel Bitterkeit ge-
fressen, so viel Ungerechtigkeit und Schläge des Geschicks erlitten haben, um das zu begreifen.

Wer war Sturreganz? Wo kam er her? Wer hatte je von ihm vernommen?

Völlig aus dem Gleichgewicht geraten, suchte Uz am selben
Abend noch Bekannte auf, Imhofs und den Sanitätsrat Merklein. Er redete, berichtete, war aufgeregt, befeuert, außer sich,
verstieg sich zu einem Enthusiasmus der Ausdrucksweise, der in
befremdendem Gegensatz zu seiner gewöhnlichen kargen Ge-
messenheit stand. Er zitierte Worte; er ahmte, so gut er es ver-

mochte, Bewegungen nach, schilderte die Mimik, die Haltung,
die Gangart, die Stimme des überwältigenden Komödianten,
nannte ihn volksmäßig und erhaben, mysteriös und für ein Kind
verständlich, und erzeugte schließlich in allen, die ihn anhörten,
eine unbezwingliche Neugier und Ungeduld, den Mann ebenfalls zu sehen.

Jeder einzelne unter den Theaterbesuchern dieses Abends verbreitete die Kunde auf seine Weise. Jeder einzelne, bis zum
Handlungsreisenden und Diurnisten herab, gebärdete sich auf
seine Weise toll. Die Folge war, daß sich am nächsten Abend
lange vor Beginn der Vorstellung eine beträchtliche Menge vor
der unscheinbaren Bude angesammelt hatte und der betrübte
Jüngling alle Hände voll zu tun bekam. Nachdem die Leute eingelassen waren und der rote Vorhang sich herabgesenkt hatte,
blieben noch etwelche außen stehen, die zwei oder drei Groschen doch nicht dransetzen wollten oder hofften, sie könnten
auch so, wenn sie nur die Ohren recht spitzten, etwas zu hören
kriegen. Ihnen gesellten sich dann die Budenbesitzer zu, nei-
disch über die guten Einnahmen des Fremdlings, ferner eine Anzahl Gassenjungen, Herumstreicher, Mägde aus den benachbarten Häusern; die buntmaskierten Kerzen beleuchteten ihre lau-
schenden Mienen, und alle die bösen und ärmlichen oder miß-
günstigen oder vermagerten Gesichter, blaß und unfroh eins neben dem andern, verwandelten sich schon bei dem ersten Lach-
sturm, der aus der Bude schallte, recht sonderbar; es war, wie
wenn man Weizen unter eine Hühnerschar wirft, wobei sie sämt-
lich die Köpfe zusammenstecken und picken. So pickten auch
die das Lachen auf, wie gefräßige Hühner. Sie vernahmen nichts
als das immerfort anschwellende Gelächter; erst wie Gewehrge-
knatter, dann wie Trommelgewirbel; dann eine Kanonade; dann
Stille; abermals eine Kanonade; jauchzendes Weibergequietsch;
Händeklatschen; wütenderes Händeklatschen; Johlen; ein un-
nennbares Gebrüll plötzlich; es schien, als müßten sie sich den
Bauch halten, als fürchteten sie zu platzen. Und die Zaungäste
spitzten die Lippen, feixten, stellten sich, obschon es ja zweck-

los war, auf die Zehen; ein paar lachten sogar laut mit. Es strömten beständig neue herzu, sie schlichen näher, beugten sich vor, knipsten mit den Fingern und schlugen einander auf die Schulter, wenn wieder das Donnergepolter der beglückten Kehlen drinnen losging; endlich löste sich bald der, bald der aus den Reihen, schob seine Münze auf das Kassabrett und beeilte sich, hinter den Vorhang zu kommen.

Am dritten Abend wurde bereits um die Plätze gerauft. Drei Polizeimänner, berufen die Ordnung zu wahren, sahen ihre Machtlosigkeit ein. Man schickte um die Schloßwache. Die Leute stießen und drängten sich dermaßen, daß der Beginn der Vorstellung um eine halbe Stunde verschoben werden mußte. Auch Notabilitäten hatten sich schon aufgemacht, um Sturreganz zu sehen. Für sie waren besondere Plätze reserviert, sowie eine besondere Eingangspforte. Sie erschienen und sie mußten zugeben, daß die Fama weder gelogen noch übertrieben hatte. Es gab keinen Einwand vor diesem Allesniederwerfenden, keine zimperlichen Bedenken, sie wurden gepackt und in den kochenden Krater des Gelächters gerissen. Sie sprachen von nichts anderm als von ihm, sie kicherten in ihren vier Wänden noch, sie verkündeten das Ungewöhnliche unter ihren Freunden, aus den Gütern der Umgegend fuhren Familien in die Stadt, um Sturreganz zu sehen und mußten oft tagelang warten, bis sie Zutritt fanden.

Denn der Andrang steigerte sich mit jeder Vorstellung. Es gab Leute, die keine einzige versäumen wollten und sich schon früh morgens vor dem Theaterchen postierten. Sie ließen die Arbeit liegen, sie kümmerten sich nicht um ihre Angelegenheiten, und sie hätten die Hälfte ihrer Ersparnisse geopfert, wenn sie nicht anders als um diesen Preis zu Sturreganz hätten gelangen können. Schneider, Barbiere, Goldschläger, Maurer, Amtsschreiber, Köche, Küchenjungen, Viehhüter, Hökerinnen, Krämerinnen, Ladenmamsells waren darin eines Sinnes mit Lehrern, Richtern, Doktoren, Gymnasiasten, Fräuleins und Edeldamen. Es ereigneten sich Szenen, wo einer Hauptmannsgattin beim Streit um

den Einlaß der Chignon vom Kopf gezerrt wurde oder einer ehr-
baren Jungfer der Rock vom Leibe. Die Obrigkeit streckte die
Waffen, da durch ihr Einschreiten immer die eine oder andere
hochgestellte oder beamtete Person kompromittiert wurde. Sie
ließ Sturreganz weiter spielen, auch als nach einer Woche der
Jahrmarkt zu Ende und die Frist abgelaufen war, und zwar ebenfalls auf die Fürsprache hochgestellter und beamteter Personen.

Was soll daraus werden? fragten vorsorgliche Lenker des Ge-
meinwesens. Es bestand Gefahr, daß die ganze Stadt auf diese
Weise zum Narrenhaus wurde.

Unterm Mond

In der Tat war schon nach Verlauf jener Woche eine bemer-
kenswerte Wandlung geschehen.

Gesittete Bürger standen bei hellichtem Tag mit verblasenem
Schmunzeln vor ihrer Haustür. Sehr würdige Männer, von denen Gravität durchaus unzertrennlich war, bohrten unversehens
das Kinn in ihre Vatermörder und gluckerten wahnsinnsartig vor
sich in. Eingefleischte Hagestolze gebärdeten sich auffallend
munter. Bärbeißige Familienväter begannen mitten in der Mahlzeit loszuprusten, wenn ihnen die Erinnerung ein Sturreganz-
sches Wort, eine seiner unwiderstehlichen Maulverrenkungen
auffrischte. Zanksüchtige Weiber zeigten sich zahm beim bloßen
Zurückdenken etwa an das zwerchfellerschütternde Gespräch,
das er mit einer als böse Sieben verkleideten, blöd glotzenden
Marionette geführt. Philosophisch gestimmte Geister wankten
in ernsthaften Überzeugungen, und unverbesserliche Schwarz-
seher sahen sich ohne Groll um die Geltung bewährter Maximen
betrogen. Die Nörgler hörten auf zu nörgeln, Neidhämmel hatten
ein umgängliches Wesen, Übelredner hielten die Zunge im Zaum,
schlechter Geschäftsgang war für eine Weile vergessen, Streit vergessen, Widrigkeit vergessen, und wen der alte Jammer wieder zu
zwicken drohte, der holte sich bei Sturreganz die heilende Mixtur.

Der Sonntagabend, an dem Sturreganz das alte Possenspiel
„Der unsterbliche Esel" aufführte, er hatte sich hierzu mehrere
Komödianten von auswärts verschrieben, da den markgräflichen
die Mitwirkung nicht verstattet wurde, trieb die Woge zuhöchst
empor. Während der Szene, wo er als gefoppter Hahnrei den
Liebhabern seines Weibes die Leviten liest und jedem einzelnen
ein endloses Sündenregister vorhält, fielen Menschen im Zuschauerraum vor Lachen buchstäblich von den Bänken herunter,
wälzten sich auf dem Boden und schlugen mit Armen und Beinen um sich. Wohlerzogene Frauen stießen wahre Tierschreie
aus, Matronen gluksten und schluchzten, vertrocknete alte
Männer wieherten und wischten sich die Tränen von den Bak-
ken, Füße trampelten, Hände erhoben sich gegen die Bühne, um
den Mitleidlosen zu beschwören, daß man nicht weiter könne,
daß man nur noch jappte; es war ein Gebell, Gekreisch, Gewim-
mer, Gestöhn, Gebrüll, Geseufz und Gekeuch wie in einer Fol-
terkammer, und als der Vorhang fiel und die Leute das Theater
verließen, sahen sie zunächst entkräftet und schlottrig aus, obgleich ihnen im Innern wohl und glückselig zumute war.

Hunderte hatten gewartet, die in die vollgepfropfte Bude
nicht hatten kommen können, und hatten, wie es nun schon üblich geworden war, ihr Labsal beim Anhören des Lachorkans gefunden. Sie zogen mit den andern heimwärts und ließen sich erzählen, schwelgten in deren Nachgenuß, schmiedeten Pläne, wie
morgen ein Platz zu gewinnen war.

Den Tag über hatte die Sonne warm geschienen, und der
Abend war südlich mild. An Schlaf war nicht zu denken. Sie blieben vor den Haustüren stehen, Schlüssel wurden ins Schloß gesteckt und wieder herausgezogen, niemand wollte das tagbe-
schließende Wort sagen, niemand hatte Lust, in die muffigen Stuben zu kriechen, sie gingen weiter, wählten die Hauptgasse zur
nächtlichen Promenade, und diese war alsbald so bevölkert wie
an Marktvormittagen.

Fenster oben und Fenster unten wurden geöffnet. Die Frau
Hofsekretärin beugte sich so weit über das Sims, daß ihr prächtig

entwickelter Busen keine Heimlichkeit mehr blieb. Die Frau
Landrätin hatte eben, Hemd über dem Kopf, die verborgenen
Partien ihres Körpers nach Flöhen abgesucht; als sie das Gemurmel und Gekicher vernahm, kleidete sie sich wieder an. Rufe
schallten straßauf, straßunter, Fragen, Begrüßungen, zerstük-
kelte Berichte; ja, da hättet ihr dabei sein sollen; freilich, das war
eine sonderliche Sache, so was hat keiner noch erlebt. Junge Burschen erhoben sich auf die Zehen und lugten abenteuersüchtig
durch einen Rolladenspalt. Der Herr Rentamtmann winkte aus
einem Erker dem Herrn Regimentszahlmeister; der Oberjäger
Fritsch warf aus dem dritten Stock eine Nürnberger Zeitung auf
die Gasse, worin lang und breit über Sturreganz geschrieben
war, und daß er im vorigen Jahr am Rhein das ganze Volk in Taumel versetzt habe. Man riß einander das Blatt aus den Händen;
schließlich erwischte es ein Student, stieg unter einer Öllaterne
auf einen Prellstein und las es mit schallender Stimme salbungs-
voll vor. Sturreganz; das bloße Wort behexte. Eine junge Magd
wollte durch ein erdgeschössiges Fenster ins Freie kommen; sie
verlor beim Herausklettern den Halt, fiel mit dem Kopf voran
aufs Pflaster und machte aus ihren gehüteten Schätzen ein öffent-
liches Schauspiel. Im lüsternen Schatten standen Magister Brunnenwasser und Jungfer Hesekiel; geschwind und lustig entflo-
hen andere durch verschwiegene Türen. Der Mond kam über die
Dächer und wunderte sich.

Dann geschah es, daß die Metzgerin Frühwald und der Sattler-
meister Simson Arlacher aus ihrem Haus einen langen Tisch mitten auf die Gasse trugen. Kinder und Gesinde brachten Stühle,
Leuchter, Krüge und Pokale; die Krüge füllten sie mit Bier, die
Pokale mit Wein. Vorübergehende wurden aufgefordert, Platz
zu nehmen, und hierzu bedurfte es vieler Bitten nicht. Das Beispiel fand fröhliche Nachahmung. Eine Viertelstunde später
stand die ganze Gassenzeile entlang Tisch an Tisch, Leuchter an
Leuchter, und in den Leuchtern wurden zur höheren Festlich-
keit die Kerzen angezündet, trotzdem der Mond recht hell
schien. Aber das gab gute Wirkung; die Straße mit den barocken

Häuserfassaden war wie ein großer Saal. Und es stand Krug an
Krug, Pokal an Pokal; und Männer und Frauen, Jünglinge und
Mädchen, Meister und Gesellen, Kaufherren, Handwerker, Be-
amte, einer saß neben dem andern in langer Doppelzeile.

Aufgeschlossen waren die Gesichter, in den Mienen mit einem
Willen zum andern, einem Hinstreben zum andern, mit Lippen,
die lächelten, lachten, Ungesagtes zu sagen begehrten. Vom
Tisch bei der Schranne sprang ein Lied auf; ein zweites folgte;
der Zunftvorsteher Sittig hatte sein schönstes Silber aus dem
Haus gebracht und wies es mit Kennerstolz; einer ließ Taler klin-
gend über den Tisch rollen, als hätte er keine Ursache mehr, seinen Reichtum zu verbergen; einer erzählte von Wanderfahrten;
einer umarmte sein Weib und schmatzte die Kreischende ab; einer rief: von heut an soll es anders werden mit unserm Leben!
Große Körbe mit Äpfeln wurden herumgeboten; ein zwölfjähri-
ger Junge leerte vom zweiten Stock einen Sack Nüsse auf die
Gasse, daß das Geknatter eine Weile alles übertönte; eine Laute
spielte da, eine Flöte oder Mundharmonika dort; Verabredungen
wurden getroffen, Erinnerungen ausgetauscht, gebrochene
Freundschaften erneuert, alte Feindseligkeit vergessen; das waren dieselben Bürger nicht mehr, die mürrisch und polizeifromm
die Tore schlossen, eh der Wächter den ersten Rundgang antrat;
das war dieselbe Stadt nicht mehr, die zu schlafen pflegte in der
Nacht, bei Sternen- und bei Regenhimmel.

Waren sie sich selber schon Wunder genug, so sollten sie doch
noch unerwartet Wunderbares erleben. Wer seine Gleise verläßt,
dem lohnen es die Augen. Unter der Zipfelmütze waren ihnen
nicht einmal Träume solcher Art gekommen.

Es trat aus dem engen Adlergäßchen plötzlich ein Mann, der
ein sieben- oder achtjähriges Kind auf den Armen trug. Dieser
Mann war völlig schwarz gekleidet; Strümpfe, Pantalons, Rock,
Halsbinde, der ungewöhnliche kegelförmige Hut, alles schwarz.
Er schien nur Augen zu haben für das Kind, das er trug; er sah
nichts von dem nächtlichen Fest der Gasse, nicht die tafelnden
Bürger, nicht ihre Lichter, nicht ihre Neugier; das Kind lag mit

dem Köpfchen an seiner Schulter und streichelte bisweilen mit
furchtsamem Lächeln seine Wange, fast nur, als wolle es sich
überzeugen, daß das wirklich ein lebendiger Mensch sei, der es
auf den Armen hielt, und so zärtlich hielt, so sorgsam, so sanft,
so stark; bisweilen aber beugte es sich vor und zur Seite und
blickte auf das Pflaster hinunter; und siehe, was war das? Ein
Bild, seltsam und unglaubhaft, gruselig und erstaunlich: Mäuse
liefen da; ein ganzer Zug von Mäusen; unzählbar; Hunderte und
aber Hunderte; liefen hinter dem Schwarzgekleideten her, umra-
schelten seine Füße, und das Mädchen lachte still zu ihnen
hinab. Als die Frauen dies gewahrten, stießen sie Schreckens-
schreie aus; die Männer erhoben sich von den Stühlen und Bänken und starrten dumm-entsetzt; Kinder beugten sich über die
Tische, deuteten aufgeregt, ein paar Hunde schlugen an, und
während dessen ging der Mann vorbei, die Straße hinauf, verloren in den Anblick des Kindes, und die Hunderte und aber Hunderte von Mäusen, dichtaneinandergedrängt, lautlos, zauberisch, wie mit Fäden an seine Füße gebunden, folgten ihm und
verschwanden mit ihm, als er an der oberen Ecke zum Schloß-
platz einbog.

Auf die Vermutung, daß der Mann Sturreganz sein könne, geriet keiner. Er zeigte sich nie; tagsüber hielt er sich in seinem
Gasthofzimmer auf und ließ niemand vor sich. Auch Zudringliche von Stand, die sich ein Recht auf persönliche Bekanntschaft
anmaßten, wurden abgewiesen. Man erzählte sich, daß er eines
Morgens den Sanitätsrat Merklein aufgesucht und ihn um ärztli-
chen Rat gefragt habe, was gegen das quälende Gemütsleiden zu
tun sei, an dem er seit Jahr und Tag laboriere. Der Sanitätsrat,
der einen fremden Kaufherrn oder Gelehrten vor sich zu haben
glaubte, sagte, er könne ihm ein vortreffliches Mittel empfehlen,
er möge doch eine Vorstellung von Sturreganz besuchen, davor
halte die hartnäckigste Verdüsterung nicht stand. Da habe der
Patient schwermütig geantwortet: so ist mir nicht zu helfen,
denn Sturreganz bin ich selber.

Sie wußten nicht, wie er aussah, und seine Leibhaftigkeit au-

ßerhalb der Bude, in der er ihnen seine Kunst zum besten gab,
hatte bereits etwas Sagenhaftes. In dieser Nacht erfuhren es noch
viele, die ihre Wißbegier und die Erregung über den Mäusegang
nicht unterdrücken konnten. Während die älteren, abgekühlt
und ein wenig durchschauert von dem Gesehenen, die Gegenstände der improvisierten Lustbarkeit hinwegräumten und sich
in die Häuser zurückzogen, über die auf der einen Seite ein sam-
tiger Schattenmantel, auf der andern ein gelbfließendes Gewebe
von Mondlicht fiel, machte sich eine jugendliche Schar auf, um
dem Manne nachzueilen. Sie sahen, daß er am Tor des Gasthofs
zum Stern läutete, daß aber der Knecht, der ihm öffnete, zurückprallte und das Tor wieder zuschlug, als er die Mäuseflut gewahrte, daß er zum zweiten Mal und ungestümer läutete, daß
dann der Wirt kam, ihm den Einlaß gleichfalls verweigerte, daß
die Stadtwache sich einmengte, und als sie an Ort und Stelle waren, liefen schon von allen Seiten Leute herzu.

Fingerling

Daß Beckchen Taube mit drei Jahren in das Pescanellische Institut kam, ist schon bekannt. Madam Heberlein hatte sie eines
Tages kurzentschlossen hingeführt, weil sich niemand ihrer annehmen wollte. Bankert und Komödiantenkind: beides war zu
viel.

Der Verwalter schüttelte den Kopf. In so frühem Alter hatte
man noch keine im Hause gehabt. So zart und gebrechlich überdies, die verdarb einem ja, wenn man sie anfaßte. Mochte sie immerhin versprechen, eine niedliche Person zu werden, darüber
verhandeln ließ sich erst in ein paar Jahren. Dann müsse das
arme Balg auf der Gasse krepieren oder auf den Schindanger geschafft werden, erklärte Madam Heberlein, da es ja ein Waisen-
asyl oder sonstige Versorgung in der Stadt nicht gebe; sie selber
sei mit sechsen gesegnet und habe Not, die Mäuler zu füttern.
Möge sie tun, was ihr beliebe, war die Antwort; das Institut sei

seit neuestem ohnehin auf schmale Bezüge gesetzt und könne bei fortdauernder Kalamität leicht aufgelöst werden.

Selbst Eingeweihte munkelten mehr als sie wußten, daß der Name Tanzschule längst nur noch das unverfängliche Aushängeschild war; die eigentlichen Ziele wurden mit Umsicht und Vorsicht vor den Augen der Welt verschleiert. Es hatte sich ergeben, daß der Marchese sich das Beispiel seines Herrn insofern zunutze gemacht hatte, als er den von ihm erkannten Wert von Menschenware nach seiner Weise in klingende Münze umsetzte. Er hatte den Ehrgeiz nicht mehr, die heranwachsenden und zum Liebesdienst tauglichen Rekrutinnen für unbestimmte Zeit und ungewissen Zweck aufzusparen, sondern verlegte sich darauf, sie bei günstiger Gelegenheit zu verschachern. Allerdings konnte der Handel nicht so in großem Maßstab betrieben werden wie der des Markgrafen, war auch nicht gleicherweise geschützt durch die Machtvollkommenheit des unumschränkten und unverletzlichen Gebieters; somit waren die einzuschlagenden Wege dunkle Wege. Aber war am gehegten Spalier eine Frucht reif geworden und gelang es, sie am richtigen Ort in die richtigen Hände zu spielen, so war der Profit beträchtlich und die verschwiegenen Helfer wurden gut bezahlt. Was wollt ihr, Fleisch ist Fleisch; ob es Gott wohlgefälliger war, wenn man es dazu zwang und dressierte, unter Kartätschenhagel eine Festung zu stürmen oder den Großmogul und den Khan in der Walachei zu vergnügen, konnte erörtert werden, Gewissensbisse verursachte es nicht.

Was die Früchte und das Reifwerden betraf, war die gärtnerische Obsorge gering. In der Hauptsache verließ man sich auf die gütige Mutter Natur, die damals bei den Menschen einen gewaltigen Stein im Brett hatte. Die sich verheißend entwickelten, wurden betreut und nach Kräften geschont. Doch man lebte nicht in Toskana, sondern unter einem rauhen Himmel ohne aphrodisische Gaben. Solche, bei denen nur auf kärglichen Ertrag zu rechnen war, mußten nähen, sticken, flicken, scheuern, Körbe flechten, Glasperlen fädeln und Flachs verspinnen. Zwei-

mal zwei Stunden wöchentlich kam Maître Herbois, der Tanz-
lehrer, und wendete redliche Mühe auf, damit das Firmenschild
nicht ganz zur Lüge werde. Auch hier waren die Talente spärlich;
das markgräfliche Ballettkorps hatte bis jetzt keine nennenswerte Bereicherung erfahren. Der Marchese sagte, die Frauen in
diesem Land kämen mit Mammutfüßen auf die Welt.

Es fügte sich, daß Madame Heberlein, als sie das Haus verlassen wollte, ein Gespräch mit der Pförtnerin anknüpfte und dieser ihr Leid klagte, oder des Kindes Leid, das sie an der Hand
nach sich zog. Zuweilen fällt ein Strahl des Erbarmens in die ver-
finstertsten Seelen; die Pförtnerin musterte Beckchen mit günstigen Augen; die rosigen Wangen und der offene Blick des Kindes
gefielen ihr; sie sagte, wenn ihr der Verwalter die Kostzulage be-
willige und ihr Mann nichts dawider habe, wolle sie das Wurm
bei sich behalten. Der Verwalter erklärte sich nach langem Bitten
bereit, der Mann maulte und gab sich schließlich zufrieden, und
Beckchen hatte eine Zuflucht. Die Pförtnerin war ein verlottertes Frauenzimmer und lebte mit dem Trunkenbold von Mann in
kinderloser Ehe. Die gutmütige, vielleicht auch nach einem so
jungen Wesen sehnsüchtige Regung, die sie bestimmt hatte,
Beckchen aufzunehmen, verflüchtigte sich bald, und das Kind
ward nichts weiter als ein Stück Hausrat, das man von einem
Winkel in den anderen schiebt und vergißt.

Es schlief in einem dunklen Verschlag zwischen Treppe und
Keller. Es war immer schmutzig, immer hungrig und immer allein. Manchmal putzte es sich am Brunnentrog das Gesicht,
manchmal schlich es in die Küche und las einen Brocken auf oder
kratzte eine Schüssel aus, aber Gesellschaft war nicht zu finden;
das Haus unterlag strenger Absperrung; der Altersunterschied
auch gegen die jüngsten Pensionärinnen war zu erheblich, auch
stand Beckchen in der Rangordnung der Geschöpfe tiefer noch
als selbst die letzte.

Beckchen lernte schwer sprechen, dafür lernte es, sich in verlassene Ecken zu schmiegen und sich vor den groben Gliedma-
ßen und plumpen Schritten der Erwachsenen eidechsenflink in

Sicherheit zu bringen. Eidechse, das war das Gleichnis für ihr
Sein, ihre Gestalt und ihr Tun. Wie die Eidechse hatte sie ihre
Schlupflöcher und Verstecke. Der gelenkigste Knabe hätte dorthin nicht dringen können, wo sie mit ihrem winzigen Körper
mühelos sich barg. Zwischen Balken und Brettern, so dicht sie
standen, war immer noch Raum für sie; in einem zerfallenen Re-
genfaß, in einer Mauerbresche, hinter einem Schrank, in der
schmalsten Dachluke und unterm Herd, wo Holz geschichtet
war. Sie vermochte sich in einer Weise unscheinbar zu machen,
daß die Leute, ohne sie zu gewahren, vorbeigingen, wenn sie auf
dem Treppenabsatz oder neben der Torschwelle kauerte, und
richtete einer das Wort an sie oder wollte sie anrühren, so war sie
entschlüpft, eh er es recht wußte.

Der Trunkenbold starb, die Pförtnerin verzog ins Schwäbi-
sche, eine neue kam, und nun kümmerte sich überhaupt keine
Seele mehr um Beckchen. Die Küchenmagd stellte ihr eine
Schüssel mit Brotsuppe aufs Anricht, und Stücke Brot trug sie in
der Tasche herum und knabberte daran, wenn sie der Hunger
überkam. Fiel ihr das Kleidchen in Fetzen vom Leibe, so war es
wieder die taubstumme Magd, die einen andern Fetzen be-
schaffte, zusammengestückelten Abfall und Wegwurf, der dann
ein paar Monate die Blöße verhüllte und vor der schlimmsten
Kälte schützte. Die stumme Magd war der einzige Mensch, mit
dem Beckchen redete, und aus der Bemühung heraus fand sie die
Worte und gewann neue Worte, sonst hörte sie nur, was aus Türen und Fenstern drang, was an Schall und Schrei durch die
Gasse lief, was hinter den Wänden murmelte, klagte und schalt.

Aber sie liebte es, zu sprechen. Da niemand mit ihr plauderte,
plauderte sie mit sich selbst. Auf der obersten Stiege, wo Spinnweben das Geländer überzogen, war sie schon weit von Menschen fort und hielt ihre Selbstgespräche, in denen es sich um
Gelüste handelte, Gelüste nach gutem Essen und schönen Kleidern und nach einem Bett, wie sie es bei der Verwalterin gesehen.
Erwägung, wie es wäre, wenn das und das geschähe, das Haus
umstürzte, die Sonne verlöschte, Spinnen fliegen und Steine ge-

17*

hen könnten, dumpfe Vorstellungen von Wandlung der Dinge, Zauberei in den Dingen. Vater und Mutter hatte sie vergessen; von dieser war nur Erinnerung an ein' weißes Gesicht im Sarg verblieben; von jenem etwas unendlich Fernes und Gestaltloses in einer Region, wo es keine Namen mehr gab.

Das mit den Mäusen begann, als sie fünf Jahre alt war. Da lag sie einmal krank in ihrem Verschlag, der ein wenig Licht von der Seite erhielt und am Abend sogar durch ein Öllämpchen neben der Stiege. Aber auch in der Dunkelheit konnten ihre Augen alles sehen; die Nadel in der Dielenritze hätten sie entdeckt. Es geschah, daß eine Maus an ihr Lager kam, hin und her trippelte, stehenblieb, sie mit den schwarzen Perlchen von Augen beguckte, den Schwanz ringelte, sich auf das Hinterteil setzte und im ganzen sich merkwürdig vernünftig betrug. Nach einer Weile erschien eine zweite, und wieder nach einer Weile eine dritte. Beckchen freute sich der lebendigen Kreaturen, doch hütete sie sich, die Freude durch heftige Bewegung zu zeigen; beim vorsichtigsten Laut aus ihrem Munde flüchteten sie schon. Aber dann kehrten sie zurück; Beckchen streute ihnen Brotkrumen hin; das flößte Vertrauen ein; es kam eine vierte, eine fünfte, und die erste wurde nun so kühn, daß sie den Teller erklomm, der noch von Mittag dastand, und den Suppenrest aufleckte.

Von da ab stellte sich die Beziehung her und wurde dauernd und fortwirkend, als sei eine magische Kraft in dem Kind, als bekräftige sich dadurch ihre Entfernung von den Menschen. Wenn sie sich niederlegte, schlüpften die Mäuse aus den Spalten, zuerst sechs, acht, zehn, dann ein Dutzend und mehr. Sie wußte einen dünnen, gedehnten, pfeifenden Ton, auf den sie hörten, der sie sicher und zutraulich machte. Sobald sie das Kribbeln, Trippeln und Rascheln vernahm, lächelte sie, und wenn die glitzernden Augen ringsum auftauchten und wie zwergenhafte Irrlichter hin und her huschten, legte sie sich platt auf den Bauch und sah stille zu. Kam der Schlaf, so schloß sie ruhig die Augen, und wenn sie erwachte, brauchte sie nur zu pfeifen, und schon zwängten sie sich aus den Löchern.

Allmählich wurde es so, daß an allen einsamen Orten, wo sie
sich niederließ, Mäuse um sie waren. Es ist nicht nur die Möglichkeit, sondern auch die Tatsache solcher Verhältnisse ver-
bürgt, so selten sie auch in Erscheinung treten. Die Sage weist
darauf hin, und unter den vielfachen Kräften, die in Menschen-
seelen versenkt sind, ist diese die geheimnisvollste bei weitem
nicht. Es gab im Odenwald eine Pächterin, die die Vögel in der
Luft zu sich rufen konnte, und alles Getier, das sich im Forst verborgen hält, auch das scheueste, Rehe, Füchse, Marder und Wie-
sel, und es wird von einem Jüngling im Elsaß erzählt, daß er eine
unerklärliche Anziehung auf Fische übte, die ihm in unabsehba-
ren Scharen folgten, wenn er über den Rhein schwamm. Da ist
ein Ruf im Blut und schlummernde Erinnerung an das Eins-sein
aller Urnatur, die gebietet: du sollst nicht wissen, du sollst nicht
vergleichen und du sollst dich nicht sondern. Beckchen gewahrte
mit Lust, daß ihre Anhängerzahl sich von Monat zu Monat vermehrte. Abgesandte aus dem Innern der Erde, Wesen, mit denen
sie Zwiesprache halten konnte und über die sie Macht gewann.
Die Menschen, unter denen sie fast unbemerkt und ungesehen
lebte, erlangten keine Kenntnis von all dem, sonst wäre ihres
Bleibens im Hause wohl nicht länger gewesen; jeder nahende
Schritt, jede Stimme, jedes verdächtige Geräusch verscheuchte
die Tiere, und wenn sich dann jemand von den Riesen zeigte, sah
er das Kind, die kleine, schmutzstarrende Kreatur mit den beständig rosigen Wangen, in einer Ecke kauern, im Hof, im Flur,
in einem ausgeräumten Saal und eigen vor sich hinlächeln, benommen, heimlich, listig lächeln. Hätte sie ihren Pfiff ertönen
lassen, so wären die Mäuse trotzdem gekommen, das wußte sie,
sie hatte es einmal erprobt, als sie eines Nachmittags in der Dämmerung von einigen Pensionärinnen im Tanzsaal überrascht worden war. Die großen Mädchen umstanden verwundert das winzige schmutzige Geschöpf mit dem feinen zarten Gesicht, den
leuchtenden schwarzen Augen und entzückend feingebogenen
Brauen. Da hatte Beckchen nicht zu widerstehen vermocht und
hatte den kaum hörbaren Pfiff ausgestoßen, und die Mäuse wa-

ren hervorgekrochen, zwanzig, dreißig auf einmal; aber kaum
waren jene der ersten ansichtig geworden, als sie laut kreischend
davonliefen.

Der Zwischenfall war in Vergessenheit geraten, und es kam
niemand darauf, in Beckchen die Urheberin zu suchen, als die
Mäuse nach und nach erschreckend überhand nahmen und zur
richtigen Plage wurden. Man streute Gift, stellte Fallen, brachte
Katzen ins Haus, räucherte und schwefelte die Löcher aus, ver-
mörtelte die Ritzen; alles umsonst. Keine Kammer war mehr sicher, die Vorräte wurden angenagt, das Holz der Schränke
durchgebissen, Betten, Kleider, Schuhe zeigten Spuren der Ver-
heerung, und der Zöglinge bemächtigte sich solche Angst, daß
manche schlaflos wurden, ein verstörtes Wesen hatten und mit
Fluchtgedanken umgingen. Auch den Aufsichtsbeamten, dem
Verwalter, dem Maître Herbois und gelegentlichen Besuchern
war es bänglich, wenn sie in der Dunkelheit und später sogar bei
hellichtem Tag auf die wimmelnden Nager geradezu mit Füßen
traten, und die Panik erreichte den Höhepunkt, als eines Nachts
einer der hoffnungsvollsten Pfleglinge, eine fünfzehnjährige
Brünette namens Margarete Kern in Krämpfe verfiel, weil ihr die
Mäuse im Schlaf über Gesicht und Brust gelaufen waren. Die
Krämpfe wiederholten sich Nacht für Nacht, wuchsen an Heftigkeit und führten schließlich den Tod des Mädchens herbei.

Dies geschah in der Zeit, als Sturreganz schon in der Stadt
war. Der Marchese kehrte eben von einer Reise zurück; er war
außer sich, als ihm Bericht erstattet wurde und befahl strengste
Untersuchung und tätige Abhilfe. Es wurde vorgeschlagen, ein
anderes Asyl für das Institut ausfindig zu machen, denn die
Mädchen weigerten sich, im Dunkeln zu bleiben, wollten nicht
mehr zu Bett, wurden bleich, schreckhaft und aufgeregt. Der
Leichnam der jungen Margarete lag noch im Haus; das Gerücht
von dem Vorfall hatte sich verbreitet und gab zu schlimmem Gerede Anlaß. Pescanelli mußte auf der Hut sein, er hatte nicht
mehr viel aufs Spiel zu setzen, die markgräfliche Gunst hatte
während der letzten Jahre, wo die Trübsal am Hof zu höheren

Ehren kam als Munterkeit und Witz, bedenklich abgenommen; die unbedeutendste Ursache konnte der lukrativen Herrlichkeit ein Ende bereiten, darum galt es, das unangenehme Geschehnis um jeden Preis zu vertuschen, und der Verwalter erhielt den Befehl, daß die Tote in der Nacht und unter Vermeidung jeglichen Aufsehens begraben werde. Trotzdem drangen unbestimmte Nachrichten ins Schloß; es schien, daß dem Markgrafen auch sonst allerlei Abträgliches über das Institut zu Ohren gekommen war; Pescanelli, wie die meisten Abenteurer dieser Art, Feigling durch und durch, und um das, was er erschlichen und erstohlen hatte, beständig zitternd, grübelte darüber nach, wie er das drohende Unwetter von sich abwenden konnte, und als er von Sturreganz und dem beispiellosen Tumult hörte, den der zugereiste Komödiant unter der Bürgerschaft verursachte, war sein Plan so gut wie fertig.

Indessen erhielt der Verwalter des Instituts am Nachmittag vor dem Begräbnis der Margarete Kern eine seltsame Botschaft oder Aufforderung. Von einem Diener, der aus dem Stern-Gasthof kam, wurde ihm ein Schreiben übergeben, in dem er trocken und kategorisch ersucht wurde, ein Kind namens Beckchen Taube, acht Jahr alt, seit seinem dritten Lebensjahr im Institut ohne eingeholte Zustimmung des Vaters untergebracht, zur selben Stunde auszuliefern. Der Brief war unterschrieben: Sturreganz im Auftrag und in Vertretung des Vaters. Beigelegt war eine mit Ludwig Taube unterzeichnete Vollmacht des Vaters.

Der Verwalter sagte, es täte ihm leid, eine Beckchen Taube befinde sich nicht in der Anstalt; man möge dies melden. Der Bote erklärte darauf, er dürfe unverrichteter Dinge nicht zurückkehren, sein Herr habe ihm bedeutet, wenn er von der Komödie nach Hause komme, müsse er das Kind vorfinden, sonst geschehe Unheil. Nun geriet der Verwalter in Zorn, wiederholte seine Erklärung und fügte hinzu, selbst wenn die Genannte im Hause wäre, sei er keineswegs befugt, sie freizulassen, und ohne höhere Bewilligung enthalte er sich auch jeder weiteren Auskunft. Der Wortwechsel fand im Flur statt, als der Sarg mit der

toten Margarete Kern über die Stiege heruntergeschafft wurde.
Weinende Mädchen folgten, das Gesicht mit den Händen bedek-
kend, und eine beugte sich laut schluchzend über das Geländer.
Da erschrak der Abgesandte von Sturreganz und dachte in seinem Sinn, es müsse einen schwerwiegenden und furchtbaren
Grund haben, daß die amtliche Person sogar die Anwesenheit
des Kindes Beckchen Taube leugne, und es könne nicht anders
sein, als daß der Sarg die Erklärung dafür biete. Die Verlegenheit
und das Erbleichen des Verwalters, dem dieser Zeuge des Sarg-
transports höchst unerwünscht war, schienen den Argwohn zu
bestätigen, aber viel Muße zu schauen und zu fragen hatte er
nicht mehr, da ihn der ärgerliche Majordom ohne Umstände vor
die Türe schob und hinter ihm den Schlüssel zudrehte.

Der Verwalter hatte nicht gelogen. Er wußte nichts von Beckchen Taube, und niemand im Haus kannte den Namen. Beckchen führte den Namen längst nicht mehr, unter dem sie einst
jene Pförtnerin aufgenommen hatte; der Name war vergessen
worden, und von Beckchen zu allererst. Seit der Trennung von
den Eltern hatte sie ihn nicht mehr gehört, und die Leute im
Haus, wenn sie von ihr redeten oder sie riefen, nannten sie Fingerling. Irgend jemand hatte eines Tages den Namen für sie erfunden, vielleicht ihrer winzigen Gestalt wegen, und wenn man
von ihr verlangte, daß sie Wasser tragen oder Scheite schichten
oder Feuer zünden oder Asche auf den Kehrichthaufen werfen
sollte, was häufig vorkam, hieß es: Fingerling, tu das, Fingerling, tu jenes.

So blieb ihr der Name Fingerling und löschte jeden andern
Namen aus.

Die Beiden

Sturreganz hatte es nicht wagen wollen, das Kind früher anzufordern, als bis der Ruf gewichtig wurde durch Leistung und Ansehen. Er hatte es vermieden, sich an die Behörde zu wenden, weil er ihre Schliche, ihre Faulheit und ihre Abhängigkeit kannte. Er war von Anfang an auf Kampf gefaßt gewesen, denn er hatte von der Mißhandlung und Verhöhnung alles Rechtes eingefleischte Erfahrung. Fest stand für ihn, daß er das Ziel zu erreichen habe, das allein ihn in diese Stadt geführt, das allein ihm vorgeschwebt in all den Jahren der Wanderschaft.

Dahinter lag viel an Schicksal, Flucht und Not und Verfolgung; Leibesnot und Geistesnot; Verfinsterung aller Dinge; Verlust alles Glaubens an Menschen und Menschheit, an Zukunft und göttliche Gerechtigkeit. An dem Tage, wo es ihm gelungen war, vor der Einschiffung im holländischen Hafen einer Sklaverei zu entrinnen, die im bloßen Gedanken schon seine Brust zu einem Sammelpunkt von Haß, Gram, Abscheu, Trotz und Verzweiflung machte, denn niemand hatte einen höheren, stolzeren, leidenschaftlicheren Begriff von Freiheit als er, an dem Tag hatte er nicht nur seinen Namen verwandelt, sondern auch sein Inneres. Das Weiche, Empfindliche, Empfängliche, Schwärmende, Sinnende, auch im Selbstspott noch Glänzende, das Zarte, Gläubige, Schwankende, Seelenhafte war abgetan, und der Mensch innen hatte einen eisernen Panzer gegen den Menschen außen, so wie der Mensch außen wieder gegen die Welt. Taube wußte nichts von Sturreganz, Sturreganz wußte nichts von Taube oder nahm ihn nicht an; der eine lebte da, der andere lebte dort, der eine zimmerte das neue Leben, der andere tilgte das alte in sich aus.

Bis auf eine ferne Gestalt. Bis auf ein Kind, das großerstaunte Augen hatte, fein- und langgeschwungene Brauen und die Figur einer porzellanenen Puppe. Im Hinblick auf dieses allen beiden zugehörige Wesen schlossen Taube und Sturreganz einen Bund und bauten einen Mittlerweg, wo sie sich trafen und verständig-

ten. Sie nannten es in ihren Beschlüssen und düstern Träumen
das Menschlein oder die Gefangene von Ansbach, oder das
markgräfliche Unterpfand. Es durfte nie vergessen werden, nicht
einen Augenblick; mahnte Taube nicht, so mahnte Sturreganz; es
war wie ein kostbares Juwel, das zur Einlösung bereit lag, und
für das man Kapital zusammenscharren mußte, es war der An-
reiz, die Lockung zu Taten, der ununterbrochene Trieb zur Ent-
faltung. Es war das, worin sich alle sonst verschwendete, verwor-
fene, verirrte, entschmückte, beleidigte Liebe vereinigt hatte. In-
siegel des Wirkens und des Geschehens. Taube gab die Richtung
an; Sturreganz ging den Weg; Taube stand am Kompaß, Sturreganz führte das Steuer; Taube war der heimliche, feurige, ungeduldige Regent, Sturreganz der stumme, harte, arbeitsame Ver-
richter. Vierzehn Monate lag Sturreganz nach seiner Flucht in
der Hütte eines Nordseefischers krank; länger als zwei Jahre
rang er in den Ländern der rheinischen Fürsten um Brot, um
Dienst, um Stellung und Ruf; da bewährte sich Taubes glühender
Geist dem Verdunkelten und Erbitterten gegenüber, seine Gabe
der Erfindung und Überredung, sein schlauer, tiefer Wille. Und
in der Frage, die einzig von Wichtigkeit war, faßte Sturreganz
unbedingtes Vertrauen zu ihm. In allem andern erwies er sich un-
zugänglich und von dürrem Eigensinn, fand sogar die Doppel-
heit der Existenz nicht selten lästig.

Es gibt ein Etwas im Gefühl eines Vaters, das ins Ewige deutet
und bei dem es um Schöpfung und den Schicksalsweg der Geschlechter geht. Es beschließt die Verantwortung in sich und die
Rechtfertigung; Bestätigung vor dem nie schweigenden Frager
nach dem Warum allen Tuns; Verschwisterungsangst, Wurzel-
angst, Gipfelangst, Hinlangen nach dem in jedem armen Ich vergrabenen Stück Unsterblichkeit.

Und es gibt ein Gebot des Bluts im Vater, namentlich der Tochter gegenüber, das ist erdhafter. Da sucht er die Gestalt seiner
Frühlings- und Spätlingsträume wieder, die nie gefundene; da
will er herrschen durch die Liebe und lieben durch die Macht.
Da ist Besitz, unumschränkter und durch die Natur verbriefter,

da besitzt er einen Menschen und in ihm sich selbst, den, der
wird, an ihm, der vergeht, und der in einem geheiligten Kreis
seine Sinne aufhören macht, zu dürsten.

Das weist die Richtung, in der jeder von den beiden ging, Sturreganz und Taube.

Höflichkeit wird Grausen

Der Diener beschloß, das Ende der Vorstellung abzuwarten,
um Sturreganz den Bescheid des Institutsverwalters zu überbrin-
gen, da er mit gutem Grund die Wirkung seiner Botschaft wie
der zu berichtenden Wahrnehmung fürchtete. Er ging in die
Theaterbude, und als das Stück beendigt war, trat er vor seinen
Herrn, entschuldigte sein langes Ausbleiben mit geschickt erson-
nenen Vorwänden und erzählte dann, was er gehört und erfahren. Sturreganz sah ihn unverwandt an. Seine Augen waren sonderbar; sie glichen zwei leeren Löchern im Kopf und hatten weder Glanz noch Ausdruck. Er möge ihn begleiten, sagte er zu
dem Mann, verließ mit ihm das Theater durch das Bühnenpfört-
chen und schlug den Weg nach dem Institut ein, der ihm wohlbe-
kannt war.

Angelangt, stiegen sie ein paar zertretene Steintreppen empor,
und Sturreganz rüttelte an einem verrosteten Glockenzug. Es
schallte aber keine Glocke. Er pochte ans Tor. Es öffnete niemand, es rührte sich niemand. Da vernahmen sie Lärm und
dumpfe Stimmen von einer andern Seite des Hauses. Sie lauschten, schlichen an der Mauer entlang, zwängten sich durch die
morsch auseinanderfallenden Bretter eines Zauns, kamen um
eine Ecke und sahen vier Männer vor sich, von denen zwei Wind-
lichter trugen und zwei andere mit Aufbietung aller Vorsicht den
Sarg, der dem Diener solche Besorgnis eingeflößt, aus einer
schmalen Tür schoben. Dies gewahren und hinzuspringen, war
für Sturreganz eins. Die jähe Verwandlung, die mit ihm vorging
und aus dem altmodisch gekleideten, gravitätisch schreitenden

Mann einen Tiger machte, erstaunte seinen Begleiter dermaßen,
daß er den Kopf verlor und sinnlos um Hilfe zu rufen begann.

„Den Sarg öffnen!" befahl Sturreganz, aber da die Männer re-
gungslos verharrten, beugte er sich nieder, zerrte mit kraftvoller
Faust den Deckel herunter, der nicht vernietet und nicht angena-
gelt war, riß einem der Lampenträger das Windlicht aus der
Hand, hielt es gegen die Leiche im Sarg und trat, wie aus der Raserei erwachend, schweratmend zurück. Das tote Mädchen, mit
einem Kranz von Grashalmen im Haar, sah sehr schön aus.
Einige Menschen hatten sich unterdes zur Tür gedrängt, das
Verwalterehepaar, die Pförtnerin, die taubstumme Magd, der im
Haus anwesende Sekretär des Marchese, zwei oder drei Zöglinge, und unter ihnen auch der kleine, schmierige, verschlafen
aussehende Fingerling, Beckchen Taube.

Sturreganz hatte den Blick gesenkt, nun hob er ihn wieder, sah
die Leute der Reihe nach an, sah das Mädchen an, das sich an den
Pfosten geschmiegt hatte, leuchtete ihm mit der Lampe ins Gesicht, streckte die Linke mit gespreizten Fingern gegen sie und
sagte leise, unsicher, gequält, zärtlich nur das Wort: „Beckchen".

Mochte sein, daß ein Strahl der Erinnerung Sinn und Herz des
Kindes traf; mochte sein, daß der Ton, die Stimme, die Gebärde
ihr eine unüberhörbare Mitteilung zutrug; sie regte sich, ihr
Auge regte sich und antwortete; ihre Lippen regten sich und lächelten; sie schmiegte sich noch dichter an den Pfosten und
wandte doch das Haupt; ihre winzigen, weißen Zähne, ihre winzigen, braunen Hände, ihre winzigen, kotumkrusteten Füße
wirkten jedes für sich und wie losgelöst im flackrigen Licht;
Sturreganz reichte irgendeinem die Lampe, hob das Kind auf
den Arm, flüsterte ihm Verworrenes zu, und Beckchen schaute
ernsthaft denkend vor sich hin. Dem Begriff blieb nichts zu fassen, nur der Ahnung; verschollener Laut, Wirrwarr von Längst-
entschwundenem; zum erstenmal fühlte sie sich an einen Men-
schenkörper gedrückt, zum erstenmal aufgehoben und genommen. Vater klang es; rätselhaftes Wort. Sie blickte zu der taub-

stummen Magd hinüber und fing auf einmal herzlich zu lachen an, und dann, in der überquellenden Freude, stieß sie den dünnen, rufenden Pfiff aus, und keine halbe Minute verfloß, da kamen sie schon aus ihren Ritzen und Löchern, aus den Gängen und Höhlen, die Mäuse, die jahrelangen winzigen Freunde, die Gespielen, die Vertrauten. Mit lockerem Schwenken des Arms winkte sie hinab wie zum Gruß oder zum Dank; die Tiere schienen zu spüren, daß es Trennung und Abschied galt, es entstand Aufruhr unter ihnen, und als sich Sturreganz mit dem Kind auf dem Arm zum Gehen wandte, liefen sie wie unter der Gewalt einer Zauberbeschwörung in grauen Scharen hinter ihm her.

Der Menschen, die es sahen, der Sargträger, des Gesindes, der Anstaltsbeamten, der Zöglinge bemächtigte sich abergläubisches Entsetzen, um so mehr als sie nun erkannten, wer an der Mäuseplage schuld war. Nach und nach wich die Erstarrung von ihnen; es war strafwürdiger Frevel geschehen; der Raub des Kindes war Frevel, das Öffnen des Sarges war noch schwererer Frevel; die Pförtnerin schrie nach der Polizei, der Verwalter schickte einen Mann auf die Wache, und da er durch den Brief, den er am Nachmittag erhalten, den Namen des Eindringlings erriet, setzte er dem Sekretär des Marchese den Sachverhalt aufgeregt auseinander. Sturreganz' Diener, der halb von Furcht bezwungen, halb in Sorge wegen der Folgen des Unternehmens seines Herrn zurückgeblieben war, suchte die Gemüter zu beschwichtigen, doch versicherte man sich seiner Person, und als der Wachkommandant mit drei Gendarmen erschien, wurde er sogleich in scharfes Verhör gezogen. Daß der Übeltäter zu verhaften sei, war nicht zweifelhaft, und nachdem sie sich über die Natur des Verbrechens hinlänglich informiert hatte, begab sich die Polizeimacht, den Helfershelfer des Räubers und Sargfrevlers in ihre Mitte nehmend, zum Stern-Gasthof.

Dort hatte das Erscheinen Sturreganz' mit dem Mäusezug hinter sich ebensolches Entsetzen hervorgerufen wie vor dem Institut und in der Gasse der pokulierenden Bürger, aber als dann von allen Seiten Menschen herbeiströmten und lärmender Stim-

mentumult entstand, hatten sich die Tiere ängstlich verlaufen. Es
dauerte nicht lange, bis die Polizisten auf den Plan traten, und
unter neugierigem Andrängen, Rufen und Fragen der Leute
brachten sie Sturreganz in das Stadtgefängnis, das nicht weit entfernt war. Er ließ alles willig mit sich geschehen, nur als man ihm
das Kind wegnehmen wollte, verweigerte er die Herausgabe und
zwar in einer so entschlossenen, furchteinflößenden, ja großartigen Manier, daß dem Kommandanten Bedenken gegen anzu-
wendende Brachialgewalt aufstiegen und er sich darein fügte,
ihm das Mädchen vorläufig zu lassen. Kaum hatte Sturreganz
den Gefängnisraum betreten, als Beckchen in seinen Armen ent-
schlief; er wollte sie nicht auf die Pritsche legen, sondern behielt
sie die ganze Nacht über im Arm, sich kaum getrauend eine Bewegung zu machen, und als das erste Frühlicht durch das vergitterte Fenster schien, erquickte er sich an dem sorglos süßen Lächeln auf ihrem Mund.

Die Kunde, Sturreganz befinde sich in Polizeigewahrsam,
durchlief wie ein Brandgerücht die Stadt, und einer der ersten,
der davon erfuhr, auf dienstlichem Wege und genügend verläß-
lich durch die unmittelbare Zeugenschaft seines Sekretärs bei
den nächtlichen Ereignissen, war Marchese Pescanelli. Er war
höchst unangenehm berührt. Die öffentliche Aufmerksamkeit
auf sein Institut gerichtet zu wissen, verursachte ihm die pein-
lichsten Empfindungen; sodann war es gerade dieser Komödiant, den er zur Befestigung seiner gefährdeten Stellung hatte
benutzen wollen. Wenn es gelang, einen solchen genialen Spaßmacher, als welcher ihm Sturreganz von Kennern geschildert
worden, in die Umgebung des Markgrafen zu bringen, ihm vielleicht eine Art Hofnarrenposten zu verschaffen, war man vielleicht gerettet, denn es stand zu vermuten, daß sich die morose
Strenge der Lebensauffassung, die sich der Allvermögende zu eigen gemacht, und die tierische Verstocktheit der Gemüter um
ihn wirksam beeinflussen und verändern ließe. Wo in aller Welt
konnte ein besserer Mittler gefunden werden? Um diesem Ziel
näher zu kommen, war es notwendig, daß sich Sturreganz in ei-

ner Paraderolle bei Hof zeige, und hierzu wieder mußte man der Polizei ihre Beute aus dem Rachen reißen und die Torheit maskieren, deren sich der Inhaftierte schuldig gemacht; kein schwieriges Unterfangen in einem Staat, dessen Bürger daran gewöhnt waren, daß berechtigtes Interesse der Justiz ihren Spruch ablistete oder schnöd durchkreuzte.

Um aber den Hauptteil seines Plans ins Werk zu setzen, bedurfte der Marchese Lady Cravens Hilfe. Er säumte nicht und ließ sich bei ihr melden. Sie empfing ihn gnädig. Mit äußerster Geschmeidigkeit brachte er sein Anliegen vor. Ihn treibe die Sorge um das geistige und leibliche Wohl des geliebten Herrn; beklagenswert dünke ihn die Abkehr von den Elementen der Lebensfreude und theatralischen Zerstreuung, die einem Fürsten so heilsam sei wie die unerschütterliche Pflichttreue für den Untertan respektabel, ja zur Adoration zwingend. Demnach und in Anbetracht der schicklichen Gelegenheit gebe er zu erwägen, und so weiter; das Projekt wurde eröffnet.

Seine Tiraden langweilten die Lady bis zum Gähnen. Was er von Sturreganz sagte, erregte ihre Teilnahme. Sie hatte von ihm gehört. Sie wünschte ihn zu sehen. Freilich, was für ein abscheulicher Name; was für ein häßliches deutsches Gepolter von einem Namen. Der Marchese bemerkte bescheiden, man habe ihn belehrt, der Name sei die Verballhornung eines italienischen; in Wahrheit hieße der Mann Storregammato; auch sei er im Umgang des Französischen vollkommen mächtig, habe er sich sagen lassen, da er stets bei großen Herren gedient. Lady Craven überlegte und versprach ihre Unterstützung, doch müsse man vorsichtig verfahren, meinte sie, der Markgraf liebe es nicht, überrumpelt und vor *faits accomplis* gestellt zu werden; und nur wenn man des guten Ausgangs sicher sein dürfe, biete sie die Hand zu der verwegenen Intrige. Man möge ihr diesen Storregammato bringen.

Erste Folge dieses Gesprächs: Sturreganz' Entlassung aus dem Polizeigewahrsam.

Zweite Folge: Besuch Pescanellis bei Sturreganz im Gasthof

zum Stern. Der Marchese, Hofkavalier vom Scheitel bis zur
Sohle, war gekommen, um Gunst zu spenden. Er ließ sich lässig
auf einen Stuhl fallen, warf Bein über Bein, zog die Handschuhe
von den beringten, schneeweißen Fingern, schlenkerte sie spielend in der einen Hand, dann in der andern, redete in einem hohen, singenden, larmoyanten, etwas ermüdeten, etwas verächtli-
chen Ton, hüstelte, zog die Lorgnette, setzte sie flüchtig an die
Augen und wurde allgemach über irgendein unbestimmtes Etwas an seinem Zuhörer und Gegenüber unruhig.

Was war das für ein Mann mit zwei lichtlosen braunen Steinen
im Kopf statt der Augen, einer schiefen Nase und einem Gesicht,
das ebensogut das eines Siebzigjährigen wie eines Vierzigjähri-
gen sein konnte? Und das schwarze Habit, die feierliche Miene?
Doch das alles war es nicht, was den Marchese stutzig machte,
sondern die Höflichkeit des Menschen war es, undurchdringli-
che, glatte, gleichmäßige, penetrante und abgefeimte Höflichkeit, wie ihm nie eine ähnliche untergekommen, bei Untergebenen nicht, bei Gleichgestellten nicht. Höflich lauschte er, höflich
erklärte er sich mit den Vorschlägen einverstanden, höflich entwickelte er sein Programm, höflich nannte er sein Honorar;
nichts zu tadeln, nichts zu bemäkeln. Dennoch war sie wie beständiger heimlicher Hohn, diese Höflichkeit; es war etwas verborgen hinter ihr, wie wenn ein tückischer Kobold hinter einem
schwarzen Vorhang kichert und grinst; sie durchstrich sich
selbst, karikierte sich selbst und war dabei an keiner Stelle und in
keinem Wort nur im geringsten angreifbar. Der Marchese empfahl sich ziemlich hastig, nachdem die Präsentation bei Lady
Craven für den andern Mittag vereinbart war.

Dritte Folge: Sturreganz, bei Lady Craven durch Pescanelli
zur Audienz eingeführt. Es dauerte diese Audienz über Erwarten lange, denn sie nahm in ihrem Verlauf eine eigentümliche
Form an. Form eines Verhörs, einer Umzingelung durch hinter-
hältige Fragen, einer niederträchtigen Hetzjagd, wobei der Ver-
anstalter, der Umzingler, der Fragensteller Sturreganz war, der
Marchese das mit kaltem Schweiß bedeckte Opfer und Lady

Craven die mehr und mehr erstaunte, mehr und mehr erblassende Zeugin. Nachdem die zur höfischen Veranstaltung unerläßlichen Vorbesprechungen erledigt waren, – Lady Craven hatte vom Markgrafen gestern noch auf delikate Art die Erlaubnis zu einer abendlichen Aufführung im großen Tanzsaal erwirkt und ihn auf eine sublime Überraschung vorbereitet, – erschöpfte sich Sturreganz in einer höflichen Danksagung gegen die Lady und fügte hinzu, einen nicht unerheblichen Teil der Erkenntlichkeit für die erwiesene Gnade sei er auch dem Herrn Marchese schuldig. Er wandte sich an ihn. Er erkundigte sich, wie der Herr Marchese die Nacht verbracht habe und ob es verstattet sei, ihm ein tiefempfundenes Beileid mit dem Trauerfall auszudrükken, der sich unter seinen Schützlingen ereignet habe. Pescanelli biß sich auf die Lippen und wünschte das demütig vorgetragene Mitgefühl zu allen Teufeln. Lady Craven sah ihn neugierig an, aber Sturreganz hatte schon wieder das Wort ergriffen und beglückwünschte noch im selben Atem fast den Marchese zu der unendlich segensreichen Wirksamkeit im Dienste Terpsichores. In seiner Schwärze und mit der ganzen gefrorenen, unanzweifelbaren, gespensterhaften Höflichkeit, die dem Marchese von Sekunde zu Sekunde mehr zur Grimasse wurde, aus der er den Kern, den Sinn, die Absicht nicht herausfand, trat er näher vor Pescanelli hin und fragte mit dringlicher Wißbegier, ob sich die exemplarischen Einrichtungen der Anstalt bewährt hätten, deren Ruhm über ganz Europa verbreitet sei; kehrte sich gegen Lady Craven und bat sie mit einer tiefen Verbeugung um Nachsicht für sein spezielles Interesse, aber er handle im Auftrag eines Höheren, der das Unternehmen schon lange mit verwundertem Auge betrachtete. Der Marchese gewann die Haltung wieder und glaubte an die Einfalt und die höflichen Argumente des Menschen; geschmeichelt leckte er seine Lippen, zur Antwort bereit, doch Sturreganz, in verehrungsvollem Eifer, ließ ihn nicht dazu gelangen, und nun kam Schauerliches. Ihm leuchte vor allem als nicht genug zu preisendes Edukationsmittel die klösterliche Zucht ein, sagte Sturreganz, und seine Höflichkeit

verstieg sich zu einem entzückten Augenaufschlag; die Kunst
fordere Enthaltung, und er billige es durchaus, daß die jungen
Pfleglinge der Anstalt hungern müßten, daß sie in schmierigen
und geflickten Fetzen gekleidet gingen, daß sie ununterbrochene
Arbeitsfron zu leisten hätten, daß die Öfen in ihren Stuben zer-
fallen, die Kamine verstopft, die Fenster in Scherben zersplittert
seien; daß sie im Winter frören, im Sommer in Gestank und Unrat versänken, und daß sie in jeder Weise wie zur härtesten Buße
verdammte Strafgefangene gehalten seien; ja, es leuchte ihm über
alle Maßen ein, er habe auch gegen jedermann, der anderer Meinung gewesen, aufs Nachdrücklichste eine solche Disziplin ver-
fochten; gewiß entspringe sie der hohen Erkenntnis des Herrn
Marchese; oder nicht? O gewiß; dem außerordentlichen Einblick gewiß in das Wesen der Kunst, die das Ideal in unerreichbare Fernen rücke, der bewundernswerten und von allen Kory-
phäen und Fachautoritäten gutgeheißenen Absicht, die gemeine,
boshafte, schmerzliche Wirklichkeit auf jede mögliche Weise
noch gemeiner, boshafter, schmerzlicher zu gestalten, sogar sie
bis auf einen schlechthin unerträglichen Grad herabzudrücken,
um in den verzweifelten und gequälten Herzen die Flamme der
Sehnsucht um so reiner zu entzünden, den begnadeten Traum,
die Ekstasen des Verlangens, die Gewalt der Leidenschaft, mit-
hin den klaffenden Widerspruch zwischen unterer und oberer
Region gleichsam auf dem Weg einer geistreichen Allopathie
fruchtbar zu machen. Das nenne er eine menschliche Aufgabe an
der tiefsten Wurzel fassen, und ein solches Beginnen in den Augen der blöden Welt als vorbildlich hinzustellen, sei ihm Pflicht
und Bedürfnis. Nein, der Herr Marchese möge ihm nicht wider-
sprechen, Bescheidenheit sei hier nicht am Platze; wenn er eine
Bitte wagen dürfe, sei es die, ihm gnädigst nähere Daten zu geben: erstlich, wie man mit dem pädagogischen Ergebnis im allgemeinen zufrieden sei, und dann, er holte Atem und seine Stimme
flötete förmlich vor Ehrerbietung, indes dem Marchese zumut
war, als würde er langsam geröstet, dann habe ihm sein hoher
Gönner sich zu unterrichten befohlen, wie der Verkauf der

mannbar gewordenen und leiblich wohlgediehenen Zöglinge auf
den Geist des Instituts wirke? Dies erscheine ihm nämlich als der
am grandiosesten erdachte Erziehungs- und Lebenseingriff;
seine Durchführung lasse auf antike Charakterkraft schließen
und befinde sich in angenehmem Gegensatz zu der heutzutage
üblichen Empfindsamkeit. Empfindsamkeit sei ein vulgäres Element und ein fortschrittfeindliches; hier aber sehe er zu seiner
Freude die richtige Anschauung bis zur letzten Konsequenz
durchgeführt, daß Tanz und Eros verschwisterte Genien seien;
man könne den nüchternen und plumpen Deutschen gar kein
großmütigeres Geschenk machen, als es der Herr Marchese damit getan habe.

Eine devote Reverenz beendigte die Rede.

Pescanelli wußte nicht, wohin den Blick wenden. Seine großen fleischigen Ohren waren rot wie Mohnblüten, seine Lippen
kreideweiß. Lady Craven sah ihn an, sah ihn unablässig an, ent-
geistert, fröstelnd, stumm. Sturreganz aber sah die großen, fleischigen Ohren des Marchese an, höflich, dienstwillig, stumm.
Lady Craven mußte das Kopfnicken wiederholen, durch das er
sich als entlassen zu betrachten hatte. Abermalige tiefe Reverenz
vor der Dame, Verbeugung vor dem Marchese, und mit steinern
höflichem Gesicht verließ er rückwärts schreitend den Raum.

„Ein Schwätzer und Schalksnarr", knirschte der zermalmte Jasager; „man müßte ihn in den Kerker werfen oder Landes verwei-
sen." Er lachte gezwungen.

„Der Mann wird am Sonntag Abend vor uns agieren, Marchese", sagte Lady Craven mit kalter Hoheit, wandte sich und
ging. In ihrem Boudoir dann stürzte sie vor einem Sessel in die
Knie, brach in einen kindlichen Tränenstrom aus und schluchzte
in ein seidenes Kissen hinein: „So soll ich also verkommen in einem Land, wo die Scapins und Harlekine noch unheimlicher
sind als die Schurken, die sie entlarven."

Zwist

Der Tag des Spektakels ließ sich insofern unerfreulich an, als er unter dem Zeichen markgräflicher Vapeurs stand. Die Vapeurs des Fürsten waren gefürchtet, da sie seine Mißlaune zu Wutausbrüchen steigerten. Sturreganz hatte also von vornherein ein schwer verrückbares Hindernis zu besiegen. Gegen fünf Uhr noch schickte der Markgraf Botschaft, er könne an der Veranstaltung nicht teilnehmen, wodurch alles in Frage gestellt war und sich unter den Hofleuten Bestürzung und Ratlosigkeit verbreitete.

Lady Craven, entschlossen ihn umzustimmen, hatte eine heftige Auseinandersetzung mit ihm. Sie merkte gleich, daß Pescanelli im Trüben gefischt und die Vorstellung zu hintertreiben versucht hatte, denn der Markgraf sagte, es gehe gegen Würde und Anstand, daß er sich einen Spaßmacher anhören solle, habe er sich doch derartige leichtfertige Eskapaden hoch und teuer verschworen. Die Lady ärgerte sich, daß ihr die Überraschung durch den Schleicher Pescanelli verdorben war, und sie ärgerte sich über die Sprache ihres Geliebten. Den Marchese zu vernichten, sparte sie sich auf; seine Stunde sollte bald schlagen; sie war die Frau nicht, die schmutzige Betrüger in ihrer Nähe duldete. Wichtiger war jetzt, daß sie sich die Zügel nicht aus der Hand winden ließ und nicht der Anmaßung eines aufgequollenen Despoten unterlag.

Erhobenen Hauptes stand sie vor ihm und fragte, was er fürchte? Etwa daß der Frost in seinen Adern taue? daß sich in seine weltfeindlichen Gedanken ein Strahl des Lichts mische? daß die vergebliche Grübelei über die menschlichen Mißstände aufhöre, ihm eine schlechte Verdauung zu machen? Wolle er die deutsche Gründlichkeit so weit treiben wie die alberne Person im Märchen, die im Keller greint, weil ein Balken von der Decke fallen und sie erschlagen könnte? Dann ziehe sie es vor, ihre Koffer zu packen und gastlichere Himmelsstriche aufzusuchen, wo mit dem traurigen Überrest von Jugend noch etwas anzufangen sei.

Der Markgraf blickte erschrocken und finster vor sich hin.

„Lieber mit einem Tamburin durch die Straßen ziehen, als noch länger in einem Palast die Leibeigene eines Henkers aller harmlosen Freuden sein!" rief sie aus. „Lieber einem generösen Verschwender und Aventurier zum Opfer fallen, als auf Lebenszeit verurteilt sein, vor den Falten auf der Stirn eines Hypochonders zu zittern, der mit seinem Golde spart, mit seiner Liebe spart, mit sich selber spart, und mit dem Genius der Menschheit, von dem ich nur so viel weiß, daß er mich langweilt und mir Kopfschmerz verursacht, wenn ich seinen Namen höre, am Zahlbrett sitzt und ihm glaubt vorrechnen zu müssen, wieviel er von diesen teuren Sachen verausgaben darf, ohne in Schulden zu geraten. Lassen Sie die Lorbeern Ihres Vetters von Württemberg nicht schlafen, der mit dem philosophischen Bauern Kleinjogg Arm in Arm im Schinznacher Bade spazieren ging? Genug der Krämerwirtschaft. Genug der Seelenpharmazie. Liegt Ihnen das Tugendkloster, in dem Sie in verhängnisvollem Wahn zu leben sich einbilden, mehr am Herzen als das Glück Ihrer Mätresse, so berufen Sie einen Herrnhuter Heiligen und geben Sie Lady Craven den Abschied."

Der Markgraf blickte immer erschrockener und finsterer.

Lady Craven näherte sich ihm, schmiegte den Kopf an seinen Arm und sah lächelnd zu ihm empor. „Nachtgedanken", flüsterte sie, „Nadelstiche aus bösen Träumen. Lassen Sie uns die Dinge in Ruhe erwägen. Sie haben Untertanen verkauft, das war vielleicht der Rat eines Nichtswürdigen, wir werden über ihn noch sprechen. Weshalb gehen Sie nicht einen Schritt weiter: verkaufen Sie doch das ganze Land, wie es steht und läuft. Das ist der Rat einer Freundin. Die Markgräfin, so versichert der Leibarzt, hat nur noch ein halbes Jahr zu leben, dann ist es Zeit, diesen Mühlstein vom Halse zu streifen. Bieten Sie es feil. Überlassen Sie es dem, der die meisten Dukaten bietet. Es wird ein hitziger Wettbewerb, glauben Sie mir. Der Vorteil liegt auf der Hand. Sie tauschen ein glückseliges Alter für ein betrübtes ein, und ich, ich würde mein jubelndstes Lied in die Luft schmettern."

Lachend schritt sie zum Spinett, das in diesem Raum stand, schob einige dort zur Schau liegende frivole Stiche beiseite, öffnete den Deckel und begann mit wenig geschulter, aber wohllautender Stimme zu singen: *„Le Roi, dimanche, dit à Laverdy, le Roi, dimanche, dit à Laverdy: Va-t-en lundi!"*

Der Markgraf verharrte unbeweglich, mit großen Augen. Welch ein Einfall, welch eine Zumutung: das Land verkaufen; die von Gott verliehene Krone zum Gegenstand eines Schachers machen! Wie kühn, wie verderbt, wie unsinnig. Und doch, wie plausibel im Grunde. Ledig werden der Gewissensbürde, ledig der Verantwortung, ledig der Belästigung, ledig der peinigenden Bilder von dem Treiben der unbekannten, feindlichen, wachsamen, eifersüchtigen, häßlichen Menge da unten, Volk geheißen. Wie verwegen, wie frevelhaft, wie strafwürdig; und doch, wie verführerisch im Grunde!

Das Wort war in gelockerten Boden gefallen, die Lady wußte es. Es würde keimen, es würde Frucht tragen, der Tag der Erlösung kam; und sie sang: *„Le Roi, dimanche, dit à Laverdy: Va-t-en lundi!"*

Daß er bei der theatralischen Vorführung nicht fehlen werde, versprach der Markgraf ausdrücklich. Der Kammerherr vom Dienst teilte ihm den Titel des Stückes mit. Es hieß: Baron Gemperlein auf Reisen.

Die Ohren des Herrn Marchese

Eingeladen waren alle gräflichen und freiherrlichen Familien der Residenz; die Hofkavaliere und hohen Beamten mit ihren Damen; die Gesandten und die Fremden von Distinktion, die in der Stadt anwesend waren, und einige auserwählte Einzelne, darunter der Dichter Uz.

Um sieben Uhr begann die Wagenauffahrt. Der Anfang der Vorstellung war für acht Uhr bestimmt. Der große Saal war strahlend hell erleuchtet, und das auf dem Platz angesammelte

Volk hatte die endliche Befriedigung: Kerzenglanz, galonierte Läufer, karmesinbrüstige Lakaien, Fanfarenton; man hatte es lange entbehrt, die Seele schmolz.

Über die Estrade fiel ein kostbarer Vorhang aus golddurchwirktem Damast. Von solchen, die zum ersten Male da waren, wurde das schöne Deckengemälde von Carlino bewundert, allegorische Gestaltungen der Musik, der Architektur, der Malerei und ein Bacchantenfest in den vier Eckfeldern, in der Mitte die lebensgetreue Figur des Markgrafen, Venus und Amor auf dem Schoß.

Um acht mit dem Glockenschlag erschien der Markgraf, ernst, umwölkt, majestätisch, die Begrüßung der Gäste gemessen erwidernd. Er führte Lady Craven; hinter dem Paar trotteten Herr von Seckendorf, Herr von Schlemmerbach, Herr von Teufstetten und Marchese Pescanelli. Als die hohen Herrschaften Platz genommen hatten, entstand feierliche Stille und der Vorhang schlug auseinander.

Baron Gemperlein, von einem überlangen, überdürren Menschen gespielt, war ein saurer Herr, gichtbrüchig, asthmatisch, kurzsichtig, argwöhnisch, schwarzgallig, der auf Reisen zu gehen beschließt, erstens um die ihm verhaßten Gesichter seiner erbgierigen Verwandten nicht mehr sehen zu müssen, zweitens um in den Abwechslungen der großen Welt Heilung für seine Stockblütigkeit zu finden. Den Hauptteil seiner Reiseausstattung bilden Mixturen, Salben, Tränkchen, Latwerge, Pflaster, Klistierspritzen, medizinische Folianten, Brillen, Wärmflaschen, und als Diener nimmt er den Balthasar Schnack auf, welche Rolle Sturreganz spielte; einen flinken, vifen, verschlagenen, lügnerischen, alle Sprachen durcheinanderwelschenden, naschhaften, neugierigen, frechen Burschen, der es allmählich so weit bringt, daß Baron Gemperlein in heulende Verzweiflung gerät, sich seiner nicht mehr erwehren kann und ihn kniefällig und um Gottes willen anfleht, ihn seinem Schicksal zu überlassen.

Dem Inhalt nach harmloser Schwank, wurde dieses Stück durch das Spiel von Sturreganz zu etwas höchst Ungewöhnli-

chem. Katarakt von Witz; *presto furioso* der Narrheit; Hexen-
sabbat von Irrtümern, komischen Mißverständnissen, unerwarteten Wendungen, bizarren Verwicklungen; das wuchs und
schwoll an von Replik zu Replik, von Szene zu Szene und war
voller Extempores, impertinenter Anspielungen, voller Bewegung, Laune, Schwung, Grazie und Geist. Seine Gestalt erst:
der Leinenkittel mit Riesenknöpfen und unter dem Bauch ge-
schnallten Gürtel; die beredten Hände, die unablässigen Zuk-
kungen des Gesichts, das Verrenken der Glieder, die diabolische
Geschwindigkeit der Zunge, das geschäftige Hin- und Herren-
nen, das diebische Augenblinzeln, die unverschämte Ver-
schmitztheit, die verstellte Unschuld, die kupplerische List, all
dies war vollkommen unwiderstehlich und von ursprünglichster
Natur.

Die vornehme Zuhörerschaft ließ sich anfangs an beifälligem
Lächeln genügen. Sodann begannen Damen zu kichern. Als er
im ersten Nachtquartier mit sämtlichen Medikamenten beladen
an das Bett des Herrn keucht, ihm alles auf einmal applizieren
will und dabei in schwindelndem Tempo Sprüche zur Weltweisheit von sich gibt, vergaß das Auditorium seine Würde und die
Rücksicht auf den Fürsten und platzte los. Von da an war kein
Halten mehr. Bei der Szene, wo er, um Gemperleins Sinne auf-
zuheitern, ihm die drei erlesensten Schönheiten der Stadt vor-
führt, triste Schlampen in Wirklichkeit, mit ungeheurer Suada
ihre Vorzüge preist und im stillen seine eigenen Glossen dazu
macht, gebärdeten sich die Wohledlen und Unnahbaren um
nichts anders als das geringe Publikum in der Bretterbude. Es
warf sie nieder. Es schwemmte die Erinnerung an ihren Stand,
ihre Orden, ihre Bürden einfach weg. Genau wie beim geringen
Volk blähten sich die Hälse, schluckerte es in den Kehlen, schüt-
terten die Wänste, schlotterten die Kinnladen, tränten die Augen. Genau so bäumten sie sich, wieherten, brüllten, kreischten,
tobten sie, aber was sie ermutigte und jede Scheu brach, war alsbald die wunderbare Wahrnehmung, daß auch der Markgraf
nicht vom Sturm verschont blieb. Was man seit Jahren nicht er-

lebt: er lachte. Sein Mund war offen, seine Zähne blitzten, die erlauchte Gestalt bebte. Umsonst hatte er versucht, zu widerstreben, die Stirn zu runzeln, sich auf Zeichen gnädiger Akklamation zu beschränken; der Dämon da oben war stärker, die Schranken brachen nieder, ohnmächtig gab er sich preis, die Erhabenheit preis und platzte los, immer heftiger, immer wehrloser, und griff mit den Händen um sich, da ihn das Lachen zu ersticken drohte.

Als das Stück mit einem grotesken Sprung Balthasar Schnacks zum Fenster hinaus endigte, wand sich die ganze Gesellschaft wie ausgeblutet von ihren Krämpfen, und das Chaos schriller, gellender, dumpfer, würgender Lach- und Stöhnlaute beschwichtigte sich kaum. Der Markgraf erhob sich schwankend von seinem Sitz: er war blaurot im Gesicht, klatschte matt in die Hände und stammelte: „Er soll sich eine Gnade ausbitten; sogleich; der Mann soll sich eine Gnade ausbitten." Lady Craven, das Taschentuch vor den Mund gepreßt und die Augen trocknend, denn sie hatte geweint, auch sie, und atmete wie eine Läuferin, warf Herrn von Schlemmerbach einen Blick zu, der stürzte hinter die Bühne, man wartete einen Augenblick, plötzlich teilte sich der Vorhang wieder, Balthasar Schnack steckte den Kopf durch, verbeugte sich grinsend, ohne daß man den Körper sah, vor dem Markgrafen und der Lady, dienerte nach allen Seiten, kletterte ein Stück am Vorhang empor, hüllte sich in ihn und ließ wieder nur den Kopf sehen, zappelte mit den Beinen wie ein Affe, verzog das Gesicht zu einem frenetisch-gaminhaften Ausdruck und rief mitten in den Saal hinein, schlickernd, lachend, mit infernalischer Frechheit: „Wenn Ihrer Gnaden Großmut mir eine Gnade erweisen will, so schenken Sie mir die Ohren des Herrn Marchese! Die abgeschnittenen Ohren des Herrn Marchese, damit sich mein Hauskater daran erlabe. Nicht auf einer goldenen Schale wie das Haupt des Johannes, eine zinnerne genügt, eine irdene genügt. Aber die Ohren des Herrn Marchese für meinen Kater! Untertänigsten Dank im voraus. *Les oreilles du marchese Pescanelli! Milles mercis!* Geruhsame Nacht!"

Es war unerhört, grausig-lustig, monströs-komisch. Ein Tu-
scheln ging durch die Reihen. Viele standen erstarrt. Viele blickten in die Richtung, wo sich der Marchese befand. Er lehnte
bleich an einer Mauer.

Noch ein Grinsen von Sturreganz, ein Dienern, ein Hans-
wurstgelächter, und er verschwand.

In derselben Nacht noch wurde Pescanelli nach Wilsburg, der
ansbachischen Bastille, verbracht.

Ein Gespräch als Ausklang

Es fügte sich, daß in der Kutsche der Extrapost, mit welcher
drei Tage später Sturreganz und Beckchen gegen Crailsheim zu
fuhren, auch der Dichter und Justizrat Uz saß, den eine Dienst-
reise an die württembergische Grenze führte. Sie waren die einzigen Fahrgäste; Uz, des Zusammentreffens froh, hatte sich
kurz nach dem Verlassen der Poststation Sturreganz vorgestellt,
Sturreganz hatte dies mit der gleichen Höflichkeit erwidert, aber
die Unterhaltung kam nur langsam in Fluß; der Schauspieler,
schwarz gekleidet wie immer, brütete zumeist finster vor sich
hin, und nur wenn er sich an das Kind wandte, das er in einem
Winkel des Wagens auf Kissen gebettet hatte und von Zeit zu Zeit
befragte oder mit einer seltsam schüchternen Liebkosung anrührte,
belebte sich seine steinerne Miene, und den bitter geschlossenen
Mund verschönte ein zärtlich-zartes Lächeln. Beckchen trug
schöne neue Schuhe und Strümpfe und einen Mantel aus dunkel-
blauem Samt mit Knöpfen aus Perlmutter, in dem ihre winzige Gestalt noch winziger wirkte. Unter dem Häubchen sah das sauber
gewaschene, rosige Gesicht blumenhaft verträumt hervor, und die
herrlich schwarzen Augen unter den langhin geschwungenen
Brauen schienen sich nicht sattsehen zu können an der Welt und
dem beglückend Neuen, das Tag um Tag ihnen schenkte.

Es war um die fünfte Nachmittagsstunde; der Himmel, nur
zum Teil bewölkt, war in der westlichen Tiefe gerötet, gegen den

Zenit mäßigten sich die Farben vom schweren Scharlach bis zum
grünlichen Blau, und Grün und Blau und Gelb und Purpur spiegelten sich in langgestreckten Weihern, die von keinem Fältchen
gekräuselt waren. Das fränkische Land lag in ausruhendem Frieden; kaum ein Luftzug wehte über die sanften Hügel; die Wiesen
gilbten herbstlich, die Kronen der Tannenwälder umzogen den
Horizont mit einem schwarzen Band.

Es müsse doch ein beseligendes Gefühl sein, unterbrach der
Justizrat ein lastend langes Schweigen, wenn man durch die be-
gnadete Kunst des Wortes Menschen so aus allen Schanzen und
Befestigungen reißen könne; es sei mit nichts sonst zu vergleichen als mit dem Triumph des Eroberers, ja, des Sklavenbefrei-
ers, gehoben noch durch die Genugtuung, daß es der Geist sei,
der solches bewirkte und nicht das Schwert. Denn die tiefen und
wichtigen Verwandlungen, die moralischen Revolutionen führe
nur der Geist herbei.

Sturreganz warf einen halb verwunderten, halb mitleidigen
Blick in das treuherzig-gütige Gesicht seines Gegenüber. Dann
sagte er widerstrebend, nicht dem Mann widerstrebend, sondern der eigenen Rede: „Es hat nichts damit auf sich.“

„Wie, es hat nichts damit auf sich? Wie verstehen Sie das?“
fragte Uz erstaunt.

„Es ist zu nichts nütze, meine ich. Es ist Blendwerk. Es gibt
auf der Welt zwei bis drei Dutzend Personen, angenehme
Schwärmer, die sich einbilden, Kunst sei etwas wie ein Ar-
kanum, ein geheimnisvolles Elixier, und man könne den Beelzebub aus jedem Leibe jagen, wenn man es verabreichte. Sonderbare Illusion. Sie nehmens an, sie nehmens hin, sie klatschen Beifall und winden in günstiger Laune dem Liebling einen Kranz;
der Beelzebub bleibt drinnen. Kinderei, was anderes zu glauben.“

„Das ist eine furchtbare Skepsis“, sagte Uz traurig; „gerade
von Ihnen muß ich solche Worte hören, der sich auf einen weithin sichtbaren Gipfel gestellt hat, wo die tragische Muse und die
heitere sich die Hände reichen. Ich bekenne offen, daß mich bei
Ihren Darbietungen, so oft ich das Glück hatte, Zuschauer sein

zu dürfen, die Erschütterung über das uns Menschen beschie-
dene Los ebenso heftig überfiel, wie ich die göttliche Gelöstheit
empfand, die erhabene Freiheit, die eine unmittelbare Ausstrah-
lung Ihres humoristischen Genies ist. Hier ist der Punkt, wo
sich ganz Unsagbares in der Seele ereignet. Die Tiefe wird lichter, die Höhe mysteriöser. Die Furien vermählen sich mit den
unbegreiflichen Wesen, die wir im Äther ahnen. Alles wird
Sphäre, alles wird Fülle; Satz und Gegensatz finden sich wie
Mond und Sonne, unerreichbar fern eins vom andern, und doch
jedes zum andern bestimmt, jedes ans andere genietet. Ich habe
manches von den Gesetzen des Schicksals begriffen oder doch in
mir als Erkenntnis keimen gefühlt, das mir verborgen war, ehe
ich Sie sah. Und ich bin wohl nicht der einzige. Daher sage ich:
ein Mann, dem diese Zaubermacht verliehen ist, muß wissen,
was es mit ihr für eine Bewandtnis hat und was ihm die Menschheit schuldet. Wüßte er es nicht, so wäre auch in mir selbst Gefühl und Ahnung Lüge."

Ein kränkliches Lächeln bewegte Sturreganz' Lippen. „Sie äußern sich mit sehr viel Freundlichkeit", sagte er, „und was meine
Person betrifft, kann ich Ihnen nur erwidern: es kostet zu viel.
Es kostet Blut, es kostet Leben, es kostet Herz, es kostet alles,
die irdische Seligkeit und die himmlische dazu. Was aber die
Menschheit betrifft, wie Sie das Ding zu nennen belieben, so
glaube ich nicht an sie, so ist sie mir nichts, so gibt sie mir nichts,
und jeder Tag überzeugt mich aufs neue davon, daß es eher möglich wäre, den Kaukasus auf meinen Schultern an den Rhein zu
tragen als durch das, was ich bin und tue, nur einen einzigen
Schurken von der allergeringsten seiner Schurkereien abzuhalten.
Was ists also? Wozu die Lobpreisung? Kann ich einem Mörder den
Dolch aus der Faust schmeicheln? das Gift der Verleumder entgif-
ten? die Augen der Habgierigen sanft machen? den Sinn der Blut-
dürstigen fromm? die Dummköpfe mit Vernunft begaben? den Ver-
rätern Treue einimpfen? den Hungernden Brot verschaffen? den
vom Unrecht Vergewaltigten ihr Recht? Und wenn die Welt ins
Elend und Verderben rollt, kann ich in ihre Achsen greifen? Was

ists also? groß? Was hat es denn auf sich mit eurer berühmten Kunst? Eine Fata morgana mehr in der Wüste unsrer Verzweiflung; ein Irrwisch mehr im Sumpf unsrer Weglosigkeit."

„Aber Sie können es nicht hindern, daß wir Sie lieben und verehren, wir zwei bis drei Dutzend wenigstens", sagte Uz halb erschreckt, halb begütigend. Sturreganz schüttelte unwillig den Kopf.

Der Abend dämmerte schon. Nach einer Weile suchte Uz das Gespräch durch die schüchterne Frage wieder in Gang zu bringen, ob Sturreganz an eine Entwicklung der deutschen Komödie über die etwa von Stranitzky-Bernardon geschaffenen Typen und Figuren hinaus zu einem höheren Stil glaube, an eine Form ebenbürtig der von Goldoni oder Molière. Es scheine ihm leider so zu liegen, daß man als Deutscher dieser Hoffnung zu entsagen habe. Es sei kein gültiges Element da, auch kein tragendes, und wo immer eine Gestalt keimen wolle, verliere sie sich zu früh an eine Idee. Ruhelos werde der Deutsche zwischen Himmel und Erde auf- und niedergerissen, ruhelos auch zwischen Osten und Westen. Es wolle sich kein Wesen bilden, alles Geschaffene verkrieche sich, aller Kern faule in der Schale, und der Bruder werde am Bruder zuschanden. Er seufzte.

Sturreganz hatte sinnend zugehört, dann sagte er mit schwerer Stimme: „Deutsch ... das ist etwas sehr Fernes. Sehr weit ist es, sehr, sehr weit. Deutsch sein, das ist, wie wenn man in einem wilden wirren Traum läge. Es hat keine Grenzen, und es hat keinen Leib. Es ist wie Wasser in der Finsternis, rinnt und rinnt, und keiner weiß wohin, spricht und spricht, und keiner weiß was."

Er beugte sich zu dem Kind nieder, dem die Augen müde zugefallen waren, und flüsterte mit einem Ausdruck mütterlicher Liebe, der den greisen Dichter ergriff: *„Dormi, mia bella, dormi!"*

Da war es schon Nacht.

Meiner Tochter Eva Agathe

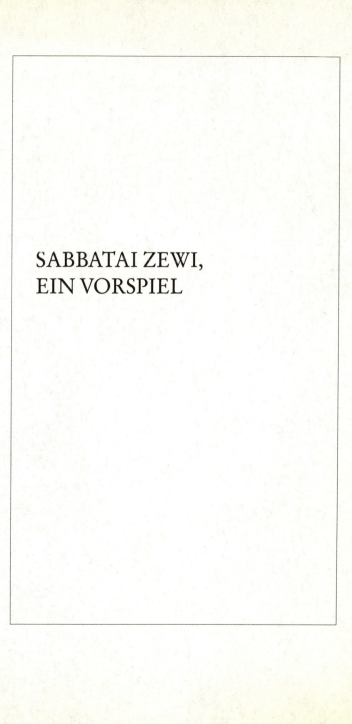

SABBATAI ZEWI,
EIN VORSPIEL

Gemächlich schwebt die Zeit hin über die Länder und über die Geschlechter, und wenn sie auch Städte zertritt und Wälder zerstampft und neue Städte und neue Wälder hinwirft mit gleichgültiger Gebärde, so vermag sie doch dem heimatlichen Boden niemals seine Lieblichkeit zu rauben oder seine Rauheit, kurz jene Gestalt und jenes Antlitz, womit die Heimat ihren Sohn erfüllt, indem sie ihn gleichsam als ihr Eigentum in Anspruch nimmt und ihm auf den Weg seines Lebens die Worte in Herz sät: aus meinem Ton bis du gemacht.

Die süße und einschmeichelnde Linie des Horizonts, die von den Mauern Nürnbergs über Altenberg nach der Kadolzburg zieht, hat sicherlich im Lauf der Jahrhunderte keinerlei Veränderung erlitten; es sei denn, daß ein gewitterreicher Sommer eine einsame Pappel gefällt, oder daß eine ungestüme Überschwemmung einen stillen Fichtenhain mit fortgerissen hätte. Dort, wo Rednitz und Pegnitz zusammenfließen, haben freilich die letzten zweihundert Jahren den Flor der Wälder vernichtet, aber weiter hinüber, jenseits der alten Feste mit ihren Steinbrüchen und ihren dunklen Tannen, dehnt sich der fränkische Gau seit Urandenken als eine weite, breite, friedliche, fruchtbare Ebene, wo das Korn gedeiht und die Kartoffel gedeiht und der Mohn blüht und die weiße Rübe reift.

Aber in jenem Winkel zwischen den beiden Strömen haben die Kriege des siebzehnten Säkulums dem natürlichen Schmuck des Bodens gab sehr Abbruch getan. In den dreißiger Jahren befand sich hier das große Lager der Schweden, und der geängstigte Bauer fand seine Äcker mit Blut gedüngt. Schnellfüßig hastete der Kriegsschrecken durch Franken, und die kurfürstlich Onolzbachischen und die Nürnbergerischen sahen sich gleicherweise gedrängt, Mut und Gottvertrauen nicht fahren zu lassen. Lange Jahren gingen hin, bis die zertretenen Felder wieder zu ihrer natürlichen Fruchtbarkeit erstarkten, und selbst nach dem Friedenschluß lag noch manches Stück Land verödet. Überall zeigten sich Spuren frecher Feindeshände. Unweit der Kapelle

19

Karls des Großen, die am Schießanger in Fürth steht, ragt ein mächtiger Steinhaufen in die Höhe, und man sagt, die Schweden hätten ihn aufgerichtet als ein Wahrzeichen ihrer Siege: nämlich jeder Stein bedeutet ein geplündertes Haus. Langsam entfaltete sich der Frieden wieder; schüchtern wuchs er heran und sah mit ungläubigen Augen ins ebene Land der Regnitz hinauf. Das Volk begann zu vergessen, und es kam die Zeit, wo schon die Väter und die alten Veteranen von den Schrecken der Schlacht erzählten, und sie ließen sich die Mühe nicht verdrießen, die erlittenen Fährlichkeiten phantasievoll auszuschmücken, und was sie an Heldentaten von andern vernommen, sich selbst zuzuschreiben. So war es Kriegerbrauch seit Kriege bestehen, und auch die von Franken waren mit ihrer Zunge mehr Helden als mit ihrem Arm. Der Krieg gewinnt an Buntheit und an Frohheit, wenn ihn die Jahre fortgetragen haben, und gar mancher erzählt schmunzelnd von denselben Gräueln, die ihn einst erzittern ließen bis in seine tiefste Seele.

Auf jenem Schwedenstein bei der Kapelle befand sich unter vielem andern Gemäuer ein gut zugehauener Granitblock, welcher mit seltsamen und fremdländischen Lettern bemalt war. Es war eine jüdische Inschrift auf einem Grabmonument; die Schweden hatten ihn vom Gottesacker der Juden gestohlen und ihn mitten unter die Steine rechtgläubiger Christen geworfen. Kein Christ wagte es aber, den Stein zu entfernen, denn ein großes Befremden ging von seinen verschnörkelten Lettern aus und sie hatten Furcht, daß sie dem Bann eines Zauberspruchs verfallen möchten, wenn ihre Hand den verruchten Judenblock berührte. Mehr als drei Jahrzehnte lag der Grabstein so; wollte man seine Inschrift in die Sprache jener Zeit übersetzen, so lautete sie: „Der schöne Joseph, den man nur gern angesehen, unsere Augen-Lust ist nicht mehr vorhanden. Jetzt sind ihm Gabriel und Michael als Hüter zu seiner rechten und linken Hand zugegeben worden. Die Jahre seines Lebens waren wenig und boeß. Er brachte sich nicht höher als auf siebzig. Er war ein solcher Regent, der wie Barak und Deborah das Volk mit großem

Ruhm regieret. Er suchte seine Lust in dem Studieren, sein Sterben war wie seine Geburt, nemlich ohne Sünde. Als seine Seele am fünften Tag in der Woche von ihm geschieden, hörte man Heulen und Weinen. In Bamberg ist er freudig gestorben, den achtundzwanzigsten Tag des Sivans. Jetzt ist dies die Zeit, da wir vor Jammer und Herzeleid unsere Kleider zerreißen und unserer Augen Tränen fließen lassen. Nach seinem Abscheiden hat man ihn zu Fürth zur Grabesruhe gebracht. Seine Seele soll gebunden sein in das Bündelein der Lebendigen mit der Seele Abrahams, Isaaks und Jakobs und der Sara."

Lange Zeit hindurch war es der Kummer der Juden, einen Stein aus ihrem Heiligtum solcher Entweihung preisgegeben zu wissen. Sie glaubten, die Seele des schönen Joseph, des Naphtali Sohn, hätte keine Ruhe und wandle allnächtlich klagend zum Schwedenstein. Denn auch sie wagten nicht, den Stein zu entfernen, weil der Schwedenstein als eine Art von Friedenssymbol galt, und jede Beschädigung einer Vorbedeutung neuen Krieges gleichgeachtet wurde. Schwer trug der Bürger und der Bauer noch an Kriegeslasten, und viele ließen vom Pfaffen ein Bittgebet um langen Frieden sprechen.

So stand also das Grabmal der Juden unter ungleichartigen Genossen wie ein Fremdling aus weiter Ferne. Es sprach eine unbekannte Sprache und seine edlere Form ließ es zu besserem Dienst berechtigt erscheinen. Es blickte nicht hinaus auf die Ebene, sondern sah herein gegen die niederen Häuser und in die krummen, winkeligen Gassen von Fürth. Unfern rauschte der Fluß hinunter ins Bistum Bamberg, und wenn er im Herbst die gelben Fluten zum Uferrand und noch weit darüber hinauswälzte, so mußten bisweilen einige Linden am Schießanger ihr Leben lassen. Das Wasser brach sie wie dürre Zweiglein und trieb sie in Mainland hinab, innig gesellt mit Balken und Astwerk und Hausgeräten und allerlei spaßhaften Dingen, die der wildgewordene Strom aus der Stadt Nürnberg mit sich führte.

Wenn der Stein des schönen Joseph an Gottesfrieden verlor, so gewann er hingegen an Weltweisheit und Kenntnis der Dinge

19*

und Menschen. Ernst besah er sich das Treiben der Leute, die um
ihn herumwandelten wie Sperlinge um einen gedeckten Tisch;
Gewitter und Schneegestöber, Regen und Sonnenhitze, er hielt
sie mit gleicher Geduldigkeit aus, und wenn die sanfte Nacht
seine graue Stirn beschattete, so schien darauf noch ein süßer
Abglanz der letzten purpurnen Sonnenröte zu haften oder ein
Vorglanz des kommenden Morgenrots. Denn die Sonne strahlt
diesem Erdstrich beim Aufgang und beim Niedergang mit einer
unerhörten Glut, was die Gelehrten dem Dünstereichtum des
Landes zuschreiben.

Fest, Tanz und Kirmesspiel waren von jeher üblich bei den
Fränkischen, die einen leichten Sinn haben und ihre Pfennige
gern zum Schenkwirt tragen. An einem Kirchweihtag im Okto-
ber, siebzehn Jahre nach dem großen Friedenspakt – das Volk ju-
belte auf dem Schießanger, zum Tanze schwangen sich die Mädchen und lustige Weisen spielten die Zigeuner und Spielleute –,
ging ein alter Mann, nachdem er lange Zeit nachdenklich vor der
jüdischen Inschrift am Schwedenstein gestanden, gegen den Anger zu. Der Abend sank schon herab und der Himmel war von
einem matten Rot getränkt. Blaue Schatten fielen auf den rau-
schenden Fluß, Schmiedehämmer tönten von fernen Gassen her,
und der schrille Laut verklang erst weit draußen in den Wiesen.
Dann setzte wieder die Musik ein: Orgel und Fiedelbögen, die
Maultrommel und die Wasserpfeife. Die Buben lachten und
sprangen wild um die alten Bäume, und die Mädchen hatten
glänzende Augen an diesem festlichen Tag. Die Nürnberger
Kaufleute boten niegesehene Waren aus, und Seiltänzer, Taschenspieler und Zigeuner versprachen Wunder ihrer Kunst zu
bieten. Als die Dämmerung herabsank, wurden Pechfakeln an
die Stämme und die fahrenden Häuser der Komödianten befestigt, und der schwere braune Rauch erhob sich in weiten Wel-
lungen, zog hinüber gegen den Strom, zog über die Wiesen hin,
und einzelne Funken sprangen knisternd in die Lindenäste. Die
dumpfe Glut gab den Gesichtern der Menschen ein abenteuerli-
ches Farbenspiel und die Sterne am Himmel verblaßten für je-

den, der sich in dem trüben Lichtkreis befand. Der alte Jude hielt die rechte Hand wie einen Schirm über die Augen und blickte finster und forschend in das heitere Getümmel. Sein Gesicht war von grünlich-weißer Färbung und ein roter Bart floß mager um Wangen und Kinn, so daß er nur eigentlich eine Art von Rahmen bildete und dem Gesicht etwas Fremdes, etwas erschreckend Deutliches verleih. Die braunen Sterne seiner Augen irrten unruhig in dem geröteten Weiß umher und bisweilen erweiterten sich die Pupillen rasch wie die eines Raubtieres. Es waren Judenaugen: voll Hast, voll Unfrieden, voll von unbestimmtem Flehen, von einer gedrückten Innigkeit, bald in Leidenschaft flackernd, bald in Schwermut alle Glut verlierend, die Augen des gehetzten Tieres, das angstvoll und kraftlos die Blicke dem Verfolger zuwendet, oder in bebender Sehnsucht hinausstarrt in das ferne Land der Freiheit. „Das Volk ist wild," murmelte er, „da tanzen sie und blasen Schalmeien und morgen schon wird Gott ein Gericht halten." Er blieb stehen, verbeugte sich tief nach Osten und lispelte ein kurzes Gebet durch die schmalen Lippen.

Unter den Linden des Angers tanzte ein Zigeunermädchen einen wunderlichen Tanz und zwei Burschen spielten die Geige dazu. Eine Menge von Zuschauern hatte sich im weiten Kreis versammelt und alle waren atemlos vor Schaubegierde. So war es immer in den Tagen Remigius, Leodegar und Lukretia in Fürth; die Menschen erwachten aus dem drückenden Traum ihrer Sorgen und dünkten sich freigeboren und glückbestimmt einmal im Jahr.

Nach der Zigeunerin kam ein junges Mädchen von großer Schönheit langsam in die Mitte des Kreises. Sonderbar irrten schmale Schatten auf ihren bleichen Wangen und auf ihrer Stirn, und sie war schlank wie jene Frauen, die man zu Florenz malte. Ein langes Gewand floß an ihrem Leib herab, und sie begann, ohne die Arme zu bewegen, ohne die Augen vom Boden zu erheben, mit klagender Stimme ein Rezitativ:

> Ich weiß nicht, wo's Vögelein ist,
> ich weiß nicht, wo's pfeift.
> Hinterm kleinen Lädelein,
> Schätzlein, wo leist?
>
> Es sitzt ja das Vögelein
> nicht alleweil im Nest,
> schwingt seine Flügelein,
> hüpft auf die Äst.
>
> Wo ich gelegen bin,
> darf ich wohl sagen.
> Hinterm grün Nägeleinstock
> zwischen zwi Knaben.

Doch sang sie diese Worte leise und melancholisch. Ihre Lippen zitterten und sie senkte den Kopf tief gegen die Brust. Der Harlekin kam und äffte sie, aber sie blieb starr wie eine Bildsäule; er begann an ihr herumzuschnuppern und erklärte endlich grinsend, das sei ein feines Aschenputtel für sein Ehegespons. Er wollte sie umfassen und davontragen, da kam ein Ritter in glänzender Rüstung, um sie zu befreien. Der Hanswurst verwandelte sich und stand nun in seiner wahren Gestalt da: als der Teufel. Er kämpfte mit dem Ritter, und als er nahe daran war zu siegen, zog jeder ein elfenbeinernes Kruzifix heraus und hielt es dem Bösen hin. Der Satan stieß ein schreckliches Geheul aus und sprang in großen Sätzen davon.

Da trat aus einer Lücke in dem Kreis der Zuschauer der alte Jude, stieg über die niedrige Planke hinweg und sein langer Kaftan flatterte im Abendwind, als er auf das blasse Mädchen zuschritt. Sie schlug ihre Augen zu ihm auf und schüttelte sich plötzlich wie im Fieberfrost; seine Blicke bohrten sich gleich Nadeln in sie ein und sie las etwas in dem flackernden Feuer dieser Augen, das lange schon ihre Seele mit grüblerischer Furcht erfüllt hatte. Es war, als ob ihre Seele auf einmal von frühen Erin-

nerungen der Kindheit ergriffen würde und darüber erschüttert
wäre. Der rotbärtige Jude hatte seine Finger um ihren Arm gelegt, daß sie wie Spangen sich schlossen, und er blickte sie unverwandt an, als ob er einen Wunsch, einen unwiderstehlichen Befehl tief in ihr Herz zu senken wisse, so daß kein Wesen daran zu
rühren vermochte. Die Musik schwieg, der Lärm in der nahen
Runde dämpfte sich zum Gemurmel, viele empfanden ein zielloses Grauen, viele nur Neugier und Erwartung. Der Fluß hörte
auf zu rauschen, der Wind strich durch die Bäume; er warf gelbe
Blätter herab, und eine leichte Kühlnis ging herbstahnend über
den Anger. Der Jude beugte sich nieder und murmelte in des
Mädchens Ohr: „Gedenkst du noch an den Feuerbrand in deiner
Heimat, Zirle? An den Vater, an die Mutter, an die Brüder und
an alle andern, die tot sind? Zirle, denkst dus noch?" Tränen flossen über des Mädchens Wangen und es schaute völlig verloren in
eine vergangene Nacht. Und der Alte fuhr fort: „Um die Mitternacht des nächsten Vollmondes mußt du zu mir kommen; du
wirst Zacharias Naar zu finden wissen, wo es auch sei. Den Messias verkündige ich, dem die geheimnisvollen Tiefen der Wesen-
heiten offenbar geworden sind."

Ein unwilliges Murren erhob sich über die Störung des Festes
und der Fröhlichkeit. Zacharias Naar wandte sich ab von dem
Mädchen und schritt bald darauf langsam dem Ausgang des Angers zu. Niemand kannte ihn, alle wichen ihm aus und schnell
lief ein Wort von Mund zu Mund: Ahasverus. „Ja ja, er laufft umher wie der tolle Judt", sagte ein verschrumpftes Weiblein und
schnüffelte mit der dünnen Nase in der Luft umher. Sie wisse einen Spruch, erzählte sie mit klirrender Stimme den jungen Leuten die sie umstanden:

> Der Jud Ahasverus weit und breit
> vor alters und vor dieser Zeit
> bekannt, geht nun durch alle Welt,
> red't alle Sprachen, veracht das Geld.
> Was er von Christo reden tut,

kannst hören hie, doch mit Unmut.
Veracht ihn nicht, laßt wandern ihn,
weil Gott ihm geben solchen Sinn:
daß er von Christo, seinem Sohn,
red't alles Guts und ohne Hohn
Ihn zehret ungemessne Pein,
es ängstet ihn der Sonnenschein,
dein Urteil, wie es auch mag sein,
laß Gott, der kennt das Herz allein.

Zacharias Naar schritt durch die dunklen Straßen des Orts
zum Tempel der Juden. Dort war noch Gottesdienst, denn es
war der Vorabend des Versöhnungsfestes. Bald stand er unbeob-
achtet unter der Menge der Gebete Murmelnden, den Tallis um
die Schultern, und starrte mit glühenden Augen gegen den Altar.
Keine friedliche Feststimmung herrschte in diesem Raum. Jeder
schien seinem Gott für sich zu dienen, und bisweilen entstand
ein unbestimmter Lärm, in dem sich eine schreiende oder kei-
fende Stimme abhob. Ein dumpfer Höhlengeruch erfüllte das
Gotteshaus; es roch nach altem Leder, nach alten Gewändern,
nach Rauch und faulem Holz. Kinder standen umher und glotz-
ten mit stumpfsinniger Andacht in Bücher mit gebräunten Blättern. Der Raum glich einem unterirdischen Gemach für Ver-
schwörer, einer Büßerklause für Asketen; nichts von Lebensfreude und nichts von Gottesfreude war hier zu finden. Die
Lichter qualmten, und wer aus freier Luft hereinkam, glaubte
alsbald in eine schwül-qualmende Schlucht zu versinken.

Das letzte Kaddisch war beendet; alle rüsteten sich zum Aufbruch. Da schritt Zacharias Naar dem Altar zu und erhob die
Hand: ein Zeichen, daß er zu reden wünsche. Es wurde still und
aller Augen wandten sich dem Fremdling zu. Der begann – nicht
laut und scheinbar mehr für sich selbst. Er sprach zuerst in hastig hingeworfenen Worten von der Niedrigkeit und Erbärmlichkeit des jüdischen Volkes; von der Unterdrückung, die es erlitten
und von der Zerstreuung in alle Teile der Welt. Dann, als er ge-

wiß war, daß alle aufmerksam lauschten, wurde seine Stimme lauter, die verlor den belanglosen Ton und seine Augen begannen zu blitzen. Er rief den alten Gott der Juden an, der Verheißung auf Verheißung gehäuft und die Armut über sein erwähltes Volk geschüttet habe und die Qualen der Heimsuchung, ärger als zur Zeit der ägyptischen Plagen. Es wurde totenstill. Selbst die Mauern schienen zu lauschen und die worte mit Begierde einzusaugen. Der Redner fuhr fort: „Der Zorn des Herrn ist entbrannt wider sein Volk, und er streckt seine Hand aus und er schlägt es, so daß die Berge erzittern und ihre Leichen wie Kehricht auf den Straßen liegen. Haben sie uns nicht beschuldigt: ihr vergiftet unsere Brunnen? haben sie nicht unsere Brüder hingeschlachtet zu Tausenden? Haben sie nicht geschrien: ihr nehmt das Blut unserer Kinder zum Opfer beim Passahfeste? Ihr nehmt das Blut und braucht es für eure schwangeren Weiber? haben sie uns nicht ausgewiesen aus ihren Städten und unsere Häuser verbrannt? und unsere Güter geraubt? Müssen wir nicht vogelfrei dahinwandern, und viele finden keine Hütte, wie Kain, der seinen Bruder erschlug? Haben sie uns nicht aufs Rad geflochten und den Henkern im Land preisgegeben wie krankes Vieh? nicht unsere Kinder verbrannt, nicht unsere Weiber geschändet, und als die Pest kam, nicht schlimmer unter uns gewütet, denn die Pest? Bei alledem hat sich der Zorn des Herrn nicht gewandt. Doch jetzt, jetzt wird er ein Panier aufrichten dem Heidenvolk aus der Ferne und wird ihm pfeifen vom Ende der Erde und siehe, eilends, flugs kommt es. Kein Matter und kein Strauchelnder ist darunter; nicht gibt es sich dem Schlummer noch dem Schlafe hin; auch springt nicht der Gurt seiner Lenden, noch zerreißt der Riemen seiner Schuhe. Die Hufe seiner Rosse sind wie Kiesel zu achten und seine Räder wie der Sturmwind. Gebrüll hats wie die Löwin und brüllt wie die jungen Löwen und knurrt und packt den Raub und trägt ihn davon, und niemand vermag zu retten. Und es wird über Juda dröhnen wie Meeresdröhnen, und blickt er auf das Land hin, siehe da ist angsterregende Finsternis und das Licht ward dunkel in dem Gewölbe darüber. Nahet euch, ihr

Heiden, um zu hören, und ihr Völker, merket auf! Es höret die
Erde, was sie erfüllet, der Weltkreis, und alles, was ihm ent-
sproßt. Denn einen Groll hat der Herr auf alle Heiden, er hat sie
bestimmt für die Schlachtung, und ihre Erschlagenen werden
hingeworfen, und ihre Leichen – aufsteigen soll ihr Gestank,
und es sollen die Berge zerfließen von ihrem Blut. Die Sterne sollen zerbröckeln und wie ein Pergamentum soll der Himmel zu-
sammengerollt werden. Aber unsere Trist soll lustig sein, frohlocken soll unsere Steppe und blühen wie die Narzisse. Sie soll
blühen, ja blühen und frohlocken, frohlocken und jubeln! Die
Herrlichkeit des Libanon wird ihr geschenkt und die Pracht des
Karmel. Stärkt die erschlafften Glieder und die wankenden Knie
macht fest! Sagt zu denen, die bekümmerten Herzens sind: seid
stark! Aufgetan werden die Augen des Blinden und die Ohren
der Tauben geöffnet! Dann wird wie ein Hirsch der Lahme springen und jubeln die Zunge des Stummen. Denn seht: ein Mann ist
aufgestanden in der kleinasiatischen Stadt Smyrna, das ist der
wahre Messias, und das Himmelreich ist nah! Ja, ich sehe eure
Blicke leuchten und eure Hände beben! Habt ihr ihn nicht rufen
hören von den Gestaden des Mittelmeers? Ein neues Erlösungs-
werk geht ihm voran und Olam ha Tikkun wird erstehen. Das
göttliche Wesen hat er allein erkannt; er, Sabbatai Zewi! Sammelt
euch, Brüder, richtet euch empor, richtet eure Weiber empor,
lehrt eure Kinder seinen Namen aussprechen, und eure Waisen
tröstet mit seinem Wort! Im Jahre fünftausendvierhundertund-
acht der Welt begann die Erlösungzeit zu tagen, und in diesem
Jahr hat sich Sabbatai Zewi uns offenbart. Wunder über Wunder
hat er verrichtet, und die Juden des Morgenlandes jauchzen ihm
zu.“

Ein furchtbarer Tumult unterbrach den Redner. Lange schon
war die Kunde von dem Ereignis nach Franken gedrungen, aber
stets waren es nur dunkle Laute gewesen, geheimnisvolle Andeu-
tungen: von wandernen Mönchen, von wandernden Juden oder
von Zigeunern hergetragen. Es nur das dumpfe Geräusch eines
sehr fernen Wetters gewesen, das die Gemüter wohl in nächtli-

cher Stille und Träumerei zu ergreifen vermag, aber das Licht des
Tages machte zweifeln und ungläubig. Zum ersten Male nun war
es wie ein Trompetenstoß in die Ohren der Juden gefahren, wie
ein heller, schmetternder Schlachtruf, wie ein Klirren von tausend Schildern und Schwertern, ein Auferstehungsschrei. Es
wurde leuchtend um ihre Augen, rings herum ward es Tag, das
bange Los der Unterdrückung schien dem Ende nahe: Sonne,
Freiheit, göttliches Auserwähltsein zu großen Dingen, Glanz
und Freudigkeit und verzückte Sehnsucht – eine wundervolle Erfüllung tausendjähriger Glaubensdienste. In ihre bedrückten
Seelen fuhr es wie der Aufruf zu einer neuen Weltordnung; Knaben sahen sich zu Männern geworden, Männer ballten ihre Fäuste, und es rieselte ihnen kalt und heiß über den Rücken. Und als
der erste Taumel sich gelegt, drängten sie sich um den Fremden,
bestürmten ihn mit Einzelheiten und lauschten, lauschten. Vergessen war die Stunde der Heimkehr, vergessen die Gebote des
Fasttags; die Weiber drängten sich aus ihren Verschlägen und
hörten mit erhitzten Wangen zu. Sie sahen ihn in ihrer Phantasie
lebendig werden, den geheimnisvollen Propheten von Smyrna,
der am hellsten Tag der Geschichte wie ein glühender Meteor
hinwandelte und, ergriffen von lurjanischer Mystik, das Ende
der Zeitalter herbeizuführen glaubte. Zacharias Naar erzählte,
versunken und hingegeben gleich einem Träumenden: wie Sabbatai seinen Leib kasteite und Sommer und Winter, bei Tag oder
bei Nacht im Meer badete. Wie sein Leib vom Wasser des Oze-
ans einen Wohlgeruch erhielt und sein Auge klar davon wurde.
Niemals hatte er ein Weib berührt, und obwohl er zwei Frauen
vermählt worden war, mied er sie und verstieß sie bald. Ernst
und einsam war sein Wesen, und er hatte eine schöne Stimmte,
mit der er die kabbalistischen Verse oder seine eigenen Poesien
sang. Das Jahr sechzehnhundertsechsundsechzig bezeichnete
er als das messianische Jahr; den Juden sollte es eine neue Herrlichkeit bringen und sie sollten nach Jerusalem zurückkehren.
Seine Seele ergab sich jauchzend dem süßen Rausch des Gottes-
bewußtseins. Man hatte ihn von Smyrna verjagt, aber da brach

das glimmende Feuer zur verheerenden Flamme aus: seine De-
mütigung war seine Größe geworden und seine Verklärung. Er
ließ zu Salonichi ein Fest bereiten und vermählte sich in Gegenwart seiner Freunde feierlich mit der heiligen Schrift: Thora, die
Himmelstochter, ward mit dem Sohn des Himmels in unzer-
trennlichem Bund vereinigt. Fünfzig Talmudisten speisten an seiner Tafel und kein Armer ging hungrig von seiner Türe. Er ver-
goß Ströme von Tränen beim Gebet, und nächtelang sang er bei
hellem Kerzenlicht die Psalmen. Er sang auch Liebeslieder. Er
sang das Lied von der schönen Kaisertochter Melliselde:

> Aufsteigend auf einen Berg
> und niederschreitend in ein Tal,
> kam ich zur schönen Melliselde
> in des Kaisers Krönungssaal.
> Mild kam sie einher
> mit flutendem Haar
> und ihr Antlitz milde,
> süß ihre Stimme war;
> ihr Antlitz glänzte wie ein Degen,
> ihr Augenlid war wie ein Bogen von Stahl,
> ihre Lippen waren Korallen,
> ihr Fleisch wie Milch so fahl.

Die Kinder folgten ihm auf den Straßen, indes die Mütter seinen Namen lobpriesen. Er ließ verkünden, daß er vom Flusse
Sabbation aus die zehn Stämme nach dem heiligen Lande führen
werde: auf einem Löwen reitend, der einen siebenköpfigen Drachen werde im Maule haben . . .

Wie von einem ergreifenden Zauber umschlungen, wanderten
die Juden nach Hause. Das Fieber der Erwartung hatte sie gepackt, das von Land zu Land floß wie ein berauschender Strom.
In dieser Nacht konnte keiner schlafen.

Man sagte damals, der Herr der Welten öffne seine Tore, den
Propheten zu empfangen, oder er pflücke die Sterne vom Him-

mel, als wären es Trauben am Rebstock, das Volk sähe ein edles
Licht und die Todesschatten verschwänden neben ihm; hinabge-
stürzt sei die Pracht der Könige und das Rauschen ihrer Harfen;
der Prophet steige zum Himmel empor und oberhalb der Ge-
stirne errichte er seinen Thron; viele Stimmen schrien zu ihm
empor: Wächter, wie weit ist's in der Nacht? Da verkündete er
schon das Morgenrot. In seiner Nähe gab es nichts Alltägliches
mehr, der Fürst schien dem Bauer gleich, der Bettler dem Richter, keine liebende Hand streckte sich dem Kranken hin, und es
war erhaben, alle Pein der Kasteiung zu erdulden und der aufge-
henden Gnadensonne zerknirscht entgegenzuwinseln. Die
Schule der Kabbalisten glaubte der Verkündigung klarer zu verstehen. Aus dem göttlichen Schoß hatte sich die neue göttliche
Person entfaltet, der wahre König, der Messias, der Erlöser und
Befreier der Welt, und die Herrschaft des Metatron ist zu Ende.
Es steht aber im Buche Sohar, sagten sie: Metatron ist das erste
der Geschöpfe, der Abglanz Gottes; es ist die mittelste Säule, die
das Himmlische vollkommen macht; er ist das Vereinigende in
der Mitte. Denn der wahre Messias ist der verkörperte Ur-
mensch, der Adam Kadmon der Schrift, ein Teil der Gottheit.
   Der Tag brach an, ein trüber und dunstiger Herbstmorgen.
Kühler trockener Wind ging durch die Gassen. Die christlichen
Einwohner waren verwundert über das aufgeregte Wesen der Juden. Der Rabbi Bärmann rannte bleich von einem Haus ins andere. Der Rabbi Salman Klef stand, ein vergilbtes Pergament lesend, stundenlang vor seinem Haus. Salman Ulman Käsbauer
rief mit lebhafter Stimme nach dem Fremdling von gestern. Hutzel Davidla hinkte nachdenklich umher und Boruchs Klöß
wurde nicht müde, an den heiligen Fasttag zu erinnern und daß
man zur Schul gehen müsse. Gegen neun Uhr kam ein staubbe-
deckter Bote aus der Richtung der Stadt Nürnberg. Er brachte
ein Sendschreiben. Michel Chased, der Chassan, nahm es entgegen und die Juden, Männer, Weiber und Kinder in stets wachsen-
der Anzahl, sammelten sich um ihn, als er mit lauter Stimme vorlas. Das Schreiben kam von dem berühmten Samuel Prime, ei-

nem Jünger des Sabbatai, und lautete: „Der einzige und erstge-
borene Sohn Gottes, Sabbatai Zewi, Messias und Erlöser des jüdischen Volkes, bietet allen Söhnen Israels Frieden. Nachdem
ihr gewürdigt worden seid, den großen Tag und die Erfüllung
des Gotteswortes durch den Propheten zu sehen, so müssen
eure Klagen und Seufzer in Freude und eure Fasten in frohe Tage
umgewandelt werden. Denn ihr werdet nicht mehr weinen.
Freut euch mit Gesang und Lied und verwandelt den Tag der Betrübnis und der Trauer in einen Tag des Jubels, weil ich erschienen bin."

Ein Todesschweigen folgte diesen Worten. Die Zumutung des
Propheten war für dies Volk, das mit unerschütterlichem Fanatismus am Hergebrachten, am überlieferten Gesetz hing, etwas
Furchtbares und Unerhörtes. Wolf Käsbauer wurde weiß wie
Schnee und stotterte ein hebräisches Gebet. Viele andere, besonders Frauen, beteten ihm nach. Aber es waren doch auch solche
da, die von Mut erfüllt waren für die neue und große Sache. Sie
riefen Hallelujah und ihre Augen leuchteten dem Kommenden
froh entgegen. Der Messias, weil er so fern war, wuchs ins Unermeßliche vor ihren Augen, sein Haupt stand golden in den Mor-
genwolken, ihre Seele war ausgefüllt von ihm, weil der Druck
niederer Dienstbarkeit auf ihnen lastete, die Verachtung eines
ganzen Volkes, einer ganzen Welt. Tagelang wohnte eine dumpfe
Angst über den Juden in Fürth; sie wagten nicht aus ihren Häusern zu gehen, sie ergaben sich ganz den Gefühlen der Zerknirschung oder der Erbitterung oder der Reue oder der Hoffnung.

Da kam am zweiten Tage nach dem Fest die Kunde aus Norden, der berühmte Hamburger Jude Manoel Texeira, der Vertraute der Königin Christine von Schweden, habe sich öffentlich
in der Synagoge für den Messias erklärt. Aus Amsterdam, aus
London, aus Prag, aus Mainz, aus Frankfurt und aus Wien gingen Huldigungen an den Propheten ab, und seltsame Zeichen
am Himmel machten auch den Christen das Herz schwer. Der
Jude Wassertrüdinger in Fürth, genannt Weiber-Lambden, der
bei schwangeren Weibern herumging und mit lauter Stimme Ge-

bete las, sah nämlich am Samstagabend, dem ersten des Monats Tibeth, einen großen anwachsenden Feuerschein am nördlichen Himmel. Seine Augen wurden naß vor Grauen und mit seinem Hinkbein lief er, so schnell es ging, in die Häuser der Juden und schrie mit halberstickter Stimme, daß Gott ein Zeichen gegeben habe. Viel Volk sammelte sich schweigend an den Ufern der Regnitz und Pegnitz, und Christen und Juden standen in gleicher Furcht, in gleicher mystischer Andacht Schulter an Schulter. Zacharias Naar tauchte auf, fiel am Schilf des Flusses nieder und wandte sein gelbes Gesicht mit den weiten Augen dem himmlischen Feuer zu. Er begann ein flehendes Gebet zu singen, eine klagenvolle Anrufung des Gottessohnes zu Smyrna, und die Gemeinde fiel im Chorus beim letzten Vers mit ein. Einsilbig rauschte der Fluß durchs Land und die erblassende Röte des Firmaments beleuchtete unsicher die dunklen Talare der in süßer Verzückung heimkehrenden Juden.

In derselben Nacht erhob sich ein gewaltiger Sturm, riß das heilige Kreuz von der katholischen Kirche herab, und als die Juden in der Morgenfrühe zum Gebet gingen, sahen sie über dem niederen Portal der Synagoge die Anfangsbuchstaben vom Namen des Sabbatai Zewi in goldenen Lettern stehen.

Nun lebte ein Mann in Fürth, den man Maier Knöcker nannte; er hieß auch Maier Nathan und bei den Christen Maier Satan. Er hatte einen offenen Mund und eine häßliche Nase und war wegen seines Schacherns verhaßt. Knöckern heißt bei den Juden stammeln, und ein Stammler war Maier Knöcker, der Nathan. Er sah mit scheelen Augen in das erregte Treiben seiner Glaubensbrüder, und inmitten des allgemeinen Rausches blieb er nüchtern und kalt. Er war nur besorgt, daß er von seinem Geld nichts verliere und beriet sich oft mit seiner Frau, wie man die Kasse am besten verwahren solle. Er wohnte in einem alten Haus mit vielen Löchern und Winkeln, und jeden Tag in der Woche brachte er sein Geld in ein anderes Versteck. Sobald eine Nachricht von auswärts kam über irgendeinen bedeutsamen Vorfall, irgendein unerklärliches Ereignis, begann Maier Knöcker

zu zittern und lief in sein Haus, um seine Schätze nachzusehen.
Und als die Flut der Ereignisse schwoll und sich ausbreitete und
die Länder bedeckte, wuchs auch in der Seele des Knöckers die
Furcht vor dem Verluste seines Vermögens, und er konnte keinen
ruhigen Schlaf mehr finden und mußte seine Bissen bei den
Mahlzeiten in Unfrieden hinunterwürgen. Er bete sogar weniger, um seinem Hab und Gut ein besserer Wächter sein zu können. Er verdammte diese unruhigen Zeiten und es gab Tage, wo
er sich nicht mehr über die Gasse wagte und die Türen versperrte, um einen geheimnisvollen Feind abzuhalten.

Aber es war noch eine andere Furcht in diesem schiefen und
winkelreichen Haus, das in jeder Stunde einzufallen schien und
das beim hellen Mondschein der Herbstnächte einer Ruine glich.
Der Maier Knöcker hatte eine Tochter. Sie war nicht gerade
schön, aber sie hatte die üppigen Formen und die äußerliche Leidenschaft der jüdischen Weiber, und in ihren Augen war etwas
dumpf Sinnliches, das die Männer zu ihr trieb. Rahel hatte nun
vor langem ein Liebesverhältnis mit einem christlichen Studiosus
aus Erlangen angeknüpft und war in dessen Armen gefallen. Seit
Monaten fühlte sie ein junges Leben in ihrem Leib, und so oft sie
daran dachte, was Vater und Mutter sagen würden, wenn sie es
entdeckten, wurde ihr das Herz wund. Ratlosigkeit und Traurigkeit verdunkelten ihr Dasein und machten ihre Jugend finster
und bereuenswert. Aber als die Woge der Messiasbegeisterung in
den stillen Hofmarkt stürzte, sah das gequälte Mädchen darin
eine Art Erlösung. Sie fand es leichter als sonst, ihren leiblichen
und seelischen Zustand geheimzuhalten, denn die Erregung der
Gemüter wandte sich nichts einzelnem mehr zu. Trotzdem
rückte die Zeit immer näher, wo nichts mehr zu verbergen war,
wo sie, ohne zu reden, ihr Geheimnis offenbar werden lassen
mußte. Sie sann und sann in schlaflosen Nächten, und endlich
fand sie durch angeborene Schlauheit einen verwegenen Ausweg
aus ihrer Bedrängnis, und sie beschloß, ihren Geliebten um
Hilfe zu bitten.

Maier Knöcker war von der Abendschul nach Hause gekom-

men und erzählte finster, daß er mit vier andern unverrichteter
Sache wieder gegangen sei. Die Juden vergäßen, sich zum Gebet
zu versammeln; er sah darin ein schreckliches Zeichen. Beklommenen Herzens lugte er hinaus auf die Straße, als erwarte er
Stunde für Stunde den unerbittlichen Gegner des häuslichen
Friedens von Angesicht zu Angesicht zu schauen. Da läutete die
Hausglocke und Itzig Gänßhenker kam und berichtete atemlos,
daß sich ein wahrhaftes Gotteswunder begeben habe. An der
Küste von Nordschottland habe sich nämlich ein Schiff gezeigt
mit seidenen Segeln und seidenen Tauen, und die Schiffsleute,
die es führten, hätten hebräisch gesprochen, und die Flagge habe
die Inschrift getragen: die zwölf Stämme oder die Geschlechter
Israels. Dies Schiff sei für die Braut des Messias bestimmt.

Sie sprachen nun von vielen Dingen, auch Thelsela, das Weib
des Knöckers, mischte sich in die Unterhaltung, bis Boruchs
Klöß kam und man im Talmud lesen wollte. Auch Klöß wußte
von dem geheimnisvollen Schiff, und alle, alle draußen wußten
es schon. Es kam nicht zum Studium des Talmuds, da Boruchs
Klöß manche neue Seltsamkeiten zu berichten wußte: wie ein jüdischer Schneider zu Mailand in einen Zustand der Raserei gefallen sei und sich seitdem in prophetischen Verzückungen winde;
stundenlang liege er am Boden und spreche bald lachend, bald
weinend von der nahen Erlösung und von Sabbatais Macht im
Himmel und auf Erden. Ferner erzählte er, daß sein Oheim aus
der Türkei nach Hause zurückgekehrt sei und gänzlich betäubt
sei von dem Großen und Wundervollen, das er dort gesehen.
Das Volk von Smyrna sei wie im Wahnsinn und jauchze dem Befreier zu, der in Prozessionen von nie gesehener Pracht durch die
Straßen ziehe. Die Ungläubigen, die Chofrim, seien ihres Lebens nicht sicher; Chajim Peña sei vom Volk fast zerfleischt worden, als er gegen Sabbatai aufgetreten war; des Peña eigne Tochter habe mit verzückten Sinnen das Heil des Erlösers ausgerufen,
habe geweissagt und sei wie berauscht gewesen. Da gaben sie
Chajim Peña frei, und er wurde später zum Jünger. So wurde erzählt und Boruchs Klöß wußte immer noch erstaunlichere

Dinge als Itzig Gänßhenker. Maier Knöcker aber schwieg mit
schwerem Herzen. Ringsum sah er den wilden Tanz sich gestalten; seine Klugheit warnte ihn davor, zu widerstehen, um so
mehr, als noch in derselben Nacht das Gerücht laut wurde, Zacharias Naar stehe in Verbindung mit dem Propheten selbst. Er
erhielt dadurch eine förmliche Weihe; er ging in die Häuser der
Juden, überzeugte die Zweifler und entflammte die Hoffenden.
Überall schritt er umher, überall fand man ihn, oft hob er sich
gegen den dunklen Himmel der Felder ab, einsam im Abend.

Die Glocke verkündete die Mitternacht. Ein junger Mensch
schlich über den Lilienplatz in der Wassergaß zum Haus des
Knöckers. Er hatte ein langes Rohr unter seinem Mantel verborgen, und sein Kopf war sorglich in eine Kapuze gehüllt. Der rote
Mond senkte sich gegen Westen und schien ein zauberhaftes Blühen auf die Dächer zu breiten. Gelbe Blüten, zarte Nebel-
schleier, er hauchte sie hin, daß es keiner sah, und die Steine waren nicht mehr Steine, sondern Knospen von Mondblüten und
jeder Zaunpfahl erwachte aus einem traumlosen Schlaf und
guckte schwermütig in die Welt. Die windschiefen Häuser sahen
unbekleidet, hilflos und gottverlassen aus; manche erschienen
rührend in ihrer trostlosen Verfallenheit, während ihre Fenster
traurigen Augen glichen, die in die dunstige Glasglocke des
Himmels hineinstarrten, als ob sie geblendet wären von dem
sanften natürlichen Licht.

Der junge Mensch überkletterte einen niedrigen Zaun und er-
stieg eine schmale morsche Treppe, von wo er auf ein Dach kam,
und dort schritt er auf den Zehen weiter. Vor einem grünen Fen-
sterladen stand er still und steckte sein Rohr durch einen schmalen Spalt. Nun rief er mit dumpfer und verstellter Stimme in das
Sprachrohr: „Boruch ado adonai elohim! O ihr gerechten und
gottliebenden Eheleute Maier Nathan und Thelsela! freuet euch,
denn eure Tochter, die eine Jungfrau ist, hat eine Tochter in ihrem Leib empfangen, die wird die Braut sein dem Erlöser des
Volkes Israel, dem Messias zu Smyrna. "

Der Knöcker, der vergebens seine Kissen zum Schlaf zerwühlt

hatte, und dessen Phantasie in wilder Bewegung war, weckte sein Weib. „O meine Liebste," flüsterte er beklommen, „hast du die himmlische Stimme gehört? Es ist ein Engel dagewesen; stehe auf, wir wollen beten, daß du die himmlische Stimme auch zu hören gewürdigt werdest." Zitternden Leibes erhob sich die Frau; sie lauschte in die Nacht hinaus, legte die vermagerte Hand auf die klopfende Brust und kniete nieder. Da ertönte die Stimme von neuem: „Ihr sollt eure Tochter in hohen Ehren halten und großen Fleiß anwenden, daß sie wohl versorgt werde. Denn aus ihrem jungfräulichen Leib wird die Messiasbraut geboren werden."

Da packte Thelsela ihren Mann und zog ihn hinüber in das Zimmer, wo die Tochter schlief. Sie schien ruhig zu schlummern, sah abgehärmt aus und ihre Lider zuckten ein wenig. Als die Mutter ihr die Decke vom Körper ziehen wollte, stieß sie einen heiseren Schrei aus und krampfte die Hände von tödlicher Angst erfaßt, in den Stoff. Doch der Knöcker streichelte ihr die Wangen und stotterte unverständliche Zärtlichkeiten, während Thelsela den Leib des Mädchens befühlte, ernst nickte und von Andachtsschauern durchrieselt wurde. Eine große Freude hatte den Maier Nathan befallen: sein Haus war zu solch vorzüglichen Dingen auserwählt worden, daß er in diesen Stunden sogar der Sorge um sein Geld vergaß und mit seinem Weib am Lager der Tochter sitzen blieb, um ungeduldig den Anbruch des Tages zu erwarten. Über Rahels Wangen flossen bittere Tränen. Mit weitgeöffneten Augen sah sie beständig auf einen Punkt. Böse Gesichte schienen sie zu foltern; das Licht tat ihr weh, jede Tröstung schmerzte sie.

Der Maier Nathan indessen, dem eine ganz neue Welt aufgegangen war, sah sich schon als den Patriarchen der Gemeinde, gepriesen als den Vater eines unerhörten Glückes. Er nahm sein Weib bei der Hand, führte sie in das Schlafgemach zurück, stammelte trunken, fuhr sich in die Haare, lachte, tänzelte und ging endlich fort, um zuerst seinen Freund Boruchs Klöß und dann den Chassan aufzusuchen.

Der Morgen war nahe. Eine drückende Öde lag auf den Gassen. Fern in der Ebene rauschte der Fluß, und bisweilen klang es herein wie das Klappern eines Mühlenrades oder das Geläute von Kuhglocken. Den Zenit belagerten große Wolken. Wie Raubtiere lagen sie und schienen bereit, sich auf das Land zu stürzen.

Fast in allen Judenhäusern war Licht. Wo auch Maier Knöcker das neugierige Ohr an einen Türverschluß oder an eine dünne Mauerwand legte, hörte er Gebete murmeln, Klagen, Anrufungen und Lobpreisungen.

Als der helle Tag angebrochen war, kam wunderbare Kunde. Es hieß nämlich, die Juden in dem Städtchen Avricourt rüsteten sich, nach Jerusalem zu ziehen. Dann hieß es auch, Jakob Sasportas, der wütende Feind des Zewi, sei plötzlich zum glühenden Anhänger geworden, und mit der heiligen Schrift im Arm tanze er verzückt durch die Straßen von Worms. Ferner kam die Nachricht, Manoel Texeira sei mit zehn Ältesten nach Smyrna gepilgert und habe sich dem Messias zu Füßen geworfen. Ein gewisser Nathan Ghazati war von Sabbatai zum König von Griechenland und Elisa Levi, ein Bettler, zum Kaiser von Afrika gestimmt worden. Die Palästiner, die durch Jakob Zemach eine Huldigung an den neuen König der Juden abgeschickt hatten, schmückten ihren Tempel und zogen psalmensingend und blumenstreuend durch die Städte, als ob Davids Zeiten sich erneuert hätten. Der berühmte Sabbatai Raphael in Polen und Mathatia Bloch seien vom heiligen Geist erfaßt, so daß sie wahrsagten auf offenem Markt in Warschau und in Thorn.

So kommt der Föhn im Frühjahr über das deutsche Hochland wie all diese Botschaften nach Fürth. Selbst die Christen wurden miterregt von der Wucht der fremdartigen Ereignisse. Ein Taumel ging durch Europa; die alte Welt schien aufzuwachen aus einem Schlaf. Der Bedrücker fürchtete den Bedrückten, der Knecht träumte von Freiheit. Kein Tag verging, an dem nicht Kunde von Außerordentlichem eintraf, wäre es nur auch ein geheimnisvolles, deutungsreiches Wort des Messias gewesen. Er steht auf einer Terrasse am Meer, streckt seine Hand aus und spricht: Seht, ich gebe euch heute das Leben und den Tod. So wurde von wandernden Juden berichtet. Sendschreiben liefen durch die Städte; wunderliche Dinge lagen in der Luft.

Maier Knöcker, der Nathan, der das unerwartete Glück, dessen er teilhaftig geworden, voll Entzücken weitergetragen hatte, traf zuerst auf Mißtrauen, dann auf Verwunderung, dann auf blinden Glauben. Er fand einen begeisterten Apostel in Boruchs Klöß und dieser beredsame Mann erwies sich in der Tat als der beste Anwalt einer so begnadeten Sache. Die Ältesten der Gemeinde kamen zu Rahel, um sie durch Gebete heilig zu sprechen. Am gleichen Abend wurde ein großes Festmahl unter dem Vorsitz des Ober-Rabbis abgehalten, und das Haus des Stammlers wurde als eine fromme Zuflucht erklärt. Aber Rahel selbst blieb finster und verschlossen. Sie wich jedermann aus und hatte es verlernt, Vater und Mutter gerade ins Gesicht zu sehen. Wenn einer länger mit ihr redete, begann sie zu zittern. Ihre Hände waren feucht, ihre Lippen trocken und aufgesprungen, ihre Augen gerötet. Sie konnte in keiner Nacht mehr schlafen; die Finsternis nahm eine purpurne Färbung an, so daß es wie ein Vorhang vor ihren Blicken lag, undurchdringlich und beängstigend. Oft bevor noch der Tag anbrach, erhob sie sich vom Lager und schleppte sich hinauf in die Bodenkammer, um an irgendeiner Luke zu kauern und starren Blickes stundenlang zu brüten. Sie freute sich, wenn sie fror; sie wünschte zu frieren, wünschte zu leiden, ein äußerer Schmerz verlieh dem inneren Milderung. Am Sabbat nach der Schul kamen die Weiber zu ihr; aber sie war so bedrückt, daß sie vor den Besucherinnen in lautes Weinen ausbrach. Sie rang die Hände, stöhnte, warf sich zu Boden, fletschte die Zähne und murmelte Worte ohne Sinn und Klang. Das war ein sehenswertes Schauspiel, eine Bestätigung des Wunders, das mit dieser Jungfrau vorgegangen. Sie brachten Geschenke, doch das Mädchen warf sie ihnen vor die Füße und schalt und drohte fassungslos. Auch viele Männer kamen: Thurathara, Wolf Batsch, Seligman Schrenz, Seligman Rumpel, Hirsch und Herz, die

Rumpeln, Wolf Bieresel, Joel und David, die Bieresel, Maier Anschel und Itzik Gänßhenker, ja sogar Moses Bock aus Würzburg und Michael bar Abraham aus Markt Erlbach. So schnell hatte sich die Kunde im Lande verbreitet. Alle brachten sie Geschenke: Güldene Schleier oder Sternlein oder durchzogene Sternlein oder Umhänge von Drapd'or oder gestickte von Gold, von goldenen oder silbernen Blumen, Kleider von Samt mit einer Blumenbordüre, einen Mantel von Damast, Schuhe oder Pantoffeln mit gutem oder schlechtem Gold verbrämt, Bänder von schwarzem oder gefärbtem Leder, Kartelsteine oder andere Gehänge, auch Hand- und Leibschnallen, güldene Gürtel und einen Gürtel von Gold, der mit Diamanten besetzt war, Ringe und Ohrgehänge, Handschuhe von Pelz und Halstüchern bis auf zwei Gülden Wert.

Das waren festliche Tage für Maier Knöcker, den Nathan. Mit zitternden Händen tastete er über den Reichtum; nahm die Tücher, faltete sie wieder zusammen, liebkoste die Schuhe und Ringe, legte die Gehänge um seinen Hals und stolzierte im Zimmer damit auf und ab; auch stellte er sich damit vor einen Spiegel, machte Bücklinge, schnitt lächerliche Grimassen und ging dem finsteren Schicksal mit kindischer Heiterkeit entgegen.

Am Tag Dionysius war die Luft so klar, daß man die Kirchenglocken von Nürnberg vernahm. Ein gelber Schimmer lag auf den Wiesen und der Himmel war mit weißen, feinen runden Wölkchen marmoriert. Ein Zug jüdischer Spielleute, die von der Dompropstei Bamberg verwiesen worden waren, brachte die Nachricht, der Messias sei von Smyrna aufgebrochen und käme nach Deutschland, die Gläubigen um sich zu versammeln und an ihrer Spitze ins heilige Land zu ziehen.

Als Rahel dies vernahm, erwachte sie aus ihrer langen Apathie. In ihr war nur ein Gedanke: daß sie fort sollte aus dem Land, wo der Geliebte wohnte; denn in ihrer heißen und erregten Phantasie war ein Gerücht schon einem Geschehnis gleich. Mit glühenden Augen eilte sie auf die Gassen; niemand beachtete sie heute. Viele schienen in einer Tollheit befangen, wie eine

Schar Verschmachtender, denen man feurigen Wein gegeben hat.
Kein Ritus wurde mehr beachtet, weder das Abend- noch das
Morgenminjan, weder der Socher noch der Bund der Beschnei-
dung. Über den Lilienplatz lief ein junger Mensch mit nacktem
Oberkörper; er hatte sich auf die Brust die Worte gemalt: wir
empfahen was unsere Taten wert sind, wie leiden Pein in heißen
Flammen. Der Schmuel, der Richter der Gemeinde, ein Mann
von siebzig Jahren, der sonst Tag und Nacht den Talmud studiert, hatte sich im Schulhof bis an den Hals in Erde eingegraben, und sein Leib war beinahe erstarrt. In hebräischen Worten
schrie er leidenschaftlich das Lob des Messias und viele Menschen standen bleich und andächtig um ihn her. Rahel eilte hinaus zum Schießanger, wo noch von der Kirchweih die Wagen der
Zigeuner standen, und dann lief sie hinüber zum Schwedenstein,
wo sie kraftlos ins Gras sank. Sie hörte die Zigeuner schreien in
ihrem Rotwelsch und sah sie gestikulieren, trotz des Nebels, der
über der Landschaft lag. Der Schulklopfer und der Totengräber
liefen an der Kapelle vorbei, aber sie nahm es nicht wahr. Ihr war
zumut, als läge sie schon tagelang hier, ohne Sinn für die Flucht
der Zeit, und als müsse sie noch tagelang und wochenlang hier
kauern, unfähig zu begreifen, was in ihr vorging. Der Himmel
bedeckte sich mit Wolken und ein feiner Perlenregen fiel. Eine
dieser Wolken, die heraufzogen vom Bestner-Wald, hatte die Gestalt und die Züge des jungen Studenten, den sie liebte. Sie sah es
genau: die Wolke trug einen schwarzen Bart, der zierlich um
Kinn und Wangen stand und kokett zugespitzt war. Sie sah auch
den kleinen Mund und die kleine Nase und die unsteten Augen.
Und dann stand er plötzlich bei ihr, Thomas Peter Hummel, und
ihr war, als könne sie seine Hand fassen. Er sprach ihr zu, fein
und schnell und geschickt und wenn er überzeugte, war es nicht
in dem, was er sagte, sondern in seiner Stimme, in seiner ge-
wandten, schlangenhaften Art, in seiner heiteren Geschwätzigkeit. Er wählte seine Worte wie ein scharfer Politiker und spielte
taschenspielerhaft mit den Gefühlen. Aber wie es in der Welt
geht, sie liebte ihn.

Ein Mann und ein Weib kamen vom Anger her. Ihr gemächli-
cher Schritt zeigte, daß sie den Regen nicht achteten. Rahel erkannte Zacharias Naar und jenes schlanke Mädchen, das sie bei
den Schaustellungen am Schießanger gesehen hatte. Sie war
schön. Man muß die Augen zumachen, wenn man sie sieht,
dachte Rahel. Sie war blaß und krank, wie verzehrt von einer geheimen Sehnsucht. Jede Linie an ihrem Körper hatte etwas Leidendes und die Form ihres Mundes verriet Geduld und Lieblichkeit. Dennoch war etwas an ihr, das all dies Lügen strafte, vielleicht in der Heftigkeit und dem Trotz ihrer Augen. Bald verschwanden sie an der Biegung des Wiesenwegs. Rahel blickte
starr in die leise dämmernde Landschaft hinein und war froh,
daß sie nicht gesehen worden war. Sie fühlte nicht Kraft genug,
wieder nach Hause zu gehen und fürchtete, die einbrechende
Nacht könne sie noch immer hier finden. Sie erschien sich ausgestoßen und verfolgt; verurteilt, für sich allein Schmach, Bedrük-
kung, Ruhelosigkeit und Heimatlosigkeit zu ertragen; sie wollte
nicht mehr heimkehren. Sie haßte Vater und Mutter, haßte die
bleiche, gebetseifrigen, jüdischen Männer, ihre gefräßigen,
schwatzhaften Weiber, die altklugen Knaben, die frühreifen
Mädchen, die kindischen, fanatischen Greise: alle schienen ihr
verächtlich und unrein. Doch wohin sollte sie gehen, wenn nicht
nach Hause; sie dachte: endlos ist die Welt und für ein Juden-
mädchen gibt es kein Erbarmen, keine Unterkunft, selbst ein
Räuber darf sie stoßen mit seinen Füßen. Schließlich stechen sie
einem die Augen aus, wenn sie es für gut finden, und dann mußt
du verhungern. Sie glaubte nicht an diesen Messias, sie glaubte
nicht an seine Prophezeiungen, vielleicht nur deshalb, weil es ihr
gelungen war, durch einen plumpen Betrug alle, die um sie
herum waren, im Namen desselben Messias zu täuschen.

Während sie so sann und dabei in den westlichen Himmel sah,
teilten sich dort die Wolken, und auf einmal warf die untergehende Sonne eine Flut schwefelgelben Lichts über das Firmament. Bäume, Steine, Wiesen, das Wasser, der Wald, die Häuser
in der Ferne, die Kirchtürme, ja die Luft selbst schien lebendiger

Körper zu werden. Da lächelte Rahel und die Spannung ihrer
Seele löste sich. Tiefer Frieden erfüllte sie, und sie schloß träu-
mend die Augen.

Ein Bauer kam von Ronhof her über das Feld geschritten, der
seinen Kopf mit einem Sack verhüllt hatte. Er sah das Judenmäd-
chen am Boden kauern und war so erschrocken über den Anblick, den sie bot, daß er sich bekreuzigte und spornstreichs gegen die Häuser des Orts rannte. Eine Schar von Juden kam ihm
entgegen, die zum Schwedenstein wollte, um das Grabmal des
schönen Joseph mit Gewalt fortzunehmen, nachdem die Familie
beim Schultheiß und beim Friedensrichter mit ihren Bitten abgewiesen worden war. Der Bauer, dessen eines Auges erblindet
war, machte den Juden die Mitteilung, daß er eine Hexe am
Schwedenstein gesehen habe. Aber jene erkannten schon von
weitem die Tochter des Knöckers, und einer lief zurück, um Maier Nathan zu holen. Der Ronhofer Bauer hatte schnell erhorcht,
daß die Juden des Schwedenstein berauben wollten; er schwang
drohend den Arm, lief fort und alarmierte einen Hornmacher,
einen Schneider, einen Goldplätter und zwei Metzger- oder
Schlächterburschen, die in der Nähe des Schießangers ihre Ver-
richtung hatten. Als Maier Knöcker bleich und atemlos aus der
Fischergasse kam, stürzten sich Hornschuch, der Kammacher
und Federlein, der Schneider, voll Wut auf ihn, während ein paar
alte Weiber aus dem Erdgeschoß eines grünen Hauses heraus-
keiften und ihren Haß gegen das Judengesindel nicht zu zügeln
vermochten. Die andern Helden rannten mit dem Ronhofer
Bauern zum Schwedenstein und freuten sich baß auf die bevor-
stehende Prügelei; im Laufen verteilten sie die Opfer unter sich
und rechneten aus, daß jeder etwa drei Juden zum Prügeln bekommen würde.

Es war dunkel geworden: ein milder Abend. Die Sterne blink-
ten unter den Wolkentüchern hervor; auch der volle Mond stieg
im Osten herauf, gerade über den Türmen Nürnbergs. Ein oliv-
farbenes Licht ging von ihm aus, während im Westen das finstere
Rot und das bronzene Gold allmählich verblaßten. Wer sich nie-

derließ auf die Knie oder sich platt auf den Leib legte und aufmerksam hineinsah in das ebene Land, konnte glauben, daß die
Erde Atem schöpfe wie ein Mensch, daß das melancholische
Frankenland gleichsam die Brust der Erde sei, die sich auf und
nieder bewegte in ruhigem Traumschlaf.

Kaum waren die händelsüchtigen Burschen am Schwedenstein
angekommen, als sie erstaunt und bestürzt stillstanden. Der
Schelomo Schneiors, der Bürgermeister der Juden, hatte sich seiner Kleider entledigt, und mit einer kurzen Geißel schlug er wütend auf seinen Körper los. Sein Gesicht war so verzerrt, daß es
einen widerlichen Anblick bot, und seine dicken, blutroten Lippen schoben sich, Gebete murmelnd, hin und her. Sein Körper
zuckte vor Schmerz, und die Rippen quollen heraus unter der
magern, verwundeten Haut. Die andern Juden standen totenbleich um ihn her wie Scharwächter und beugten taktmäßig das
Knie. Behrman der Levit rief mit einer Stimme, die schrill und
unheimlich hinausscholl in den friedlichen Abend der Felder,
eine kabbalistische Anrufung: Der König Messias wird erscheinen, und ein auf der Morgenseite befindlicher Stern wird sieben
Sterne von der Mitternachtsseite verschlingen, und eine
schwarze Feuersäule wird vom Himmel herabhängen sechzig
Tage lang. Alsdann werden alle Völker zusammentreten gegen
die Sprößlinge Jakobs, und eine große Finsternis wird in der
Welt sein, fünfzehn Tage lang.

Mit einem irren Schrei stürzte Maier Nathan, den seine Feinde
endlich losgelassen hatten, in den Kreis, ergriff Rahels Kopf mit
beiden Händen, streichelte sie und fragte mit Todesangst in der
Stimme, warum sie fort sei und ob sie krank sei. Rahel schüttelte
den Kopf.

Der Schneider Federlein und der Hornmacher hatten ihren
Mut eingebüßt, und unverrichteter Sache zogen sie mit den andern davon; sie schickten den Ronhofer Bauern zu Herrn Pfarrer Wagenseil, damit er Bericht gebe und sie wegen des Schwe-
densteins keinerlei Verschulden treffe. Die beiden Schlächterburschen und der Goldplätter, die alle drei sehr gedrückt schienen,

wünschten alsbald eine geruhsame Nacht und der Schneider und
Herr Hornschuch gingen allein weiter. Am Gänsgraben kam ihnen ein Leiterwagen entgegen, dessen Fuhrmann dem Hornmacher bekannt war, und nun teilte jeder dem andern seine Gedanken mit. Der Fuhrmann wußte befremdliche Dinge zu sagen von
Himmelszeichen und vom nahen Ende Welt. Es sei gut, meinte
er, daß es in Nürnberg keine Juden gäbe, denn dort seien die
Bürgersleute noch halbwegs zu vernünftigen Dingen zu gebrauchen. Er erzählte beiläufig, daß er am Juden-Bühel in Nürnberg
einen großen Stein gesehen habe mit der Inschrift:

> Der Stein ist nach den Juden blieben
> Als sie von Nürnberg wurden vertrieben
> in Wolfgang Eysen Haus, das ist wahr
> im vierzehnhundertneunundneunzigsten Jahr.

Allmählich wurden die Gassen mondhell. Herüber von den
Wäldern der Feste wogten herbstliche Dünste. Die Blätter der
Bäume, ein wenig regenfeucht, schimmerten silbern und zitter-
ten im Abendwind.

Fast alle Fenster in den Häusern waren erleuchtet. Die Juden
schienen dreifaches Licht zu brennen, und die Christen hatten
den unbestimmten Trieb, wachsam zu sein. Uralte Prophezeiungen waren auf dem Wege der Erfüllung, und die Schwülnis, die
vom Morgenland herüberkam, war so drückend wie einst vor
sechzehnhundert Jahren, als man Jesus Christus gekreuzigt
hatte.

Junge jüdische Mädchen liefen in den Gassen umher mit aufgelösten Haaren; manche hatten die Brust entblößt und ihre Augen glänzten wie von übermäßigem Weingenuß. Knaben saßen
in Gruppen vor den Türen und sangen Psalmen und Hymnen an
den Messias. In den Zimmern hatten sich die Greise versammelt
und gaben sich mit tiefer Inbrunst dem Studium der Kabbala
hin. Es erhob sich in einem Haus am Kohlenmarkt der neunzig-
jährige Chajim Chaim Rappaport und sprach: „Wäre er es nicht,

der die Schmerzen von Israel über sich nähme, wahrlich kein
Mensch wäre es zu erdulden imstande. Unsere Krankheiten
wird er tragen und alle Übel und Schmerzen nimmt er ab von der
Welt." Dann verkündete er, Sabbatai Zewi habe den vierbuchsta-
bigen Gottesnamen auszusprechen gewagt und der Türke Murad
Effendi sei dadurch bekehrt worden.

Im Hause des Ober-Rabbi waren fünfzig Männer und Frauen
zu einem Mahl vereinigt. Je weiter der Abend vorschritt, je unge-
zügelter wurde der Freudenrausch, je heißer wurden die Köpfe
vom Wein, vom Spiel, von Erregungen seltsamer Art. Viele warfen die silbernen Becher in die Luft und viele knieten hin und
schrien mit heiserer Stimme Gebete. Der Rabbi selbst war es,
der zuerst die Kleider von sich warf und dann der schönen Esther
Fränkel das Gewand vom Leibe zerrte. Ihre Lippen küßten sich,
wie zwei Ertrinkende hielten sie sich umschlungen und nahezu
nackt schwangen sie sich in einem orgiastischen Tanz umher. Andere folgten bald dem Beispiel; überall erhoben sich bleiche Gesichter von der Tafel, glühende Augen starrten fassungslos in die
kommende Welt der Erlösungen: wie wenn ein scheuer Sklave
plötzlich die Freiheit empfängt und in wilder Zügellosigkeit sich
selbst zerfleischt und seine eigene Habe zerstört. Männer, die
schon an der Schwelle des Greisentums standen, gebärdeten sich
wie Faune. Weiber mit grauen Haaren gaben sich beklagens-
werter Verirrung hin. Die Thelsela Knöcker trank fast ohne
auszusetzen schweren Burgunderwein, lallte mit kindischer
Stimme hebräische Worte von der Messiasbraut, bis sie besinnungslos zu Boden sank. Es waren junge Mädchen da, die sich
einer rasenden Liebesgier überließen, als wollten sie damit die
Jahre der Entbehrungen in ihrem Gedächtnis verwischen.
Manche sahen aus wie Furien, die lechzend von Lust zu Lust
wankten und sich schamlos in finstern Lastern begruben. Geschrei, Ächzen und schrilles Johlen herrschte und eine scheußli-
che Musik wurde ausgeübt von fünf betrunkenen Spielleuten.
Dazwischen erhob sich ein düsterer Gebetskanon, den drei oder
vier Männer in einer dunklen Ecke hersagten, oder ein fanati-

scher Schrei um Erlösung, der von einem Haus in einer fernen
Gasse erwidert wurde. Michel Chased, der Chassan, hatte die
Gesetzrolle von der Schul geholt und tanzte damit umher wie
mit einer Geliebten; er trieb eine lächerliche und furchtbare Unzucht, und als er keuchend, die andern gleichsam um Atem bet-
telnd hinstürzte, bohrte er eine stählerne Nadel tief in den Ober-
arm, daß dunkelrotes Blut auf die Gesetzesrolle und auf den Boden rann. Boruchs Klöß, Wolf Batsch und die Rumpeln knieten
hin und leckten und schlürften winselnd das halbgeronnene
Blut, indes der Chassan stumm und steif in die Arme seines Sohnes sank. Zwei junge Leute sahen den bleichen Zacharias Naar
durch den Raum gehen, beschwörend die Hände heben und wieder verschwinden. Auch der alte Thurathara, dessen gerötete Augen stets wie aus einem dünnen Spalt hervorblinzten, hatte die
Erscheinung wahrgenommen und behauptete, jener habe ein
wunderschönes blasses Kind auf den Armen getragen, und lächelnd und heiter habe das goldlockige Geschöpf in das schreckliche Treiben geschaut. Der alte Seligman Schrenz wollte die
Blöße seiner Tochter bedecken, wollte sie mit seinem Mantel um-
hüllen; aber jauchzend, mit halbgeöffneten Lippen lief die
schwarze Noemi davon, warf sich in die Arme ihrer Freundin,
der Schwester des Schulklopfers, und die beiden Mädchen küßten sich, warfen sich zu Boden und drückten ihre fieberheißen
Körper aneinander.

Ein Haus weiter lag der Maier Lambden mit seiner Familie auf
den Dielen; denn sie schliefen nicht mehr in Betten. Bei Tage
hüllten sie sich in Tücher von grobem Stoff und hörten nicht auf,
zu beten. Es gab Männer, die sich des Schlafes gänzlich enthielten und sich Tag und Nacht mit dem Studium des Gesetzes be-
faßten, denn durch die Tikkunim in der Mitternachtsstunde
wurden die Sünden verwischt. Maier Wolf, genannt der Fünkler,
und sein Bruder Samuel Fünkler gingen des Morgens bei dem
kühlen Herbstwetter hinaus und badeten im Fluß, um ihren
Leib zu reinigen. So stieg und stieg die Erregung der Gemüter,
und es war bald ein gewöhnlicher Anblick, wenn einer nackend

durch die Gassen taumelte und sich geißelte, bis sein Körper
über und über mit Blut bedeckt war.

Als am Freitag Serapion die Glocke die zehnte Abendstunde
schlug, kam die Familie des schönen Joseph auf dem Lilienplatz
zusammen und vier junge Männer trugen den Grabstein vom
Schwedendenkmal hinweg. Es war eine Menge Menschen dabei.
Frauen und Kinder, die sich mit farbigen Tüchern geschmückt
hatten und Freudengebete sangen. Auch viele Männer hatten
sich eingefunden. Im langsamen, schmalen Zug schritten sie
dem Gottesacker zu, an der Spitze die vier mit dem Stein, der
mit goldbestickter Samtschärpe umwunden war. Der Mond
lugte über das Dach der Michaeliskirche und es war, als müsse
man überall erst die feinen Nebel zerreißen, bevor man hineinge-
hen konnte in die blaue Nacht. Über dem Fluß, weit hinunter bis
an ferne Waldgrenzen lag der Dunst gleich einem weißen Gewölbe oder wie die lange Säulenhalle eines Schlosses. Rote,
dumpfe Flecken, wachte dort und da ein rätselhaftes Licht. Das
Wasser rauschte und nichts Bewegtes war zu sehen, außer den
lichten, fast blendenden Wolken am Himmel und dem jüdischen
Zug an der Straße.

Da sie sich den Mauern des Bes Chajim näherten, kam aus
dem weitgeöffneten Tor ein Weib mit aufgelösten Haaren gelaufen und stammelte, oft unterbrochen durch staunende, erschreckte Ausrufe der Zuhörer, ein Geist schwebe über die Gräber und singe wunderbare Weisen und rufe: Messias, oh Messias,
o Sabbatai, Stern der Höhe! Alle blickten angestrengt hinüber.
Der Gräberort lag ausgebreitet an einer Hügelsenkung und die
zahllosen Grabsteine gaben ihm ein phantastisch zerklüftetes
Aussehen. Darüber hinaus die nebelschimmernde Ebene, baum-
los, häuserlos, einem Meer ähnlich, darin einsame Dörfer wie
Toteninseln lagen.

Die Juden bemerkten nichts von dem gemeldeten Geist, über-
wanden ihre natürliche Furchtsamkeit und schritten ängstlich
und zaudernd durch das Tor. Vorsichtig zogen sie den breiten
Hauptweg entlang, immer spähend, zum Grab des schönen Jo-

seph. Am mutigsten waren die Knaben; sie sangen ein Lied vom Stolze Zions, und ihre köstlichen frischen Stimmen erfüllten weithin die Nacht.

Das Grab lag an der westlichen Mauer, die hart an den Schindanger der Christen stieß, und wo auch die verurteilten Verbrecher hingerichtet wurden. Deutlich war die alte Feste mit ihrem düsteren Wald sichtbar und ein flötender Hornruf klang herein. Der Totengräber kam und Obadia Änsel Steinblaser trat als Vorbeter heraus, um die im Schulchan Aruch vorgeschriebenen Gebete zu sagen. Aber er fing nicht an; Minuten vergingen und weil die hinten Stehenden sein Gesicht nicht sehen konnten, drängten sie sich gierig vor. Einige verwünschten schon die Furcht vor den Christen, die sie veranlaßt hatte, die Zeremonie zur Nachtzeit vorzunehmen, und viele Weiber schlossen die Augen, um nichts sehen zu müssen. Als aber Obadia Änsel noch immer keinen Laut von sich gab, näherten sie sich ihm so dicht sie konnten, und nun sahen sie, daß er mit aufgerissenen Augen und leichenfahlem Gesicht beständig nach einem Punkt starrte. Sie folgten seinem Blick und sahen eine weibliche Gestalt bei einem Weidenbusch mitten unter den Steinen stehen. Die Stille tödlichen Schreckens entstand, als ob alle auf einmal zu atmen aufgehört hätten; leise und eindringlich erscholl eine Mädchenstimme von dorther, eine Melodie in einem fremden Rhythmus und einer fremden Sprache. Der Totengräber und der Rabbi Seligman in der Clauß waren die mutigsten, und da es doch eine menschliche Stimme war, die sie vernahmen, so folgten schließlich auch die andern Männer, dann die Kinder und zuletzt die Frauen.

Niemand erkannte Zirle in dem jungen Mädchen. Nur mit einem Hemd bekleidet stand sie da und schien doch nicht zu frieren. Wer sie so gewahrte, mußte im Innern jedes Leiden mitfühlen, das sie bedrückte. Aber es war noch etwas Listiges in ihrem Schmerz und etwas Begehrliches in ihren klagenden Augen.

„Was willst du hier? liegt wer von den Deinigen hier begraben?" frage Änsel Steinblaser flüsternd.

Ein junges Weib bot ihr ein wollenes Tuch an, aber Zirle wies es schweigend zurück.

„Hört, was ich euch erzählen will", sagte das Mädchen und flüchtige Schauer überliefen sie, während sich alle dicht herandrängten.

„Ich bin im Kloster gewesen und Nonnen haben mich gelehrt, an Jesus Christus zu glauben. Aber als Kind war ich Jüdin und meine Heimat war im Polenland. Eines Tages sind die Christen über uns hergefallen und unsere Betten schwammen in Blut. Vater, Mutter, Brüder und Schwestern sind aufs grausamste erschlagen worden. Die Häuser brannten, Frauen und Mädchen wurden in den Tempel gesperrt und kamen in den Flammen um. Ich hörte ihr Röcheln und Wimmern, als ich in einem Stalle versteckt lag. Die Zeit verging. Und wenn ich gleich Christengebete unter Christen sagte, ich vergaß nichts, ein Jude vergißt nichts! Wieder eines Tages entlief ich und Zigeuner nahmen mich auf. Ich lebte bei ihnen wie in einem bösen Traum und von Stimmen umgeben, die mich riefen in der Nacht. Der Bräutigam wartet, riefen sie, er breitet seine Arme aus und wartet; er ist mehr als Jesus Christus, er ist selber Gott.

„Und gestern war es, gen Morgengrauen, da kam mein Vater zu mir im Schlaf. Der Herr der Heerscharen hat dich zur Braut des Sabbatai bestimmt, sagte er. Du sollst ihm entgegengehen, denn er ist der Stern, der aufgegangen ist aus Jakob, wie es in der Bibel steht. Den ganzen Tag war ich voll Angst und konnte nicht Ruhe finden. Und heute lag ich, da kam wieder der Geist meines Vaters und faßte mich mit seinen Händen an und trug mich hierher."

Sie streifte das Hemd zurück und zeigte Nägelspuren an ihrem Leib, wo die Hand des Vaters sie gepackt hatte. Oberhalb der rechten Brust und an der linken Hüfte waren blutige Schrammen.

Ein langes Schweigen entstand. Sonderbare Scheu hielt jeden ab, das junge Mädchen anzureden. Stille Schwärmerei, fanatische Gläubigkeit, geheimnisvolle Ekstase und die Taumel der Bacchanterei, das alles hatten sie gesehen oder gefühlt. Aber das offenbare Wunder, so dicht vor ihren Augen, machte sie verdutzt und erfüllte sie mit Angst.

Eine schwarze Menge tauchte in der Richtung des Tores auf und kam mit dumpf-unruhigem Gemurmel näher. Am Leichenhaus zündeten sie Fackeln an, die einen blutigen Glanz über die Gesichter warfen, und deren Rauch die Mondscheibe verdüsterte. Von der Senkung des Hügels kam Zacharias Naar herauf, nahm Zirle bei der Hand und sagte laut und vernehmlich: „Führe sie, Tochter Zions! Alle, die da kommen, werden sich dir beugen."

In den Gassen des Hofmarkts war die Nacht zum Tag geworden. Überall standen aufgeregte Leute. Von Ottensoos, Schnaittach, Unterfarrnbach und Hüttenbach waren die Juden hereingekommen. Niemand wußte, wie sich das Gerücht so schnell verbreitet hatte, zu Fürth habe sich Außerordentliches auf dem Gottesacker begeben, jede Stunde sei unerschöpflich an neuen Geschehnissen. Zwei Juden, Samuel Ermreuther und Nachman Sandel Mahler, markgräfischer Schulklopfer, hatten große kostbare Teppiche auf der Straße ausgebreitet und sie mit Blumen bestreut: Rosen, Nelken und Orchideen aus dem Treibhaus einer vornehmen Gärtnerei. Girlanden hingen an den Fenstern, und goldene und silberne Leuchter standen auf den Simsen. Höher und höher, sturmflutgleich, stieg der Aufruhr der Gemüter. Da war ein kluger und vielgereister Jude, namens David Tischbeck, ein Brudurssohn des Wolf Bieresel; er erzählte, daß überall in deutschen, österreichischen, italienischen und spanischen Landen ein so wüster Taumel, eine so entsetzliche Verwirrung herrsche, daß niemand wisse, ob nicht sein Nachbar, sein Weib oder sein Kind in Wahnsinn verfallen sei. Es war, als sei die Luft selbst zu betäubendem Wein geworden, und wer da atmete, wurde auch trunken. Könige begannen für ihren Thron zu zittern.

Im ersten Schein des Frührots ging Zacharias Naar am Haus des Ober-Rabbi vorbei, wo noch die Lichter brannten. Erstickte, gequälte Rufe, wilde Schreie, leidenschaftliche Gebete, schmerzliches Stöhnen drangen heraus. Naar ging versonnen sei-

nen Weg weiter, hinaus gegen Westen, wo die Häuser bald im
Morgendunst verschwanden. Der hagere Mann mit seinem spit-
zen, dütenförmigen Hut, der nach der Vorschrift jener Zeit oran-
gegelb mit weißem Rand war, schritt unter den tiefhängenden
Ästen der Bäume dahin und die braungewordenen Blätter gerie-
ten in leise Bewegung, wenn der Judenhut sie streifte. Zacharias
Naar ließ sich unter einem Apfelbaum nieder und starrte ins
Morgenrot. Die Ebene schien sich zu recken und zu dehnen,
und der Schlaf flog auf von ihr in Gestalt der Raben und Krähen.
Der Wanderer zog eine schwarze Tafel und einen Stift aus dem
Gewand und mit träumerisch zaudernden Fingern formte er
Buchstaben und Wörter immer bestimmter und rascher. „Mein
Mund ist schwer wie der Mund eines Mörders. Mein Geist
schreit nach dir. Der blasse Morgen drückt deine zitternden Lider zu, da du kommst. Du liegst schon schlafen, und ich küsse
im grünlichen Schein der Nachtwende dein Gewand. Kraft,
Kühnheit, Stolz und Genugtuung sind nichts mehr vor dir. Soll
ich lächelnd an den kommenden Morgen denken, wenn du ent-
eilst? Die Liebe schreitet jauchzend der Finsternis zu und verachtet den Regentag. Was ist im Himmel und auf Erden, außer
der Liebe, Leib der Leiber und Schoß aller Schoße! Die heimliche Glut der Erdbrust wohnt in dir. Ich gehe durch die Dämmerung, wo die Wetter schlummern, in die jahrlose Einsamkeit der
großen Ewigkeiten hinab. Ich gehe, Gott zu suchen." Hastig
fuhr der Stift wieder über das Geschriebene und machte es unle-
serlich. Dann wischte Naar alles mit feuchten Gräsern wieder
weg und schaute bitteren Mundes hinaus ins Land, über dem die
Sonne kam. Zum zweitenmal nahm er den Stift und schrieb bedächtig, bei jedem Zug den Stift gleichsam in die Tafel eingra-
bend: „Ist ein Gott in diesem leeren All? Ich will ihm schreien,
ich will ihm die Glut meiner Seele opfern. Ist ein Gott, daß er die
Unbill räche, die Kränkung des Stolzes, daß er den Höfling demütige? Ist ein barmherziger Vater, der das Feuer stillt, wenn es
des Armen Dach beleckt? Der den Schläfer auf nackter Erde bewahrt, dem frierenden Hund eine Hütte gibt? Ich rufe dich,

Ewiger und deine Welten verneinen dich, deine Sonnen verleugnen dich. Ich suchte dich und nirgends fand ich dich. Die Himmel sind echolos, wenn ich dich rufe, schweigend starren die Wälder. Allein bin ich gegangen im Angesicht der Nacht und die Dunkelheit war mein Mantel und meines Kummers Kleid; breit ist das Meer und tief, und maßlos dehnen sich die Himmel, aber du bist nicht. Jahrtausende verschwinden wie ein Lächeln und wer gut ist verdirbt und die Falschen und Treulosen werden zu Propheten. Aber laß es laufen, das Volk, laß es springen zu den Kammern des Todes. Wo bist du Gott? Bist du, wo das Jahr zeitlos ist, und die Unendlichkeiten zusammenschrumpfen wie Leichname? Bist du, wo die Sonne aus dem Westen steigt und der Mond aus Brunnen strahlt? Bist du beim Gastmahl der Toten und hast du den neuen Morgen der Welten verschlafen? Ach wo lauf ich hin? Der Himmel ist nur in mir. Wo ist Raum für meine Seele?"

Als er fertig war, zerschmetterte Zacharias Naar die Tafel am Baumstamm und streute die Trümmer in alle Winde. Dann erhob er sich und ging den Häusern zu.

Im Schindelhof begegnete ihm ein Zug jüdischer Männer und Frauen mit Kerzen in den Händen. Vier Jungfrauen trugen einen Purpurbaldachin, unter dem ein Knabe und ein Mädchen trippelten, beide noch Kinder. Sie sollten einander vermählt werden, denn es war der Glaube jener Zeit, dadurch den Rest der noch ungeborenen Seelen in die Leiblichkeit eingehen zu lassen und so das letzte Hindernis zum Eintreffen des Gottesreiches zu beseitigen. Die Kinder, deren Namen Benjamin und Eva waren, hielten sich fest an den Händen, und ihre Augen standen voll Tränen; wenn sie sich einander anschauten, so geschah es gleichzeitig, und sie lächelten dabei schwermütig wie Menschen, denen eine Strafe bevorsteht, der sie nicht entrinnen können und die sie auch nicht verdient haben. Plötzlich bedeckte sich Evas Gesicht mit einer glühenden Röte. Die schwarze Noemi kam mit ihrer Freundin nackt die Gasse heruntergelaufen und trotz der frischen Herbstmorgenluft schienen ihre Körper heiß zu sein von

Tanz und Ausschweifungen. Schier besinnungslos, doch graziös wie Gazellen liefen sie dahin und in jedem Laut ihres Mundes war etwas Bacchantisches. Die kleine Eva wußte sich nicht zu helfen vor Scham; in heller Verzweiflung schlang sie einen Arm um den Hals des Knaben, und mit der freien Hand bedeckte sie seine Augen.

Der sonderbare Brautzug kam in ein buntes Gewühle. Über den Gärtnerplatz ging eine Kinderprozession und jedes Kind trug einen Teller südländischer Früchte, oder Schalen mit Wein oder Backwerk. In diesen Tagen des Wahnsinns ging auch kein Christ im weiten Umkreis seinen Geschäften nach, und keiner, wie mächtig er auch sein mochte, versuchte den leidenschaftlichen Brand, der unter dem verachteten und verhaßten Judenvolk ausgebrochen war, zu dämpfen, oder gar zu verspotten. Fremde Musikanten kamen des Wegs (es wußte niemand woher) und spielten auf Instrumenten, die man vorher niemals gehört. Alles war zauberisch, überirdisch, aufregend und bestürzend.

Unerhörtes begab sich auf dem Platz vor dem Pfarrhof. Dort nahm ein junges und schönes Mädchen die symbolische Handlung vor, deren Deutung war, daß auch die Tiere eingehen sollten in das messianische Reich. Die Zeremonie geschah mit einem mächtigen Hunde und das junge Mädchen sang dabei wilde Lieder und schrie verzückt. Die Zuschauer waren wohl entsetzt oder erschüttert oder verwundert, aber sie empfanden es gleichwohl als einen religiösen Vorgang von tiefer Feier. Mit bleichen Wangen standen sie umher und zitterten vor Grauen. In der Synagoge blies man das Schofar, und es klang wie ein einsamer Weckruf in alle Gassen, hinweg über alle Häuser, – wie ein Ruf aus den dunklen Tiefen der Kabbala. Eine Krone auf dem Haar, kam Zirle einher, mit einem Gefolge wie eine Fürstin. Wer sie sah, glaubte an sie wie an den Erlöser selbst. Ein junger Christ namens Wagenseil, der Sohn des Pfarrers, folgte ihr wie behext auf Tritt und Schritt. Schließlich sang er das Lob des Sabbatai fast in dichterischen Worten und Zirle erhörte ihn, noch ehe der Tag zur Neige ging. Ihr Wesen war ohne Schüchternheit; sie hatte etwas

Glänzendes in jeder Gebärde. Die Männer verloren alle Vernunft, wenn sie vor ihnen stand, und die Glorie der Messiasbraut
gab ihrem Wort ein unwiderstehliches Gepräge. Sie kam zu den
Fastenden und Betenden und richtete sie auf. Denn manche
wälzten sich tagelang wie Würmer auf der Erde, enthielten sich
jeglicher Nahrung, oder sie hockten regungslos in den feuchten
Winkeln unterirdischer Gewölbe, hatten Visionen, „strahlende
Nächte", wie sie sagten, fromme Gesichte, widerstanden so den
Verlockungen des Satans und erfüllten zur Nachtzeit die Luft
mit ihren Klageliedern. Ohne zu erlahmen studierten sie alle Bücher der Kabbala, alle Seiten des Talmud nach neuen und wunderbaren Deutungen; ihre Weiber, wenn sie nicht zu den Orgien
gingen, ergaben sich einem grenzenlosen Fanatismus, stellten
sich auf den Markt unter viele Leute, stachelten zu nutzlosen
Grausamkeiten und nutzlosen Versündigungen auf und fluchten
den Christen bitter. Die Kinder waren sich selbst überlassen,
Säuglinge schrien umsonst nach der Mutterbrust und starben
bald. Hunger und Überfluß, Prunk und Erbärmlichkeit reichten
einander die Hände. Es fand kein regelmäßiger Gottesdienst
mehr statt, und wenn man gemeinsam vor dem Altar betete,
schrie, forderte, triumphierte, war es einer Schändung des altes
Gottes gleich. Zigeuner zogen umher und vermehrten das Unheimliche und die Verwirrung. Der Papst und der Kaiser schickten wie in alle Städte auch hierher Beamte und Abgesandte, die
unverrichteter Sache wieder ziehen mußten. Die freie Stadt
Nürnberg entbot einen Hauptmann und fünfzig Reiter, aber den
Hauptmann samt seinen Reitern sah man noch am selben Abend
wüst johlend durch die Gassen taumeln. Am Fluß oben, gegen
Buch zu, wohnte ein ehrwürdiger christlicher Mann von bedeu-
tender Gelehrsamkeit. Er kannte gründlich die klassischen Sprachen und befaßte sich auch mit Astrologie und Alchimie. Die
Leute behaupteten, er habe den Stein der Weisen gefunden und
ihn für einen unermeßlichen Schatz an den Großtürken abgege-
ben. Er wurde befragt, was er von all dem Sturm und Aufruhr
halte, und da sagte er: „Der Jüd ist ein tolles Tier. So ihr ihn aus

dem Käfig laßt, frißt er euch mit Stumpf und Stiel. So er aber im
Käfig bleibt, ist er zahm wie ein Hund. Viel Verstand hat der Jüd
und er ist wie ein Blindschleich. So du ihn entzwei hackst, kriechen zweie hinweg."

Niemals stand die Anarchie drohender über den Völkern, als
zu dieser Zeit der Dämonie und der Ekstase. Da die Nachricht
eintraf, die Juden von Frankfurt, Worms und Mainz rüsteten
sich zum Aufbruch nach Zion, entstand eine Erregung, die mit
einer langen, inbrünstigen Andacht zu vergleichen war. Alle
Sehnsucht hatte nun ein Ziel bekommen, und jeder einzelne beschloß, dem Rufe des Propheten zu folgen.

An demselben Tage, es war Allerseelen, lag Rahel auf ihrem
Bette und starrte stumpf-gleichgültig durch das Fenster in den
Abendhimmel. Das Haus war leer; die Schritte mochten darin
nachhallen, denn die Dielen knisterten oft von selbst. Rahel
hatte die Mutter seit zwei Tagen nicht gesehen, der Vater war seit
dem Morgen fort. Niemand hatte sich in der letzten Zeit um sie
gekümmert, und keine der jüdischen Frauen kam mehr, um
stundenlang bei ihr zu sitzen. Aber darüber dachte sich nicht
nach. Sie war froh, daß wieder die Nacht kam.

Als es dunkel war, trat Maier Nathan ins Zimmer. Sein Wesen
war verstört, und bisweilen brach er in kurzes meckerndes Lachen aus. Beim Schein eines Öllichts zählte er sein Geld nach
und vergrub später einen Kasten mit Perlen und Schmucksachen
im Hofe neben dem Brunnen. Erhitzt von der Arbeit, schnau-
fend und pustend kam er zurück und setzte sich neben seine
Tochter, das Kinn auf den Griff des Spatens gestützt. Er seufzte,
fuhr mit den Fingern in die Haare, schnitt Grimassen, sprang
endlich auf, warf den Spaten heftig von sich, focht mit den Armen in der Luft umher und brach in ein glucksendes Weinen aus.
Rahel rührte sich nicht. Sie war daran gewöhnt, seit Zirle erschienen war. „Schadai, Schadai voller Gnade!" rief der Knöcker
aus. „Ich habe die himmlische Stimme gehört, ich hab sie doch
sicherlich gehört mit meinen Ohren. Gott soll mich strafen, aber
mein Rahelchen ist doch keine Hur!" Er kniete vor Rahel hin,

streichelte mit der Hand ihre Haare und stammelte: „Mein Rahelchen, mein gutes Jeleth, mein Engelchen. Mise meschinne
über die Narren, daß sie an die falsche Braut glauben. Sterben
sollen sie den Tod durch Aussatz." Und er erhob sich und rannte
wie gepeitscht davon.

Die Nacht war stürmisch. Die Winde kamen von Süden, und
draußen in der Ebene gurgelte es wie in einem Strudel. Der
Mond grinste fahl durch geborstene Wolken, und es war, als ob
er selbst sie zerrissen hätte und sie aufgelöst vor sich her triebe.
Gegen Mitternacht kam ein Herbstgewitter. Flatternde,
schwere, lichtsaugende Nebel fielen nieder, und die Blitze fuhren hinein mit einem süßgelben Leuchten. Rahel sah zu, und ihr
wurde bitter in der Kehle vor Grauen; in der Ferne heulten die
Hunde.

Rahel war müde. Was da draußen vorging in der Welt, sie kümmerte sich nicht darum. An nichts glaubte sie, mitten in einem
Haufen von Wahnsinnigen blieb sie ruhig und nachdenklich.
Doch hatte sie Furcht vor der Zukunft. Was soll aus dem Kind
werden? dachte sie, und was aus mir, wenn sie alles erfahren? Gegen zwei Uhr, das Gewitter hatte sich verzogen, rief das Schofar
die Juden in den Tempelhof. Zacharias Naar verlas einen Brief
des Sabbatai an seine Braut Zirle, die er Zilla nannte. Es war ein
feuriges und sinnlich überschwengliches Liebesgedicht, und es
hieß zum Schluß, daß er sie samt ihrem Volk, den Lebenden und
denen, welche von den Toten auferstehen würden, am siebzehnten Tag des Monats Tamuz zu Salonichi empfangen würde. Darauf stellte Zacharias Naar drei Fragen an die schweigende Gemeinde: Ob sie mit Gut und Blut sich dem Messias ergeben wollten? ob sie die Mühen und Beschwerden der langen Wanderung
nicht scheuen wollten? ob sie ohne Murren und Weigern die
Göttlichkeit der Messiasbraut anerkennen und ihren Befehlen
folgen wollten? Ein bebendes Ja aus vielen hundert Kehlen antwortete. Nun trat Zirle in die Mitte des Kreises, hob ihre Arme
verzückt zum Himmel, und ihr leidenschaftliches Gebet ließ die
Zuhörer erglühen vor Sehnsucht und Begierde nach dem Neuen,

Großen, Wundervollen, das für sie bereit war. Noch wußten sie
nichts, was ihnen Sicherheit gab, aber mehr war es, zu glauben
und dem Kommenden begeistert entgegen zu leben. Jauchzend
wollten sie ein Land verlassen, das nur Verachtung und unmenschliche Grausamkeit für sie gehabt hatte. Es schien leicht,
alles hinter sich zu werfen, wenn im Osten die Triften der ererbten Wohnsitze lockten, wenn ein königlicher Prophet sie zum
unverbrüchlichen Bunde rief. Hier war kein Vaterland für sie
und konnte es niemals werden, wie sich auch die Zeiten wandeln
mochten.

Die Ältesten der Gemeinde erklärten sich zum Aufbruch bereit; bei Anbruch des Tages sollte mit den Vorbereitungen begonnen werden. Plötzlich sprang Maier Knöcker, der Nathan,
schreiend auf Zirle zu, packte sie bei den Haaren und riß sie zu
Boden. Die andern Juden hätten ihn sicherlich in Stücke zerrissen, wenn nicht sein Weib, die Thelsela und die tugendsame
Treinla, des Rabbi Man Ehewirtin, sich über ihn geworfen und
flehentlich um sein Leben gebeten hätten.

Gleich fernem Brandschein zeigte sich der erste Streifen des
Morgenrots und hoch in der Luft zogen Vögel mit zirpenden
Schreien dahin.

Als Maier Knöcker nach Haus kam, fand er seine Tochter
schlafend. Aber es bedurfte nur einer leisen Berührung und sie
erwachte. Ihr Blick war scheu, verstört und furchtsam. „Ge-
benscht, ich hab se zugericht", sagte der Nathan mit stumpfsin-
nigem Frohlocken. „Unbeschrien ich hab'r die Haare ausgerissen, der falschen Braut." Er sah seine Tochter durchdringend an,
schüttelte bekümmert den Kopf und fragte die Thelsela, wie lang
es noch dauern könne bis Rahels Niederkunft. Geistesabwesend
erwiderte das arme Weib, sie wisse das nicht; jedenfalls aber
noch vier bis sechs Wochen. Gegen Mittag kam der Ober-Rabbi
mit finsterem Gesicht und fünf Älteste begleiteten ihn. In harten
Worten stellte er den Knöcker zur Rede und gab schließlich
Zweifel darüber zu erkennen, daß Maier Nathan die himmlische
Stimme gehört habe. Der Knöcker begann zu weinen. Sein lei-

denschaftlicher Protest und die schwermütige Bestätigung der Tatsache durch die Thelsela stimmten den Rabbi milder und Chajim
Chaim Rappaport meinte in seiner wohlwollenden Art, man
könne ja doch das Ende der Schwangerschaft abwarten; auch sei es
nicht ausgeschlossen, daß dem Messias zwei Bräute bestimmt
seien, obwohl Zacharias Naar ein Gegner solchen Glaubens sei.

Wenn Maier Knöcker sich auf den Gassen blicken ließ, sah er
sich mit Mißtrauen beobachtet, und seine ehemaligen Freunde
gingen ihm aus dem Weg. Nur die ameisenhafte Geschäftigkeit,
die überall herrschte, schützte ihn vor Schlimmerem. Doch hatte
er nirgends Rast. Ein wühlender Schmerz über die ungeordne-
ten Zustände bedrückte ihn. Er suchte nach der Reihe seine
Schuldner auf und keifte überall und drohte mit dem Landrich-
ter. Dann eilte er wieder schnellen Laufs nach Hause, in die
Kammern, zu seinen Kostbarkeiten und Pfandpapieren.
Da er sich von allen verachtet fand, nahm die Liebe zu den Schätzen zu, wie auch ein gewisses trotziges Vertrauen in die Mission
seiner Tochter, und mit zorniger Ungeduld erwartete er die Ankunft der gottgeweihten Enkelin, überzeugt, daß es dabei an
himmlischen und weit erkennbaren Zeichen nicht fehlen werde.

Änsel Obadja und Hutzel Davidla standen am Abend des vierten November tuschelnd unter einem Haustor und gaben ihren
Sorgen Ausdruck über die Vernachlässigung jeglichen Gottes-
dienstes. „Wenn es sich zuträgt, daß viele trinken werden," sagte
Hutzel Davidla zitternd und seine Mausaugen schauten glit-
zernd gegen Himmel, „dann hat unser Herrgott uns strafen gewollt." Davidla gebrauchte das Wort „trinken" und meinte damit den Tod, denn die Juden reden ungern vom Sterben, und
schon im Talmud Ketuboth steht die Redensart vom Trinken.
Ein gelehrter Chronist, der zu Fürth lebte, schreibt: Man frage
nicht, warum sich dieses Volk allezeit so sehr für den Tod entset-
zet? Dies macht es: sie wissen nicht, wie sie dem künftigen Zorn
entfliehen sollen. Das Sterben der Juden ist daher allezeit mit
Furcht und Schrecken umgeben. Alle, alle müssen mit Entsetzen
für den Dingen, die da kommen, aus der Welt scheiden.

Das Laubhüttenfest war unbeachtet herangekommen und sah
nun in den Taumel und Wirrwarr der kommenden großen Wanderung. Breite Lastwagen, die von Bauern draußen oder von
Christen im Markt erkauft worden waren, rumpelten ununter-
brochen vor die Häuser der Juden. Die streitenden Stimmen der
Fuhrleute mengten sich mit dem Gekeife der Weiber; Pferde,
Esel und Rinder wurden mit vielem Lärm erhandelt; die Gassen
lagen voll von zerbrochenem Hausrat, leeren Kisten, Kleider-
und Leinwandfetzen, Stroh, Pergamenten und Spänen. Wenn
Christen vorbeikamen, hatten sie ein finsteres und drohendes
Gesicht und sahen aus, als ob sie die Mittel überlegten, um diese
Anstalten zunichte zu machen.

Auf einer Kiste saß sinnend der kleine Benjamin und pendelte
mit den Beinchen hin und her. Ihm war unwohnlich. Durch die
hohlen Fensterlöcher schaute er in das Haus des Maier Lambden; er sah Kasten auf Kasten getürmt, sah die Weiber mit weißen Tüchern um den Kopf hin und her eilen, wie sie die Schränke
leerten und das Geschirr verpackten, und er hörte das Silberzeug
klirren und den Lärm von Hammer und Meißel. Daneben stand
das Haus von Samuel Ermreuther, der von seinen Söhnen das
Dach abtragen ließ, denn nichts sollte den Gojim verbleiben von
seinem Gut und Eigentum. Bei Itzig Gänßhenker hatten sich
viele junge Mädchen zusammengefunden und nähten emsig Wagendecken und Reisegewänder und sangen alte Gesänge. Stunde
für Stunde zogen arme Juden aus fremden Ortschaften durch die
Hauptstraße, und in der frischen Glut ihrer Begeisterung vermochten sie nicht länger Rast zu machen, als es nötig ist, um ein
Gebet zu sagen. Dann eilten sie weiter in ihren Lumpen und mit
ihrer jämmerlichen Habe.

Betrübt ging Benjamin an den Häusern entlang. Er blickte in
die Gärten, in denen alle Blüten verwelkt waren und dürre Blätter den Boden bedeckten. Einmal sah er Eva, seine Verlobte,
über die Gasse eilen, und er ging zu ihr hin. Aber das Kind, mit
aufgestreiften Ärmeln und geröteten Wangen, schüttelte den
Kopf und sagte, sie habe zu viel zu tun, um plaudern zu können.

Benjamin hatte Hunger, und weil man ihm daheim nicht zu essen gab, ging er hinaus an den Fluß, wo er Haselstauden wußte und wo er sich sättigen wollte. Die Ereignisse, von seiner melancholischen Stimmung in farbige Dämmerung gehüllt, gaben ihm viel zu denken und er träumte sich mit klopfendem Herzen in das Land der Verheißung, wo es keine Christen gab und keinen Stadtvogt und keine Daumenschrauben und kein Spießrutenlaufen. Wie klar und furchtbar erinnerte er sich des Tages, wo sein Vater wegen einer angeblich gestohlenen Sanduhr gefoltert worden war. Seinen Oheim hatten sie aus Nürnberg hinausgepeitscht, weil er dort übernachtet hatte. Oft hatte die Mutter erzählt, daß ihre Muhme als Hexe verbrannt worden war, obwohl sie eine fromme und sanfte Frau gewesen war. Dies alles machte ihn ungeduldig nach Macht und Größe.

Ein Jubelgesang scholl von den Häusern herüber. Er hörte eine Weile zu und fragte sich, warum eigentlich die Juden so verachtet seien. Er kam zu keinem Schluß. Im Grunde schmerzte es ihn, von diesen Feldern fort zu müssen, wer weiß wie weit. Es war so schön hier! Wie breit und ruhig lag das Land da! Ein glanzloser Nebel kroch über die Äcker und drüben lag Nürnberg mit seiner kaiserlichen Burg, mit seinen starken Mauern, mit seinen schmalen, stolzen Türmen. Die Häuser waren vielleicht aus Marmor gebaut, und die Stoffe und das viele Gold und die herrlichen Rosse, die Kampfspiele, der Jahrmarkt auf der Schüttinsel, der Metzgersprung – wie bunt und wechselvoll, wie freudig und schimmernd alles!

Die Welt versank allmählich in der Dämmerung. Er ging heimwärts. Die dumpfe, drohende Geschäftigkeit, die überall herrschte und die immer mehr anschwoll, erweckte eine unbestimmte Angst in ihm. Bei einer Gartentür lag ein Stein, und er ließ sich ermüdet nieder. Samson Weinschenk und die Seinen hatten schon zwei Wagen vollgepackt und saßen nun zwischen leeren Wänden. Auch David Tischbeck und Samuel Schrenz und Hutzel Davidla und Löw Wassertrüdinger und Moses Käsbauer und Maier Wolf: alle waren sie schon fertig und bereit, das

fremde Land für immer zu verlassen. Der Knabe fühlte gleichsam schwere Schicksale voraus, darum war er traurig, und es
war, als ob von irgendwoher eine schmerzlich schöne Musik er-
schalle und durch die kümmerlichen Gassen des Judenviertels
fließe.

Er blickte empor und sah Rahel Nathan mit plumpen, aber hastigen Schritten daherkommen. Sie wollte vorbei, aber Benjamin
rief sie an. Da fuhr sie zusammen, winkte mit beiden Armen ab
und wollte schnell weitergehen, – gegen die Häuser der Christen
hinüber. Doch besann sie sich eines andern und setzte sich neben
den Knaben auf den Stein. „Morgen soll es fortgehen, weißt du
das, Junge?" fragte sie. Er bejahte, aber sie redete nicht mehr, es
war, als ob sie sich ganz in sich selbst verkröche. Der Knabe sah,
daß sie mit ihren Händen das Gesicht bedeckt hatte, und die Ellbogen waren durch das niedere Sitzen tief in den Schoß vergra-
ben. Es fiel ihm ein, daß es im Gesetz verboten sei, so niedrig zu
sitzen; nur die Leidtragenden dürfen es um ihre Verstorbenen.
Da stand er rasch auf. Aber ehe er sich dessen versah, hatte ihn
das Mädchen heftig bei den Armen gepackt, zog ihn an sich,
nahm seinen Kopf zwischen ihre beiden Hände und drückte die
glühendheißen trockenen Lippen leidenschaftlich auf seinen
Mund. Benjamin glaubte zu versinken, auf seiner Stirn perlte feiner Schweiß, der ihn gleich Nadeln verwundete. Er hörte Rahels
Herz wie einen dumpfen Hammer pochen, die Wärme ihres
Körpers strömte auf ihn über, ihre aufgelösten Haare umhüllten
seinen Kopf. Und nun fielen nasse Tropfen auf seine Wangen nieder, und erst durch das laute Schluchzen des jungen Mädchens
ward er schaudernd inne, daß es Tränen waren. Auf einmal stand
sie auf, stieß den Knaben rauh von sich und eilte davon.

In der Rosengaß stand ein kleines grünangestrichenes Haus,
darin wohnte der Studiosus Thomas Peter Hummel. Rahel tastete sich mühsam durch die Finsternis des Flurs. Plötzlich fiel
ihr, sie wußte nicht warum, ein Vers aus dem Talmud Taanit ein:
Und ich mache allen ihren Jubel still, ihre Feste, Monden und
Sabbate. Heiserer Gesang scholl aus einem Raum im Hinter-

grund, dann kam ein wüstes Lärmen und Durcheinanderreden,
Gläserklirren und Zurufe, und auf einmal war es wieder ganz
still. Eine weiche, schmiegsame Mittelstimme begann ein Lied
zu singen; Rahel kannte die Stimme, die so verführerisch war
und von der sie meinte, daß niemand ihr widerstehen könne. „Es
ist ein' Ros' entsprungen aus einer großen Zahl",– ein altes Lied
voll Trauer und Sehnsucht. Wer es sang, mußte gewiß um der
Liebe willen leiden. Es war, wie wenn ein Vogel gefangen sitzt,
von dem man weiß, daß er nur durch Freiheit leben kann, und er
sitzt in einem finstern Käfig und flattert sich die Flügel wund.
Das Lied war schon lange zu Ende, aber Rahel stand immer noch
regungslos da, und ein schmaler Lichtsteifen aus der Türspalte
fiel auf ihre Stirn. Plötzlich wurde die Tür aufgerissen und lachend, in der einen Hand den Weinkrug, mit der andern der
Schar von Studenten am Tisch in der übertreibenen Lustigkeit,
die ihm eigen war, zuwinkend, trat Thomas Peter Hummel heraus. Das Zimmer war von Rauch erfüllt, denn die jungen Leute
saßen alle mit Pfeifen im Mund und pafften fleißig drauf los.
Hummel schloß die Tür und setzte mit einem Feuerstein ein Öllicht in Brand, um in den Keller zu gehen. Als er sich mit dem
Lämpchen in der Hand umdrehte, gewahrte er Rahel. Er er-
bleichte. Sein kleiner Mund kniff sich zusammen, die Pupillen
erweiterten sich wie bei einer Katze, und endlich stieß er einen
dumpfen, fragenden Laut hervor. „Wir gehen fort von hier",
murmelte Rahel, und ihr Kinn sank gegen die Brust. Der Student lächelte schnell unter seinem schwarzen, koketten Bart hervor und sagte, in eine Stube könne er sie nicht führen, sie sollte
mit ihm in den Keller kommen, und Rahel folgte ihm in den
feuchten Keller hinab. Hummel ließ sie auf ein leeres Fäßchen
setzten, nahm ihre Hand und begann zu sprechen. Das war seine
Kunst, zu sprechen. Da vergaß er sich selbst und den andern,
wußte hunderte Gründe oder Dinge, an die kein Mensch dachte
oder denken konnte, geriet vom zehnten ins zwanzigste und von
da noch weiter, unterbrach niemals den freien Fluß der Rede,
setzte, wo es anging, ein gelehrtes Zitat statt eigener Meinung

oder brachte füglich eine bedeutsame Geschichte von spannender Erfindung an, kurz, er wußte das Wort so vollkommen
zu gebrauchen, daß er es in knapper Zeit vermochte, ein gro
ßes Unglück höchst winzig erscheinen zu lassen und war im
ganzen ein glänzendes Beispiel für den Ausspruch des alten
Cicero über die Beredsamkeit. Dabei war seine Stimme leise
und berückend, eindringlich und gleichsam erziehend. Seine
Gesten waren rund und gefällig, gemessen und wohlwollend,
besonders wenn er Daumen und Zeigefinger mit dem Spitzen
zusammendrückte und den Arm pendelartig auf- und abbewegte. Er schien nichts als Liebe und Uneigennützigkeit zu
empfinden und alles, was er sagte, hatte Klang und Vernunft,
sozusagen Hut und Schuh, und er vermochte einen Menschen
zu trösten, daß er all seine Schmerzen vergaß und sich so vollgeredet fand, als habe er am Tisch des Großmoguls die köstlichsten Speisen gespeist.

Nach geraumer Weile und als von oben das ungeduldige Fußgetrampel der andern Studenten hörbar wurde, erhob sich Rahel
und ging wieder. Draußen in der Nacht erinnerte sie sich dunkel,
daß Thomas Peter ihr empfohlen hatte, die Juden zu warnen, es
sei etwas im Werk; aber es ließ sie kühl. Sie fühlte sich wie das
tote Werkzeug in einer fremden Hand. Sie dachte an den Geliebten, von dem sie eben auf so seltsame Weise ewigen Abschied genommen, und ein Schauer zog ihr die Brust zusammen und ihr
Herz lag wie Blei im Körper. Jenes Haus, das so Teures für sie beherbergt hatte, konnte nicht mehr das Bild ihrer Träume verschönen. Stand doch schon über seinem Eingang ein roher Landsknechtspruch, neu hingemalt:

> Wer so fährt wie ich, fährt boeß.
> Meines Vaters Guett hab' ich versoffen,
> Bis auff einen alten Filzhuett.
> Der leit da.
> Den ofen wer ich aach ball versaufen.

Die Nacht war kalt. Die Wolken am Himmel hatten in ihrem
gelben Leuchten und ihren kargen Umrissen etwas Wesenhaftes
und Persönliches. Vor manchen Haustüren der Christen standen
Männer im Schein düsterer Lichter und berieten über die Vorgänge im Judenviertel. Sie schienen besorgt, denn wie auch dies
Volk verhaßt bei ihnen war, so beleidigten doch all diese Dinge
ihr Herrischkeitsgefühl, und sie glaubten, es nicht zugeben zu
dürfen, daß sich der Knecht so leichterdings freimache und da-
vonziehe. Nur die Wucherzins Verpflichteten rieben sich insgeheim die Hände und beglückwünschten sich zu den so mühelos
errungenen Kapitalien.

Rahel wagte sich nicht heim. Sie wußte nicht, was sie davon
abhielt, aber ihre Seele verging in Furcht. Sie wanderte dahin,
ohne über ein Ziel nachzudenken. Sie lebte völlig in einer dunklen Innenwelt und die Blicke, die sie in die erleuchteten Fenster
der Wohnungen warf, hatten etwas Irres. Wie so oft, ging sie in
das Haus des frommen Elieser Rappaport, der ihr Verwandter
war. Die ganze Familie saß um den großen Tisch herum; die
Wände waren kahl, die Schränke fortgeschafft, Geschirr, Betten,
Wäsche und Gewänder auf den Wagen verpackt. Es war unheimlich zu sehen, wie die Menschen um das trübe rauchende Licht
herumhockten, mit blassen, erwartungsvollen Gesichtern oder
mit milden Gesichtern, in denen gleichsam nur noch eine entfernte, eine fliehende Sehnsucht, ein schüchternes Hoffen leuchtete, und wie sie dem Vorlesen des Elieser lauschten. Draußen
fauchte der Wind und überall klimperte und klirrte es und oft
blökten ängstliche Rinder oder wieherten die Pferde.

Rahel setzte sich in eine Ecke des Raumes, wo ein Balken aus
der Wand hervortrat. Niemand achtete ihrer. Elieser las aus dem
Buch Simchas Chamefesch, der „Seelenfreude", welches zu
Frankfurt und zu Sulzbach deutsch gedruckt worden war. Mit
bebender Stimme las der alte Mann die Parabel, die von der
Stärke des Glaubens handelt. „Einer hat drei gute Freund; eines
is sein Leibfreund, der ander is aach ein guter Freund, un der
dritter, den hat er vor gar nix geacht. Urbizling schickt der Me-

lech, der König, einen Boten nach den Mensch, er soll geschwind zum Melech kommen. Der Mensch derschreckt sehr,
denkt, was muß das bedeuten, als der Melech nach mer schickt
und fercht sich sehr un geht zu sein Leibfreund, der soll mit ihm
gehn zum Melech, der will aber nit mit ihn gehn. Da geht er zu
den andern Freund, er soll mit ihn gehn zum Melech, da spricht
er, ich will dich begleiten bis an das Schloß, aber weiter will ich
nit gehn. Da geht er zu den dritten Freund, den er vor gar nix geacht hat. Da spricht er, ich will mit dir gehn zum Melech un will
dich beschermen. Un is mit ihm gangen zum Melech un hat ihm
beschermt. Also aach die drei Freund; einer das is Geld, der ander, das is sein Weib un Kind, der dritt Freund, den er vor nix hat
gehalten, das is die Thora, die Gebote, die guten Taten, das acht
der Mensch vor nix. Der Melech das is Got, der Bote das is der
Tod, den schickt Got urbizling, soll dem Menschen seine Seel
nehmen. Der beste Freund das is das Geld, das bleibt derheim,
wenn er gleich noch aso viel hat, kann er doch nix mitnehmen.
Der ander Freund, das ist sein Weib un Kinder, gehn mit ihn bis
ans Grab, schreien un weinen, kennen ihm nit helfen. Der dritt
Freund den acht der Mensch vor nix, der geht mit zum Melech. "

Die Stimme verklang wie in einer Höhle. Es befand sich aber
noch ein Rabe im Zimmer, der vom alten Elieser aufgezogen
worden war und der, lauernd auf einer Stange hockend, sein düsteres Krächzen in die gelehrtesten Disputationen zu werfen pflegte.
Rahel sah den Vogel beständig an, denn ihr war, als sei ein
menschliches Wesen in ihm verborgen, ja sie dachte: so ist mein
Volk wie dieser Rabe. Doppelt schwarz und doppelt unruhig sah
er aus im Gegensatz zu den glutgeröteten Mauern; mitten im
Dunkel saß er wie auf einer Insel in einem Ozean von Finsternis.

Gebete und Fasten füllten allenthalben die Nacht aus. Es gab
freilich manche, die wieder zaghaft geworden waren und die am
liebsten zurückgeblieben wären, aber zu ihnen kam Zacharias
Naar. Es war, als ob er die Schwächlinge und Feiglinge am Blick
zu erkennen vermöchte. Es war erstaunlich, wenn er zu ihnen
sprach und sie folgsam wurden wie Hunde, wenn er seine Augen

auf sie heftete und in geheimnisvoller Weise ihre Entschlüsse formte wie Ton.

Der Zug der wandernden Juden nahm nicht ab. Im Osten häuften sich Ereignisse verwirrender Art. Es kam die Kunde, Sabbatai sei zum Sultan der Türkei zu Gast geladen worden und reise nun in Begleitung seiner zwölf Jünger und einer großen Schar von gelehrten Talmudisten zu Schiffe nach Salonichi. Eine ganze Flottille von Smyrnaer Schiffen sei in seinem Gefolge, Ehefrauen hätten ihre Männer verlassen um seinetwillen, Mütter ihre Kinder, Jungfrauen und Knaben das elterliche Heim. Gold und Geschmeide flösse ihm zu aus unerschöpflichen Bornen, und die Khalifen der Bucharei, die Fürsten Afghanistans und die Rajahs von Indien schickten Perlen und Geschmeide, Gesandte, Speisen für seine Festmahle, Gewänder von Purpur und Seide und Samt. Dergleichen war wie ein Rausch für das ganze Judenvolk der Erde. Ihre Erwartung hielt kaum Schritt mit ihrer Freude, eine sinnlose Vergötterung für den Menschengott erfüllte sie, und der Jude, der so leicht der Raserei in jeglicher Gestalt zugänglich ist, vergaß sein irdisches Gut und die irdischen Dinge. Engel bliesen auf Sturmschalmeien und der finstere Gott der Juden, der Moses erhoben und Pharao gezüchtigt hatte, kam selbst, um dem Messias entgegenzuschreiten. Darum war es kein Wunder, wenn Zirle sich alsbald zu ungeahnter Höhe emporgerissen fand. Ihre Seele, im Beginn dieser Mission ein wenig fremd, entflammte sich im Angesicht des Mysteriums. Ihr Wesen war nicht keusch, wer ihr gefiel, dem ergab sie sich, oft mehr aus Mitleid als aus Begierde, denn sie sah die Männer vor sich zerschmelzen wie Wachs. Dennoch blickte sie mit Schauern hinüber in jenes heilige Land, wo der Sohn des Himmels ihrer harrte, der so schön sein sollte, daß niemand ihn anzuschauen vermochte, ohne geblendet zu werden. Sie empfing auf rätselhafte Art Briefe von ihm, deren Inhalt ihrem Träumen und Wachen eine Fülle von Glückseligkeit verlieh.

Einst ging sie am Haus des Knöckers vorbei und sah Rahel unter der Türe sitzen. Etwas in dem Gesicht des Mädchens zog sie

22

an, vielleicht die hilflosen Augen oder der bleiche Mund. Sie trat
näher, stellte sich vor Rahel hin, nahm ihre Hand und drückte sie
sanft. Rahel schüttelte befremdet den Kopf und lächelte stör-
risch. Aber plötzlich konnte sie sich nicht mehr zurückhalten: es
war, wie wenn etwas in ihr zerbrochen wäre: sie fiel auf die Knie
und drückte ihr Gesicht schluchzend in den Schoß Zirles, die
sich schmerzlich unzufrieden fand. Auf der Gasse stand Wagen
an Wagen, vollgepackt zur langen, schweren Reise. Darin, und
in den Mienen der alten Männer, die so besorgt waren und doch
eine freudige Zuversicht glauben ließen, lag etwas Erschüttern-
des für Zirle.

Der Maier Nathan wurde mit jedem Tag unruhiger, fragte
seine Tochter, wann sie denn glaube, daß das Große sich ereig-
nen würde, und holte den Rat der Frau Pesla ein, einer erfahre-
nen Wehmutter, von der noch in alten Chroniken zu lesen ist:
daß sie mit frühem Morgen jedesmal nach dem Tempel geeylet
sei, daß sie viele Jahre weder Fleisch noch Wein genossen und
ohne Betten auf der Erde lag. Wenn der Nathan sein Weib betrachtete, die sich einer stillen Schwermut so ergeben hatte, daß
sie oft stundenlang mit geschlossenen Augen kauerte, so wurde
ihm bang in seiner Seele, und seine letzte Zuflucht waren seine
Kostbarkeiten. Auch tat er alles, um die Aufmerksamkeit auf
sich zu lenken und dies um so mehr, je stärker er die Verachtung
empfand, mit der man ihm begegnete. So errichtete er in einer
Nacht einen großen Scheiterhaufen hinter seinem Haus, setzte
ihn in Brand, stand davor wie vor einem Altar und betete, als das
Feuer lohend gegen Himmel stieg. Entsetzt kamen Männer her-
beigelaufen, ihn zu fragen, was dies zu bedeuten habe. „Ich hab'
Flachs hineingeworfen", sagte Nathan, doch kein Mensch
konnte es begreifen. „Ich faste," fuhr er fort, „wegen eines bösen
Traums, und Rabbi bar Mechasja sagt: Fasten ist dem Traum, wie
Feuer dem Flachs." Alle schüttelten spöttisch die Köpfe und gingen. Die Gerüchte, die über Rahel umliefen, wurden häßlich
und abenteuerlich und bald galt sie für unrein; und doch wandelte sie umher wie im Schlaf, dachte der Wochen, wo noch die

Liebe ihren Gang verschönt hatte, wo keine Nacht saumselig genug war für den frischen Trunk des Glücks – das aber war vorbei.

Am Samstag Kreszenz, den achtundzwanzigsten November,
sollte der Aufbruch stattfinden. Frühe des Morgens, lang ehe der
Osten sich rötete, versammelte sich die Gemeinde in der Synagoge. Die heilige Schrift wurde aus der Lade genommen und
der Älteste trug sie mit gesenktem Kopf demütig und bleich hinaus, während die Gemeinde Mann hinter Mann betend folgte
und der Schammes oder Schuldiener die Lichter verlöschte, die
Türe fest versperrte und den großen, hohlen Schlüssel an einem
sicheren Ort neben der Klauß vergrub. Dann hörte man weinen
hinter vielen Wänden: es galt den Abschied vom Ort der Fron
und der Verachtung.

Unfern der Mauer des Gottesackers kamen die Wagen zusammen. Regen wälzte sich her im grauenden Tag und der Sturmwind pfiff durch die Wagenzelte. Doppelt öde lagen die weiten
Felder in der Dämmerung und die verlassenen Häuser schienen
zu rufen, ihre leeren Fenster hatten etwas Ziehendes und War-
nendes. Frauen kreischten auf dem feuchten Plan, Hunde bellten, Kinder wimmerten, die Männer riefen nach ihren Angehörigen und die Rinder brüllten. Zigeuner gesellten sich dem Zug bei
und sie wurden geduldet, weil sie als Wegweiser dienen konnten;
ihre Weiber riefen sich ihr gellendes Rotwelsch durch den brau-
senden Wind zu und aus einem verschlossenen Zigeunerwagen
tönte in seltsamer Unbekümmertheit eine Geige in langen Moll-
akkorden. Es kam ein Bote und meldete, die freie Reichsstadt
gebe den Durchzug durch ihr Gebiet nicht frei. Das nächste Ziel
der Wanderung war daher die Schwedenfeste im Süden. Die Besorgnis wurde laut, die Nürnberger möchten Soldaten aufbie-
ten, um die Juden zum Bleiben zu zwingen. Manchen schien es,
als ob Geschehnisse sich wiederholten von vieltausendjährigem
Alter. Der Himmel gab ihnen recht; vor allen Plagen schien die
Plage der Finsternis sich vorzudrängen. Der Tag war angebrochen und doch war es noch Nacht. Die Wege waren butterweich
und die Wagenräder standen tief im Kot. Zirle, der man eine Art

22*

vornehmer Karosse gegeben hatte, lehnte bleich im Rücksitz. Im
strömenden Regen stand der junge Wagenseil vor dem Gefährt.
Unter großer Feierlichkeit hatte er gestern den christlichen Glauben abgeschworen und war zum Jünger des Messias geworden;
nun wollte er mit fortziehen, wollte alle Bande der Heimat zer-
schneiden, nur um unverwandt in Zirles Antlitz schauen zu können. Nicht beachtenswert erschien es ihm, daß sie die Braut des
Sabbatai war; darin war so viel Überirdisches und Unsinnliches,
daß ihn nichts bei diesem Gedanken beunruhigte. Er wußte
nicht, daß er der Urheber des Verderbens für die Auswanderer
war. Die stille Gärung unter den Christen des Hofmarkts war
vom alten Pfarrer Wagenseil zur offenen Flamme geschürt worden, und noch im Lauf des Tages entstand ein Einverständnis mit
den Nürnbergischen zur raschen Tat. Nur die Furcht vor dem
Gloriosen und Erhabenen, die in der Stimmung dieser Tage lag,
hatte bisher den feindseligen Arm gelähmt.

Um den Gottesacker vor frevlerischen Händen zu sichern,
wurde das Tor mit fünffachem heiligem Siegel verschlossen. Gegen acht Uhr wurde endlich, mitten in der größten Verwirrung
durch ein dreimaliges Hornsignal das Zeichen zum Aufbruch gegeben. Die Zigeuner hatten sich bereits an die mit Lebensmitteln
gefüllten Wagen gemacht und rauften um Fleisch und Brot wie
die Wölfe. Keiner verstand den anderen im Tumult; Ermahnun-
gen und Ermunterungen verhallten fruchtlos. In manchen Augen tauchte jene geheimnisvolle Verzweiflung auf, die durch einen unsicheren und brennenden Glanz den Schein von Mut er-
hält und sich durch rastlose Geschäftigkeit unkenntlich macht.
Der Lärm und das Geschrei erscholl weit hinaus, scheuchte die
Krähen aus den kahlen Feldern empor, und die Peitschen der
Kärrner schallten durchdringend bis an den Wald hinüber und
klangen zurück als ein schüchternes Echo. Die Wolken sahen aus
wie zerzauste Leinwand und der ganze Himmel glich einer
grauen Wüste. Am Kreuzweg nach Unterfarrnbach stieß die
kleine Judengemeinde dieses Dorfes zum großen Hauptzug.
Bald flatterten schlecht befestigte Zelttücher im Wind und aller-

lei leichte Gegenstände flogen in der Luft herum. Was half das
Beten der Frommen und das fromme Deuten der Talmudisten?
Was half der Glaube und die Begeisterung? Der finstere Juden-
gott ließ nicht mit sich spaßen und streckte seine grausame Hand
herab, daß sie wie eine Mauer vor jenen süßen und verlockenden
Zielen stand, die eine morgenländische Phantasie heraufgezau-
bert hatte. Oft saß ein Gefährt fest im dicken Kot, und fünfzig
und mehr Männer mußten es unter Anspannung aller Kräfte her-
ausschieben. Ein Wagen diente als Betzelt, und in ihm war auch
die heilige Lade in kostbarem Putz aufbewahrt. Der Oberrabbi,
der Chassan, die Rumpeln und Wolf Batsch saßen herum und
sangen Lieder des Sabbatai. Boruchs Klöß in seinem Wagen hielt
sein Weib umschlungen; das Mittagessen, eine fettige Mehlspeise, stand in einer zinnernen Schüssel vor ihnen, aber sie aßen
nicht, sondern sahen beide stumpfsinnig in die erkaltende
Speise. Dumpfe Schreie schallten in ihre erbärmliche Behausung; manche hatten ihre Hauskatzen mitgenommen, und die
Tiere miauten unaufhörlich aus unauffindbaren Verstecken.
Dann wurde wieder das Ächzen des Windes laut; an den spärli-
chen Baumalleen der Straße flogen die braunen, nassen Blätter in
geisterhaftem Tanz umher, und die Äste bogen sich knarrend.
Der Regen prasselte und trommelte auf die dünnen Dächer, die
Achsen wimmerten, an vielen Gespannen standen die Tiere stör-
risch still und waren nicht fortzubringen, man mochte sie quälen
oder ihnen gütlich zureden. Im Gefährt des Maier Knöcker war
es ruhig, denn die Thelsela kauerte teilnahmslos in einem Winkel
und in einem andern Winkel kauerte Rahel. Nur der Nathan
selbst schien froh bewegt. Aus irgendeinem Grunde schien er
glücklich zu sein; er zwinkerte oft freundlich mit den Augen und
fragte: „Rahelchen, wann kommt das güldene Mädchen? das
himmlische Töchterchen?"

Nach drei Stunden erreichte die Karawane den Wald, der eine
Viertelmeile entfernt lag. In sanfter Steigung sollte es nun bergan
gehen, aber vorher wurde eine Stunde Rast gehalten. Der Wald
war finster, die Zweige trieften vom Regen, der Boden war

schwarz und schlammig. Ein eigentümlich klirrendes Geräusch
lief wie eine Welle durch die Baumkronen. Zwischen den Stämmen in der Tiefe lagerte aufdringlich die Nacht und bisweilen
war der ferne Schrei eines Wildes vernehmbar oder ein Laut wie
das Schlagen einer Axt. Der Himmel war verschwunden, die
Ebene war nicht mehr zu sehen, und Regenschleier und Neben-
schleier machten den Pfad zu einem unsicheren Bilde. Ein Vogel
flog auf und huschte scheu und hastig ins tiefere Gehölz. Über
dem sumpfigen Grund lag der Tod. Fern fühlten sich alle schon
der Heimat, ihren Gärten, ihren Häusern, dem Bereich ihrer
Kinderspiele, dem Schauplatz ihrer Sorgen. Rahel lehnte, mit einem dicken Wolltuch geschützt, stumpf in ihrer Ecke. Dennoch
fühlte sie etwas in sich, das sie von allen unterschied; sie fühlte
sich edler und besser durch die vergangene Leidenschaft. Auch
empfand sie schaudernd das junge Leben in sich, täglich mehr,
täglich erschreckender, gleichwohl war es so märchenhaft und
unglaubwürdig, dies zu tragen, daß die Seele so stark wurde und
sich aufrichtete, als sei sie selbst etwas Körperliches.

Es ging zur Höhe, wo die Feste stand. Männer und Weiber waren ausgestiegen und schleppten sich zu Fuß. Die Kärrner, die
für schweres Geld gemietet worden waren, weil die meisten jüdischen jungen Leute nicht mit Pferden zu hantieren verstanden,
und die an der nächsten Grenze durch andere abgelöst werden
mußten, machten bissige und feindselige Bemerkungen. Viele
Frauen trugen ihre Kinder auf dem Rücken, in Tücher eingehüllt. Langsam und mühevoll ging es hinan. Das Geschrei der
Fuhrleute erfüllte die Luft, die Zigeuner heulten durcheinander,
daß es rings widerhallte wie in einem Kessel, und als einmal eine
Wildsau über den Weg rannte, kreischten die furchtsamen Weiber durchdringend auf, auch Männer wurden blaß und starrten
fassungslos vor sich hin. In halber Höhe begannen die Steinbrüche, die nach dem großen Frieden von Nürnberger Bürgern gekauft und ausgebeutet worden waren. Jetzt galt es, Gestrüpp
und überhängende Äste aus dem Wege zu räumen, und man
mußte vorsichtig sein, damit kein Rad dem Abgrund eines Bru-

ches zu nahe kam. Drunten lagerte schwarzes Wasser und schien brunnentief zu sein. Der Regen bildete einige Ringe und der Himmel spiegelte sich darin mit düsterer Stirn. Schutt, Geröll und unbehauene Steine lagen umher; allenthalben gab es Löcher und tückische Schluchten, Heidekraut und Brennessel wuchsen an den Hängen. Die Brüche glichen zerstörten Häusern von Riesen und hatten etwas frisch Verlassenes, daß man oft aus einem Abgrund den ungeheuern Leib des Bewohners auftauchen zu sehen glaubte.

Es war Abend. Dicke Pfützen von Regenwasser standen in den Höhlungen des Weges, die Räder fuhren hinein und das Wasser spritzte hoch auf. Erstaunlich war es, daß noch keiner an eine Rückkehr dachte, da doch nur Peinigungen und Mühsale zu erwarten standen. Sie blickten unerschüttert in die mysteriösen Weiten, und es war eine dumpfe Ergebung, die sie hinauswandeln hieß, verstummt vor dem unhörbaren Gebot eines Hüters in der Ferne. Wühlten Zweifel in ihrer Seele? Waren sie zu müde, mit ihren Zweifeln sich abzufinden? Zu stoisch oder zu sklavisch, den Willen der Idee zu brechen? Ein geduldiger Fatalismus war über sie gekommen. Als es finster wurde, erhob sich ein ungestümer Sturm. Die Stämme erzitterten, die Pechfackel verlöschten.

Auf einmal, es mochte um die sechste Nachmittagsstunde sein, erschallten von vier Seiten im Dickicht des Waldes gleichzeitig Trompetensignale. Der ganze Wagenzug hielt fast mit einem Ruck still. Ein furchtbares Schweigen, eine wahre Totenstille entstand im Nu. Alle wußten, was nun kommen würde. Da oder dort, in einer Lücke des Gehölzes erschien ein Reiter in der Tracht der Nürnbergischen Bürgersoldaten, beleuchtet von Fakkeln, die sie am Bug des Pferdes befestigt hatten. Mit höhnischem Lächeln betrachteten sie den erstarrten Zug der Auswanderer; sie verachteten die kriegerische Aufgabe, die ihnen zuteil geworden war. Die Stimme des jungen Wagenseil erschallte: zu den Waffen, zu den Waffen! Ein heiserer Schrei, erstickt durch die Erkenntnis der Hoffnungslosigkeit und des Fehltritts. Da

krachte donnernd eine Flinte; der greise Rabbi Elieser sank,
ohne einen Laut von sich zu geben, ins schwammige Erdreich,
und sein altes Blut floß ungehemmt dahin und mischte sich mit
dem Regen. Jetzt wurden die Gemüter aufgerüttelt. Viele waren
plötzlich wie betrunken. Sie stürzten zu den Wagen, packten,
was sie gerade fanden: ein Küchengerät, einen Strick, eine Latte,
einen Eisenstab, einen Besen, eine Flasche, ein altes Türschloß,
Lenkriemen für die Pferde, Steine, Stöcke und Baumäste, das alles sollte Schutz geben gegen die Waffen geübter Landsknechte.
Nur zehn oder zwölf hatten Flinten aufzufinden vermocht, aber
da sie nicht mit der Hantierung vertraut waren, ergriffen sie sie
vorn am Lauf und schwangen die Kolben drohend in der Luft.
Doch schon knallten die Nürnberger von allen Seiten ihre Gewehre los und ein Knabe und zwei Frauen folgten dem Elieser in
den Tod. Die Weiber begannen ein herzzerreißendes Weinen; ihr
Wehklagen muß tief in den Schoß der Erde gedrungen sein, denn
hoch heute hört man es zur Nachtzeit dort in den Wäldern. Die
Zigeuner allein verstanden zu schießen, aber sie hatten kein Ziel,
denn die Pferde der Angreifer waren überaus unruhig und sprangen gequält von Baum zu Baum, während sie im Fackelfeuer ihre
eigenen Schatten vor sich tanzen sahen. Viele alte Männer hockten mit fanatisch glänzenden Augen im Wagen, wo sich die Bun-
deslade befand, küßten die Schrift mit bebenden Lippen, beteten
und sangen Psalmen. Die Kinder verkrochen sich unter die Räder, betäubt vor Schreck. Einer der Angreifer schrie auf seinem
bockenden Gaul etwas vom Ergeben und Umkehren, aber seine
Worte verhallten, worauf er Befehl zu neuem Feuern gab. Nun
mußten Boruchs Klöß und Wolf Bieresel an den Tod glauben und
fielen hin und streckten sich aus. Mit ihren lächerlichen Waffen
liefen die Juden auf ihre grausamen Feinde zu und fürchteten weder Sterben noch Wunden. Sie sahen nicht mehr, hörten nicht
mehr, sie schrien hebräische Worte und ihre wunderliche Kleidung gab ihnen etwas Gespensterhaftes. Ein Teil stürzte zu Boden über Knorren und Wurzeln, denn das Erdreich war glatt und
schlüpfrig, die nassen Zweige schlugen ihnen ins Gesicht, und

dann lagen sie da und wälzten sich in konvulsivischen Zuckungen. Nichts mehr schien zu helfen, eine blutige Nacht schien im
Nahen zu sein, da gellte plötzlich eine wie toll kreischende
Stimme: Feuer! der Wald brennt! Und: der Wald brennt! der
Wald brennt! lief es weiter in der Kette. Die Tannenstämme am
zweiten Steinbruch waren wie von innen erleuchtet, in der Tiefe
des Forstes stieg ein breiter Lichtkegel empor, ruhig und blendend. Die Luft war durchdrungen vom Purpur der Flammen,
die nassen Blätter glänzten, das nasse Moos flimmerte. Schlän-
gelnde Flammen spiegelten sich jäh im nachtschwarzen Moor-
wasser. Aufsteigend und aufsteigend wie aus einem unerschöpflichen Schlund vermehrte sich die Kraft der Feuersbrunst. Das
feuchte Holz prasselte und knatterte, die Flammen leckten gierig von Baum zu Baum, angetrieben durch den sausenden
Sturm, der von den Feldern herauffegte. Es wurde drückend
heiß; als ob sie aus den Wolken hervorgetreten wären, erschienen
die Ruinen der Schwedenfeste zwischen den Feuern. Schrei auf
Schrei erschallte, Schrei gräßlicher Angst, wie sie der Wald niemals vorher und niemals nachher vernommen hat. Die Gäule der
Landsknechte heulten mit Tönen, die stundenweit ins Land dringen, und rannten unaufhaltsam den Abhang hinunter durch Gestrüpp und über Felsen. Ein junger Reiter, der Sohn des Nürnberger Stadtschreibers, blieb mit seinen langen Haaren an einem
Ast hängen, während das tolle Roß weitersauste zur Tiefe. Hilflos, mit stets schwächer werdenden Rufen hing er wie ein Absa-
lom und mußte die Flammen heranschleichen sehen, die ihn be-
leckten bei lebendigem Leib. Unter den Juden war die Verwirrung so groß geworden, daß viele geradewegs in das Feuer hin-
einflüchten wollten; die mit Pferden bespannten Wagen rollten
hinter den entsetzt fliehenden Tieren davon und wurden halb
zerschmettert; schmerzliches Stöhnen drang aus allen Ecken,
und die Zigeuner machten sich den Wirrwar zunutze und stahlen, was ihnen unter die Faust kam. In der größten Ratlosigkeit
erschien Zacharias Naar. Er stellte sich vor die Fliehenden, erhob die Arme und vermochte ihren Lauf zu hemmen. Er führte

sie so sicher durch die Flammen, als ob ihm diese aus Ehrfurcht den Weg frei gäben und alle folgten ihm wie Lämmer dem Hirten, und ruhig zogen die Fuhrleute die Wagen nach.

Im Wagen des Maier Knöcker lag ein neugeborenes Wesen auf der bloßen Diele. Rahel, durch die Häufung von Schrecknissen erschüttert, war mit einer Frühgeburt niedergekommen. Sie lag regungslos auf nacktem Stroh, während draußen der große Tumult wie Laute aus einer fernen Welt zu ihr kam. Sie hörte, wie die beiden Ochsen vor dem Gefährt angstvoll blökten; ein feiner Lichtschein, der stärker und stärker wurde, fiel in den Raum, aber auch das vermehrte ihr Wohlbehagen. Es war ihr, als stünde der Geliebte neben ihrem Lager und streichle sie, und sie sah den alten, gepreßten Lederdeckel vor sich schweben, den sie oft in seiner Wohnung gesehen hatte, und der etwas Fremdes und Liebliches, etwas Märchenhaftes an sich hatte. Thomas Peter hatte sie oft zum Heiland bekehren wollen, aber was war ihr der Heiland und was war ihr selbst der Gott ihrer Väter neben der Liebe, die sie empfunden! In ihr sang und klang es stolz von alten Liedern mit einem süßen, hallenden Kehrreim, da der Abend im Mai kommt und die Blüten zart umhaucht und die stille Nacht von Erwartung schwer ist.

Holpernd rollte der Wagen gleich den andern unter der Leitung von Zacharias Naar ins Tal. Wortlos kniete Maier Knöcker vor dem Neugeborenen und achtete nicht das durchdringende Quietschen des Wurms. Er war völlig zusammengebogen, der Nathan, und schien nur noch ein Haufen von Kleidern. Er hatte die Fäuste geballt wie zum Schlag und bisweilen zitterte er am ganzen Körper. Das Wesen, das vor ihm sich wand, war ein Knabe. Sonst vermochte er nichts zu denken, In seinem Innern war ein Loch und um ihn herum war es kalt und finster. Ihm gegenüber saß sein Weib. Sie hatte Hilfe geleistet bei der Geburt. Sie war durch nichts bewegt worden. Es schien, als könne sie durch nichts mehr in der Welt überrascht werden, nicht durch Reichtum und Kleinodien, nicht durch Schmerzen und die Wandlungen des blinden Schicksals.

Die Bauern standen auf den Feldern und sahen hinauf in die
brennende Höhe und in den glühenden Himmel. Scheu wichen
sie zurück vor den Juden, die sich langsam zu sammeln begannen.
Aus allen Richtungen kamen die Verstreuten und fanden
sich mit Freudenrufen ein. Für die Nacht wurde ein Lager bereitet;
die Zigeuner, deren Hilfe jetzt nötig gewesen wäre, waren
spurlos verschwunden. Zacharias Naar stand sinnend an einem
Ginsterstrauch und lächelte trüb seinem Werk zu, dem brennenden
Wald.

Noch in der Nacht kam eine große Menge von Bauern, mit
Sensen, Beilen und Knüppeln bewaffnet, und sie konnten nur
mit Mühe und unter großen Opfern an Gold und Silber auf
friedlichem Weg zum Abzug bestimmt werden. Am Mittag des
nächsten Tages wollte man aufbrechen und den Marsch beschleunigen,
um den Feindseligkeiten der Nürnberger zu entgehen und
sich zum Weiterzug in den Schutz der Markgrafen von Onolzbach
zu begeben. Der Morgen sollte der Bestattung der Toten gewidmet
werden. Das Kind des Wolf Batsch und die Frau des Samuel
Ermreuther waren in der Eile im Wald liegen geblieben und
ihre Leichen waren verbrannt. Die Familie des Elieser war die
ganze Nacht an der Leiche des Greises gesessen, während die
Frauen an den Sterbekleidern nähten. Auch in den andern Wagen,
in denen es Verstorbene gab, blieb das Licht brennen zu den
aufrichtigen Tränen der Trauernden. Oft klang der Schrei des
Wildes aus der Höhe des Waldes herab, wo sich das Feuer beruhig
hatte; über der Ruine lag eine Rauchkrone, und die noch
glimmenden Stämme leuchteten herrlich in die weite Ebene hinein.

Der Morgen kam. Die Gräber waren rasch gegraben, denn das
geschieht bei den Juden mit Hingebung, weil sie alles für ein gutes
Werk ansehen, was für einen Verstorbenen geschieht. Die
Weiber mußten in der Behausung bleiben, sie durften nicht mitgehen
bei Begräbnissen, außer den nächsten Blutsverwandtinnen,
und denen durfte sich während dieser Zeit kein Mann nähern,
weil es hieß, der Engel des Todes tanze mit dem bloßen

Schwert vor den Weibern her. Bevor der Körper in den Sarg gebettet wurde, begoß man ihn dreimal mit Wasser, und ein alter
Chronist sagt schon, daß dies etwas anderes bedeute, als eine äußerliche Reinigung. Feierlich erklingen dazu die Worte des Propheten: ich will rein Wasser über euch sprengen, daß ihr rein
werdet von eurer Unreinigkeit, und von all euren Götzen will ich
euch reinigen. Und als die Begießung geschehen, faßte der Chassan den Körper bei der großen Zehe an und kündigte ihn der Gesellschaft der Menschen völlig auf. Dann wurde der Leichnam
mit weißen Kleidern angetan, sein Haupt wurde mit dem Ge-
betstuch bedeckt und so wurde er in den Sarg gelegt. Und weil
die Juden alle Erde außer der Erde Kanaans für unrein achten, so
bedeckten sie die Augen des Toten mit einer weißen Erde, die aus
dem heiligen Land sein soll, und auf die Erde legten sie zerbrochene Scherben von Töpfen. Dann wurde der Sarg zum Grab getragen, und es war üblich, ihn auf diesem Weg dreimal niederzu-
setzen. Und jeder Freund warf drei Schaufeln Erde in das Grab,
und der nächste Blutsverwandte zerriß seine Kleider. Der Totengräber nahm dabei sein Messer und schnitt oben einen Riß in das
Kleid dieses Leidtragenden, der dann den Riß mit der Hand voll-
endete.

Die Sonne brach hervor aus den Nebeln, und leuchtend lag
das Land. Langsam schritten die Leidtragenden zurück, wuschen dreimal ihre Hände, weil sie sich mit dem Tod verunreinigt
haben und rissen dreimal Gras aus, um es rückwärts hinter sich
zu werfen.

Die Zurückkehrenden wurden mit der Nachricht empfangen,
daß Maier Knöcker, der Nathan in Wahnsinn verfallen sei. Der
Eindruck dieser Kunde war nicht tief, um so weniger, als Zacharias Naar vor dem Aufbruch in Worten von eindringlicher Kraft
den Mut und die Zuversicht schwellte wie der Sturm das schlaffe
Segel. Sie vergaßen Not und Mühen wieder und weihten sich von
neuem dem Glauben an die große Zukunft, an die Macht und
Unumstößlichkeit des Langgehofften, Langentbehrten. In solchen Stunden der Vertrauens wirkte jede Herbstzeitlose, die

kümmerlich aus den Feldern grüßte, als ein Freudezeichen, jeder Sonnenstrahl hatte etwas Liebenswürdiges und Ergreifendes. Der eine Mensch macht den andern gut und froh; es ist ein stummes Zureden unter ihnen, ein wortloses Sichbestärken. Es ist, als ob das Unglück sie nun geweiht hätte zum Dienst des Glücks.

Mit gutem Mut zogen also die Juden im Schein der Herbstsonne ins Tal der Rednitz hinunter. Drei Wagen – die des Obadja Änsel, des Hutzel Davidla, des Simon Fränkel – waren schon früher aufgebrochen und bildeten die Vorhut. Sie fuhren nicht mehr so langsam wie am vorhergehenden Tag. Die weißen Wagendecken leuchteten freundlich in der Landschaft, der Wald stand in seinem matten Grün wie eine niedere Wand am Horizont, der Himmel war klar und lichtbegossen, und die Helligkeit strömte verschwenderisch über die Gefilde. Weit drüben lag die alte Kadolzburg und auf der andern Seite, kaum noch als zarter Umriß erkennbar, das Kaiserschloß von Nürnberg.

Da sah der Hauptzug, wie die Vorhut im Gelände stillehielt. Maier Lambden hielt die Hand über die Augen und sagte, er sehe eine Anzahl fremder Wagen, die aus einem Gehölz herausgefahren kämen. Jetzt stiegen mehrere auf die Kutschböcke und sahen aufmerksam hinaus. Den meisten schlug das Herz in der Brust; sie fürchteten einen neuen Überfall. Der junge Wagenseil, der vortreffliche Augen hatte, sagte, es seien Leute in fremdländischer Kleidung, aber er hielte sie für Juden. Dann sagte er, Obadja Änsel ginge den Vordersten der unbekannten Karawane entgegen. Dann sahen alle, wie sie sich trafen, und wie sie kurze Zeit miteinander redeten. Und dann sahen sie, wie der Obadja Änsel die Arme ausbreitete wie ein Ertrinkender und hinfiel wie ein Stock. Und dann liefen zwei nach und redeten ebenfalls und schienen in Weinen auszubrechen und gebärdeten sich wie Verrückte. Zirle stand und schaute unablässig in die Ferne, wo diese Bilder spielten, und plötzlich stieß sie einen markerschütternden Schrei aus, als ob sie alles durch die Lüfte vernommen hätte und sank vom Wagen herab. Die vordersten Wagen kehrten um, kehrten zurück und in kurzer Zeit hatte sich ein tötender Bann von wildem Schmerz um die vorher so wanderlustigen Menschen gelegt.

Sabbatai Zewi war zum Islam übergetreten.

Der Prophet, der seine Zeit beunruhigt hatte wie eine seltene Himmelserscheinung, hat bei Zeitgenossen und Nachwelt nur den Schatten des Geheimnisvollen hinterlassen. Wenn nicht seine außerordentliche Schönheit die Welt trunken gemacht, so war es doch der Zauber seines Geistes, die Größe seiner Seele oder das Hinreißende seiner Worte. Oder wäre es nichts dergleichen gewesen? Es gibt Stimmen aus jener Zeit, die ihn dem Teufel gleich erachten oder einem schlechten Schauspieler oder einem Würfelspieler oder einem Lüsternen oder einem Scharlatan. Aber wer kann den Beweggrund seiner Handlungen kennen? Die Geschichte, wie ein leichtgläubiges Frauenzimmer, läßt sich betören von der Fabel und von der Fama, und das ist gut, denn wie sollte der Nachgeborene die Fülle erdrückender Wahrheit ertragen, die sie ihm sonst nicht vorenthalten könnte?

Der fremde Zug, der den Weg der Fürther Juden so jäh gehemmt hatte, was ein kleiner Teil der Wiener Juden, die um diese Zeit von Kaiser Leopold des Landes verwiesen worden waren. Die Verzweiflung der Juden war groß. Es war, wie wenn ein hoffnungsvoller Sohn plötzlich hinstirbt, auf den man alles gesetzt, von dem man alles erwartet, und der nun geht. Doch es war schlimmer. Es war mehr als der Tod, schrecklicher als der Tod, etwas, das die ganze Haltlosigkeit des Lebens in einem grellen Blitz zeigte. Die Juden sind ein starkes und störrisches Volk; doch sind sie nur groß, wenn ein wenig Gelingen bei ihnen wohnt, und sie sind nicht lange groß, denn sie brechen leicht in dem Erstaunen über ihre eigne Größe. Auch Sabbatai Zewi war ein Jude, vielleicht das klarste Bild des Juden, ein Stück Judenschicksal.

Viele zogen wieder nach Fürth zurück. Einige Familien der österreichischen Vertriebenen, die große Not litten und furchtbare Entbehrungen hinter sich hatten, siedelten sich nebst einigen jungen Leuten aus Fürth in dem stillen Tale an. Bei ihnen

blieb Thelsela, das Weib des blödsinnigen Maier Nathan, mit ihrer Tochter und ihrem Enkel, der der Stammesvater jenes denk-
würdigen Menschen wurde, von dem in den folgenden Blättern
die Rede ist. Die Thelsela war zu müde geworden, nach der stief-
mütterlichen Heimat zurückzukehren, an der Seite der Christen
zu leben und stets durch den Ort, wo sie gelitten, an die Reihe
ihrer Leiden erinnert zu werden. Sie verkaufte ihr Haus und
baute dort drüben ein neues. Sie wollte nichts mehr vom Leben;
sie trug ihre Tage knechtisch und trug still.

Jener Ort, der mit Erlaubnis des freundlichen Herrn von
Onolzbach gegründet wurde, hieß zuerst Zionsdorf, welcher
Name dann durch die einwandernden Christen in Zirndorf umgewandelt wurde. Er gedieh, die Felder um ihn herum waren
fruchtbar und gern bereit, die anvertraute Saat zehnfach zurück-
zugeben.

Zacharias Naar und Zirle blieben für immer verschwunden.
Ihr Leben verlor sich in einer Folge von Sagen und schließlich
wurden auch ihre Taten sagenhaft. Geschlecht auf Geschlecht erstand und verblühte, und eine neue Zeit kam. Und das Kommende war immer größer, freier und vollendeter als das Vergangene, und der Jude, anfänglich nur Knecht, wert genug, den
Fußtritt des übelgelaunten Herrn zu empfangen, tat seine Augen
auf und erspähte die Schwächen und erriet die Geheimnisse dieses Herrn. Da griff er alsbald mit seinen Händen hinein in die
Maschinerie der Völker und ihrer Gerichte und ihrer Kriege und
oft verrichtete er ungesehen kaiserliche Dinge, wenn die Monar-
chen schliefen und die Minister schwach waren. Sabbatai wurde
ein Moslem, und manche sagen zum Schein. Der Jude wurde ein
Kulturmensch und manche sagen zum Schein. Manche sagen,
der Verderber und der Verführer sitze in ihm und er verstünde
die Bühne dieser Welt besser als ihre Erbauer. Dies ist sicher: ein
Schauspieler oder ein wahrer Mensch; der Schönheit fähig und
doch häßlich; lüstern und asketisch, ein Scharlatan oder ein Würfelspieler, ein Fanatiker oder ein feiger Sklave, alles das ist der
Jude. Hat ihn die Zeit dazu gemacht, die Geschichte, der

Schmerz oder der Erfolg? Gott allein weiß es. Vor den Blicken
tut sich ein unermeßliches Bild auf, denn das Wesen eines Volkes
ist wie das Wesen einer einzelnen Person: sein Charakter ist sein
Schicksal.

DER AUFRUHR
UM DEN JUNKER ERNST

1

An einem Aprilnachmittag im dritten Jahr seiner Regierung erhielt der Bischof Philipp Adolph von Würzburg durch einen reitenden Boten die Meldung, daß seine Schwägerin, die Freifrau Theodata von Ehrenberg, am Ostersonntag auf Schloß Ehrenberg eingetroffen sei.

Eine unerwartete Botschaft; die Freifrau war acht Jahre lang beinahe verschollen gewesen. Ihr Gemahl, der Bruder des Bischofs, Chambellan gentilhomme am kaiserlichen Hof in Prag, war im Todesjahr des Kaisers Mathias beim Zweikampf mit einem Baron Wrbna verblieben und hatte nichts hinterlassen als eine Börse mit Dukaten, die man in seiner Tasche fand, außerdem Schulden über Schulden, zu deren Tilgung Philipp Adolph, damals noch Abt zu Rimpar und Domkapitular von Würzburg, angerufen wurde. Er wollte aber nicht zahlen; sein Geiz war noch größer als der Zorn gegen die leichtfertige Lebensführung des Bruders und der Schwägerin.

Die Freifrau, die sich nicht anders zu helfen wußte, schickte ihren sechsjährigen Sohn Ernst mit seiner Aja, der tauben Lenette, und dem Magister Onno Molitor auf den fränkischen Stammsitz der Familie, das am Rande des Spessarts gelegene Ehrenberger Schloß, und empfahl ihn der Obsorge des reichen Prälaten und leiblichen Oheims. Der zog saure Mienen, mußte sich aber trotz seines Ärgers in das Übel finden, da er es für seine Christenpflicht erkannte, sich des verlassenen Neffen anzunehmen. Das geschah in der Art, daß er dem Wirtschafter Wallork, dem schon seit dreißig Jahren die Verwaltung des Schlosses samt Pflege des Viehs und Einbringung der Zehnten oblag, mageres Vieh und einer notleidenden Bauernschaft mühselig erpreßter Zehnter übrigens, daß er dem also monatlich fünf Gulden rheinisch aus seiner Schatulle überweisen und dem Magister Molitor, der ihm an jedem Neujahrstag über die Fortschritte des Neffen, namentlich im Hinblick auf seine Erziehung zum rechtgläubigen Christen mündlichen Bericht erstatten mußte, fünfzehn Gulden

23*

rheinisch als jährlichen Gehalt durch den Bruder Säckelmeister auszahlen ließ. Auf Ehrenberg selbst hatte er den Fuß noch nicht gesetzt in all den Jahren; seinen Neffen gesehen oder sich sonstwie seiner angenommen hatte er auch nicht.

Von der Freifrau war ihm in der Folge nur erzählt worden, daß sie sich abenteuernd in der Welt herumtreibe. Ob es damit seine Richtigkeit hatte oder nicht, unterließ er zu erforschen, schon deswegen, weil er ihren Namen am liebsten nicht hörte. Auch den Leuten in Ehrenberg wurden nur unsichere Gerüchte über sie zugetragen, und das Auffallendste war, daß sie sich um ihren leiblichen Sohn nicht mit einem Atemzug und Federstrich kümmerte, so daß es fraglich schien, ob sie überhaupt wußte, daß er noch am Leben war. Seit ungefähr drei Jahren waren auch die jeweiligen Nachrichten über sie verstummt und der Bischof hielt dafür, nicht ohne innere Erleichterung, daß sie in der Fremde das Zeitliche gesegnet habe.

Und nun war sie wieder da.

2

Damit hatte es nicht sein Bewenden, daß sie dem Bischof ihre Ankunft meldete. Das hätte ihn nicht um die Ruhe gebracht, deren er zur Ausübung seines hohen Amtes und zur Auffindung, Geständigmachung und Aburteilung der Ketzer, Hexen und Zauberer so dringend bedurfte; schoß doch das grausame Unheil mit jeder Woche üppiger aus dem fluchbeladenen Boden des Landes, so daß der strafende und rettende Arm schier erlahmen wollte. Was geht ihn die Frau an, Witwe eines langverstorbenen Lüderjahns von Bruder? Mag sie kommen; mag sie wieder verschwinden; was geht ihn die an? Doch kaum vierundzwanzig Stunden später erschien abermals ein Bote, brachte abermals ein Sendschreiben, eigenhändig und dringlich von der Freifrau abgefaßt, Seine Gnaden der Herr Schwager möge dem Überreicher des Briefes fünfzig Dukaten mitgeben, zu Ehrenberg fehle es am

Nötigsten, es seien unaufschiebbare Zahlungen zu leisten, wie zum Beispiel an den Fuhrknecht, der die Freifrau von Kassel bis Ehrenberg befördert habe und nun, da er auf die Entlohnung warten müsse, im Schloßhof greulich randaliere, sodann an den Medikus, den sie wegen einer Magenübelkeit aus Rimpar habe kommen lassen; bei den Leuten im Schloß aber herrsche solche Armut, daß ihr niemand aus der schlimmen Lage helfen könne.

Die kleinen hellen unruhigen Augen des Bischofs röteten sich an den Rändern, als er die Epistel gelesen hatte. Entrüstet warf er sie auf den Tisch zwischen die Arme Michel Baumgartens, des Sekretarius, eines Franziskaners, und fuhr ihn an, er solle schreiben, was er ihm diktiere, er solle keine Silbe auslassen, solle genau niederschreiben, was er ihm vorsage. Mit hastigen Schrittchen lief er ein paarmal im Zimmer querüber, zupfte mit dürren, mit vielen Ringen geschmückten Fingern an dem schütteren Ziegenbart, der ihm vom Kinn abstand und begann mit der kreischenden Stimme eines alten Weibes: „Euer Liebden jetzo und fürder zur Kenntnis, daß wir mit nichten gesonnen sind, dero unberechtigte Ansprüche an unsere Munifizenz zu erfüllen. Habt Ihr das? Erfüllen. Punktum. Weiter: Euer Liebden zur sachdienlichen Erinnerung … Nein, streicht es wieder aus. Wir wollen das besser formulieren. Wollen ihr zu verstehen geben, daß wir sie als die gott- und ehrvergessene Person prästieren, die sie ist. Daß ihr Wandel unserm christlichen Ansehen zur Schande gereicht und wider Pflicht und Sitte geht. Wir wollen ihr die Prätensionen und Arroganzen an der Wurzel kürzen. Wir sind kein Leihamt. Wir halten keinen Dukatenscheißer im Spind. Wir haben genug getan, indem wir den Neveu, den sie uns aufgehalst und seinen verschlafenen Mentor seit Jahr und Tag von unsern Ersparnissen gefüttert haben. Habt Ihr Euch das gemerkt?"

Der Mönch ließ ein devotes Knurren hören.

Aber als der Bischof fortfahren wollte, kam eine lehmige Stimme aus dem Hintergrund des Raumes. „So nicht, Herr Bischof. Ihr könnt es nicht tun. In der Weise nicht", sagte die Stimme.

Ein großer hagerer Mann war leise durch eine Tapetentür eingetreten, der Jesuitenpater Gropp, Beichtiger und Vertrauter des Bischofs, seine rechte Hand, Exekutor seines Willens und eigentlicher Richter in allen Prozessen wider die Hexen und Magier, durch das Collegium an ihn delegiert.

Der Bischof, eingeschüchtert wie stets, wenn er sich dem Pater gegenüber befand, fragte stockend: „Wie denn sonst, Gropp? Wie sonst soll man sich solchen anverwandten Weibes entledigen? Was sonst ist Euer Rat?"

Ein verächtliches Zucken spielte um die Lippen des Paters, die aussahen als sei die Haut mit einem Messer entzweigeschnitten worden und eben im Begriff, wieder zusammenzuwachsen. Er hatte eine kegelförmig sich verjüngende Stirn, in die steife schwarze Haare hereinhingen, und ein fahlgelbes Gesicht.

„Ihr könnt die Frau nicht in expressis verbis verschimpfieren, Herr Bischof," erwiderte er nach gemessenem Schweigen, ohne die Lider zu heben, „Ihr müßt ihr im Gegenteil dem Scheine nach die schuldige Reverenz erweisen; sie war die angetraute Gattin Eures leiblichen Bruders. Ich sage nicht, daß Ihr soweit gehen sollt, ihr das Geld zu schicken, damit hat es gute Weile, wird sie doch morgen oder übermorgen mit einem neuen Anliegen kommen, stillt man die Begehrlichkeit, so ermuntert man sie. Mich dünkt, wenn ich mich solchen Rates unterfangen darf, Ihr müßt ihr auf Ehrenberg einen Besuch abstatten. Es empfiehlt sich, dort nach dem Rechten zu schauen. Er wäre nicht angebracht, bei der Gelegenheit einmal den Junker in Augenschein zu nehmen, über den mir allerlei verdrießliche Dinge zu Ohren gelangt sind. Vielleicht könnt Ihr dadurch eine Seele retten, die schon am Abgrund hängt. Ich gebe es nur zu bedenken, nichts anderes. Ihr könnt es nach Euerm Bessermeinen halten."

Er verbeugt sich kalt. Er kannte die Macht seines Wortes. Er hatte Erfahrung darin, die flackernden Willensausbrüche des Bischofs erst abzukühlen und sie dann so zu unterschüren, daß sie zu folgerechtem Wirken führten.

Der Bischof strich mit den Fingerspitzen über die von Speise-
resten befleckte Soutane. „Wenn Ihr glaubt, es ist vernünftig,
daß ich hinüberfahre, gut, so wollen wir hinüberfahren," murmelte er verwundert; „so wollen wir am Walpurgistag hinüberfahren. Aber bisher hat es Euch nicht von Vorteil geschienen,
daß ich meinen Neveu zu mir kommen lasse oder gar ihn aufsu-
che..." Die Bemerkung klang schüchtern, der Bischof zerbrach
sich den Kopf über die heimlichen Beweggründe des Paters.
Doch der gab sich die Miene als nehme er die Bemühung nicht
war und erwiderte trocken: „Bislang nicht, aber nunmehr dünkt
es mich an der Zeit. Wollt nicht vergessen, daß der Junker Ernst
fünfzehn Jahre alt wird und daß Ihr anfangen müßt, für seine
Zukunft christliche Sorge zu tragen."

Ein schrilles hohes Klingeln unterbrach das Gespräch zwischen dem Kirchenfürsten und dem Jesuiten. Michel Baumgarten erhob sich, schlug das Kreuz und ließ sich auf die Knie nieder, in welcher Haltung er verblieb, solang das unheimliche
Glockenzirpen währte. Auch der Bischof und der Pater schlugen
das Kreuz und als vom Domplatz herauf der leiernde Gesang des
Misereres in das Gelaß drang, neigten sie ihre Häupter, der Bischof in erschrockener Andacht, Pater Gropp in gewohnheits-
mäßiger Düsterkeit.

Es war die Armesünderglocke, die Sänger waren Dominika-
nermönche, die unter Führung des Paters Gassner drei verurteilte Frauen auf den Hexenschuß vors Tor geleiteten, um ihrem
Brand beizuwohnen und ihnen den geistlichen Zuspruch zu
spenden.

3

Einfach in Gewohnheiten und einfältig von Sinn und Art, äh-
nelte der Bischof Philipp Adolph in nichts den großen geistlichen Herren seiner Zeit. Er lebte frugal, kleidete sich ärmlich,
bewohnte in dem uralten Palast hinterm Dom bloß zwei finstere

Räume und nahm die Besuche vornehmer Reisender, die in seine
Residenz kamen, nur an, wenn ihnen der Ruf der Frömmigkeit
vorausging und sie sich frommen Trostes für bedürftig erklärten.
Allem Luxus und Schaugepränge war er abhold, die kristallnen
Lüster und venezianischen Spiegel in den Empfangs-Sälen hatte
er bei seinem Amtsantritt mit schwarzen Tüchern verhängen lassen; das silberne und goldene Tafelgeschirr seiner Vorgänger
wurde in Truhen versperrt; den meisten Dienern und Beamten
des Hauses gab er den Abschied, und die Gelder für die Wirtschaft wurden auf das Unerläßliche eingeschränkt. Er haßte die
öffentlichen Festlichkeiten, Volksbelustigungen, Umzüge, Fak-
kelzüge, Musik, Tanz und Maskeraden, und da der unterfränkische Menschenschlag immer schon lebhaft und den sinnlichen
Vergnügungen ergeben war, glich bereits der Anfang seiner
Herrschaft einem Frosteinbruch in einen blühenden Garten.

Er war ein grundeinsamer Mann. Aber die Ursache der Einsamkeit lag nicht in philosophischer Versenkung, ebensowenig
in der Weltentsagung eines von den irdischen Dingen enttäusch-
ten und den himmlischen zugewendeten Gemüts. Furcht hatte
sie erzeugt. Beschränkten Geistes und dumpfen Herzens, hatte
er sich gänzlich in den Wahn verloren, daß der Mensch rundum
von Dämonen umstellt sei. Früh war das gewachsen, genährt
von der Zeit, begünstigt von allem, was in ihr schrecklich und
verworren war, und schlug seine Wurzeln in Denken und Traum
hinein. Wenn solcher Hang in ihm gebändigt geblieben war, solang er das behagliche Dasein eines Kloster-Prälaten geführt
hatte, jetzt, als Beherrscher eines Landes, Gebieter über viele
tausend Seelen, war ihm keine Grenze gesetzt und kannte er
keine Schonung in dem Kampf.

Er war von Dämonenangst und Dämonenglauben so umfan-
gen, daß er bei jedem Schritt, den er tat, vor dem nächsten zitterte. Der Stein unter seinem Fuß, der Balken über seinem Kopf
hatten das Aussehen der Bezauberung. Die Luft, die er atmete,
konnte magisch vergiftet sein, das Buch, in dem er las, das Kissen, auf dem er schlief. Weder Gebet noch Kasteiung boten

Schutz. Das wollte aber noch nichts bedeuten gegen die von
Menschen drohende Gefahr, von denen, die sich zur Vernich-
tung des Reiches Gottes verschworen hatten, die das Vieh behex-
ten, verderbliche Sprüche wußten, zum Opfermahl der Baalim
flogen, die ihre unmündigen Kinder unter die Botmäßigkeit des
geschwänzten Teufels zwangen, rasend machende Tränke in den
Wein mischten, die heilige Hostie mißbrauchten, die Herden des
Sabbats hüteten, mit Scheingold zahlten und mit dem Incubus
grausige Fratzen zeugten.

Erwog er das Treiben der Menschen, so festete sich nur die
Gewißheit von der um sich greifenden Macht Luzifers. Das Volk
vom Unheil zu erretten, darauf allein stand sein Sinn. Mißernte,
Hagelschlag, Dürre, Überschwemmung, Aufruhr, Hungersnot,
Krieg, Pestilenz: alles hatte nur Eine Quelle, alles Übel und Verbrechen, aller Hader, alle Krankheit und zugefügte Kränkung,
häuslicher Verdruß, eheliche Untreue, Ketzerei und Häresie,
Trunkenheit, Wollust, Diebstahl und Wucher. Es kam immer nur
darauf an, den Schuldigen zu finden, den, der mit den Dämonen
im Bunde war, der das Mal an sich trug, den Gezeichneten, den
Vermaledeiten, Mann oder Weib oder Kind oder Greis oder Jud
oder Christ.

Konnte es schwer sein, ihn zu finden, da doch allenthalben
Finger auf ihn wiesen? Auf wen? Nun auf den, der sich gerade
hervortat. Auf den besten Schützen zum Exempel. Auf den ge-
schicktesten Uhrmacher zum andern. Auf einen Bücherwurm
oder friedlichen Herumstreicher. Auf einen, der bösen Gewis-
sens schien, einen, dem Hoffart zu Kopf gestiegen war. Auf den
armen Häusler, der den reichen Nachbar haßte, den Reichen,
der dem Bettler das Almosen weigerte, die Jungfrau, die zudringliche Bewerber ausschlug, den Studenten, der im Geruch
der Freigeisterei stand, das alte Weib, das Mann, Sohn und Enkel
überlebte, den Gelehrten, der nach griechischer Weisheit
forschte, die Dirne, die den Ehefrauen ihre Männer abspenstig
machte, die züchtige Gattin, die einem frechen Galan die Tür gewiesen, den Bauern, der in der Scheune geflucht hatte.

Das Holz im Ofen wollte nicht brennen, im Haus wohnte eine mißliebige Person, sie hatte das Holz verhext, sie war die Hexe, wachsame Augen haben sie nachts durch das Schlüsselloch schlüpfen sehn. Der Blitz versehrt die Mauer, die Magd hat ihn gerufen, manche wußten freilich, daß sie vom Herrn geschwängert war und daß er sie los wurde, wenn er sie den Hexenrichtern anzeigte. Leicht konnte ein Mann begangene Untat verschleiern, wenn er ein Weib bezichtigte, daß es mit dem Satan Buhlerei trieb. Dabei wurde die Habsucht gereizt, da er drei Gulden Angeberlohn bekam und vom Nachlaß der Justifizierten, was Ketzergericht, weltliches Gericht, Kirche und Profoß übrig ließen. Es machte sich bezahlt, obschon es ihn vor gleichem Loos nicht schützte.

Verdacht war auf allen Wegen. In schreckensvoller Erwartung waren die Augen gegeneinander gekehrt. Neid wurde Schrecken (für den Beneideten), Bewunderung erzeugte Schrecken (für den Bewunderten), Liebe konnte auf dem Scheiterhaufen enden, in jeder fröhlichen Geselligkeit lauerte der Verräter, bis es schließlich keine Geselligkeit mehr gab und die Menschen einander mieden.

Viele natürlich glaubten nicht an Zauberkunst und Hexenspuk, oder glaubten nur halb und sicherten sich durch Schweigen und Mittun. Im Volk aber war kein Licht, kein besser belehrtes Herz. Sie mußten es über sich ergehen lassen, ihre Geschäfte betrieben sie im Brandgeruch der Leichen, wenn sie nicht über den Geständigen jubelten, schleifte sie der Henker selber auf den Richtplatz, von der Arbeit weg, aus dem Ehebett heraus, gleichviel. Am unerschütterlichsten glaubte der Bischof. In den Schlupflöchern seines Aberwitzes, drin er wühlte wie eine hungrige Ratte, fahndete er nach den von den Schwarmgeistern der Hölle verführten Seelen. Sie verübten Raub an Gott und an der Kirche, ihm war auferlegt, das Geraubte wieder einzubringen, auch die Seelen selber. Die Seelen mußten aus der dämonischen Umklammerung befreit werden, hiezu gab es kein anderes Mittel als Verhör, Folter und Feuertod. So war die Übung im ganzen rö-

mischen Reich. Der heilige Vater gebot es, der Kaiser bewilligte
es, die geistlichen Kollegien priesen es, erleuchtete Tribunale
und hochgelehrte Codices legitimierten es, und die protestanti-
sche Welt war darin mit der katholischen nicht nur eines Sinnes,
sondern übertraf sie noch im Eifer der Verfolgung. Es war ein ei-
senfingriges System, dem keine vom Teufel besessene Fliege ent-
schlüpfen konnte.

4

Das Treiben des Bischofs wäre wahrscheinlich planlose Raserei
geblieben wie das so vieler anderer, gelegentlich aufflammende
Leidenschaft ohne Steigerung ins Äußerste, wäre der Pater
Gropp nicht gewesen, der die wild schießende Saat in die
Scheune brachte und auf der großen Mühle mahlte, deren Räder
durch das ganze Jahrhundert donnerten, denn es waren Men-
schenseelen, aus denen da Ewigkeitsbrot gebacken werden
sollte.

Die Lehre war fundiert im Weltgebäude und in der Weltschöp-
fung und unantastbar wie diese. Der Natur waren ihre tiefsten
Geheimnisse abgefragt, sie hatte die Schlüssel einem Areopag
von Wissenden ausgeliefert, die herrschten nun über die
Menschheit ohne Beschränkung. Was erlauchte Geister gedacht,
kehrte in tückischem Doppelsinn wieder, vergiftet von Schola-
stik, von magischen Dünsten umschleiert. Oftmals, in den
Nachtstunden nicht selten, saß Pater Gropp vor dem lauschen-
den Bischof, der Eingeweihte vor dem Schüler, um ihn der Erleuchtung teilhaftig zu machen, deren er selbst gewürdigt worden war. Alte Schriften haben die Weisheit aus dunklen Quellen
überliefert, der tiefe und wunderliche Görres hat noch vor hundert Jahren das vielfach Zerstreute mit gläubigem Fleiß gesammelt.

Es ist ein Gott des Lichts und ein Gott der Finsternis, lehrte
der Pater. Zwei innerst wesensverschiedene Substanzen, eine

gute der unkörperlichen, eine böse der körperlichen Dinge. Seht den Menschen an, wie die Spaltung bei ihm wiederkehrt, wie er mit dem leiblichen Teil dem Bösen verhaftet ist, mit dem unsichtbaren seinem Schöpfer, der nichts Vergängliches schafft. Körper ist vergänglich, Sünde ist des Körpers, daher ist Sünde von Urbeginn dem Gott der Finsternis zugehörig und sein Werk.

Als die Welt geworden, hat der Baum des Guten, der im Menschen grünt, nicht etwa wie vom Frost getroffen den Blätterschmuck abgeworfen, nicht etwa hat das Beil die Äste weggehauen und den Stamm bis zum Boden gekürzt, der Stummel konnte dann immer noch frische Sprossen treiben. Nein, die letzte Faser ist ausgerissen, der letzte lebende Keim ist vertilgt, die höheren Symbole sind erloschen, und zu der Nacht des Todes, die nun eingebrochen, haben die Dämonen freien Zutritt. Sie schlüpfen in den Menschen wie die Bienen in ihre Zellen, bequem ist es ihnen, dort zu hausen, finden sie doch auch ihren Honig daselbst. Da ist der Mensch nicht bloß in der Weise einer unfreiwilligen Verstrickung von der Dämonenmacht besessen, nicht bloß am Leibe ist er gekettet, sondern in voller Besonnenheit ist seine Seele hingegeben, der Vogel der Finsternis ist durch den geöffneten Mund in sein Herz hinabgefahren.

Und will nun einer ergründen, wie es um die Heimat der finsteren Boten bestellt ist und wie es in ihrem angestammten Geisterreich aussieht, so mag er wissen, daß sie dem Paradiese gegenüber wohnen, in einem unendlichen Gegenüber freilich, in einer Dimension, die kein irdisches Gehirn fassen kann. Da haben sie eine Hölle pyramidenförmig ausgetieft, sieben Feuerströme durchbrausen sie, von sieben Engeln des Verderbens ist sie behütet. So ist es schon in der Kabbala der Juden beschrieben, müßt ihr wissen. Wie es Stufen gibt in der Heiligkeit, so auch in der Unreinheit und in der Verdammnis. Wie dort Mann und Weib als eins enthalten sind, so auch hier. Unermeßlich ist die dem Satan von Gott überlassene Macht über die Welt. Die Satanim wohnen bei dem Menschen, neben ihm, in ihm drin; und spotten seiner. Ihr Tichten ist, ihm Böses zu tun. Sie lechzen nach seinem Blut.

Warum nur? Warum duldet das der Herr der Welt? Es ist daraus zu erklären, daß der Widerspruch von Gut und Böse in die
verborgenen Gründe des Alls hineinreicht und sich allen Wesen
mitteilt, die ihren Gründen entsteigen. Einbrechend in die Natur, finden die Dämonen in ihr vor, was ihr Wirken fördert.
Nicht als seien Sonne und Mond wie gut und böse, doch stellen
sie sich zu den dunklen Gewalten in verschiedener Art. Das
Mondhafte, im Weltraum zweimal gebunden, von der Erde und
von der Sonne, hat Gebundenheit zu seinem Merkmal und kann
vom Bösen wie vom Guten leichter bemeistert werden. Das Son-
nenhafte, selber bindend, kann nur durch ein Gleiches an Kraft
unterworfen werden. Aus demselben Grund, aus dem in der
physischen Welt Mondfluten und Mondebben häufiger sind als
die solarischen Bewegungen, gibt es auch mehr Mondfrauen als
Sonnenseher, mehr Zauberinnen als Zauberer, mehr Hexen als
Hexenmänner.

Und nun folgert: wer dahin gelangt ist, sich mit Hilfe der
Dämonen an das Böse zu vergeben, schweifend oder verblei-
bend, wartend oder suchend, duldend oder tuend, der ist in einen neuen Kreis des Daseins getreten. Seine Seele hat eine
Wanderung vorgenommen, und indem sie sich in einem neuen
Gebiet ansässig macht, muß sein ganzes Wesen den Gesetzen
nacharten, die dort gelten. Das Dämonische ergreift ihn mehr
und mehr, umstrickt ihn enger und enger, und er wird ihm völlig zu eigen. Doch ist der Dämon solange ohne Kraft, als nicht
der Wille seines Opfers eingestimmt und die Schiednis aufgehoben hat, die zwischen ihm und dem feindlichen Prinzip wal-
tet. Die Einstimmung kann von unten auf erschlichen werden;
unzählbar sind die Sendlinge Satans, von den gemeinen Kobol-
den, Elben und Hausgeistern an bis zu denen, die den Menschen zu Besessenen machen und denen, die sich Geister der
wahren Freiheit nennen; von denen, die sich unter der Larve
der Wohlanständigkeit, des Gehorsams, ja der Frommheit verbergen bis zu den Blutgeistern und Blutteufeln. Es kann aber
die Ergebung auch auf freiem Entschluß beruhen, der sein

Heil auf Wegen der Nacht sucht. Eine verwandelte Sphäre umfängt den Verstrickten in beiden Fällen. Alle Verhältnisse sind
ihm gewandelt, und während er die Pfade des verfluchten
Reichs durchschreitet, geht es von Abgrund zu Abgrund mit
ihm. Gewandelt ist ihm die Betrachtung der Welt; das Freundliche erscheint feindlich, das Häßliche schön; dem Greuelvollen ist ein Glanz angelogen, das Widernatürliche stellt sich angenehm vor. Zuletzt kommt es dahin, daß die menschliche Natur in gänzlicher Umkehrung ihr göttliches Teil aus sich verstößt und unrettbar dem teuflischen verfällt.

Sie soll ihm aber entrungen werden: das ist die Aufgabe. Sie
muß ihm entrungen werden. Die Umfriedung, die den Verlorenen einhegt, muß von außen gebrochen, die Schranke, die das
finstere Reich beschließt, von innen gestürzt werden, sei es auch
um den Preis aller erdenklichen Qual, die er dabei zu erleiden
habe, sei es auch um den Preis des qualvollen Todes. Dann ist wenigstens seine Seele befreit.

5

Die Freifrau Theodata von Ehrenberg stammte aus einem alten
lothringischen Geschlecht. Als jüngste von acht Schwestern
hatte sie keine andere Mitgift in die Ehe gebracht als drei Truhen
voll Kleider und Wäsche und ein paar goldne Ketten und Armbänder. Außerdem die taube Lenette. Davon schrieb sich der
Groll des Herrn Philipp Adolph her; die Armut hatte er ihr nie
verziehen und daß aus dieser Ursach der Bruder mit seinem ganzen Hausstand ihm beständig auf der Tasche lag.

So sah es von seiner Seite aus. Die Freifrau betrachtete ihn als
den Mann, einzigen Blutsverwandten ihres Gatten, der den verfahrenen Karren von dessen Existenz ins rechte Gleis hätte bringen können, bei einigem guten Willen und einiger Liebe nur,
und es nicht tat, oder nur zögernd tat, nur selten und halb; den
Mann, an den man Bittbrief über Bittbrief schreiben mußte und

der mit hart geschlossener Hand sein ererbtes Gut hütete, das er durch Pfründe, Sporteln und Geschenke klug zu mehren gewußt, indes der Bruder, gescheiterter Soldat, gescheiterter Mensch von Geburt an, alles verpraßt, verspielt, verloren hatte. Ihr eigener Schwestersmann, Gesandter am kursächsischen Hof, hatte ihm die wenig erträgliche Kämmererstellung verschafft, in der er sich unglücklich fühlte, weil er jedes Talents dazu ermangelte. Theodata, noch jung und zuversichtlich damals, hatte ihn zu überreden verstanden, daß er auf diesem Weg zu Erfolg und Ansehen gelangen würde, und weil sie es so hartnäckig behauptete, hatte er es eine Zeitlang geglaubt. So lang sie in seinen Augen noch was galt, hatte er es geglaubt, dann nicht mehr. Das Soldatenleben war ihm leid, das Schranzenleben war ihm erst recht leid; er hätte selber nicht sagen können, welche Art von Leben ihm unleid gewesen wäre.

Nach und nach war sie zur Prügelmagd des Freiherrn herabgesunken, und für alle Enttäuschungen, die er erlitt, hielt er sich schadlos an ihr, für sein Unfähigkeit auch, für seine Schwäche, für seine Faulheit, für die Mißachtung, mit der man ihm bei Hof begegnete. Schließlich blies er in das Horn seines geistlichen Bruders, wenn er ihr die angestammte Bettelhaftigkeit hämisch vorwarf; manche Nacht schlief sie aus Angst vor seiner trunkenen Roheit außer dem Hause; manchen Tag brachte sie damit zu, bei Juden und Wechslern Geld aufzutreiben, Pfänder anzubieten, Bürgen zu stellen, um Stundung zu flehen. Nur wenn sie mit Geld zu ihm kam, war sie vor seinen Rüpeleien und seinem Unflat sicher. Hatte er doch einmal gedroht, das Kind zum Fenster hinauszuschmeißen, falls sie ihm nicht bis zum Mittag hundert Gulden verschaffe, und ein andermal, sie nackigt mit der Reitpeitsche auf den Wenzelsplatz zu jagen, wenn sie nicht den Juden Meisel, seinen grausamsten Gläubiger, zur Nachsicht bewege. Alles dies und viel anderes noch trat ihr in den Jahren nachher vor den Sinn, wie im Fieber gewisse Visionen aus einem früheren Fieber auftauchen mögen, sei es auch nach noch so langer Zeit, und Menschen und Schauplätze schwankten in düsterem Gewoge durch ihr von keinem Licht der Phantasie gesegnetes Inneres. Hauptsächlich jenes Begebnis, das wie ein Mark- und Schlußstein am Ausgang des sechsthalbjährigen Eheleidens stand, wie er in der Nacht vor dem Duell den schlafenden Ernst mit wildem Gelächter aus dem Bett gerissen hatte, um ihn mitzunehmen, damit er seinen Vater solle fechten sehen, ihn auch wirklich auf seinen Armen fortschleppte, trotz ihrer Bitten und Tränen; wie der arglose Knabe im Halbschlummer die Ärmchen um den roten aufgedunsenen Hals des Vaters geschlungen und sich von ihr abgewandt, von ihr nichts wissen gewollt hatte; warum von ihr abgewandt? von ihr und nicht von ihm? wie die Kumpane des Freiherrn Beifall gejohlt und sie in ihrem Jammer durch die Straßen geirrt war; das war unvergänglich in ihrer Seele eingegraben, aber es versank; es war vorhanden, aber es versank, es verkrustete. Dann lag er als Leiche vor ihr, stumm und fahl, der rasende Schwächling, und in ihr war kein Trieb als: fort, fort, nichts mehr hören, nichts mehr sehen; auch den Buben wollte sie nicht mehr sehen, er war in ihrem Geist auf einmal so vernämlicht mit dem Bild seines Vaters, daß sie seinen Blick nicht mehr aushielt, dem Sechsjährigen gegenüber in schwarze Angst vor dem Menschen geriet, der er mit zwanzig sein würde. Alles kehrte sich um in ihr, die ganze Natur kehrte sich um, nur befreit sein, nur los und ledig sein, und wenn sie sich auch noch des Namens Ehrenberg hätte entäußern können, wäre sie Gott dankbar gewesen.

Dann zog sie in der Welt herum, lud sich selber zu Gast bei ihren sieben Schwestern, fing bei der ältesten an, die einen kurtrierischen Kanzler geheiratet hatte, und hörte bei der jüngsten auf, deren Mann in Diensten des Landgrafen von Hessen-Kassel stand. Man hieß sie überall zuerst willkommen, aber wenn man fand, daß sie zulang blieb, gab man ihr zu verstehen, daß sie nun wieder woandershin ziehen müsse, zu einer andern Schwester, die auch was von ihr haben wolle, oder zu einer hochadligen Dame, deren Bekanntschaft sie gemacht und die sie freundlich eingeladen hatte. So lebte sie einen Winter im Moselland, dann

Frühjahr und Sommer im Holsteinschen, dann Herbst und Winter im Gebiet von Pfalz-Neuburg, dann bei der Schwester Mathilde in der Grafschaft Sorau, dann bei der Prinzessin von Cleve zu Cleve, dann auf einem Schloß am Niederrhein, dann auf einem Mecklenburgischen Gut; kam in die berühmten Badeorte und in die vielen Residenzen kleiner großer Herren, verkehrte mit Rittern, mit Abenteurern, mit Goldmachern, mit landflüchtigen Fürsten, saß ein paar Wochen mutterseelenallein in einem Turm, wohnte dann etwelchen Hochzeitsfeierlichkeiten bei, zum Beispiel in der gräflich Bentheimschen Familie. Überall erwies sie Ehre durch ihr Kommen und wurde dann Last, erwies man ihr anfangs Ehre, um sie mit der Zeit zu negligieren, ohne doch zu versäumen, ihr Wegzehrung, Gastgeschenk und Geleit bis zur nächsten Stadt, zum nächsten Quartier zu geben, wo man die ewige Wandrerin schon erwartete. Das römische Reich war vom Krieg überflutet, plündernd und sengend stampften Reiterhaufen kreuz und quer durchs Land, oft in der Nacht sah sie brennende Dörfer am Saum des Horizonts, oft lagen die Leichen ausgeraubter Kaufleute im Straßengraben, oft mußte ihr Reisewagen Halt machen, weil endlose Scharen von Bauern, die mit ihrer Habe aufgebrochen waren, den Weg verlegten. Ihr geschah nichts, keiner tastete sie an, keiner hielt sie auf, als wäre sie durch einen Zauber geschützt, seit sie sich losgerissen hatte von ihrer Wurzel und aus ihrer Welt. Sie dachte über den Tag hinaus nicht an den nächsten, und nur was sie sehen und greifen konnte, war da. Ihre vierte Schwester, die an einen Marquis de Lionne verheiratet und eine Dame von einigem Geist war, behauptete, daß Theodata nicht träumen könne und niemals Träume habe. In der Tat entfernte sich die Freifrau in keinem Augenblick ihres Lebens aus der Nähe der Dinge und verließ mit keinem ihrer Gedanken den Kreis der enggestellten Wirklichkeit. Daher auch immer etwas sonderbar Geducktes an ihr war wie bei jemand, der in einem finstern feuchten Flur geht und nicht an der nassen Mauer anstreifen will, daher auch jene Vergeßlichkeit, die nicht selten die Erheiterung der Zirkel war, in denen sie weilte, die ihr

die weise Natur vielleicht als Wehr verliehen hatte, damit die
Wunden heilen konnten, an welchen ihr zarter Organismus
sonst hätte verbluten müssen, und die den Damm bildete, der die
tägliche wiederkehrende Wirklichkeit nach allen Seiten ab-
schloß. Sie behielt keinen Namen, keine Zahl, keinen Weg, kein
Gesicht, keinen Vorfall im Gedächtnis; alles mußte erst durch
Wiederkehr bestätigt und zum Augenschein werden. Sie vergaß
von einer Stunde zur andern, was sie gesagt, was sie versprochen, was sie gesehen und erlebt hatte. Sie kannte nicht die Zeit,
der Lauf der Uhr war ihr fortwährend was zum Erstaunen. So
wußte sie auch vom Jahr nichts als Wechsel von Hitze und Kälte
und Grün und Weiß, nichts als was man spüren, was man sehen
konnte. Spüren und sehen, schmecken und riechen, wie ein Tier
eingesperrt in die wiederkehrende Wirklichkeit, traumlos, sehn-
suchtslos, himmellos, lichtlos, gesichtslos, so hätte sie vermutlich niemals nach Ehrenberg gefunden, wo der vergessene Sohn
hauste, hätten sich nicht ihre beiden jüngsten Schwestern zusam-
mengetan und hinter die Landgräfin von Hessen gesteckt, die ihr
eines Tages sanft zuredete, sie an ihre mütterliche Pflicht mahnte
und dann mit ihrer Zustimmung alle Vorbereitungen zur Heimkehr traf. Heimkehr war es, mußte es sein, obwohl sie das Ehrenberger Schloß nie zuvor betreten hatte. Aber daß sie Mutter
war, Mutter sein sollte, das nahmen ihre Gedanken nicht auf.

6

Mit achtzehn Jahren hatte sie geheiratet, ein Spätkind von alten
Eltern, mit fünfunddreißig sah sie noch wie ein Mädchen aus.
Doch was Jugend schien, war nur in den Formen geblieben, die
Haut hatte was Starres und Regloses wie bei getrockneten Blüten, und die Gebärden erinnerten an Gewesenes. Sie redete nicht
viel, immer über dieselben Dinge mit denselben Worten und einer seelenlosen Vogelstimme. An den Bischof hatte sie gar nicht
gedacht, als sie nicht wußte, womit sie den Fuhrmann bezahlen

sollte, der mit unverschämter Dringlichkeit sein Geld forderte.
Er war schon in Kassel beim Beginn der Reise entlohnt worden,
nicht von ihr selbst freilich, aber sie hätte es wissen sollen, hatte
es nur vergessen. Mit dem letzten Geld, das sie gehabt, hatte sie
den Jäger und die Kammerfrau bezahlt, die sie in Arnstein beide
verabschiedet, weil sie sich geweigert hatten, mit ihr durch den
verrufenen Spessart zu fahren, in dem noch dazu seit einiger Zeit
allerlei verlaufenes Kriegsvolk schwärmte, versprengte Tillysche
Reiter, wie es hieß. Gleich nach der Ankunft und nachdem man
sie in das in aller Eile hergerichtete Zimmer geführt hatte, begab
sie sich zu Bett und verlangte nach einem Arzt. Die taube Lenette wars, die sie auf den Bischof verwies, und unter ihrem
Drängen schrieb die Freifrau an den bischöflichen Herrn Schwager. Sie mußte nicht schreien mit der Lenette wie fast alle andern
Leute, sie nicht und der Junker Ernst nicht. Lenette schaute bloß
auf ihre Lippen und wußte, was gefordert, was gesagt wurde. Sie
kannten ja einander so lang, Lenette war schon auf dem heimatlichen Schloß zu Bourdonnay die Spielgefährtin Theodatas gewesen. Niemand konnte sagen, woher sie kam und wessen Eltern
Kind sie war; ein Landsknecht hatte sie einst auf die Schwelle der
Kirchentür gelegt, zwei goldene Portugaleser hingen, in ein Lin-
nenstück genäht, am Hals des Säuglings, das war wohl über vierzig Jahre her. Doch Lenette wußte nicht, wie alt sie war, um den
Kalender kümmerte sie sich nicht, und ihr Verhältnis zu Zeit und
Zeitverlauf war ungefähr dasselbe wie bei der Freifrau. Acht
Jahre hatte sie die Herrin nicht gesehen, acht Jahre nichts von ihr
vernommen; als die Freifrau aus der Reisekutsche stieg, nickte
ihr Lenette bloß zufrieden zu, nachdem sie sich versichert, daß
es die Dame Theodata war und keine andere. Sie erlaubte sich
nicht, eine Frage an die Herrin zu richten, obwohl sie fürs Leben
gern gewußt hätte, was in all den Jahren mit ihr geschehen war.

Am ersten Tag verließ die Freifrau das Bett nicht und wollte
niemand sehen als Lenette. Am Morgen des zweiten erhob sie
sich, zog ein schönes dunkles Kleid aus schwerem Stoff an und
hüllte sich in einen schweren Mantel mit silberner Stickerei. So

ging sie lange auf und ab. Dann horchte sie, als ob sie der tiefen
Einsamkeit gewahr würde, ergriff ein Hämmerchen und klopfte
damit auf eine erzene Glocke, deren Ton dröhnend bis in die entferntesten Räume des Hauses drang. Nach einer Weile erschien
Lenette, mißtrauisch blickend, zielloses Mißtrauen war die
Folge ihres Gebrechens, und fragte nach dem Begehr der Herrin. Die Freifrau klagte: „Mich friert, Lenette, was soll ich tun?"
Das überraschte Lenette nicht, die Freifrau fror seit ihren Kin-
derjahren, im Winter und im Sommer, bei Tag und bei Nacht, im
Bett und im Bad, am Kamin und im Sonnenschein. So war es am
letzten Tag vor der langen Trennung gewesen, so wars noch
heute, also hatte alles seine Richtigkeit und seinen Zusammenhang. Wenn sie sagte: mich friert, Lenette, dann wurde, wie damals, ihr kleines Gesicht noch kleiner, der Mund verzog sich
weinerlich, die Fußspitzen kehrten sich rührend gegeneinander.
Wie sollte aber Lenette dem Frieren abhelfen? Sie lachte gutmü-
tig, zündete Feuer an trotz der Aprilwärme draußen, schleppte
wollene Decken herbei und stopfte Stroh in die Fensterfugen.

Als der Bote ohne Geld von Würzburg zurückkam, wußte die
Freifrau nicht, was beginnen, der Fuhrmann wurde unverschämt, er saß in der Gesindestube beim Verwalter Wallork und
schimpfte über die verlorene Zeit, er sah wohl, was für ein Arme-
leuteschloß das war, war für eine Armeleutewirtschaft, das
machte ihn frech. Schon faßte Theodata den törichten Plan, selber in die Residenz zu fahren und beim Bischof vorstellig zu werden, da kam Lenette mit strahlender Miene und hielt einen Geld-
beutel im erhobenen Arm. Den hatte sie im Reisegepäck der
Freifrau gefunden, in einer Schatulle, die Schatulle war in einer
schmalen Mahagonikiste gewesen, mitten zwischen allerhand
Kram, Wachsbossierungen, Bronzen, astrologischen Karten, einem Zahn von einem Meerfisch, Straußenfedern, zwei indiani-
schen Schuhen, einer Korallenblüte, einem Perspektiv und ähnlichen Dingen, die Theodata in vielen Jahren gesammelt oder geschenkt bekommen hatte. Den Beutel samt dem Geld hatte sie
vergessen, und als sie den Inhalt auf den Tisch schüttete und Le-

nette die Münzen ordnete und zählte, war es eine stattliche Bar-
schaft, zwölf gemeine Dukaten, neun goldne Rosenobel, vierzehn Silbertaler und dreißig Gulden fränkische Währung. Damit
war die Not vorläufig gesteuert.

Lenette wurde beim Anblick des Geldes, eines ihr unbekannten Überflusses, immer nachdenklicher und schien manches auf
dem Herzen zu haben, womit sie auch nach und nach heraus-
rückte. Sie stellte der Freifrau vor, da sie doch nun so reich sei,
möge sie daran gehen, sich der Schäden und Mißstände anzunehmen, um die sich niemand geschert und keiner scheren würde,
bis nicht eines Tags das Schloß in Trümmer falle. Es war alles ver-
haust, alles brüchig, alles vermorscht. An Regentagen regnete es
durch das Dach in die oberen Flure und Gemächer, und so oft
Wallork die Ziegel und Schindeln ausbesserte, der nächste Sturm
warf doppelt so viel herunter, denn die Sparren waren angefault,
in den Balken haftete kein Nagel mehr. Das Tor ging nicht zu,
die Schlöte waren eingestürzt, die Türen schlotterten in den An-
geln, zerbrochene Fenster waren mit Papier verleimt oder durch
Bretter ersetzt, die Schwellen waren wurmstichig, die Dielen
zertreten, die Öfen verstopft, in den Mauern saß der Schwamm.
Im großen Saal tummelten sich Ratten und Mäuse in vergnügten
Herden, im Keller stand das Wasser klafterhoch, der Stall war
windschief, und am Ziehbrunnen waren die Randsteine abge-
brochen. Sie meine ja nicht, daß das alles gleich in Angriff genommen werden solle, aber fürs Dach und die Schornsteine wenigstens solle man Handwerker aus der Stadt berufen, damit
man nicht immer in der Angst schwebe, die ganze Natur wälze
sich über einen, wenn man nächstens auf seinem Strohsack liege.
Und dann der Saal; der Saal müsse gesäubert und in Stand gesetzt
werden, wohin solle man den Herrn Bischof führen, wenn er
wirklich am Walpurgistag zu Besuch kam, wie der durch den Boten habe vermelden lassen.

Die Freifrau wollte von nichts wissen. Sie hörte gar nicht recht
zu. Sie ging auf und ab und summte klagend vor sich hin. So oft
auch Lenette an diesem und am folgenden Tag wieder anfing,

erst zuredend, dann fordernd, dann scheltend, und die Gebre-
sten des Hauses wie solche ihres Körpers bejammerte, die Freifrau hörte nicht zu, ging auf und ab und summte klagend vor
sich hin. Da sage Lenette erbittert: „Und wenn Ihr das alles nicht
mögt, Gnaden, so kauft wenigstens dem Junker ein neues Kleid.
Seht doch an, was er am Leibe trägt, wie das zerschossen und ge-
flickt ist, seht Euch doch an." Theodata hielt im Gehen inne
und kehrte Lenette das erschrockene Kindergesicht zu. Sie
schürzte ein wenig die Lippen, und hinter dem Schrecken dämmerte das Entsetzen von damals, von jener Nacht her, wo der
Sechsjährige, aus einem Traum aufgerissen und vielleicht nur den
Traum ins Wachen mit hinüber nehmend, die Arme um den aufgedunsenen Hals seines unholdischen Vaters geschlungen. Das
war wieder da, sobald sie ihn sah, wiederkehrende Wirklichkeit,
gegen die sie blind verzweifelt stieß wie der Vogel an die Wände
eines Glashauses. Und sie hatte ihn seit ihrer Ankunft nicht öfter
als zweimal gesehen, am ersten Tag, als sie schon im Bett gelegen
und der Magister Molitor hatte fragen lassen, ob ihr der Junker
seine Aufwartung machen dürfe; da war er gekommen, hatte
sich fein verbeugt, hatte höflich gesagt: Grüß Gott, Frau Mutter,
hatte sie mit einem Blick angeschaut, als liege sie in einem Busch
versteckt, nicht vor ihm im Bett, und war wieder gegangen.
Dann gestern am Ziehbrunnen, als sie beim Fenster gestanden
war; der Ziehbrunnen, eben der, von dem die Randsteine abge-
brochen waren, lag gerade unterm Fenster, fünfundzwanzig Ellen, mehr waren nicht bis zur Öffnung mit dem geschmiedeten
Bogen, woran der Eimer hing. Er trug das verschossene und ge-
flickte Tuchröcklein und ein altes ledernes Barett auf den kohl-
schwarzen Haaren, die lockenlos über Ohren und Nacken flossen und sich erst am Ende gleichsam aus Gefälligkeit ein wenig
ringelten. Er wußte nicht, daß sie hinunterschaute, und sie gewahrte nichts von seinem Gesicht, das der schwarzen Brun-
nentiefe zugeneigt war, und wenn er die geringste Bewegung
machte, zuckte sie ängstlich zusammen. Es kann einer nicht
ewig am Brunnen stehn, und als er genug hatte, ging er weg,

durchs Tor durch und trotz der einbrechenden Dämmerung gegen Randersacker zu, das war einer von seinen vielen geheimnisvollen Gängen, oft kehrte er erst in der halben Nacht zurück,
um an dem händeringend wartenden Magister arglos vorüberzu-
schlendern.

Auch jetzt zuckte die Freifrau zusammen, als Lenette von ihm
sprach. „Nein, nichts soll er haben, nichts will ich ihm kaufen,"
sagte sie bestimmt und hart, „da bettelst du vergebens." Lenette
näherte sich ihr mit gekrümmtem Rücken, streckte die Hände
wie zwei Schalen vor und rief: „Nicht einmal ein Feiertagsge-
wand, nicht einmal einen Flaus? Und da schämt Ihr Euch nicht,
Gnaden, wo Ihr einen Beutel voll Gold habt?" Die Freifrau antwortete: „Nein, auch keinen Flaus soll er haben." Lenette geriet
in Zorn. Sie ging zum Tisch, griff in die Lade, in der der Beutel
war, nahm ihn heraus und sagte: „So gebt mir wenigstens einen Taler, daß ich ihm ein Paar neue Schuh kaufen kann." Kaum hatte
die Freifrau gewahrt, daß sich Lenette des Beutels bemächtigt
hatte, so sprang sie hin, entwand ihn ihr und sagte starrsinnig:
„Nein, du sollst ihm keine neuen Schuh kaufen und sollst mein
Geld in Ruh lassen. Und daß du siehst, daß es ums Geld nicht
ist, werf ichs in den Brunnen hinunter." Damit riß sie das Fenster
auf, und ehe die bekümmert aufschreiende Lenette es hindern
konnte, schleuderte sie den Beutel hinab. So gut hatte sie in ihrem irren Eifer gezielt, daß der Beutel geradewegs in das dunkle
Brunnenloch fiel.

„Was habt Ihr da getan, Gnaden?" flüsterte Lenette scheu und
bekreuzigte sich.

„Geh nur", sagte die Freifrau und winkte.

Als Lenette traurig hinausgeschlichen war, ließ sich Theodata
auf einem Schemel nieder, legte das Gesicht in beide Hände und
begann zu weinen. Die Tränen wollten überhaupt nicht aufhören
zu fließen, eine Stunde verging, und sie weinte immer noch, als
ob ihr der liebste Mensch gestorben wäre, hätte sie einen liebsten
Menschen nur gehabt. O das Wirkliche, das Nahe, das Jetzt! wie
war doch alles so wirklich und so jetzig um sie; kein Gestern,

kein Morgen, nicht einmal ein Heute, nur ein Jetzt, und kaum war das da, wieder ein Jetzt. Lauter Löcher, in die man hineinfiel, eins nach dem andern, und jedes so tief wie der Ziehbrunnen.

Während sie noch weinte, öffnete sich die Tür und der Junker Ernst kam herein, langsam, mit einer Art von Vorsicht. Er war durch den Flur geschritten, da gewahrte er im Halbdunkel Lenette. Diese kniete vor der Schwelle, schon seit geraumer Zeit. Sie hörte es nicht, aber sie ahnte, daß die Freifrau in der Stube saß und weinte. Es mußte so sein, nun mußte sie drinnen weinen, wenn nicht die ganze Welt verdreht war. Indem sie ihr Ohr gierig an die Tür drückte, fühlte sie sich an der Schulter angerührt, und als sie emporblickend den Junker gewahrte, erhob sie sich, zog ihn zur Stiege und berichtete ihm, der Frau Mutter sei ein Beutel mit Gold in den Brunnen gefallen, brachte es so vor, als sei es aus Unbedacht geschehen und deshalb sitze sie in der Stube drin und gräme sich. Denn Lenette wünschte, daß der Junker zu seiner Mutter hineinging und mit ihr redete, damit die unheimliche Erstarrung von ihr genommen würde, in der Lenette ein pures Teufelswerk sah. So geschah es auch; Ernst befolgte die Weisung der alten Magd. Leise ging er zu dem Schemel hin, auf dem die Freifrau hockte, sah eine Weile nachdenklich auf sie herab, berührte sie dann mit derselben Bewegung an der Schulter wie er es draußen bei der tauben Lenette getan und sagte mit seiner schmeichelnd-tiefen Knabenstimme: „Getröstet Euch, Frau Mutter, Ihr müßt Euch nicht kränken um den Beutel mit Geld. Es ist nur dann schade drum, wenn Ihr drum weint. Hört auf zu weinen." Indem er ihr so zusprach, kauerte er sich neben ihr auf den Boden nieder, blickte mit seinen Augen, die so braun und so groß wie Kastanien waren, ruhig zu ihr empor und wiederholte: „Hört auf zu weinen. Das macht alt und häßlich, und Ihr seid jung und schön. Wenn Ihr nicht mehr weint, will ich Euch eine Geschichte erzählen... Merkt nur auf, ich will Euch eine Geschichte erzählen..."

7

Wie die Erdrinde und jede Frucht ihre verschiedenen Schichtungen hat, von denen die einzelne immer einen vergangenen Zustand bezeugt und einen künftigen erwarten läßt, so hat auch, gemäß der Idee, welche die Natur bei allen ihren Gestaltungen verfolgt, die Menschenseele ihre zahlreichen abgetrennten, doch aufeinander bezüglichen Lagerungen; besonders was ihr geheimes Werden und dem Wissen entzogenes Leben betrifft. Bei vielen liegt dieses Traumwirken dicht unter der Oberfläche und zerrinnt beim ersten Anprall des Tages und der Welt; bei andern wieder treibt es seine Wurzeln in größere Tiefen, sodaß die Gegenwartsmächte sich härter mühen müssen, so herauszuheben; jedem ist da sein eigenes Gesetz eingepflanzt worden; bei einigen Seltenen hat es sich in solche Abgründe gewühlt, daß alle anstürmenden Kräfte nichts dawider vermögen, und ein solcher Mensch ist nur leiblich als ein Ganzes geboren, sein Sinn und Geist wohnt außerhalb der Welt, oberhalb oder unterhalb ihrer, und das war wohl auch die Ursache, daß der Junker Ernst bis in sein sechstes Jahr beinahe ohne Sprache blieb. Nach dem Tod des Vaters und der Trennung von der Mutter konnte er sich nur über das Notdürftigste verständigen, und was nicht Mienenspiel und Auge war, blieb stumm. Die Veränderung seines Lebensschauplatzes, aus dem lärmenden Gassengewirr der Kaiserstadt in die fränkische Einsamkeit, schien kaum sein Inneres zu berühren, ließ ihn nicht einmal aufmerken, und damals hatte der Magister Onno Molitor sich häufig der Befürchtung zu erwehren, ob er in seinem Zögling nicht ein von Geburt schwachsinniges Geschöpf vor sich habe. Beim Unterricht blickte der Knabe unsehend vor sich hin, lächelte, wo nichts zu lächeln war, staunte, wo nichts zu staunen war, und mit acht Jahren redete er noch von sich selber in der dritten Person und mit erfundenen, vielleicht auch aufgeschnappten Namen, zum Beispiel der Heimerlein, der Schattenzart oder das Kniehupferlein. Wenn er in einem Winkel kauerte und in sich hineingrübelte und dann wie aufwachend zusammenhanglose Sätze murmelte, schien es oft, als seien aus der frühen Kinderzeit Begriffe in seinem Hirn und Dinge in seinem Aug verblieben, Farbiges und Prunkvolles, Gärten, Paläste, nächtliche Fackelzüge, straßenfüllende Kavalkaden, schöngeputzte Frauen, das feierliche Innere einer Kirche, ein lichterstrahlender Saal, daneben auch Düsteres und Schreckliches, und als ob er um diese Bilder tief unten im Bodenlosen ringe, mit gestammelten Wörtern ohnmächtig hinter ihnen her taumle.

Hiezu kam, daß in jenen frühen Jahren, wo seine Verlassenheit das Herz der tauben Lenette rührte, ihn die nicht selten am Abend auf den Schoß nahm, vor dem Herd, in dem die Holzscheite brannten, während an den verrußten Mauern und über das Tonnengewölbe der Decke unruhige Schattenfetzen zuckten, und ihm Geschichten erzählte, schnurrige, gruselige, abenteuerliche Geschichten von fluchbeladenen Prinzen und verzauberten Prinzessinnen, Höhlengeistern und weißen Frauen, Hünenbergen und Judensteinen, von Fridigern und von der Bamberger Wage, von den Semmelschuhn und vom Buttermilchturm. All dies hatte er damals nicht auffassen können, so hatte es wenigstens geschienen, wie ein verbogener Klotz hockte er auf den Knien der Lenette, stocherte töricht mit einem Spreißel zwischen den Herdziegeln, und das Erzählte war nicht mehr, als bliese man über seine Augenlider hin. Doch täuschte der Anschein, das bunt- und dunkelphantastische Wesen traf ihn, die Tiefe unten saugte es ein, um es aufzubewahren, und wenn er seine eigentümlichen Spiele trieb, kam es hervor wie im Februar grüne Halmspitzen aus dem Boden. Allem verlieh er Leben, den Äpfeln in der Apfelkammer, dem silbernen Reif an seinem Finger, den Seifenblasen am Strohhalm, der träufenden Dachrinne, dem Spinnrad und dem Schöpflöffel; mit allen Dingen redete er und erst recht mit den Tieren, mit Kuh und Katze, Storch und Schwalbe, denen er Zeichen gab, die sie erwiderten und für die er Sprüche wußte und mancherlei Beschwörungen. In jeder Beschäftigung verharrte er stundenlang und mußte immer von außen weggezogen werden, sodaß der Magister kein Ende fand mit

Mahnungen und Strafen und die Lenette mit Fürbitten und Wehklagen. Voll Eifer scharrte er Eicheln und trockene Beeren zusammen und trug sie in sein Bett, um sie abends vor dem Einschlafen, wenn die Decke über seinen gespreizten Knien ein ungeheures Gebirge bildete, Schluchten und Täler, mit geschäftigen Fingern, von denen jeder ein im Schnee verirrter Wandersmann war, in entlegene Felsgegenden zu verbringen, indes der
Hauch aus seinem Mund Orkan war und das Ausstrecken der
Beine Wirkung göttlichen Zorns, der den Berg in ein Blachfeld
verwandelte. Spät kam der Schlaf nach solchen Ergötzungen. Er
hatte innen zu viel zu tun, zu schauen, zu ordnen. Wenn im November der Sturm das Gebälk zittern machte und im Januar die
Wölfe draußen bellten, wenn im Mai der gelbglühende Mondteller von einem Fensterrand zum andern rollte und im zitternden
Licht die Fäden auf dem Bettüberzug sich wie zahllose winzige
Füßchen bewegten, die davonlaufen wollen und nicht können,
da mußte er lauschen und spinnen und spielen und an die Sterne
denken und auf die Erdgeister warten. Alles verwandelte sich,
wenn ers nur nannte, alles vergrößerte sich auf dem Weg vom
Hören zum Wiederhören ins Unermeßliche, alles war anders,
wenn ers ergriff, als wenn ers sah. Der Regentümpel im Hof
wurde zum grenzenlosen Gewässer, die Vorstellung davon überwältigte ihn bis zum Schaudern, und alsbald war das Gewässer
ein handelndes Wesen mit Gesicht und Stimme. Er hatte kaum
vom ersten Menschen gehört, da kroch er in den dumpfen Bretterstall zu den Kühen und war der Adam im Paradies, der mit
Löwe, Schlange, Reh und Auerstier in seligem Verständnis hauste. Der Ambos klirrte von den Schlägen Wallorks, er lief zur Lenette und berichtete ihr mit hochgeründeten Brauen, den Mund
an ihrem Ohr, der Meister Grimmerlein stehe draußen und
brülle um seinen Blutzins. Wer war der Meister Grimmerlein?
Ein Meister von Junker Ernsts Gnaden. Und was war der Blutzins? Niemand wußte es, auch er selber nicht. Lenette lachte
ihm ins Gesicht. Sie gewöhnte sich bald daran, ihn seiner lügenhaften Erfindungen wegen zu verlachen; er brauchte sie bloß an

zureden, so grinste sie schon, und sobald er den Mund auf-
machte, sagte sie trocken: „Das glaub ich nicht." Das reizte ihn
auf, und er überbot sich in schreckhaften und wunderlichen Ein-
fällen, in blühenden Übertreibungen und Ausdenken von Erlebnissen, die er gehabt haben wollte. Bald hatte er solche Geschick-
lichkeit darin, daß es ihm immer öfter gelang, die gute Lenette
anzuführen; mit heimlichem Entzücken spürte er, wie sie zwei-
felte, seinen Worten allmählich unterlag und von Furcht erfüllt
oder von Erwartung gepackt wurde, während sie ihm gleichzeitig ihr trotziges „Das glaub ich nicht" zurief. Als er einmal so
weit war, versuchte er es beim Verwalter Wallork, bei den Schaf-
hirten, den Kärrnern und den Jägern und schließlich wagte er
sich auch an den Magister Molitor. Er wagte es, weil er im Ausdruck nach und nach eine Rundheit und Flüssigkeit erworben
hatte, die ihn selbst berauschte wie einen Schwimmer die eigene
Gelenkigkeit kühner und ausdauernder machen kann; jeden Tag
wußte er neue Worte und Bezeichnungen, Eigenschaften, Farben, Zustände, Vorgänge. Die Worte stürzten über ihn her, daß
ihm zumute war als stehe er in einem Wasserfall, der ihm den
Atem verschlug. Sämtliche Dinge zwischen Himmel und Erde
begriffen sie in sich; man konnte sie durcheinanderwerfen wie
Spielsteine; jedes bedeutete was, hinter jedem türmte sich Geschehnis auf, unendlich war Verbindung und Verknüpfung, viel-
fältig machte einen das leiden und freuen. Zu einer gewissen Zeit
begann er, die Bücher und Folianten des Magisters in dessen Abwesenheit durchzublättern; es kam ihn die Lust am Lesen an; in
unverständlichen Abhandlungen und philosophischen Traktaten
sogar fand er das Schillernde Regenbogenhafte Bewegte, aus
dem sein Geist Nahrung sog; die bloßen Zeichen genügten oft
schon, die Formel; er lockerte sie auf, nahm was er suchte und
was er fand (auch wenn es nicht drin war) heraus und warf die
Hülsen weg. Waren es aber Stiche und Bildnisse, ein Ritter, ein
geflügelter Drache, ein Engel auf einer Wolke, Pharao, wie er
den Joseph ehrt, da wurde ihm heiß und kalt, er war gleich selber
Ritter oder Drache, selber der edle Joseph, in atemlosem Glück

der ruhevolle Engel. Dann saß er beim Wallork und log dem staunend Aufhorchenden vor, oben im Saal sei ein Mensch in goldener Rüstung auf ihn zugeschritten, habe sich Fürst des Morgenlandes geheißen und ihm befohlen, sieben Jahre und sieben Tage gegen Osten zu wandern, am Ende dieser Zeit werde er was Großes erfahren. Den Schäfern und Jägern erzählte er, ein graubärtiger Alter sei im Verließ der Rottensteiner Burg eingekerkert, man höre ihn zur Mitternacht rufen und stöhnen, und einmal habe er ihm anvertraut, er wisse einen vergrabenen Schatz, aber wenn der Bischof davon Kunde erhalte, werde er ihn erwürgen lassen. Wenn die Leute ungläubig den Kopf schüttelten oder ratlos dreinschauten, schilderte er Gesicht, Haltung und Sprache des Gefangenen so ausführlich und genau, schmiegte sich so listig in die Einbildungskraft der Zuhörer, daß die arglosen Menschen stutzig wurden und das böse Gerücht im Land herumtrugen, obschon sich nachher das Spukgebilde als zu schemenhaft selbst für das wahnvolle Volk erwies. Dem Magister Molitor ging er dann, durch Probe und Übung gestärkt, schon wesentlicher zuleibe. Er entwendete ihm eines Tags ein altes Pergament mit schön gemalten Initialen, ein seltenes Exemplar, das für Herrn Onno großen Wert besaß; ein Augustiner hatte es ihm für geringes Geld überlassen. Diesen Umstand kannte der Junker. Mit erstaunlicher Wahrheitsmiene erzählte er dem Magister, als dieser von einem Besuch beim Propst Lieblein in Würzburg zurückkehrte, der Mönch sei dagewesen, habe ihn mit drohenden Gebärden angefahren und von ihm gefordert, daß er ihm augenblicks das Pergamentum herausgebe, er habe es wohl an den Magister verkauft, habe aber nicht gewußt, daß derjenige, der es besitze, zu jeder Zeit, bei Tag wie bei Nacht, unverwehrten Einlaß bei allen Königen der Erde wie auch beim heiligen Vater in Rom habe, daß er ferner in voller Leibes- und Lebenssicherheit durch alle Länder reisen könne, in denen Krieg oder Pest wüte. Zuerst habe er, Ernst, behauptet, er wisse nichts davon, weil sich aber der Mönch gar verzweifelt aufgeführt und ihm mit endlosen Bitten und heftigen Reden zugesetzt, habe er

sich verschnappt und ihm dann den Platz gewiesen, wo die wundertätige Rolle lag; der Mönch habe sie genommen und sei verschwunden. Magister Onno lauschte dem merkwürdigen Bericht mit finsterer Ungeduld, eine braune Zornader schwoll auf
seiner Schläfe, er nahm den Junker scharf ins Verhör, wieder und
wieder, trat des Nachts an sein Lager, riß ihn aus dem Schlaf, um
ihn mit Fragen zu überfallen, hielt ihm vor, daß niemand im
Schlosse zu der angegebenen Stunde den Mönch erblickt hätte,
wies ihn auf die Ungereimtheit seiner Angaben hin, bedrängte
ihn mit Erbitterung und mit Milde, schlug ihn am Ende sogar
mit der eisernen Rute: es war umsonst, der Junker setzte allem
eine Miene entgegen als begriffe er den Zweifel nicht, brachte
täglich neue, überzeugendere Umstände vor, und nicht nur das,
spann auch mit einer Unverfrorenheit, die nur von seiner beständig wachsenden, seltsam anmutigen Beredsamkeit übertroffen
wurde, den Faden weiter, stürzte eines Morgens erregt und blaß
in die Stube des Magisters, verkündend, der Mönch sei ihm begegnet, habe ihn mit geflüsterten Worten in den Wald gelockt
und ihm einen Schwur abverlangt, daß er ihn nicht verraten
wolle, dann sei er erbötig, das Pergament wieder zur Stelle zu
schaffen, doch müsse auch der Magister am dritten Tage von
heute an beim Aufgang des Mondes unter der großen Pappel
beim Wegeinnehmerhaus einen Eid schwören, daß er den Dieb
fernerhin weder verfolgen noch bezichtigen werde; betrete er
hierauf seine Kammer wieder, so werde er die Zauberrolle auf
dem alten Platz finden.

Der Magister weigerte sich ergrimmt, den Hokuspokus zu
verüben, denn er war ein weit über seine Zeit aufgeklärter Mann,
richtiger Philosoph und Anhänger des Aristoteles, doch der Junker wußte ihm so stürmisch, so schmeichlerisch zuzureden, daß
er, nur um zu sehen, was daraus entstünde, zu tun versprach,
was von ihm begehrt wurde, nicht ohne stillen Vorsatz, das unerforschliche Treiben des Junkers aufzudecken, und nicht ohne
sich selber zu grollen, weil er von der Art und Rede des Zwölfjährigen bezwungen und umgarnt war wie noch von keinem

Menschen zuvor. Als nun die Stunde kam, wo das Gelöbnis abgelegt werden sollte, war es mit dem feierlich angesagten Mondaufgang nichts, wohl aber herrschte ein heftiges Gewitter, der Regen schüttete in wahren Bächen herunter. Der Magister tat als schrecke ihn das nicht im geringsten, Ernst hingegen, auf dessen Gemüt Blitz und Donner stets gewaltigen Eindruck machten, hatte etwas Zauderndes in seinem Wesen und schien in Gedanken verloren. Als sie nun beide unterm Haustor standen und in das tobende Unwetter hinausschauten, fuhr ein Blitz nieder, der den Schloßhof, den Brunnen, die Mauer und weit drüben ein Stück Forst in schwefelgelbes Licht tauchte. Der Junker prallte zurück. Da legte ihm der Magister die Hand auf die Schulter und sagte: „Vorm Angesicht des Elements, Junker, wollt Ihr nun als Wahrheit aufrecht erhalten, was Ihr mir angegeben habt? Sprecht und seit redlich mit mir." Der Knabe blickte mit verträumtem Trotz zu Boden; plötzlich, bei einem abermaligen Blitz, erhob er seine Augen, die wie zwei schwarze Juwelen funkelten, und erwiderte: „Ich hätt es Euch ohnehin bekannt, wenn die Geschichte zu Ende war. Eine Geschichte muß aber doch ein Ende haben." Es war nicht Schuldbewußtsein, es war Anruf und Sichbehaupten in seiner Stimme. „Wie denn das?" stammelte Magister Onno, „eine Geschichte? Nicht Lüge, nicht Hinterhältigkeit und boshafte Hintergehung, eine Geschichte?" Der Knabe erhob die Hände gegen ihn und in den verrollenden Donner hinein rief er: „Ja, ich hab Euch eine Geschichte erzählt, nichts anderes." Der Magister schwieg. „Und ists Euch nicht leid, daß sie kein Ende hat und doch schon aus ist?" fragte treuherzig der Junker.

Der Magister, von allen Geistern der Pädagogik verlassen, blickte den Junker sprachlos an. Als er in seine Stube kam, lag das Pergament wieder dort, wo es immer gewesen war.

8

Von diesem Tag an lösten sich die Erfindungen und Eingebungen seiner Phantasie vom Wirklichen und den Menschen seiner Umgebung langsam ab, wie sich der Efeu vom Boden erhebt, wenn man ihm einen Halt anweist, von wo er gegen die Höhe wachsen kann. Geschichten erzählen, das war sein Eins und Alles, und vermutlich war er erst in jener Gewitternacht zum Wissen oder Ahnen davon gekommen, was das war, eine Geschichte. Daß man sie nicht hineinflicken durfte in den gemeinen Tag wie ein buntes Stück Stoff in ein abgeschabtes Gewand, daß sie selber ein schönes Gewand sein mußte, und der es verfertigte ein geschickter Schneider, und dem man es an den Leib paßte einer dem es auch gut zu Gesicht stand und der seine Freude dran hatte. Lange Zeit verging, vielleicht ein Jahr, da verhielt er sich überhaupt ziemlich still; es war, als schaue er sich vieles an und überdenke viel; beständig lag er Herrn Onno in den Ohren, er solle ihm Bücher verschaffen, Bücher, in welchen zu lesen sei, wie die Menschen leben, nicht die Menschen, die um ihn herum waren, sondern traumhafte Leute in fernen Ländern, Türken, Schweden und Engländer, auch die in der neuen Welt, aus der die goldbeladenen Schiffe kamen, wie er vernommen hatte; vom König Heinrich von Frankreich und seinem Mörder wollte er wissen; davon hatte der Magister einmal gesprochen, und des Junkers erregbarer Geist formte Bild auf Bild aus der bloßen Erwähnung. Herr Onno ließ sich erbitten und gab ihm ein spanisches Ritterbuch und eine Beschreibung vom Turnierstechen in Cambrai; da lag Ernst die halbe Nacht bäuchlings bei dem Öllicht, das immer in seiner Stube brannte, weil er sich vor der Finsternis noch als Dreizehnjähriger dermaßen fürchtete, daß er Krämpfe bekam, wenn er im Finstern einschlafen sollte oder erwachte; da lag er mit glühenden Wangen, der starre Zeigefinger glitt Zeile um Zeile übers Buch und sein ganzer Körper war schweißbedeckt. Der Magister wurde des Wesens nicht mehr Herr; er stand davor und wußte sich nicht zu helfen; seine Ratlosigkeit wuchs,

als der Knabe dann auf einmal im Haus nicht mehr zu halten und
kaum daß der Unterricht zu Ende war, entlief. Schnee und Regen konnten ihn nicht hindern, seiner mangelhaften Bekleidung
achtete er nicht; er streifte durch den Wald nach Norden, über
die Weinberge bis ans Maintal hinunter, kannte bald alle Dörfer
und Gehöfte im Umkreis von zehn Stunden, schloß sich an allerlei Vagabunden an, saß bei den Bauern auf dem Feld oder wenn
sie droschen in der Tenne, trieb sich auf den Jahrmärkten herum
und vergaffte sich in Zigeunervolk und Possenreißer; wurde der
bittern Not inne, von der die Menschen bedrückt waren, hörte
die Klagen, die Seufzer, die Hoffnungen, die Gebete, sah Unrecht und Verstellung, Gewalt und Tod, tat eins zum andern wie
viele kleine Gewichte, die zusammen ein großes ausmachen und
mit denen man auf der Schicksalswage die eine Schale beschwert,
um die Last der andern zu heben und das Züngiein in die Mitte
zu bringen. Was sich aber daraus ergab, war der Antrieb, von einer Welt Kunde zu geben, die eine andere war als die schlechte
traurige und häßliche, die er sah und in der er so viele in unstill-
barer Betrübnis sich mühen sah, von einer, die in ihm drin war
wie ein Beet voller Blumen in einem Garten, von dem keine Seele
was wußte. Es begann an einem Sommerabend, den Tag vor
Fronleichnam; er ging durch das Dorf Günthersleben und hörte
von einer Bretterbude her, wo für den Festtag Hühner gebraten
wurden, Lärm und Geschrei, gewahrte näherkommend eine
Menge Menschen, und ein Weib die Budenbesitzerin, schrie auf
einen Mann ein, den ein paar Burschen festhielten. Es stellte sich
heraus, daß der Mensch einen der gerupften, noch nicht gebrate-
nen Vögel von einer Stange, wo sie hingen, weggestohlen hatte;
die Frau erspähte ihn gerade, als er die Flucht ergreifen wollte,
mehrere herumstehende Kinder liefen ihm nach und hielten ihn
auf; er sah recht verwahrlost aus, und wahrscheinlich war er unsäglich vom Hunger geplagt, denn er hatte das kurze Stück Wegs
benutzt, noch dazu im Laufen, um den Hahn aufzureißen und
was ihm von dem blutigen Innern in die Hand geriet, gierig zu
verschlingen. Als das jammernde Weib hernach den Schaden be-

25

sichtigte, fehlte eigentlich nur das Herz, das Herz hatte der
hungrige Dieb verzehrt. Scheu standen die Kinder abseits, die
ihn verfolgt hatten, Knaben und Mädchen im Alter zwischen
neun und zwölf. Ernst trat auf sie zu und sagte: „Dem ist nicht
wohl zumut, wenn einer ein Herz ißt, muß er alles vergessen,
was mit ihm gewesen ist." Die Kinder blickten ihn neugierig an,
er lächelte und fuhr fort: „Ich will euch erzählen, wie das
kommt, ich will euch die Geschichte von dem erzählen, der seines Hundes Herz aufgegessen hat." Er setzte sich unter die
Linde, die nahebei war, die Kinder versammelten sich um ihn,
und je länger er erzählte, je gebannter hingen sie an seinen Lippen.

Es war eine verhältnismäßig einfache Geschichte, aus dem lebendigen Anlaß herausgesponnen und unterstützt durch den alten Volksglauben, von dem er gehört, daß das Herzessen vergeß-
lich macht. Aber dazu erfand er passende Begebenheiten, von einem Jüngling, der nicht mehr weiß, wo sein Elternhaus ist, von
einem Klausner, der in Gläsern viele Herzen von Menschen und
Tieren aufbewahrt, von einem Waldgeist, der alljährlich in eine
Landschaft verheerend einbricht und dem man das zerriebene
Herz einer frommen Magd in den Wein gibt, wodurch erreicht
wird, daß er den Weg vergißt und im Dickicht gefangen werden
kann. Dies alles, sinnvoll verbunden, wie es ihm der Augenblick
eingab, wurde zu einem schwebenden Gebilde, dessen Vortrag
die jugendlichen Zuhörer mit Entzücken lauschten. Und da er
dies einmal genossen hatte, Ziel leuchtender gläubiger dankbarer
ergriffener Blicke zu sein, verlangte ihn danach, es wieder und
wieder zu genießen. Bald hatte er seine Lauscherschaft in allen
umliegenden Flecken, Weilern und kleinen Städten, von Klin-
genberg und Wörth bis Esselbach und Tiefenstein, von Rothen-
buch und Heimbuchenthal bis Hafenlohr und Marktheidenfeld.
Wenn er von weitem in Sicht kam, liefen ihm seine Kunden schon
entgegen; viele hatte er vielleicht erst mit dem Gefühl ungeduldi-
ger Erwartung bekannt gemacht; sie lachten ihm zu, umringten
ihn, brachten ihm Birnen, Trauben, Pfefferkuchen, Honigzuk-

ker; er setzte sich auf eine Gartenmauer, unter einen Baum, bei
schlechtem Wetter in einen Scheunenwinkel, in eine Schiffer-
hütte am Main, unter eine Brücke; sie alle um ihn her. Und nun
hieß es: Erzählt, Junker; vom Daumenklein; von der Sternen-
jungfrau; vom Hinzelmann; vom wilden Jäger; vom Moosweib-
chen; vom Eppela Gaila; vom Rothensteiner Schatz; vom Riesen
Hidde. Aus jedem Mund ein besonderer Wunsch, aber sie einig-
ten sich dann oder wurden vielmehr still, wenn der Junker an-
hub, bedächtig und lehrsam, mit schalkhafter Umständlichkeit,
mit einem Atemholen, das auf Grausiges vorbereitete. Selten erzählte er, was die erregt Gespannten forderten, was ihnen schon
Phantasiebesitz geworden war, so daß sie, deshalb nicht weniger
hingerissen, Zug um Zug vorauswußten und sich darauf freuten,
wenn die überraschende Wendung kam; ihn selbst lockte das
Neue, und aus Sage, Legende, Geschautem, Geträumtem zau-
berte er Niegehörtes hervor, als ob sein Geist jahrhundertealt
und sein Gedächtnis erfüllt wäre von allen Erlebnissen des
menschlichen Geschlechts. Er konnte sich so von einem ins
andre verlieren, daß oft die Dunkelheit hereinbrach und keiner
der Zuhörer merkte was davon; es war Licht, wenn er was Heiteres und finster, wenn er was Trauriges erzählte, das hing nicht
vom wirklichen Tag und Abend ab. Bisweilen hörte man ein kleines Mädchen seufzen oder ein Bübchen weinen, oder sie lachten
allesamt herzlich, wenn der Anlaß kam, wenn der Bösewicht
seine gerechte Strafe empfing, der heimtückische Zwerg die verdiente Züchtigung. Alle waren eines Herzens und man hörte das
gesammelte Herz freudig schlagen, wenn der unglückliche
Sohn, der von neidischen Brüdern um sein Erbteil war gebracht
worden, nach vielen Fährnissen und überstandenem zauberischen Trug endlich zu Glück und Ansehn gelangte. Es gab bestimmte Figuren, die er selbst erdacht hatte und die immer wie-
derkehrten, in verschiedenen Handlungen; Gustav, der Pfeifer,
Margret, das blinde Edelfräulein, Helmweiß, der schweifende
Ritter, Siderlist, der Magier. Nannte er einen dieser Namen, so
ging ein Aufatmen durch die Reihen, die Leiber beugten sich

vor, jeder wußte: jetzt kommt das Besondere. Manchmal wurden die Angehörigen besorgt und hielten Nachschau, wo die Kinder steckten; es geschah dann nicht selten, daß sie, statt der späten Unterhaltung ein Ende zu bereiten, sich selber niederließen, gefangen vom Wort und der Gabe des Junkers. Solche Rede hatten sie noch nie vernommen; wer hätte je zu ihnen wahrhaft geredet; was wußten sie vom Schicksal, kannten sie doch von ihrem eigenen kaum den Schatten; was hatten sie erfahren vom Geheimnis der Welt, von unsichtbaren Boten, von diamantenen Palästen, von den Gewalten, die in unscheinbaren Pflanzen schlummern, in Schlehdorn und Marktdorn, in der Haselnußstaude, im Löwenzahn; hatten sie Ahnung davon gehabt, so war es nur von der Unheilsrichtung her; daß es andere Fügung gibt, zum Glück und zur Erlösung, wußten und glaubten sie nicht. Nun erfuhren sie es. Wie geisterhaft, es Bild um Bild vor Augen zu haben; daß das möglich war; daß man den König Heinrich von Frankreich tatsächlich sah, und wie seine schöne Königin, eine Fee, das Szepter ergriff und die Sonne wieder aufgehn ließ, die seit dem unmenschlichen Mord in einer Bergschlucht begraben lag, und wie die Edlen zu Hof zogen, um ihren Herrn zu rächen. Da verstand man erst die Welt, lernte begreifen, wie es bei den Fürsten zuging. Alsbald wurde es so, daß ihm nicht bloß die Kinder auf Schritt und Tritt folgten, wenn er sich irgendwo blikken ließ, sondern er hatte auch unter Erwachsenen einen festen Anhang, allerdings nur ein Dutzend Personen etwa, aber die waren immer in seiner Nähe und fanden sich auf die wunderbarste Weise zu ihm, sobald er Schloß Ehrenberg verließ, zum Beispiel der Silberhans, ein Spielmann aus Veitshöchheim; der Christophorus Barger, ein ewig betrunkener Studiosus aus Schwanfeld; der Batsch, ein ehemaliger Würzburger Rotgerber und andere noch.

Von allen diesen Vorgängen erhielt der Magister nach und nach genügend Kunde, um in Zorn und Kummer zu geraten, auch in beständige Furcht wegen der Verantwortung, die er trug. Mußte er doch täglich gewärtig sein, daß man ihn über das unsinnige

Treiben seines Zöglings zur Rechenschaft verhielt. Es war zu jener Zeit nicht nur nicht üblich, sondern geradezu schimpflich, daß irgend ein Mensch, geschweige dann ein Edelmannssohn, auf Landstraßen und in den Dörfern herumwanderte; wer auf blanker Erde Fuß bei Fuß setzte, der verunglimpfte sich und erlitt Einbuße an seiner Ehre. Aber es half nichts, dies dem Junker vorzusagen; es half keine Mahnung, keine Züchtigung; ebensogut hätte man versuchen können, einen jungen Adler mit Zwirnsfäden an einen Wegweiser zu binden.

9

Als der Bischof und sein Kanzler in einer soliden von vier Pferden gezogenen Kalesche am vorbestimmten Tag nach Ehrenberg kamen, wurden sie vom Magister Molitor empfangen und mit vielen Verneigungen und Reverenzen in den großen Saal geleitet, der seit Jahrzehnten keinen Gast gesehen und den Wallork im Verein mit der Lenette und einigen gedungenen Knechten von Staub, Spinnweben, Mäusedreck gereinigt und mit Müh und Not in ein halbwegs respektables Ansehen versetzt hatten. Der Magister entschuldigte die Freifrau, die den hohen Besuch erst am Nachmittag erwartet habe und noch mit Ankleiden beschäftigt sei. Nach dem Junker gefragt, zeigte Herr Onno nicht geringe Verlegenheit; seit dem frühen Morgen sei er verschwunden, obgleich man ihm zu wiederholten Malen, zuletzt noch gestern, von der Ankunft seiner Gnaden des Herrn Bischof gesprochen habe. Ihre Gnaden die Freifrau so so untröstlich wie besorgt darüber und werde nicht verfehlen, Seiner Gnaden ihr Bedauern auszusprechen. Der Bischof, müde von der Fahrt und dem Rütteln der Kalesche auf den schlechten, vom Regen aufgeweichten Straßen, hatte sich in einen Sessel mit verschlissenem grünen Samt und geborstener Lehne niedergelassen. Unwirsch bemerkte er, ohne auf das Respektsverhältnis zwischen dem Magister und der Freifrau Rücksicht zu üben, da es der Dame acht

Jahre lang gelungen sei, ihre mütterlichen Ängste zu bezähmen,
sehe er nicht ein, wieso sie jetzt auf einmal Anlaß haben sollte,
sich über den Sohn Gedanken zu machen. Worauf der Magister
die Augen senkte und zu entgegnen wagte, daß er den Sachverhalt wahrheitsgemäß geschildert; im übrigen müsse er zugeben,
hier wurde seine Stimme leiser und er beugte den Kopf nach vorn
wie ein Hahn, der einen Wurm erspäht, daß sich zwischen der
Freifrau und dem Junker eine so naher Verwandten würdige Beziehung bisnun seines Erachtens noch nicht hergestellt habe.
Auch der Pater Gropp hatte indessen Platz genommen, ebenfalls
auf einem delabrierten Stuhl; er kam auf die noch unerklärte Abwesenheit des Junkers zurück und fragte scharf und erstaunt:
„Verschwunden? Ihr sagt: verschwunden? Wie ist das möglich?
Wie kann das sein? Das laßt Ihr zu? Und berichtet es als hätte er
sich nichts weiter zuschulden kommen lassen als einen Fehler im
Exerzitium? Schenkt uns nur klaren Wein ein über den ehrenwer-
ten Junker. Wir haben, dünkt mich, ein Anrecht darauf, es zu
wissen, insonderheit der Herr Bischof hat ein Anrecht darauf."

Es mußte dem Pater Gropp erwünscht sein, daß der Bischof
umfassende Belehrung erhielt, denn er selbst war hinlänglich belehrt; er hatte sich in seiner Weise um die Führung des Knaben
gekümmert, indem er sich Gerüchte zutragen ließ, den Magister
ins Verhör nahm, den er zu diesem Ende in den letzten Monaten
öfters vor sich beschieden hatte, einmal auch durch einen Besuch, den er unerkannt auf Ehrenberg gemacht, bei welcher Gelegenheit er den Junker genau beobachtet und die geheimnisvolle
Abneigung, die ihm der Knabe eingeflößt, seit er von ihm
wußte, befestigt und verstärkt hatte.

Den Magister machte das herrische Verlangen betroffen, da er
doch dem Pater Gropp unter vier Augen schon mehr eingestan-
den und zugegeben hatte als seine Absicht gewesen war und er in
seiner engen Geradheit die Schachzüge des Jesuiten nicht zu
durchschauen vermochte. Er begann zu stottern, brachte etwas
von diffiziler Komplexion vor, legte die Hand auf die Brust und
beteuerte, die Grundlage sei gut, obschon gewissen Eigenschaf-

ten der natürlichen Verfassung zuwiderliefen und wie das Unkraut auf gepflegtem Acker das edle Saatgut überwucherten. Pater Gropp runzelte finster die Brauen und schnitt den rhetori-
schen Schwall ungnädig ab. Der Magister möge zur Sache kommen; was für Eigenschaften habe er im Sinn? Dem Herrn Bischof sei nicht zuzumuten, daß er sich durch irreführende Be-
schönigungen erst den wesentlichen Kern suche. Der Vorwurf
gegen den Junker, worin gipfelt er? Heraus mit der Sprache, Magister Molitor, Seine Gnaden wird die betrüblichste Kunde zu ertragen wissen und prüfen, was zur Heilung eingerissenen Übels
zu geschehen hat. Welcher Vorwurf also? Die Unwahrhaftigkeit,
uber die bereits so viel Klage ergangen? der nicht zu dämmende
Hang zu allerlei Fabeleien, zur Verdrehung und böslichen Erfindung, zum leichtfertigen Schabernack? die Neigung zu Liberti-
nage und Landstörtzerei? die Sucht, sich mit allerlei anrüchigem
Volk gemein zu machen, niedrigen Belustigungen beizuwohnen,
in Schenken und auf Jahrmärkten zu lungern? Oder noch anderes? der Widerwille gegen alle Art von geistlicher Unterweisung,
oft bis zum Spott sich erfrechend? Heimliche Beschäftigung mit
gottlosen Druckschriften, Aventüren und Versbüchern? Trägheit
in der Ausübung alles Förderlichen? unziemlicher Trotz bei jedem Aufruf zu Ordnung, Pflicht und Sitte? Dies oder noch Ver-
werflicheres gar, Gefahrdrohenderes? Bei jeder der in Frageform
gekleideten Schuldfestsetzungen, durch die der Pater vor den
Ohren des mürrisch dreinschauenden Bischofs den Umfang seines bis dahin verhehlten Wissens plötzlich entschleierte als käme
es auf Plötzlichkeit und Überrumpelung eben an, knickte der
Magister um ein Stückchen mehr zusammen. Die Vergehungen
des Junkers in Bausch und Bogen zuzugeben hatte er nicht den
Mut, erstens nicht im Hinblick auf seine jahrelangen erzieheri-
schen Mühen, die damit als vergeblich gekennzeichnet waren,
zweitens aus Furcht vor dem Verlust von Brot und Amt, drittens
aus geheimer Zuneigung für seinen Zögling. Auch verdroß ihn
die schneidende Härte des Jesuiten nicht wenig. Andrerseits
konnte er nicht leugnen, was man im ganzen Bistum über den

Junker von Ehrenberg wußte und was er in seiner Bedrängnis
oder bloß aus schwatzhafter Wichtigtuerei dem Ankläger selbst
hinterbracht hatte. Da aber zwei strenge Augenpaare auf seine
Antwort warteten, mußte Antwort erfolgen. Die Finger gegen-
einandergespreizt, den Rücken gekrümmt, äußerte er, es seien
möglicherweise Zustände krankhafter Natur, aussetzende und
ansteigende Tribulationen, gleichsam Erhitzungen des Gehirns;
ohne Zweifel sei eine verhängnisvolle Gewöhnung vorhanden;
diese aber mit dem Titel Lügenhaftigkeit zu belegen, müsse er
nach reiflicher Erwägung Abstand nehmen. Noch viel weniger
könne er es über sich bringen, es als Laster zu brandmarken, da
er zu keiner Zeit die Hoffnung auf Besserung fahren gelassen,
während das Laster nach der Meinung aller kompetenten Seelen-
forscher quasi etwas Unverrückbares sei. Halte er sich die Reihe
der Indizien vor Augen, die wider den Junker vorlägen, so
könne eigentlich nicht sowohl von einer lügnerischen Verderbnis
gesprochen werden als vielmehr von einer unbegreiflich rätselhaften Geistesversponnenheit, um nicht zu sagen Ungegenwär-
tigkeit des Geistes, Verschlossenheit der Anima wie bei Mond-
wandlern und Aufhebung ihrer gemeinen Gesetze. Ein Blick in
das Gesicht des Jesuiten erschreckte den Magister und ließ ahnen, daß er zuviel gesagt habe, zuviel für den Frieden und die
Freiheit seines Zöglings, zuviel auch für seine eigene Sicherheit;
er hätte die unbedachten Worte gern wieder zurückgeschluckt,
aber es war zu spät. Ihn dünkte, die Gestalt des Paters werde höher und starrer, auf der kegelförmigen Stirn schien ein gelbes
Licht zu lodern, und die Augen, wie zwei schwarze Löcher, die
sich mit schillernder Flüssigkeit füllen, zeigten den Ausdruck
düsterer Genugtuung. „Ihr habt es gehört, Herr Bischof", sagte
er kalt, weiter nichts. Der Bischof fixierte den unglücklichen
Molitor erbost und rief mit schrillem Stimmchen: „Das heiß ich
gefaselt, Mann, und toll gefaselt, denn Ihr könnt gewiß sein, daß
man Euch beim Wort nimmt und das Sündennest dahier nach
Kräften ausräuchert." Während der Magister in seiner Bestürzung stumm vor den beiden stand, knarrte eine Tür in der Tiefe

des Saals, und die Freifrau trat ein, mit einem halb süßen, halb huldvollen Lächeln ins Leere, und seltsam geschmückt. Sie trug ein papageiengrünes spanisches Fransentuch über einem mattblauen Samtkleid mit Halskrause und Spitzenärmeln. Über die noch jugendliche engverschnürte Büste liefen fünf Perlenbänder mit fünf goldnen Agraffen in der Mitte; auf dem Kopf trug sie eine Perlenhaube, unter der das flachsgelbe Haar bis auf die Schulter wallte.

Sie sah sich unsicher um und trippelte dann auf den Bischof zu, der sie finster erstaunt betrachtete. Nach ehrfürchtiger Verneigung küßte sie dem Kirchenfürsten die lässig dargereichte Hand; danach trat sie einen Schritt zurück, der zeremonielle Ausdruck schwand aus ihrem Gesicht, und verächtlich sah sie sich in dem öden Saal um, den sie zuvor nie betreten hatte. Mit einer vornehmen Handbewegung, die Bedauern und stumme Anklage enthielt als sei es unter ihrer Würde, sich wegen solcher Umgebung zu rechtfertigen, bat sie um Entschuldigung für ihr verspätetes Erscheinen, aber sie habe eine schlechte Nacht gehabt; sie könne überhaupt auf Ehrenberg nicht schlafen, das Lager sei zu hart, die Kissen seien zu hart, durch die Fenster blase der Wind und unheimliche Geräusche durchbrächen die Stille. Niemals und nirgends habe sie Mangel gelitten wie hier, unter einem geborstenen Dach bei Rüben, Ziegenkäse und saurem Krätzer; was für prächtige Gelage habe man ihr veranstaltet, wie viel glänzende Jagden und höfische Schaugepränge, wie viel Gold sei durch ihre Finger geflossen, wie viel Kleinodien habe man ihr verehrt, wie viel große und berühmte Herren hätten ihr Artigkeiten erwiesen. „Ei, die Welt ist was Herrliches, wenn man sie nur recht kennt, Herr Schwager und Bischof", rief sie mit ekstatisch nach oben gedrehten Augen aus, während ihr kleines altes Kindergesicht totenblaß war, so daß hinter dem Eitlen und Ruhmredigen etwas Verzweifeltes durchschimmerte. Der Bischof und der Pater blickten einander bedeutsam an, und jener ließ sich widerwillig vernehmen: „Da erstaunt es mich nur, daß Ihr nicht geblieben seid, wo Ihr es so prächtig getroffen habt." Worauf die

Freifrau, ihn fest ansehend, erwiderte: „Alles hat seine Zeit, die Wonne ihre und der Jammer seine." Wieder veränderte sich ihr Gesicht, und sie sagte lebhaft, der Herr Bischof möge ihrs nicht nachtragen, daß sie ihn durch ihren Boten um ein Darlehen angegangen, sie sei indessen der Ungebührlichkeit ihres Verlangens inne geworden, der Fülle der Verpflichtungen, die ohnedem schon bestehe; hätte sie einen Tag bloß gewartet, so hätte sie ihn nicht molestieren müssen, da sich in ihrer Bagage ein ganzer Beutel mit Gold gefunden, den ihr der Landgraf Ludwig beim Abschied eigenhändig überreicht. Die Lenette habe den Beutel entdeckt, sie selber habe nicht mehr dran gedacht, kein Wunder, habe man ihr doch dorten so viel Liebe und Sorgfalt bezeigt, daß sie des Einzelnen gar nicht recht geachtet. Immer wieder mußte sie davon sprechen, daß man sie da draußen, bei den Großen der Welt, verwöhnt und gehätschelt habe, und immer wieder klang die heimliche Trostlosigkeit durch die Lobpreisung. Wenn dem so sei, murrte der Bischof, und sie wirklich mit Reichtümern beladen auf Ehrenberg gelandet sei, könne sie ja von nun ab die Hausstandslasten auf ihre eigenen Schultern nehmen, ihm obliege dann nur, den Neveu unter strengere Zucht zu stellen. Er warf einen vernichtenden Blick auf den Magister, der sich in einen Mauerwinkel gedrückt hatte und gern unsichtbar gewesen wäre. „Mit Euerm Neveu könnt Ihr es nach Belieben halten", rief die Freifrau fast mit Hohn; „das ist vielleicht sein Schicksal, daß er erst herausfinden muß, wo er hingehört, zu Euch oder zu mir oder zu keinem von uns beiden. Wie aber soll ich wirtschaften dahier, wenn bei der Tafel das Ungeziefer in meine Schüsseln fällt, und womit, wenn von allem Geld nicht mehr so viel da ist, daß ich mir einen Lalch kaufen kann?" Der Bischof fragte finster: „Was habe Ihr aber dann gemacht mit dem Beutel voll Gold?" Da lachte die Freifrau hellauf und antwortete: „In den Brunnen hab ichs geworfen." Der Bischof sah den Pater Gropp an; der, mit gesenkten Augen, neigte kaum merklich das Haupt, und um seine wagrechte Mundspalte zuckte ein schlimmes Lächeln.

Inzwischen war der Magister ans Fenster getreten und gewahrte unten im Hof den Junker Ernst. Er war nicht allein gekommen; unterm Hoftor standen einige seiner Trabanten, der Silberhans, der Batsch, dann ein Zwerchpfeifer aus Ochsenfurth und ein halbes Dutzend Burschen und Mädchen; diese alle sahen ihm neugierig und verwundert nach, ebenso neugierig und verwundert, wie ihn von oben Herr Onno betrachtete und durch seinen halblauten, erstaunten Ruf: „Da ist unser Junker" auch die Freifrau und den Bischof veranlaßte, zum Fensterbord zu eilen. Der Knabe schien gänzlich verwandelt; er trug ein blaues Pagengewand mit seidenen Strümpfen und Schnallenschuhen und ein flaches Barett mit weißen Federn. Der Anzug war nicht neu, das war wohl zu merken, auch nicht auf seinen Leib geschnitten, er schlotterte über der Brust und an den Beinen, und die Schuhe sahen aus als wären sie lang an keinem Fuß gewesen; dennoch wirkte seine Erscheinung so prinzenhaft, daß Wallork und die Lenette, die vor die Leutetür gestürzt waren und eben noch gewahrten, wie er die moosbewachsene Freitreppe emporstieg, ihm offenen Mundes nachschauten. Gleich darauf trat er in den Saal, und statt die Versammelten zu grüßen, blieb er schüchtern an der Tür stehen. Er hatte sich dem Oheim Bischof mit edelmännischem Gruß nahen gewollt, das war sein Vorsatz gewesen, er hatte sich unterwegs Form und Wort ausgedacht, doch unterließ er es nun, und es schien als ob ein leichter Schauer über seine Schultern flöge, rätselhaftes Gefühl, das ihm selbst nicht klar wurde, obschon er ihm eine Richtung gab, als er den langsamen Blick nach der Stelle lenkte, wo stumm und lautlos der Pater Gropp stand. „So sprecht doch, Junker, verneigt Euch doch vor Seiner Gnaden", murmelte Magister Onno bedrückt. Er gehorchte, verneigte sich und trat zögernd näher. „Wer hat ihn denn so ausstaffiert?" fragte, mehr sich selbst als ihn oder den Magister, die Freifrau flüsternd und mit einer Miene als sei ihr sein Wesen, sein Gesicht, seine Gebärde alles in einem quälend unheimlich, so wie neulich, als er sich anheischig gemacht, ihr was zu erzählen und sie aus dem Zimmer gelaufen war, kaum

daß er den ersten Satz begonnen, entsetzt darüber, daß er dastand, daß er sprach, zu ihr sprach, so wirklich, Frau Mutter
sagte, so wirklich…

Der Knabe richtete seine leuchtenden Blicke freimütig auf das
Gesicht des Bischofs. Das Barett hatte er abgenommen und hielt
es zwischen den Händen. „Meine Frau Mutter wundert sich,
daß ich in dem schönen Kleid komme, aber ich wollt vor Euch
nicht als Betteljunker erscheinen, Herr Oheim," begann er mit
seinem bestrickenden Lächeln, das die schneeweißen Zahnrei-
hen noch heller machte und den Reiz der bräunlichen Gesichts-
haut erhöhte, „Betteljunker war ich, Betteljunker werd ich wohl
bleiben, aber um Euch Ehrerbietung zu erweisen und weil unsere Lenette so kummervoll über die Dürftigkeit meiner Gewan-
dung war, bin ich nach Heidingsfeld zum Herrn Grafen Orten-
stein gegangen und hab ihn gebeten, er soll mir helfen, da er
doch reich ist und fünf Söhne hat, deren einer mir vielleicht ein
Wams schenken kann. Der Graf hat zuerst gelacht, wie ich mit
meinem Anliegen vor ihn kam und wollt mich wieder meiner
Wege schicken, da hat sein Ältester, der Junker Bernhard, gemeint: das ist doch der Junker von Ehrenberg, der die närrischen
Geschichten weiß, mag er doch was von seinen Geschichten zum
besten geben, dann soll er ein Wams haben. Da hat der alte Graf
noch mehr gelacht und hat gesagt: gut, Junker, setz dich her und
erzähl was und wenn uns die Geschichte gefällt, sollst du ein Pa-
genröcklein haben und Schuh und Strümpf noch dazu. Das hab
ich getan, und hab mir ein schönes Kleid zusammengeredet."

Er schien unmäßig stolz auf seine Tat, und seine Züge hatten
einen Glücksausdruck als habe er dem Kaiser eine verlorene Provinz gerettet. Jeder mußte ihm das Vollbrachte ohne weiteres
glauben, der ihn sah und hörte; Magister Onno, besorgt den
Kopf schüttelnd, konnte sich doch dem Schmelz und der unschuldigen Heiterkeit seiner Rede nicht entziehen; die Freifrau
stand da als zähle sie die Löcher und Risse in der Tapete; ihre Ohren waren blutrot und ihre Lippen bleich; der Pater Gropp, den
Junker mit einem düsterforschenden Blick von der Seite, aus

flüchtig gehobenen Lidern heraus streifend, rieb die Finger gegeneinander und wandte sich an den Bischof mit der Frage, ob er
nicht einen Imbiß nehmen wolle, da man ja alles dazu Erforderli-
che in der Kalesche habe, eine Mißachtung ihrer Hausfrauschaft
und -pflicht, über die die Freifrau hinweghörte; der Bischof erwiderte nichts, er machte ein paar Schritte bis er vor dem Junker
stand, schien eine Weile das rechte Wort nicht zu finden und
fragte dann wie zerstreut, beinahe verlegen: „Und was hast du
denen also erzählt? was wars denn für eine Geschichte, die sie dir
so großmütig belohnt haben, die Ortensteinischen? Sind sonst
nicht von Gebersdorf, die Ortensteinischen." Ernst nickte lächelnd als begreife er nichts so gut wie diese Wißbegier und antwortete voll schelmischer Beziehung: „Es war, Herr Oheim, die
schöne Geschichte von der Jungfrau Ilse, wie sie bei der großen
Wassersflut mit ihrem Verlobten auf den Brocken flieht und wie
sich der Felsen spaltet, auf dem sie gerade stehen und wie sie umschlungen alle zwei in die Fluten stürzen. Noch heute schließt
sie alle Morgen den Ilsenstein auf, um sich im Ilsenfluß zu ba-
den. Wenigen ist es vergönnt, sie zu sehen, aber wer sie kennt,
preist sie. So ging es auch einem armen Köhler, und wie es ihm
erging, das ist die eigentliche Geschichte, Herr Oheim." Der Bischof drehte sich zu Pater Gropp um und sagte mit einer heiser
verschluckten Stimme: „Gut, so wollen wir hier unsern Imbiß
nehmen, Gropp, der Junker soll uns dabei Gesellschaft leisten
und uns die Geschichte auch erzählen." Der Pater öffnete groß
die Augen und rührte sich nicht vom Platz; erst nach geraumer
Zeit schien er die Weisung verstanden zu haben.

10

Zwei Stunden später saß Ernst im bischöflichen Wagen an der
Seite seines Oheims auf der Fahrt nach Würzburg. Das war mit
sonderbarer Schnelligkeit zugegangen und nicht unter Vorzei-
chen, wie sie der Pater Gropp gewünscht hätte. Nicht war die

Rede von verschärfter Zucht, von Verbringung in eine Kollegien-
schule oder ein strenges Seminar, oder nur in Kost und Losa-
ment bei einem geistlichen Professor in Würzburg oder Bamberg, nichts von dem. Der Bischof hatte erklärt: du kommst mit
mir und wohnst in meinem Hause, ich will für alle deine leiblichen und sonstigen Bedürfnisse Sorge tragen. Keinen Tag länger
sollte der Junker auf Schloß Ehrenberg bleiben. Was mit dem
Magister Molitor zu geschehen habe, werde angeordnet werden;
auch im Hinblick auf die Freifrau und ihr ferneres Leben auf
dem Schloß werde das Nötige angeordnet werden. Kaum gönnte
er dem Junker Zeit, sich von seinem alten Lehrer und der tauben
Lenette, die in Tränen zerfloß, zu verabschieden. Der Abschied
von seiner Mutter bestand darin, daß er sich stumm vor ihr verneigte und dann anscheinend auf etwas wartete. Worauf, war
nicht zu ergründen. Er wartete vergebens, die Freifrau richtete
kein Wort, keinen Blick an ihn; sie sah auf seine Hände nieder,
lächelte töricht verstohlen und schwieg und sah aus als ob ihr das
Schweigen kostbar sei.

Die ungestüme Eile des Bischofs glich auf ein Haar der eines
Mannes, der einen geraubten Schatz in Sicherheit zu bringen
hat. Da sein Gesicht nichts verriet, selbst wenn es innere Regungen hätte kundgeben wollen, weil das Innere zu arm war und
durch die Hülle nichts dringen konnte, blieb auch seiner Umgebung verborgen, was ihn antrieb und bewegte. Oder sie erkannten es nur aus demselben Grunde nicht, aus dem ein Rätselrater
die simple Einfachheit einer Lösung verwirft, da doch das Einfache das Unbegreifliche ist. Er verwandte keinen Blick von dem
Knaben; wenn er beim Reden auf den jugendlichen Mund
schaute, formten seine schlaffen Lippen in greisenhafter Albern-
heit die Worte nach; einmal, im Eifer des Sprechens, legte Ernst
mit kindlicher, doch dem Pater Gropp sträflich erscheinender
Vertraulichkeit selbstvergessen die rechte Hand auf den Ärmel
des Bischofs; da zeigten sich auf den Wangen des alten Mannes
zwei rote Flecken, und seine Augen bekamen einen fieberhaften
Glanz. Laß nur, murmelte er hastig, als der Junker die Hand er-

schrocken wegzog, laß nur, mein Sohn. Dies alles beunruhigte
den Pater, aber es war nicht seine Gewohnheit und die von seinesgleichen nicht, einer Sorge dadurch ledig zu werden, daß man
sie zur Sprache brachte; vieles mußte sich sammeln und dann
durch sein Gewicht die Richtung des Entschlusses bestimmen.
Wassertropfen lassen sich nicht von einer Stelle zur andern tragen, aber gefüllte Eimer. „Du sollst ein eigenes Gelaß bei mir haben", sagte der Bischof zu seinem Neffen; „gegen meinem
Schlafzimmer über, in der Ecke vorm Schwibbogen, Ihr wißt,
Pater Gropp, da ist eine prächtige Kammer, die soll er haben."
Es war ein großes dumpfes dunkles Zimmer, in das der Hausmeier David Rotenhan den Junker nach seiner Ankunft führte;
alte Truhen standen drin und ein geschnitzter Eichenschrank,
der bis zur Decke reichte; an der einen Wand zwischen den Fenstern hing ein hölzernes Kruzifix, an der andern ein bis zur
Schwärze verräuchertes Bildnis des Bischofs Julius Echter von
Mespelbrunn, des großen Vorgängers von Philipp Adolph. Das
Lager war ein Strohsack in einem Gestell mit ein paar Decken
drauf; den schweren Tisch zierten ein silberner Leuchter, ein
mächtiges Tintenfaß und ein in Pergament gebundenes lateini-
sches Brevier. Wenn man sich ans Fenster stellte, sah man eine
enge Gasse mit schmalen traurigen Häusern, an deren geschlossenen Fenstern bisweilen traurige, argwöhnische Gesichter erschienen. Dem Junker wollte das Gelaß nicht gefallen, die Straße
mit ihren Häusern auch nicht; nachdem er sich alles halb neugierig, halb ängstlich angeschaut hatte, ging er auf den finstern Flur
hinaus und weiter, an Türen vorbei, auf deren Klinken er drückte
und die zugesperrt waren. Er erklomm eine Treppe, da war abermals ein Flur, wieder mit zugesperrten Türen. Oben war es jedoch ein wenig heller, er gewahrte verstaubte Bilder an den Wänden, Bilder von Heiligen und der Passion Christi, geschnitzte Figuren und allerlei Kirchengerät, Betstühle, Weihkessel, Mon-
stranzen, verblichene Teppiche. Er wanderte, ohne einer Menschenseele zu begegnen, ab und auf durch den alten Palast, bis er
müder wurde als sonst, wenn er stundenlang durch den

Schwarzforst marschiert war, und als vor einer Treppe der Pater
Gropp vor ihm stand wie aus dem Boden gewachsen, stieß er vor
Schreck einen leisen Schrei aus, und der nämliche Schauder über-
flog ihn wie vor Stunden, als er bloß seine Gegenwart daheim im
Ehrenberger Saal gespürt hatte. Der Pater, der gut seine sechs
Fuß maß, sah stumm auf ihn herab, in böser Weise stumm, Ernst
blickte zu ihm empor, an dem schwarzen Kleid bis hinauf zu
dem viereckigen Flachhut, so standen sie eine Weile schweigend
einander gegenüber, und Ernst dünkte es, daß eine Ewigkeit verflossen sei, als er die Worte hörte: „Der Herr Bischof verlangt
nach dir. Geh hin. Ich aber will dir sagen: wenn du ihm mit deinem hexischen Geplapper Geist und Herz verwirrst, so gnad dir
Gott in deinem Sündenjammer." Der Junker dachte, der Pater
wolle scherzen, doch ein Blick in die granitenen Züge belehrte
ihn, daß in dem Mann so wenig Neigung zu Spaß und Spiel
wohnte wie in dem finstern Bischofshause Licht und Sonne Einlaß fanden; warum aber, war sein Gedanke, läßt er mich so drohend an und steht vor mir da wie der Riese Einheer vor den Winden und Haunen, was kann ich ihm angetan haben? ich will doch
den Herrn Oheim drum fragen. Was kann ich ihm angetan haben: uraltes Staunen der Arglosen vor den Argen. Schwerlich
hätte der Bischof die Antwort geben können, auch wenn Ernst
zuletzt nicht den Mut verloren hätte, denn der Pater ging ihm
unsichtbar nach und verbot ihm die Frage. Zum erstenmal
spürte er Menschenfurcht, die unbesieglichste aller Ängste und
die unheilbarste; sie langte mit einer Tatze in seine Seele hinein,
da war etwas, das er meiden mußte, einer, der still im Dämmer
der Stube stand, wenn er einschlief und aufwachte und in dessen
Augen eine Welt war, vor der man die eigenen Augen schließen
mußte, sonst war alles trüber und verworrener als man es bisher
gewußt. Der Bischof ahnte davon nichts; er hatte vorerst keine
Lust, nach Verborgenem im Gemüt des Knaben zu forschen, da
er vollauf mit dem beschäftigt war, was zutage lag; die Leute bemerkten eine große Veränderung in seinem Wesen, die sich am
deutlichsten in Gegenwart des Junkers zeigte, so daß es schon

nach kurzer Zeit gewiß war, daß er die Gesellschaft seines Neffen nicht mehr missen konnte. Gleich nach der Frühmesse verlangte er nach ihm, ließ ihn aufwecken, konnte es nicht erwarten, bis er kam. „Setz dich her zu mir," sagte er, „hast du schon deine Grütze gegessen, da setz dich her auf den Schemel, damit wir uns unterhalten können, und hab keine Scheu vor mir, sprich nur alles, was dir in den Sinn kommt, das hör ich gern, brauchst gar nicht acht zu haben auf deine Wort." Geschah es dann nach seinem Wunsch, so beugte er sein Haupt gegen den Knaben nieder, lauschte nicht bloß mit den Ohren, sondern mit Augen und Händen, und wenn einer ihn dabei störte, der Sekretarius, der Stadtprofoß, ein Mönch, ein Domherr oder ein Hausbediensteter, fuhr er auf, stierte den Betreffenden grimmig an und winkte ihm, wieder zu gehen. Alle Mahlzeiten mußte der Junker mit ihm teilen; zehnmal hintereinander fragte er ihn, ob er das nicht möge oder das, was er am liebsten esse, ob er ihm ein Hühnchen zubereiten lassen solle oder Wildpret oder Mehlgebackenes mit süßem Schaum. So etwas war nie vorgekommen, niemand hatte es für möglich gehalten; aber er ging noch weiter in der Überwindung verhärteten Geizes; er ließ den vornehmsten Schneider der Stadt kommen und bestellte für den Junker ein Staatskleid aus dunkelviolettem Samt mit Zobelbesatz und dazu einen kostbaren Mantel. Während der Schneider Maß nahm, stand der Bischof aufpassend dabei, ermahnte ihn in seiner scheltenden Weise zu genauer Arbeit und daß er mit Stoff und Futter nicht sparen solle. Als nach wenigen Tagen der neue Anzug kam und der Junker sich ungemein stattlich darin präsentierte, ging der Bischof etliche Male im Kreis um ihn herum und ließ mit der Zunge fortwährend ein entzücktes Tz-tz hören wie ein Handeljud, der ein gutes Geschäft abgeschlossen hat. „Sollst auch eine goldne Kette haben," flüsterte er ihm ins Ohr, „wenn du brav bist und mir in allem folgst, schenk ich dir eine schöne goldne Kette." Ernst küßte den Oheim lächelnd die knochige behaarte Hand und verbarg seine Gedanken, welche er auch haben mochte; niemals äußerte er etwas über sich selbst, niemals sagte

26

er, wie ihm zumute war, noch was er gesonnen war zu tun, niemals ließ er sich Traurigkeit oder Sorge anmerken, über seiner ganzen Person lag die strahlende Verträumtheit seines Gemüts wie ein glitzerndes Gewebe, durch das nichts von seinem Innern zu erkennen war. Indes der Schneidermeister noch an ihm herumnestelte, eine Falte vor der Brust glättete, ein Band am Knie fester zog, lachte der Junker hellauf, weil ihm der spindeldürre und vor dem Bischof verängstigte Mensch recht komisch vorkam, und fing an, die Geschichte eines Schneidergesellen zu erzählen, der geprahlt hatte, er getraue sich zur Mitternachtszeit über den Kirchhof zu gehn; das führte er auch aus, es war eine eiskalte Dezembernacht, die Gespenster umringten ihn und zwangen ihn unter fürchterlichen Drohungen, daß er jedem an seinem klappernden Gebein das Maß zu einem Kleid nahm; den Stoff wollten sie ihm in die Werkstatt legen, wenn er heimkam, würde alles Tuch schon da sein, und er mußte geloben, die vierundzwanzig Kleider, so viel Gespenster waren da, in der Neujahrsnacht auf den Kirchhof zu bringen. Um Gotteswillen, jammerte der Gesell, wie soll ich in so kurzer Frist, es sind ja nur noch neun Tage, vierundzwanzig Gewänder verfertigen, habt doch Mitleid, ihr Knochenleute; aber da nützte kein Bitten, die gespensternden Herrschaften bestanden auf ihrem Willen. Wie nun der Schneider nach Hause kam, sah er in seiner Einbildung große Ballen Zeug in der Werkstatt und machte sich unverzüglich mit Elle, Nadel und Schere an die Arbeit. Aber niemand konnte den Stoff sehen als er allein, und da er nun, auf seinem Tisch hockend, in die Luft hinein schnitt und maß und nähte, entsetzten sich alle, die es sahen und hielten ihn für übergeschnappt. Er ließ sich jedoch bei seinem Tun nicht stören, sondern nähte und schneiderte Tag und Nacht, aber bei aller Mühe konnte er bloß dreiundzwanzig Gespensterkleider fertig bringen. Die türmte er in der Neujahrsnacht übereinander, huckte sie auf den Rücken, es war nichts, es war wiederum lauter Luft, gleichwohl schleppte er sich stöhnend unter der Last zu den Gräbern. Beim zwölften Glockenschlag, wie es sich gebührt, stell-

ten sich die Gerippe ein. Der Schneider, den die Angst pfiffig gemacht hatte, packte die eingebildeten Kleider mit großer Lang-
samkeit aus, forderte, daß jedes Gespenst seinen Anzug besonders probiere, besah sich jedes mit Kennerblicken, hatte an jedem etwas zu glätten und zu bessern und zu sticheln (obgleich da
nichts zu sehen war als das blanke Gebein und wer weiß, ob sogar das) und zögerte seine Geschäftigkeit so lange hin, daß die
Turmuhr gerade eins schlug, als er zum vierundzwanzigsten seiner Kunden kam. Da mußten sie aber natürlich alle verschwinden, und sei es nicht ausgemacht, so schloß der Junker schalk-
haft, ob sich nicht alle vierundzwanzig für gefoppt hielten, da sie
doch nach wie vor mit nackten Knochen tanzen mußten, oder
ob der Schneider allein der Narr war, da er so viel Müh und Zeit
darauf verwendet hatte, den unwirklichen Schatten unwirkliche
Schattenkleider zu liefern.

Nicht bloß der Schneidermeister und der Bischof waren bei
dieser Erzählung die Zuhörer; es hatte sich noch eine ganze Anzahl anderer Personen eingefunden, der Sekretarius Baumgarten, der Hausmeier Rotenhan, der seinem Herrn einen Bericht
abzustatten kam, ein junger Dominikaner aus dem Kloster Himmelspfort, der im Vorzimmer gewartet hatte und zwei Alumnen
aus der im Anbau des Schlosses untergebrachten Schule; sie sollten in Begleitung eines Diakons dem Bischof als Novizen vorgestellt werden. Einen der beiden kannte Ernst zufällig; es war ein
Lehrerssohn aus Kitzingen, er hatte ihn oft unter seinem Gefolge gesehen, wußte auch, daß er Peter Mayer hieß; der unter-
drückte mit Mühe einen Freudenschrei, als er des Junkers ansichtig wurde; von der Stimme angelockt, war er der erste gewesen, der sich auch die Türschwelle gewagt hatte, nachher folgten
ihm die andern, auch ein Chorherr gesellte sich schließlich dazu,
und der Bischof selbst war so benommen von der Art und Rede
seines Neffen, daß er Einspruch und Abwehr gegen die Herein-
drängenden vergaß, die sich damit eines sträflichen Übergriffs
schuldig machten. Aber so war es eben, bei diesem Anlaß wie bei
jedem, die Heiterkeit und Grazie, mit der der Junker Ernst seine

26*

Geschichten vortrug, bezwang das widerwilligste Ohr; kein Unterschied zwischen Alt und Jung, der mit Geschäften beschwerte Amtsträger mußte ebenso stillhalten und lauschen wie der einfache Handwerker, die finstersten Züge verschönten sich durch ein verwundert-sinnendes Lächeln. Die Gespenstergeschichte da, was war sie schließlich, ein ergötzliches Nichts, und als ob sich der Erzähler hätte heimlich lustig machen wollen über das Nichts, hätte zeigen wollen, wie aus dem Nichts ein Etwas wird, wenn man den Schicksalsbogen drüber auswölbt, machte er es noch zum Inbild des Geschehens. Aber wie alles schwebte und sich bewegte, ohne Gewicht und ohne Greifbarkeit wie Blumen in einem klaren Spiegel; wie es aus der Tiefe kam, in der das Ängsten und Weben des Volkes war, so daß es, gesprochen und zur Figur gestaltet, zum elementhaften Wesen wurde, dem Gang und Rhythmus der Sterne ähnlich, notwendig der Seele und entlegen dem Geist. Er hatte es in einem Augenblick erfunden; als er den Schneidermeister so besorgt und wichtig an sich herum hantieren sah, war alles schon Erscheinung, und er hätte ohne das geringste Nachdenken gleich zehn andre Geschichten dranhängen können, die freilich noch nicht Erscheinung waren, bloß Schein. Aber darum mußte er sich nicht plagen, da war eine Kraft in ihm, der er sich nur anzuvertrauen brauchte, ein Hinströmen und er mußte dem Strom gehorsam sein, oder eine Last, deren er ledig werden mußte, wenn er nicht drunter ersticken wollte. So kam es, daß er auch hier alsbald, wo er ging und stand, seine Zuhörer hatte: in der Antikamera des Bischofs, unterm Torweg des alten Palastes, auf dem Platz vorm Dom, an der Mainbrücke, in einem abseitigen Gäßchen, im Häuserwinkel bei einer Schmiede. Da aber der Oheim Bischof seinem unzähmbaren Freizügigkeitshang mit jedem Tag drückendere Schranken setzte, obschon in einer feigen Art, so daß das Verbot anfangs immer vom Hauptmann der Schloßwache ausging, der ihn dann auch überwachen ließ, entwischte er oft ungesehen und zu abendlichen Stunden, bestellte sich auch Kinder und junge Menschen in den Hof, in die Flure des Bischofshauses, und einer seiner häufigsten Gänge war, nachdem er sich mit Peter Mayer verständigt hatte, zu den Alumnen im andern Trakt; hiezu brauchte er das Haus gar nicht zu verlassen. Als die Lehrer und Aufseher dahinter kamen, verwehrten sie ihm den Eintritt; doch sei es, daß sie sich gegen den Günstling und Verwandten des Bischofs eines nachhaltigen Widerstandes entäußerten, sei es, wofür bessere Gründe sprachen, daß des Junkers liebenswerte Schmiegsamkeit und leuchtende Offenheit auch sie in Bann schlug, sie drückten ein Auge zu und stellten sich unwissend, wenn er nach Anbruch der Dunkelheit in die Säle schlich und zwanzig, dreißig, vierzig von den Zöglingen um sich versammelte wie ein Priester, der zum Gottesdienst ruft; einige von den Präzeptoren mischten sich selber unter die ungeduldige Schar und bemühten sich nur, möglichst ungesehen zu bleiben. Die Alumnen, hagere Jünglinge mit traurigmüden, -hohlen Augen, die Gesichter fahl und schlaff und in allem Tun lautlos, wie es die Hoffnungslosen sind, hatten sich schon den ganzen Tag gefreut und ließen sich gern forttragen aus ihrer kalten Welt, in der die geistige und sinnliche Nahrung so kärglich war wie die leibliche. Das reizte den Junker Ernst sehr, diese Müden zu bewegen, die Bedrückten zu erheben, ihrer innern Finsternis unerwartete Helligkeit zu spenden. Da wurden seine Erzählungen am übermütigsten, und Ausgelassenheit verband sich oft mit unbewußtem Tiefsinn wie in der Geschichte von dem Mann, dessen größter Kummer war, daß die Zeit so schnell verging, und der überall die Uhren stillstehn machte; wo er einer Uhr habhaft wurde, brachte er sie zum Stehen, auch auf die Türme stieg er und zerstörte das Räderwerk, und wie er einmal eine einzige Stunde brauchte, um eine gute Tat zu vollbringen, fehlte ihm die, denn der Tod trat in die Tür, und es war zu allem zu spät. Von derlei Begebenheiten und Erfindungen war er voll; auch versuchte er etwas bei den Alumnen, worauf schon die morgenländische Scheherazade verfallen war, von der er jedoch nie vernommen hatte; er erzählte eine Geschichte nicht zu Ende und spann sie in den nächsten Abend hinüber, manchmal in den zweiten und dritten; an der verwickeltsten

Stelle aufzuhören und die Erwartung über einen Tag in Atem zu
halten, bereitete ihm Genuß, es war wie ein kleiner Betrug an der
Phantasie der Menschen und ein Erproben ihrer Gläubigkeit, die
er ja dann nicht enttäuschte. Er war durch eine Not draufgekom-
men; der Oheim Bischof hatte einen Mönch mit seiner Bewa-
chung betraut, zu allen Stunden, in denen der Bischof selbst
durch sein Amt verhindert war, sollte dieser Mönch, ein dum-
mer alter Mann, in der Nähe des Junkers sein; es gelang Ernst,
auch den zu betören, und da er neben seiner Einfalt ungemein
neugierig war, konnte Ernst nur dadurch sein Schweigen erkau-
fen, daß er den Faden einer Geschichte immer in dem Augenblick abriß, wo dem Bruder Felician, der alles als wirkliches Geschehnis nahm, vor Aufregung das Wasser aus dem offenen zahn-
losen Mund lief. Nicht allein dem Bruder Felician ging es so.
Nach Verlauf mehrerer Wochen war das ganze Domkapitel über
den Junker ins Fieber geraten, Domherren, Pröpste, Kapläne,
Dekane, Kapitulare, Laienpriester, Klostergeistliche, alle fing er
ein, alle unterlagen der rätselhaften Gabe, und obschon sie Gewalt genug über sich hatten, um sich nicht so stürmisch an ihn
anzudrängen wie die Jugend, die oft in ganzen Heerscharen
Schloßhof und Domplatz besetzt hielt, nur in der Hoffnung, ihn
zu sehen, dünkte es doch den meisten, als ob sie ein leibhaftiges
Wunder erlebten, und sie glaubten, dem Bischof zu gefallen,
wenn sie den Junker rühmten und ihr Erstaunen laut verkündeten. Dem war aber nicht so. Der Bischof wurde von einer wachsenden Unruhe ergriffen, die allmählich seine Gewohnheiten
durchbrach, seine Tageseinteilung umstieß, seine Audienzen,
Übungen, Gebete und richterlichen Entscheidungen störte.

11

In seinem Gehaben wechselten Anfälle grundlosen Zorns mit
hinterhältiger Verschlossenheit. Er konnte keine Nacht mehr
schlafen. Dem Pater Gropp ging er scheu aus dem Weg, und
wenn er das Zimmer betrat, kam etwas Fahriges über den Bischof wie über einen, der böse Heimlichkeiten hat. Einmal, als
der Pater schweigend am Tisch saß, mit gesenkten Augen, und
der Bischof ärgerlich murmelnd sein Brevier suchte, das er eben
noch in der Hand gehalten, brach er plötzlich in die Worte aus:
„Ja, ich hab ihm das Kettlein geschenkt, damit Ihrs wißt." In der
Tat hatte er ein paar Stunden zuvor dem Neffen die versprochene
goldne Kette um den Hals getan; aber was nötigte ihn, es dem
Pater Gropp zu melden, und in so zänkischem Ton? Der Pater
schwieg. Manchmal ging der Bischof in der Nacht unstet in seinem Gemach hin und her, zu Zeiten trat er in den finstern Flur
und wanderte auf und ab. Dabei geschah es oft, daß er an der Tür
des Junkers still hielt, um zu lauschen. Ein undeutbares Lächeln
flimmerte über die greisenhaft verfurchten Züge, wenn er von
drin den Atem des Schläfers zu vernehmen glaubte. Es schien als
könne er den Morgen nicht erwarten und müsse den Knaben aus
dem Schlummer und an seine Seite holen. Eines Nachts überwältigte ihn die Ungeduld; er öffnete leis die Tür, da es Vollmondzeit
war, erfüllte trotz des bedeckten Himmels ein dämmriges Schimmern die Stube, er wollte den Knaben ansehen, bloß ansehen,
trat unhörbar näher und beugte sich über ihn, um das schöne
Gesicht, so fremdartig im Schlaf, besser betrachten zu können.
Was war es denn, was in ihm wühlte und brannte; es gibt eine
zwischen Himmel und Hölle schwankende Neugier, für die der
Schlaf des andern Menschen das Geheimnis der Geheimnisse ist;
wem der menschliche Leib nur als Haus der Dämonen gilt, der
mag glauben, daß er sie so am sichersten belauschen kann, und
wenn er, im Streit mit einem unbekannten süßen Gefühl, den
sündigen Schauplatz von ihnen verlassen hofft, ist ihm ein Weg
zur Rechtfertigung gebahnt, er darf es dulden, daß sein Herz

freudig schlägt. Wie eigen für den Siebzigjährigen: hingezogen
werden zu einem Wesen, sich nach dem Wunderbaren sehnen,
das in dem Wesen ist, sich ausdenken, wie das Blut in den Adern
rauscht, wie die Glieder beschaffen sind, die leuchtende Haut
anfassen mögen, sich an das Lächeln erinnern, das die frischen
Lippen schwellen macht wie eine Mandel, die man in heiße
Milch legt. Da ist Einer und ihm gegenüber die Welt mit ihren
Schätzen; der Eine bedeutet mehr als die ganze Welt, an ihm haften Wunsch und Sinn, man könnte weinen, daß man ihn nicht in
sich hineinpressen kann, verborgen vor allen Blicken, und ihn
tragen wie eine Schwangere ihr Kind. Was man liebt, sollte unge-
boren sein, das Geborene entfernt sich; oft war dem Bischof zumut als müsse er dem schönen schlanken Knaben die Kehle zu-
drücken, bloß damit er ihn in den Arm nehmen, ihn gewinnen,
ihn haben könne; der Tote hält still. Nacht für Nacht wiederholte sich das nämliche; den Schlummernden in seinem Schlaf zu
belauschen wurde zur Leidenschaft des Bischofs, stundenlang
vorher zitterte er schon wie vor einer Handlung, von der nicht
gewiß war, ob sie Laster und Ausschweifung war oder demütiger
Dienst. Alle andern Leute trachteten danach, den Junker sprechen und erzählen zu hören, nur er wollte sehen, wie er schwieg
und bewußtlos hinatmete. Ihn gewinnen, einzig ihn gewinnen,
aber wie war das anzufangen?. Zu Ende einer Woche, in der
durch Hexenbrände die Ernte an geretteten Seelen reichlicher als
sonst ausgefallen war, saß er in seiner Geheimkammer, zu der
niemand Zutritt hatte, und studierte die Listen mit den Namen
der Justifizierten; bei jedem Namen war in einer besonderen Kolumne vermerkt, ob der Delinquent oder die Delinquentin buß-
fertig oder in ketzerischer Verhärtung auf den Scheiterhaufen gegangen, ob mit wachen Sinnen von selber oder ob ihn die Hen-
kersknechte hatten schleppen müssen, ob der Leibhaftige ihnen,
tröstend oder in Wut, noch einmal erschienen sei oder ob er dies
aus Furcht vor dem Bildnis des Gekreuzigten nicht gewagt; ferner, in einer andern Kolumne, wieviel die betreffende Person an
Geld und Gut hinterlasse, wieviel an Grund und Boden, an Häu-

sern, an silbernem Geschirr, an Linnen, Kleidern, Vieh, geprägter Münze und welcher Anteil davon auf das Domkapitel entfiel. Es war der Samstag vor Pfingsten, die Stadt war in ungewöhnlicher Bewegung, überall fanden Kreuzgänge und Supplikationen statt, die Einwohnerschaft war durch die Zunahme der mörderischen Prozesse, die die besten Bürger, die wohlangesehensten Frauen jäh aus ihrer Mitte rissen, um sie einem schimpflichen Tode preiszugeben, in Trauer und nachhaltige Bestürzung versetzt. Eben schlug es sechs Uhr vom nahen Domturm, die Stunde, zu welcher Junker Ernst ein für allemal angewiesen war, vor dem Oheim zu erscheinen, und der letzte Schlag war noch nicht verhallt, da trat er auch schon ein. „Setz dich her zu uns, Söhnchen," begann der Bischof im majestätischen Plural, den er in wichtigen Unterredungen zu gebrauchen pflegte, „wir wollen dir was zeigen. Da kannst du sehen, wie wir die himmlische Postkutsche gefüllt haben in sieben Tagen. Das Wort ist so übel nicht, uns dünkt gar wohl, daß du uns einen himmlischen Postkutscher nennen darfst. Wir sorgen dafür, daß die Gäule gut gefüttert werden und den Wagen ohne Beschwer ziehen. Wir sind um nichts anderes bemüht, seit Jahr und Tag, als Gotteskindschaften zu machen und dem Teufel sein Buhlgeschäft zu verderben. Wir sind des Teufels Prellbock, Söhnchen, wir stehn in heiligem Schrecken bei ihm." Mit blutunterlaufenen winzigen Augen zwinkerte er dem Junker zu; ausgemacht, daß er sich als den eigentlichen Feind und Besieger des Fürsten der Finsternis empfand; das Bewußtsein von seinen Taten gab ihm einen Anschein von Größe, von Furchtbarkeit. „Schau her," fuhr er fort und wies mit dem Nagel des Zeigefingers auf die Liste, „wir wollen dir vorlesen, wie viel Himmelsanwärter wir diesmal dem Sankt Petrus zugeschickt haben." Er las mit krächzender Stimme: „Die alte Anckers Witwe; die Gutbrodtin; die dicke Höckerin; des Tungerslebers Vögtin; die Stierin, Prokuratorin; die Znickel Babel; die Baunachin, Ratsherrnfrau; ein fremd Weib; der Vogt im Brembacher Hof; des David Croten Knab von zwölf Jahren; ein klein fremd Mägdlein von neun Jahren; die Apothekerin zum

Hirsch und ihre Tochter. Denen Dreizehn haben wir zur ewigen Seligkeit verholfen." Ernst sah eine Weile vor sich hin, dann schauerte ihn, und er sagte: „Ich mein, daß es nicht gut ist, im Feuer zu sterben." Der Bischof, erstaunt, zappelig aufbegehrend, hielt ihm entgegen: „Nicht gut; das mag schon sein; aber die Hexerei, was meinst du zu der?" Darauf antwortete Ernst: „Ich mein, daß vielleicht das Feuer Hexerei nicht heilt." Der Bischof rief zornrot: „Wie? das Feuer nicht? was denn sonst, wenn nicht das Feuer?" Der Junker erwiderte: „Zauber wird nur durch Zauber gelöst; der stärkere bricht den schwächeren." Der Bischof glaubte nicht recht gehört zu haben, in wortlosem Entsetzen starrte er den Buben an. Der aber, gelassen und traumverloren, fuhr fort: „Alles ist Zauberwerk, was ich seh und was ich tu. Wers weiß, muß unserm Heiland nicht darum mißfallen. Der hat selber Zauber und Wunder gewirkt. Und wieder das größte Wunder war, daß er gelebt hat und auf Erden herumgegangen ist. Mir kommt vor, Herr Oheim, die Ihr da auf dem Pergament stehn habt, waren viel zu geringe Leute, um Zauber zu üben, bösen oder guten. Daß ichs Euch nur gesteh, sie tun mir leid, allesamt, und daß sie unter Schmerzen haben brennen müssen, insonderheit die armen Mägdlein. Das kann der Welt doch nicht von Nutzen sein, und Euch auch nicht, der Tod ist eine bittre Nuß." Der Bischof war aufgestanden und zur Tür getrippelt, um zu sehen, ob sie fest verschlossen war und kein Lauscherohr die Frevelreden des Junkers vernehmen konnte, dann schritt er mit beschwörenden Gesten auf den Knaben zu, es sah aus, als verjage er einen Fliegenschwarm, und in seinem ziegenhaft langgezogenen Gesicht mischte sich Angst mit Drohung, Widerwille mit Bitten, feige Zärtlichkeit mit Richterstrenge. Der Junker drehte sich zu ihm herum, schaute ihn mit Augen an, die so klar waren wie der Abendhimmel über dem Domdach und sagte: „Ich will Euch, Herr Oheim, wenn Ihrs verstattet, die Geschichte vom unschuldigen Hexlein erzählen. Hört zu." Er setzte sich zurecht, wie er immer bei diesem Anlaß tat, die Hände auf den Knien gefaltet, den Kopf mit lächelndem Mund (fast sah es aus wie Spott, wars aber nicht) ein wenig vorgeneigt. „Es lebte, weit von hier, in einem Schloß eine Edelfrau, eine kleine zierliche anmutvolle Dame, deren einziger Kummer bestand darin, daß sie einmal alt werden könne und so ihrer Schönheit verlustig gehen. Da ihr diese Sorge keine Ruhe ließ, ging sie zu einem berühmten Magier, der im Böhmerland wohnte, und fragte ihn um seinen Rat. Er antwortete ihr: Solang Ihr Euer Herz nicht vergebt, edle Frau, werdet Ihr so schön bleiben wie Ihr jetzt seid. Von der Stund an war die Frau verwandelt. Sie hörte auf, ihren Gemahl zu lieben, der auch bald darauf in einer Schlacht wider die Türken fiel, und gegen das Kind, das sie geboren hatte, eine Tochter namens Irina, bezeigte sie sich auf alle Weise gleichgültig und fremd, ja zum Schluß wollte sie überhaupt nichts mehr von Irina wissen, ging auf und davon und überließ sie ihrem Schicksal. Irina war jedoch nicht so verloren und verraten wie man hätte denken sollen; nicht nur, daß die Diener und Dienerinnen im Schloß sich ihrer treulich annahmen; das war das wenigste. Aber sie hatte auch einen mächtigen Schutzgeist, ein Grauröcklein; mächtig ist er wohl zu heißen, obgleich er bloß eine Spanne hoch war. Der war stets um Irina her wie ein unsichtbarer Leibhusar, behütete sie vor jedem Übel, schützte sie vor bösen Träumen, zeigte ihr geheime Wege im Wald, wo sie in Frieden wandern konnte, lehrte sie die Sterne nennen, die Pflanzen unterscheiden, das Gute lieben, in den Gesichtern der Menschen lesen, damit sie die einen fürchten konnte, den andern trauen. So ein Grauröcklein vermag viel, da es um alle Kräfte der Erde Bescheid weiß und das Gewachsene bis an die Wurzeln kennt. Eines Tages, als Irina schon groß und ziemlich bei Verstand war, erschien der Graurock vor ihr und sprach: Ich kann jetzt nichts mehr für dich tun, meine Aufgabe ist erfüllt und ich bin abberufen worden, aber wenn du in großer Not bist, dann ruf dreimal: Schatzgräber erscheine, so will ich kommen und dir helfen. Nicht lange darauf kehrte die Edelfrau wieder auf das Schloß zurück, und sie war wirklich noch genau so schön wie zur Zeit, da sie fortgereist war, denn sie hatte nicht

einen Blutstropfen von ihrem Herzen vergeben, das war ihr
größter Bedacht gewesen. Irgendwas war aber doch mit ihr geschehn, es wußte nur niemand was; vielleicht, das kann ja sein,
war ihr grade das zum Leid geworden, was ihr zum Heil hatte
dienen sollen. Als sie nun sah, wie stattlich die Tochter geworden war und sichtlich aufgewachsen in einer geisterhaften Hut,
fing es an, heftig in ihrer Brust zu brennen, und um die Glut im
Innern zu löschen, wußte sie kein anderes Mittel als außen eine
zu entzünden, sie legte Feuer im Schloß an, und als die Flammen
lichterloh emporschlugen, rief sie jammernd alle ihre Leute zusammen, bezichtigte Irina, daß sie das Unglück verschuldet habe
und nannte sie vor allem Volk eine Brandstifterin und Hexe.
Irina wurde vor Gericht geschleppt und, der peinlichen Frage
unterworfen, gestand sie, was man wollte, so wie alle gestehen,
Ihr müßt es ja wissen, Herr Oheim. Sie wurde zum Tode verurteilt und mußte den Scheiterhaufen besteigen, doch im Augenblick der verderblichen Brunst rief sie: Schatzgräber erscheine,
wie das Grauröcklein sies gelehrt. Aber es kam nicht der Geru-
fene, wie sie erwartet hatte, was ganz anderes geschah. Die Edelfrau warf sich vor das Volk und die Knechte, stürzte mit aufgehobenen Armen vor Irina nieder, bekannte, was sie getan, und aus
ihrem Antlitz, als hätte ein göttlicher Strahl es versengt, sprach
nichts als Liebe, reumütige lebendige Liebe. Der Herzog des
Landes, als er von dem Ereignis vernahm, begnadigte die Edelfrau und lud Mutter und Tochter an seinen Hof. Doch jener göttliche Strahl hatte auch noch ein anderes Geschäft verrichtet, er
hatte die Haare der Edelfrau weiß gemacht und ihr Gesicht mit
den Falten ihrer Jahre überzogen. Aber darum grämte sie sich
nicht mehr.“

Es war dunkel geworden im bischöflichen Gemach, wenn
schon so dunkel nicht, daß die glänzenden Augen des Junkers
nicht sichtbar gewesen wären. Er saß still da und wartete. In dieser Erzählung voller Ahnung, Wunsch und Abbild, rätselhaft sicherer Ahnung, wie sich später zeigen sollte, war von Wirklichkeit so viel enthalten als Erlebnis unbewußt in sie hineingewo-

ben war, und unbewußt tönte sie draus hervor. Es schien als
hätte nicht der Mund erzählt, sondern die Seele selbst in verborgener Bangigkeit und Sehnsucht. Davon mochte auch der Bischof etwas spüren, obgleich nur dumpf und widerstrebend; in
der Hauptsache fühlte er sich verleugnet und verhöhnt und erkannte seine traurige Ohnmacht über den Knaben, so daß er
plötzlich aufsprang, wie ein Verrückter durch das Zimmer
rannte und schrie: „Ich schmeiß dich in den Main wie Cäsars
Gais." Dabei lief ihm das Wasser aus den Augen, und er trocknete es mit dem Ärmel ab. Der Junker verließ den alten Mann in
seiner unheimlichen Aufregung, der tobte noch lang und mußte
schließlich das Fenster aufmachen, um Luft zu kriegen; er beruhigte sich erst, als er von den Gassen herauf die monotonen Gesänge der noch immer herumziehenden Bittprozessionen vernahm. Doch in seiner Brust gärte es weiter, und in der späten
Nacht trat er wieder seinen Gang nach der Schlafstube des Neffen an. Er hatte die Tür offenstehn lassen, im Flur brannte unter
einem Muttergottesbild eine Kerze, deren Schein bis an das Lager drang und die Züge des Junkers matt beleuchtete. Der Bischof beugte sich über den Schläfer und schaute; während er sich
so gierig herabbeugte, fiel ihm das seidene Käppchen vom Kopf
und gerade auf Ernsts Gesicht. Der erwachte, ohne Schrecken,
und blickte den Oheim ruhig an. Der Bischof setzte eilig das
Käppchen wieder auf, dann packte er den Junker mit beiden
Händen an den Schultern und sagte mit gurgelnder Stimme:
„Sollst mir ein Bekenntnis ablegen heut Nacht, sollst mir gestehen, ob du mit den bösen Geistern Umgang hast, von denen du
immerfort erzählst. Das muß man doch mit seinen leiblichen
Augen gesehen haben, wenn man es so verräterisch abschildern
kann. Hast ihn selber gesehn, den Graurock? Vielleicht andere
noch? den Behemoth, den Leviathan? den Asmodeus? Und hast
auch Werwölfe gesehn? Und hat er sich dir gezeigt, der Graurock? wie sieht er aus? trägt er einen Bart? hat er zehn Finger an
den Händen wie unsereiner und ist kein Mal an ihm zu bemerken? Und warum hat er sich Schatzgräber geheißen? Weiß er ver-

grabene Schätze? Hat er dir Kenntnis gegeben, wo ein Schatz liegt? Rede, herzliebes Söhnchen, vertrau mir alles an, ich fürcht, ich fürcht, du bist mit den Dämonen im Bunde, und deine geknechtete Seele lechzt nach Befreiung." Der Junker sagte nichts, verwundert schaute er den häßlichen alten Mann an. Das leidenschaftlich verzerrte Gesicht flößte ihm Angst ein, doch er zeigte sie nicht, die knochigen Finger bohrten sich in sein Fleisch, daß es schmerzte; er rührte sich nicht. Dringlicher, liebkosender fuhr der Bischof fort: „Ich will dich in Schutz nehmen wider den Pater und den Profoß, wenn du alles bekennst. Ich will dich vor ihnen verstecken. Ins Gartenhaus im Veitshöchheimer Schlößle, da geb ich dich hin und einen Koch bestell ich dir, sollst feine Sachen zum Schnabulieren haben, und jeden Tag besuch ich dich, daß du mir nach Herzenslust erzählen kannst. Solches will ich für dich tun, Herzenssöhnchen, aber bekennen sollst du, damit ich weiß, wie du inwendig bist." Der Junker, immer befremdeter, antwortete mit tiefer Stimme: „Laßt mich schlafen, Herr Oheim, es ist Nacht, ich wüßt nicht, was ich Euch bekennen soll." Der Bischof richtete sich auf und rief, halb in Wut, halb in Jammer: „Ei, so wünsch ich doch, du Malefizer, daß dich meine Augen nie erblickt hätten." Damit lief er zur Tür und schmetterte sie hinter sich zu. Als er weitergehen wollte, sah er, daß ihm einer den Weg vertrat. Es war der Pater Gropp.

12

Er folgte dem Bischof in dessen Gemach, dort blieb er nah an der Wand stehen, zu Boden schauend, hager und stumm. Die Arme hingen schwarz am schwarzen Kleid herab, aus den Ärmeln kamen die Hände hervor wie zwei große bleiche fleischige Früchte. Er schwieg, weil er die Rede des Bischofs abwartete, obwohl er besser wußte, was in dessen Brust vorging als dieser selbst. War er doch dazu erzogen, Menschen zu erraten und sie nach seiner Wissenschaft zu lenken, dadurch hatte er die Sicherheit gewon-

nen, die den Unsichern willfährig macht, und die Kälte, die den
Lauen schreckt. Seine Verstandesschärfe hielt der düstern Erfahrung die Wage, die Schwärze, in der er sich bewegte, kannte kein
Gesetz als das des blinden Gehorsams, und Leben bedeutete we-
nig, Geburt und Tod, gegen die Regel und ihre Einhaltung.
Doch kann sich niemand seiner Menschenart entziehen, kann
nicht ohne geheimes Selbstsein die Kreatur von unsichtbaren
Hegern und Befehlern werden, die ihn in eine fertiggezimmerte
Welt pferchen, damit er diene und schweige, so ist es nicht, immer bleibt der Kreis, den er außen abschreiten kann so weit wie
der Raum in seiner Seele, sonst hätte es nicht einen Mann wie
Friedrich Spe geben können, Jesuitenpater wie der bischöfliche
Kanzler, doch so verschieden von ihm wie unirdischer Stoff von
irdischem, der zur selben Zeit trostbringend und leidheilend (so
gut ers eben vermochte) als Hexenbeichtiger durch die Städte der
fränkischen Bistümer wanderte und den Ketzerrichtern ein
Dorn im Auge, dem Pater Gropp aus vielen Gründen ein Dorn
im Herzen war.

Lossagung vom Junker war es, was der Pater Gropp zuvör-
derst vom Bischof verlangte. Der Bischof begehrte auf, sein Zap-
peln und Schelten verbarg nur schlecht die Furcht, die er vor
dem Jesuiten empfand, der seinerseits so unerregt sprach als läse
er die Titel von einem Index ab. Bereits in dieser ersten Unterre-
dung fiel das Wort Zauberei. Daß der Junker sich des todeswür-
digen Delikts schuldig gemacht, litt keinen Zweifel, es handelte
sich nicht mehr um Verdacht, da war Tatbestand und Beweis,
wenn anders sich die Pestilenz, von der alles im Schloß und die
Jugend in Stadt und Landschaft angesteckt war, aus dieser
Quelle herleitete. Offensichtlich war der eingerissene Verderb,
die Aufgelockertheit, die Wortlüsternheit, der Wahn und
Rausch, in den er sie versetzte, das Schalksnarrentum, die Verminderung des Wohlanstands und der respektvollen Distanz, die
Verkettung ihrer Gedanken mit den verruchten Gebilden, die
seit der Anwesenheit des Junkers sogar in die Sinne der Ehrenfe-
sten Eingang gefunden, wodurch das gemeine Wesen in Gefahr

der Auflösung geriet. Dergleichen hatte sich schon ereignet.
Hundert Jahres wars her seit den Böhaimischen Unruhen, die
das Volk im Tauberkreis und Maingau ergriffen hatten; der Herr
Bischof hatte nie davon gehört, Pater Gropp zögerte nicht mit
der Belehrung. Ein schwärmerischer Jüngling, Hans Böhaim,
Bauernsohn aus Helmstadt im Taubergrund, zog mit Pauke und
Sackpfeife auf Kirchweihen und Tanzfesten umher und verwirrte
die Bauern mit Weissagungen und Predigten; die Reichen sollten
sich ihres Reichtums entäußern, damit die Armen satt zu essen
bekämen, Wald, Wasser und Luft, Wild, Fische und Vögel sollten
jedem zur Benutzung frei sein, kirchliche wie weltliche Herrschaft werde enden, keiner werde mehr besitzen als der andere
und Fürsten und Herren würden um Tagelohn arbeiten wie der
Knecht. Die Dorfbewohner kamen mit Gaben zu ihm, Wachs-
kerzen spendeten sie für die Kirche von Nicklashausen, wo er
seinen Sitz hatte, Scharen von Pilgern strömten herzu, und sobald der Narr erschien, warf sich die Menge vor ihm nieder und
flehte um seinen Segen. Heiliger Jüngling, bitt für uns, schrien
sie, den Jüngling nannten sie ihn schlechtweg, das Hänselein,
und die Frauen schnitten ihre Zöpfe ab, rissen die Brusttücher
und spitzen Schuhe herunter, die Männer opferten ihre Brett-
spiele und Karten auf einem großen Feuer, wenn er sie nur anre-
dete, waren sie verzückt, denn auch er war mit dem Schein der
Unschuld und Schönheit ausgerüstet wie viele seinesgleichen,
und wäre der Bischof Rudolf von Scherenberg, der dazumal regierte und ein schwacher Herr war, nicht vom Erzbischof Diet-
her von Isenburg zu richterlichem Einschreiten gedrängt worden, die aufgewiegelten Horden hätten die Mauern von Würzburg erstürmt, die Stadt geplündert und ihn selber erschlagen, so
aber bemächtigte man sich rechtzeitig des zauberischen Buben,
der noch auf dem Scheiterhaufen sein Satanswerk vollführte, indem er Hymnen zum Preis der Jungfrau sang, bis der Rauch
seine Stimme erstickte. „Jetzt habt Ihr das nämliche Unheil vor
Euch," schloß der Pater, „auch über den Junker von Ehrenberg
hat der Böse sein lockendes Kleid gebreitet, hat ihm Reiz und an-

genehme Gebärde verliehen, Schelmerei und das schmeichleri-
sche Wort. Handelt sonach, wie es Euch Euer Gewissen und
Euer Seelenheil vorschreibt." Der Bischof jammerte: „Laßt mir
Zeit, ich wills bedenken, laßt michs überschlafen, was rechtens
ist, soll geschehn." Der Pater hatte gegen eine Frist nichts einzuwenden; mit Verhaft und Verhör konnte er erst vorgehen, wenn
der Bischof die Bewilligung erteilt, aber deren war er gewiß, und
es verschlug ihm nichts, zu warten. Der Bischof lag stundenlang
im Gebet und enthielt sich der Speise, ihm dünkte, die Luft sei
dick von dämonischem Atem, er verbot, daß der Junker zu ihm
komme, er verbot es sich selbst, dann spürte er Reue und Verlangen, zeigte sich rastloser denn je und wurde vor den Augen seiner Leute zum Türhorcher. „Vielleicht kann man es bei der Exor-
zierung bewendet sein lassen", schlug er am Abend dem Pater
vor. Der Pater lächelte, was ihm übel zu Gesichte stand.
„Feilscht Ihr mit mir um seine Seele, Herr Bischof?" fragte er mit
kaum sich öffnenden Lippen. „Und wenn ichs täte?" rief der Bischof in furchtsamem Ärger. „So wärs ein schlechter Handel,"
gab der Pater trocken zurück, „am Ende würdet Ihr zu Euerm
großen Schaden draufzahlen." Der Bischof sann abermals auf
Zeitgewinn; „Laßt ihn selber kommen, hört ihn selber", murmelte er. Der Pater schüttelte in verächtlicher Melancholie den
Kopf. „Worauf hofft Ihr?" forschte er bitter, „daß mich der Irrwisch in die Büsche lockt? Ihr wißt, Herr Bischof, daß der Satan
in einem Menschenleibe sich nicht von dannen rührt, wenn man
ihn glimpflich anfaßt, sondern nur, wenn man ihn hart befragt."
Der Bischof begann zu zittern, gerade das war es, wogegen er
sich, in diesem einen Falle, sträubte. Es auszudenken war
Grauen, doch wo das Grauen am dichtesten schwelte, lockte
eine Lust. Der Pater las in der geschlängelten Falte auf der Stirn
des Greises und sah, daß ihn förderte, was er las. „Ihr könnt ihn
zärtlicher ans Herz schließen, wenn er Euch in der Pein als einen
wahren Wohltäter erkennt," sagte er düster und in einer Eingebung, die sein Inneres stärker erhellte als sonst ein Wort aus seinem vorsichtigen Munde; „habt Ihrs nicht oft erfahren: beim

Schreien des gemarterten Teufels lobsingt das Blut in unsern
Adern wie Engelschöre; Zeuge zu sein von der Qual des Bösen
reinigt, und doppelt lieben wir den, der uns in seinem Jammer
erkennen läßt, daß wir verblendet waren und daß wir uns seinem
geläuterten Leibe zuneigen dürfen." Der Bischof erblaßte, wenn
das Grauwerden seiner schlottrigen Backen so zu nennen war.
Ihm war als stehe er in einem Kreis von Trichtern, in jedem einzelnen konnte er, durch die Verengung schauend, die Bilder gewahren, die zu vielen hundert Malen seinen Geist in schauerliches Entzücken versetzt hatten, nicht allein, weil sie ihm die Ge-
währ gaben, daß er sich um die Herrlichkeit des Glaubens verdient machte und den Erzfeind an der empfindlichsten Stelle
schlug; nicht allein, weil ihn die bebenden Leiber, die Todesseuf-
zer, das zerrissene Fleisch, in Strahlen aufschießende Blut, das
erstickte Stammeln und markzerschneidende Schreien unmiß-
verstehlich versicherten, daß ihm ebensoviel dämonische Versuchungen und Bedrohungen erspart blieben, als da arme Sünder
und Sünderinnen unter der Faust der Folterknechte winselten; es
war auch etwas anderes dabei, Unerforschliches, nachtdunkles
Wohlgefühl, das die Brust ausdehnte und zusammenzog, als ob
sie das Innere einer von Melodien durchbrausten Orgel wäre. Es
konnten zahllose Kammern sein, in die er durch die Trichterlö-
cher schaute, es war vielleicht nur eine einzige von zahllosen Opfern bevölkerte, aber das unersättliche Auge fiel stets auf den Pater Gropp, der als grauer Schatten durch den Purpurdunst
schritt, um zu prüfen, welches Maß von Schmerz ein Mensch ertragen kann, damit er in blutiger Nacktheit sein Geschlecht ver-
gesse und in die ausgebreitete Hand Gottes stürze wie ein vom
Sturm verwehtes Sandkorn in eine schützende Mulde.

Der Bischof zauderte und zauderte. Sein Schwanken war Fieber, er faßte den Plan, den Junker entführen zu lassen und sprach
mit dem Bruder Felician darüber, eine Stunde später wußte es
Gropp und traf Vorkehrungen. In der darauffolgenden Nacht
forderte er nachdrücklicher als bisher die Entscheidung. „Hängt
Euch nicht an ein Trugbild, Herr Bischof," warnte er; „Joannes

de Rubescissa sagt: der Dämon weiß, wem er die Lüsternheit des
Gaumens beibringt und den Antrieb zur Lust, wen er durch
Freude verwirrt, durch Trauer verdunkelt, durch Traum verführt. Habt Ihr nicht gelesen, daß zum heiligen Parthenius, der
Bischof war wie Ihr, Bischof von Lampsacus, ein Mann von un-
reinem Geist gebracht wurde, daß der Mann den Heiligen
grüßte und der den Gruß nicht erwiderte, weil er mit einem einzigen Blick seines Seelenauges den Dämon in ihm erkannte?
Warum gibst du mir nicht die Ehre des Grußes? fragt der Mann;
ich habe dich gesehen und erkannt, warum du mich nicht? Der
Heilige antwortet: Wenn du mich wirklich gesehen und erkannt
hast, so verlasse das Geschöpf Gottes. Der Dämon ruft bestürzt:
Willst du mich denn aus meiner Wohnung treiben? ich bitte dich,
gib mir wenigstens eine Frist. Ists nicht schon zu lange, daß du
hier deine Wohnung hast? fragt der Heilige. Von Jugend auf, ent-
gegnet der Dämon, und nie hat mich jemand erkannt außer du in
diesem Augenblick. So ist es überliefert, Herr Bischof. Auch ich,
obwohl ich mich in keinem Stück mit jenem Heiligen vergleichen kann, auch ich habe gesehen und erkannt." Der Bischof riß
erschrocken die Augen auf. „Wie denn? Zu welchem Zeitpunkt
denn? Laßt hören, Gropp", murmelte er verstört. Der Pater näherte sich dem Bischof und sagte, indem er seine sägende Stimme
dämpfte: „Seit dem Tag, da ich des Junkers zum ersten Male ansichtig geworden, fühlte mein Geist die Lähmung durch hölli-
sche Phantasmagorie. Ist Euch nicht schon selbst die Ahnung gekommen, Herr Bischof, daß er in Wirklichkeit gar nicht existiert?" – „Wie? nicht existiert? Um Gottes und Christi willen,
wie meint Ihr das, Gropp?" lispelte der Bischof und bekreuzigte
sich. „Es ist nur Spiegelung, was wir von ihm gewahren," antwortete der Pater, „phantasmagorisch wie sein Wesen ist auch
seine Person. Zwingt ihn, zu erscheinen, und Ihr werdet von der
Magie befreit sein, die von ihm ausströmt. Da habt Ihr das Rätsel, da ist seine Deutung." Der Bischof erhob sich, die Beine trugen ihn kaum. „Demnach wäre es nur ein dämonisches Gespenst, das mir mit dem Schein der Leiblichkeit vor den Sinnen

27*

schwirrt?" hauchte er. Der Pater nickte stumm. „Und Ihr meint, daß wir erst sein wahrhaftes Ich aus dem grausigen Schlund heraufholen müssen?" Der Pater nickte. „Im Spiegel drin, da ist er," fuhr der Bischof fort, schlüpfte mit den Händen in die Ärmel der Soutane und schritt verzweifelt auf und ab, „da spricht er, erzählt er, lacht er, zaubert er, und im Raum ist nichts von ihm da, nicht ein Haar seines Leibes von ihm da?" Der Pater nickte. „Ich habe es erlebt," sagte er und erhob langsam die Lider, hinter denen die flüssige Schwärze der Augen schillerte, „indem er mich nötigte, seine unwirkliche Existenz für eine wirkliche zu nehmen, war ich selber in Gefahr, meine wirkliche einzubüßen. Ich ging zum ersten Male hin, ich ging zum zweiten Male hin. Ich ging nach Ehrenberg hinaus und sah ihm zu und folgte ihm unbemerkt. Es war als hätte sich alle Wahrheit, deren ich bis zu einem gewissen Grad teilhaftig geworden, in Lüge und Verzerrung gewandelt. Er ist der Lügenschein. Er ist der Widersacher und die Widersach in einem."

Den Junker Ernst als den Widersacher zu benennen, war aus einer dem Pater Gropp vielleicht unbekannten Tiefe seines Innern gesprochen. Hätte er ihn gebilligt und angenommen, so hätte er sich vertilgt und von der Bahn hinabgestoßen, auf der er mit eiserner Überzeugung wandelte; hätte er ihn nur zu verstehen gesucht, so wäre er schon ein Anderer gewesen, nicht mehr der Hasser des aus sich selbst erblühten Lebens, Verfolger der frei spielenden, schwerlos schwebenden Kreatur. Eben der trat er entgegen, als Bändiger, um sie in Ketten zu legen, damit sie *seinem* Geist gefalle und *dem* Herrn untertan war, für den auch er in Ketten ging. Du sollst nicht schweifen, dieweil ich in Ketten gehe, sagen diese; du sollst nicht lachen, dieweil ich erstarre vor der Verderbnis der Welt; du sollst nicht spielen und deine Gefährten ergötzen, indes meine rächende Hand nach dem Herzen der Menschheit greift, um mir seinen Schlag gehorsam zu machen; ich darf dich weder wissen noch sehen noch fühlen, denn du bist das sündhaft Abgelöste und mußt vor mir vergehn, sofern ich Bestand haben soll uf der Erde. So hätte er auch zum

Baum reden können, zu einem schönen Tier, zu einer singenden
Stimme, wäre sie nur vor seinen Augen so in die Greifbarkeit gewachsen wie dieser Mensch oder hätte sein Denken dieselbe
grausame Folgerichtigkeit gehabt wie sein Handeln; aber es gibt
einen Punkt, wo der kühnste Vernichter an das Gesetz der Ge-
stirne und Gezeiten geschmiedet ist, und da muß er innehalten,
da bricht seine Macht, das weiß er, und darum ist er so finster
und so schweigsam.

Der Bischof, in seiner Not, entschloß sich zu einem letzten
Versuch, zu einem, der seine Einfältigkeit und seinen abergläubi-
schen Wahn aufzeigte, wobei ihn aber Pater Gropp gewähren
ließ und sich begnügte, den seine Stunde erharrenden Zuschauer
zu machen. In aller Frühe wurde einer der oberen Säle des Palastes bis zu halber Höhe der Mauern mit schwarzem Tuch ausge-
schlagen. Auf einem schwarzverhangenen Tisch stand ein fünfar-
miger Leuchter, und als die fünf Kerzen angezündet waren, gab
der Bischof den Befehl, daß man den Junker Ernst hole. Man
mußte ihn aus dem Schlaf wecken, und bis er sich gewaschen und
angekleidet hatte, dauerte es eine gute Viertelstunde. Der Bischof war während der Zeit hinausgegangen, der Pater Gropp
stand regungslos an der schwarzen Wand, den Blick zur Erde gekehrt. Da er von der Tür her helles Knabengelächter vernahm,
schaute er unwillig empor. Der Bischof und der Junker waren
auf der Schwelle zusammengestoßen; aus einem verschwiegenen
Ort im Flur kommend und nach seiner Gewohnheit fahrig und
kurzsichtig vorwärtslaufend, hatte der Bischof den Knaben
nicht bemerkt und rannte ihn beinahe um. Der Junker hatte gesehen, woher der Oheim des Wegs kam, und als er nun so när-
risch zu lachen begann, fragte ihn der Bischof unwirsch, weshalb
er lache. Er habe an eine komische Geschichte denken müssen,
antwortete der Junker. Was für eine Geschichte? Schon wieder
eine Geschichte, immerfort Geschichten, nun, was für eine
denn? drängte er, als Ernst nicht recht mit der Sprache heraus
wollte. „In einer Stadt", erzählte der Junker mit heiter zuckenden Lippen, „lebte ein reicher Bürger, der Geschäfte mit der kai-

serlichen Majestät betrieb, und da er nicht mit sich im reinen
war, ob er darüber mit seiner Ehefrau sprechen könne, beschloß
er zu erproben, wie es um ihre Verschwiegenheit bestellt sei. Zu
dem Zweck vertraute er ihr eines Tages an, daß ihm, während er
auf einem gewissen Ort war, ein Rabe aus dem Hintern geflogen
sei. Die Frau erstaunte und erschrak, sann eine Weile hin und
her, konnte aber dann doch nicht anders als das Geheimnis einer
Nachbarin zu berichten. Aber da waren es schon zwei Raben.
Die erzählte es einer andern Nachbarin, da waren es drei Raben,
und so wurden es immer mehr Raben, bis es, als die Kunde zu
dem Bürger zurückkam, vierzig Raben waren, die ihm aus dem
Hintern geflogen sein sollten, und um zu verhüten, daß es nicht
noch weit mehr solche Unheilsvögel würden, versammelte er
seine Mitbürger um sich und erklärte ihnen das böse Gerücht.
Die Frau aber, da er sie als so geschwätzig erkannt hatte, ließ er
natürlich nichts von seinen Angelegenheiten wissen." Er brach
von neuem in Gelächter aus, der Bischof verzog wider seinen
Willen das Gesicht zu einem krampfhaften Schmunzeln, sah
aber scheu in die Richtung, wo gleich einem im Stehen Schlafenden sich der Pater befand. „Paß auf, herzliebes Söhnchen," wi-
sperte er dem Jüngling zu und legte seinen Arm um dessen Nak-
ken, „wir werden anitzt etwas mit dir vornehmen, und du mußt
dein Bestes tun, mußt alle Kräfte zusammenraffen, damit der
Ausgang für dich günstig sei." Der Junker schien erst jetzt die
schwarzen Vorhänge und die brennenden Kerzen zu gewahren.
Sein Gesicht verfärbte sich, und er fragte: „Was ists, Herr
Oheim?" Der Bischof näherte seine lederharte Wange der weichen des Junkers, und da ihn die Bartspitzen kitzelten, bog
Ernst den Kopf zur Seite. „Fürchte dich nicht, Söhnchen,"
schmeichelte der Bischof, und vor unsinniger Zärtlichkeit bebte
seine alte Stimme, „fürcht dich nicht, tu nur alles, was ich dir
sage." Da erscholl die Stimme des Paters: „Ich denke, Herr Bischof, es ist genug an dem." Gleichzeitig kam aus dem Winkel,
hinter einem Betpult hervor, das Murmeln eines lateinischen Ge-
bets. Dort kniete der Bruder Felician, Ernst sah nichts von ihm

als seine langen eckigen Ohren unter dem Scapulier. Der Bischof trat in die Mitte des Raums, seine Züge verzerrten sich auf einmal zu schrecklicher Bosheit und Strenge, und er kreischte: „Zeig dich, Unhold! Zeig dich nunmehr in deiner wahren Gestalt!" Voll beklommenen Staunens schaute der Junker nach ihm hin. „Bin ichs, zu dem Ihr redet, Herr Oheim?" fragte er schüchtern. „Zeig dich in deiner wahren Gestalt oder sei verflucht!" schrie der Bischof in gellendem Diskant. „Ich bin ja da", flüsterte der Junker. „Nicht du bists, dein Dämon ists," war die zornige Entgegnung, „stoß ihn von dir, damit du bist." Der Junker, unwillig und mit erwachendem Stolz, gab zurück: „Was ihr da sagt, Herr Oheim, kann ich nicht verstehn." Der Bischof reckte die Arme in die Luft: „So beschwör ich dich zum letzten Mal, im Namen des Vaters, des Sohnes und des heiligen Geistes, erscheine mir in deiner Wirklichkeit!" Der Junker schaute sich um, Schlimmes ahnend. Er sah die regungslose Figur des Paters abgewendet stehen und schlug beide Hände vor die Augen. „Gott gnad mir", flüsterte er und sank auf die Knie; und wieder „Gott gnad mir", und als er die Blicke auf das grausig zerrissene Gesicht des Bischofs richtete, rief er: „Anders kann ich nicht werden, Herr Oheim, so will ich bleiben, wie ich bin, und wär ich nicht wie ich bin, dann wollt ich werden wie ich bin." Jetzt erhob der Pater Gropp triumphierend das Haupt. Der Bischof sagte mit verflackernder Stimme: „So möge das Recht seinen Lauf nehmen, Pater Gropp." Zwei Soldaten von der Schloßwache traten ein und ergriffen den Junker.

13

Die erste Nachricht von der Gefangensetzung des Junkers gelangte nach Ehrenberg durch einen Botenreiter, der nach dem nördlichen Spessart unterwegs war. Von ihm erfuhr es Wallork, der es nach seiner mürrisch-verschlossenen Art und weil ihn das Alter schon schwachsinnig gemacht hatte, für sich behielt. Weitere Botschaften, von Jägern und Landstreichern herzugetragen, ließen nicht lang auf sich warten. Der tauben Lenette wurde es vom Amtsschreiber von Randersacker mitgeteilt, der aufs Schloß kam, um die Viehsteuer einzuheben. „Auf Befehl des Bischofs wegen Zauberei in das Gefängnis bei der Münze verbracht." Da war sicher nichts geflunkert oder übertrieben, wen verschonte denn der Bischof in seiner Angst und seinem Aberwitz. Die Lenette stand eine Weile da als hätte sie der Schlag gerührt. Dann sagte sie trotzig: „Das glaub ich nicht." Zu Mittag war noch kein Feuer im Herd. Zum Magister war das Gerücht auch bereits gedrungen, ihn konnte es nicht überraschen, wenn er sich die Worte und das Gehaben des Jesuiten in Erinnerung rief. Er verfaßte noch denselben Tag eine Epistel an seinen Freund, den Propst Lieblein in Würzburg und bat ihn um Hilfe bei der Angelegenheit. Den Brief schickte er durch einen Hirtenbuben in die Stadt. Am Abend bekam er die Antwort. „Ich kann Euch nicht helfen, amicus, ich kann Euch nicht einmal raten," schrieb der Propst, „in unserer Welt geht alles drüber und drunter, will sagen die Unvernunft drüber und der Verstand drunter und bald werden wir am Ende sein, was wäre da noch für einen alten Mann zu erklecken? Rührt Euch nicht vom Fleck, das ist der beste Rat, den ich Euch zu erteilen vermag. So Ihr Euch aber doch auf den Weg und herüber begeben wollt in unsere bescheidene Behausung, will ich Euch mit dem Pater Spe zusammenbringen, einem klugen und frommen Mann, wie es wenige mehr gibt im heiligen römischen Reich, vielleicht kann der Euch nützen, er wird am Sonntag Peter und Paul bei mir zur Nacht speisen." Die Mahnung, er solle sich nicht vom Fleck bewegen, fiel beim Magister Onno nicht auf unfruchtbaren Boden, das wars was er wollte, unbelästigt und ungeschoren bei seinen Folianten und Scripturen bleiben. Nach der Abreise des Junkers hatte sich niemand um ihn gekümmert, und trotzdem es hier kein Amt mehr für ihn gab, hatte er sich nicht entschließen können, Ehrenberg zu verlassen. Wohin hätte er auch gehen sollen, er wußte keinen Ort auf der weiten Erde, wo er Unterschlupf finden konnte. Aber da es nun um Wohl und Weh des Junkers ging, bemeisterte er seine Schwerfälligkeit und Weltscheu, und am Abend vor der Wanderung nach Würzburg vertraute er der Lenette an, was für einen Gang er vorhatte, auch daß er sich nicht eben viel davon versprach. Das grauhaarige alte Mädchen saß elend vor dem Herd, und ihr verrunzeltes Gesicht erhellte sich ein wenig; obschon sie die Person des Magisters ziemlich gering einschätzte, hegte sie doch einen dumpfen, dem Aberglauben ähnlichen Respekt vor seiner Gelehrsamkeit, man konnte ja nicht wissen, ob er nicht ihren Junker zu retten vermochte. Es war alles anders, seit der Junker Ernst fort war, die Treppen waren doppelt so schwer zu steigen, das Holz doppelt so schwer zu spalten, jede Nacht war wie ein Grab, der Wald wuchs überm Dach des Hauses zusammen. Ohne ihn fühlte sie sich als ein erbärmliches Stück Mensch, und wenn er gleich tagelang nicht nach ihr hingesehen hatte, er war doch da und ging und kam, man schürte Feuer für seine Suppe, wusch das Linnen für sein Bett, flickte das Hemd für seinen Leib, fast wie eine Mutter.

Und die Mutter, was machte die derweil? Sie wußte nicht einmal, wie es um den Sohn stand und was ihm drohte. Niemand hatte ihr was gesagt. Niemand außer Lenette hatte bei der Kunde an sie gedacht. Niemand sprach davon, daß sie die Mutter war, daß das Unglück am meisten sie anging. Niemand kam in ihre Nähe, und sie ihrerseits verlangte keinen Menschen zu sehen. Gestern hatte Lenette sich vorgenommen, ihr alles zu sagen, kaum hatte sie den Namen des Junkers ausgesprochen, so hatte ihr die Freifrau heftig zugewinkt, sie möge schweigen. Da schwieg sie. Doch überlegte sie sich, wie sie die Frau geliebt und wie sie ihr ein Leben lang gedient und wie sie zum traurigen Schatten geworden war, mannlos, sohnlos, gottlos, was sollte daraus werden. Sie ging, und diesen Abend, als der Magister mit ihr geredet, kam sie wieder. Kerzen flackerten im Gemach, die Freifrau schlief noch nicht, sie hatte ein Metallfigürchen zwischen den Händen, eine Diana mit dem Bogen, und liebkoste es, indes ihr Blick geistesabwesend ins Leere flatterte. „Was treibt

Ihr da, Gnaden," sagte Lenette, „Ihr tätet besser, Euch um Euer Kind umzuschauen, statt mit dem heidnischen Unzeug die Zeit zu vertändeln." Die Freifrau, erloschenen Angesichts, murmelte: „Warum ist er von mir weggegangen?" Lenette glaubte nicht recht gehört zu haben, sie hielt die rechte Hand wie eine Muschel ans Ohr und beugte sich gegen das Bett der Herrin. Aber Theodata schüttelte langsam den Kopf und zwischen ihren schöngeschwungenen Wimpern glänzten Thränen. Lenette stammelte: „Dauert es Euch, Gnaden? Wahrhaftig? ist Euch das Herz im Leib erweicht worden und gedenkt Ihr seiner wie eine richtige Mutter?" Mit matter Geste wehrte die Freifrau die zudringlichen Fragen ab. „Magst mich immer nach deiner Weise verstehn," sagte sie bitter vor sich hin, „wen hätt ich, der mich nach meiner verstünde? Wär ich Mutter, so wär ich Weib und hätt auch ein Herz und hätt nicht das Leben vertan und hätt ihn aufgezogen und besäß ihn für gewiß. Schlechtes Gewissen macht schlecht." Da nahm Lenette, die jede Silbe aufgefangen hatte wie ein Dürstender das Wasser, ihren ganzen Mut zusammen und sagte: „Der Würzburger Henker hat ihn gefaßt, und er schmachtet im Kerker, Gnaden."

Theodata sprang auf als sei das Laken unter ihr in Brand geraten. „Der Bischof?" fragte sie mit Mund, Augen, Händen. Lenette nickte. „Wessen klagt er ihn an?" – „Der Hexerei klagt er ihn an." – „Und sie werden ihn auf die Marter legen?" – „Das ist zu fürchten, Gnaden." – „Du lügst, Lenette, du lügst, Verdammte, das kann nicht sein, das soll nicht sein; was stehst du da, was stehn wir da, worauf warten wir, nach Würzburg, gleich, gleich, mein Mantel, meine Schuh, nach Würzburg, zum Bischof, glotz mich nicht an, schnell, schnell!" Dabei lief sie barfuß und im Nachtgewand im Zimmer herum und griff besinnungslos nach allerlei Gegenständen, die sie alsbald wieder von sich schleuderte. Die Lenette, freudig betroffen von dem Ungestüm, auf das sie nicht vorbereitet war, hielt es gleichwohl für notwendig, sich dem entsetzten und angstvollen Eifer der Herrin entgegenzustellen und sie zur Geduld bis zum Morgen zu er-

mahnen, da es unmöglich sei, den Weg bei Nacht anzutreten, zu
weit sei es für die zarten Füße der Freifrau, zu groß die Unsicher-
heit der Straßen, wenn Wallork gleich jetzt nach Rimpar gehe,
um eine Kalesche zu holen, könnten sie in aller Frühe fahren und
hätten nichts versäumt. Es bedurfte vieler Bitten und Beschwörungen, um die Freifrau zum Warten zu bewegen. Sie lief beständig auf und ab, als wolle sie die Zeit jagen, auf und ab mit gefalte-
ten Händen und heiserem Flüstern.

Seit der Stunde, wo der Junker von ihr Abschied genommen,
war in ihrem Innern die Sehnsucht zum Sturm angewachsen.
Wie er vor ihr gestanden war und gewartet hatte, worauf gewartet? sie wußte es so wenig wie er selbst, war alles wiedergekom-
men von jener einen unseligen Nacht, sie sah den roten dicken
Hals des Vaters und um ihn geschlungen die Ärmchen eines Kindes, sie hörte den nie verklungenen Schrei in ihrer Brust: so wirst
du werden, Mann artet nach Mann. Nun suchte sie die Züge, lauerte bang auf das Gräßliche, das sie schon einmal ins bodenlose
Elend hinuntergeschleudert hatte, traute keinem Augenschein,
wagte keinen zu sehen. Als der Knabe sie dann verlassen hatte,
dünkte ihr, sie habe ihn vergessen, sie schritt von Fenster zu Fenster, schaute in den Brunnen, schaute in den Himmel und vergaß, vergaß. Sie trällerte ein leichtsinniges Liedchen und vergaß,
vergaß. Aber etwas in ihr wollte nicht vergessen, konnte nicht, er
ist ja anders, sagte das Etwas, schau ihn doch an, hat ihn die Natur nicht wie zum Gegensatz erschaffen, als solle er das Bild seines Vaters austilgen? Und wieder vergaß sie, ließ sich hoffnungs-
los und müde machen von den vielen tückisch aufeinanderfol-
genden Jetzts. Das Vergessen war stets mit dem Frieren verbunden, sie schlug mit dem Hammer auf die erzene Glocke und als
die Lenette kam, jammerte sie: mich friert. Draußen wars so
heiß, daß die Katzen die Sonne mieden und die Vögel schläfrig
wurden, Lenette murrte: „Das glaub ich nicht, Gnaden, daß
Euch friert", warf aber einen Arm voll Spreu in den Kamin und
machte Feuer. Da kam nagend und plagend die Sehnsucht nach
dem Entschwundenen, mit jeder Stunde ärger, sie konnte nicht-

mehr vergessen, seine Gestalt, sein Lächeln, seine Stimme, sein
Dastehn, alles hatte was unsäglich Lockendes und Liebliches,
der Vater wurde völlig zum Schatten, der Sohn allein war da, ihr
Sohn, und sie klagte vor sich hin: „Ach vielleicht lebt er gar
nicht, vielleicht hab ich ihn bloß geträumt, vielleicht war er mein
erster und einziger Traum, und weil er nur in meiner Einbildung
ist, weiß er nichts von mir, hat mich nie gesehn, kennt nicht mein
Gesicht, ach Gott, was soll ich tun, wie soll ichs machen, daß er
mich glaubt, daß ich ihm bin. " Unter so verstörten Anrufungen,
die wie ein geisterhafter Widerhall der scholastischen Conclusio-
nen des Pater Gropp waren, oder nachdem sie das silberne Figür-
chen gepackt und leidenschaftlich geflüstert hatte: gib mir einen
Rat, holde Diana, eilte sie in der Nacht, mit der brennenden
Kerze in der Hand, durch die Räume des alten Hauses, schließlich sogar auf den Dachboden hinauf, um durch eine Luke gen
Süden zu schauen, wo sie die Stadt Würzburg wußte. Ungeheuer
breitete sich die Finsternis zwischen den hölzernen Pfeilern, das
vielfach überschnitten und verzweigt aufstrebende Gebälk sah
aus wie das Wurzelgeflecht eines riesigen Baumes, der zu den
Sternen hinaufwuchs, rings lagen Haufen unversponnener
Wolle, Späne, Kehricht und Fetzenzeug, allerlei Gerümpel von
Geschlechtern her, da war die Dunkelheit der Sommernacht
draußen, in die sie die Blicke tauchte, wie kühles Bad, und wenn
sie die Frösche quaken und das Käuzchen schreien hörte, die
Tannenwipfel bis zum Horizont hin sich unter einem sanften
Wind bogen, machte sie ihrem gepreßten Herzen Luft, indem sie
ein Lied sang, nicht mehr das leichtfertige, ein ganz anderes, von
dem sie nicht wußte, wo sie es zum ersten Mal vernommen hatte:

> Die Tränen mich ernähren,
> sind meine Speis und Trank,
> von Zähren muß ich zehren,
> weil ich vor Liebe krank.
> Ach wann doch wird erscheinen
> der schön und weiße Tag,

daß ich nach stetem Weinen
einmal ausruhen mag.

Lenette hielt ihr Versprechen, der Wagen war um sechs Uhr
am Thor, sie dachte, der Magister solle die Gelegenheit benützen
und mitfahren, aber der war schon anderthalb Stunden zuvor
aufgebrochen. So setzte sie sich allein zu der Herrin in den Wagen, in ein verschossenes Capuchon gehüllt, da es zu regnen begonnen hatte. Gegen neun Uhr kamen sie in Würzburg an, im
Maintal hatte sich das Wetter geklärt, als die schwerfällige Kutsche durchs Stadttor rasselte, lagen die Straßen wie golddurch-
wirkt in der Sonne. Überall standen die Leute in Gruppen beisammen, vor den Kirchen drängten sich schweigende Mengen,
Erregung füllte die Gemüter, die Stadtknechte sahen finster
drein, außer an den geschlossenen Gewölben der Kaufleute
merkte man nichts vom Feiertag. Kein Wunder, die Raserei des
Bischofs hatte in den letzten Tagen das Erträgliche überstiegen,
keine Bürgerfamilie war mehr von den Angebern verschont, kein
Zunftmeister konnte sein Handwerk in Frieden betreiben, vom
Hochzeitstisch wurde die Braut weggeschleppt, den Säugling
rissen sie von der Mutterbrust und die Mutter zerrten sie vors
Hexengericht, damit war ihr auch schon das Todesurteil gesprochen, ohne ewiges Siechtum durch die Folter kam sie auf keinen
Fall ledig. Einheimische, Fremde, Matronen, Jungfrauen, adlige
Damen, armselige Dirnen wurden in täglichen Bränden geopfert, es fehlten schon die Hände zum Mordgeschäft und das Papier zum Schreiben, wo von obrigkeitswegen gemordet wird, da
muß auch geschrieben werden, das ist zu jeder Zeit und in jedem
Jahrhundert dasselbe Ding, wenn der Schreiber nicht schreibt,
kann der Henker nicht töten. Trotz des blauen Himmels, der
sich über den verschichteten Dächern dehnte, lag was Fahles
über der Stadt, ein unheimliches Glimmen in den Augen der
Menschen, sie wandelten zu nah am Tode hin, es hauchte sie von
unten her gespenstisch an, in der Luft war ein Flattern von unsichtbaren Flügeln, das waren die Seelen der Umgebrachten, die

sich nicht trennen wollten von Weib, Kind, Eltern und Geschwistern. In einer Welt, in der die Wände zwischen Zeitlichkeit und Ewigkeit so dünn sind, daß sie zwischen heut und morgen zu bersten drohen, werden die Geister der Menschen über die Grenzen getrieben, von der Verzweiflung zur Ausschweifung ist nur ein Schritt, so waren alle Wirtshäuser dicht besetzt, das tobende Geschrei der Betrunkenen übertönte die Kirchenglocken, in den Gassen des untern Mainviertels, wo die Schiffer und Flößer wohnten, tanzten lachende Paare am Ufer entlang, die Schaubuden hinterm Juliusspital hatten schon zu der frühen Stunde Zulauf, namentlich das Kasperltheater und das Entenschlagen. Neben dem Strom der Hoffnungslosigkeit und dem trotziger Lust war noch einer zu spüren, der sich zwar in der Menge verlor, jedoch bald da, bald dort, auf einer Brücke, vor einem Garten, im Schutz einer Mauer, geheimnisvoll sichtbar wurde gleich wiederkehrenden Strudeln und von Stunde zu Stunde merklicher. Es war als ob gewisse Botschaften umhergetragen würden, als wäre von einem Punkt aus ein Befehl ergangen, der nach verschiedenen Seiten weitergegeben wurde. Manche Bürger blieben jeweils erstaunt auf der Gasse stehen, es dünkte ihnen wie wenn heute doppelt, dreifach, fünffach so viel Kinder in der Stadt wären als sonst; sie erblickten unbekannte Gesichter, anfangs nur wenige, später hunderte; woher die nur kamen, fragten sie sich. Es waren bei der auffallenden Bewegung nur Kinder zu sehen, neunjährige, zehnjährige, zwölfjährige, Knaben und Mädchen, auch ältere, dreizehn-, vierzehnjährige, aber die verhielten sich stiller, benahmen sich vorsichtiger. Um Mittag stand ein ganzes Rudel auf dem Domplatz, lautlos, als warteten sie auf wen; als sich ihnen der Feldwebel von der Schloßwache näherte, stoben sie auseinander wie die Sperlinge. In der Gegend des Münzgefängnisses war ein fortwährendes Laufen und Rennen, viele mußten sich in den Gebüschen und Felsenlöchern des Marienbergs versteckt haben, nach dieser Richtung verschwanden die meisten und tauchten an der großen Mainbrücke auf, wenn sie von oben kamen. Schon fingen die

Leute an, über das ungewohnte Treiben zu reden und sich zu
beunruhigen, aber wenn sie sich um Auskunft an die ihnen bekannten oder auch die eigenen Kinder wandten, erhielten sie keinen Bescheid. Es gab ein Stichwort, das an diesem Peter- und
Paulstage von Mund zu Mund der schweifenden Verschwörer-
scharen flog, ein Wort, das nichts besagte und wahrscheinlich alles bedeutete, es hieß: Mariae Heimsuchung vor Sonnenuntergang.

Die Kalesche der Freifrau fuhr am Portal des bischöflichen Palastes vor. Die Freifrau stieg aus, die Wache ließ sie passieren, als
sie ihren Namen nannte, Lenette wich nicht von ihren Fersen.
Auf der Treppe stand ein Laienbruder, den forderte Theodata
auf, sie zu Seiner bischöflichen Gnaden zu führen, er entgegnete, der Bischof sei beim Hochamt im Dom. Sie sagte, sie wolle
warten, ein zweiter Laienbruder, der hinzutrat, meinte, sie
werde gar lang warten müssen, nachher sei Empfang der Domherren und Äbte und dann werde Seine Gnaden wegen der großen Hitze nach Veitshöchheim aufs Schloß fahren. Es war aber
nicht die Hitze Ursache dieses Beschlusses, wie alle wußten,
sondern weil Seine Gnaden von einer Unrast gepeinigt wurde,
die die Bedenklichkeit seiner ganzen Umgebung hervorrief; seit
der Gefangensetzung des Junkers hatte er nicht gegessen, nicht
geschlafen, auch zum Gebet hatte er sich nicht zu sammeln vermocht. Stimmen von außen waren ihm zugekommen, die von
der Erbitterung und bedrohlichen Haltung der Bürgerschaft
Kunde gaben, infolgedessen mißtraute er jedem Menschen, jeder
Miene, jedem Laut, stellte Wachposten vor die Zimmer, in denen
er weilte, sah die Luft voll fletschender Fratzen und hörte allenthalben unheimliche Geräusche. Theodata konnte davon keine
Kenntnis haben, aber da das Gebaren der Diener ein Spiegel von
der Verfassung des Herrn ist und ihre aufgewühlte Seele in
schmerzhafter Empfindlichkeit zitterte, spürte sie die Verstörung des Hauses mit jedem Atemzug, ihre angstvolle Ungeduld
wuchs immer mehr dadurch, sie beharrte bei dem Vorsatz, den
Bischof sehen zu wollen und blieb, die schweigende, groß und

bestürzt dreinschauende Lenette hinter sich, auf dem Treppenabsatz stehen. Hohe geistliche Würdenträger im festlichen Or-
nat schritten an ihr vorüber, manche blickten sie verwundert an,
manche finster und gleichsam tadelnd, manche freundlich und
fragend, manche Gesichter verrieten Kummer oder Versunkenheit, manche Härte und Hochmut. Sie hätte sich mit aufgehobenen Armen vor all die Männer hinstürzen mögen, aber etwas
hielt sie in Bann, das stärker war als das Gefühl der Hilflosigkeit:
die tiefe Erfahrung von der Unberührbarkeit der Welt, die sie in
sich trug, ohne es recht zu wissen. Endlich erschien der Bischof
in der Mitte seines Hofstaates, langsam stieg er die Treppe empor, doch kaum hatte er die Freifrau gewahrt, die zwei Schritte
ihm entgegen tat, als er zurückprallte und mit schriller Fistelstimme seinen Begleitern zurief: „Schafft sie fort! schafft mir das
Weib aus den Augen!" Darauf war Innehalten, erschrockenes
Gemurmel, Staunen, Mißbilligen, Gewirr von Stimmen, der
Domherr Franz von Hatzfeld näherte sich der Freifrau, um sie
wegzuführen, sie sträubte sich, er sprach ihr dringlich zu, sie
aber schrie, die Treppe hinab, dem Bischof ins Gesicht: „Gebt
mir meinen Buben wieder, Herr Bischof und Schwager, sonst
künd ich vor allem Volk, daß Ihr und nur Ihr allein in diesem
Land mit dem Teufel im Bunde seid."

Das Wort ließ den Bischof erstarren, eine solche Anklage hatte
er nie zu hören erwartet, der bloße Gedanke daran war ihm, dessen Leben der Ausrottung des Teufels gewidmet war, so fern wie
Gottesleugnung und Zweifel an den Dogmen der Kirche. Sein
Entsetzen, dem sich sogleich die eisige Furcht gesellte, man
könne ihn zur Verantwortung ziehen, war so groß, daß er taumelte und sich mit den Armen an den Schultern des neben ihm
stehenden Paters Gropp festklammerte. Da ihm wohl bewußt
war, daß ein Schatten von Verdacht hinreiche und tausendmal
hingereicht hatte, Menschen ins Verderben zu stürzen, da die
Anzeichen immer nur von andern beschworen, von den Betroffenen aber bis zum letzten Augenblick in verzweifelte Abrede gestellt wurden, traf ihn die Erkenntnis, daß seine Person nicht au-

ßerhalb des schrecklichen Zirkels stand, mit einer Gewalt, als
zerschelle das Erdreich unter ihm. Es konnte ja möglich sein, der
Versucher konnte sich ihm genaht und ihn, auch ihn überlistet
haben, alles drehte sich im Kreis, er stieß ein mißtöniges Geheul
aus und drückte die schlotternden Lippen auf den Arm des Jesuiten. In der unbeschreiblichen Verwirrung, von der die Anwesen-
den ergriffen waren, behielt nur die taube Lenette ihre Kaltblü-
tigkeit. Sie erkannte die Gefahr, in der sich die Herrin befand,
faßte sie beim Handgelenk und zog sie mit unwiderstehlicher
Kraft aus dem Getümmel der geistlichen Herren, die Treppe
hinab, über den Flur und zum Palasteingang. Dort schob sie die
ihrer Sinne kaum Mächtige in die Kalesche und sprang selber
hinein, indem sie dem Kutscher bedeutete, weiterzufahren. Ein
Ziel gab sie nicht an, erst als die Pferde in der Richtung gegen das
Aschaffenburger Tor liefen, beugte sie sich aus dem Schlag und
rief: „Zur Münze! zur Münze"" Bei der Münze war das Gefängnis. Sie wollte den Versuch machen, ob man sie nicht zum Junker
einließe und erriet damit die Absicht der Freifrau. Als sie hinka-
men und Lenette die Bitte vorbrachte, lachte ihnen der Wächter,
ein grober blatternarbiger Kerl, ins Gesicht. Da müßten sie
schon einen bischöflichen Permeß dazu haben, meinte er anzüg-
lich, und dann sähe es mit dem Wiederherauskommen übel aus.
Die Freifrau rang die Hände. Sie rief, sie wollte nicht von der
Stelle weichen, Tag und Nacht, und wenn sie auf dem Pflaster
schlafen müsse. Allerlei neugieriges mitleidiges spottendes
ängstliches Volk versammelte sich um die beiden Frauen, der
Wächter alarmierte seine Kameraden, ein Stadtsergeant erschien, vogelhafte Pfiffe erschallten aus den verwinkelten Sei-
tengassen, eh man sich versah, woher sie gekommen waren
und wohin sie verschwanden, huschten Scharen der jugendlichen Verschworenen vorüber und man hörte sie vielstimmig
wispern: Mariae Heimsuchung vor Sonnenuntergang. Wer die
vornehme Dame war, die ihren Jammer zum Schauspiel der
Gasse machte, und wem der Jammer galt, war rasch ruchbar
geworden.

28

Am selben Abend, nachdem sie in ihrer Verzweiflung nochmals zum Haus des Bischofs gefahren, nochmals war abgewiesen worden, sodann aufs Rathaus und zum Bürgermeister, hierauf zum Kommandanten der Stadt, dem Herrn Grafen Philippsburg geeilt war, überall Beschwerde und inständige Bitte erhoben, auf ihr altes Geschlecht und hohe Geburt verwiesen, mit Klage beim Reichskammergericht, beim Kaiser, beim Landgrafen von Hessen, beim König von Frankreich gedroht, abwechselnd geschluchzt, gerast, geschmeichelt, sich gedemütigt hatte und schließlich außer sich wieder zur Pforte des Gefängnisses zurückgekehrt war, um, wenn alles fehlschlug, die Wächter mit ihrem Schmuck und ihren Juwelen zu bestechen, nach alledem war sie dort von den Häschern des Bischofs ergriffen und als der Hexerei im hohen Grade verdächtig in einen unterirdischen Kerker gebracht worden. Die Maßregel ging vom Pater Gropp aus, der Bischof war unfähig, eine Verfügung zu treffen, er hatte grade noch seine Unterschrift geben können, die brauchte der Pater zu seiner Sicherheit, aber der alte Mann hatte dabei wie Espenlaub gebebt und das Bild einer sinnlosen Kreatur geboten. Der Pater ordnete an, die Freifrau solle noch in der nämlichen Nacht peinlich befragt werden, auch über den Junker, ihren Sohn, und seine Verfehlungen und sündhaften Künste. Hiezu war er nach dem vom Bischof unterschriebenen Haftbefehl berechtigt, während er bisher durch keinerlei Vorstellung hatte erreichen könne, daß man auch den Junker selbst durch die Folter zum Geständnis bringe, der Bischof hatte immer gehofft, daß der Junker freiwillig bekennen werde, geschreckt und eingeschüchtert, doch nicht am Körper beleidigt, dazu wollte er seine Zustimmung nicht geben, auch zum Verbrennungstode nicht; wenn alle Bemühungen vergeblich blieben, sollte er enthauptet werden. Dies wurmte den Pater Gropp, doch er versprach sich viel von der Inquisition der Freifrau, bei der der Junker zugegen sein sollte, ihr zarter Organismus würde voraussichtlich keinem ernstlichen Angriff gewachsen sein, und die seelische Qual, die der Junker dabei erlitt, würde vielleicht stärker auf ihn einwirken als die eigene leibliche, bei der ihn der Dämon hartnäckig machen und ihm eine falsche Märtyrerkrone verheißen konnte. Den willkommenen Anlaß zur Gefangennahme der Freifrau hatte die Nachricht gegeben, die zu Mittag in die Stadt gelangt war, daß das Ehrenberger Schloß in Flammen stehe und daß die Bauern und Hirten draußen die Freifrau beschuldigten, den Brand, der im Dachboden ausgebrochen war, wissentlich und vorsätzlich gelegt zu haben. Wohl möglich, daß durch ihr Herumirren mit der Kerze in der Nacht ein Funken auf das leicht entzündliche Gerümpel gefallen war und zwei Tage oder mehr weitergeschwelt hatte; als sie von der Feuersbrunst erfuhr, seufzte sie aus dem Innersten auf und sagte in ihrer unbedachten Weise: „Gelobt sein Jesus Christus, daß das Unglückshaus vom Erdboden vertilgt ist." Was als ein halbes Bekenntnis gedeutet und vermerkt wurde.

Während sie sich von den Söldnern ruhig festnehmen ließ und von ihnen umringt plötzlich voll Würde durch das Gefängnistor schritt, das kindlichschmale Gesicht mit der wächsernen Haut leicht erhoben und von den rauchenden Pechfackeln abgewendet, hatte sich Lenette rasch der Schuhe entledigt und war unter dem Schutz der Dunkelheit katzenfüßig entschlüpft. Eine Stunde später hatte sie den Magister Molitor gefunden; von einem schweren Fieber gepackt, lag er in der Wohnung seines gelehrten Freundes, des Propstes Lieblein. Sie berichtete das Geschehene. Das graue Haar hing zersträhnt über die Schläfen, ihre Kleider waren zerrissen, das Capuchon hatte sie verloren, doch ihre Erzählung war klar und kurz. Sie schloß mit den Worten: „Ich bin ein unwertes Weibsbild vor Gott dem Herrn, aber wenn ich ihn noch glauben soll, muß er jetzt helfen." Am Bettende saß der Propst mit niedergeschlagenen Augen und schmerzlich verzogenem Mund, ein schöner Greis, im Hintergrund der Stube, wohin kein Licht fiel, lehnte Friedrich Spe an der Mauer.

14

Er hatte schon viel vom Junker von Ehrenberg gehört, ihm war
die ganze Landschaft der beiden Bistümer vertraut, und in den
Städten und Dörfern kannte er viele Menschen. So hatte er die
wunderbaren Wirkungen des Knaben zu einer Zeit erfahren, als
sie noch nicht über dem Umkreis einiger Spessartgehöfte gedrungen waren, aber jedesmal, wenn ihn seine Wanderungen
wieder in die Gegend brachten, wurde ihm Neues von dem Mär-
chenerzähler berichtet und manches, was selber wie Märchen
klang. Bisweilen hatte es ihn verlockt hinzugehen, dabeizusein,
zu sehen, zu lauschen, aber da riefen dringendere Geschäfte, zu
viel Unglückliche gab es, die nach ihm verlangten, er durfte sich
nicht aufhalten bei frohen Dingen. Ob das frohe Ehrenberger
Ding auch ein frohes Ende nehmen würde, das dünkte ihn eh
und je zweifelhaft, er konnte sichs nicht reimen mit der sonstigen Stimmung im Lande, wie dem Bauern und dem Städter zumute war, was die Herren mit Knecht und Froner trieben. Er
hatte wenig Heiteres gesehn und erlebt, was an Hoffnung noch
in ihm war, magerte mit jedem Jahr ab, bis nichts mehr übrig war
als eine dürre Ranke, an der sich sein Geist mit edler Beflissen-
heit aufrecht hielt, bestrebt nach Umschau und Annäherung an
das Göttliche. Manche macht der Kummer lahm, ihn machte er
beweglich und behend, manche fliehen in die Einsamkeit, wenn
das Gesicht der Welt sie in seiner knöchernen Wahrheit anstarrt,
er nicht, er blieb unter den Menschen und trachtete danach,
nicht müde zu werden, ihrer nicht, ihrer Taten nicht. Die Liebe
drängt mich und brennt in mir, sagte er und ging weiter, und
während ihn der Anblick der Leiden und der Verrichtungen des
Wahns erstickte wie Qualm in einer unterirdischen Höhle, dichtete er die schönen Lieder der Trutznachtigall. Er hatte keinen
Besitz, ihn gelüstete nach keiner Ehre, keinem Dank, keinem
spiegelnden Zeichen seines Wirkens, aber die Armen und Ge-
schändeten legten die Zeugnisse davon am Throne Gottes nieder. Er war aus einem alten Geschlecht, sein Vater war Burgvogt

des Kurfürsten Gebhardt Truchseß von Waldburg gewesen, im
Jesuitengymnasium zu den drei Kronen hatte er studiert und
war Jesuit geworden, weil er in die fernen Missionen hatte gehen
gewollt, das allein hatte seine jungen Jahre erfüllt, er hatte es
dem Ordensgeneral Mutius Vitelleschi einst geschrieben: Indien
hat mein Herz verwundet. Aber bald sah er, daß ihn die Heimat
nötiger brauchte und die unerlösten Heiden noch warten mußten, solang es die Christen trieben, wie sies trieben. Da fing er
an, von Ort zu Ort zu wandern, ein leibhaftiges Licht: Als wie
die schön gezündte Kerz/ sich selber muß verzehren/ weil aus
ihr selbst das brennend Herz/ sich selber muß ernähren/ also
verzehrt sich alles gleich/ auf dieser Welt geschwinde/ da fließt es
her in einem Streich/ die Kerze steht im Winde. Den unglücklichen Frauen, die die lebendigen Fackeln abgeben mußten in der
Finsternis des Jahrhunderts, wurde er zum Führer in das Tor des
Todes und ließ den Glauben an eine Überwelt in ihnen erblühen,
deren Gestalt und Sinn er mit Worten, so frisch und rein wie der
Anfang des Lebens, aus der Tiefe seiner Seele formte. Das
mochte der Grund sein, weshalb ihn dünkte, ein unsichtbarer
Faden liefe von ihm zum Junker von Ehrenberg, und wenn jemand seinen Namen nannte, war ihm, als empfange er Nachricht von einem jüngeren Bruder, den er nie gesehen, es war was
Fremdes und Abscheidendes da, aber auch was Blutnahes und
Verbindendes. Lang hatte er ihn aus den Gedanken verloren,
wußte nur, daß er bei seinem Oheim, dem Bischof weile; die
aberwitzige Wut des Bischofs raubte Spe seit Jahr und Tag den
Schlaf; er hatte sich nichts Ersprießliches von dem Aufenthalt
des Jünglings in der Umgebung des Bischofs versprochen, das
Schlimme kam bälder als er gedacht; als er vom Propst Lieblein
vernahm, sie hätten den Junker in den Kerker geworfen, be-
schloß er gleich, ihn aufzusuchen, dazu hatte er vom Kollegium
die Befugnis, es war ihm kraft seines Beichtigeramtes zu jeder
Zeit unverwehrt. Still war er bei Tisch gesessen, als der Magister
Onno, schon vom Fieber geplagt, um Hilfweisung für seinen
Zögling flehte, noch stiller lauschte er der Erzählung der tauben

Lenette, die soviel Mut vor den gelehrten Herren nicht aufge-
bracht hätte, wenn ihr nicht Entrüstung und Schmerz die Zunge
gelöst hätten. Still nahm er dann Abschied, vom Propst zur Tür
geleitet und ihm die Hand drückend. Er wollte nicht bis zum andern Morgen warten, aber als er ans Gefängnis kam, wurde ihm
bedeutet, er könne den Junker nicht sehen, es sei strenges Verbot
ergangen, auch für die Patres, ihn zu besuchen. Das Verbot
konnte nur vom Pater Gropp erlassen worden sein, Spe schickte
den Dominikaner Lambrecht Dynand zu ihm, der gerade von einem Hexenbrand kam, aber der Pater Gropp war nicht zu finden, es hieß, er habe mit dem Bischof die Stadt verlassen, dieser
habe nach nichts sonst getrachtet als sich vor dem vermeintlichen
Zorn des Volks in Sicherheit zu bringen. Das geduldige Volk, es
wagte nicht zu mucken, der Hexenglauben war ihm zu tief ins
Fleisch gebläut. Indessen rief den Pater Spe die geistliche Pflicht
zu andern Verdammten, am Morgen erfuhr er, der Freifrau von
Ehrenberg seien Daumstock und Beinschraube angelegt worden, der Sohn sei dessen Zeuge gewesen und ohnmächtig vom
Platz getragen worden; ob die Freifrau den nächsten Grad der
peinlichen Frage überstehen werde, sei zweifelhaft, sie wolle
aber keinen Beichtiger vor sich lassen, singe bloß wahnsinnig vor
sich hin und liebkose ein Luftbild, das sie für ihren lieben Sohn
halte. Erst am Freitag, dem Tag Mariae Heimsuchung, nach
abermaligem Appell an den Pater Gropp, der mittlerweile in die
Stadt zurückgekehrt war und die Amtsgeschäfte des Bischofs
führte, ward dem Pater Spe der Zutritt in den Kerker des Junkers
verstattet.

  Der Junker saß auf einer hölzernen Bank, beide Hände hielten
das Sitzbrett, er schaute gradaus in die Höhe. Sein Gesicht war
verfallen, aber die Augen hatten einen Glanz, daß der Pater den
Blick nicht aushalten konnte. Durch ein schießschartenähnli-
ches Fenster fiel schwaches Licht in den modrigen Raum, der
dem Innern einer bauchigen Flasche glich; die Decke war hoch
gewölbt. Der rechte Fuß des Junkers stak in einem eisernen
Ring, von dem eine schwere Kette am Steinboden entlang zu ei-

nem andern in der Mitte der Mauerwand befestigten Ring lief.
Seine Züge hatten noch nicht den Ausdruck des unermeßlichen
Erstaunens verloren über das, was mit ihm geschehen war und
geschah. Manchmal hatte er sich jäh erhoben, mit wildschlagen-
dem Herzen, und war, die Kette nach sich schleifend, in der
Zelle auf- und abgelaufen, die Mauer antastend, mit den Fingerspitzen an der rauhen kalten Mauer entlang. Er horchte in die
Nacht auf die furchteinflößenden Geräusche, die aus dem Haus,
von weit oben her, zu ihm drangen oder von unten oder von
rechts und links, er konnte es nicht unterscheiden, ersticktes
Flüstern war es, dann ein Sägen, ein Pochen, auf einmal ein ferner Schrei wie von einem Pfau. Er konnte es nicht fassen, daß immerfort Mauern um ihn waren, die wuchtige wuchtigverschlos-
sene Tür, an der jedes Rütteln umsonst war, sie ließ einen nicht
hinaus. In den ersten Tagen rührte er keine Speise an, trank nur
vom Wasser, nicht aus Trotz, aus Verwunderung. Dreimal hatte
man ihn zum Verhör geführt, er verstand die Fragen nicht, statt
zu antworten, lachte er, sah sich ungläubig um. Es erschien ihm
alles so töricht wie ein unbegreifliches Schelmenstück, das ihm
angetan worden, aber im Traum angetan, er fand keinen ordent-
lichen Zusammenhang und keine Vernunft darin. So erregte er
den Zorn des Richters, aber Hand an ihn zu legen durfte man
nicht wagen, es war nur erlaubt, ihn mit der Folter zu bedrohen
und ihm die Instrumente zu zeigen, aber seine Haltung, sein
treuherziges Sicherkundigen, die Furchtlosigkeit, die in ihm war
nicht anders als in einer Pflanze, es verfehlte seinen Einfluß
selbst auf die versteinerten Gemüter nicht, Richter, Profoßen
und Knechte, die alles schon gehört und gesehen hatten, was das
Bewußtsein der Unschuld den Verzweifelten eingibt, gegen alle
Beteuerung, alle Qual abgestumpft waren, vor dieser geisterhaften Heiterkeit und halb lächelnden Verlorenheit aber widerwil-
lig-ratlos standen. Oft erstaunte ihn auch das Grausige und die
Erwartung der Schrecken nur, das gibt es also auf der Welt,
schien er sagen zu wollen, das muß ich mir merken, es war als
schaue er sich selber zu, sowie er den andern zuschaute, als seien

seine Person und sein Schicksal zweierlei Sachen und er müsse
das neue Wissen, das ihm zuteil wurde, erst in sich verweben, in
sich verfluten lassen. Dann holten sie ihn, damit er der Marte-
rung der Freifrau anwohnen sollte, sie erachteten es als ein siche-
res Mittel, um das Geständnis seiner unholdischen Beschaffen-
heit von ihm zu erlangen, bei ihr wußten sie sich der Sorge ledig,
in ihrer wehleidigen Schwäche würde sie sich schon nach dem ersten Grad als Hexe bekennen. Da hatten sie aber falsche Rechnung gemacht; als die Freifrau, den Knaben gewahrend, mit ju-
belnd-inbrünstiger Bewegung die Arme nach ihm ausstreckte
und alles andere um sich vergaß, die wilden Schmerzen und daß
sie dalag, nackt bis zu den Hüften, flüsterte der Junker nach einem glücklichen Aufleuchten in den Augen, denn er sah ja nun,
daß er eine Mutter besaß, sie vom Schicksal erwirkt hatte wie die
märchenhafte Irina, von der er ahnungsvoll dem Bischof erzählt,
flüsterte also: „O du armer Heiland" und sank wortlos auf die
roten Fliesen nieder. Alles war rot, die Fliesen, das Feuer, die
Fackeln, das Blut, die Wämser der Knechte. Sie mußten ihn forttragen, die Besinnung kehrte erst zwölf Stunden später zurück,
sie beließen ihn dann in seiner Zelle, weil der Dominikanerpater
Gassner, in der Befürchtung, die Seele könnte dem Malefikanten
zu früh entfliehen und die Kirche um die verdiente Beute kommen, es vorerst so anordnete. Nun saß er schon den ganzen Tag
auf der Bank, die Hände am Sitzbrett und schaute. Was gab es
denn zu schauen?

Der Pater Spe stand eine Weile stumm, das Haupt gegen die
Brust geneigt, dann sagte er leise: „Gott grüß dich, Junker." Der
Junker lauschte, es dauerte ziemlich lang, ehe er antwortete:
„Eure Stimme klingt mir sehr angenehm, wer seid Ihr denn?"
Der Pater sagte: „Ich bin der Pater Spe, vielleicht hast du mich
schon nennen hören, ich bin oft gegen Rimpar hinauf in den
Spessart gewandert, am Ehrenberger Schloß oft vorbeigegan-
gen." Darauf der Junker: „Das kann wohl sein, Pater." Darauf
der Pater: „Wenn ich dir unbekannt bin, so möcht ich, du lern-
test mich kennen, dich kenn ich gut." Der Junker schwieg und

schien nachzudenken. „Wenn Ihr mich kennt," entgegnete er
endlich in seinem verwunderten Tonfall, „so vermögt Ihr mir
vielleicht zu sagen, warum ich hier bin." Darauf schwieg nun
wieder der Pater. „Ihr könnts mir nicht sagen," fuhr der Junker
fort, „das hab ich mir gleich gedacht, so sagt mir wenigstens:
steht die Welt noch auf ihrem alten Platz?" Es klang wie Scherz,
in der alten anmutigen Weise, und war doch keiner. „Das tut sie,
Junker, unverrückt steht sie auf ihrem Platz, dafür sorgt unser
Herr im Himmel." – „Und scheint die Sonne, Pater? Mir hat geträumt, der Herr Jesus hat den drei Erzengeln befohlen, die
Sonne mit einem großen Laken zuzudecken, bis das andere Jahr
kommt, und welcher Mensch dagegen murrt und bloß einen La-
kenzipfel mit der Hand anrührt, der soll verurteilt sein, die eigene Mutter aus dem feurigen Ofen schreien zu hören." Der Pater sagte, und seine Brust dehnte sich schmerzlich: „Junker, ich
bitte dich, mach nicht den Traum zu deiner Uhr, von der du die
Zeit abliest." Das spehaft wunderliche Wort; der Junker Ernst
stutzte, als er es vernahm, war ihm doch Traum und Leben in
eins zusammengestürzt, war nicht wirklich Zifferblatt und Zeiger von der Traumwelt noch in ihm und wies die falsche Stunde?
Er blickte sinnend in die Luft, forschend auf den Besucher, dann
legte er mit seiner Lieblingsgebärde die Hände aneinander und
sagte: „Ihr habt noch ein so junges Gesicht, Pater, warum habt
Ihr schon weiße Haare?" Der Pater lächelte. „Dasselbe hat mich
neulich der junge Kanonikus Philipp von Schönborn gefragt",
erwiderte er; „ich habe ihm geantwortet: das ist von der vielen
Vergeblichkeit gekommen." – „Wie meint Ihr das?" – „Von der
Vergeblichkeit der vielen Seufzer und Tränen, die immer wieder
Seufzer und Tränen hervorrufen. Man kann die Tränen nicht
trocknen, man kann die Seufzer nicht stillen, jene sind wie das
Meer, diese wie der Orkan, es schwillt und schwillt. Von der Vergeblichkeit der Worte, fast auch von der Vergeblichkeit der Taten. Von den Unschuldigen, die erliegen, von den Schuldigen,
die mit hoher Stirn gehn. Von all dem Allzuviel, Junker, von all
dem Garzuschweren. Ich habe gesehen, was unter der Sonne

vorgeht, ach, ich habe mehr die Toten gepriesen als die Lebendigen, und als die Glücklichsten eracht ich die Nichtgeborenen, die nicht sehen müssen, was vorgeht unter der Sonne. Die ganze Natur trauert darob, wie soll also ich nicht trauern und wie sollte mein Haar nicht weiß geworden sein?"

Der Junker sah ihn lange Zeit schweigend an, hierauf sagte er: „Wollt Ihr nicht herkommen zu mir, ehrwürdiger Pater, wollt Ihr Euch nicht neben mich auf die Bank setzen?" Spe nickte freundlich und zögerte nicht, der Aufforderung zu folgen. Es war ihm eine angenehme Empfindung, den Junker so nah zu wissen, selten hatte er solche Sympathie aus sich und zu sich her strömen gefühlt, der Mensch, nicht bloß der eine da, den er sehen und hören konnte, sondern das Menschenwesen selbst wurde ihm wie nie zuvor unendlich teuer und über alles liebenswert, brüderliches Geschöpf aus dem gleichen Mutterschoß und gelenkt von dem unerahnbaren Geist, den kein Glaube, kein Aussagen, kein Name, kein Gebet erreicht, den man nur atmen kann, um durch ihn zu sein. Der Junker blickte ihn gespannt an. „Sprecht, lieber Pater", sagte er. „Was soll ich denn sprechen?" fragte Spe. „Erzählt mir," bat der Junker, „erzählt mir was von Euch." Unerwartetes Verlangen aus diesem Mund, das den Pater Spe rührte wie wenn ein Singvogel auf seine Hand geflogen wäre, um den rauhen Lauten aus der Menschenkehle zu lauschen. „Bist dus nicht, Junker, der im Erzählen als ein Meister gilt?" fragte er zart scherzend, „was könnt ich dir Neues bringen?" Der Junker schüttelte den Kopf, seine Lippen stammelten etwas, Spe konnte es nicht verstehen. Wohl aber begriff er, daß da einer war, der den Weg verloren hatte, der verirrte Sinn des Knaben rief ihn an und flehte um Führung und Weisung. Er war in die Finsternis gestoßen worden, der sorglos wandelnde Jüngling, die Elemente hatten ihm viel gegeben, Natur hatte ihn reich beschenkt, seine Seele war wie eine feurige Kugel, die ohne Schwere durch den Raum schwebt, sich selbst in ihrer schönen Glut genügend, doch das Schicksal hatte sie aufgefangen und hielt sie in seiner gewaltigen Faust, sodaß ihr angst und bang

war. Darüber hatte der beflügelte Genius keine Macht, dem er
sich bisher spielend anvertraut hatte, er war zu einsam gewesen,
zu sehr auf sich gestellt und in seine Träume gesunken, ohne Vater, ohne Mutter, ohne Freund und Geschwister, und wonach er
dürstete, waren die Worte des Lebens, die Nähe der Herzen, die
Nähe der Erde und ihrer Wirklichkeit. Das erkannte Spe, und er
fing an, ihm seine Geschichte zu erzählen, wie er ausgegangen,
um den Armen beizustehen, aus Sorge um das Volk von Land zu
Land, von Stadt zu Stadt gewandert und überall nur Not und Bedrückung gefunden, Lüge, Grausamkeit und Haß, wie schwer es
gewesen, den Mut nicht sinken zu lassen, das Vertrauen in den
Menschen nicht dranzugeben. Er sprach von der Kriegsgeißel,
von Pest und Mißernte, von der Verblendung der Glaubenseife-
rer, der Treulosigkeit der Großen, dem bittern Jammer, in den
das deutsche Vaterland geraten, all dem Neid und Aberglauben,
der Verleumdung und Ehrabschneiderei, ein kranker Körper,
der seinen Arzt mit Füßen stoße und seine Pfleger bespeie. Er
schilderte dem atemlos zuhörenden Junker Begebenheiten und
Begegnungen; wie er, vor kurzem erst, am Rand eines brennenden Waldes zwei kleine Kinder im Schutt aufgelesen; wie er in einem verlassenen Dorf einen Greis gefunden, anzusehen wie der
Prophet Jeremias, in Verwünschungen und Schreckensgesichten
sich ergehend gleich diesem, und wie er den Alten in den Arm
genommen als wärs ein Säugling und zum Frieden gebracht
habe; wie er in eine Stadt gekommen, deren Bewohner fast alle
wahnsinnig geworden seien, gleich einer Seuche habe der Wahnsinn alt und jung, vornehm und gering erfaßt, alle hätten den Un-
tergang der Welt erwartet, zuviel hatten sie aushalten müssen,
dreimal die blutigen Greuel der zu- und widerziehenden Heere,
dreimal Qual und Verdammnis, nun warteten sie aufs Ende.
Dann aber berichtete er von den Hexen, von seinen Gesprächen
mit ihnen; wie sich Dünkel und Fanatismus überall an allem edlen und seltenen Frauenzimmer vergreife, die Gutmeinenden
stünden ahnungslos davor, indes die Brunst frecher Träume sich
am Anblick schönen zuckenden Fleisches letze, da sei einem zu-

mut als müsse man seinen Schmerz in späte Zeiten des Menschengeschlechts hinausschreien, da die Mitgeborenen taub an
Leib und Geist und Seele seien. Welche Geheimnisse, Junker,
schwarzes Gelüsten, Laster der untersten Tiefen, als Gesetz und
Recht der Welt angelogen, verkocht mit dem Gedankensud aus
den Küchen unfaßbarer Giftmischer. Die armen Weiber, o ge-
marterter Christ, wenn er ihrer gedenke! wie sich manche an ihn
angeklammert wie der Ersaufende an einen Balken, welche
Worte sie geredet, wie das Grauen aus ihren Lippen hervorgekrochen sei, die geplagte Haut an ihren Leibern geschwärt, wie
nichts und nichts gegen den Wahn helfen gekonnt, Unvernunft
sich zur Wollust gesteigert habe und er sich immer wundere, daß
tag und Nacht einander noch in altgewohnter Ordnung folgten,
daß Pferd und Kuh und Esel noch den Hauch des Menschen er-
trügen, obschon nicht den Blick, den ertrüge kein Tier. Und
doch wieder sei der Mensch ein hohes Wesen, aus der Schlechtigkeit leuchte manchmal das edle Metall seiner ursprünglichen Natur. „Da war zu Cöln ein Missetäter," erzählte Spe, „ein Mörder,
der sollte hingerichtet werden. Umsonst alle Versuche, ihn zur
Reue zu bewegen. Da sagt ich zu ihm: du weißt, daß ich einiges
Gute auf meiner Rechnung habe, ich setz es auf die deine und
schenk es dir zum Eigentum, wenn du Leid über dein Verbrechen bezeugst. Da ging der Mann in sich, daß er sich zurückbe-
dachte und in großer Zerknirschung Buße tat. Aber bevor er
sterben sollte, flehte er mich auf Knien an, mein Gutes wieder zu
mir zu nehmen, er könne mit den erschlichenen Taten nicht vor
Gott den Herrn hintreten. Es war jedoch zu spät, ich hatte ihm
ja alles verpfändet, es blieb mir nichts übrig als ganz von vorn anzufangen." Er schwieg eine Weile und fuhr dann fort: „Das war
meine schwerste Zeit, ich hatte die guten Werke an den armen
Sünder verloren und wandte mich im Gebet an meinen Heiland;
ich bat ihn, er solle alle, die mich bisher geliebt, mich hassen lassen, alle die mich gefördert, mich verfolgen lassen, damit mir
Gelegenheit gegeben sei, meine ganze Seelenkraft auf die Probe
zu stellen. So kam es auch, die Bitte ist mir gewährt worden. Von

da ab war ich der Stein des Anstoßes bei meinen Vorgesetzten, gemieden im Konvent, beargwöhnt von den Landesfürsten, verleumdet von meinen geistlichen Brüdern. Aber ich trags mit Freuden."

Der Junker hatte sich allmählich zu Spe hinübergebeugt, um ihm besser ins Gesicht sehen zu können, seine beiden Hände ruhten auf einem Knie des Paters, die eine Schulter hatte er gegen dessen Brust geschmiegt, und so lauschte er, den Kopf emporgewendet, gedankenvollen Blicks. „Ich hab nichts gewußt von den Menschen," sagte er, „Ihr lehrts mich erst." – „Wenn du die Lehre aufnimmst, Junker, mußt du sie wieder vergessen. Manche leben von den Augen, manche vom Verstand, wenige mit dem Herzen." – „Ich brauch die Augen, lieber Pater, macht sie mir nicht schlecht." – „Freilich; mich dünkt, du hast vieles geschaut mit deinen Augen, ich hab nur vieles gesehen." – „Ich kenn alle Schlupfwinkel im Wald", sagte der Junker fast stolz. „Und was noch?" fragte Spe. „Ich weiß, wo die Eulen nisten, wo die Rehe zur Tränke gehn." – „Und was noch?" – „Ich kenn die Sternbilder und weiß, wo das Siebengestirn aufgeht, Sommer und Winter, und der Bär und das Haar der Berenice." – „Das ist allerlei, Junker, aber es hat, wie du sagst, mit den Menschen nichts zu tun." Der Junker wurde immer zutraulicher. „Und wenn man bedenkt," flüsterte er, „was für Schätze in der Erde drin verborgen sind, Gold und Silber und edles Gestein, wenn einer auserwählt ist, sieht ers leuchten in der Nacht. Man kann auch hören, wie der Saft in den Bäumen rinnt, was das Wasser im Brunnen spricht." – „So bist du also doch ein Zauberer, Junker?" – Der Junker fragte mit zuckenden Lippen: „Ist das Zauberei, Pater?" – „Es könnte Zauberei sein," erwiderte Spe versonnen, „eine Art jedoch, von der im malleus maleficorum schwerlich was zu lesen ist. Es gibt zauberische Spiele, Kind, und ein verzaubertes Hangen, die den Menschengeist, wenn er sich drin verspinnt, von seiner wahren Aufgabe weglocken. Und jetzt willst du von mir erfahren, was die wahre Aufgabe ist? Aber siehst du, das kann ich dir nicht sagen. Ich darfs mich nicht un-

terfangen, es zu sagen. Da ist Lehre nur Wind, das Wort eine
klingende Schelle. Das muß aus deinem Gefühl entsprießen, verstehst du? Wollte Gott, du verstündest mich recht, sonst hab ich
dir nichts gebracht als Irrtum und Beschwernis."

Im Gesicht des Junkers ging etwas Ungewöhnliches vor, ein
paar Augenblicke lang war es ganz erstarrt, die Lider schlossen
sich aufeinander, dann, als sich der Krampf gelockert hatte, flüsterte er: „Ich glaub, ich glaub, ich versteh Euch, Pater. Seit mir
in dem Haus da meine Mutter erschienen ist, seitdem ist mir so
anders zumut, ich kanns Euch nicht beschreiben, wie. Gelt, Pater, es war doch eine Erscheinung? Sagt es mir: es war doch eine
Erscheinung?" Gespannt und angstvoll schaute er Spe ins Gesicht, als fürchte er das Nein nicht minder als das Ja, als wolle er
täuschen und getäuscht werden und sich dem Wissen mit aller
Kraft der Phantasie entringen. Ohnmächtiges Bemühen. Seine
Züge verfurchten sich wie die eines alten Mannes, er legte die ge-
falteten Hände auf die Schultern Spes und bat: „Ihr müßt mir
Botschaft von ihr bringen, Pater, versprecht mir das, eh ich nicht
Botschaft hab, ist mir all mein Sinn abwendig gemacht, versprecht mirs, guter Pater."

Es war inzwischen dunkel geworden, Spe seufzte tief und
wollte die verlangte Zusage geben, da drang unerklärlicher Lärm
zu ihnen, ein fernes helles Schwirren und Brausen, das beständig
näher kam und gewaltig anschwoll.

15

Die Nachricht von der Einkerkerung des Junkers von Ehrenberg
war nach Verlauf von drei Tagen im ganzen Bistum und weit darüber hinaus bekannt geworden. Trotzdem der Pater Gropp den
ihm unterstellten Geistlichen verboten hatte, etwas davon verlauten zu lassen, wußte man bereits am folgenden Morgen das
Geschehene in den entferntesten Teilen der Stadt, und da die
Kunde im Schloß nicht geblieben war, konnten ihr auch die

Stadtmauern und -tore kein Hindernis entgegensetzen, sie eilte
von Dorf zu Dorf, von Weiler zu Weiler, von Bezirk zu Bezirk,
von Siedlung zu Siedlung, mainauf- und mainabwärts, nach
Norden und nach Süden, und wie durch einen geschwinden und
geregelten Botendienst wurde sie nach Frickenhausen und Rin-
derfeld so gut wie nach Scheinfeld und Ludwigsbad getragen, in
die Spessarteinöden wie in die Weinberge bei Kitzingen. Man erzählte sichs in den Schenken, auf den Märkten, in den Schran-
nen, in den Kirchen, die Fuhrleute auf den Landstraßen teilten
es einander im Vorbeifahren mit, die Bauern beim Mähen auf den
Wiesen, die Weinheger beim Binden, die Landsknechte an den
Lagerfeuern, die Bettler, Zigeuner, Mönche und wandernden
Scholaren boten es als Gegengabe für Almosen. Die alten Leute
schüttelte kummervoll den Kopf, was konnte an dem edlen Junker Teuflisches gewesen sein, da sie nur von der Freude wußten,
die von ihm ausgegangen war. Der Würzburger Magistrat erhielt
vom Hauptmann einer Räuberbande im Odenwald einen latei-
nisch geschriebenen Brief, worin die sofortige Freilassung des
Junkers gefordert wurde, andernfalls sollte die Stadt angezündet
werden. Das alles war aber nur wie oberes Gekräusel im Vergleich zu der Bewegung in den Gemütern der Jugend, der Kinder. Die Tausende und Tausende in den zahllosen Orten, die ihn
gesehen und in wohlbereiteten Stunden seinen Geschichten gelauscht hatten, konnten ihn nicht vergessen, er war mit ihrem
ganzen Denken eins, er erschien ihnen wie ein leibhaftiger Feiertag, etwas, wovon man lang vorher und lang nachher spricht und
was einen glücklich macht. Der Junker, das Wort hatte in manchem Mund einen Ton von Zärtlichkeit, den vielleicht das übrige
Leben nie wieder aufklingen ließ, den Ausdruck einer Erwartung, der sich eben nur dies eine Mal und bei dem einen Menschen erfüllte. Warum hätten sie dem schönen Traum nicht dankbar sein sollen, den er in ihr Herz gepflanzt hatte wie eine zauberische Blume in ein sandiges Stück Erdreich, warum hätten sie
ihn nicht herbeiwünschen sollen, da er sie lehrte, das Wunderbare zu benennen und das Trübselige zu vergessen? Als es ruch-

bar wurde, der geliebt Ersehnte schmachte in Ketten in der
Münze zu Würzburg, flutete zunächst ein schauriger Schrecken
durch die jungen Seelen, wie wenn es plötzlich am hellen Mittag
Nacht geworden, mitten im Sommer der Mainstrom gefroren
wäre. Aber noch war kein Wille da, kein aufwallender Geist,
trotzdem sich da und dort die Betroffenen zusammenrotteten
und die Ältesten scheu einander fragten, was zu tun sei, denn
nichts zu unternehmen und still sich zu fügen, dünkte ihnen un-
erträglich. Der Anstoß zum Handeln kam jedoch bald und riß
sie unwiderstehlich mit.

Der Bruder Felician hatte gegen die Präzeptoren der Alumnen
geplaudert, Peter Mayer hatte das Gespräch belauscht. Während
seine Kameraden in mutloser Bestürzung verharrten, war er
gleich von Anfang an zu tätigem Eingreifen entschlossen, und da
er sich ohnedies im Alumnat unglücklich fühlte, benutzte er einen unbewachten Augenblick, um zu fliehen. Bei der Heiligen-
geistkirche traf er den Silberhans und teilte ihm aufgeregt seine
Wissenschaft mit. Der Silberhans, der nur auf eine Gelegenheit
paßte, seinem müßigen Herumstrolchen ein Ende zu machen,
wußte den Studiosus Barger und den Rotgerber Batsch in der
Stadt, und während er mit denen seine Verabredungen traf und
gemeinsam mit ihnen für die Ausbreitung der Kunde sorgte, entwischte Peter Mayer aus dem Heidingsfelder Tor und versammelte seine Freunde in den Dörfern der Kitzinger Gegend um
sich. Sechzehn Stunden lang war er unterwegs. Die Flamme, einmal gelegt, lief hurtig weiter. Die Kinder des einen Dorfs ver-
ständigten sich mit denen des andern, von einer kleinen Stadt zur
nächsten wurden Beschlüsse gemeldet, am Donnerstag vor Peter
und Paul stand es bereits fest, der Junker müsse befreit werden.
Wir wollen den Junker wieder haben, hieß es, wollen ihn aus
dem Kerker holen, das Wie und Wann wurde einstweilen nicht
erörtert. doch brachten Zuläufer aus Würzburg in Zwischenräu-
men von Stunden geheime Befehle, die auf unbegreiflich schnelle
Weise durch die ganze Landschaft flogen. Am Freitag und am
Samstag begaben sich zahlreiche Scharen vor das Ehrenberger

Schloß, standen stundenlang im Hof, schauten an den Mauern
hinauf, tuschelten und raunten miteinander, am Abend riefen sie
den Namen des Junkers, wie um sich zu überzeugen, daß er
nicht da war, wenn sie keine Antwort erhielten. In der Nacht
zum Sonntag, wo das Schloß in Flammen stand, kamen sie zu
vielen Hunderten, Kinder von Bauern, Holzknechten, Hirten,
auch ein Dutzend Gesellen von der Karlstädter und Ochsenfurter Innung, hielten Kriegsrat beim Schein der Feuersbrunst, einer, ein gewisser Göbeling, redete laut und feurig, dann zogen
sie allesamt auf Würzburg zu, weithin beleuchtet von der brennenden Burg und den ganzen nächtlichen Weg entlang aufrühre-
rische Lieder singend. Niemand wußte, von wo das Gerücht
ausgegangen war, aber es war kund geworden, der Junker solle
am Freitag Mariae Heimsuchung, zu Mitternacht, vom Leben
zum Tod gebracht werden, so wurde der Freitag für den Haupt-
streich bestimmt, um die Sonnenuntergangszeit sollte der Junker aus dem Gefängnis befreit werden. Inzwischen waren auch
die Würzburger Kinder gewonnen worden, sie stellten einen
großen Anhang, und oft waren die am eifrigsten bei der Sache,
die nur vom Hörensagen wußten, was es mit dem Junker auf sich
hatte. Der Marienberg mit seinen unwegsamen Hängen und
Schroffen war das Standquartier der Abgesandten und Vorausge-
eilten aus dem Gau, sie hatten in den gefährlichen Plan Ordnung, in die wirren Haufen der stündlich neu Zuströmenden
Zucht zu bringen. Am Fuß des Festungsbergs war eine verbor-
gene Mauertür, der Posten dortselbst, seit Jahren der nämliche,
ein krummer Invalide, der in einem Wachhäuschen wohnte,
wurde vom Rotgerber Batsch und vom Dominik Eisenbeiß, einem Zimmermannslehrling, jeden Abend besoffen gemacht,
dann kamen die Verschworenen, die sich vorher sorgfältig am
Fluß und in den Weinbergen versteckt gehalten, unter der Führung der älteren, sechzehn- und siebzehnjährigen Burschen,
dunkel unabsehbar angerückt.

Wunder genug, daß das wühlerische Treiben, Versammlung
und Auflauf allenthalben, so wenig in der Stadt bemerkt wurde.

Es war schwerlich der dabei geübten Vorsicht allein zuzuschreiben, die allgemeine Ratlosigkeit und Verstörung hatte großen Teil daran, und daß kein Verrat geschah, hatte seinen Grund sowohl in der verzweifelten Taubheit und Blindheit, von der die Bürgerschaft geschlagen war wie auch in der stummen elementaren Flutung des jugendlichen Ansturms. Viele Zeichen erregten freilich Verwunderung, es wurde herumgefragt, es wurden Warnungen laut, aber niemand konnte Genaues sagen, und niemand hatte Lust, ein Unheil zu verhüten, von dem man nicht wußte, nach welcher Seite es drohte, im Gegenteil, die meisten wünschten, es möge was Furchtbares geschehen, da ihr Geist der quälenden Angst müde war. Dazu kamen die Gerüchte aus dem bischöflichen Palast, einige sagten, der Bischof sei nun selber besessen, der Pater Gropp bemühe sich, ihn mit Beschwörungen aus Satans Klauen zu reißen, andere erzählten, die Freifrau von Ehrenberg habe ihm die schwere Krankheit angehext, andere wollten erfahren haben, der Erzherr von Mainz habe gegen das grausame Wüten des Amtsbruders ein Breve erlassen und die Dinge würden sich nun zum Bessern wenden. In all dem Gerede steckte Wahres, der Bischof war wirklich krank, er lag in seinem Veitshöchheimer Sommersitz, das kalte Fieber warf ihn herum wie einen Ball. Die Bezichtigung der Freifrau, hatte sie ihn auch nicht zur Einsicht gebracht, so hatte sie doch seinen Sinn unheilbar verwirrt, mit Schaudern sah er sich in den mystisch rauchenden Abgrund gewirbelt, von bleichem Schrecken erfüllt dieselben Argumente gegen sich gekehrt, dieselben Verdachtsmerkmale auf sein Tun angewendet, mittelst welcher er Jammer und Aberjammer auf seine Untertanen gehäuft. Um Luzifers Macht zu brechen, das wohl, aber dabei war der stille Vorbehalt gewesen, daß seine eigene Person wider die höllischen Versuchungen gefeit sei. War das nicht der Fall, so war er verloren, nichts konnte ihn retten, und während er sich stöhnend auf seinem Lager wälzte, schickte er bald Gebete zum Himmel, bald rief er den Namen des Junkers; in Fieberbildern mit ihm sprechend, rechnete er sichs hoch zum Verdienst an, daß er ihn vor der Folterung bewahrt, trotzdem ihn alles dazu verlockt, höllisch verlockt, wie er von Reuegeistern bedrängt kleinmütig zugab. Welchen Ursprungs war denn die Liebe, die er zu dem Knaben gehegt, daß er all sein Geld und Gut und vielleicht noch das Seelenheil für eine Zärtlichkeit hingegeben hätte, zugleich aber mit der grausig-geilen Lust, den Körper zu vernichten, der ihm solche Gefühle einflößte? Höllischen Ursprungs, das litt keinen Zweifel, so war er verworfen und durfte nicht mehr vom Richtersitz her verdammen. Er ließ den Secretarius Baumgarten kommen, befahl, daß alle wegen Hexerei und Zauberei Angeschuldigten zu entlassen seien, und unterschrieb das Dokument, das für den Pater Gropp bestimmt war, mit zitternder Hand. Der Pater traute seinen Augen nicht, als er es las. Von einem Tag zum andern das Hexengefängnis leeren, das bedeutete, alle Dämonen des Luftreichs entfesseln, die mühsam gesäuberte obere Welt der untern zur Beute vorwerfen, ein herrliches Werk war um seinen Ruhm, um seine Frucht gebracht, die Christenheit war in Gefahr. Er weigerte sich, den Befehl auszuführen, namentlich, was den Junker von Ehrenberg betraf, der ihm wie eine Art Kernsubstanz teuflischen Wesens erschien, wollte er von Ledigsprechung nichts wissen, sondern gab im Gegenteil den heimlichen Auftrag, den Knaben, obschon er ungeständig, in der folgenden Nacht, wie es ja längst bestimmt war, mit dem Schwert zu richten. Zur gleichen Stunde schickte er einen Boten an den Bischof und ersuchte um seine Beurlaubung zur Rückkehr ins Collegium, in der zuversichtlichen Erwartung, daß der Bischof ihn nicht entbehren könne und nicht werde ziehen lassen. Seine Bestürzung war groß, als die Antwort eintraf, in welcher ihm der Bischof den Abschied gewährte.

Die Heimlichkeit des Exekutionsbefehles nützte dem Pater nichts, der Secretarius Baumgarten, der dem Jesuiten feindlich gesinnt war, hielt sich nicht zum Schweigen verpflichtet, und obwohl das Urteil als Bestätigung eines schon gefällten Spruchs nichts Überraschendes enthielt, wirkte es durch die Kraft letzter Unumstößlichkeit wie eine aufreizende Fanfare. Endlich erwachten auch die Bürger und das geringe Volk aus der Erstarrung, viele erfuhren von der Verschwörung zugunsten des Junkers, aber sie wagten sich selber nicht zu rühren, der Druck, unter dem sie so lang gekeucht, hatte sie feig gemacht, sie schlossen sich in ihre Häuser ein und warteten, was geschehen solle. Am Freitagnachmittag um vier Uhr begann das große Hereinströmen der Kinder durch die Stadttore, die Wachen standen mit offenen Mäulern da, die Offiziere wußten nicht, wie sie sich verhalten sollten, eh die erbetene Ordre vom Kommandanten kam, war die zudringliche Menge nicht mehr zu stauen. Vom Steinberg wogten sie herunter, vom Marienberg wimmelte es ameisenhaft herab, blaue grüne rote Fähnchen flatterten in der Sonne, Stimmengetöse wie von einem millionenfach verstärkten Grillenkonzert erschütterte die Luft. Beim Aschaffenburger Tor wollte die Wache die Zugbrücke aufwinden, in das Gerassel der Ketten hinein schallte das entsetzliche Angstgeschrei der Kinder, fünfzehn oder zwanzig stürzten in den Graben und ertranken, ein aus der Stadt kommender Reiteroffizier geriet in Zorn über das Verbrechen der Torwache und hieb mit dem Säbel unter sie, die Brücke wurde wieder herabgelassen, da man, wie der entrüstete Hauptmann zu verstehen gab, die Kinder doch nicht als erobernde Feinde betrachten, und wenn sie auch Feindliches im Sinn hatten, sich ihrer nicht durch solche heimtückische Tat erwehren dürfte. Aber die Nachricht von dem Geschehnis fand erbitterte Verbreitung, es verlautete, hunderte seien im Stadtgraben ersäuft worden, und der Ungestüm der Eindringlinge hatte keinen Zügel mehr. Um fünf Uhr war die Menge ins Unübersehbare gewachsen. Es ist wie Ungeziefer, wie Heuschreckenschwarm, drückte sich der ratlose Bürgermeister gegen seine Amtsgenossen aus. Vor der Pfarrkirche, auf dem Domplatz, vor der Neumünsterkirche war das Gedränge derart, daß man über die Köpfe hätte gehen können, um sechs Uhr begann es von allen Kirchen Sturm zu läuten, die Stadtsoldaten zogen auf, die Schloßwache blies Alarm, auf dem Marktplatz formierten sich Bürgerwehren, ein paar Dutzend schüchterne Männlein, die nicht wußten, was sie sollten. Etwas vor sieben Uhr marschierten durch die Katharinengasse die Zöglinge einer Prämonstratenser-Klosterschule nachhause, Knaben und Mägdlein von fünf, sechs, sieben Jahren, sie waren bei einer Feier gewesen, kamen vom Käppele, der Wallfahrtskirche am Marienberg, vorn schritten drei Musikanten mit zwei Posaunen und einer Zinke, dann Paar um Paar die Schüler mit ihren Lehrern, dann wieder drei Musikanten mit Geigen, darauf die Mädchen mit Blumenkränzen auf den Haaren, Blumensträußen in den Händen und die Gebetbücher unter den Armen. In kürzerer Zeit als man braucht, um ein Vaterunser aufzusagen, war das wandernde Idyll von den daherflutenden Haufen zerrissen und verschluckt, mitgeschwemmt durch die Gassenschluchten, an deren beiden Seiten sich die Bewohner aus allen Fenstern lehnten, in stummer Neugier und Bangigkeit, Namen wurden gerufen, manche erkannten ihre Söhne, Töchter, Enkel im Gewühl, Gesichter reckten sich empor, lachend, drohend, spottend, es war ein nichtendendes Wogen von blonden, braunen, schwarzen Zöpfen und Schöpfen, aus den Nebengassen wälzten sich immer neue Massen herzu, da sind die Dettelbacher, hieß es, da die Obernbreiter, die Ippesheimer, die Mainbernheimer, die Ochsenfurter, die Rimparer, die Zeller, die Karlstädter, die Retzbacher, die Volkacher, die Marktbreiter, oder es schallte dem einen und andern verdienstvollen Führer entgegen: Grüß Gott, Hans Christoph, grüß Gott, Metzgerschorsch, heiho Imsinger Diebold; wo sich die bewaffneten Knechte blicken ließen, wurden sie mit ihren Hellebarden einfach fortgespült, die Salvaguardi des Bischofs vermochten so wenig auszurichten wie der Zug von Dominikanermönchen, der mit erhobenen Armen und einem vorgetragenen Kruzifix den Eingang zum Juliusplatz versperren wollte. Die ganze Menge trieb wie von selbst gegen die Münze hin.

Dort, auf dem mäßig großen Halbrund, das uralte Häuser zurücktretend bildeten, hatten sich schon zwischen sieben und acht Uhr ein paar hundert Aufrührer eingefunden, und als die Zeit vorrückte, verlangten die Kühnsten Zutritt zum Gefängnis, ein Vermessen, das die drei würfelspielenden und pfeiferauchenden

Wächter mit verächtlicher Lache beantworteten. Auf ihr eindringlicheres Fordern drohten sie, ihnen die Köpfe einzuschlagen, aber da kamen schon aus allen Richtungen und Gassenzeilen Haufen der Verbündeten, die Wächter erschraken, begriffen nicht, was im Zuge war und schlossen eilig das Tor. Wütendes Geschrei brandete an den schwarzen Mauern empor, wurde aufgenommen, erneut und wiederholt von den geteilten Armeen, die sich nun in eine einzige zusammenknäulten. Es wurden tausend, es wurden zweitausend, es wurden fünf- und achttausend, und noch immer waren die Gassen, so weit man sehen konnte, voll von den halbwüchsigen Gestalten. Die Vordersten hatten Steine aufgelesen und schleuderten sie gegen die Fenster, daß eine Viertelstunde lang nur helles Glasgesplitter zur hören war, andere rissen Pflöcke aus den Zäunen und fingen an, das Tor zu rammen, der Studiosus Barger, ein vagabundierender Malergesell namens Koselick und Peter Mayer übernahmen den Oberbefehl, die Gitterstäbe an den erdgeschössigen Fenstern wurden ausgebrochen, es gab kein Halten und kein Hindernis, die zahllosen schwachen Arme vereinigten sich zur Kraft von Riesen, das Eichentor hielt nicht stand, die Wachmannschaft ergriff die Flucht, wenige Minuten nachdem es acht Uhr vom Domturm geschlagen, ergoß sich die erregte Menge unter ohrenbetäubendem Stimmengetöse, Jubelgebrüll und Triumphgesängen in das verödete Haus, schob und wälzte sich in alle Gänge aller Stockwerke und ein tausendfacher Schrei: der Junker! der Junker! widertönte von den Gewölben. Peter Mayer, überall vornedran, machte die Zelle ausfindig, in der der Junker gefangen saß, er herrschte den Wärter um den Schlüssel an, schon war der Batsch an seiner einen, der Silberhans an seiner andern Seite, sie hoben ihre Pistolen gegen den Zaudernden, dreißig, vierzig Burschen hämmerten mit Knütteln an die Zellentür, der Silberhans drängte sich mit dem Schlüssel durch, die schwere Tür flog auf, da stand der Junker, blaß, still, unendlich erstaunt, hinter ihm der Pater Spe, aber die Eindringenden sahen bloß ihren Geliebten, stürzten auf ihn zu, zwei ergriffen ihn und hoben ihn auf ihre Schultern, die andern vollführ-

ten einen ausgelassenen Freudentanz, wir haben ihn, wir haben
ihn, jauchzte es durch die Flure, über die Stiegen, sie trugen ihn
wie aus dem Grab heraus in den leuchtenden Abend und wurden
unterm Tor von einer die ganze Atmosphäre erschütternden Ju-
belsalve von den ungeduldig Harrenden empfangen, die so dicht
standen wie Gras auf der Wiese.

Im Gefängnis drinnen öffneten sich noch viele Türen. Eine Anzahl Bürger und Handwerker hatte mittlerweile gleichfalls das
Gebäude besetzt, sie hatten sich unter dem Schutz des Aufruhrs
ein Herz gefaßt und wollten sich ihrer Angehörigen versichern.
Pater Spe schuf sich mühsam Raum, hielt Umfrage nach der Freifrau von Ehrenberg, entdeckte endlich mit Hilfe eines herumlun-
gernden Bettelmönchs den eisernen Verschlag, wo sie in Gewahr-
sam lag, todesmatt, todesbleich, röchelnden Atems auf einem
Bündel Stroh hingestreckt; es gelang ihm, den Mönch und einen
buckligen Schlossergesellen zu bewegen, daß sie die Frau auf einer Bahre durch einen entlegenen Ausgang in das Haus des Propstes trugen, dort überzeugte er sich zuerst, daß sie gerettet werden konnte, wies die vor Freude keines Wortes mächtige Lenette
an, was zu ihrer Pflege geschehen müsse, denn er nahm es darin
an Kenntnissen mit jedem gelehrten Doktor auf, und kehrte sodann zur Münze zurück. Der Platz war leer, nur einige Nachzüg-
ler trieben sich in der Dunkelheit herum. Doch vernahm er von
ferne noch immer das helle Jubelgebrause und folgte der Richtung, die ihm der wundersame Lärm wies. Er war noch nicht
lang gegangen, da gewahrte er eine zum Himmel schlagende
scharlachfunkelnde Feuergarbe, Häuser und Gassen hörten auf,
er trat auf einen sanft ansteigenden Plan, die Bleichwiese, und bis
zur Stadtmauer hinauf, deren Zinnen efeubehangen in den
schwarzblauen Äther hineinschnitten, war das ungeheure Gelände von den jugendlichen Aufrührern, Knaben und Mädchen,
in verwirrendem Gewimmel bedeckt.

Dahin hatten sie den befreiten Junker getragen immer zwei auf
ihren Schultern, und wenn den zweien die Last zu schwer geworden, hatten sie zwei andere abgelöst. Sie wurden aber nicht leicht

müde, die nach diesem Liebes- und Ehrenamt strebten, es waren
Bauernsöhne, starke Kerle. In der Mitte der Bleichwiese stand
ein bemooster Stein, da ließen sie ihn herabgleiten und setzten
ihn hin wie auf einen grünen Thron. Weil es allgemach finster
wurde und sie ihn vor allem anschauen wollten, schleppten sie
Reiser, Zweige, dürres Wurzelwerk und trockenes Laub herbei,
schichteten alles zu einem riesigen Haufen und zündeten den an.
Eine gewaltige Flamme lohte auf, die dann fleißig genährt wurde,
bei ihrem Schein strömte das ganze Aufrührerheer auf der Bleichwiese zusammen, alle wollten den Junker sehen, im gefährlichen
Gedränge kletterten manche auf die Pappeln, die in weitem Bogen gegen die Stadtmauer standen, andere rollten leere Fässer aus
der Weinschenke des Kaspar Bösen-Schwechelhoff herbei und
stellten sich drauf, wieder andere fanden endlich die Gelegenheit,
dem Junker ihre Mitbringsel zu überreichen, Käse, allerlei
Früchte, frischgebackenes Brot, Bretzeln, in Blätter gewickelten
Honig, Dinge, die sie seit vielen Stunden in den Taschen oder im
Ränzel mit sich herumtrugen und die sie nun gleichsam als Hul-
digungsgaben vor ihn hinlegten. Dabei stießen und drückten sie
einander, kleine Mädchen schrien vor Angst, der Junker sah, daß
er den allgemeinen Eifer zähmen mußte, damit kein Unglück geschah. Er erhob sich und winkte mit der Hand, Jubel über Jubel
aus unzähligen Kehlen, sie verstanden sein Begehren und blieben
still auf dem Fleck, wo sie waren. Da ließ sich der Junker auf die
Knie nieder und hockte sich auf die Fersen zurück, das war ihnen
vertraut, so war er oft vor ihnen gekauert, wenn er seine Geschichten erzählt hatte, sie erinnerten sich und knüpften Hoffnung an die Erinnerung, Augenpaar um Augenpaar heftete sich
verlangend auf ihn, im Bogen ab und auf sah er die jungen hungrigen, vom hochflackernden Feuer außen, von Begeisterung und
Erwartung innen glänzenden Augen, nicht nur in der einen Reihe
vor ihm, sondern in vielen Reihen hintereinander, immer ein Augenpaar zwischen zwei Köpfen, weit hinein, bis die Dunkelheit
der Juninacht die Züge verwischte, Augen wie Feuerkäfer, wie
schimmernde Steine, wie Metall und farbige beseelte Kugeln,

und auf einmal brach es aus: „Erzählt, Junker! eine Geschichte, Junker!" in allen Stimmen und Stimmlagen, die zwischen neun und siebzehn Jahren möglich sind, brechender Alt, heller Diskant, Zwitscherlaut und Gurgelton, immer neu erhoben der nämliche Ruf, der Schlacht- und Wahlruf, von Mund zu Mund durch hundert Reihen durch, vom äußersten Rand herüber, obgleich sie dort nur eine Trompete hätten hören können, nicht eine erzählte Geschichte. Als der Junker schwieg, als er bekommen vor sich hinschaute, das Haupt immer tiefer sinken lassend, fingen sie abermals an: „Erzählt, Junker, erzählt!" – „Vom Meister Grimmerlein!" – „Vom Schatzgräber Bodenlos!" – „Vom Alräunchen und der Silberfee!" – „Vom König Grünewald!" – „Vom wundertätigen Brunnen!"

Der Junker hob den befangenen Blick und ließ ihn suchend herumgehen, hilfesuchend schier, da gewahrte er unter den Kopf bei Kopf stehenden jungen Gestalten den Pater Spe, hoch und befremdlich verschieden von ihnen. Er hatte sich langsam durch sie Bahn gemacht, stand ruhig da und aus seinen Augen, so anders als die Kinderaugen, erfahren und traurig, aus der Bewegung seines Mundes las, erriet, empfing der Junker die Mitteilung, auf die er mit schmerzlich gepreßtem Herzen gewartet hatte, und so gewartet, daß ihm alles dies nichts war, die Befreiung, der Jubel, der weite Himmel über der Welt, die werbenden Stimmen und strahlenden Blicke, alles nichts. „Botschaft von der Mutter bring ich und daß sie gerettet ist und leben wird", hieß die Mitteilung. Er richtete sich auf, ein schwärmerisches Lächeln bebte um seine Lippen, und er sagte: „Ich will euch eine Geschichte erzählen, keine von denen, die ihr kennt, eine ganz andere, die Geschichte vom Junker Ernst von Ehrenberg, aber heut nicht, übers Jahr vielleicht, übers andere Jahr vielleicht, habt nur Geduld, um das eine bitt ich euch, nur Geduld . . . . "

Ende

Geschrieben Herbst und Winter 1925 –26

Jakob Wassermanns fränkische Erzählungen oder: Sein Weg als Franke und Jude

Von Wulf Segebrecht

Denkt euch drei Jahrhunderte zurück und in das Herz deutschen Landes, wo die Bischofsstadt Würzburg an den Mainstrom geschmiegt ist wie ein schönes Juwel an schimmernd gewordenes Band; denkt euch rebentragende Hügel und edle Ziergärten; das Gewimmel kleiner und großer, roter und grüner Dächer, aufsteigend aus den Abgründen düsterer Gassen und Gäßchen; gegen Norden die rauhe Rhön und gegen Süden Odenwald und blühenden Taubergrund, so habt ihr den Rahmen und habt auch das Bild.

Aber denkt nicht, daß es eine allzu veränderte Welt sei, Menschen- und Sachenwelt; nehmt sie genau wie eure heutige. Es soll hier den Dingen und Gesichtern kein künstliches Kolorit weit zurückliegender Historie aufgemalt werden, und wenn auch die Ereignisse einiges zu enthalten scheinen, was unvereinbar ist mit den Lebensformen gegenwärtiger Zeit, so fließt doch aber Schicksal aus der nämlichen Quelle, Schmerz hat die nämlichen Züge, Fanatismus und Leidenschaft die gleiche tödliche Gewalt. Verändertes Kostüm, veränderte Sitte, was sollten sie an der Bewegung und am Bau der Seelen ändern? So wenig wie sie die Struktur der Landschaft und die chemische Zusammensetzung der Erdstoffe zu ändern vermögen."[1]

Das ist der ursprüngliche Beginn von Jakob Wassermanns fränkischer Erzählung *Der Aufruhr um den Junker Ernst* aus dem Jahr 1924. Das Buch erschien dann 1926. Es ist eine Geschichte über den Zauber und die Wirkungskraft, die das Geschichtenerzählen haben kann. Sie spielt im 17. Jahrhundert zur Zeit der Hexenprozesse unter dem Würzburger Bischof Philipp Adolph; und gegen diese inquisitorischen Hexenprozesse wird von dem Junker Ernst gleichsam anerzählt. Er ist ein begnadeter und bestrickender Erzähler, der die Menschen bezaubert, vor allem die Kinder, aber auch den Bischof, und der ihnen Befreiung verschafft aus ihrer elenden Welt, in der sie nur noch die Verfolgten oder die Verfolger sind. Die Hexenverfolgungen besitzen insofern die gleiche Struktur wie die Judenverfolgungen.

Unter solchen Umständen wird das Erzählen zu einem Akt des Widerstands, und die Phantasie des Erzählers wird zu seinem Stigma: Der Junker Ernst wird selbst verhaftet und zum Tode verurteilt. Es sind bezeichnenderweise die Kinder, die besten seiner früheren Zuhörer, die in einem revolutionären Akt die Gefangenen befreien und so dafür sorgen, daß der Geschichtenerzähler überleben kann. An die Stelle der freien, ungebundenen Phantasie tritt von nun an bei ihm ein verbindliches Erzählen. Belehrt durch den Jesuitenpater Friedrich Spe, dem Beichtvater vieler Verurteilter und Verfasser der *Cautio Criminalis*, der berühmten Kampfschrift gegen die Hexenprozesse aus dem Jahr 1631, beginnt der Junker Ernst nun seine eigene, die reale und darum wahre Geschichte zu erzählen.

Franken erscheint also in der Geschichte vom *Aufruhr um den Junker Ernst* einerseits als das „Herz deutschen Landes" und andererseits als das Land der Hexenverfolgungen. Die landschaftliche Idylle und die Grausamkeiten der „tödlichen Gewalt" – das sind im Sinne Wassermanns keine einmaligen, isolierbaren historischen Phänomene, sondern übergeschichtliche Konstanten, die das Geschichtenerzählen immer wieder notwendig machen.

Im Mai 1933 verteilte die Studentenschaft der Universität Würzburg Handzettel an die Studenten und Bürger dieser fränkischen Stadt. Darin hieß es: „Pflegt deutsche Kultur und zerstört minderwertiges und zersetzendes Schrifttum undeutscher Schriftsteller. Die Studentenschaft veranstaltet in diesen Tagen einen Feldzug gegen jedes undeutsche Schrifttum. Es ist die Pflicht jedes Deutschen, diesen Kampf zu unterstützen. Reinigt Euere Büchereien", so fährt der Text des Flugblatts fort, „Schreiberlinge wie Mann Heinrich, [...] Tucholsky, [...] Doeblin, Edschmid, Feuchtwanger, [...] Remarque, Schnitzler, Wassermann Jakob [...] u.a. dürfen in ihr keinen Platz finden." Die Bürger und Studenten werden aufgefordert, Bücher dieser Autoren im Studentenhaus, Zimmer 70, abzugeben. „Die Bücher", heißt es, „werden später feierlich verbrannt".[2] Bücher von Jakob Wassermann wurden seit dem Mai 1933 nicht nur in Würzburg, sondern vielerorts auf schwarze Listen gesetzt, aus den öffentlichen Bibliotheken entfernt und verbrannt.[3] Ihr Autor, bis dahin einer der angesehensten Schriftsteller der Weimarer Republik, der mit einigen seiner Bücher, beispielsweise mit dem Roman *Der Fall Maurizius*, Weltruhm genoß,[4] sah sich auch persönlichen Anfeindungen und Verfolgungen ausgesetzt. Er gehörte zu den ersten Mitgliedern der 1926 gegründeten Sektion für Dichtkunst der Preußischen Akademie der Künste, für die er schon 1928 eine Festrede *Über das Wesen der Akademie* hielt,[5] wie er überhaupt rege an den Problemen und Fragen Anteil nahm, die die Akademie beschäftigten. Dabei ging es zunehmend um die Frage nach dem Selbstverständnis des Schriftstellers und seiner gesellschaftlichen Position. Im Meinungsstreit über die Frage, ob die Bezeichnung „Sektion für Dichtkunst" einer repräsentativen Schriftstellervereinigung im 20. Jahrhundert noch entspreche, führte Wassermann gegen Kolbenheyer, der diese Bezeichnung verteidigte (weil in ihr das feierliche Amt des Schriftstellers zum Ausdruck komme), gemeinsam mit Döblin und Thomas Mann an, es sei geradezu notwendig, jeden Anspruch auf Feierlichkeit aufzugeben in einer Epoche, „wo keine noch so große Lauterkeit des Charakters, keine noch so heiße Bemühung, kein von den wenigen Unbefangenen noch so anerkanntes Werk genügt, den ›Dichter‹, wenn er politisch mißliebig ist oder rassenmäßig verfehmt, vor den ungeheuerlichsten Anpöbelungen zu schützen".[6] Daß die Akademie am wenigsten bereit sein würde, ihren Mitgliedern diesen Schutz zu bieten, war damals noch nicht abzusehen. Aber bereits am 13. März 1933 wurde beschlossen, allen Mitgliedern die folgende Frage vorzulegen: „Sind Sie bereit, unter Anerkennung der veränderten geschichtlichen Lage weiter Ihre Person der Preußischen Akademie zur Verfügung zu stellen? Eine Bejahung dieser Frage schließt die öffentliche politische Betätigung gegen die Regierung aus und verpflichtet Sie zu einer loyalen Mitarbeit an den satzungsmäßig der Akademie zufallenden kulturellen Aufgaben im Sinne der veränderten geschichtlichen Lage".[7] Mit dieser Zumutung an die Mitglieder,

sich dem neuen Staat bedingungslos zu unterwerfen, versetzte
sich die Sektion für Dichtkunst der Preußischen Akademie
selbst den Todesstoß. Wie Thomas Mann und Alfred Döblin unterschrieb Jakob Wassermann diesen Ergebenheitsrevers nicht.
Allerdings – und dieser Vorbehalt ist höchst bezeichnend – fragt
der Autor zunächst an, „ob mich die der Akademie vorgesetzte
Behörde als Juden überhaupt annehmen" würde. „Sonst", so
fährt er fort, „habe ich ja zu ge[gen]wärtigen, daß man mir nach
der Abgabe der Erklärung trotzdem den Stuhl vor die Türe setzen wird".[8] Ähnlich hatte auch Döblin zunächst noch einmal zu-
rückgefragt, jedoch seinen Platz in der Akademie noch vor einer
Antwort von sich aus zur Verfügung gestellt, in der Einsicht,
„daß ich als Mann jüdischer Abstammung unter den heutigen
Verhältnissen eine zu schwere Belastung der Akademie wäre",[9]
während Wassermann am 18. April 1933 ein offizielles Schreiben
der Akademie erhielt, in dem ihm mitgeteilt wurde, daß „Ihr im
März-Heft der ›Neuen Rundschau‹ erschienener Artikel ›Selbst-
schau am Ende des sechsten Jahrzehnts‹ durch seine scharfen
Ausführungen über das Schicksal der Juden in Deutschland außerordentlich großes Aufsehen erregt hat. Namentlich der prä-
zise und eindeutige Satz ›Und der Herd der Umtriebe, das Zentrum der Infektion, ist nach wie vor Deutschland‹, der sich doch
auf das ganze Deutschland, auch der früheren Zeit bezieht, wird
in künstlerischen wie in politischen Kreisen als ungemein unge-
recht empfunden. Auch die Mitglieder der Abteilung für Dichtung vermögen für Ihre Auffassung kein Verständnis aufzubrin-
gen und sehen deshalb keine Möglichkeit, Sie weiter zu den Mitgliedern der Abteilung zu rechnen".[10] Der zitierte Satz, an dem
man angeblich Anstoß genommen hatte, steht keineswegs exponiert in dieser Schrift; wenigstens von heute aus wirkt die ebenso
schreckliche wie hellsichtige Vision weitaus bestürzender, die
Wassermann anläßlich eines Besuchs der Straßen von Bronx in
New York mit ihrem jüdischen Massenelend wiedergibt: „Dieses
Riesenghetto hat eine Bevölkerung von eindreiviertel Millionen
Seelen; in jedem Jahr wandern davon etwa tausend zu Wohlha-

benheit und hundert zum Reichtum ab; diese Minorität bildet
den Zündstoff für den Ofen des Antisemitismus, die Millionen
werden ohnehin drin verbrannt. Verbrannt wird auf alle Fälle".
So steht es in den *Selbstbetrachtungen* von 1933.[11]

Wassermanns Position in Deutschland wird nach solchen Äußerungen lebensgefährlich. Seit 1908 in Österreich lebend, zunächst in Wien, seit 1919 mit seiner zweiten Frau, Marta Kahl-
weis, in Altaussee im steirischen Salzkammergut, ist er vorläufig
zwar noch nicht unmittelbar bedroht, aber Besuche im ›Reich‹
sind nicht eben zu empfehlen. Eine Vortragsreise, die ihn 1933
u. a. nach Köln, Berlin und Frankfurt am Main führen sollte,
sagte er denn auch ab, aus politischen und gesundheitlichen
Gründen. Daß die gesundheitlichen Gründe nicht vorgeschoben
waren, sollte sich bald herausstellen: Im November 1933 erlitt er
einen schweren Herzanfall, der sich in der Silvesternacht des Jahres 1933/1934 wiederholte. In dieser Nacht ist Jakob Wassermann gestorben. Sein Tod zu diesem Zeitpunkt hat geradezu
symbolische Bedeutung; denn man muß sagen: Er ist am Verlust
seiner Heimat, er ist an Deutschland gestorben, das ihm, den es
noch vor wenigen Jahren zu einem seiner erfolgreichsten
Schriftsteller gemacht hatte, nun keine Träne mehr nachweinte.
In der ›Berliner Börsen-Zeitung‹ stand der folgende Nachruf:
„Wassermann war einer der angesehen[d]sten Schriftsteller der
November-Republik. Mit der deutschen Literatur hatte er so gut
wie nichts zu tun. Seine Menschen waren passive Dulder, Ge-
hetzte, Verfolgte und seelisch Entwurzelte. Das Schicksal seines
jüdischen Volkes war ihm naturgemäß Weltbild. Bis vor kurzem
glaubten weite Kreise des deutschen Volkes noch an eine absolute Literatur. Erst der Nationalsozialismus hat das deutsche
Volk wieder gelehrt, daß es keine absolute Literatur, sondern nur
Literatur der Völker gibt. Wassermann hatte nichts mit solchen
gefährlichen Zersetzern wie Feuchtwanger und Toller gemeinsam, aber er täuschte sich und uns doch die Möglichkeit einer ab-
strakten konstruierten Kultur vor und er analysierte in seinen
Romanen ein Seelenleben, das niemals deutsches Seelenleben
30

war. Darum mußten wir seine Romane leidenschaftlich ablehnen".[12]

Der Vortrag, mit dem er nach Deutschland reisen wollte und
den er in Wien und Prag noch gehalten hat, handelte über *Meine
Landschaft, äußere und innere.* Diesen Vortrag veröffentlichte er
anschließend demonstrativ im ersten Heft der von Klaus Mann
redigierten Exilzeitschrift ›Die Sammlung‹ im September 1933.
Damit zeigte Wassermann unmißverständlich, auf welche Seite
er sich stellte.[13] Auch seinen letzten Roman, *Joseph Kerkhovens
dritte Existenz*, brachte er nicht mehr zu S. Fischer, wo er zu diesem Zeitpunkt wohl noch hätte erscheinen können, sondern
zum Amsterdamer Exilverlag Querido. Wohin Jakob Wassermann gehörte, stand also unzweifelhaft fest; und es waren nicht
erst die abweisenden Gesten nationalsozialistischer Funktionäre, die ihn aus der Literatur Deutschlands vertrieben, des Landes, an das er existentiell gekoppelt war. Schon zu Ende des Jahres 1931 hatte Wassermann eine Umfrage der damals sehr beliebten Zeitschrift ›Uhu‹ nach dem, was deutsche Schriftsteller gegenwärtig am meisten belaste, u. a. mit folgender Auskunft beantwortet: ihn quäle am meisten die Sorge, „daß das wunderbare
deutsche Volk in Gefahr ist, den Lockungen der Hetzer und den
Lügen der Demagogen zur Beute zu werden, und daß dies der
größte, der unheilbare Schmerz eines Schriftstellers ist, dessen
Wohl und Wehe unabänderlich an dieses Volk geknüpft ist".[14]

Obwohl in dieser Äußerung weder von Franken noch vom Judentum die Rede ist, scheint mir Jakob Wassermanns Selbstverständnis als Franke und als Jude in der hier formulierten Erkenntnis enthalten zu sein, wonach sein Schicksal als Schriftsteller unlösbar an das Schicksal des ebenso wunderbaren wie gefährdeten und gefährlichen deutschen Volkes gebunden ist. Die
Frage nach der Art dieser unlösbaren Bindung, die „Zugehörigkeitsfrage"[15] (wie Wassermann selbst sie genannt hat) ist von Beginn seiner schriftstellerischen Laufbahn an der entscheidende
und dann der bleibende Anstoß zu seiner Arbeit gewesen. Er
wollte dazugehören und wünschte, beispielsweise in seiner

Schrift *Mein Weg als Deutscher und Jude* aus dem Jahr 1921,
„nicht Gast zu sein, nicht als Gast betrachtet zu werden. Als ge-
rufener nicht, als aus Mitleid und Gutmütigkeit geduldeter noch
weniger, als einer, der aufgenommen wird, weil man seine Art
und Herkunft zu ignorieren sich entschließt, erst recht nicht.
[...] Da aber dies Verlangen nicht nur nicht gestillt, sondern mit
zunehmenden Jahren der Riß immer klaffender wurde zwischen
meiner ungestümen Forderung und ihrer Gewährung, so hätte
ich mich verlieren, schließlich mich selbst aufgeben müssen,
wenn nicht zwei Phänomene rettend in mein Leben getreten wären: die Landschaft und das Wort",[16] konkret gesagt also: die
fränkische Landschaft und die deutsche Sprache.

Wassermanns Bemühung um Anerkennung seines Zugehörigkeitsanspruchs zum deutschen Kulturraum ist gelegentlich mit
dem Begriff der ›Assimilation‹ beschrieben und bewertet worden. Gemeint ist damit das Programm einer Angleichung der jüdischen Menschen an die deutschen Gegebenheiten im Anschluß
an die offiziell vollzogene rechtliche und bürgerliche Gleichstel-
lung der Juden, also an ihre sogenannte Emanzipation. Als para-
digmatischer Vertreter dieses Assimilationsprogramms im 19.
Jahrhundert wird häufig der Schriftsteller Berthold Auerbach genannt, der sein Zugehörigkeitsgefühl einmal in die Formulie-
rung faßte: „Ich bin ein Deutscher und was Anderes könnte ich
nicht sein, ich bin ein Schwab' und was Anderes möchte ich
nicht sein, ich bin ein Jude und das hat die richtige Mischung gegeben".[17] Der Begriff der Assimilation ist jedoch dann mißver-
ständlich, wenn er im Sinne einer Forderung an die deutschen Juden gerichtet wird, ihre Eigenart und Identität aufzugeben, sich
zu unterwerfen oder sich einer Majorität unkritisch anzuschlie-
ßen.[18] Eine solche Forderung kann immer nur demjenigen gegenüber erhoben werden, der sich seiner Andersartigkeit bewußt ist. Dagegen muß das Programm einer Assimilation dann
auf Unverständnis und Irritation stoßen, wenn der Betroffene
seinem Selbstverständnis zufolge einer solchen Assimilation gar
nicht mehr bedarf, weil er meint, ohnedies bereits in jedem rele-

vanten Sinne den Anspruch auf Zugehörigkeit erheben zu dürfen. Ihm wird durch die Forderung nach Assimilation überhaupt erst bewußt gemacht, daß er von anderen als andersartig betrachtet wird. Das ist genau der Fall Wassermanns. „Es ist offenkundig", heißt es in einer neueren Studie, „daß Jakob Wassermann erst in der Auseinandersetzung mit einer judenfeindlichen Umwelt sein Selbstbewußtsein als Jude entwickelte".[19] Dem ist sicher zuzustimmen. Doch kann man bei Wassermann die Parallelität dieser Entwicklung des Selbstbewußtseins als Jude zu der Entwicklung als Schriftsteller beobachten. In beiden Fällen steht die Entdeckung des eigenen Andersseins, das Außenseitertum am Anfang. Die kleine fränkische Erzählung *Schläfst du, Mutter?* aus dem Jahre 1896 beginnt mit den Hänseleien, die der neunjährige Peter Vogelsang aus Fürth, ein Träumer, von seinen Schulkameraden über sich ergehen lassen muß: „Peter Vogelsang / Geht auf Grillenfang, / Hat eine lange Nase / Und Ohren wie ein Hase".[20] Und sie endet mit dem Entschluß des kleinen Jungen, seiner todkranken Mutter, die sich so sehr gewünscht hatte, daß ein lebenstüchtiger Mensch aus ihm werden möge, zuzusichern, „daß er kein Träumer mehr sei und kein Kopfhänger, daß er froh sein werde und gut und gegen alle Menschen freundlich".[21] Sie kann dieses Versprechen jedoch nicht mehr entgegennehmen, weil sie, als er an ihr Bett tritt, bereits entschlafen ist. Ob er das Versprechen hätte einhalten können, muß aber ohnehin bezweifelt werden. Denn als ein Hin- und Hergerissener, ein Schwankender, dessen Außenseitertum gerade darin zu sehen ist, daß er zwischen allen Positionen steht, ist er von der psychologisierenden Erzählung deutlich exponiert: Zwischen Kindheit und Erwachsensein, zwischen weit ausgreifenden Träumereien und der Suche nach der ganz gewöhnlichen Wirklichkeit, zwischen Fernweh und Sehnsucht nach Nähe, zwischen männlichen Herrschaftsphantasien und dem kindlich-erotischen Bedürfnis nach liebevoller Zuwendung. Darin besteht seine Eigenartigkeit, seine Andersartigkeit, sein Außenseitertum, was nicht durch einen bloßen Willensentschluß seiner Mutter gegenüber, mit der

ihn ein deutlich ödipales Verhältnis verbindet, abgestellt werden
kann. Das Fränkische und das Jüdische ist in dieser Geschichte
eines Heranwachsenden auf den ersten Blick nur in Andeutun-
gen enthalten. Daß es sich um ein jüdisches Kind handelt, wird
nirgends ausdrücklich gesagt, wenn man nicht die Spottverse seiner Kameraden über seine Nase und seine Ohren darauf beziehen will. Erst Wassermanns eigene Erinnerung an vergleichbare
Erfahrungen machen die autobiographischen Züge dieser kleinen Erzählung sichtbar: „Die meinem Judentum geltenden Anfeindungen", schreibt Wassermann, „die ich in der Kindheit und
ersten Jugend erfuhr, gingen mir [...] nicht besonders nahe, da
ich herausfühlte, daß sie weniger die Person als die Gemeinschaft
trafen. Ein höhnischer Zuruf von Gassenjungen, ein giftiger
Blick, abschätzige Miene, gewisse wiederkehrende Verächtlich-
keit, das war alltäglich. [...] Ich hatte eine gerade Nase und war
still und bescheiden. Das klingt als Argument primitiv, aber der
diesen Erfahrungen Fernstehende kann schwerlich ermessen,
wie primitiv Nichtjuden in der Beurteilung dessen sind, was jüdisch ist, und was sie für jüdisch halten".[22] Und so wie das Jüdische scheint auch das Fränkische, topographisch-landschaftlich
gesehen, zunächst in dieser Erzählung als Handlungshinter-
grund nur schwach skizziert zu sein. Fürth, Wassermanns Ge-
burtsort, wird von dem Knaben mit seinen „baufälligen Häusern" als eine „häßliche Stadt" empfunden, aus der er sich her-
aussehnt in „schöne Städte: Babylon, Bagdad oder Palmyra".[23]
„Sein Geist", heißt es, „flüchtete ängstlich in die alten Zeiten",[24]
aber bei Nacht empfindet er denn doch den Zauber seiner gegenwärtigen fränkischen Heimatstadt: „Schon betrat er die Straßen
der Stadt [...]. Keine Laterne brannte. Zauberhaft nahm es sich
aus, wenn so die Straße in Licht und Finsternis geteilt schien, auf
der einen Seite der Mondschein, der die nüchternen Bauten verschönte und alles Häßliche an ihnen versteckte. Die scharfgeschnittenen Schatten, die es überall gab, und dann der tiefgrüne
Nachthimmel mit ein paar schüchternen Sternen, die nur wie
hingehaucht erschienen ... Über all dem schwebte dieser leise,

leichte, duftige Frühlingsnebel, unbeweglich und traumhaft".[25] Auch die Beziehung zur fränkischen Heimat ist also geprägt von Widersprüchlichkeiten, von der Gleichzeitigkeit des Angezogen- und des Abgestoßenseins, vom Dazwischenstehen. Eine idyllische Geborgenheit, eine zweifelsfreie Rückzugsmöglichkeit bietet diese Heimat dem Außenseiter nicht.

Das gilt für Peter Vogelsang genauso wie für Jakob Wassermann, wenn man seiner gewiß stilisierten Selbstdarstellung glauben will, in der nicht Fürth allein, sondern stets Fürth im Kontrast zu Nürnberg als das eigentliche heimatliche „Seelenschicksal" verstanden wird. Gerade die „Verschwisterung von Urtümlichkeit und Spätgeborenheit, von Kunst und Industrie, von Romantik und Fabrik, von Form und Auflösung, von Gestalt und Ungestalt" sei es gewesen, so heißt es in *Meine Landschaft, äußere und innere*, die er schon als Kind als „Landschaft von [...] ausgeprägter Gegensätzlichkeit" erfahren habe.[26] „Ich lebte gewissermaßen in zwei abgetrennten Kontinenten", schreibt er, die Erfahrungen des Kontrastes der fränkischen Stadt- und Naturlandschaft resümierend, auch in *Mein Weg als Deutscher und Jude*[27]. In diesem Erlebnis der Heimatlosigkeit in der Heimat, der Zerrissenheit zwischen Sehnsucht nach Nähe und Sehnsucht nach Ferne zugleich, zwischen Fremdheit und Vertrautheit, zwischen dem Zugehörigkeitsgefühl und der Nichtzugehörigkeitserfahrung ist das Selbstverständnis des Schriftstellers Wassermann als Franke und als Jude zu sehen. Daß dies zugleich die Lebenserfahrung ist, in der sich fortan die literarische Moderne artikuliert, wird man wohl festhalten dürfen.

In diesem Sinne hat Wassermann das Fränkische und das Jüdische geradezu programmatisch zusammengebunden in seinem ersten großen Roman, dessen Titel diese Verbindung bereits zu erkennen gibt: *Die Juden von Zirndorf* (1897). In einer überarbeiteten und gekürzten Fassung[28] hat er diesen Roman 1925 in die Sammlung *Fränkische Erzählungen* übernommen, wobei das „Vorspiel" zu diesem Roman unter dem Titel *Sabbatai Zewi* auch als selbständige Erzählung behandelt wird.[29] Es ist die Geschichte der Fürther Juden, die im 17. Jahrhundert von ekstatisch-messianischem Fieber ergriffen wurden, als sich ihnen der neue Erlöser Sabbatai Zewi ankündigte; die sich dann entschlossen, nach Jerusalem zu ziehen; und die schließlich, tief enttäuscht über die Apostasie des angeblichen Messias, im Elend bzw. im Exil ihr Zionsdorf im heimatlichen Frankenland, Zirndorf also, gründeten. Gerade durch diese Gründungslegende von Zirndorf (die Historiker rücken die Herleitung des Namens von Zion allerdings in das Reich der Legende) wird aber diese jüdische zugleich zu einer fränkischen Geschichte. Hier immerhin lassen sich die Juden nieder, hier verbinden sie sich mit jüdischen Flüchtlingen aus Österreich und mit jungen Leuten aus Fürth zu einer neuen Gemeinde. Der Auszug der Juden nach Zion kommt nicht zustande; stattdessen siedeln sie sich in Franken an. Man kann in dieser Konstellation durchaus mehr sehen als eine bloße erzählerische Rekapitulation von Geschichte; ein Jahr vor dem Erscheinen des Romans *Die Juden von Zirndorf* war Theodor Herzls spektakuläre Schrift *Der Judenstaat* (1896) erschienen, die Programmschrift des Zionismus, die auf eine nationalstaatliche Zusammenführung der Juden aus aller Welt hinarbeitete. Wassermann hatte wie alle Vertreter einer Assimilation oder Akkulturation[30] der Juden mit dieser damals vieldiskutierten zionistischen Bewegung nichts im Sinn, und es ist deshalb auch nicht ganz von der Hand zu weisen, daß er mit der Figur des Zacharias Naar, der im Roman *Die Juden von Zirndorf* die Fürther Juden zur Rückkehr nach Jerusalem aufruft, ein kritisch gemeintes Herzl-Porträt gezeichnet hat.[31] „Es schien leicht, alles hinter sich zu werfen", heißt es im Roman im Anschluß an den Aufruf zur Rückkehr nach Jerusalem, „wenn im Osten die Triften der ererbten Wohnsitze lockten, wenn ein königlicher Prophet sie zum unverbrüchlichen Bunde rief. Hier [und das heißt: in Franken] war kein Vaterland für sie und konnte es niemals werden, wie sich auch die Zeiten wandeln mochten".[32] Diese Auffassung wird im Verlauf der Erzählung korrigiert: Den fränkischen Juden wird es aufgegeben, ihr Vaterland eben doch in Franken und nicht in einem ›Judenstaat‹ zu suchen, nachdem sich die messianische Botschaft einer Rückkehr nach Jerusalem im Roman als Irrtum, wenn nicht gar als Scharlatanerie erwiesen hat. In einem Brief aus dem Jahre 1901 an den dänischen Literaturkritiker Georg Brandes, der die damals jüngsten Literaturströmungen in Deutschland mit besonderer Aufmerksamkeit verfolgte, hat Wassermann unumwunden bekannt: „ich bin ganz und gar kein Zionist und stehe diesem thörichten Treiben vollständig, persönlich und geistig, fern".[33] Ähnlich im darauffolgenden Brief an den gleichen Adressaten: „Dass ich Zionist bin, ist ebenso unmöglich, wie dass meine Bücher in hebräischer Sprache hätten geschrieben werden können".[34] Wassermann entscheidet also in dieser Frage letztlich wiederum unter dem Aspekt seines Zugehörigkeitsgefühls, und es sollte nicht als ein Bekenntnis zum Zionismus mißverstanden werden, wenn er, ebenfalls im Jahre 1901, seinen Vortrag *Das Los der Juden* im Wiener Zionistischen Frauen-Verein „zugunsten der Erbauung eines Waisenhauses in Palästina für die hinterbliebenen Kinder der in Russland gemordeten Juden" gehalten hat.[35] Denn bei diesem Vortrag handelt es sich um eine Darstellung des unendlichen Leidensweges der Juden, nicht um ein Plädoyer für ihren Rückzug oder Aufbruch nach Jerusalem. Wassermann beantwortet die Eingangsfragen seines Vortrags – „Was ist ein Jude? was ist jüdisch? was ist Judentum?" – mit Hinweisen auf die Geschichte des Umgangs mit den Juden, die von Vorurteilen und Vernichtungen, Instinkten und gelegentlichen, angeblich großzügigen Toleranzangeboten der sogenannten ›Wirtsvölker‹ geprägt ist. Die Juden sind Produkte dieser Geschichte, sie sind das, was man aus ihnen im Verlaufe dieser Geschichte gemacht hat und was sie selbst, auf diese Geschichte reagierend, aus sich gemacht haben. Und in dieser Hinsicht sieht Wassermann neben der schonungslosen Kritik am Umgang mit den Juden auch Veranlassung zur Kritik am Verhalten der Juden selbst: „In einem Teil der Juden", so sagt er im gleichen Vortrag, „herrscht noch der Geist des entlaufenen Sklaven. Man möchte sagen: die Fesselzeichen sind noch sichtbar, oder:

sie fühlen sich innerlich noch gebrandmarkt. Ein Dämon scheint ihr Wesen verwundet und vergiftet zu haben; derselbe Dämon zwingt sie zu tun, was sie nicht sollten; sie wollen etwas scheinen, was sie nicht sind, und was zu sein sie sich gar nicht bemühen, nämlich freie Menschen; dadurch wirken sie teils lächerlich, teils aufreizend. Sie sind entweder anmaßend und überhebend oder demütig und zur Selbstgeißelung geneigt, oder beides. Alle Vorzüge des Juden sind zu Lastern geworden und diese Laster haben bei ihm etwas seltsam Penetrantes: der echte Jude ist feinfühlig und zurückhaltend, sie sind frech und aufdringlich; der echte Jude ist stolz und schamhaft, sie sind knechtisch und schamlos. In ihnen ward Scharfsinn zur Klügelei, Urteil zu Respektlosigkeit. Es sind Schwächlinge, die sich stark stellen. [...] Unter ihnen trifft man die unversöhnlichsten Hasser des Judentums, denn ihr Ehrgeiz treibt sie in eine Richtung, bei der ihnen die Abstammung zum Hindernis wird. [...] Sie sind der Abfall. Sie sind die Verräter am Geiste, an der Idee. Ihre Seele ist nicht gereinigt worden durch die Leiden der Ahnen, sondern beschmutzt. Sie sind am weitesten von der Geschichte, den Kämpfen, den Zukunftshoffnungen des Judentums entfernt, und doch formuliert gerade aus ihnen die Welt ihre Antipathie gegen das Judentum."[36]

Die Sprache der Intoleranz, ja der Inhumanität, die Wassermann hier führt, ist erschreckend – bei allem verständlichen Zorn auf diejenigen, die durch ihr Verhalten dem Antisemitismus auch nur den Anschein einer Berechtigung geben. Äußerungen dieser Art stehen in Wassermanns Werk allerdings nicht vereinzelt da. Seit seinem Aufenthalt in Wien hatte er eine ausgeprägte Aversion gegen polnische und galizische Juden entwickelt, die ihm dort in Wien allgegenwärtig zu sein schienen: „Ich erkannte [...] bald, daß die ganze Öffentlichkeit von Juden beherrscht wurde. Die Banken, die Presse, das Theater, die Literatur, die gesellschaftlichen Veranstaltungen, alles war in den Händen der Juden. [...] Ich schämte mich ihrer Manieren, ich schämte mich ihrer Haltung. [...] Die Scham steigerte sich

manchmal bis zur Verzweiflung und bis zum Ekel. Anlaß war
das Geringe wie das Bedeutende; das Idiom; schnelle Vertraulichkeit; Mißtrauen, das das unlängst verlassene Ghetto verriet;
apodiktische Meinung; müßige Grübelei um Einfaches; spitzfin-
diges Wortefechten, wo nichts weiter nötig war als Schauen; Un-
terwürfigkeit, wo Stolz am Platze war; prahlerisches Sichbehaupten, wo es galt, sich zu bescheiden; Mangel an Würde, Mangel an Gebundenheit; Mangel an metaphysischer Befähigung".[37]
Man hat diese Kritik mehrfach mit dem sogenannten „jüdischen
Selbsthaß" in Verbindung gebracht, von dem Stefan Zweig[38],
Theodor Lessing[39] und andere[40] gesprochen haben. Aber es ihm
ganz und gar fremde (nicht insgeheim die eigenen) Charakter-
züge, die Wassermann hier kritisiert, allerdings solche, mit denen er auch über das Vorurteil anderer nicht in Verbindung gebracht werden wollte. „Der fränkisch-jüdische Volksschlag",
schreibt er schon zu Beginn des Jahres 1902 an Georg Brandes,
„ist ja auch etwas ganz anderes als etwa der galizische oder polnische und ich bin im Innern deutscher als ich selber will".[41]

Gelegentlich hat man daher auch behauptet, letztlich sei es
Wassermann denn doch mehr darum gegangen, Deutscher zu
sein als Jude.[42] Diese These berücksichtigt aber die historischen
Bedingungen zu wenig, unter denen Wassermanns Zugehörig-
keitsbekenntnisse zustandekamen: Niemand hätte und hat auch
nur entfernt daran gedacht, ihm sein Bekenntnis zum Judentum
streitig zu machen; dagegen mußte er mit Widerspruch rechnen,
wenn er beanspruchte, als Deutscher anerkannt zu werden. Das
ist der Grund dafür, daß Wassermann mit größerem Nachdruck
und in größerer Anzahl Argumente und Beweismittel für seine
Zugehörigkeit zum Deutschtum beibringt, während er seine
Bindungen zum Judentum, die ihm ohnehin von niemandem be-
stritten werden, als seit jeher relativ gelockert bezeichnen kann.
Für seine Zugehörigkeit zum Deutschtum führt er dabei v. a. an,
1. seine „Vorfahren [seien] nachweisbar seit mindestens fünfhundert Jahren im fränkischen Land" ansässig;[43] 2. er „atme in der
[deutschen] Sprache. [...] Ihr Wort und Rhythmus machen mein

innerstes Dasein aus";[44] und 3. die „Beziehung zu Boden, Klima und Volk" sei den familiären „Generationen, die durch dreißig oder vierzig Jahrzehnte hier hausten, in Fleisch und Bein übergegangen".[45] Die drei gewichtigsten Gründe, mit denen Wassermann seinen Anspruch auf Zugehörigkeit zum Deutschtum zu untermauern sucht, sind demnach die Teilhabe an der gemeinsamen Geschichte, an der gemeinsamen Sprache und an der gemeinsamen heimatlichen fränkischen Landschaft.

Die *Fränkischen Erzählungen* sind in diesem Argumentationszusammenhang gleichsam die erzählerischen Nachweise dafür, daß Wassermanns Anspruch auf Zugehörigkeit zum Deutschtum begründet ist. Das fränkische Geschichts-, Sprach- und Lokalkolorit in den Romanen und in den Erzählungen Wassermanns dient der Beglaubigung und Selbstvergewisserung dieses Zugehörigkeitsanspruchs.

In den *Juden von Zirndorf*, ja sogar schon in dessen „Vorspiel", der fränkischen Erzählung *Sabbatai Zewi*, werden alle erwähnten Probleme und Positionen jüdischen Selbst- und Fremdverständnisses in Franken angesprochen, z.T. ausführlich thematisiert, von der Verfolgung und der Assimilation der Juden über den Zionismus bis hin zur Frage nach dem ›jüdischen Selbsthaß‹. Der Roman des damals 24jährigen Schriftstellers ist daher sicherlich in gleichem Maße als Medium der eigenen Orientierung Wassermanns anzusprechen wie als „eine radikale Sezierung der mentalen Erkrankungen der aktuellen Gesellschaft", wie es Fritz Martini formuliert hat.[46] Der Roman ist darüber hinaus aber auch ein Plädoyer für die Integration der jüdischen in die fränkische Geschichte.

Je weniger Franken in seinen Erzählungen bloß äußerlich abgeschildert und reproduziert wird, als desto gelungener will sie dem Autor selbst erscheinen. Er habe, so führt er in dem Vortrag *Meine Landschaft, äußere und innere* an, die fränkische „Bauernnovelle [...] Adam Urbas" nicht weniger als „neunzehnmal geschrieben":[47] „In die ersten Fassungen hatte ich viel von der fränkischen Landschaft hineingenommen. Dadurch wurde das

Bild sozusagen doppelt, und alles Doppelte ist störend für die Phantasie. Nachdem ich auf die direkte Landschaftsmalerei einfach verzichtet hatte, zeigte sich's, daß viel mehr Landschaft darin war als vorher".[48] Der „aus Aha, einem Dorf des südlichen Frankens zwischen Altmühl und Hahnenkamm",[49] stammende Bauer Adam Urbas bezichtigt sich in dieser Erzählung des Mordes an seinem Sohn Simon. Der mit der Untersuchung dieses Falles beauftragte Amtsrichter Diesterweg in Ansbach bringt den zunächst völlig Schweigsamen allmählich zum Sprechen und fördert durch psychologisches Einfühlungsvermögen den wahren Sachverhalt zutage. Die Ehe des aus uraltem fränkischen Bauerngeschlecht stammenden Adam war zwölf Jahre lang kinderlos geblieben, was der mit seinem Grund und Boden, mit Saat und Ernte, mit Haus und Hof fest verwurzelte Bauer als unbegreifliche Schmach empfunden hatte, die er nie hatte akzeptieren können. Der dann endlich doch geborene Simon schlug jedoch ganz und gar aus der Art: Er war hinterlistig, frech und gewalttätig und entzog sich auf diese Weise dem ausgeprägten Besitzdenken des Vaters, das sich dem Untersuchungsrichter folgendermaßen darstellt: „Er fühlte sich als Bauer, das heißt, er fühlte sich als König. Die Erde war seine Erde. Der Knecht war sein Knecht. Wetter wurde für ihn gemacht und für den Acker und für die Ernte. Er war Herr über das Land; sein Auge grenzte es ab bis zu dem Stein, der von altersher unverrückt stand; kein Halm, der nicht in seinem Namen aufschoß. Eigentum war das Heiligste von allem, und Eigentum war des Herrn bedürftig, daß er es wachsam und unerbittlich verwalte, bis auf den Pfennig, bis auf das Saatkorn. Der Sohn übernahm es vom Vater, der Vater gab es dem Sohn, durch alle Zeiten hindurch; so war die Ordnung der Dinge, anders war die Welt nicht zu verstehn".[50] Mit diesem Besitzdenken legitimiert er auch den Tod des Sohnes bzw. den Mord an ihm, den er sich zuschreibt: „Den einer gemacht hat, den darf er auch wieder vertilgen",[51] wie man ein Unkraut vertilgt, das ist seine Auffassung. Diese Art der Verwurzelung des fränkischen Bauern Adam Urbas im Grund und Boden seiner

Heimat ist im höchsten Grade ignorant und unmenschlich. Adam leitet daraus nur herrische Besitzansprüche ab und nimmt seine Frau und seinen Sohn als Personen überhaupt nicht wahr. Es fehlt ihm die Sprache als Medium menschlicher Zuwendung. Seine ›Natürlichkeit‹ ist die eines Baumes, nicht die eines Menschen. Daraus leitet er zunächst das Recht ab, seinen Sohn zu töten, dann aber auch die Schuld an dessen Tod. Denn er hat seinen Sohn, wie der Untersuchungsrichter schließlich herausfindet, nicht tatsächlich getötet, sondern wollte ihm im Gegenteil die Mittel geben, die es ihm ermöglicht hätten, andernorts ein neues Leben zu beginnen. Die Einsicht, daß er dennoch mitverantwortlich ist für den Selbstmord seines Sohnes (denn darum handelt es sich), veranlaßt ihn, sich als ›Mörder‹ zu bezeichnen und sich selbst, da das Gericht es nicht tun würde, das Todesurteil zu sprechen. So vollendet er schließlich die Selbstvernichtung seines Stammes, die er mit seiner Mitschuld am Tod seines Sohnes begonnen hatte. In der Gefängniszelle erhängt er sich.

Wassermanns Auffassung, wonach in dieser Geschichte mehr fränkische Landschaft enthalten sei als jede Landschaftsmalerei erreichen könnte, bestätigt diese Erzählung Satz für Satz und Szene für Szene. Und zwar nicht in dem Sinne, daß sich ›der Franke‹ in seiner Eigenart hier porträtiert sehen dürfte oder müßte, sondern dadurch, daß hier am Beispiel des fränkischen Bauern, der zugleich den Namen des ersten Menschen trägt, die Grenzen des Anspruchs auf Autonomie gezogen werden. Wenn dieser Anspruch lediglich aus dumpfer Heimatverbundenheit, triebhaft-›natürlicher‹ Bodenständigkeit und unbegründetem Geschichtsstolz hergeleitet wird, nicht aus persönlicher menschlicher Lebensbewältigung (durch Auseinandersetzung mit der Geschichte, der Landschaft und den Menschen), dann besitzt er keine Berechtigung.

›Landschaft‹ wird also von Wassermann nicht als eine malende Wiedergabe von landschaftlich-topographischen Gegebenheiten verstanden,[52] sondern als der die Figuren prägende Faktor aus Geschichte, Sprache und Landschaft, der sie zu ihrer je eigenen widerspruchsvollen, ja fragwürdigen Identität führt. Die Darstellung dieses prägenden Faktors muß umso glaubwürdiger wirken, je unauffälliger und selbstverständlicher er erscheint, und umso äußerlicher, je nachdrücklicher und penetranter er auftritt. Und da er zugleich, wie ich meine, Wassermanns eigenen Zugehörigkeitsanspruch zu beglaubigen hat, besteht alle Veranlassung, höchste künstlerische Grundsätze auf die Gestaltung dieser Art von ›Landschaft‹ zu verwenden. Mit Wassermanns Worten: „Die Bedeutung dieses Begriffs [›innere Landschaft‹] fasse ich viel weiter. Ich verstehe nicht bloß darunter die Landschaft, die in der Figur als ihr Geborgenes liegt, also bei dem Bauern Urbas das südliche Franken, oder im *Caspar Hauser* die Dämmererinnerungen an einen fürstlichen Hof, oder im *Sturreganz* die ansbachische Welt des 18. Jahrhunderts, sondern in viel höherem Grad meine eigene innere Seelenlage, durch welche die der Gestalt entsprechende Landschaft produziert wird, ja noch mehr, durch die die Gestalt selbst, das ganze Gefüge der Gestalten zustande kommt".[53]

Diese „Seelenlage" ist im *Adam Urbas* die kritische, analytische Sicht (daher die Figur des psychologisierenden Untersuchungsrichters) auf den ignoranten Besitz- und Autonomieanspruch des mit dem fränkischen Boden verwurzelten Bauern. In der Erzählung *Sturreganz*, die Wassermann gleichzeitig erwähnt, ist es die Frage nach der Möglichkeit des Eingreifens der Kunst in die (in diesem Fall fränkische) Geschichte, dargestellt am Schicksal des Schauspielers Ludwig Taube, der ein Opfer der feudalen Mißwirtschaft des Markgrafen Alexander von Ansbach und Bayreuth gegen Ende des 18. Jahrhunderts wird: Er wird als Soldat verkauft, wobei er seine kleine Tochter in Ansbach zurücklassen muß, und kehrt nach einigen Jahren als Schauspieler Sturreganz dorthin zurück, um mit Hilfe seiner hinreißenden mimischen Kunst die Stadt Ansbach gleichsam wiederzuerobern, seine Tochter zu sich zu nehmen und seine Rache an dem Marchese Pescanelli zu vollziehen, der seinerzeit für den Soldatenverkauf zuständig gewesen war. Alles das gelingt ihm; das in

Trübsinnigkeit versunkene Ansbach wird durch seine Schau-
spielkunst geradezu umgewandelt in einen Ort der lebenszuge-
wandten Fröhlichkeit. Trotzdem wird die Frage, ob die Kunst
Geschichte verändern könne, zuletzt im Gespräch zwischen
dem Schauspieler Sturreganz und dem in Ansbach lebenden
Dichter Johann Peter Uz negativ beantwortet: Kunst kann, dieses Resümee zieht Sturreganz aus seiner eigenen Geschichte, den
Menschen nicht moralisch bessern, sondern sie kann ihm immer
nur den Anschein, die Vorstellung von einer Veränderung ver-
mitteln, die sich auf die Geschichte nicht auswirken muß. Als
passives Objekt von Geschichte, als Betroffener erfährt der
Schauspieler Ludwig Taube nur die willkürliche Inkonsequenz
und Sinnlosigkeit von Geschichte. Als aktiver Künstler dagegen
vermittelt er den Menschen wenigstens den Anschein einer Veränderung, indem er sie aus der Depression in eine heitere Geselligkeit führt. Nicht der Versuch, Geschichte praktisch zu beeinflussen, sondern die Bemühung um ihre Deutung wird als Aufgabe des Künstlers angesehen.

Wassermanns Bestimmung der „inneren Landschaft" umgreift
auch solche grundsätzlichen poetologischen Auffassungen. Die
„innere Landschaft" ist für ihn zwar auch ein künstlerisches Ge-
staltungsprinzip, sie ist aber darüber hinaus die Erfahrung einer
Übereinstimmung zwischen dem Künstler und der von ihm ge-
stalteten Welt, sie ist Teilhabe am kollektiven Gedächtnis eines
Volkes, und sie ist, wie Wassermann im Bestreben, verstanden zu
werden, sogar in der zeitgenössischen Sprache seiner Todfeinde
sagt, „Blutserlebnis".[54] Das Vorhandensein einer solchen „inneren Landschaft" wird damit zum entscheidenden Kriterium, zur
letzten Instanz bei der Frage nach der künstlerischen Leistung
des Dichters.

Einem solchen Selbstverständnis steht die vulgäre Behauptung
gegenüber, dem jüdischen Künstler sei der Zugang zur Landschaft, sei es zur äußeren oder zur inneren, prinzipiell gar nicht
möglich, und damit sei ihm auch jeder Zugehörigkeitsnachweis
von vornherein verwehrt. Sich gegen Behauptungen dieser Art

überhaupt zu ›verteidigen‹, sei bereits zutiefst unwürdig, antwortet Wassermann, weil es „wider den Geist, wider die Kunst und wider die Wahrheit"[55] sei, sich mit poetischen Werken denen gegenüber rechtfertigen zu wollen, die eben diesen Werken ihre künstlerische Substanz absprechen: „Die mir die Mitgewachsenheit bestreiten, die das Blut in mir [...] zum Vorwand nehmen, um mich in eine minderwertige Kategorie der menschlichen Wesen zu versetzen, die glauben mir auch die Landschaft nicht, aus der ich komme und in der ich wirke und für deren Legitimität ich keine anderen Beweise habe als mich und mein lebendiges Gefühl. Ist es wahrhaftes Leben, was ich hervorgebracht habe, so ist jede Zeugenschaft entbehrlich, ist es das nicht, so kann es keine Advokatenkunst und keine Kampfhandlung dazu machen. [...] Nehmen Sie dies als ein Bekenntnis. Bin ich doch von Grund und Uranfang auf dem verhaftet, was ich forme und was als Erbgut der Geschichte, Stammesgeschichte, Landschaftsgeschichte, Seelengeschichte schicksalsmäßig mit meinem Wesen verwoben ist [...] Und mich dünkt, dies ist nicht mehr ein geistiges Bekenntnis, es ist ein religiöses. Wenn anders Religion die demütige Verfallenheit an eine unbekannte obere Macht ist, die wir für heilig erklären, weil sie den irdischen Maßstäben und Bindungen entrückt ist. So und nur so bin ich Jude, bin ich Deutscher, bin ich Mensch".[56]

*

Der Titel dieser Sammlung von Erzählungen Jakob Wassermanns erinnert an den Band *Fränkische Erzählungen*, den der Autor selbst als einen Teil seiner Werkausgabe herausgegeben hat (Berlin: S. Fischer 1925). Dieser Band enthielt jedoch nur *Sabbatai Zewi, ein Vorspiel*, eine überarbeitete Fassung des Romans *Die Juden von Zirndorf*, *Die Schaffnerin* und *Der niegeküßte Mund*, bei weitem also nicht alle ›fränkischen Erzählungen‹

Wassermanns, die vielmehr hier erstmals geschlossen vorgelegt werden.

Wassermanns ›fränkische Romane‹ (z.B. *Die Juden von Zirndorf, Caspar Hauser oder die Trägheit des Herzens, das Gänsemännchen)*, wurden immer wieder, auch als Taschenbücher, gedruckt; die in Franken spielenden Erzählungen dagegen sind großenteils seit den Zwanziger Jahren nicht wieder in Buchform erschienen, so daß der vorliegende Band Jakob Wassermann zum ersten Mal als ›fränkischen Erzähler‹ vorstellt. Daß seine Zugehörigkeit zu Franken das Selbstverständnis Wassermanns als Schriftsteller, als Jude und als Deutscher zentral betrifft, geht aus seiner Rede *Meine Landschaft, äußere und innere* hervor, die, gleichsam als Vorwort, dieser Sammlung vorangestellt wurde; das Nachwort rückt diese Zugehörigkeitsfrage in den Kontext der Zeitgeschichte und erläutert sie am Beispiel einzelner fränkischer Erzählungen Wassermanns.

Zu den in diesem Band gesammelten Texten: *Meine Landschaft, äußere und innere* erschien zuerst in der Zeitschrift ›Die Sammlung‹. Hrsg von Klaus Mann, Jg. 1, 1933, H. 1, S. 7–19. Der Essay wird hier wiedergegeben nach dem Abdruck in Jakob Wassermanns *Tagebuch aus dem Winkel*. Amsterdam: Querido Verlag 1935, S. 87 – 117. – Die Erzählung *Schläfst du, Mutter?* erschien 1897 zusammen mit der Erzählung *Ruth* als Band 1 der Reihe ›Kleine Bibliothek Langen‹ (München: Langen 1897). Als Druckvorlage diente der Abdruck in Jakob Wassermanns *Meistererzählungen* (Mit einem Nachwort von Charles Wassermann. O.O.: Bertelsmann 1960, S. 151 – 180). – Im gleichen Jahr veröffentlichte Wassermann auch die Novelle *Die Schaffnerin* zusammen mit *Die Mächtigen* als Band 10 der gleichen Reihe (München: Langen 1897). Sie wird hier wiedergegeben nach dem Druck in *Fränkische Erzählungen* (Berlin: S. Fischer 1925, S. 295 – 338). – Die Erzählung *Der niegeküßte Mund* erschien zuerst als Separatausgabe (München, Berlin: S. Fischer 1903). Der vorliegende Druck folgt dem Text in *Fränkische Erzählungen* (Berlin: S. Fischer 1925, S. 339 – 400). – Die 1907 begonnene und

1911 abgeschlossene Erzählung *Die Gefangenen auf der Plassen-
burg* fügte Wassermann in eine von einem Rahmen umgebene
Sammlung seiner Erzählungen innerhalb der ›Gesammelten
Werke‹ ein: *Der goldene Spiegel. Erzählungen in einem Rahmen.*
(Berlin: S. Fischer 1912, S. 116 – 148), nach deren 2. Auflage
(1919) der Text dieser Erzählung hier wiedergegeben wird. –
Adam Urbas wurde erstmals gedruckt in Wassermanns *Der
Wendekreis* (Bd. 1. Berlin: S. Fischer 1920, S. 45 – 78); nach diesem Erstdruck erfolgt der Abdruck in dieser Ausgabe. – Die Erzählung *Sturreganz* findet sich in: *Der Wendekreis* (Zweite
Folge: *Oberlins drei Stufen und Sturreganz*. Berlin: S. Fischer
1922), deren 2. Auflage (1928, S. 225 – 306) hier als Druckvorlage
diente. – *Sabbatai Zewi, ein Vorspiel* ist der erzählerisch in sich
abgeschlossene Prolog zu Wassermanns Roman *Die Juden von
Zirndorf* (München: Langen 1897); er wird hier wiedergegeben
nach dem Wortlaut in: *Fränkische Erzählungen* (Berlin: S. Fischer 1925, S. 7 – 75). – Als selbständiges Buch, dessen Einband
und Titelbild von Rolf von Hoerschelmann stammt, erschien die
Erzählung *Der Aufruhr um den Junker Ernst* zuerst (Berlin: S.
Fischer 1925). Der Text der vorliegenden Ausgabe folgt diesem
Erstdruck.

Alle Texte werden hier nach den genannten Druckvorlagen un-
verändert übernommen. Auch Inkonsequenzen, die sich z.B.
aus den unterschiedlichen Druckergewohnheiten erklären (An-
führungszeichen vor bzw. nach den Satzzeichen u. ä.), wurden
beibehalten, weil sie keine nennenswerte Beeinträchtigung der
Lektüre bewirken. An ganz wenigen Stellen indes, die fehlerhaft
zu sein schienen, wurde minimal von den Druckvorlagen abge-
wichen. Diese Stellen seien hier in der Form von Lesarten ange-
führt, wobei D stets die jeweilige Druckvorlage, die oben ange-
führt ist, bedeutet. Die Seiten- und Zeilenangaben beziehen sich
auf die vorliegende Ausgabe: S. 37, Z. 4 v.u.: *Drüben rauschte
der Fluß, und hinauf*] Drüben rauschte der Fluß und hinauf, D – S.
40, Z. 8 v.u.: *Farbenklecks*] Farbenklex D – S. 128, Z. 1 des
siebenten Kapitels: *Apollonius*] Appollonius D – S. 151, Z. 3:

Der] *Die* D – S. 163, Z. 14: "*Gerade*] *Gerade* D – S. 271, Z. 4: *dessen Bürger*] *deren Bürger* D – S. 277, Z. 5: *Aventurier*] *Avanturier* D – S. 299, Z. 4 v.u.: *sang. Das*] *sang, Das* D – S. 313, Z. 4: *über das Feld*] *über dar Feld* D – S.330, Z. 15: *Maier*] *Maie* D – S. 330, Z. 4 v.u.: *sah er*] *sahr er* D – S. 371, Z. 18 *Spielgefährtin*] *Spielgefährten* D – S. 392, Z 10: *Abstand nehmen*] *Anstand nehmen* D – S. 432, 2. Z.: *Würdenträger*] *Würdentrager* D. – Wassermanns Widmungen wurden einheitlich an das Ende der Texte gestellt.

[1] Der Anfang dieses Entwurfs aus dem Jahre 1924 wird hier zitiert nach: Jakob Wassermann. 1873 - 1934. Ein Weg als Deutscher und Jude. Lesebuch zu einer Ausstellung. In Verbindung mit dem Deutschen Literaturarchiv Marbach am Neckar. Hrsg. von Dierk Rodewald. Bonn: Bouvier 1984, S. 100f.

[2] Zitiert nach: Die Bücherverbrennung. Zum 10. Mai 1933. Hrsg. von Gerhard Sauder. München: Hanser 1983, S. 159.

[3] Nachweise in der Dokumentation von Josef Wulf: Literatur und Dichtung im Dritten Reich. Gütersloh: Mohn 1963.

[4] Über Auflagenziffern informiert z.B. der Katalog: S. Fischer, Verlag. Von der Gründung bis zur Rückkehr aus dem Exil. Eine Ausstellung des Deutschen Literaturarchivs im Schiller-Nationalmuseum Marbach am Neckar. Von Friedrich Pfäfflin und Ingrid Kussmaul. Marbach: Deutsche Schillergesellschaft 1985, S. 168 – 170. Danach erreichte „Der Fall Maurizius" allein im Rahmen der Ausgabe der Gesammelten Werke Wassermanns vom Februar 1928 bis zum Juni 1931 eine Auflage von 105000 Exemplaren; „Das Gänsemännchen" erschien bis 1929 in über 90000 Exemplaren der Werkausgabe und 1930 in weiteren 150000 Exemplaren einer Sonderausgabe.

[5] Vgl. Inge Jens: Dichter zwischen rechts und links. Die Geschichte der Sektion für Dichtkunst der Preußischen Akademie der Künste dargestellt nach den Dokumenten. München: Piper 1971, S. 75.

[6] Zitiert nach I. Jens (s. Anm. 5), S. 111.

[7] Ebenda, S. 191.

[8] Ebenda, S. 198.

[9] Ebenda, S. 199.

[10] Ebenda, S. 198. – Wassermanns hier erwähnter Artikel aus der „Neuen Rundschau" erschien noch im gleichen Jahr in seinen „Selbstbetrachtungen" (Berlin: S. Fischer 1933); der inkriminierte Satz dort S. 101.

[11] Jakob Wassermann, Selbstbetrachtungen (s. Anm. 10), S. 106.

[12] Nachruf auf Jakob Wassermann. In: Berliner Börsen-Zeitung, Nr. 1/2 vom 2. Januar 1934, hier zitiert nach: Bernd M. Kraske: „Das stärkste jüdische Talent dieser Zeit ...". Zur Rezeption Wassermanns in der völkischen Literaturgeschichtsschreibung. In: Jakob Wassermann. Werk und Wirkung. Hrsg. von Rudolf Wolff. Bonn: Bouvier 1987 (= Sammlung Profile 28), S. 63f.

[13] Das kann hier festgestellt werden, auch und gerade wenn man hinzufügen muß, daß es Wassermann spürbar schwergefallen ist, einen irreversiblen Bruch mit dem ›neuen Deutschland‹ zu riskieren; so beklagte er in einem Brief an den Berliner Anwalt Nast vom September 1933 die „blind-feindselige" Haltung Deutschland gegenüber, die ihm aus dem Heft der ›Sammlung‹ entgegentrat. „Ich kann mich nicht verleugnen, ich kann mich nicht verraten. Darum geht es im Grunde. Ich kann es nicht als Deutscher, und ich kann es nicht als Jude", so kommentierte er seinen eigenen Beitrag; er sei „nichts anderes [...] als das Bekenntnis zu einem geistigen Deutschland und das Manifest der Zugehörigkeit zu

meiner alten Heimat". Zitiert nach Clara Menck: „Ein Fingerhut voll Sand im Sturm". Der Romancier Jakob Wassermann. Sein Leben im Spiegel Marbacher Dokumente. In: Frankfurter Allgemeine Zeitung, 14.12.1974.

14 Jakob Wassermann. 1873 – 1934 (s. Anm. 1), S. 127.

15 Jakob Wassermann, Selbstbetrachtungen (s. Anm. 10), S. 106.

16 Jakob Wassermann: Mein Weg als Deutscher und Jude. Berlin: S. Fischer 1921, S. 19.

17 Zitiert nach Nancy Kaiser: „Die Stellung der Juden ist allezeit der Barometerstand der Humanität." Berthold Auerbachs Traum einer deutsch-jüdischen Symbiose. In: Jost Hermand/Gerd Mattenklott (Hrsg.): Jüdische Intelligenz in Deutschland. Hamburg: Argument-Verl. 1988 (= Literatur im historischen Prozeß, N.F. 19), S. 35.

18 Vgl. dazu: Hans-Peter Bayerdörfer: „Vermauschelt die Presse, die Literatur". Jüdische Schriftsteller in der deutschen Literatur zwischen Jahrhundertwende und Erstem Weltkrieg. In: Hans Otto Horch (Hrsg.): Judentum, Antisemitismus und europäische Kultur. Tübingen: Francke 1988, S. 207 – 233.

19 Rainer S. Elkar: Jakob Wassermann, ein deutscher Jude zwischen Assimilation und Antisemitismus. In: Jahrbuch des Instituts für Deutsche Geschichte. Hrsg. und eingeleitet von Walter Grab. Bd. 3, 1974, S. 302f.

20 Zitiert nach: Jakob Wassermann: Schläfst du, Mutter?. Erzählungen. München: Deutscher Taschenbuch Verlag 1986, S. 165.

21 Ebenda, S. 196.

22 Mein Weg als Deutscher und Jude (s. Anm. 16), S. 12f.

23 Schläfst du, Mutter? (s. Anm. 20), S. 166.

24 Ebenda, S. 176.

25 Ebenda, S. 171f.

26 Jakob Wassermann: Meine Landschaft, äußere und innere. In: J.W., Tagebuch aus dem Winkel. Erzählungen und Aufsätze aus dem Nachlaß. Amsterdam: Querido Verl. 1935, S. 109.

27 Mein Weg als Deutscher und Jude (s. Anm. 16), S. 20.

28 Für die Ausgabe im S. Fischer Verlag (seit 1906) hatte Wassermann den Roman stark überarbeitet und gekürzt. Zur Tendenz dieser Überarbeitung vgl. Hans Otto Horch: „Verbrannt wird auf alle Fälle". Juden und Judentum im Werk Jakob Wassermanns. In: Gunter E. Grimm / Hans-Peter Bayerdörfer (Hrsg.): Im Zeichen Hiobs. Jüdische Schriftsteller und deutsche Literatur im 20. Jahrhundert. 2. durchges. Aufl. Frankfurt a.M.: Athenäum 1986, S. 141f.

29 Jakob Wassermann: Fränkische Erzählungen. Berlin: S. Fischer 1925, S. 7 – 75.

30 „Sollte man [...] bei Jakob Wassermann nicht eher von einer Akkulturation sprechen, einer Aneignung von Elementen einer fremden Kultur, die zu einer Anpassung führt?" gibt Rainer S. Elkar (s. Anm. 19, S. 308) zu bedenken.

[31] Auch Fritz Martini vermutet „in Sabbatai Zewi und dessen Sendboten und Propheten Zacharias Naar" Spiegelungen des Theodor Herzl; vgl. Fritz Martini: Jakob Wassermann: Die Utopie eines Messias in der Moderne. Zu dem Roman „Die Juden von Zirndorf". In: Zeit der Moderne. Zur deutschen Literatur von der Jahrhundertwende bis zur Gegenwart. Hrsg. von Hans-Henrik Krummacher, Fritz Martini und Walter Müller-Seidel. Stuttgart: Kröner 1984, S. 469.

[32] Fränkische Erzählungen (s. Anm. 29), S. 50.

[33] Brief vom 21. Dezember 1901. Mitgeteilt von Klaus Bohnen: „Zauber des Unbedingten" und „gebändigtes Gefühl". Zu Jakob Wassermanns literarischer Entwicklung in unveröffentlichten Briefen an Georg Brandes. In: Jahrbuch des Freien Deutschen Hochstifts, 1980, S. 412.

[34] Ebenda, S. 413.

[35] Der Programmzettel dieser Veranstaltung sowie Textauszüge des Vortrags, den ›Die neue Rundschau‹ im August 1904 druckte (Jg. 15, Bd. 2, S. 940 – 946), finden sich in der Schrift: Jakob Wassermann 1873 – 1934 (s. Anm. 1), S. 63 – 67.

[36] Zitiert nach: Jakob Wassermann. 1873 – 1934 (s. Anm. 1), S. 66f.

[37] Jakob Wassermann: Mein Weg als Deutscher und Jude (s. Anm. 16), S. 103.

[38] Stefan Zweig, Jugend in Wien, S. 199 – 200.

[39] Theodor Lessing: Der jüdische Selbsthaß. Berlin 1930.

[40] Siehe Hinweise bei Horch (s. Anm. 28), S. 129.

[41] Klaus Bohnen (s. Anm. 33), S. 413.

[42] So z.B. Klara Pomeranz Carmely: Das Identitätsproblem jüdischer Autoren im deutschen Sprachraum. Von der Jahrhundertwende bis zu Hitler. Königstein/Taunus: Scriptor 1981, S. 56ff.

[43] Jakob Wassermann: Lebensdienst. Gesammelte Studien, Erfahrungen und Reden aus drei Jahrzehnten. Leipzig: Grethlein 1928, S. 161.

[44] Mein Weg als Deutscher und Jude (s. Anm. 16), S. 48.

[45] Ebenda, S. 9.

[46] Martini, Wassermann (s. Anm. 31), S. 467.

[47] Meine Landschaft, äußere und innere (s. Anm. 26), S. 109.

[48] Ebenda.

[49] Zitiert nach: Jakob Wassermann: Lukardis. Erzählungen. München: Deutscher Taschenbuch Verlag 1987, S. 151.

[50] Ebenda, S. 161.

[51] Ebenda, S. 166.

[52] Auf diesen Aspekt beschränkt sich Helmut Prang in seinem Aufsatz „Franken im Werk Jakob Wassermanns" (in: Jakob Wassermann. Ein Beitrag der Stadt Fürth zu seinem 100. Geburtstag am 10. März 1973. Fürth: Stadt Fürth ²1984, S. 14 – 20).

[53] Meine Landschaft, äußere und innere (s. Anm. 26), S. 110.

[54] Ebenda, S. 111.

[55] Ebenda, S. 115.

[56] Ebenda, S. 116f.

Inhalt

Jakob Wassermann: Die Fränkischen Erzählungen.
Herausgegeben von Wulf Segebrecht.
Eine limitierte Ausgabe erschien 1991
als Jahresgabe der Fränkischen Bibliophilengesellschaft.

Umschlag: Rüdiger Hartmann unter Verwendung
eines Bildes von Michael Mathias Prechtl

© für diese Auswahl: Kleebaum-Verlag Bamberg 1995
© für die einzelnen Erzählungen: Verlag Langen-Müller München
ISBN 3-930498-08-1
Gesamtherstellung: Pustet, Regensburg